ullstein

Das Buch

Pia schreibt Horoskope für eine Frauenzeitschrift und lebt ein kuscheliges Leben an der Seite ihres Freundes Stefan. Bis sie Heiligabend nach einem Streit seine Armbanduhr frittiert und er den Verlobungsring wieder einsteckt. Als Stefan auf der Silvesterfeier dann auch noch mit ihrer Chefin flirtet, beschließt Pia, sich selbst neu zu erfinden. Ab sofort ist sie kein »Desperate Housewife« mehr, sondern auf der Jagd nach »Sex and the City«. Mit ihrer besten Freundin wettet sie: Pia, die Astrologin, wird im Laufe eines Jahres einen Vertreter jedes Sternzeichens ausprobieren, ohne sich zu verlieben ... Doch so einfach ist das gar nicht, denn auch One-Night-Stands sind nicht das reine Vergnügen und Pias Gefühle funken immer wieder kräftig dazwischen. Nach zwölf Monaten erotischer Astrologie scheinen die Sterne gut zu stehen, doch sie muss sich zwischen ihren beiden Favoriten entscheiden.

Die Autorin

Martina Paura wurde 1965 in Buchen im Odenwald geboren, wo sie heute zusammen mit ihrem Freund lebt und in einer großen Elektrofirma arbeitet. Sie hat mehrere Kurzgeschichten veröffentlicht. *Zwölf Männer hat das Jahr* ist ihr erster Roman. In ihrem zweiten, *Love Sheriffs*, gibt es ein Wiedersehen mit Pia.

Von Martina Paura ist in unserem Hause bereits erschienen:

Love Sheriffs

Martina Paura

Zwölf Männer hat das Jahr

Roman

Ullstein

Besuchen Sie uns im Internet:
www.ullstein-taschenbuch.de

Umwelthinweis:
Dieses Buch wurde auf chlor- und säurefreiem Papier gedruckt.

Ungekürzte Ausgabe im Ullstein Taschenbuch
Sonderausgabe September 2007

Umschlaggestaltung: Sabine Wimmer, Berlin
Umschlagabbildung: © Adrianna Williams/zefa/Corbis
Satz: LVD GmbH, Berlin
Gesetzt aus der Sabon
Druck und Bindearbeiten: Ebner & Spiegel, Ulm
Printed in Germany
ISBN 978-3-548-26757-9

Für meine Oma,
die bestimmt meine Sterne in eine
gute Position geschoben hat

Für mich steht schon lange fest, dass die Sterne unser Schicksal bestimmen. Dann bin ich wenigstens nicht alleine für alles verantwortlich, was in meinem Leben so schief läuft. Und das ist eine Menge. Aber es sind ja auch eine Menge Sterne.

Mein Interesse an der Astrologie hat dazu geführt, dass ich mich auch beruflich mit ihr befasse. Ich schreibe unter anderem die Horoskopseite für die XX, das Magazin für die moderne Frau von heute. »XX« steht für das Chromosomenpaar, das uns Frauen über unsere Schönheit und Intelligenz hinaus von den XY-Männern unterscheidet.

In meinen Horoskopen kann man lesen, dass eine Beförderung in der Luft und ein Lottogewinn so gut wie auf dem Konto liegt, dass ein neuer Mann ins Leben tritt und alles ganz wunderbar wird. In Wirklichkeit findet man dann zwar tatsächlich eine große Summe auf dem Kontoauszug, aber leider auf der falschen Seite, und es ist auch keine Beförderung, die in der Luft liegt, sondern eine Beförderung an die Luft, und der Mann, der ins Leben tritt, stellt sich als Gerichtsvollzieher vor, und alles ist ganz furchtbar. Tja, das beste Horoskop nützt nichts, wenn die Sterne einen nicht leiden können.

Eine besonders fiese Konstellation ist Venus in Opposition zu Mars. Venus, die Liebesgöttin, und Mars, der Gott des Krieges – immer wenn die zwei aufeinander treffen, fliegen die Fetzen und das Chaos klopft an die Haustür. Ich glaube, bei meiner Geburt standen die beiden direkt über dem Krankenhaus und leuchteten mich an wie Scheinwerfer das Reh auf der Straße – kurz vor dem Crash.

Das Reh bin ich und der Crash ist mein Leben.

Und die Sterne sind an allem schuld.

Und die Männer, natürlich.

steinbock

22. dezember – 20. januar

Heute verrate ich Ihnen eine große Neuigkeit: Es gibt ein Leben außerhalb des Büros. Treten Sie ruhig einmal vor die Tür und überzeugen Sie sich selbst. Jetzt gehen Sie schon, auch wenn Sie nicht eingeplant haben, heute den Schreibtisch zu verlassen. Ihr Terminkalender ist randvoll? Werfen Sie ihn weg und kaufen Sie sich einen neuen!

Seien Sie spontan! Lernen Sie neue Menschen kennen! Fliegen Sie einfach mal so nach Katmandu! Ich weiß auch nicht, wo das liegt. Hört sich nach Afrika an. Also los, schnappen Sie sich T-Shirt und Badehose und auf geht's! Man muss nicht alles vorher wissen. Wenn man immer alles vorher wüsste, gäbe es dann Hochzeiten? Würde man seinen Kindern dann das Sprechen beibringen? Na also.

Heute lassen Sie mal so richtig die Sau raus! Jupiter steht ausgesprochen günstig für Saurauslassungen. Sie rufen einfach in der Firma an und sagen, Sie hätten die Windpocken. Ja, ich weiß, dass Sie keine Windpocken haben. Lügen Sie! Die Sterne stehen günstig für Lügen aller Art. Ist doch nichts dabei. Mit dem Lügen ist es wie mit der Selbstbefriedigung. Jeder macht es, man lässt sich nur nicht gerne dabei erwischen. Es ist ganz einfach. Glauben Sie mir, ich bin da Expertin – im Lügen meine ich natürlich. Sie werden sehen, das klappt wie am Schnürchen.

Und dann rambazamba! Was das heißen soll? Na, ramba-

zamba eben. Partytime. Alkohol und Sex und ... was weiß ich, Sex und Alkohol.

Und da wir gerade beim Thema sind: Es gibt nicht nur ein Leben außerhalb des Büros, es gibt auch ein Sexleben außerhalb des Schlafzimmers. Ich sage nur: Küchentisch. Ja, das ist unbequem. Was glauben Sie wohl, woher das Wort Leidenschaft kommt? Also, nur Mut! Ob Sie vorher eine Tischdecke auflegen dürfen? Na, von mir aus, wenn Sie das antörnt. Kissen? Nein, keine Kissen. Sie wollen erst eine Schaumstoffmatte auftackern?

Wissen Sie was, vergessen Sie den Küchentisch! Es gibt auch noch andere reizvolle Örtlichkeiten. Ich sage nur: Badewanne.

Ach so, Sie baden nicht. Der Säureschutzmantel der Haut, klar, da muss man aufpassen. Dann geht das natürlich nicht mit der Wanne. Aber wir finden schon noch was Passendes für Sie. Ich sage nur: Fahrstuhl. Tiefgarage. Telefonzelle.

Wie, Sie haben keine Lust? Ich dachte, wir wären uns einig, dass Sie einmal ganz spontan die Sau rauslassen. Keine Zeit? Sie müssen Ihren Quartalsbericht fertig stellen? Überstunden machen? Haben keinen Kopf für spontane Exzesse?

Dann wechseln Sie wenigstens rambazamba Ihren Bildschirmschoner! Neptun steht total günstig für Abenteuer.

***

Weihnachten ist dieses Jahr echt blöd gelaufen. Es läuft zwar jedes Jahr irgendwie blöd, aber diesmal hat der bescheuerte Weihnachtsmann wirklich Mist gebaut. Schade ist nur, dass ich nicht mehr an den Weihnachtsmann glaube und ihm deshalb auch nicht einfach die Schuld in seinen großen Sack schieben kann. Der bescheuerte Weihnachtsmann bin ich.

Mein Name ist Pia Herzog. Ich bin extrem mittelmäßig. Mittelgroß, mittelschlau, mittelschwer, mittellos. Ich habe keine Kinder, dafür aber eine Figur, auf die ich ständig aufpassen muss. Vielleicht bin ich deshalb auch als Waage auf die Welt gekommen, zur ständigen Ermahnung. Mein Haar hat die Farbe von Bananen, die schon so braun sind, dass man sie nicht mehr essen mag, aber noch nicht braun genug, als dass man sie mit gutem Gewissen wegwerfen könnte. Ich brauche ungefähr zwei Stunden im Bad, um schön zu sein, und eine Stunde an der Bar, um mit dieser Schönheit auch etwas anfangen zu können. Seit vier Jahren habe ich einen Freund und seit achtundzwanzig Jahren einen Bauchnabel. Mit dem Bauchnabel hatte ich noch nie Probleme.

Das wäre ja auch noch schöner, wenn ich eines Morgens aufwachte und auf meinem Bauch klebte an der Stelle, wo seit so vielen Jahren mein Nabel war, ein gelber Post-it-Zettel mit der Aufschrift: »Sorry, aber wir passen einfach nicht mehr zusammen!« Und mein Bauchnabel hätte sich dafür auf dem Bauch einer jüngeren Frau niedergelassen.

Also, eins weiß ich: Wenn das passiert, dann, dann … dann weiß ich auch nicht. Aber wenigstens auf unsere Körperteile ist bislang Verlass. Danke, ihr Ohren, dass ihr wisst, wo ihr hingehört; danke ihr Augen, dass ihr euch nicht auf die nächste Blondine werft; danke ihr Füße, dass ihr so treu zu uns steht; danke ihr Brüste, dass ihr uns nicht hängen lasst; danke ihr Herzen – nein, euch Herzen ist nicht zu trauen. Aber das mit den Herzen kommt später. Jetzt müssen wir erst einmal Weihnachten hinter uns bringen.

Wir hören leise Musik. Bing Crosby singt *I'm dreaming of a white christmas*. Es ist schummrig, nur die elektrischen Kerzen am Baum brennen. Auf dem Wohnzimmertisch stehen zwei Gläser und eine halb leere Flasche Rotwein. Auf der Couch haben Stefan und ich uns gemütlich aneinander gekuschelt und schauen gedankenverloren auf den Weihnachtsbaum, den wir beide am Morgen gemeinsam geschmückt haben, ganz in Rot und Gold, allerdings mit einer blauen Spitze, da mir blöderweise die rote unter den Fuß geraten ist. Stefan wollte daraufhin den ganzen Baum noch einmal umschmücken, aber ich faule Socke habe mich geweigert. Ich mag es, wenn nicht alles perfekt ist. Jetzt hat der Baum wenigstens eine persönliche Note, so wie Cindy Crawford mit ihrem Muttermal im Gesicht oder Madonna mit ihrer Lücke zwischen den Schneidezähnen oder wie ich mit meiner Tigerente auf dem Hintern.

Ich mag Weihnachten total. Alles ist ruhig und friedlich, fast so, als würde der Zeit gegen Jahresende langsam die Puste ausgehen und sie eine Spur langsamer ticken. Aber wahrscheinlich sind es eher die Menschen, denen die Puste ausgegangen ist, die erschöpft vom Weihnachtsrummel und außerdem satt und träge und beschwipst sind. So geht es jedenfalls Stefan und mir.

Der Wein ist mir schon ein bisschen zu Kopf gestiegen und singt dort gerade *Jingle Bells*. Ich schenke mir noch ein Glas ein. Wäre doch gelacht, wenn ich das nicht auch in Stereo reinkriege!

Stefan schüttelt missbilligend den Kopf. »Ich glaube nicht, dass das eine gute Idee ist, noch mehr zu trinken.«

»Musst du auch nicht, Schatz. Ich erledige das schon.«

»Du hast doch bereits einen Schwips.«

»Stimmt ja überhaupt gar nicht!«, protestiere ich.

»Und warum summst du dann die ganze Zeit *Jingle Bells*, während wir *White Christmas* hören?«

»Wer summt? Ich summe?«

»Natürlich du. Oder siehst du hier sonst noch jemanden?«

Aus irgendeinem Grund finde ich diese Bemerkung total lustig. Kichernd beuge ich mich über die Couchlehne und rufe: »Hey, Weihnachtsmann, du kannst rauskommen! Er hat dich gehört.«

Stefan verdreht genervt die Augen. Er findet das Ganze viel weniger komisch als ich. Er kann es überhaupt nicht leiden, wenn man ihm widerspricht oder sich über ihn lustig macht. Wie er bei seiner Dünnhäutigkeit ausgerechnet als Versicherungskaufmann arbeiten kann, ist mir ein Rätsel. Da will ich lieber nicht wissen, wie er sich bei jemandem aufführt, der sich weigert, ihm eine Versicherung abzunehmen. Wahrscheinlich fesselt er ihn an einen Stuhl und schiebt ihm die Policen einzeln in den Mund.

Er kann aber auch lieb sein, sonst hätte ich es wohl kaum die ganzen Jahre mit ihm ausgehalten. Bei mir reißt er sich zusammen und versucht, seine pedantische Art zu zügeln. Sicher, wir streiten uns ziemlich oft, aber das hatte ich nicht anders erwartet. Waage und Steinbock, das ist meistens schwierig. Immerhin: Er hat mich noch nie an einen Stuhl gefesselt.

Damit das auch so bleibt, beschließe ich, ausnahmsweise auf Stefan zu hören und meinen Alkoholkonsum vorübergehend einzustellen. Ich habe mir genügend Mut angetrunken, um zum nächsten Programmpunkt überzugehen, dem kritischen Höhepunkt des Abends. Ich hole mir eines der bunten Päckchen, die wir unter dem Baum deponiert haben, gebe es Stefan und eröffne mit einem feierlichen »Aufmachen!« die alljährlichen Du-kriegst-was-wenn-ich-was-kriege-Kriegshandlungen.

Wie üblich ziert er sich zuerst und stellt sich an, als hätte ihn gerade Angela Merkel zum Lambada aufgefordert. Du sollst mir doch nichts schenken, Geschenke sind nur materieller Kram, das Wichtigste ist doch, dass wir zusammen sind … das volle Programm scheinheiliger Plattitüden. Ich schwöre, mit nur einem Glas mehr intus hätte ich ihm direkt vor die Füße gekotzt.

Am Ende kann sich Stefan aber doch dazu überwinden, das Päckchen gierig aufzureißen.

»Ist nur eine Kleinigkeit«, sage ich großspurig. Ich, die Multimillionärin, die beim Umtopfen ihres Benjaminis auf eine Ölquelle gestoßen ist. In Wahrheit musste ich für diese Kleinigkeit eine ganze Menge Horoskope schreiben. Aber es sollte etwas Kostspieliges sein, weil Stefan meiner Freundin Tanja anvertraut hat, er habe diesmal ein richtig tolles Geschenk für mich, etwas, was mich umwerfen würde. Was es genau ist, hat er ihr natürlich nicht gesagt, dafür kennt er sie nämlich zu gut. Ich vermute, dass er ihr überhaupt nur deswegen etwas erzählt hat, damit sie es mir verrät und ich meine Geschenkeplanung darauf einstellen kann.

Und das habe ich dann ja auch getan und ihm eine wahnsinnig teure Armbanduhr gekauft, die pro Monat nur ein paar Sekunden verliert. Ich finde, das ist eine erstaunliche Leistung. Ich verliere beim Shoppen an einem einzigen Nachmittag schon mal locker zwei, drei Stunden, genauer gesagt, lasse ich sie mir stehlen von irgendwelchen kriminellen Schuhverkäufern.

»Du bist ja verrückt!« Stefan betrachtet die Uhr mit leuchtenden Augen. »Die kann ich unmöglich annehmen«, sagt er und hat sie auch schon am Handgelenk.

Dann umarmt er mich und bedankt sich mit einem Kuss, der nach Rotwein und Zimt schmeckt und in mir das Bedürfnis weckt, auch irgendetwas auszupacken. Warum eigentlich nicht gleich ihn selbst? Ich will gerade sein Hemd aufknöpfen, als er sich von mir löst und mir meine Geschenke überreicht. Auch gut, erledigen wir erst einmal das Geschäftliche. Ich bin sowieso schon total gespannt auf sein ominöses Supergeschenk. Das vom letzten Jahr war nicht gerade der Hit und steht immer noch ungebraucht im Schrank unter der Küchenspüle.

Es ist nun einmal so, dass sich der Verwendungszweck von Kochtöpfen im Wesentlichen aufs Kochen beschränkt. Für mich, die ich überhaupt nicht koche, weil ich weder Lust noch Talent noch Zeit noch irgendwas dazu habe, sind Töpfe, Pfannen, Kochbücher und Gewürzregale deshalb so unpassend wie Kondome für den Papst. Eine Küche besteht für mich im Wesentlichen aus einer Kaffeemaschine, einer Mikrowelle und einem Telefon.

Und dann bringt ausgerechnet mein toller Freund Stefan Danner es fertig, dem Papst Kondome zu schenken! Ich hätte ihm sein dämliches Topfset an den Kopf werfen sollen, dann wäre es wenigstens ein Mal benutzt worden. Ich blöde Gans schenke ihm, da er nur Vinyl-Langspielplatten besitzt, eine Kollektion sämtlicher Beatles-Alben auf CD mit dem großartig netten Gedanken, dass er jetzt seine Lieblingsmusik auch im Auto hören kann, wo er doch so viel unterwegs ist. Und er schenkt mir Töpfe, obwohl keiner von uns jemals etwas anderes als Kaffee gekocht hat. Im Backofen bewahre ich alte Zeitschriften auf, Herrgott noch mal!

Das war doch ganz klar eine Anspielung, so nach dem Motto: *Liebling, koch uns doch mal was Schönes, während ich es mir im Wohnzimmer gemütlich mache und meine neuen CDs anhöre.*

Dem habe ich aber ordentlich die Meinung gesagt! Und hätte er Tanja nicht von seinem supertollen Geschenk für mich erzählt, würde er dieses Jahr bestimmt nicht so eine teure Uhr bekommen, sondern auch irgendeinen Schrott, vielleicht einen Wischmopp oder so.

Diesmal sind es drei Päckchen für mich: Eines ist ziemlich groß, schwer und kastenförmig (vielleicht eine neue Zierpuppe für meine Sammlung?), ein anderes flach und nachgiebig (bestimmt etwas zum Anziehen, ein Pulli? Dessous?) und das dritte eindeutig eine große Schmuckschatulle (eine Kette?).

Stefan schaut mich erwartungsvoll an. »Willst du sie nicht aufmachen?«

»Welches zuerst?«, frage ich und versuche meine kindliche Aufregung zu unterdrücken.

Er deutet auf das große Paket, und ich beginne am Tesa zu nibbeln, um Stefan zu demonstrieren, dass man Geschenke auch auf zivilisierte Art öffnen kann. Dann verliere ich leider schlagartig die Geduld und fetze das Papier einfach herunter. Mit offenem Mund starre ich auf das Geschenk.

»Eine … eine Fritteuse?«

»Du isst doch so gerne Pommes frites.«

»Ja, *essen* schon«, sage ich mit tonloser Stimme, betrachte ungläubig meine Fritteuse und überlege, ob unter der Spüle neben meinen Töpfen überhaupt noch Platz ist. Ich kann einfach nicht glauben, dass Stefan das getan hat, dass er mir wieder so einen blöden Topf geschenkt hat. Das gibt es doch gar nicht!

Du isst doch so gerne Pommes frites, äffe ich ihn in Gedanken nach. Na und? Er trinkt zum Beispiel gerne Wein. Schenke ich ihm deshalb etwa eine verdammte Winzerpresse?

»Und? Freust du dich?«

Ich schaue ihn giftig an, greife mir wortlos das nächste Geschenk und reiße mit einem Ratsch das Papier weg. Was immer für ein Stöffchen er mir da gekauft hat, ich hoffe für ihn, dass es ein teures Modelabel trägt.

Ja, die Marke kenne ich aus der Fernsehwerbung.

McCain!

Fassungslos lasse ich den Beutel Tiefkühlpommes auf den Boden fallen. Ich bin schon ziemlich wütend und spüre, wie meine Betriebstemperatur unaufhörlich Richtung Siedepunkt steigt. Ich bräuchte mir die rohen Fritten jetzt nur in den Mund zu schieben und sie würden von ganz alleine knusprig braun werden. Ich bin so geladen, dass man mich nur anzutippen bräuchte, damit ich abzische wie eine Rakete. Mein Countdown steht kurz vor Zero.

»Eigentlich wollte ich dich ja vorher raten lassen, was drin ist«, sagt Stefan grinsend.

Zero!

»Ach, du findest das wohl auch noch komisch, wie?«, fahre ich ihn an. »Du kannst dir gleich deinen ganzen Kram in den ...« Ich beiße die Zähne aufeinander und atme tief durch. Es ist Weihnachten, sage ich mir, das Fest der Liebe. Also unterdrücke ich meinen Drang, Stefan einfach platt zu treten wie heute Morgen die Christbaumspitze. Stattdessen greife ich mir die vermeintliche Schmuckschatulle.

Irgendwie hat das Päckchen eine seltsame Größe. Ein schlimmer Verdacht steigt in mir hoch, aber ich schlucke ihn schnell wieder hinunter und packe mein Geschenk aus.

»Ist nur eine Kleinigkeit«, sagt Stefan.

»Ach ja?«, quetsche ich zwischen den Zähnen hervor. »Das hätte ich auch so gemerkt.« Mit einem Haifischlächeln gehe ich langsam auf ihn zu. Das Frittierfett, das er mir geschenkt hat, liegt wie ein wurfbereiter Pflasterstein in meiner Hand. Offenbar merkt Stefan das auch, denn er beschließt, eine Weile in Deckung zu gehen.

»Ich geh duschen«, sagt er und schiebt sich rückwärts in Richtung Badezimmer. »Und danach können wir zur eigentlichen Bescherung kommen, wenn du weißt, was ich meine.«

Ich weiß, was er meint, und das kann er sich für die nächsten hundert Jahre getrost aus dem Kopf schlagen.

Während er im Bad verschwindet, versuche ich mit Atemübungen und positivem Denken einen Rest Weihnachtsstimmung zu retten. Vergeblich, da kann ich schnaufen wie Pavarotti beim Marathon. Weihnachten, mein Lieblingsfest, ist für mich definitiv gelaufen. Mir ist jetzt eher nach Halloween zumute.

Und meine Laune wird noch ein paar Schattierungen schwärzer, als mir einfällt, dass Stefans Mutter vor einigen Monaten eine Fritteuse in einem Preisausschreiben gewonnen hat. Jetzt schenkt Stefan mir also schon den Krempel, den seine Mutter nicht gebrauchen kann. Da kann ich mich wohl demnächst auf ausrangierte Stützstrümpfe und Heizdecken freuen.

Na warte, Herr Danner! Am 18. Januar hast du Geburtstag. Da schenke ich dir ein Pfund Rattengift und einen Löffel. Ha!

Allerdings bin ich zu wütend, um mit meiner Revanche vier Wochen zu warten. Also packe ich Fritteuse, Pommes und Fett und marschiere damit ins Bad, um Stefan den ganzen Kram direkt vor die Füße zu werfen.

Mein Freund scheint überhaupt kein schlechtes Gewissen

zu haben. Er steht unter der Dusche und singt. Er hat mir den Rücken zugewandt und ich beobachte ihn ein paar Sekunden durch den Duschvorhang. Bilder aus *Psycho* blitzen in meinen Gedanken auf. Ich stelle mir vor, wie Stefan sich umdreht, die Augen schreckgeweitet, als er erkennt, dass er nicht alleine ist, wie er abwehrend die Arme hochreißt, wie sein Blut in den Abfluss läuft. Und am nächsten Tag dann die Schlagzeile in der Zeitung: *Mann beim Duschen mit Fritteuse erschlagen!*

Stefans Sachen liegen überall auf dem Kachelboden verteilt. Als ich seine neue Uhr auf dem Waschbeckenrand entdecke, kommt mir eine viel bessere Idee und ich verlege den Tatort kurzerhand vom Bad in die Küche.

Als Stefan ein paar Minuten später im Bademantel wieder auftaucht, sitze ich schon im Wohnzimmer und mache gerade eine neue Flasche Wein auf.

»Das ist eine gute Idee«, findet er überraschenderweise. »Schenkst du mir auch ein Glas ein?«

Er setzt sich neben mich und wir prosten uns zu.

»Du strahlst ja so«, sagt er. »Hast du etwa ein bisschen in den Sternen gelesen?«

»Nein, ich habe uns etwas gekocht.«

»Gekocht? Wir waren doch schon essen.«

»Ich wollte die neue Fritteuse ausprobieren und dich mit ein paar knusprigen Pommes frites überraschen.«

Und mit einer knusprigen Armbanduhr!

»Du bist schon eine Verrückte«, sagt Stefan und ahnt gar nicht, wie Recht er damit hat. »Aber das ist auch einer der Gründe, warum ich dich so liebe. Und deshalb ...«

Er greift in die Tasche seines Bademantels und holt ein kleines Schmuckschächtelchen hervor. Als er es vor meinen Augen aufklappt, glitzert dort auf schwarzem Samt ein Diamantring.

»Und deshalb will ich dir diesen Ring schenken, Pia, und dich fragen, ob du dich mit mir verloben möchtest.«

Peng! Fröhliche Weihnachten!

Ich habe das Gefühl, als würden in meinem Kopf Pavarotti und Madonna gleichzeitig zwei verschiedene Weihnachtslieder singen und Angela Merkel dazu Lambada tanzen. Für irgendwelche vernünftigen Gedanken ist da natürlich kein Platz mehr. Was mache ich jetzt bloß?

»Na, was sagst du?«, fragt Stefan und streckt mir auffordernd den Ring entgegen.

»Ich muss mal nach den Fritten sehen!«, rufe ich, springe auf und rase in die Küche, während Stefan mir mit offenem Mund hinterherstarrt. Bestimmt hat er sich diese Szene ein wenig anders vorgestellt.

Auf dem Weg zur Küche überlege ich panisch, was der Verkäufer mir alles über die Uhr gesagt hat. Sie ist kratzfest und stoßfest und wasserdicht bis dreißig Meter Tiefe. Ja, ja, tolle Sache. Aber kann man sie auch frittieren? Darüber hat er natürlich kein Wort verloren.

Ich stelle die Fritteuse ab, hebe das Sieb aus dem heißen Fett und suche zwischen den Fritten nach der verdammten Uhr. Dabei frage ich mich, warum immer mir solche Sachen passieren. Ich glaube, ich bin verflucht. Vielleicht bin ich in Wirklichkeit ein Frosch, der früher glücklich und sorglos im Weiher plantschte, bis irgendeine böse Hexe ihn in eine Frau mit Partnerschaftskrisen und Menstruationsproblemen verwandelt hat.

Da entdecke ich ein Stück vom Lederarmband der Uhr. Oh, nein! Hilfe! Ich will zurück in meinen Weiher!

»Da hat aber jemand Hunger, wie?« Stefan kommt in die Küche, legt seine Arme um mich und küsst meinen Nacken. »Sollen wir zuerst essen und uns danach verloben?« Er wirft einen kurzen Blick über meine Schulter auf die Pommes und sagt: »Sieht lecker aus. Nur dieses verbrutzelte Würstchen da, das war wohl ein paar Minuten zu lange drin.«

Habe ich eigentlich schon erwähnt, wie sehr ich Weihnachten hasse?

In einer Woche beginnt ein neues Jahr, was sehr passend ist, wenn man gerade sein altes Leben komplett an die Wand gefahren hat.

Ich habe einen Diamantring gegen eine frittierte Herrenarmbanduhr getauscht, ich habe meine Verlobung vergeigt, mein Freund hat mich verlassen und ich weiß nicht, wie ich allein die hohe Miete aufbringen soll, aber, hey, in ein paar Tagen ist Silvester, Party, Feuerwerk. Also Strich drunter, Schwamm drüber, neues Jahr, neues Glück, neue Schuhe. Das sind in etwa die wichtigsten Punkte meiner derzeitigen Lebensplanung. Das mit dem Glück kann ich natürlich nicht garantieren, aber ich denke, das mit den Schuhen kriege ich hin.

Den halben ersten Weihnachtsfeiertag liege ich praktisch nur auf der Couch und hasse Stefan. Ich starre an die Decke und male mir aus, wie er reumütig bei mir angekrochen kommt und sich für seine überzogene Reaktion entschuldigt, wie er mich bittet, es doch noch einmal mit ihm zu versuchen, weil er ohne mich nicht leben kann.

Ha! Zu spät, mein Lieber! Gnadenlos lasse ich ihn abblitzen. Das hätte er sich eher überlegen sollen, bevor er mich berechnend, hirnlos, habgierig und hysterisch genannt hat. Er fällt vor mir auf die Knie, aber ich knalle ihm hämisch lachend die Tür vor der Nase zu. Ich habe seine Uhr frittiert und jetzt frittiere ich sein Herz.

Während meiner Hass-Meditationen auf der Wohnzimmercouch ist mir etwas an Stefans Vorhaltungen aufgefallen. Ich sei hirnlos *und* berechnend, hat er gesagt. Wie passt denn das zusammen? Entweder bin ich hirnlos, dann berechne ich gar nichts, oder ich berechne alles, und das kann ich wohl schlecht mit meinen Eierstöcken. Am liebsten hätte ich ihn angerufen und ihn aufgefordert, mir das mal bitte schön zu erklären. Aber ich weiß nicht einmal, wo ich ihn erreichen kann. Sein Aufbruch war ein bisschen überstürzt. Und ein bisschen laut. Und ein bisschen hässlich.

»Die Verlobung kannst du vergessen!«, hat er geschrien und sich wieder angezogen. »Das hast du jetzt von deiner Habgier! Ich heirate doch niemanden, der so hirnlos und berechnend ist wie du. Das nächste Mal, wenn dir etwas nicht passt, fackelst du einfach mein Auto ab, wie? Nein, ich habe endgültig genug von deinen hysterischen Anfällen. Wir trennen uns. Ich ziehe aus. Du denkst sowieso nur an dich. Du führst dich ja schon genauso auf wie deine verrückte Freundin! Und da habe ich absolut keinen Bock drauf!«

PENG, hat er die Tür zugeknallt und ist davongestürmt mit Blitz und Donner. Meinen Verlobungsring hat er natürlich mitgenommen, dafür liegt sein Handy noch auf der Flurkommode und seine Fettuhr in der Küche zwischen den Fritten. Die er auch nicht probiert hat. Also, ich finde, das wäre doch das Mindeste gewesen, wenn ich schon einmal koche.

Vielleicht sitzt er jetzt hungrig bei einem seiner Kumpel herum und bereut es, dass er mich so schäbig behandelt hat. Vielleicht würde er gerne anrufen und sich bei mir entschuldigen, kann aber nicht, weil er ja sein Handy vergessen hat. Wenn man mehrere Stunden auf der Couch liegt und an die Decke starrt, kommen einem manchmal solche Gedanken. Er ruft nicht an, weil er sein Handy liegen gelassen hat. Natürlich ist das Quatsch. Aber die Alternative ist noch viel absurder: Er ruft nicht an, weil er nicht mit mir sprechen will. Das kann ja wohl nicht sein! Oder doch? Vielleicht ist ihm auch etwas zugestoßen. Er könnte im Krankenhaus liegen, ohne Papiere, ohne Gedächtnis. Hmm, klingt plausibel.

Irgendwann kommt dann der Zeitpunkt, an dem man erkennt, dass man nicht ewig grübelnd auf der Couch liegen und Trübsal blasen kann. Man muss sein Leben wieder in die Hand nehmen, man muss aktiv werden, man muss aufstehen und der Welt entgegentreten, man muss auf die Toilette.

Dort kommt mir die geniale Idee, Stefans Handy zu nehmen und seine eingespeicherten Freunde der Reihe nach anzurufen. Ich lege mir schon die passenden Worte zurecht.

Hallo, hier ist Pia Herzog. Ich wollte nur frohe Weihnachten wünschen. Ach, und wenn ich dich schon am Apparat habe: Mein Freund ist nicht zufällig bei dir eingezogen, oder?

Ich glaube, ich lasse es lieber. Soll ich zurück auf die Couch? Nein! Das Leben findet nicht auf der Couch statt. Ich will meine Zukunft wieder sinnvoll planen und gestalten, anstatt Stefan großartig hinterherzutrauern. Ich finde, dass es Zeit ist für einen Neuanfang voll Schwung und Optimismus.

Schritt eins: Ich heule mich bei jemanden aus.

Da wäre zum einen meine Mutter. Die muss sich freuen, wenn ich vorbeikomme, das ist als Mutter ihr verdammter Job. Aber morgen bin ich ohnehin bei meinen Eltern und das ist früh genug. Außerdem mag meine Mutter Stefan. Es könnte durchaus sein, dass sie für ihn Partei ergreift. Und dann macht das Ausheulen keinen Spaß.

Ausheulstation Nummer zwei ist meine Freundin Tanja Armbruster, von der Stefan meint, dass sie verrückt sei und aus einem Paralleluniversum komme, und die ihrerseits Stefan für einen Roboter hält, der statt des Herzens eine Ölpumpe hat. Ich persönlich glaube, beide haben Recht.

Tanja wohnt am anderen Ende von Düsseldorf in einer Wohnung, von der aus man den Rhein sehen kann, was einer der wenigen Vorteile ist, wenn man sich im dreizehnten Stock eines Hochhauses befindet. Keiner der Mieter hier kennt seinen Nachbarn, mit Ausnahme von Tanja. Tanja kennen alle.

Im Aufzug fährt ein älteres Ehepaar mit mir bis in den achten Stock. Bevor die beiden aussteigen, wünschen sie mir noch frohe Weihnachten, und der Mann sagt: »Sie besuchen doch die Frau Armbruster, nicht wahr? Bestellen Sie ihr bitte liebe Grüße von uns.«

»Gerne. Und von wem?«

»Von mir und meiner Frau.«

»Nein, ich meine, wie ist Ihr Name?«

Der ältere Herr fasst sich an die Stirn und lacht. Senilität scheint irre lustig zu sein. »Natürlich! Wie dumm von mir. Bieler heiße ich, Egon Bieler. Und meine Frau …«

»Komm jetzt, Egon!«, unterbricht sie ihn und zerrt ihn regelrecht aus dem Fahrstuhl. »Und die Grüße, junges Fräulein, können Sie sich sparen.«

Diese Bemerkung ärgert und freut mich zugleich. Es ärgert mich, dass sie offenbar etwas gegen meine Freundin hat. Aber es freut mich, dass sie mich »junges Fräulein« genannt hat. Okay, sie ist ein alter Drachen, aber ich befinde mich in einer Phase meines Lebens, in der ich alle Aufmunterung gebrauchen kann.

Wie immer verlasse ich bereits in der zwölften Etage den Fahrstuhl und bewältige das letzte Stockwerk über die Treppe. Nicht dass ich abergläubisch wäre. Aber sicher ist sicher.

Schon im Treppenhaus verrät mir laute Technomusik, dass Tanja zu Hause ist. Jedenfalls nehme ich an, dass der Lärm aus ihrer Wohnung kommt. Techno ist nämlich nicht gerade die Musik, zu der die Weihnachtsenglein singen und der Schnee leise rieselt. Das Wummern und Schreien klingt eher nach dem Tanz der Teufel auf einer herunterdonnernden Lawine. Und wenn irgendwo die Teufel tanzen, dann ist Tanja meist mittendrin. Hoffentlich hört sie bei dem Krach überhaupt mein Läuten.

Meine beste Freundin wohnt hinter einer Tür, die aussieht, als hätte sie zuvor als Eingang zu einer Schwulenbar gedient. Das berühmte Bild, auf dem ein streng dreinblickender Amerikaner mit Zylinderhut einem den Zeigefinger zwischen die Augen bohrt und einschüchternd fordert: *»I WANT YOU FOR U. S. ARMY!«*, ziert Tanjas Haustür mit leicht abgeändertem Slogan. Der Mann auf dieser Tür sieht mich scharf an und ruft mir zu: *»I WANT YOUR ASS FOR ME!«*

Das gefällt mir. Mit meinem lächerlichen Tigerenten-Tattoo auf der linken Pobacke bin ich froh, wenn überhaupt noch jemand Interesse an meinem Hintern zeigt.

Als ich nach einer Minute vergeblichen Läutens beginne,

auf Uncle Sams Nase zu trommeln und dabei Tanjas Namen zu rufen, öffnet sich die Tür gegenüber, und ein Mann der *Generation Käfer* raunzt mich an: »Bestellen Sie Ihrer Freundin frohe Weihnachten, und wenn sie den Lärm nicht augenblicklich abstellt, rufe ich die Polizei. Die kann sie dann von mir aus in die Irrenanstalt einliefern, wo sie ohne Zweifel ganz dringend hingehört.«

Dann schlägt er die Tür zu, als hätte er Angst, ich könnte mich auf ihn stürzen und ihm ein Ohr abbeißen oder so. Wahrscheinlich glaubt er, dass Tanja und ich uns in irgendeiner Gummizelle kennen gelernt haben.

Plötzlich tritt Uncle Sam einen Schritt zurück und macht Platz für eine barfüßige Frau mit schulterlangem blauem Haar und einer Frisur wie aus dem Windkanal. Sie hat eine ausgewaschene Jeans und ein T-Shirt an, auf dem zwei dicke, knuddelige Hunde abgebildet sind, über jedem Busen einer. Und darunter steht als Warnung: *Vorsicht! Bissige Möpse!*

»Pi!«, ruft Tanja erfreut und strahlt mich an wie ein Zentner Plutonium. Sie nennt mich immer Pi, es ist ihr nicht auszutreiben. Als wäre der Name Pia nicht schon kurz genug. »Gerade wollte ich dich anrufen, Pi, und dir von meiner neuen Idee erzählen.« Und *wusch!* zieht sie mich auch schon hinein in ihre Gummizelle.

Wenn man die quietschbunten Wände, das wild zusammengewürfelte Mobiliar und die Unmengen an Nippes und Kitsch überall so betrachtet, könnte man auf die Idee kommen, ein Hippie im Drogenrausch habe die Wohnung eingerichtet. Dabei müsste Tanja als Modefotografin eigentlich ein Auge für Farben und Stil haben. Als ich allerdings an den neuen Bildern im Flur vorbeilaufe – offenbar vergrößerte und gerahmte Fotografien, die Tanja gemacht hat –, wird mir klar, wofür meine Freundin vor allem ein Auge hat.

»Nette Bilder«, sage ich laut, um die Musik zu übertönen.

»Penisse.«

»Was?«

»Das sind Penisse!«, ruft Tanja.

»Ich weiß, was das ist. Glaubst du, ich habe noch keinen Penis gesehen?«

»Was sagst du?«

»Ob du glaubst, dass ich … Mach doch endlich mal die Musik leiser!«

Wir gehen ins Wohnzimmer, wo ebenfalls etliche Penisbilder hängen. Tanja dreht die Musik ab, und sofort stellt sich bei mir eine Ahnung ein, wie der Weltfrieden sich in etwa anfühlen würde. Ich versinke auf dem Sofa zwischen unzähligen bunten Kissen, alle irgendwie lippenförmig und mit einem auffällig großen Reißverschluss zwischen Ober- und Unterlippe. Lauter bunte Kussmünder, süß. Die sind auch neu, ein bisschen kitschig vielleicht, aber wenigstens nicht so vulgär wie die Penisbilder.

Tanja wirft sich neben mich auf die Couch, umarmt mich und wünscht mir fröhliche Weihnachten.

»Gefallen dir die Kissen?«, fragt sie dann.

»Ja, die sind niedlich«, sage ich und zupfe an der großen roten Reißverschlusszunge herum.

»Das sind Vaginas. Oder heißt es Vaginen?«

Ich lege das Kissen, an dem ich herumgefingert habe, schnell wieder aus der Hand. »Keine Ahnung. Ich habe nämlich nur eine, weißt du.«

»Ist ja auch egal. – Und? Wie war dein Heiligabend mit Stefan?«

»Hätte schlimmer sein können«, sage ich.

Stimmt ja auch. Wenn ich meinen Freund tatsächlich unter der Dusche erschlagen hätte beispielsweise, um dann blutverschmiert vor Tanjas Tür aufzutauchen und mir ihr elektrisches Küchenmesser zu borgen. Ich finde, das wäre noch einen Tick schlimmer.

»Hat Stefan sich nicht über deine Uhr gefreut?«

»Doch, zuerst schon«, sage ich.

Bevor ich sie dann in siedendes Fett getaucht habe!

»Ja, und weiter? Jetzt erzähl schon! Was hat er dir geschenkt? Habt ihr euch verlobt?«

»Wieso verlobt? Wie kommst du auf verlobt?«

»Na ja, Stefan hat so Andeutungen gemacht.«

Ich schaue Tanja wütend an. »Davon hast du mir aber nichts erzählt.«

Mein Blick lässt Tanja ein wenig abrücken. Sie hält sich an einer giftgrünen Vagina fest. »Ich war mir nicht sicher. Und ich wollte ja auch die Überraschung nicht verderben. Also, habt ihr zwei euch jetzt verlobt oder nicht?«

»Nein, wir zwei haben uns ganz und gar nicht verlobt«, fahre ich sie an. »Das heißt, wir hätten uns *beinahe* verlobt, aber dann haben wir doch lieber Schluss gemacht. Zufrieden?«

»Oh, Pi, Kleines, ist das wahr? Komm her!« Sie umarmt mich und streichelt über mein Haar. Sofort fange ich an zu heulen, obwohl mir bis jetzt gar nicht danach zumute war. Aber so ist es immer bei mir. Mir wird erst dann so richtig klar, wie schlecht es mir geht, wenn jemand auf die Idee kommt, mich trösten zu wollen.

»Hey, Süße, nicht weinen! Glaub mir, kein Mann ist es wert, dass wegen ihm der Kajal verläuft«, sagt Tanja und holt mir eine Schachtel Kleenex für den Fall, dass ich da vielleicht anderer Meinung sein sollte. »Und Stefan schon gar nicht. Sei froh, dass du den Wichtigtuer so einfach losgeworden bist. Mensch, Pi, das ist das beste Weihnachtsgeschenk, das er dir machen konnte.«

»Aber es tut weh«, schluchze ich.

»So weh wie eine Wachsbehandlung?«

Ich muss nur kurz überlegen. Nichts tut so weh wie eine Wachsbehandlung. »Ja«, sage ich trotzdem.

»Dann nimm eine Schmerztablette.«

Na, das habe ich gern! Was sagt man zu so einer Freundin? Erst sabotiert sie mit ihrer völlig untypischen Verschwiegenheit meine Verlobung und ist somit überhaupt erst schuld, dass alles so gekommen ist, und dann glaubt sie, sich mit einer Aspirin aus der Affäre ziehen zu können. Aber gegen Liebeskummer gibt es keine Tabletten. Da hilft nur eine gute Freundin oder eine neue Liebe oder Alkohol.

Das bedeutet, ich bin verratzt.

Meine Freundin hat sich nämlich gerade als Verräterin entpuppt, weil sie mir Stefans Geheimnis nicht gesteckt hat, und eine neue Liebe ist weit und breit nicht in Sicht. Jetzt bin ich schon einen ganzen Tag Single und beziehungstechnisch hat sich noch rein gar nichts getan. Bleibt also nur der Alkohol. Jim Beam und Johnny Walker werden wohl die einzigen Freunde sein, die noch zu mir stehen, wenn ich in irgendeiner heruntergekommenen Singlebar tot vom Barhocker kippe.

Schluss damit! Ich höre jetzt einfach auf, so negativ zu denken. Außerdem höre ich auf zu heulen. Schließlich kann ich wohl kaum Mitleid von einer Frau erwarten, die Schwänze an die Wand nagelt.

»Vielleicht hast du Recht. Ich habe wirklich was Besseres verdient als diesen … diesen …«

»Arsch«, hilft Tanja aus.

»Genau. Etwas viel Besseres.«

Tanja strahlt über das ganze Gesicht. Sie war schon immer in Sorge, dass ich eines hässlichen Tages meinen Roboter heiraten könnte. »Das muss gefeiert werden!« Tanja läuft in die Küche und kommt mit einer Flasche Sekt und zwei Gläsern zurück. Bei ihr steht immer Sekt im Kühlschrank, weil es immer etwas zu feiern gibt, wenn man nicht allzu kleinlich bei den Anlässen ist.

Deine Verlobung ist geplatzt? Dein Freund hat dich verlassen? Haha, na und? Trinken wir einen drauf! Konfetti! Und weiter geht's! Polonäse Blankenese durchs Trümmerfeld des Lebens.

Während wir trinken, erzähle ich ihr die ganze Geschichte. Erwartungsgemäß steht sie voll auf meiner Seite.

»Das hast du ganz richtig gemacht«, kommentiert sie meine

Frittieraktion mit der Uhr. »Du hättest nur nicht warten sollen, bis er die Uhr abgelegt hat.«

Anschließend schimpfen wir eine Weile über Stefan im Besonderen und die Männerwelt im Allgemeinen. Tanja hat nämlich auch eine Trennung hinter sich. Im Sommerurlaub in Spanien hat sie sich von ihrem Freund Axel getrennt, nachdem sie ihn zuvor mit Hilfe eines Tennisschlägers von einer gewissen Maria trennen musste, die definitiv nicht die Jungfrau Maria war.

»Ich verstehe nicht, warum du dir diese Bilder an die Wand hängst, wenn du Männer so verachtest«, sage ich und zeige auf die Genitalien im Großformat.

»Wer verachtet Männer? Wie kommst du denn auf so was? Im Gegenteil, seit ich Axel aus meinem Leben gekickt habe, genieße ich Männer. Ich habe nur eine neue Einstellung zu ihnen. Ich brauche keine Männer mehr, ich verbrauche sie. Und danach kommen sie in meine Erinnerungsgalerie.«

Ich schaue Tanja fragend an. Ich weiß natürlich, dass sie seit Axel schon mit einigen Männern zusammen war. Ich weiß von Kai, ihrem Fotoasisstenten; von Richard, ihrem Anlageberater; von Jürgen, einem ihrer Aktmodelle, und von einem Pizzaboten, dessen Namen ich vergessen habe. Aber im Flur und hier im Wohnzimmer hängen bestimmt über zwanzig, äh, Dinger, und im Schlafzimmer war ich noch gar nicht.

»Du meinst doch nicht etwa, du hast mit all diesen Männern geschlafen?«

Tanja lacht und schüttelt den Kopf. »Geschlafen? Wohl kaum!«

»Na, Gott sei Dank! Für einen Moment habe ich schon gedacht, du hättest dich in eine dieser dummgeilen Sexschlampen verwandelt.«

»Ach ja?« Tanja schaut mich böse an. »Was ich eigentlich sagen wollte, meine liebe Pi, ist, dass ich zwar nicht mit allen geschlafen habe, weil die schließlich auch zu Hause schlafen können. Aber gevögelt habe ich schon mit allen.«

Eine Weile starre ich meine Freundin nur stumm an und die dummgeile Sexschlampe starrt stumm zurück. Dann räuspere ich mich und sage: »Ich soll dir übrigens frohe Weihnachten von deinem Nachbarn gegenüber ausrichten.«

Tanja schnaubt verächtlich durch die Nase. »Der Idiot soll mich in Ruhe lassen.« Sie zeigt auf ein Bild von einem unscheinbaren Penis, das in der unteren Ecke hängt, und lacht. »Da wir gerade von ihm sprechen ...«

Ich lasse meinen Blick etwas genauer über die Peniskollektion schweifen. Es gibt große, kleine, dicke, dünne, weiße, schwarze, braune, beschnittene, alle möglichen Formen schauen mir aus Nestern von dichtem oder schütterem Schamhaar entgegen: Bananen, Gurken, Würste, Kiwis. Wenn ich auch nur eine Minute länger hinblicke, werde ich auf der Stelle lesbisch oder blind oder beides. Wenn ich nicht aufpasse, fange ich mein neues Leben als blinde Lesbe an. Ich habe nichts gegen blinde Lesben, wirklich nicht, aber im Moment wäre das ein Tick zu viel an Veränderung.

»Hey, guck nicht so schockiert!« Tanja gibt mir einen leichten Klaps auf den Po. »Es ist schließlich schon eine Weile her, seit mit Axel Schluss ist.«

Vier Monate. Das ist das Ergebnis meiner heimlichen Fingerabzählübung. Vierzig Männer in vier Monaten, das sind zehn pro Monat, das ist alle drei Tage einer. Das geht eigentlich. Ich meine, es könnte schlimmer sein. Es könnten drei am Tag sein, einer nach jeder Mahlzeit.

Ich schüttele ungläubig den Kopf. »Oh, Tanja, das ist krank. Das ist wirklich krank, weißt du?«

»Unsinn! Das kommt dir nur so vor, weil du außer deiner Jugendliebe und Stefan keine anderen Männer hattest.«

Ich rechne schnell nach und komme auf das gleiche Ergebnis. »Hast du eine Ahnung«, sage ich mit einem mitleidigen Lächeln. Ich bin jetzt die Frau mit den dunklen Geheimnissen, eine Mischung aus Mata Hari und Daisy Duck. »Es gab schon eine Menge Männer in meinem Leben.«

»Ja, sicher, Schuhverkäufer. Aber ich spreche von Sex.«
»Auch da gab es mehr als genug, danke der Nachfrage.«
Jetzt ist es Tanja, die mich mitleidig anlächelt. »So? Wie viele denn?«
Ich spüre, wie ich rot werde, und frage mich, warum ich mich auf einmal in der Defensive fühle. Schließlich habe *ich* keinen Nudelsalat an der Wand hängen.
»Zehn?«, fragt Tanja weiter. »Oder eher sieben? Wenigstens fünf?«
»Ach ja, von den Bielers soll ich dir auch Grüße ausrichten.«
»Bieler? Kenne ich nicht.«
»Ein älteres Ehepaar aus dem achten Stock, graue Haare, beide klein und untersetzt, graue Mäntel, eher unscheinbar.«
Tanja zuckt mit den Achseln. »Die sehen hier alle so aus.«
Natürlich. Gegen Tanja sehen wir anderen alle farblos und langweilig aus. Sie ist so etwas wie ein Papagei unter Nebelkrähen. Wie sie so dasitzt mit ihrem blauen Haar, ihrem albernen Möpseshirt, inmitten all der neonfarbenen Vaginakissen, umgeben von Wänden in Gelb, Rot, Orange und Pink, unter einem ihrer Riesenpenisse, kommt sie mir vor wie Pippi Langstrumpf als Erwachsene: schrill, frech, geil.
Und ich bin Annika: brav, verklemmt, verlassen.
Ich frage mich, in welchem Grauton Tanja mich wohl sieht. In einem dezenten Staubgrau, nehme ich an.
Ich brauche unbedingt neue, flippigere Schuhe.

»Das nächste Jahr wird *mein* Jahr, du wirst schon sehen. Das ist die optimale Gelegenheit, mein Leben noch einmal zu ändern. Ich habe keinen Partner mehr, der mir reinquatschen würde, und noch keine Kinder, auf die ich Rücksicht nehmen müsste. Da kann ich ruhig ein bisschen was riskieren, die alten, ausgetretenen Pfade verlassen, du weißt schon, neue Wege gehen und so. Nächstes Jahr gebe ich Vollgas.«
Ich höre Tanja gebannt zu, nippe an meinem Kaffee und är-

gere mich insgeheim, dass sie mir mit ihrer Ankündigung zuvorgekommen ist. Mit Vollgas auf neuen Wegen – genau so werde ich nämlich nächstes Jahr unterwegs sein, auch wenn es ein bisschen nach einer Anleitung klingt, wie man fachgerecht sein Auto um einen Baum wickelt.

Um zu beweisen, dass ich ebenfalls schon kräftig beschleunige, nicke ich eifrig und rufe voller Begeisterung: »Ganz genau! Vollgas! Da bin ich dabei! Volle Kanne, Susanne!«

Tanja runzelt die Stirn und schaut mich kopfschüttelnd an. »*Volle Kanne, Susanne*? Sag mal, Pi, geht's dir nicht gut? Hast du irgendwelche Tabletten genommen?«

Bevor ich antworten kann, meldet mein Handy sich mit einer Melodie aus Prokofjews *Peter und der Wolf*. Dieses Klingelzeichen habe ich für Anrufe einer ganz bestimmten Person programmiert: meiner Mutter. Keine Ahnung, warum gerade ihr diese Melodie zugefallen ist. Meine Mutter heißt schließlich weder Peter noch Petra und Prokofjew schon gar nicht.

»Wo bleibst du?«, knurrt sie anstelle einer Begrüßung durchs Telefon. »Sag nicht, du hast unser Essen vergessen!«

»Nein, natürlich habe ich unser Essen nicht vergessen«, erwidere ich und klatsche mir gedanklich mit der Hand gegen die Stirn. Mist!

Ich habe geglaubt, das Essen wäre morgen, am zweiten Weihnachtstag, wie die letzten Jahre auch. Vor lauter Aufregung mit Stefan habe ich nicht mehr daran gedacht, dass es dieses Jahr einen Tag früher stattfindet. Warum kann meine Mutter nicht so sein wie andere Mütter auch und alles fünfzig Mal wiederholen? Aber nein, sie lässt irgendwann einmal in einem dahingeworfenen Nebensatz eine Info fallen und erwartet dann, dass ich mich Wochen später noch daran erinnere. Ausgerechnet ich! Sehe ich etwa aus wie ein Computer? Hängt mir ein Kabel aus dem Hintern? Na also.

Aber so ist meine Mutter. Sie erwartet, dass jeder perfekt ist wie sie selbst, vor allem natürlich ihre Tochter, ihr einziges Kind. Und ich gebe mir auch Mühe, aber ich bin eben anders als sie. Ich bin unorganisiert, unpünktlich, unordentlich, eine Missgeburt. Ich bin nicht verlässlich, nur verlassbar, wie Stefan mir gestern deutlich gezeigt hat. Ich bin eine verlassbare Frau.

Ich schaue auf die Uhr. Schon zehn Minuten über die Zeit, und für die Strecke von Tanja bis zu meinen Eltern benötige ich locker eine Viertelstunde, wenn alle Ampeln grün sind.

»Ich habe die Küche nur noch ein paar Minuten«, beschwert sich meine Mutter. »Du machst dir keine Vorstellung, wie schwierig es ist, beim Kochen zeitlich alles exakt aufeinander abzustimmen. Meine Tochter muss ja nur pünktlich zum Essen erscheinen. Aber selbst das scheint wohl zu viel verlangt. Also, Pia, wann gedenkst du, mich mit deiner Anwesenheit zu erfreuen?«

Ich überlege kurz, ob ich ihr schon etwas von meinem Weihnachtsglück mit Stefan erzählen soll, entscheide mich dann aber dagegen. Schließlich habe ich gerade erst mit dem Heulen aufgehört. Und Tränen am Telefon sind sowieso die reinste Munitionsvergeudung.

»Äh, Mama, ich sitze gerade im Auto und bin auf dem Weg.« Ich lege meinen Zeigefinger auf die Lippen, um Tanja davon abzuhalten, jetzt etwas zu sagen. »In fünf Minuten bin ich bei dir.«

»Du klingst aber nicht so, als würdest du vom Auto aus telefonieren. Du sitzt doch nicht etwa noch zu Hause? Oder bei Tanja?«

»Du, ich kann dich ganz schlecht hören!«, rufe ich und puste laut ins Telefon. »Glaube – Verbin… weg – ksch – Mama? – krrr – hallo – zzzz …lo?«

»Du glaubst doch nicht, dass ich darauf hereinfalle«, höre ich meine Mutter noch sagen, dann lege ich auf.

Tanja schaut mich grinsend an und ich verdrehe die Augen. »Mütter!«

»So schlimm?«

»Allerdings! Meine eigene Mutter glaubt mir überhaupt nichts mehr. Immer denkt sie, ich lüge sie an.«

»Tust du doch auch.«

»Ja, aber nur, um sie nicht zu enttäuschen.«

»Aber du enttäuschst sie doch andauernd.«

»Du, ich muss mich beeilen«, sage ich und schnappe mir meinen Mantel. »Du kannst da sowieso nicht mitreden. Deine Eltern sitzen schön weit weg in Australien.«

Also wirklich! Tanja hat es gerade nötig, sich über meine Beziehung zu meiner Mutter lustig zu machen. An ihrer Stelle würde ich lieber einmal darüber nachdenken, weshalb ihre Eltern es für nötig befunden haben, einen ganzen Erdball zwischen sich und ihre Tochter zu schieben. Wenn es schon Kolonien auf dem Mond gäbe, hätten sie sich wahrscheinlich da raufschießen lassen. So sieht es doch aus.

Ich verabschiede mich von Tanja und verspreche ihr, dass wir morgen über ihre Zukunftspläne reden. Ehrlich gesagt bin ich ganz froh, dass ich mir jetzt nicht anhören muss, wie meine Freundin ihr Leben einmal mehr umzukrempeln gedenkt. Es ist ja schön, wie leicht es ihr fällt, sich immer wieder neu zu erfinden. Ganz toll, wirklich. Aber wenn man selbst gerade in einer Phase der Umorientierung steckt, wünscht man sich doch lieber eine Freundin, die einem Zuspruch, Stütze und vor allem ihre ungeteilte Aufmerksamkeit gibt. Stattdessen ist Tanja drauf und dran, mir mit ihren neuen Plänen erneut die Show zu stehlen. Wie immer die auch aussehen mögen, sie wird sie bestimmt alle konsequent verwirklichen, während ich eine jämmerliche Angst vor allem Neuen habe und meine einzige Zukunftsvision darin besteht, dass Stefan zu mir zurückkehrt. Jedes Mal wenn ich mir vornehme, etwas zu ändern, stehe ich hilflos vor den drei großen W-Fragen: WAS? WIE? Und vor allem: WIRKLICH?

Tanja will mich zum Abschied umarmen, aber ich drehe mich schnell um und entziehe mich ihr. Was soll ich eigentlich mit einer Freundin, die mir immer das Gefühl gibt, verklemmt, langweilig und feige zu sein? Das ist ja genauso spaßig, als würde ich zusammen mit Pamela Anderson und Jennifer Lopez um die Häuser ziehen. Wer braucht denn so was? Nein, Schluss mit den kindischen Umarmungen und der blöden Abküsserei. Ab jetzt bin ich erwachsen und souverän und nicht mehr die liebe Annika. Und überhaupt ist Pippi Langstrumpf eine nervige kleine Göre mit einer scheiß Frisur und hässlichen Strümpfen.

»Keine Zeit!«, rufe ich knapp und springe die Stufen bis in den zwölften Stock hinunter, von wo ich den Fahrstuhl nehme. Mittlerweile habe ich einen Verspätungsgrad erreicht, der jede weitere Hetzerei unnötig macht. Während ich zum Parkplatz schlendere, überlege ich mir, dass meine Mutter in ungefähr einer Viertelstunde anfangen wird, sich Sorgen zu machen. Wenn ich dann ihren Anruf auf meinem Handy einfach ignoriere, habe ich gute Chancen, dass sie später bei meinem Anblick vor Erleichterung ihren Ärger vergisst. Mütter sind ja im Grunde simpel gestrickt. Hilflos zappeln sie an den Fäden ihrer Mutterinstinkte. Man muss nur am richtigen Faden ziehen und sie fressen einem aus der Hand. Erwischt man allerdings den falschen Faden, reißen sie einem den Kopf ab und spielen damit Bowling beim nächsten Frauenabend.

Ich stehe bereits vor meinem zehn Jahre alten grünen Ford Fiesta, bringe es aber nicht über mich, einfach davonzufahren. Ich muss noch einmal zurück.

Aus Tanjas Wohnung dröhnt mir wieder laute Musik entgegen, sodass ich erneut gezwungen bin, laut zu klopfen und zu rufen. Die Musik bricht ab und im gleichen Moment reißt der Nachbar von gegenüber seine Tür auf und starrt mich wütend an.

»Sie schon wieder«, sagt er kopfschüttelnd.

»Na und? Sie sind es ja auch schon wieder«, gebe ich zurück, wobei mir auffällt, dass er der erste Mann ist, den ich noch sieze, nachdem ich seinen Penis gesehen habe. Ich verkneife mir vorsichtshalber die Frage, ob er nichts anderes zu tun hat, als die Leute im Treppenhaus anzukläffen; der Mann scheint leicht reizbar zu sein. Kein Wunder bei so einer kurzen Lunte.

»Ihre Grüße habe ich übrigens ausgerichtet«, sage ich.

Die Musik setzt wieder ein. Offenbar hat Tanja nur die CD gewechselt.

»Viel genutzt hat es aber nicht«, beschwert der Mann sich und hält sich demonstrativ die Ohren zu.

»Also, ich finde, die Musik ist schon viel leiser als vorhin«, versuche ich ihm weiszumachen, während ich bei Tanja Sturm klingele.

»Was?«

»Ich finde, die Musik ist leiser als vorher.«

»Wie? Sie müssen lauter reden bei dem Lärm. Was ist?«

Ich trete einen Schritt auf ihn zu und rufe laut: »Die Musik! Die ist jetzt viel leiser!«

Er schaut mich an, als käme ich vom Mars. »Die Musik ist leiser?«

»Ja, finde ich auch«, sage ich. In dem Moment wird die Musik abgestellt und Tanja macht die Tür auf.

»Hallo, Pi, habe ich doch richtig gehört.« Sie erblickt ihren Nachbarn, eine Sekunde lang starren sich die beiden stumm an. Dann macht Tanja einen Schritt auf ihn zu und ruft: »Buh!«

Der Mann verschwindet wie der Blitz in seine Wohnung, und ich höre nur noch, wie er die Tür von innen verriegelt. Meine Freundin, das Ungeheuer!

»Ich glaube, er ist von deiner lauten Musik ein wenig genervt.«

»Das ist ja auch der Zweck der Übung«, meint Tanja schulterzuckend. »Psychologische Kriegsführung nennt man das. Zurzeit sind nur er und ich auf unserer Etage, da störe ich keinen anderen. Ja, ich weiß, das Ganze ist albern. Aber *er* hat angefangen. Er hat sich bei der Hausverwaltung über meine Eingangstür beschwert.«

»Ihm gefällt deine Tür nicht?«

»Ach was, um die Tür geht es gar nicht. Das macht er nur, weil ich nicht mehr mit ihm bumsen will, dieser Schrumpelschwanz!« Die letzten Worte schießt sie gegen seine Tür, hinter der er mit Sicherheit steht, um uns aus dem Spion zu beobachten. Tanja schaut mich an, als hätte sie mich jetzt erst bemerkt. »Hast du was vergessen?«

»Allerdings«, sage ich. »Das Wichtigste.«

Dann umarme ich meine Freundin und gebe ihr einen Abschiedskuss. Wir haben uns noch nie ohne Umarmung voneinander getrennt, und das soll sich auch nicht ändern, nur weil ich einmal schlechte Laune habe.

»Ich bin total froh, dass wir befreundet sind«, sage ich zu Tanja. »Du auch?«

Tanja schüttelt den Kopf. »Aber volle Kanne, Susanne!«, ruft sie lachend. »Worauf du einen lassen kannst!«

Zwanzig Minuten später stehe ich vor dem großen, zweigeschossigen Haus meiner Eltern und werfe dem Kirschbaum im Garten böse Blicke zu. Als Kind bin ich einmal von ihm heruntergefallen und habe mir dabei einen Finger gebrochen. Seitdem habe ich Höhenangst und mag keine Kirschen mehr.

Hier bin ich aufgewachsen. Also, nicht auf dem Baum natürlich, sondern im Haus. Hier habe ich Klavierstunden und Pickel, meine Periode und Brüste gekriegt, alles Dinge, die ich nie haben wollte. Ich wollte ein Pony, ein Schlagzeug, einen Kuss von Sascha Hehn und ein Schwert, alles Dinge, die ich nie bekommen habe. Heute bin ich zumindest ganz froh über meine Brüste, wohingegen ich mit einem Schwert relativ wenig anzufangen wüsste, es sei denn, Sascha Hehn würde versuchen, mich zu küssen.

Obwohl ich schon vor acht Jahren von hier ausgezogen bin, habe ich immer noch meinen eigenen Schlüssel und mein eigenes Zimmer, wo ich jederzeit übernachten kann. Es ist zwar nur ein kleines Zimmer mit alten Möbeln und Postern aus meiner Teenagerzeit und einem klemmenden Fenster, das sich nur auf Kippe stellen lässt, aber mir gefällt es trotzdem besser als jede Hotelsuite. Hey, ich bin wieder zu Hause!

Noch bevor ich aufschließe, wird die Tür geöffnet. Meine Mutter schaut mich kopfschüttelnd an. »Pia, du bist fünfunddreißig Minuten zu spät«, sagt sie sehr ruhig und sehr kühl und sehr korrekt. »Also, komm herein und lass uns nicht noch mehr Zeit mit dummen Ausreden vergeuden.«

Hey, ich bin wieder zehn Jahre alt!

Ob eine Umarmung wohl auch als Zeitverschwendung zu werten ist? Ich lasse es einfach darauf ankommen, schließlich ist Weihnachten. Meine Mutter lässt sich sogar zu einem Kuss auf meine Wange hinreißen. Das bringt mich dermaßen aus der Fassung, dass mir – *uups!* – unversehens ein paar Sätze der Wahrheit entgleiten.

»Entschuldige, Mama, ich habe einfach nicht mehr an das Essen gedacht«, sage ich und hänge meinen Mantel in die Garderobe. »Aber du ahnst ja nicht, was passiert ist. Stefan hat nämlich ...«

»Jetzt schiebe nicht die Schuld auf Stefan«, unterbricht meine Mutter mich. »Im Gegensatz zu dir war der nämlich pünktlich.«

»Was?«

»Pünkt-lich. Das Wort kennst du nicht.«

»Stefan ist *hier*?«

Meine Mutter seufzt. »Das habe ich doch gerade gesagt.«

»Stefan ist hier? In diesem Haus?«, frage ich noch einmal.

Sie schaut mich an, als würde sie darüber nachdenken, wie groß die Wahrscheinlichkeit ist, dass man mich nach der Geburt vertauscht hat und dass ihr richtiges Kind in Wirklichkeit schön, intelligent und erfolgreich ist. Seufzend schleift sie mich hinter sich her ins Esszimmer.

Stefan sitzt am Tisch und genießt in aller Seelenruhe sein Essen. Als er mich sieht, lässt er die Gabel sinken und sagt: »Hallo, Pia, wir haben schon einmal ohne dich angefangen, bevor alles kalt wird.«

Mit *wir* meint er sich und meine Mutter, die sich jetzt wieder ans Kopfende des Tisches setzt, während ich gegenüber von Stefan Platz nehme. Mein Vater ist nicht anwesend, aber auf der anderen Seite des langen Tisches sind ebenfalls drei Gedecke aufgelegt.

Mir schießen tausend Gedanken durch den Kopf, was ich jetzt am besten sagen könnte. Es soll geistreich und intelligent sein und alles. Und es soll Stefan von Anfang an klar machen, dass ich wunderbar ohne ihn auskomme, er hingegen lange wird suchen müssen, bevor er wieder eine so geistreiche und intelligente und alles Frau findet wie mich.

»Mahlzeit«, sage ich schließlich und greife mir die Schüssel mit den Klößen.

Die Klöße sind lauwarm. Das Rotkraut ist lauwarm. Die Ente ist lauwarm und, noch schlimmer, beinlos. Normalerweise kriege ich immer eine Keule, seit tausend Jahren oder so esse ich bei Geflügel die eine Keule und meine Mutter die andere, das ist alte Familientradition und steht ganz dicht davor, als Naturgesetz anerkannt zu werden. Und jetzt komme ich mal eine Sekunde zu spät und die Welt ist aus den Fugen. Das hat Stefan hundertprozentig mit Absicht getan. So ist der nämlich: total nachtragend und auf so kleinliche, infantile Weise rachsüchtig, dass es nur noch lächerlich ist. Aber nicht mit mir! Ich schreibe mir ein gedankliches Memo: *Nicht vergessen: Stefans Lieblings-LP zerkratzen!*

»Ich dachte schon, du kommst gar nicht mehr«, sagt Stefan. »Gab es mit Tanja so viel zu bereden, dass du die Zeit vergessen hast?«

Dabei grinst er mich dermaßen unverschämt an, dass ich ihn am liebsten packen und … und … und küssen würde.

Aber offiziell bin ich noch sauer auf ihn. Schließlich hat er mich erst veräppelt und dann beschimpft und dann verlassen, von der Entenkeule, die er mir weggegessen hat, ganz zu schweigen. Nein, so schnell zeige ich mich nicht versöhnlich, er soll ruhig noch ein bisschen zappeln.

»Wie kommst du denn darauf?«, frage ich und tue ganz erstaunt, gerade so, als hätte er mir etwas total Abwegiges unterstellt. Dass ich in Pornos mitspiele, zum Beispiel, oder hinter der Waschmaschine putze.

»Ich dachte nur, ihr hättet schon Kriegsrat gehalten.«

»Falsch gedacht. Ich habe Tanja schon ewig nicht mehr gesprochen.«

»Klar«, sagt Stefan und wirft meiner Mutter einen viel sagenden Blick zu. »Was soll man auch immer reden?«

»Eben.« Ich nehme einen Schluck Wein und versuche, ein Stück Entenbrust aus meinen Zähnen zu spülen. Meine Mutter guckt mich böse an. Ihr bleibt natürlich nie etwas zwischen den Zähnen hängen. »Bist du eigentlich schon lange hier?«, frage ich Stefan.

»Lange genug, um uns von deinem *Missgeschick* zu erzählen«, sagt meine Mutter. »Warum machst du nur immer solche Dinge?«

Ich zucke mit den Achseln. »Ich hatte eine schwere Kindheit, Mama.«

»Die Vergangenheitsform in Bezug auf deine Kindheit erscheint mir völlig unangebracht«, revanchiert sich meine Mutter sofort.

Stefan grinst mich an, als könnte er nur mit Mühe ein *Ätschbätsch* zurückhalten.

»Ach ja?«, sage ich wütend. »Die Gegenwartsform in Bezug auf die Anwesenheit mancher Personen hier am Tisch erscheint mir auch völlig unangebracht.«

Ätschbätsch!

In dem Moment höre ich ein Scheppern aus der angrenzenden Küche und dann ein lautes Schimpfen.

»Dein Vater bereitet einen Karpfen zu«, sagt meine Mutter. Die Serviette, mit der sie sich den Mund abtupft, kann ihr maliziöses Grinsen nicht ganz verdecken.

»Hört sich eher nach Weißer Hai an«, sage ich, als auch schon die Tür zur Küche auffliegt und mein Vater mit rotem Kopf und roter Schürze hereingepoltert kommt.

»Wo ist mein verflixter Brattopf, Elvira?«, herrscht er

meine Mutter an. »Du hast ihn versteckt, gib es zu. Du sabotierst mein Weihnachtsessen, du verflixte Hexe!«

Meine Mutter hat meinem Vater das Fluchen schon vor Jahren abgewöhnt. Sie selbst, Tochter eines Bankiers und einer Konzertpianistin und angesehene Richterin, flucht überhaupt nicht, und meinem Vater hat sie lediglich dieses lachhafte »verflixt« durchgehen lassen.

Meine Eltern haben vor neunundzwanzig Jahren geheiratet, nachdem meine Mutter erfahren hat, dass sie mit mir schwanger ist. Bereits ziemlich früh wurde ihnen klar, dass die Ehe schwierig werden würde, eigentlich schon, als mein Vater meiner Mutter den Ring an den Finger steckte. Ich habe mir diese Szene auf Super-8-Film bestimmt ein Dutzend Mal angesehen. Ganz großes Kino. Allein schon, wie entsetzt meine Mutter guckt, als meinem Vater der Ring aus den Fingern flutscht. Und wie der Ring dann *klink klink klink* über den Steinboden hüpft, bis er schließlich in einer Bodenritze am Altar verschwindet, als hätte ihn der Erdboden verschluckt. Ich bin ja nicht abergläubisch, aber hey, wenn ich jemals ein schlechtes Omen gesehen habe, dann auf dem Hochzeitsfilm meiner Eltern. Meine Oma mütterlicherseits hat sich sogar bekreuzigt, als sie mit ansehen musste, wie der Pfarrer auf den Knien vor dem Altar herumrutschte, um den Trauring aus der Ritze zu fischen. Die ganze Hochzeitsgesellschaft wusste nun Bescheid, was von dieser Ehe zu erwarten war: nichts Gutes.

Wenige Monate danach kam ich auf die Welt, woraufhin meine Eltern hauptsächlich damit beschäftigt waren, mir ein standesgemäßes Domizil zu errichten und meinen Verdauungsapparat in Schwung zu halten. Ein paar Jahre später war ich dann damit beschäftigt, mein Domizil zu verwüsten und meine Eltern in Schwung zu halten. Schließlich passierte das, was man bei kriegerischen Auseinandersetzungen oft beobachten kann. Aus Gegnern werden Verbündete, wenn sie einem gemeinsamen Feind gegenüberstehen. So sah die Kräftekonstellation während meiner Jugend aus: Meine Eltern hatten sich gegen mich verbündet. Meine Mutter bestimmte die Regeln, und mein Vater nahm diplomatische Beziehungen zu mir auf, um sie durchzusetzen. Wenn ich eine Regel partout nicht akzeptieren wollte, musste allerdings meine Mutter sie durchboxen, ganz ohne meinen Vater und ganz ohne Diplomatie. Meine Mutter war der unbeugsame General, mein Vater der unfähige Adjutant und ich ihre unbändige Gefangene. Das hielt uns alle drei ganz schön in Atem.

Als ich dann mit zwanzig das Haus verließ, um mein später abgebrochenes Jurastudium erst einmal zu beginnen, atmeten meine Eltern tief durch. Aber schon bald erkannten sie, dass sie sich auch ohne mein Mitwirken das Leben schwer machen konnten. Sie stritten sich nun nicht mehr über Erziehungsfragen, sondern über alles andere. Ihre Dispute waren manchmal so heftig, dass sie hinterher wochenlang nicht miteinander redeten und sich fast komplett aus dem Weg gingen. Da meine Mutter als Richterin und mein Vater als Architekt beruflich ohnehin immer viel zu tun hatten, fiel ihnen das nicht schwer.

Vor ein paar Tagen hat es zwischen den beiden wieder einmal gewaltig gekracht, weil mein Vater auf einer Party offenbar zu intensiv mit der Gastgeberin, einer Kollegin meiner Mutter, geflirtet hat. Deshalb gibt es heute auch kein gemeinsames Weihnachtsessen. Meine Eltern haben sich nicht auf ein Essen einigen können und waren auch nicht bereit, zusammen zu kochen. Und da angeblich niemand der beiden morgen Zeit hat, esse ich heute, um keinen zu beleidigen, zuerst bei meiner Mutter und anschließend bei meinem Vater – falls dieser noch seinen Bräter findet.

»Wenn du mehr Zeit darauf verwenden würdest, Ordnung zu halten, und weniger Zeit darauf, deine Mitmenschen zu beleidigen, dann bräuchtest du nicht ständig deine Sachen zu suchen und könntest dich wichtigeren Dingen zuwenden«, sagt meine Mutter. »Zum Beispiel der Begrüßung deiner Tochter.«

»Das mache ich schon noch, keine Sorge.« Mein Vater beugt sich zu mir herab und küsst mich auf die Wange. »Hallo, Schlumpelchen. Schön, dass du da bist.«

»Ja, das denke ich auch die ganze Zeit«, sage ich mit einem gequälten Lächeln.

»Dein Essen ist doch bestimmt schon kalt, oder? Komm, ich stelle es kurz in die Mikrowelle.«

»Du rührst diese Ente nicht an!«, zischt meine Mutter. »Das mache ich selbst.« Sie schnappt sich meinen Teller und läuft damit zur Küche, mit meinem Vater im Schlepptau.

»Schön, dann kannst du mir auch gleich zeigen, wo du meinen Brattopf versteckt hast.«

»Den habe ich im Garten vergraben, was glaubst du denn? Zusammen mit deinen stinkenden Zigarren und deinen ...«

Die Tür fällt hinter den beiden zu und erlöst Stefan und mich von ihren albernen Zankereien.

»Deine Eltern ...«, fängt Stefan an zu reden.

»Sag jetzt nichts über meine Eltern!«, fahre ich ihn an. »Was suchst du überhaupt hier? Ich dachte, du hast genug von mir und meiner hysterischen, hirnlosen und berechnenden Art.«

So, das musste auf den Tisch. Wenn er sich jetzt entschuldigt, kann ich mich auch entschuldigen, und alles ist wieder gut.

»Ich bin genauso eingeladen wie du«, rechtfertigt sich Stefan.

Männer sind ja so was von dämlich! Als wenn es mir um seine Einladung ginge! Bin ich Türsteher, oder was?

»Ja, aber die Einladung war vor unserem Streit«, höre ich mich sagen. »Die gilt jetzt nicht mehr.«

Stefan lehnt sich zurück und verschränkt trotzig seine Arme vor die Brust. »Ich habe deinen Eltern alles erzählt und niemand hat daraufhin seine Einladung zurückgezogen. Ich kann also sehr wohl hier essen.«

Mist, das Gespräch läuft völlig schief! Jetzt zanken wir uns um das blöde Essen. Fehlt nur noch, dass wir uns mit Knödeln bewerfen. Warum sagt er denn nicht einfach, dass er das mit der Trennung nicht so gemeint hat, damit ich ihm endlich in die Arme sinken kann? Männer! Einen Zwölfzylindermotor reparieren sie dir mit verbundenen Augen, aber wenn es darum geht, eine Beziehung zu flicken, haben sie nie das passende Wort in ihrem Werkzeugkasten. Also gut, Stefan, geh einen Schritt beiseite und lass mich mal ran!

»Du, Stefan, was ich noch sagen wollte«, leite ich meine Schnell-gründlich-sauber-Beziehungsreparatur ein, »das mit der Uhr ...«

»Jetzt vergiss mal die bescheuerte Uhr.«

»Na, hör mal! Die war ganz schön teuer! Ich kann dir gerne die Rechnung zeigen.«

»Geld, Geld, Geld. Ist das alles, woran du denken kannst?«

Okay, ich habe es versucht. Kaputt ist kaputt! Da lohnt sich keine Reparatur mehr. Ich kann mit diesem Mann einfach nicht reden. Gebt mir lieber den defekten Zwölfzylindermotor und einen Hammer. Das ist erfolgversprechender.

Bevor ich mir über Inhalt, Lautstärke und Schärfe meiner Entgegnung auch nur annähernd im Klaren bin, kommen meine Eltern zurück.

Meine Mutter stellt mir den Teller vor die Nase. »Hier, Pia, jetzt lass es dir schmecken!« Sie setzt sich auf ihren Platz und schaut mich erwartungsvoll an. Also beginne ich pflichtschuldig wieder zu essen.

»Und? Schmeckt es jetzt besser?«

»Ja, ausgezeichnet, Mama«, sage ich mit vollem Mund. »Danke.«

Mein Vater tätschelt meine Schulter. »Der Karpfen ist auch bald fertig.«

»Fein.«

»Aber erst gibt es das Dessert«, stellt meine Mutter klar. »Apfelstrudel mit Vanillesoße. Du magst doch so gerne Vanille.«

»Richtig. Vanille – super.«

»Ich habe Vanilleeis mit heißen Himbeeren für mein kleines Mädchen«, sagt Papa.

»Klasse.«

»Nimm ruhig noch etwas von der Ente«, sagt Mama.

Du kannst mich mal mit deiner blöden Ente!

Das sage ich natürlich nicht, dafür habe ich zu viel Respekt vor meiner Mutter. Ich denke es auch nur ganz, ganz leise.

Mein Vater wechselt ein paar Höflichkeiten mit Stefan und verschwindet wieder in der Küche. Mutter beendet ihr Essen und fängt an, Stefan und mich versonnen anzulächeln. »Pia war schon immer ein wenig empfindlich, was Weihnachtsgeschenke betrifft. Da hätte ich dich eigentlich vorwarnen müssen, Stefan. Weißt du noch, Pia, wie du dir damals ein Schwert gewünscht hast?«

»Mama, bitte! So was interessiert Stefan nicht.«

»Doch«, widerspricht Stefan. »Mein Selbsterhaltungstrieb sagt mir, dass es mich sogar sehr interessieren sollte, wenn du dir ein Schwert zulegen willst.«

»Da kann ich dich beruhigen, Stefan. Damals war Pia gerade mal so alt wie auf dem Bild hier.« Meine Mutter zeigt auf ein Ölgemälde, das an der Wand gegenüber von Stefan hängt. Es ist ein kitschiges Porträt von mir als Neunjährige, das meine Mutter in einer künstlerischen Aufwallung selbst gemalt hat. Ich habe es immer schon gehasst, weil ich so schrecklich darauf aussehe. Ein dickes, hässliches Kind.

»Sie hatte im Fernsehen etwas über Jeanne d'Arc gesehen«, fährt meine Mutter fort. »Daraufhin wollte sie auch so sein wie die Jungfrau von Orleans.«

»Als ich sie kennen lernte, hatte sie dieses Ziel aber schon aufgegeben«, sagt Stefan grinsend.

Mit solchen Anzüglichkeiten ist er bei meiner Mutter an der falschen Adresse. So etwas hasst sie noch mehr als Fluchen, Unpünktlichkeit oder Hundekot unter der Sandalette. Aber zu meiner Überraschung weist sie Stefan nicht zurecht, sondern erlaubt sich sogar ein leichtes Schmunzeln, bevor sie weitererzählt. »Natürlich haben wir ihr kein Schwert geschenkt, auch keines aus Plastik oder Holz. Sie hat von uns eine große, süße Puppe bekommen, ein Negermädchen in einem weißen Seidenkleid.«

»Die kenne ich«, sagt Stefan. »Die hast du doch immer noch in deiner Sammlung, Pia. Das ist die, bei der ein Arm fehlt, stimmt's? Deborah. Heißt sie nicht so?«

»Den Arm hat ihr Pia ein paar Tage später mit einem Küchenmesser abgesäbelt und verbrannt.«

»Vielen Dank, Mama!«, rufe ich wütend und werfe demonstrativ meine Serviette auf den Teller. »Stefan hält mich sowieso schon für verrückt. Gut, dass er diese blöde Geschichte jetzt auch noch kennt. Schon mal was von Verjährung gehört, Frau Richterin?«

»Pia, nicht in diesem Ton!«, sagt meine Mutter streng. Dann erhebt sie sich, stellt unsere Teller zusammen und trägt sie in Richtung Küche. »Ich hole jetzt das Dessert. Bis dahin hast du dich hoffentlich wieder beruhigt.«

Als wir unter uns sind, herrscht ein paar Sekunden lang unschlüssiges Schweigen, dann räuspert sich Stefan und sagt: »Das stimmt nicht, dass ich dich für verrückt halte, Pia. Allerdings sind da schon ein paar Dinge …«

»Ich dachte, du wolltest nicht mehr über die Sache mit der Uhr reden.«

»Es ist nicht nur die Uhr. Es ist alles. Welches kleine Mädchen zerstückelt schon ihre Puppen?«

»Das war eine lebenrettende Amputation«, stelle ich klar. »Ich wollte nämlich nicht nur eine Kriegerin wie Jeanne d'Arc werden, sondern auch Ärztin in der Schwarzwaldklinik. Ich schwankte zwischen Schwertkampf und Chirurgie. Der Puppenarm ist dann blöderweise mit der Kerze in Berührung gekommen, mit der ich das Messer sterilisiert habe. Okay, das war dumm, aber ich bin eben manchmal spontan.«

»Du bist unbeherrscht«, wirft Stefan mir vor.

»Du meinst wohl unbeherrschbar. Klar, dass dich das stört.«

»Mich stört noch viel mehr. Dein lächerliches Tattoo mit der Tigerente zum Beispiel. Überhaupt deine todsicheren Wetten, die du ständig verlierst.«

»Stimmt doch gar nicht. Meistens gewinne ich. Zugegeben, das mit dem Tattoo hätte ich nicht machen sollen. Aber die Wette war wirklich todsicher, das hast du selbst auch gesagt. Und wenn Deutschland bei der WM in Japan nicht ins Endspiel gekommen wäre, hätte Tanja sich Oliver Kahn auf den Hintern tätowieren lassen müssen. Wenn du es mal so siehst, bin ich mit meiner Tigerente noch billig davongekommen.«

»Ach ja, deine verrückte Freundin. Das ist auch so ein Fall.«

»Ein Glücksfall. Die ist nämlich schwer in Ordnung und völlig normal.«

»So wie dein Schuhtick, nehme ich an.«

»Den haben viele Frauen, sonst gäbe es ja das Klischee nicht. Sei lieber froh, dass ich Schuhe mag und mir nicht Bilder von Penissen an die Wand hänge.«

»Da sind wir alle froh drüber«, sagt meine Mutter, die gerade mit ihrem Apfelstrudel hereinkommt und meine letzten Worte mitbekommen hat. »Hast du eigentlich schon viel getrunken?«

»Eigentlich nicht, ist aber eine gute Idee«, sage ich und schenke mir gleich noch etwas Wein nach. »Ich schlafe dann heute Nacht hier.«

Meine Mutter schaut mich peinlich berührt an, wie sie es immer macht, wenn ich jemandem in ihrer Anwesenheit von meinem Beruf als Astrologin erzähle. »Ach, Pia, das ist gerade ungünstig. Weißt du, dein Zimmer ist zurzeit nämlich belegt. Aber du kannst natürlich gerne auf der Couch im Wohnzimmer schlafen.«

Nun schaue ich meine Mutter verständnislos an, wie ich es immer mache, wenn sie mir vorschlägt, mit ihr ins Museum oder in die Oper zu gehen. »Mein Zimmer ist belegt? Aber wieso ... Ich meine, von wem denn?«

»Es ist nur für ein paar Tage«, sagt Stefan. »Bis ich meine Gedanken geordnet habe.«

Geordnete Gedanken könnte ich jetzt auch gebrauchen. Hallo, träume ich? Was ist denn das für ein beschissenes Weihnachten dieses Jahr?

»Moment mal.« Ich stehe auf, schließe die Augen und reibe mir mit den Fingerspitzen beide Schläfen wie bei einem plötzlichen Migräneanfall. »Damit ich das jetzt richtig verstehe, Stefan. Du verlässt mich und ziehst dann zu *meinen* Eltern?«

»Doch nur vorübergehend«, sagt Stefan. »Deine Mutter hat es mir angeboten. Hier ist genug Platz, da störe ich niemanden. Und außerdem steht noch gar nicht fest, ob ich dich verlasse. Ich brauche ein bisschen Zeit, okay? Ich muss mal ein paar Tage in Ruhe durchatmen.«

»Dann geh doch in irgendeinen verdammten Wald!«

In dem Moment schaut mein Vater herein und fragt: »Seid ihr fertig mit dem Dessert? Können wir essen?«

»Klar, ich muss vorher nur kurz auf die Toilette und mich übergeben!«, fahre ich ihn an. »Oder habt ihr da auch noch irgendeinen Penner einquartiert?« Er schaut mich mit großen Augen verständnislos an und ich stürme aus dem Raum. Im Moment bekäme ich ohnehin keinen Bissen runter. Ich fühle mich elend, verlassen, verraten und gedemütigt. Mein Freund macht mit mir Schluss und lässt sich dann von meinen Eltern adoptieren, die nichts Eiligeres zu tun haben, als mich aus meinem eigenen Zimmer zu verbannen. Hat mich denn niemand mehr lieb?

Ich kann da jetzt auf keinen Fall zurückgehen und einen toten Fisch runterwürgen. Also schnappe ich mir meinen Mantel und mache mich einfach auf und davon. Draußen ist der Himmel so verhangen wie meine Stimmung. Es ist kalt und die Luft riecht nach Schnee und Veränderung. Ich atme tief durch, zeige dem Kirschbaum im Garten meinen Mittelfinger und fahre nach Hause.

Eine Polizeikontrolle, eine Blutprobe und einen Führerscheinentzug später komme ich in meiner Wohnung an und werfe mich mit letzter Kraft auf die Couch. Es ist wirklich zu schade, dass ich damals kein Schwert bekommen habe. Ich wäre jetzt nämlich genau in der richtigen Stimmung, um Harakiri zu machen.

Eine Woche später hat die Vorstellung, mir ein Schwert in den Bauch zu stoßen, deutlich an Attraktivität verloren. Genau besehen, ist Harakiri eine ziemliche Sauerei mit all dem Blut und Gedärm. Ich habe zwar gelesen, dass diese Selbstentleibung ein ehrenvoller Akt sei, aber ich glaube nicht, dass derjenige, der hinterher aufputzen muss, das genauso sieht. Außerdem ist das überhaupt nicht mein Stil – viel zu schnell und zu schmerzhaft. Nein, wenn ich mich umbringen wollte, dann gemächlich und mit Genuss. Dann greife ich nicht zum Schwert, sondern zur Zigarette. Das merke ich mir gleich als guten Vorsatz für das neue Jahr, das in drei Stunden beginnt: Ich werde mit dem Rauchen anfangen.

Seit der letzten Woche hat sich an meiner Situation nicht viel geändert. Mein Freund atmet immer noch bei meinen Eltern durch, genauer gesagt, mein Exfreund bei meinen Exeltern. Direkt nach meinem überstürzten Aufbruch habe ich noch einmal kurz mit ihnen telefoniert, um ihnen mitzuteilen, dass Stefan ruhig für immer bei ihnen bleiben kann, weil ich sowieso kein Interesse mehr an ihm habe, selbst wenn er sich nackt und von Kopf bis Fuß mit Vanille eingeschmiert vor meine Haustür legen würde. Seitdem herrscht Funkstille zwischen uns allen. Stefan hat zwar inzwischen sein Handy und ein paar Sachen zum Wechseln aus der Wohnung geholt, aber da war ich nicht zu Hause. Er hat mir eine Nachricht hinterlassen: *Du kannst mich jetzt wieder übers Handy erreichen. Stefan.* Daraufhin habe ich ihm gleich eine SMS geschickt: *Habe deine Nummer schon gelöscht. Pia.*

Meinen Führerschein habe ich auch noch nicht zurück. Es steht zu befürchten, dass ich das ganze nächste Jahr ohne ihn auskommen muss. Und da wir gerade bei Befürchtungen sind: Es kann sogar sein, dass ich meine Horoskopseite bei der XX verliere. Die neue Redakteurin für Vermischtes, auf deren Einstands- und Silvesterparty Tanja und ich uns gerade befinden, hat Zweifel, ob Horoskope zu einer modernen Frauenzeitschrift passen. Die Frau von heute glaube nicht mehr an Astrologie, und die einzigen Sterne, die ihr etwas bedeuteten, seien die auf der Motorhaube.

Ich trete also womöglich als Single, Vollwaise, Fußgängerin und Arbeitslose ins neue Jahr, und der einzige Mensch, der noch zu mir steht, ist eine Irre. Stefan hat nämlich mit seiner Ansicht über Tanja leider Recht behalten: Sie ist wirklich verrückt, total durchgeknallt, plemplem, Kopfschuss. Sie will doch tatsächlich ihr Fotostudio an den Nagel hängen, um dann ... ach, nein, ich mag überhaupt nicht daran denken.

Ich stehe am brennenden Kamin, halte ein Glas Erdbeerbowle in der Hand, wippe ein wenig im Rhythmus zu Madonnas *American Pie* und sortiere das knappe Dutzend anwesender Männer in die Kategorien NIEMALS!, WARUM-EIGENTLICH-NICHT? und JEDERZEIT-AN-JEDEM-ORT ein. Leider sind sämtliche JEDERZEIT-Männer mit ihren wunderschönen, jungen Frauen hier, und die wenigen WARUM-EIGENTLICH-NICHT-Männer, die solo sind, haben mich entweder nicht auf ihrem Radar oder sie verlieren bei näherer Betrachtung ganz schnell ihr WARUM. Dennoch bin ich nicht einsam, weil so viele NIEMALS!-Männer von mir wissen wollen, ob ich auch auf dieser Party bin.

Ein grauhaariger Endfünfziger pirscht sich an mich heran. »Hallo. Hat es Sie auch auf diese Party verschlagen?«

»Nein, ich hatte leider keine Zeit«, antworte ich. »Ich bin zu Hause geblieben bei den Kindern.«

Der Mann knurrt etwas Unverständliches und tigert dann weiter in Richtung Buffet.

»Gefällt Ihnen die Party nicht?«, fragt mich die Gastgeberin, die Redakteurin für Vermischtes bei der XX, meine Chefin Beate Teuser. Sie trägt einen weißen Hosenanzug, einen weißen Seidenschal, weiße Perlenohrringe und weiße Pumps. Sie stellt sich neben mich, lässt ihren Blick über die Gäste schweifen, die in lockeren Grüppchen in der weiß-beige-grauen Leder-Glas-Chrom-Wohnlandschaft stehen, als hätte sie ein Innenarchitekt hineingetupft, und nippt an ihrem Getränk (Weißwein, nehme ich mal an).

»Doch«, erwidere ich und halte nach Tanja Ausschau oder nach irgendjemanden, der mich retten könnte, bevor die Teuser sich an mir festbeißt. »Ich amüsiere mich prächtig.«

»Dann sagen Sie das mal Ihrem Gesicht. Sie wissen doch, wenn Sie Probleme haben, Frau Herzog, dann ...«

»Ja, sicher. Danke.«

»... dann müssen Sie leider gehen. Das ist meine Silvesterparty, da will ich nur fröhliche Gesichter um mich sehen.« Dabei lacht sie mich so breit an, dass man ihre Mundwinkel problemlos an die Ohrläppchen klemmen könnte. »War nur ein Scherz. Gibt es Ärger zu Hause? Sie wollten doch Ihren Freund mitbringen, oder?«

Ich habe schon zu viel von der Erdbeerbowle gekostet, um den schnellen Wendungen der Teuser folgen zu können. Ich habe ihren bescheuerten Witz noch nicht ganz verdaut, da fängt sie schon von meinem bescheuerten Freund an. Vielleicht sollte ich ihr ein Glas Bowle über den weißen Anzug kippen, denn heute will ich nur traurige Gesichter um mich sehen. Leider bin ich dafür zu feige. Stattdessen antworte ich brav: »Der ist leider verhindert.«

»Der Ärmste! Was gibt es denn heute Abend so Wichtiges, dass er meine Party dafür sausen lässt?«

Tja, gute Frage. Was antworte ich da auf die Schnelle? Seitdem Stefan ausgezogen ist und ich den Kontakt zu meinen Eltern bis auf Weiteres eingestellt habe, bin ich nicht mehr so trainiert im Lügen. Mir fällt nichts Originelleres ein als ein dünnes: »Ein Notfall in der Firma. Sie wissen ja, der Beruf geht vor.«

»Ein Notfall in der Silvesternacht? Ich dachte, Ihr Freund verkauft Versicherungen.«

Meine Güte, die Frau nervt vielleicht! Bohrt und bohrt und bohrt. Und was sage ich ihr jetzt? Soll ich es vielleicht einfach mit der Wahrheit probieren?

Wissen Sie, Frau Teuser, mein Freund hat mich verlassen und jetzt ist er mit meiner Mutter zusammen.

Da müsste sie mich schon foltern, ehe mir so etwas über die Lippen kommt.

Bevor ich mich für eine Antwort entscheiden kann, schaltet sich Tanja ein. Ich habe sie gar nicht kommen sehen, obwohl sie mit ihrem hautengen, schwarzen Ledercatsuit, den hochhackigen Dominastiefeln und ihrem blauen Haar alles andere als unauffällig ist. Ich bemerke sie erst, als sie mir ihre Hand auf die Schulter legt. »Aber Pia, hast du deiner Chefin denn nicht gesagt, was dein Freund in Wirklichkeit macht?«

»Was meinst du?«

»Ich dachte nur, du hättest sie eingeweiht. Nicht? Oh, vergessen Sie, was ich gesagt habe, Frau Teuser! Ich habe zu viel getrunken. Ihr Freund ist Versicherungskaufmann. Oder hast du ihr erzählt, er wäre bei einer Bank, Pia? Wie auch immer, jedenfalls arbeitet er nicht für den Geheimdienst.«

»Sag mal, spinnst du?«, frage ich meine Freundin kopfschüttelnd. »Was soll der Quatsch?«

Auch die Teuser schaut Tanja verständnislos an. »Geheimdienst? Sie meinen, er ist eine Art Spion?«

Tanja stößt ein lautes Lachen aus. »Oh, nein, ich habe gesagt, er ist *nicht* beim Geheimdienst. Ich habe gesagt, er arbeitet bei einer Bank oder Versicherung. Und das tut er auch. Und nichts anderes. Gut so, Pia?«

Ich zeige ihr einen Vogel. »Du hast sie ja nicht mehr alle.«

»Aber, aber, Frau Herzog!« Die Teuser droht mir scherzhaft mit dem Zeigefinger. »Sie wollten mir doch nicht etwa verheimlichen, dass Sie mit James Bond zusammen sind, oder?«

Da zieht Tanja sie grob zur Seite und zischt ihr zu: »Nicht

so laut! Das ist gefährlich. Diese Leute verstehen keinen Spaß.« Sie bildet mit Daumen und Zeigefinger eine imaginäre Pistole und zielt damit auf die Teuser. »Plop. Plop. Und für Sie ist die Party zu Ende.«

Meine Chefin schaut Tanja und mich verwirrt an. Offenbar weiß sie nicht so recht, wie sie auf diese Geschichte reagieren soll. Dann lacht sie ein wenig gekünstelt und sagt: »Also wirklich! Für einen klitzekleinen Augenblick habe ich doch tatsächlich geglaubt, Ihr Freund wäre Geheimagent. Aber dafür wissen Sie beide nicht, dass ich in Wirklichkeit eine russische Spionin bin und für den KGB arbeite. Außerdem ...«

In dem Moment lässt jemand in der Nähe einen Sektkorken knallen und die Teuser wird steif wie ein Brett. Ihr Gesicht ist jetzt noch weißer als ihr Anzug. Sie sieht aus, als würde sie gleich umkippen. Sicherheitshalber trete ich einen Schritt zur Seite, damit sie mir mein neues, hellblaues Kleid nicht bekleckert. Soll Tanja sie auffangen, die ist wenigstens abwaschbar. Aber nach ein paar Sekunden hat die Teuser sich wieder stabilisiert und bringt sogar ein verlegenes Lächeln zustande, als unser Chefredakteur, Dr. Bernd Kortmann, sich zu uns gesellt, in der einen Hand eine frisch geöffnete Flasche Champagner, in der anderen vier Sektflöten, die er zwischen die gespreizten Finger geklemmt hat und uns nun entgegenhält.

»Meine Damen! Würden Sie jetzt schon mit mir auf das neue Jahr anstoßen? Ich kann leider nicht bis zwölf Uhr bleiben.«

Ich habe mit Dr. Kortmann bisher noch nichts zu tun gehabt und weiß nur, dass seine Frau die Schwester des Herausgebers ist, was ihn für den Posten als Chefredakteur offenbar hinreichend qualifiziert hat.

Wir nehmen jeder ein Glas und Dr. Kortmann schenkt allen ein.

»So viel Schönheit auf einem Fleck und ich muss zurück zu meiner Frau und ihren langweiligen Eltern«, jammert er. »Die Welt ist ungerecht.«

Kortmann ist Ende vierzig, sein Haar ist bereits auf dem Rückzug, sein Bauch auf dem Vormarsch, und über die Frage, welche Körperteile bei ihm noch die Stellung halten, möchte ich lieber nicht nachdenken.

»Das ist unsere Mitarbeiterin Frau Herzog«, stellt die Teuser mich vor. »Und das ist ihre Freundin, Frau, äh …«

»Armbruster«, sagt Tanja. »Arm wie das Bein und Brust wie die Titte.«

Klasse. Ich könnte gerade so im Boden versinken vor Scham. Das war wirklich eine super Idee von mir, Tanja auf eine Party mitzunehmen, auf der auch meine Chefin und der Chef meiner Chefin sind.

»Ah ja«, fängt die Teuser nach ein paar Sekunden peinlicher Stille als Erste wieder zu reden an. »Richtig. Jetzt vergesse ich es nicht mehr, denke ich. Übrigens, Frau Herzog, Herr Dr. Kortmann und ich haben uns erst vor kurzem über Sie unterhalten.«

»Wirklich?«, frage ich und befürchte das Schlimmste.

»Wirklich?«, fragt Kortmann ganz erstaunt.

»Ja, Frau Herzog ist die, die für uns in die Sterne guckt. Die Horoskopseite, Sie wissen schon.«

In dem Moment läutet es an der Tür und die Teuser entschuldigt sich, um zu öffnen.

»Was ist denn mit meinen Horoskopen?«, frage ich, wobei ich mich bemühe, ganz beiläufig zu klingen.

Kortmann schaut mich etwas betreten an, dann räuspert er sich und sagt: »Also, eigentlich ist das jetzt nicht der richtige Ort und Zeitpunkt, aber andererseits ist es vielleicht ganz gut, wenn man das noch im alten Jahr klärt.«

Oje, ich habe es gewusst! Seitdem ich die Christbaumspitze zertreten habe, läuft alles schief.

»Pia schreibt die besten Horoskope, die es gibt«, stellt Tanja sicherheitshalber schon mal klar. »Ich lese überhaupt keine anderen.«

»Wie wollen Sie dann beurteilen, ob es keine besseren

gibt?«, bemerkt Dr. Kortmann mit akademischer Spitzfindigkeit.

Bitte, lieber Gott, mach, dass Tanja jetzt nicht böse wird. Und falls sie doch böse wird, mach wenigstens, dass sie ihn nicht schlägt.

Dr. Kortmann wartet erst gar nicht auf Tanjas Reaktion, sondern fährt, an mich gewandt, fort: »Die Sache ist die: Neulich erwische ich meine Frau, wie sie den *Styletto* liest, ausgerechnet unsere direkte Konkurrenz. Und wissen Sie, warum sie ihn gekauft hat? Wegen der astrologischen Küche. Das sind Kochrezepte, die speziell für die einzelnen Sternzeichen zusammengestellt wurden. Jeden Monat ein neues Rezept für das entsprechende Sternzeichen. Das nenne ich kreativ, das wollen die Leser haben: neue Ideen und Konzepte und nicht die ewig gleichen, verlogenen Glücksversprechen. Na, was halten Sie davon?«

Lieber Gott, von mir aus kann Tanja ihn jetzt schlagen, okay?

»Also, Kochrezepte in einer Frauenzeitschrift – ist das nicht ein bisschen zu revolutionär?«, frage ich spöttisch.

Ich weiß wirklich nicht, was er von mir will. Wie soll ich denn aus der Sternenkonstellation errechnen, ob Ravioli oder Kohlrouladen auf den Tisch kommen? Das ist dem Universum doch egal!

»Oh, schau mal, wer da kommt!«, ruft Tanja in dem Moment und verdreht ihre Augen. »James Bond höchstpersönlich.«

»Mist!«, sage ich geschüttelt, aber auch ein kleines bisschen gerührt. Vielleicht wird die Party ja doch noch ganz nett.

Die Teuser läuft auf uns zu, Stefan an ihrer Seite. Zur Begrüßung gibt es ein Augenzwinkern für Tanja, die daraufhin einen imaginären Krümel von ihrer Schulter schnippt, ein schnelles Küsschen für mich, so eins von der Sorte: aus der Hüfte auf den Mund, und einen Händedruck für Dr. Kortmann.

»Was machst du hier?«, frage ich. »Ich dachte, du wärst beschäftigt.«

»Ich habe versprochen, mit dir auf diese Party zu gehen. Und ich pflege meine Versprechen zu halten«, antwortet Stefan und nimmt das Glas Champagner entgegen, das die Teuser ihm anbietet.

Er hatte mir tatsächlich versprochen, mich auf die Party zu begleiten. Aber das war vor Heiligabend, vor unserer Verlobung, bevor wir uns getrennt haben, bevor er zu meinen Eltern gezogen ist, als ich mein Auto noch fahren durfte und meine Freundin eine seriöse Fotografin war, also vor etwa tausend Jahren.

»Ich habe Frau Herzog gerade erklärt, dass ihre Horoskopseite eine Auffrischung gebrauchen könnte«, informiert Dr. Kortmann meine Chefin. »Ein neuer Ansatz, so etwas wie die astrologische Küche im *Styletto*.«

»Ich fürchte, da muss ich passen«, sage ich. »Kochen ist nämlich nicht gerade meine Stärke.«

»Aber Sie sollten sie mal beim Frittieren erleben!«, sagt Stefan und grinst mich an.

Dr. Kortmann scheint wenig Interesse an frittierten Horoskopen zu haben, denn er schaut demonstrativ auf seine Armbanduhr und stellt mir gewissermaßen ein Ultimatum: »Es wäre jedenfalls schön, wenn Sie sich für nächstes Jahr etwas einfallen ließen. Wie Sie vielleicht wissen, bereiten wir eine komplette Umgestaltung des Magazins vor. Jede Rubrik kommt auf den Prüfstand. Also, Frau Herzog, überzeugen Sie mich, dass Ihre Horoskopseite es wert ist, weitergeführt zu werden.«

»Hey, was soll denn das heißen?« Tanja kneift die Augen zusammen und schaut Dr. Kortmann wütend an. »Pia ist doch viel zu schade für euer arschiges ...«

»Auf ein erfolgreiches neues Jahr!«, ruft die Teuser schnell dazwischen, und wir stoßen miteinander an. »Und für die Horoskopseite finden wir schon noch den passenden Dreh. Wenn nicht Küche, dann eben etwas anderes.«

»Schlafzimmer«, sagt Tanja.

Kortmann springt sofort darauf an. »Ja, das könnte unsere Leser interessieren. Das Sexualverhalten der verschiedenen Sternzeichen. Das ist noch viel besser als irgendwelche Kochrezepte.«

Mir gefällt überhaupt nicht, in welche Richtung sich das alles entwickelt. Glaubt der etwa, nur weil ich nicht kochen kann, müsste ich das im Bett kompensieren?

»So nach dem Motto: Wie Fische vögeln«, versuche ich das Ganze ins Lächerliche zu ziehen. »Oder wie stellen Sie sich das vor?«

»Ja, genau!«, ruft er lachend. »Wie Fische vögeln. Das ist gut, das gefällt mir. Ich sehe, wir verstehen uns.«

»Aber ...«

»Die Details des neuen Konzepts können Sie dann ja mit Frau Teuser besprechen. Wir beginnen mit der nächsten Ausgabe, die Zeit drängt also. Aber jetzt feiern Sie erst einmal. Das wird schon.«

Mit diesen Worten verlässt er unser Grüppchen und gesellt sich zu dem Leiter der Anzeigenabteilung, der auf der Terrasse eine Zigarre raucht.

»Aber erotische Horoskope sind doch auch nichts Neues«, versuche ich einen letzten Einwand.

»Dann entwickeln Sie eben etwas Neues daraus«, sagt die Teuser kaltlächelnd. »Geben Sie dem Ganzen etwas Persönliches. Unsere Leserinnen mögen Wahrhaftigkeit. Und jetzt entschuldigen Sie mich bitte. Ich muss mal die Runde machen.«

Nachdem sie gegangen ist, schaue ich die anderen etwas ratlos an. »Was meint sie denn mit *persönlich*? Soll ich etwa mit jedem Sternzeichen ins Bett steigen und danach einen Bericht liefern?«

Tanja lacht. »Klingt gut. Sag Bescheid, wenn ich Fotos machen soll.«

»Am besten, du kündigst«, meint Stefan. »Du hast es doch

überhaupt nicht nötig, für die zu schreiben. Das meiste Geld verdienst du ohnehin mit privaten Horoskopen.«

»Und was glaubst du wohl, weshalb so viele Leute ein Horoskop von mir wollen? Ohne meine Seite bei der XX hört das schnell auf.«

»Und deshalb springst du für die jetzt durch die Betten, oder was?«

»Das geht dich gar nichts mehr an«, mischt sich Tanja ein.

»Genau!«, rufe ich. »Mein Sexleben geht dich nichts an. Ich bin jetzt Single, schon vergessen?«

»Na, da bin ich aber mal gespannt«, sagt Stefan. »Dein Sexleben«, er hält sich die Hand vor den Mund und tut so, als ob er gähnen würde, »wird die Leser begeistern. Aber denk dran: Wenn dein Sexualpartner aus Taiwan kommen sollte, gelten die chinesischen Sternzeichen.«

Zuerst kapiere ich gar nicht, was er damit meint, schließlich kenne ich keine Taiwanesen, auch keine Chinesen oder überhaupt irgendwelche Esen. Der Groschen fällt bei mir erst, als Tanja sagt: »So ein Vibrator kann wenigstens nicht nur am Wochenende. Und die Batterien halten gewöhnlich auch länger als zehn Minuten.«

Ich spüre, wie ich rot werde, weil ich mich über Stefan ärgere und weil ich daran denken muss, wie ich heute Morgen ... ach, ist ja auch egal. Stefan ist jedenfalls auch errötet und schaut mich vorwurfsvoll an. Ja, was glaubt der denn, worüber Tanja und ich die ganze Zeit quatschen, wenn wir zusammen abhängen? Über Quantenphysik?

»Das ist wieder mal so typisch«, mault Stefan. »Jetzt sage ich dir mal was, Pia. Mir kam der Sex mit dir immer *wesentlich* länger vor.«

»Er war aber nicht länger«, gebe ich zurück. »In keinerlei Hinsicht.«

»Na, dann versuch eben dein Glück bei einem Stier, womöglich ist der besser bestückt. Oder bei einem Zwilling, am Ende hat der sogar zwei, wer weiß.«

»Du wirst lachen, das mache ich vielleicht wirklich.«

»Da werde ich ganz bestimmt lachen«, sagt Stefan und lacht schon mal im Voraus.

»Du glaubst wohl, ich könnte das nicht, wie? Irgendwelche Typen aufreißen. Du denkst, ich bringe das nicht.«

»Wie kommst du denn darauf?«, fragt er höhnisch. »Ich weiß doch, was für eine verruchte Sexyhexy du bist – *Schlumpelchen.*«

Na klar, jetzt macht er sich auch noch über Papas Kosenamen für mich lustig. Das ist so billig! Gemein und billig. Das ist der pure Neid. Das Verhältnis zwischen Stefan und seinem Vater ist nämlich dermaßen verkrampft, dass sie sich wahrscheinlich mit Nachnamen ansprächen, wenn sie überhaupt noch miteinander reden würden.

»Du, wenn du dich über meine Freundin lustig machst, ertränke ich dich in der Bowle«, sagt Tanja.

Wenn ich reich und berühmt wäre, würde ich sie als Bodyguard engagieren. Allein schon, um sie davon abzuhalten, ihre verrückte Geschäftsidee zu verwirklichen.

»Pia, bist du sicher, dass du deine Freundin ohne Maulkorb ausführen darfst?«

Darauf gehe ich gar nicht erst ein. Mich beschäftigt immer noch Stefans letzte Unverschämtheit mir gegenüber.

»Du hältst mich also nicht für sexy genug«, sage ich mit rauchiger Stimme und Schlafzimmerblick, dränge mich dicht an ihn und fahre mit meinem Zeigefinger am Reißverschluss seiner Hose entlang. »Dann pass mal auf, mein Lieber. Bis nächstes Jahr Silvester habe ich von jedem Sternzeichen mindestens einen Mann im Bett gehabt. Außer Steinbock, von denen habe ich erst einmal die Schnauze voll. Aber sonst von allen. Und, wer weiß, vielleicht ist sogar einer aus Taiwan dabei.«

Stefan schaut mich lange schweigend an. Jetzt ist ihm sein geringschätziges Grinsen vergangen. Schlumpelchen kann eben auch anders, Freunde!

»So ein Blödsinn«, sagt er dann und schiebt meine sexyhexy

Hand von seiner Hose. »Du änderst dich wohl nie, was? Werd doch endlich erwachsen, Pia!«

Damit lässt er mich und Tanja einfach stehen und mischt sich unter die anderen Gäste. Gut, ich habe ohnehin wenig Lust, mir seine Belehrungen weiter anzuhören. *Werd endlich erwachsen, Pia.* Er und meine Mutter scheinen das gleiche Hobby zu haben: auf Pia herumhacken. Kein Wunder, dass sie sich so gut verstehen.

Seufzend lässt Tanja sich in einen Sessel fallen. »Scheiße, ihr liebt euch noch.«

»Wie kommst du denn darauf?« Ich setze mich neben sie auf die Armlehne, ohne Stefan aus den Augen zu lassen, der sich am Buffet bedient.

»Das habe ich im Urin«, sagt Tanja.

»Dein Urin täuscht sich. Du hast Stefan doch gehört: Er findet mich kindisch und unsexy. Und ich habe sein väterliches Gehabe satt. Schließlich bin ich eine erwachsene Frau. Übernächstes Jahr werde ich ... puh, noch ein bisschen erwachsener. Und was habe ich schon groß gesehen von der Welt? Um ein Haar hätte ich mich mit Stefan verlobt, dann hätten wir geheiratet, ein Kind bekommen, eine größere Wohnung, ein zweites Kind, ein Haus, einen Hund, ein Doppelgrab – darf ich vorstellen: mein Leben. Und das nur, weil ich vor vier Jahren in einer überfüllten Disco Stefans Bier umgestoßen habe. Ab diesem Augenblick war mein ganzes Leben irgendwie vorprogrammiert. Und wenn da jemand anderes gesessen hätte? Dann würde ich vielleicht jetzt in Indien auf einem Elefanten reiten und ich weiß nicht was sein. Glücklich womöglich.«

Tanja schaut mich kritisch an. »Oh, Pi, du hast deine Tage, stimmt's?«

»Das hat damit überhaupt nichts zu tun. Du hattest Recht, Tanja. Stefan hat mir mit seiner Trennung ein Geschenk gemacht. Er hat mir mein Leben zurückgegeben. Er wollte Abstand, um durchatmen zu können. Und das will ich jetzt auch. Durchatmen und mich erst einmal richtig umschauen. Vielleicht war es ja Schicksal, dass Stefans Scherz mit der Fritteuse so danebengegangen ist. Vielleicht haben meine Sterne eine andere Zukunft für mich vorgesehen. Kann doch sein.«

»Schon möglich«, sagt Tanja, packt meine Hand und lehnt ihren Kopf an meine Hüfte wie ein kleines Kind. »Auf diesem indischen Elefanten, Pi, wäre da auch noch Platz für mich?«

»Natürlich ist da Platz. Ist ja schließlich ein Elefant.«

»Die indischen sind kleiner als die afrikanischen. Hast du das gewusst?«

Ich schaue Tanja misstrauisch an. »Du redest jetzt noch über Elefanten, oder?«

»Guck mal!« Tanja lässt meine Hand los und rammt mir stattdessen ihren Ellbogen dermaßen heftig in die Seite, dass ich fast mein Glas fallen lasse. »Die zwei verstehen sich aber gut.«

Am anderen Ende des Raumes steht Stefan mit der Teuser zusammen und scheint sich ziemlich angeregt mit ihr zu unterhalten. Sie stecken ihre Köpfe zusammen, und jetzt lachen sie sogar, ich kann es fast hören. Lachen die etwa über mich?

»Jetzt lachen sie gerade über mich«, verrate ich Tanja.

»Glaube ich nicht.«

»Dann frag mal deinen Urin! Siehst du, wie er seine Hand an ihren Arm legt? Zwischen denen läuft was, das sage ich dir.«

Meine Freundin seufzt. »Du bist eifersüchtig. So viel zu deinem Toll-ich-bin-wieder-frei-Gerede. Weißt du, was ich glaube? Ich glaube, Stefan ist nur hier, weil er sich mit dir versöhnen möchte. Silvester ist eine gute Gelegenheit für Versöhnungen.«

Den Gedanken hatte ich auch schon. Ich habe mir bereits ausgemalt, wie Stefan und ich um Punkt zwölf mit unseren Gläsern anstoßen und uns unter dem funkelnden Lichterregen des Feuerwerks küssen.

»Das ist auch seine letzte Chance.« Ich werfe einen Blick auf die Kaminuhr und rechne kurz die verbleibende Zeit bis zum Jahreswechsel aus. »In einer Stunde und acht Minuten schließe ich das Kapitel Stefan Danner ab und spüle den Schlüssel ins Klo. Wenn er sich bis dahin nicht für mich entschieden hat, dann gibt es mich nicht mehr. Um Mitternacht mit dem letzten Glockenschlag der Uhr werde ich mich nämlich verwandeln – so wie Cinderella. Dann wird aus dem treudoofen Schlumpelchen die begehrenswerte, verführerische, supersexy Sexyhexy.«

»Ja, schon klar, Cinderella«, spottet Tanja. »Und dann sitzt du doch nur traurig in der Ecke und wartest darauf, dass ein Prinz dir einen Schuh vorbeibringt. Aber nicht in jedem Mann, den man küsst, steckt ein Prinz. Meistens sind es Frösche, weißt du, und je größer die Krone, umso froschiger sind sie.«

»Du bringst die Märchen durcheinander«, sage ich. »Außerdem warte ich dann nicht mehr auf irgendwelche Prinzen. Ein Tanz, ein Kuss und die gläsernen Schuhe, das reicht mir, danke.«

»Und wenn sie nicht gestorben ist, dann macht sie sich noch heute was vor. Pi, ich sag so was wirklich nicht gerne, aber Stefan hat Recht. Du bist nicht der Typ Sexyhexy. Du bist der Typ Hausfrau und Mutter, nur dass du nicht kochst und nicht putzt und keine Kinder hast.«

Ich weiß nicht, über wen ich mich mehr ärgern soll, über Stefan, der jetzt schon länger mit der Teuser zusammensteht, als er sich heute Abend bei mir aufgehalten hat, oder über Tanja, die mich für ein Hausmütterchen hält.

»Das klingt ja wahnsinnig einleuchtend.« Ich stehe auf und leere in einem Zug mein Glas, damit ich mir Nachschub holen und das Leben schönsaufen kann. »Ihr werdet euch alle noch wundern. Wenn Stefan es unbedingt so will ... Ich mache das wirklich mit dem astrologischen Erotiktest. Ich werde nächstes Jahr eine Menge Frösche küssen.«

»Du wirst dich in den ersten Frosch verlieben, ihn heiraten und viele kleine Kaulquappen kriegen.«

»Werde ich nicht. Sobald ein neues Sternzeichen beginnt, angle ich mir den dazugehörigen Frosch und klatsche den alten gegen die Wand.«

Tanja legt den Kopf schräg und sagt mit spitzem Mund und tiefer Stimme: »Bis dich einer mit seinen großen, traurigen Kulleraugen anguckt und dir seine Liebe quakt.« Sie lacht über ihre eigene Froschdarbietung und fährt anschließend mit normaler Stimme fort: »Falls es mit Stefan tatsächlich vorbei sein sollte, bleibst du ruck, zuck wieder an der nächsten Kröte hängen, Pi. Ich kenne dich doch.«

»Quatsch. So schnell hänge ich mich an keinen Mann mehr. Ich ziehe das eiskalt durch. Wetten?«

»Wenn du unbedingt wieder verlieren willst.«

»Nein, vergiss es, ich wette nicht mehr. Das habe ich Stefan damals versprochen.«

»Gut, ist auch besser für dich«, meint Tanja und verfolgt mit dem Blick einen gutaussehenden Mittdreißiger, der gerade von der Terrasse hereinkommt. »Kann ich dich mal kurz alleine lassen, Pi? Ich habe da etwas ins Auge gekriegt.«

Während meine Freundin sich um das Ein-Meter-neunzig-Ding in ihrem Auge und Stefan sich um meine Chefin kümmert, unterhalte ich mich mit irgendeinem Schnarchsack über den Treibhauseffekt. Wir haben beide keine Ahnung, wovon wir eigentlich reden, sind uns aber einig, dass wir eine Klimakatastrophe eher blöd fänden.

Was mich wieder an Stefan erinnert. Noch zwanzig Minuten bis zwölf. Soll ich zu ihm gehen? Vielleicht erwartet er, dass ich mich entschuldige. Aber schließlich ist Stefan derjenige gewesen, der mit seinem Juxgeschenk unsere Verlobung versaut hat. Er hat mich verlassen. Er ist zu meinen Eltern gezogen. Er flirtet mit meiner Chefin. Wegen ihm habe ich keinen Führerschein mehr. Da kann *ich* mich doch unmöglich entschuldigen!

Ein paar Mal begegnen sich unsere Blicke. Dann spreche ich einfach den nächstbesten Mann an, frage ihn nach der genauen Uhrzeit oder so und lache herzhaft über seine Antwort. Nach einer Weile kommt es mir vor, als würden die Leute einen Bogen um mich machen. Irgendwie läuft die Party an mir vorbei. Tanja ist voll und ganz damit beschäftigt, sich erobern zu lassen, Stefan steht zusammen mit der Teuser in einer kleinen Menschentraube und scheint sich ebenfalls prächtig zu amüsieren. Nur ich bin alleine, und wenn doch jemand ein Gespräch mit mir anfängt, schläft es schnell wieder ein, weil ich insgeheim Stefan beobachte und mich nicht auf Smalltalk konzentrieren kann.

Fünf Minuten vor zwölf wird die Musik abgestellt, und die Teuser fordert alle auf, sich etwas zum Anstoßen zu besorgen. Ich halte nach Tanja Ausschau, kann aber weder sie noch ihren Partyflirt entdecken. Stattdessen blicke ich Stefan von Weitem in die Augen. Er lächelt und fordert mich mit einer knappen Kopfbewegung auf, zu ihm zu kommen. Ich will schon loslaufen, als mir aufgeht, wie würdelos das ist. Herr Danner kreuzt hier auf, straft mich den ganzen Abend mit Missachtung und braucht dann nur einmal kurz zu nicken, damit ich kleiner Dackel freudig zu meinem Herrchen zurücktrippele. Träum weiter, Stefan!

Ich schüttele den Kopf und winke ihn zu mir. Er macht eine bedauernde Handbewegung und zeigt dann auf die Gruppe, bei der er steht. Die ist ihm also wichtiger als ich. Dann spricht ihn jemand an, und er dreht mir wieder den Rücken zu, was ganz schön mutig ist angesichts meiner derzeitigen Gefühlslage.

»Noch eine Minute!«, ruft jemand. Ein fremder Mann drückt mir voll Mitleid ein Sektglas in die Hand, und kurz darauf fangen alle an, von zehn zurückzuzählen. Neun, acht, sieben ... ich glaube, mir wird gleich schlecht ... vier, drei, zwei, eins, prost Neujahr!

Überall trifft Glas auf Glas, Lächeln auf Lächeln, Mund auf Mund, nur ich stehe verloren da im Gefunkel des Feuerwerks, das über die Glasfront zur Terrasse regnet, und würde mein

Sektglas am liebsten an die Wand knallen. Ich sehe, wie Stefan mit der Teuser anstößt, und jetzt ist mir wirklich schlecht. Ich laufe zum Badezimmer und halte dabei nach Tanja Ausschau oder nach irgendetwas Teurem, was ich kaputtmachen könnte.

Im Bad treffe ich auf meine Freundin und ihren Partyflirt. Sie stehen eng umschlungen am Waschbecken und knutschen.

»Hallo, Tanja. Prost Neujahr!«, sage ich und übergebe mich ins Becken.

Eine Minute später sitzen Tanja und ich Arm in Arm auf dem Rand der Badewanne und wünschen uns gegenseitig ein schönes neues Jahr. Meines hat ja schon klasse angefangen. Tanja hat ihren neuen Bekannten gebeten, draußen zu warten, sodass wir ungestört quatschen können. Sie bietet mir an, einmal ein ernstes Wörtchen mit Stefan zu reden, aber das will ich nicht.

»Stefan ist Geschichte«, sage ich. »Diese Demütigung vor den Augen meiner Chefin verzeihe ich ihm nie. Wenn er es jetzt noch wagen sollte, mit mir auf das neue Jahr anstoßen zu wollen, nachdem er zuerst mit der halben Welt angestoßen hat, ramme ich ihm eine Sektflasche in den Hintern, das garantiere ich dir.«

»Soll ich dich nach Hause bringen?«

»Nein, du hast hier zu tun. Ich nehme ein Taxi.«

Wir stehen auf und gehen zur Badtür. »Ach, Tanja, würdest du immer noch mit mir wetten?«, frage ich. »Du weißt schon: ein Jahr, zwölf Sternzeichen, zwölf Frösche, die ich küssen und dann an die Wand werfen muss.«

Ein paar Sekunden lang schaut Tanja mich nachdenklich an, dann nickt sie. »Das ist keine gewöhnliche Wette für dich, oder? Du willst dich damit an Stefan rächen.«

»Wer ist Stefan?«, frage ich und strecke ihr auffordernd meine Hand entgegen. »Na, wie sieht's aus? Du glaubst doch auch nicht, dass ich der Typ bin, der Sex ohne Liebe genießen kann.«

»Allerdings. Du kommst entweder wieder mit Stefan zusammen oder verliebst dich in einen deiner Frösche. Um was willst du wetten?«

»Sag du. Mir ist alles recht.«

»Wir wetten um einen Euro, okay?«

»Nein, ernsthaft, Tanja! Es muss schon wehtun.«

Tanja zuckt mit den Achseln. »Also gut: Einen Euro und ... hmm, ich denke, deine Tigerente ist bestimmt einsam. Wir sollten ihr etwas Gesellschaft gönnen. Gibt es da nicht so einen grinsenden Frosch von Janosch? Wenn du verlierst, und das wirst du, tätowierst du ihn dir auf die andere Pobacke. Wenn ich verliere, gilt das Gleiche für mich. Einverstanden?«

Ich schließe meine Augen und stelle mir meinen nächsten Badeurlaub vor. Mit einer Tigerente und einem grinsenden Frosch auf meinem Hintern wäre ich bestimmt die Attraktion bei jedem Strandspaziergang. Aber egal, ich habe ja schließlich nicht vor zu verlieren.

»Einverstanden«, sage ich, und wir besiegeln die Wette per Handschlag. Beim Hinausgehen blinzele ich meinem Spiegelbild zu. *Hallo, Sexyhexy! Das wird ein interessantes, neues Jahr.*

Vor dem Badezimmer empfängt uns Tanjas neues Spielzeug. »Und? Wieder besser?«, fragt es mich freundlich.

»Viel besser«, erkläre ich und mustere den Mann aus einer ganz ungewohnten, viel versprechenden Perspektive. »Sagen Sie mal, was sind Sie eigentlich für ein Sternzeichen?«

wassermann

21. januar – 19. februar

Rufen Sie mich nicht an! Schreiben Sie mir nicht! Schicken Sie mir keine Mails! Es hat keinen Zweck, ehrlich. Ich erkläre meine Horoskope nicht, ich diskutiere nicht über sie und ich gebe Ihnen ganz gewiss keine Einführung in die Astrologie. Wenn ich also schreibe, Sie sollen vorsichtig sein, weil ich aus Ihren Sternen eine erhöhte Unfallgefahr herausgelesen habe, dann seien Sie eben vorsichtig. Oder auch nicht, ganz wie Sie wollen. Das ist mir, ehrlich gesagt, ziemlich egal. Also gehen Sie mir nicht auf die Nerven mit Ihren Fragen, wie ich auf meine Prognosen komme, wie man das errechnet, welche Sterne wo stehen müssen, woher ich das weiß, wie alt ich bin und ob wir uns mal treffen könnten auf ein Bier und einen Bums. Für Sie ist es auf jeden Fall besser, wenn wir uns nicht treffen. Denken Sie an die Unfallgefahr.

Ja, sicher, das Thema Astrologie ist interessant. Aber für Sie ist doch jedes Thema interessant, oder etwa nicht? Wenn man Sie als Geisel nehmen würde, könnte einem der Gangster nur Leid tun. »Was ist das für eine Pistole? Wie viel Schuss hat die? Gibt es die auch mit Schalldämpfer? Braucht man da einen Waffenschein? Und wie kriegt man den?« Bei einer Geiselnahme sind Sie der Erste, der erschossen wird, das garantiere ich Ihnen.

Und jetzt muss ich wieder an den Computer, weiterarbeiten. Warum ich dazu einen Computer brauche? Darum.

Doch, das ist eine Antwort. »Darum« ist die Kurzform von:

»Das erkläre ich Ihnen jetzt nicht auch noch, Sie kleiner Scheißer!«

So, und jetzt lassen Sie mich in Ruhe. Wenn Ihnen langweilig ist, können Sie ja einen Ihrer vielen Freunde besuchen. Oder Sie nehmen die Kaffeemaschine auseinander, um zu gucken, wie sie funktioniert. Oder Sie nehmen Ihre Freundin ran, um zu gucken, wie die funktioniert.

Ach, das wissen Sie schon. Sie beide haben bereits die meisten Abbildungen des Kamasutra durch. Na, Glückwunsch! Bis nächsten Monat sind alle Stellungen erledigt. Ah ja.

Hört sich ein bisschen nach Erster Weltkrieg an, wenn Sie mich fragen. Wissen Sie, das Kamasutra ist, glaube ich, mehr als eine Art Katalog gedacht, aus dem man sich Anregungen je nach Lust und Laune holen kann. Und nicht als Trimm-dich-Pfad durchs Schlafzimmer.

Aber bitte, was weiß ich schon. Probieren Sie ruhig alles aus. Aber denken Sie an die Unfallgefahr. Man kann sich auch Dinge brechen, die nicht mal einen Knochen haben.

Was für Dinge?

Darum.

* * *

Einer der Gründe für mein ewiges Zuspätkommen ist, dass ich es nicht leiden kann, auf jemanden warten zu müssen. Je größer meine Verspätung, umso geringer ist logischerweise mein Warterisiko. Wenn jeder zu spät käme, müsste überhaupt niemand mehr warten.

Als ich mit zwanzig Minuten Verspätung im Ku'Kaff eintreffe, sitzt Tanja schon an unserem Stammplatz am Fenster hinter der Yuccapalme. Sie hat einen Espresso vor sich stehen und blättert in einer Illustrierten. Außer ihr sind nur noch drei

Schülerinnen im Café, die wahrscheinlich den Unterricht schwänzen.

»Guten Morgen, Pia!«, ruft mir Cornelius, der Besitzer, quer durch den Raum zu. »Ein Cappuccino, ein Stück Schokoladentorte, kommt sofort.«

Die Jugendlichen starren mich daraufhin an, als versuchten sie abzuschätzen, wie viel Schokotorte bereits auf meinen Hüften klebt. Dabei ist es bloß dieser dämliche Mantel aus Kunstpelz, den mir meine Mutter geschenkt hat, der so aufträgt. In dem Ding würde sogar Catwoman aussehen wie Balu, der Bär. Ich habe ihn nur angezogen, weil das Ku'Kaff nicht weit vom Gericht entfernt liegt, sodass meine Mutter sich ab und zu hierher verirrt.

Jetzt fangen diese kleinen Kröten auch noch an, miteinander zu tuscheln. Frechheit! Hoffentlich kommt bald das Piercing zwischen Ober- und Unterlippe in Mode.

»Hallo, Cornelius, du bist ein Schatz!« Ich werfe ihm eine Kusshand zu, die er aus der Luft auffängt und sich grinsend auf seine Glatze drückt. Ich schaue die Mädchen giftig an und füge hinzu: »Und vergiss bitte nicht meinen Eimer Sahne, ja?«

Dann tapse ich mit bärengleicher Anmut auf Tanja zu und nehme sie zwischen meine Pranken. Meine Freundin trägt ihr Haar seit ein paar Tagen in Lola-rennt-Rot. Passend zur Frisur hat sie rote Wildlederstiefel und eine rote Wildlederjacke an, dazu einen schwarzen Rolli und eine knallenge Jeans.

»Du bist spät dran«, nörgelt Tanja. Morgens vor zehn Uhr ist sie manchmal schlecht gelaunt. »Verschlafen?«

»Nein, ich wurde von Außerirdischen in einem UFO entführt, okay?«

»Und? Was haben sie mit dir gemacht?«

»Lauter unaussprechliche sexuelle Abscheulichkeiten.«

»Du hast aber auch ein Glück!«, sagt Tanja und lacht.

Ich hänge mein Bärenfell über die Stuhllehne und werfe einen Blick auf die Illustrierte, die Tanja zur Seite gelegt hat. »Seit wann liest du denn solche Sexblättchen?«

»Rein geschäftlich. Stehen sogar ganz interessante Geschichten drin. Wusstest du, dass das Ejakulat eines Mannes …«

»Das will ich gar nicht so genau wissen«, unterbreche ich sie schnell. »Es reicht mir, wenn ich weiß, dass man das Ejakulat eines Mannes hauptsächlich zwischen den Seiten solcher Illustrierten findet.«

»Iiieh!«, machen Tanja und ich gleichzeitig und brechen in Gelächter aus.

Dann nimmt Tanja das Heft zwischen Daumen und Zeigefinger und lässt es auf den freien Stuhl neben sich fallen. »Bald brauchen die armen Kerle solche Tittenblätter nicht mehr.« Sie holt etwas aus ihrer Jackentasche und legt es vor mir auf den Tisch. Es ist ein kleiner Block Visitenkarten.

Ich schaue Tanja argwöhnisch an und fingere eines der Kärtchen aus dem Stapel. Es ist eine relativ aufwändig gestaltete Visitenkarte zum Aufklappen:

TATJANA

Die Wildkatze aus der Taiga
ist schon ganz geil auf dich!
Ich habe mein Telefon auf Vibration gestellt.
Bring mich zum Schnurren! Ruf mich an!

Auf der Rückseite der Visitenkarte steht lediglich eine 0190er-Nummer.

»Tatjana, die Wildkatze aus der Taiga?«

»Mein Künstlername. Ist doch besser als Nicole, Chantalle oder Natalie. Tatjana – keine blondierten Haare, keine falschen Fingernägel, sondern einfach ein armes Naturmädchen aus den Weiten der Taiga mit nichts als ihrem Temperament und ihrer Natürlichkeit.«

»Und ihrem Vibrationshandy.«

»Ja, super Idee, findest du nicht? Regt die Fantasie an. Und? Was hältst du von meinen neuen Visitenkarten?«

Ich schüttele den Kopf. »Die sind schrecklich. Einfach nur schrecklich.«

Ich will ihr den Pack Karten zurückgeben, aber sie sagt: »Nein, behalte sie. Ich habe dreitausend Stück davon drucken lassen.«

Um sie nicht zu beleidigen und die scheußlichen Dinger vom Tisch zu haben, bevor sie noch jemand sieht, vergrabe ich sie schnell in meiner Handtasche. Dreitausend wilde Taigamädchen – Tanja hat einen Knall, aber volle Kanne. Warum muss ausgerechnet meine Freundin auf die Idee kommen, mit Telefonsex ihr Geld zu verdienen? Warum kann sie nicht eine Boutique aufmachen oder einen Copyshop? Oder noch besser: einen Schuhladen?

Ich sehe, wie Cornelius mit meiner Bestellung an unseren Tisch kommt, und raune Tanja schnell zu: »Kein Wort zu Cornelius über dein neues ... äh, Projekt, okay? Ich will auch in Zukunft noch hier meinen Kaffee trinken.«

»Keine Sorge«, sagt Tanja.

Cornelius stellt mir meinen Cappuccino und mein Stück Schokoladentorte hin. »Das mit dem Eimer Sahne war ein Witz, richtig?«

»Cornelius, für einen Mann bist du ganz schön schlau«, lobe ich ihn.

»Ich habe meine hellen Momente«, sagt Cornelius. Dann räumt er Tanjas leere Espressotasse ab und schaut sie fragend an. »Soll ich der wilden Tatjana noch einen Espresso bringen? Oder was trinkt ihr so in der Taiga?«

»Wir Mongolen aus der Taiga trinken Latte Macchiato. Und wir ernähren uns von Zitronenröllchen.«

Während Cornelius Tanjas Mongolenfrühstück holt, schaue ich sie vorwurfsvoll an. Tanja zuckt mit den Schultern. »Ich mache nur Werbung. Das ist nichts, wofür ich mich schämen müsste. Im Sommer geht es dann richtig los. Besser du gewöhnst dich dran, Pi. Ich dachte mir eigentlich, du könntest meine Kärtchen auch in deinem Bekanntenkreis verteilen.«

»Klar könnte ich das«, sage ich. »Ich könnte mir auch jetzt die Kuchengabel ins Auge stechen.«

»Okay, du musst ja nicht. Aber vielleicht willst du die hier verteilen.«

Sie gibt mir einen neuen Block Visitenkarten in der gleichen Aufmachung wie die zuvor. Ich ziehe eine heraus und klappe sie auf. »Da steht ja mein Name drin.«

»Die sind ja auch für dich. Gefallen sie dir?«

Ich schaue sie mir noch einmal genauer an und spüre, wie meine Augen vor Rührung feucht werden.

PIA HERZOG

Astrologin
Deuterin der Sterne und der Herzen

Deuterin der Sterne und der Herzen. Wie schön. Das klingt doch schon ganz anders als *Wildkatze aus der Taiga*.

»Oh, Tanja, das ist ... Die sind toll, wirklich.« Ich stehe auf und umarme sie. »Danke, das sind meine ersten Visitenkarten. Ich weiß gar nicht, was ich sagen soll.«

Tanja winkt verlegen ab. »Hauptsache, sie gefallen dir. Erzähle mir lieber, wie es auf Stefans Geburtstag gelaufen ist.«

Vor drei Tagen hat Stefan seinen neunundzwanzigsten Geburtstag in seiner Stammkneipe gefeiert. Eigentlich hatte ich mir vorgenommen, mich dort um nichts in der Welt sehen zu lassen. Aber nachdem Stefan meinem Anrufbeantworter erzählt hatte, dass er sich freuen würde, wenn ich auch käme, wollte ich mal nicht so sein. Als Geschenk hatte ich seine Uhr reparieren lassen und sie in eine elegante Holzschatulle gelegt, zusammen mit einem Gutschein für ein Wochenende für zwei Personen in einem Berliner Hotel. Ich hatte auch klare Vorstellungen davon, wer die zweite Person sein sollte, und dabei gewiss nicht an meine Mutter gedacht.

»Ich war überhaupt nicht auf Stefans Geburtstag«, verrate ich Tanja.

»Unsinn, ich habe dich doch direkt vor der Kneipe abgesetzt.«

»Ich bin aber nicht reingegangen. Ist dir vielleicht der weiße Porsche auf dem Parkplatz aufgefallen? Ich habe ihn leider erst gesehen, als du schon wieder weg warst. Das war ihrer.«

»Ihrer?«

»Beate Teuser«, stoße ich hervor. »Meine Chefin, mit der Stefan auf der Silvesterparty geflirtet hat. Er hat diese Ziege eingeladen, stell dir das mal vor. Und um ein Haar hätte ich den beiden noch ein Liebeswochenende in Berlin spendiert.«

»Schwein«, sagt Tanja.

»Drecksack«, sage ich und ramme meine Gabel in das Tortenstück. »Gut, dass er weg ist.«

Wir lästern noch ein Weilchen über Stefan, Tanja erzählt mir ein paar Anekdoten aus ihrem Liebesleben, und plötzlich sind unsere Teller leer. Ich habe aber noch den Keks zu meinem Cappuccino. Als ich ihn gerade in meine Tasse stippen will, ruft plötzlich hinter mir jemand »Halt!« und nimmt mir den Keks aus der Hand.

»Die Kekse gehören alle mir«, sagt ein schwarzhaariger, etwa zwanzig Jahre alter Typ in einer Jacke aus dunkelbraunem Krokodilleder und steckt sich meinen Keks in den Mund.

Ich bin so baff, dass ich überhaupt nicht reagiere. Tanja winkt mit der Hand vor ihrem Gesicht hin und her, um mir anzudeuten, dass ich es hier mit einem Bekloppten zu tun habe. Und wenn sogar Tanja behauptet, jemand sei bekloppt, dann gute Nacht, Marie.

»Das ist Crocks, der tut nichts!«, ruft Cornelius uns zu, als wäre ihm der Mann gerade von der Leine entwischt.

»Er hat meinen Keks gegessen«, beschwere ich mich.

»Ja, Kekse mag er«, sagt Cornelius lachend und kümmert sich dann nicht weiter um den Vorfall.

»Schmeckt's?«, frage ich Crocks, der neben mir am Tisch steht und noch am Kauen ist.

»Delinquent«, sagt Crocks.

»Das heißt deliziös, Blödmann«, berichtigt ihn Tanja. Wenn einer weiß, wie man mit Bekloppten reden muss, dann sie.

»Ein deliziöser Keks«, sagt Crocks anerkennend. »Nur ein bisschen trocken vielleicht.«

»Oh, Entschuldigung!« Ich zeige auf meine Tasse. »Bitte, bedien dich!«

Er schüttelt den Kopf. »Nein, ich will dir deinen Cappuccino nicht wegtrinken. Ich kann mir schließlich selber einen bestellen, richtig?«

»Eine löbliche Einstellung«, sage ich. »Ich wünschte, alle würden so denken.«

Crocks lässt nicht erkennen, ob er den ironischen Charakter meiner Bemerkung erkannt hat. Er nickt uns noch einmal zu und setzt sich dann zu einer ungefähr gleichaltrigen Frau an einen der Nachbartische.

Tanja und ich grinsen uns an. »Kennst du den etwa?«, frage ich.

»Ich habe von ihm gehört. Irgend so ein Aktionskünstler.«

»Von wegen Künstler! Das ist ein ganz mieser Keksräuber! Der Kerl kann froh sein, dass er sich nicht an meiner Torte vergriffen hat. Sonst wäre er jetzt Krokodilfutter.«

In dem Moment meldet mein Handy den Eingang einer SMS. Ich lese sie und mein Herz beginnt zu rasen.

»Stefan will mit mir reden«, sage ich verwirrt. »Er wartet auf mich in meiner Wohnung.«

»Soll ich mitkommen? Oder dich hinfahren?«

»Nein, ist ja nicht weit. Und ich kann jetzt frische Luft gebrauchen.«

Dass mir mein Keks geklaut worden ist, kommt mir nun wie ein böses Omen vor. Es gibt Tage, an denen Dinge, die man verloren glaubte, zu einem zurückfinden. Und es gibt andere Tage, an denen einem Dinge, die man zu besitzen glaubte, plötzlich aus der Hand genommen werden. Zum Beispiel Kekse.

In mir spüre ich auf einmal eine schmerzhafte Gewissheit darüber, was Stefan mir wohl sagen wird. Schließlich bin ich eine Deuterin der Herzen. Und mein Herz sagt mir ganz laut, dass heute eher ein Tag der Dinge ist, die verloren gehen.

Ich habe Stefan vor ungefähr zwei Wochen zum letzten Mal gesehen und bin jetzt ein wenig erschrocken darüber, wie gut er aussieht. Er hat ein paar Kilo zugelegt, was ihm nicht schlecht bekommt. Meine Mutter hat ihn offensichtlich verwöhnt. Seine Gesichtszüge wirken entspannt. Selbst wenn er ernst schaut, hat man den Eindruck, als würde sich schon ein Lächeln anbahnen. Er sieht richtig glücklich aus. Verdammt soll er sein!

Pfeifend steht er vor dem Schlafzimmerschrank und räumt seine Kleidung zu Peter Gabriels *Sledgehammer* in einen Umzugskarton. Im Wohnzimmer wartet schon ein gepackter Karton und im Arbeitszimmer habe ich ebenfalls einen gesehen. Stefan hat noch nicht bemerkt, dass ich im Türrahmen lehne und ihm bei seiner Arbeit zusehe, die er wie immer sehr bedächtig und methodisch verrichtet. Ich stehe so äußerlich starr und innerlich vibrierend da, als hätte mich Peter Gabriel mit seinem Vorschlaghammer in den Laminatboden getrieben.

Das war es also, denke ich und bin irgendwie erleichtert. Jetzt muss ich mich nicht mehr vor dem Tag fürchten, an dem Stefan mich endgültig verlassen wird, denn dieser Tag ist heute.

»Hallo, Stefan«, mache ich mich bemerkbar. »Oder sollte ich besser sagen: tschüs?«

Er dreht sich um, schaut mir in die Augen, lächelt. »Pia. Schön, dass ich dich noch sehe. Ich hätte mich ungern klammheimlich aus dem Staub gemacht.«

»Warum hast du dann nicht einfach ein bisschen früher Bescheid gesagt?«

Er zuckt mit den Achseln. »Tut mir Leid. Aber du weißt ja, wie es so ist.«

»Nein, weiß ich nicht. Wie ist es denn so?«

Sein Lächeln verflüchtigt sich. »Mein Gott, Pia, ich hatte eben Angst, dass du etwas Unbedachtes tun könntest. Du weißt ja selbst, wie du manchmal reagierst.«

»Hast du geglaubt, ich gebe deine Klamotten dem Roten Kreuz, sobald du mir sagst, dass du sie abholen kommst?«

»So etwas in der Art, ja. Hättest du?«

Ich zeige ihm einen Vogel. »Natürlich nicht! Was denkst du bloß von mir?«

»Ich weiß nicht, was ich von dir denken soll. Das ist ja das Problem«, sagt er, und in seiner Stimme schwingt Bedauern mit. »Ich weiß eigentlich überhaupt nicht, wer du bist. Die Frau, mit der ich zusammengelebt habe, mit der ich mich sogar verloben wollte, gibt es in Wirklichkeit überhaupt nicht. Ich habe mir etwas vorgemacht. Du kannst nichts dafür, Pia. Mein Fehler.«

Er holt ein Sakko aus dem Schrank und legt es ordentlich zusammen. Ich überlege währenddessen fieberhaft, ob ich schreien oder ihn lieber schlagen soll, oder ob ich einfach versuchen soll, ihn zu küssen. Ich könnte auch anfangen zu weinen oder seine Kartons auskippen oder mit irgendwelchen Sachen nach ihm werfen, oder ich könnte ihm ganz cool beim Packen helfen und viel Glück für seinen weiteren Lebensweg wünschen oder in Ohnmacht fallen, um mich von ihm retten zu lassen. Es gibt so viele Möglichkeiten. Am liebsten würde ich alles machen. Also mache ich erst einmal gar nichts.

Stefan hat wohl beschlossen, sich von meiner Anwesenheit nicht länger aus dem Rhythmus bringen zu lassen, und arbeitet zügig weiter, wobei er mich weitgehend ignoriert. Bis er sein Boss-Hemd, das er immer am liebsten getragen hat, in der Sockenschublade entdeckt. Dort habe ich es hineingestopft, nachdem ich mit Hilfe einer Schere einen Wutanfall abreagiert hatte.

»Was ist das denn?« Er schaut mich durch die Schlitze der Hemdlamellen anklagend an.

»Könnte mal ein Hemd gewesen sein«, sage ich.

»Und was ist damit passiert?«

Ich zucke die Achseln. »Es war zur falschen Zeit am falschen Ort, schätze ich. Aber du kannst nichts dafür. Mein Fehler.«

»Ja, dein Fehler«, wiederholt er nur kopfschüttelnd und lässt das Hemd einfach auf den Boden fallen. »Danke, dass du es mir so leicht machst, Pia.«

»Gern geschehen.«

Er zieht die Schublade komplett heraus und schüttet seine Socken einfach in den Karton. »Ich brauche nicht mehr lange.«

Ich spüre, wie meine Beine anfangen zu zittern, und bin froh, dass ich mich an der Tür festhalten kann. Am liebsten würde ich mich aufs Bett legen, aber dann glaubt Stefan am Ende noch, dies sei ein verzweifelter Versuch von mir, ihn zu verführen. Obwohl jetzt genau der richtige Zeitpunkt für Verzweiflungstaten wäre. In ein paar Minuten wird Stefan aus meiner Wohnung verschwunden sein. Aus meinem Leben.

»Soll ich …« – *dich festhalten, mich an dich klammern, dir Versprechungen machen, mich ausziehen?* – »uns einen Kaffee machen?«

»Besser nicht«, lehnt Stefan ab. »Wir würden uns doch nur wieder streiten.«

»Ja, vermutlich. Und warum auch nicht? Ich finde nach vier Jahren müsste so ein Ende irgendwie anders ablaufen. Nicht so … keine Ahnung. Nicht so läppisch.«

»Du meinst, wir sollten herumbrüllen und Sachen aus dem Fenster schmeißen, bis die Nachbarn die Polizei rufen?«

»Ja, und ich sollte dich ohrfeigen und treten und dir das Gesicht zerkratzen. Das fände ich angemessen. Irgendwie romantisch.«

Stefan klappt den Karton zu. »Weißt du, Pia, ich finde, läppisch ist gar nicht so übel.«

Er setzt sich aufs Bett, schaut mich von unten her an und zieht eine Augenbraue fragend nach oben. Also setze ich mich neben ihn, er umarmt mich und gibt mir einen Kuss auf die Schläfe. »Freundschaft?«

»Wenn es sein muss.«

»Muss sein. Du darfst nicht glauben, dass ich nichts mehr für dich empfinde, Pia. So ist es nämlich nicht. Ganz im Gegenteil, ich wünschte mir wirklich, dass das mit uns beiden funktioniert hätte. Aber wir passen nicht gut genug zusammen für ein Leben. Da ist zu viel Reibung zwischen uns. Ich habe es nur nie wahrhaben wollen, weil mir so viel an dir liegt.«

Ich nicke stumm. Ein Kloß steckt plötzlich in meinem Hals fest und in meinen Augen sammelt sich Traurigkeit und Schmerz. Einerseits bin ich Stefan dankbar für seine Umarmung, sein Lächeln, seine sanfte Stimme. Andererseits habe ich durchaus registriert, wie er es vermeidet, das Wort Liebe im Zusammenhang mit mir in den Mund zu nehmen. Er empfindet etwas für mich, fein. Es liegt ihm viel an mir, immerhin. Aber er hat nicht gesagt, dass er mich noch liebt.

Stefan erhebt sich, streicht mir eine Träne von der Wange und gibt mir einen Kuss auf die Stirn. »Ich lasse die Kartons morgen von einer Spedition abholen, wenn es dir recht ist. Auch meinen Schreibtisch und den Computer. Alles andere kannst du behalten, wenn du willst. Zurzeit habe ich ohnehin keine Verwendung für die Möbel.«

Ich begleite ihn an die Tür. »Warte, ich habe noch etwas für dich.« Ich hole sein Geburtstagsgeschenk aus dem Wohnzimmer und gebe es ihm. »Zum Abschied.«

»Oh, die frittierte Uhr!«, ruft er, nachdem er die Schatulle aufgeklappt hat. »Sieht aus wie neu. Ich glaube, wir beide werden dieser Uhr einmal sehr dankbar sein, Pia. Ich hab aber nichts für dich. Ich kann dir ja schlecht jetzt noch den Verlobungsring schenken. Außerdem habe ich ihn schon zurückgegeben.«

»Ist okay«, sage ich. »Ich habe doch die Fritteuse.«

Er nimmt die Uhr heraus und entdeckt den Gutschein. Mist, an den habe ich überhaupt nicht mehr gedacht!

»Ein Wochenende für zwei Personen?« Er schaut mich mitleidig an. »Du wolltest, dass ich mit dir ...?«

»Wie? Ach so – nein, natürlich nicht!« Mein Lachen klingt so unecht, als hätte ich es mir als Klingelton heruntergeladen. *Ha Ha Ha. Dideldei Dideldumm.* »Ich dachte nur ... Ich dachte, wenn du wieder jemanden kennen lernst. Damit du siehst, dass ich dir nicht böse bin, sondern dir – euch! – einen guten Start wünsche und mehr Glück, als wir miteinander hatten.«

Stefan starrt mich ungläubig an. »Also, Pia, das ist ... Ich bin sprachlos. Das ist echt nobel von dir. Danke. Du überraschst mich immer wieder.«

Er küsst mich noch einmal, diesmal sogar auf den Mund, aber natürlich ohne Zunge. Ich wünschte, ich hätte Herpes, so als allerletztes Abschiedsgeschenk für ihn.

»Hast du schon?«, frage ich.

»Was?«

»Jemanden kennen gelernt?«

»Nein, habe ich nicht. Du?«

Ich schüttele den Kopf und er legt seine Schlüssel auf die Kommode und öffnet die Tür. »Tja, dann.«

»Grüße meine Eltern von mir«, bitte ich ihn, nur um etwas zu sagen, um das Unvermeidliche noch eine Sekunde hinauszuzögern.

»Ach, das weißt du noch gar nicht? Ich wohne seit gestern nicht mehr bei deinen Eltern. Es war dort sehr nett, aber es wurde Zeit, mir eine eigene Wohnung zu suchen. Und, Pia, da ist noch etwas.«

Jetzt kommt es, denke ich. Jetzt erzählt er mir, dass er was mit der Teuser hat. Aber dann kann er seine Sachen packen und abhauen, das sage ich ihm!

»Es ist wegen deinem Vater. Du solltest vielleicht ein Auge auf ihn haben.«

»Wieso? Was ist denn mit meinem Vater?«

Stefan hebt abwehrend die Hand. »Ich will mich da nicht einmischen. Frag ihn am besten selbst. – Jetzt muss ich wirklich. Mach's gut, Pia. Und danke noch mal.«

Dann ist er fort. Vielleicht sehe ich ihn nie wieder. Vielleicht sind seine Schritte im Treppenhaus das Letzte, was ich von ihm höre. Ich renne ans Fenster im Wohnzimmer, das zur Straße rausgeht, und sehe gerade noch, wie Stefan in einen weißen Porsche steigt. Ich kann nicht erkennen, wer am Steuer sitzt, aber das ist auch nicht nötig.

Dieses Miststück!

Kann es sein, dass Stefan sogar bei ihr eingezogen ist? Er hat gesagt, er hat seit gestern eine eigene Wohnung. Weshalb hat er dann keine Verwendung für seine Möbel? Der Mistkerl wohnt jetzt bei der Teuser! Deshalb.

Und ich spendiere den beiden auch noch ein Wochenende in Berlin! Ich bin so was von dumm!

Dumm, dumm, dumm!

Ich lasse mir meinen Keks wegnehmen und biete obendrein meinen Cappuccino an. Ich lasse mir meinen Freund wegnehmen und zahle auch noch das Hotelzimmer.

Dumm, dumm, dumm, dumm, dumm, dumm, dumm!

Ich muss total bescheuert sein.

Mein Name ist Pia Herzog. Ich bin achtundzwanzig Jahre alt. Ich habe keinen Freund und keine Kinder. Und ich habe keine Lust, mich deshalb vor irgendjemandem rechtfertigen zu müssen. Schon gar nicht vor mir selbst. Schließlich schulde ich niemandem etwas, außer vielleicht meiner Bank. Ach ja, und die Schulbibliothek vom Gymnasium kriegt auch noch ein Buch von mir. Aber sonst können mich alle mal.

Vor zehn Tagen ist mein ehemaliger Freund ausgezogen. Ich weiß nicht einmal mehr seinen Namen. Irgendwas mit S, glaube ich. Saukerl. Richtig, so hat er geheißen. Jetzt geht es mir super. Ich habe wieder jede Menge Platz. Platz im Bett, Platz auf dem Sofa, Platz im Kleiderschrank. Ich platze vor lauter Platz. Wenn ich gewusst hätte, wie angenehm es sich ohne Freund lebt, hätte ich Saukerl schon vor Jahren aus meinem Leben gekegelt. Ich schaue mir im Fernsehen an, was mir gefällt, ich gehe aus, wann ich will, und wenn ich Sex habe, dann nur, wenn mir danach ist. Okay, ich habe keinen Sex. Aber wenn ich Sex *hätte,* dann nur, weil ich Lust dazu habe.

Lust hätte ich eigentlich schon. Sex mit Saukerl war manchmal gar nicht so übel. Aber wie heißt es doch so schön? Nur weil ich ab und zu ein Glas Milch trinken will, kaufe ich mir noch lange keine Kuh. Ein guter Spruch, auch wenn er eher von Männern benutzt wird, weil eine Kuh biologisch gesehen weiblich ist. Dabei haben Kühe etwas überaus Männliches an sich. Gemächlich schaukeln sie durch die Gegend, sind ständig am Mampfen und pinkeln im Stehen. Gleicher IQ, gleiche Verhaltensmuster.

Ich gehe jetzt oft shoppen. Der halb leere Kleiderschrank ist mir nämlich unheimlich. Ich habe mein Auto verkauft und hänge es nun stückchenweise in den Schrank. Natürlich habe ich mir auch Schuhe gekauft, schließlich muss ich ohne Auto viel mehr laufen als früher. Ein Fahrrad habe ich mir ebenfalls zugelegt. So ist das im Leben. Dinge verschwinden, wie zum Beispiel mein Auto, mein Freund und mein Führerschein, dafür kommen andere hinzu: eine Fritteuse, ein Fahrrad und Visitenkarten.

Zwei Kleider, zwei Hosen, ein Blazer, drei Paar Schuhe, eine Jacke, drei Tops, zwei Pullis, ein Gürtel und Ohrringe.

Mit Tüten beladen komme ich gerade von einer Shoppingtour nach Hause. Noch im Flur lasse ich die Tüten auf den Boden fallen, kicke die Pumps von den Füßen und schleppe mich ins Wohnzimmer auf die Couch, um zu sterben. Kaum liege ich, klingelt das Telefon. Aber ich bleibe liegen, selbst wenn es Brad Pitt sein sollte, der ein Date mit mir will. Tut mir Leid, Brad, ruf morgen noch mal an.

Der Anrufbeantworter springt an und kurz darauf höre ich jemanden eine Nachricht aufsprechen. Es ist nicht Brad Pitt.

»Guten Tag, Frau Herzog, hier spricht Beate Teuser. Sie müssen mir mal bei Gelegenheit Ihre Handynummer geben. Weshalb ich anrufe: Herr Doktor Kortmann und ich sind der Meinung, dass Sie in diesem Stil weitermachen sollten. Die Leserreaktionen waren überwiegend positiv. Es gab ein paar Briefe von Steinböcken, die sich nicht differenziert genug dargestellt fühlten, aber das war die Ausnahme. Herrn Doktor Kortmann und mir gefällt auch der Ton, den Sie anschlagen. Diese persönliche Ansprache, als säßen Sie dem typischen Steinbock gegenüber und würden ihm die Meinung sagen.«

Na, die hat Nerven, hier einfach anzurufen. Sie klingt völlig unbekümmert, fast fröhlich sogar. Diese Schlange!

»Und nun das Beste zum Schluss. Wenn Ihr nächster Beitrag auch so gut ankommt, bekommen Sie eine Seite extra für Ihre Tagebuchnotizen. Auf einer Seite brächten wir die normalen Horoskope und die Charakterskizze. Auf der nächsten dann

Ihre persönlichen Erlebnisse mit dem Sternzeichen des Monats – beziehungsweise des Vormonats. Herr Doktor Kortmann und ich sind der Meinung, dass wir die Reihenfolge nicht ändern sollten. Wir finden, es ist authentischer, wenn Sie Ihre Begegnungen mit den jeweiligen Sternzeichen zeitgerecht haben und im Folgemonat darüber schreiben. Wie weit sind Sie eigentlich mit Wassermann? Herr Doktor Kortmann und ich sind übrigens übereingekommen, dass die redaktionelle Betreuung weiterhin bei mir liegen wird. Also, Frau Herzog, wenn Sie Fragen oder Wünsche haben, wenden Sie sich einfach an mich. Einen schönen Abend noch.«

Das nenne ich wirklich unverfroren! Da quatscht sie mir den ganzen Anrufbeantworter voll und erwähnt Stefan mit keiner Silbe. Die glaubt wohl, ich wüsste nicht, dass sich ihre Betreuung zurzeit hauptsächlich auf meinen Freund in ihrem Schlafzimmer konzentriert.

Mit einem Satz springe ich vom Sofa und haste ans Telefon.

»Ich hätte da tatsächlich eine Frage!«, schreie ich ohne Begrüßung. »Bumsen Sie meinen Freund eigentlich alleine oder auch zusammen mit Herrn Doktor Kortmann?«

Aber ich bekomme keine Antwort. Die Teuser hat schon aufgelegt. Puh! Manchmal ist es auch von Vorteil, wenn man ein bisschen langsam ist.

Seit gestern weiß ich, dass die Unordnung im Universum zunimmt. Geahnt habe ich das ja schon immer, aber jetzt habe ich die Bestätigung bekommen. Und zwar von Matthias.

Matthias ist Physiker, er ist sogar Doktor der Physik. Sachen gibt's! Dabei ist er nicht einmal alt und hässlich. Er ist dreiunddreißig, dunkelblond, schlank, sympathisch. Und das Beste: Er ist Wassermann.

Kennen gelernt habe ich ihn ganz zufällig in der *Barbarella Bar*. Nachdem ich fünf Minuten vergeblich in meiner Handtasche nach meinem neuen Feuerzeug gekramt habe, stand er plötzlich hinter mir, bot mir Feuer an und fragte: »Wussten

Sie eigentlich, dass die Unordnung im Universum immer größer wird?«

Ich schaue ihn an und treffe blitzschnell mehrere Entscheidungen. Feuer? Sicher. Reden? Logisch. Duzen? Gerne. Küssen? Keine Frage! Sex? Keine Antwort.

Er sieht so aus wie die erwachsene Version des Typen, der in der Schule immer die Partys organisiert. Einer von denen, die ständig Bekannte treffen, egal wo man mit ihnen hingeht. Er hat einen wachen Blick, mit dem er fröhliche Ausflüge über meinen Körper unternimmt, während ich mir meine Zigarette anzünde. Dabei schaue ich ihm mit verhaltenem Interesse in die Augen, braune Schokoladenaugen, so süß, dass man allein bei ihrem Anblick mindestens ein Pfund zulegt. Ich ziehe einmal tief, hebe leicht mein Kinn und stoße den Rauch mit lasziver Lässigkeit durch die Mundwinkel aus. Diese Abfolge musste ich lange vor dem Spiegel einüben. Schließlich habe ich nicht zum Spaß mit dem Rauchen angefangen. Ich bin selbstbewusst, unangepasst, mondän, genussfreudig, lasterhaft und ein bisschen gefährlich. Das alles habe ich mit diesem einen Zug an meiner Zigarette ausdrücken wollen. Rauchen ist eben auch zu zwanzig Prozent Kommunikation. Die restlichen achtzig Prozent sind Kontamination. Aber was soll's? Man kann auch als Leiche noch ganz schön cool sein.

»Die Unordnung des Universums ist mir eigentlich ziemlich egal, solange ich es nicht aufräumen muss«, sage ich. »Wie sind Sie denn auf den Spruch gekommen? Sie haben doch nicht etwa heimlich in meine Handtasche geschaut?«

Er lacht. »Nein, das ist wirklich so. Entropie. Die Unordnung des Universums nimmt zu. Ich dachte, ich sag Ihnen lieber mal Bescheid. Darf ich mich zu Ihnen setzen oder kommt Ihre Freundin noch mal wieder?«

Ich bin mit Tanja hergekommen, um meine neuen Klamotten (ein Kleid, so rot wie die Sünde, mit einem Ausschnitt, so tief wie mein Kontostand, und Pumps mit Absätzen, so hoch wie ... ach, da fällt mir jetzt auch nichts ein, mit ziemlich hohen Hacken eben) in freier Wildbahn auszutesten. Aber dann hat Tanja einen Anruf bekommen und musste weg. Ich habe beschlossen, erst zu gehen, nachdem ich von jemandem angeflirtet worden bin. Und wenn ich bis Ostern hier sitze!

Zum Glück hat es nur zehn Minuten gedauert. Eigentlich könnte ich jetzt nach Hause. Allerdings würde ich mir schon noch gerne ein, zwei Komplimente abholen. In die Geheimnisse des Universums eingeweiht zu werden, ist ja nicht schlecht für den Anfang, aber noch lieber würde ich hören wollen, dass ich schöne Augen habe, schöne Haare, dass ich Stil und Klasse besitze, dass mein Lächeln bezaubernd ist und all die anderen Albernheiten, die Männer so von sich geben, wenn sie dich ficken wollen.

Aber so weit sind wir noch lange nicht. Erst einmal müssen wir das ganze Du-Tarzan-ich-Jane-Geplänkel hinter uns bringen. Sein Name ist Matthias Lambold, er wohnt auch in Düsseldorf und ist zusammen mit ein paar Freunden hier, um in seinen Geburtstag hineinzufeiern. Er zeigt auf einen Tisch im hinteren Bereich der Bar, an dem zwei Männer und eine Frau sitzen und neugierig zu uns herüberstarren. Als Matthias kurz zu ihnen geht, um sein Getränk zu holen, sagt einer der Männer etwas, was zu großem Gelächter und Gejohle bei den anderen führt.

»Die freuen sich immer so, wenn sie mich loswerden«, erklärt Matthias verlegen. »Eigentlich kenne ich die gar nicht.«

»Schon gut«, sage ich. »Ich weiß, wie das ist, wenn man mit Knallköpfen befreundet ist.«

Entschuldigung, Tanja, ist nicht böse gemeint.

Wir reden ein paar Minuten darüber, wie anstrengend Freunde sein können, und Matthias rutscht dabei als Erster ins Du. Ich rutsche natürlich sofort hinterher.

»Und was machst du so, wenn du nicht gerade über deine Freunde herziehst?«, frage ich.

»Das willst du lieber nicht wissen«, sagt er geheimnisvoll.

»Jetzt will ich es auf jeden Fall wissen.«

»Na gut. Ich habe mich bis vor kurzem intensiv mit der vereinheitlichten Feldtheorie beschäftigt.«

»Ah ja«, sage ich enttäuscht. »Feldtheorie, interessant. Dann bist du so eine Art – Landwirt?«

»Landwirt? Wie … Ach so, wegen Feldtheorie.« Er schüttelt den Kopf und lacht. »So wie Ackertheorie?« Er lacht noch lauter. Erst als er sieht, dass ich nicht mitlache, reißt er sich zusammen. »Nein, ich bin Physiker. Die vereinheitlichte Feldtheorie war Thema meiner Doktorarbeit. Da geht es um Gravitation, um schwache und starke Kernkraft und um Elektromagnetismus. Die theoretische Physik versucht, diese Elementarkräfte irgendwie unter einen Hut zu bringen. Wie soll ich dir das am besten erklären?«

Gar nicht!, hätte ich am liebsten gerufen. Stattdessen schaue ich ihm fasziniert in die Augen, als er fortfährt:

»Das ist wie beim Kuchenbacken. Nur dass du zuerst die Zutaten hast und dann nach einem Rezept suchst, um daraus einen Kuchen zu machen, der nicht zusammenfällt, wenn man ihn aus dem Ofen holt. Die Gravitation bereitet dabei die meisten Probleme.«

»Wenn du jetzt schon Probleme mit der Gravitation hast, solltest du heute lieber keinen Alkohol mehr trinken«, ziehe ich ihn auf und beschließe, das Thema zu wechseln, notfalls mit Gewalt. Mit Physik und Kuchenbacken will ich nichts zu tun haben. »Rate mal, was ich so mache!«

Er schaut mich nachdenklich an. »Schwer zu sagen. Außerdem ist das eine gemeine Aufforderung. Wenn ich Kellnerin sage und du bist in Wirklichkeit Gehirnchirurgin, nimmst du mir das bestimmt übel.«

»Ich bin keine Gehirnchirurgin.«

»Gut. Dann sage ich Kellnerin.«

Wenn ich Tanja wäre, wäre er jetzt tot. Aber da ich nur ich bin, die liebe Pia, und Kellnerinnen einen harten, unterbezahlten Job haben, wie ich aus eigener Erfahrung weiß, revanchiere ich mich, indem ich ihm lediglich den Rauch meiner

Zigarette ins Gesicht blase. »Falsch. Zweimal darfst du noch raten.«

»Du bist ... Rechtsanwältin.«

Ich schüttele stumm den Kopf. Da bin ich ja mal gespannt, was als Nächstes kommt.

»Hmm«, macht Matthias und mustert mich so genau, dass mir ganz heiß wird. »Wenn ich mir dein Kleid so ansehe und deine Schuhe, dann würde ich sagen: Mode. Irgendwas mit Mode. Du bist Modedesignerin.«

»Schon wieder falsch. Ich bin ... Moment mal.« Ich öffne meine Handtasche und habe diesmal schon mit einem Griff gefunden, was ich wollte. Jetzt kann ich zum ersten Mal meine neuen Visitenkarten zum Einsatz bringen. Stolz reiche ich ihm das Kärtchen.

»Oh, Mann, da hätte ich ja lange raten können«, sagt er, nachdem er es aufgeklappt und ein paar Sekunden studiert hat. »Das bist du?«

»Das bin ich.«

Er schüttelt ungläubig den Kopf und lacht. »Das ist ... das ist – wie soll ich sagen? – ungewöhnlich. Sonst bin ich als Physiker immer derjenige mit dem absonderlichen Beruf. Aber diesmal schießt du den Vogel ab.«

Die meisten Leute, denen ich erzähle, dass ich Astrologin bin, wollen entweder wissen, wie ihre nähere Zukunft aussieht, oder sie verwechseln Astrologie mit Astronomie, oder sie fragen mich, was ich hauptberuflich mache, denn davon könne man doch sicher nicht leben. Matthias scheint einfach nur extrem überrascht zu sein.

»Du hättest mit Rechtsanwältin übrigens beinahe richtig gelegen«, sage ich. »Ich habe nämlich ein Jahr lang Jura studiert. Meine Mutter ist Richterin, musst du wissen. Aber dann habe ich eine Allergie gegen Paragraphen entwickelt. Und jetzt mache ich das, was wirklich mein Ding ist.«

»Das war bestimmt ein Schock für deine Mutter«, meint er grinsend.

»Zuerst schon. Aber dann haben meine Eltern gemerkt, mit welchem Eifer ich da rangehe, und es akzeptiert. Ich habe ja schon als Schülerin damit angefangen. Damals natürlich nur für Freunde und Verwandte und ohne Bezahlung. Aber wenn man sich erst einmal einen Namen gemacht hat, verdient man nicht schlecht. Warum sollte ich aus meinem Hobby also keinen Beruf machen?«

Matthias klappt noch einmal die Visitenkarten auf und schaut sie sich mit leichtem Kopfschütteln an. »Darf ich die behalten?«

»Sicher, ich habe noch jede Menge davon.«

»In den Zeitungen stößt man ja immer wieder mal auf eure Rubriken«, sagt Matthias. »Dabei ist man sich gar nicht bewusst, dass dahinter irgendwelche richtigen Menschen stecken, denen man auch mal in einer Bar begegnen könnte. So wie ich jetzt dir.«

Es ärgert mich immer, wenn ich auf die Horoskopflut in den Zeitungen angesprochen werde. Mit Astrologie hat das meistens wenig zu tun.

»Was in den Zeitungen so zu finden ist, ist größtenteils reine Verarschung«, verrate ich Matthias. »Die saugen sich bloß was aus den Fingern.«

»Ja, kann ich mir sehr gut vorstellen.«

»Die wissen bestimmt nicht einmal die einfachsten Dinge. Wenn man die fragen würde, was der Glückspunkt ist oder der Mondknoten, hätten sie keine Ahnung, da wette ich.«

»Mondknoten wüsste ich jetzt auch nicht«, sagt Matthias. »Aber meinen Glückspunkt, den kenne ich.«

»Es ist wirklich schlimm, wie viele Amateure sich in diesem Bereich tummeln«, schimpfe ich, einmal in Fahrt, munter weiter. »Und die ruinieren den Ruf der Profis gleich mit. Leider ist die Berufsbezeichnung nicht geschützt. Wenn man dafür ein Diplom bräuchte, sähe die Sache schon anders aus.«

»Ja, das ... das wäre mal eine Idee.« Matthias dreht sich leicht von mir weg und blubbert in sein Bier. War ja klar, dass der Herr Physiker über uns Astrologen nur lachen kann. Für Matthias spielen wir wahrscheinlich in der gleichen Liga wie Wahrsager, Hexen und Leute, die glauben, Elvis Presley würde bei ihnen zu Hause auf dem Dachboden wohnen. Man muss ja auch nicht unbedingt an Astrologie glauben und kann trotzdem glücklich leben. Man muss auch nicht an die Photosynthese glauben, um einen Salat zu essen.

»Du würdest dich wundern, wie komplex die Materie ist«, sage ich. »Es hat Jahre gedauert, bis ich alle Feinheiten beherrscht habe.«

Mittlerweile haben wir unsere Gläser leer geredet und Matthias bestellt Nachschub. »Heiko, zwei Bier nach hier!«, ruft er dem jungen Mann hinter der Theke zu. »Eins für mich und eins für die erstaunliche Frau neben mir.«

»Du findest mich also erstaunlich«, sage ich, nachdem wir unsere Getränke bekommen haben. »Was ist denn so erstaunlich an mir?«

»Na ja, so wie du dich mit deiner Arbeit identifizierst«, erklärt Matthias, »das finde ich schon beeindruckend. Normalerweise sind diese Null-Hundert-Neunzig-Geschichten doch eher ...«

»Hör mir bloß damit auf!«, unterbreche ich ihn. »Mich ärgern all die vorgestanzten Nullachtfünfzehn-Geschichten, die es da gibt, genauso. Aber bei mir ist alles individuell, garantierte Handarbeit sozusagen. Ich nehme mir Zeit, auch wenn das mal ein paar Stunden dauert.«

Matthias pfeift erstaunt. »Ein paar Stunden? Für einen Kunden?«

»Kann schon mal vorkommen. Bei dem einen mehr, bei dem anderen weniger. Die Sterne stehen ja bei jedem verschieden.«

»Das stimmt allerdings«, pflichtet er mir bei und kann sich das Lachen kaum mehr verkneifen. »Aber Hauptsache, sie stehen überhaupt, wie?«

Während er losprustet, werde ich wütend. Ich schiebe einen Geldschein für meine ersten beiden Getränke unter mein Glas und stehe auf. »Ich muss jetzt gehen. Danke für das Bier.«

»Willst du nicht noch mit mir auf meinen Geburtstag anstoßen? Es sind doch nur noch knapp zwei Stunden bis zwölf.«

Ich zögere. Wenn ich bleibe, werde ich noch mehr Alkohol trinken. Mein momentaner Ärger wird mich nicht lange vor Matthias schützen. Er sieht gut aus. Er findet, dass ich eine erstaunliche Frau bin. Wenn er nicht an mir interessiert wäre, hätte er seine Freunde nicht so lange vernachlässigt. Außerdem ist er Wassermann und ich muss etwas über Wassermänner schreiben wegen meiner neuen Horoskopseite. Ganz nebenbei muss ich sogar mit einem Wassermann schlafen wegen meiner Wette mit Tanja. Die hat zwar kein Wort mehr darüber verloren, aber Wette ist Wette. Ich habe mich noch nie um einen Wetteinsatz gedrückt, obwohl es manchmal buchstäblich um meinen Arsch ging.

Und jetzt treffe ich Matthias und der ist ausgerechnet Wassermann. Ein abergläubischer Mensch würde vom Wink des Schicksals sprechen. Als wollte mich jemand an meine Wette erinnern. Als Nächstes kommt Thomas Gottschalk auf einer Tigerente vorbeigeritten.

Bleibe ich oder bleibe ich nicht oder bleibe ich? Oder nicht? Ich weiß, was passieren wird, wenn ich bleibe. Ich habe zwar keine Angst davor, schließlich bin ich erwachsen, das wäre ja noch schöner! Aber es ist schon ein komischer Gedanke, wenn ich mir vorstelle, mit jemandem zu schlafen, der nicht Stefan ist. Andererseits funktionieren Männer doch alle gleich. Auf ein neues Auto umzusteigen, ist wahrscheinlich um einiges schwieriger. Aber bei einem Mann gibt es nicht so viele Knöpfe und Schalter. Was gibt es schon groß bei einem Mann? Eigentlich nur einen Multifunktionshebel und der ist immer an der gleichen Stelle.

Trotzdem, ich bin noch nicht so weit. Ich bin müde. Beziehungsmüde. Ich will ins Bett. Allein.

»Tut mir Leid. Ich muss jetzt wirklich nach Hause«, sage ich und wende mich dem Ausgang zu.

Matthias läuft hinter mir her und hält mich vor der Tür auf. »Sehen wir uns wieder? Darf ich dich anrufen?«

»Wenn du willst.«

»Gibst du mir deine Telefonnummer?«

»Du hast doch meine Visitenkarte.«

»Oh, verstehe«, sagt Matthias. »Da spricht die Geschäftsfrau. Ich ruf dich aber auf jeden Fall an. Bis bald.«

»Feier noch schön!«, verabschiede ich mich.

Er zwinkert mir zu und sagt: »Miau!«

Ich zwinkere zurück und sage: »Wauwau!« Manchmal kann ich ganz schön schlagfertig sein. Es ist schon erstaunlich, wie albern sich erwachsene Menschen benehmen, wenn sie sich gegenseitig zu beeindrucken versuchen.

Unweit der *Barbarella Bar* befindet sich ein Taxistand, und fünfzehn Minuten später betrete ich die schweigende Dunkelheit, die mich hinter meiner Wohnungstür empfängt. Nicht einmal der Anrufbeantworter blinkt mir ein aufmunterndes Hallo zu. Mistding! Wozu habe ich ihn eigentlich gekauft?

Am nächsten Morgen werde ich durch das Klingeln des Telefons geweckt.

Matthias!, ist mein erster Gedanke, als ich hochschrecke. *Hilfe!*, ist mein zweiter Gedanke, als ich mich im Flurspiegel sehe. Ich zupfe panisch mein Haar zurecht, bis mir einfällt, dass Bildtelefone uns wohl erst in ein paar Jahren das Leben zur Hölle machen werden.

Es ist Tanja. »Ach, du bist es«, sage ich, erleichtert und enttäuscht zugleich.

Tanja erzählt mir ausführlich, warum sie gestern Nacht so dringend wegmusste. Einer ihrer Verflossenen hat Terror vor ihrer Wohnung gemacht. Sie hat Stunden gebraucht, um ihn wieder loszuwerden.

»Kennst du eigentlich einen Matthias?«, fragt sie mich dann so ganz nebenbei.

»Matthias Lambold?«

»Keine Ahnung«, sagt Tanja. »Er hat nur Matthias gesagt. Aber er hat mir seine Adresse gegeben. Er würde sich freuen, wenn du am Freitagabend zu ihm zum Essen kämest. Du bräuchtest keine Angst zu haben, es würden noch mehr Leute kommen. Eigentlich wollte er ja dich sprechen. Du hättest ihm diese Nummer gegeben. Das ist wirklich lieb von dir, Pi, dass du dich jetzt ebenfalls über meine Nummer anrufen lässt. Du willst aber keine Prozente, oder?«

»Prozente? Wovon redest du eigentlich?«

»Von meiner neuen 0190-Nummer. Zwei Euro die Minute. Dein Matthias war mein erster Kunde. Oder ... nein, das zählt nicht. Es war ja kein dirty talk, sondern ganz normal. Über das Universum, über das Chaos, über dich. Hat übrigens eine nette Stimme.«

Oh, nein!, denke ich, als ein böser Verdacht in mir aufsteigt. *Das ist jetzt bitte, bitte nicht wahr!*

Ich lege das Telefon aus der Hand, und während Tanja mit meiner Kommode spricht, angle ich mir meine Handtasche. Ich öffne sie und nehme den Stapel Visitenkarten heraus, der ganz oben liegt. Ich mache die Augen zu. Ich öffne eine Karte. Ich mache die Augen auf.

TATJANA

Die Wildkatze aus der Taiga
ist schon ganz geil auf dich!
Ich habe mein Telefon auf Vibration gestellt.
Bring mich zum Schnurren! Ruf mich an!

Scheiße! Ich habe gar nicht mehr daran gedacht, dass ich Tanjas Karten noch in meiner Tasche habe. Bei der Suche nach meinem Feuerzeug muss ich sie nach oben gewühlt haben. Und dann habe ich Matthias eine davon gegeben. *Rate mal, was ich so mache!*

Immer neue, schreckliche Details unserer Unterhaltung fallen mir ein. Jetzt wird mir auch klar, warum er mich so komisch angesehen hat und dauernd grinsen musste. Matthias hat mich die ganze Zeit für eines dieser Telefonflittchen gehalten.

Das mache ich schon seit der Schulzeit. Dafür habe ich sogar mein Jurastudium an den Nagel gehängt. Warum nicht sein Hobby zum Beruf machen? Schade, dass es dafür kein Diplom gibt.

Ich bin so dumm, dumm, dumm, dumm, dumm!

»Du, Tanja, ich ruf dich später zurück. Ich muss mal eben aus dem Fenster springen«, sage ich und lege auf. Die nächsten zehn Minuten bin ich damit beschäftigt, meinen Kopf gegen die Wand zu hauen. Wenigstens dabei kann ich nichts verkehrt machen.

Von der Telefonauskunft lasse ich mir die Nummer von Matthias geben, um ihm zu sagen, dass er nicht mit mir zu rechnen braucht.

»Möchten Sie mit dem Teilnehmer verbunden werden?«

»Ja«, antworte ich und lege nach dem ersten Klingelton schnell wieder auf. Ich halte das Telefon noch in der Hand, als es plötzlich bei mir klingelt. Es ist meine Mutter. Seit mein Vater geschäftlich in Griechenland ist, sprechen wir uns fast täglich. Wahrscheinlich ist ihr langweilig. Wir verabreden uns für elf Uhr im Ku'Kaff. Um die Zeit bis dahin sinnvoll zu nutzen, stelle ich mich vor meinen offenen Kleiderschrank und überlege, was ich rein hypothetisch anziehen würde, wenn ich rein hypothetisch übermorgen zu Matthias' Essen ginge. Nach dem peinlichen Missverständnis von gestern dürfte es auf keinen Fall zu sexy sein. Matthias dürfte bei meinem Anblick erst gar nicht in Versuchung kommen, sich vorzustellen, wie ich nackt am Telefon stehe, mir meine Brüste knete und dabei irgendwelche schmutzigen Worte stöhne. Ein dicker Norwegerpullover mit einem Rollkragen bis unter die Nase erscheint mir am geeignetsten. Ich hätte aber auch noch Zeit, mir einen Tschador zu kaufen.

Bevor ich eine Stunde später das Ku'Kaff betrete, schaue ich noch einmal auf die Uhr. Ich bin pünktlich. Ich habe den Pelzmantel von Mama an. Ich habe mich gekämmt, gewaschen und mir die Zähne geputzt. Ich bin die perfekte Tochter.

»Sag mal, rauchst du etwa?«, fragt mich meine Mutter, als ich sie mit einem Küsschen auf die Wange begrüße. »Du riechst aus dem Mund wie ein Aschenbecher.«

Ich hätte mir wohl nach dem Zähneputzen keine Zigarette mehr anzünden sollen.

»Rauchen? Du meinst, ob ich Zigaretten rauche?«

»Nein, ich meine, ob du Käsekuchen rauchst«, spottet meine Mutter, die ein Stück Käsekuchen vor sich stehen hat.

»Nein, tue ich nicht«, antworte ich wahrheitsgemäß. Wer raucht schon Käsekuchen?

»Das wäre ja auch das Letzte, wenn du in deinem Alter noch mit so einem Unsinn anfangen würdest.«

»Hast du was Neues von Papa gehört?«, frage ich und hoffe, dass Cornelius mir bald meine Bestellung bringt. Schokolade. Ich brauche jetzt Schokolade.

»Dein Vater hat gestern angerufen«, sagt meine Mutter in so einem verächtlichen Ton, als würde sie mir mitteilen, dass Papa gestern auf eine Oberleitung gepinkelt hat. »Angeblich sei das ganze Hotelprojekt gefährdet, weil irgendein griechischer Subunternehmer geschlampt habe. Er müsse deshalb wohl noch den ganzen Februar in Athen bleiben, um vor Ort dafür zu sorgen, dass die Termine dennoch eingehalten werden.«

»Und jetzt bist du sauer, dass du in der Zwischenzeit niemanden hast, den du anblaffen kannst.«

»Unsinn, da finde ich immer jemanden«, sagt meine Mutter und schaut mich dabei eindringlich an. »Das ist es nicht.

Aber ich frage dich, Pia: Wenn du irgendwo eine Krise zu bewältigen hättest, würdest du dann deinen Vater damit beauftragen?«

Da ist allerdings was dran. Wenn ich irgendwo eine Krise bräuchte, wäre mein Vater die erste Wahl, um das zu bewerkstelligen. Aber als Krisenmanager taugt er ganz sicher nicht.

»Du meinst also …«

»Ich habe in seiner Firma angerufen. Die haben tatsächlich ein Projekt in Griechenland. Aber damit hatte dein Vater nur am Rande zu tun. Die Wahrheit ist, dass er sechs Wochen Urlaub genommen hat. Sein Chef war ganz erstaunt, dass ich nichts davon weiß. Kannst du dir vorstellen, wie entwürdigend das für mich war?«

Mir fällt Stefans Mahnung wieder ein, ein Auge auf meinen Vater zu haben. Bislang war mir nichts Ungewöhnliches aufgefallen. Ich meine, nichts Ungewöhnlicheres als üblich. Meine Eltern verstehen sich mal schlechter und mal weniger gut, aber irgendwie hängen sie doch aneinander. Sie schauen zusammen fern oder gehen in die Oper und ins Theater. Sie reden, sie streiten, sie versöhnen sich. Vielleicht schlafen sie auch noch ab und zu miteinander. Das ist aber nur eine vorsichtige Vermutung meinerseits. Wenn ich meine Mutter danach zu fragen wagte, würde sie mich jetzt noch packen und in eine Babyklappe stopfen.

Ich streichle ihr mitfühlend über den Arm und sie lächelt tapfer. Für einen Moment habe ich Angst, sie könne in Tränen ausbrechen. Ich kann mich nicht erinnern, meine Mutter jemals weinen gesehen zu haben. Und ich finde, sie ist jetzt zu alt, um damit anzufangen. Ich weiß auch gar nicht, wie ich dann reagieren würde. Wahrscheinlich wie immer, wenn jemand vor meinen Augen zu heulen anfängt: mit einer panischen Umarmung. Pias Trostklammer. Jeder Kummer verblasst, wenn einem die Luft ausgeht.

»Das muss nichts bedeuten«, sage ich lahm. »Dafür gibt es bestimmt eine ganz einfache Erklärung.«

»Natürlich gibt es dafür eine einfache Erklärung.« Meine Mutter schaut mich traurig an. Jetzt bemerke ich die dunklen Ringe unter ihren Augen, als hätte sie gestern Nacht nicht geschlafen. Man könnte fast meinen, sie wäre ein Mensch. »Dein Vater vergnügt sich mit einer anderen. So einfach ist das.«

Cornelius bringt mir meinen Cappuccino und das Stück Schokoladentorte. Irgendein Männerinstinkt rät ihm wohl, sich schnell wieder von uns zu entfernen. Vielleicht spürt sein Geschlechtsteil die Kastrationsgelüste, die meine Mutter wahrscheinlich gerade ausstrahlt.

»Die Kekse gehören alle mir«, sagt plötzlich jemand hinter mir, und während ich mich umdrehe, greift eine Hand nach meinem Cappuccino-Keks. Die Hand hängt an einem Arm, der in einem Krokodillederjackenärmel steckt. Der Arm hängt an einem Arschloch namens Crocks.

Noch einmal lasse ich mir das aber nicht gefallen, schon gar nicht in Anwesenheit meiner Mutter.

»Was soll das?«, fahre ich ihn an, springe vom Stuhl auf und packe seinen Arm. Doch bevor ich ihm den Keks entwinden kann, steckt er ihn sich mit der anderen Hand in den Mund. »Spuck das sofort wieder aus!«

Zum Glück hört er nicht auf meine unüberlegte Forderung.

»Guten Tag, Frau Richterin«, begrüßt er schmatzend meine Mutter.

»Guten Tag, Herr Collenberg«, grüßt meine Mutter freundlich zurück.

Außer mir scheint jeder diesen Kerl zu kennen. Warum klaut er dann ausgerechnet meine Kekse?

»Wollen Sie sich zu uns setzen?«, höre ich meine Mutter fragen, woraufhin ich schnell wieder Platz nehme, um nötigenfalls meine Schokotorte verteidigen zu können.

»Nein, ich bin nicht alleine hier.« Crocks zeigt auf einen Tisch, an dem eine junge Frau sitzt. Eine andere als letztes Mal.

»Woher kennst du denn so jemanden?«, frage ich, als er fort ist.

»Voriges Jahr habe ich seinen Bruder verurteilt«, erklärt meine Mutter. »Er hatte Nacktfotos seiner damaligen Freundin ohne ihr Wissen ins Internet gestellt.«

»Eine reizende Familie«, kommentiere ich.

»Er hatte es nicht aus Böswilligkeit getan. Ich bin zu der Überzeugung gelangt, dass es eher ein Akt der Verehrung war. Natürlich ist eine solche Handlungsweise dennoch verwerflich. Ich habe ihn wahlweise zu einer Geldstrafe oder zu sozialer Arbeit in einer Kunstakademie verurteilt – und zwar als Aktmodell. Er hat sich für Letzteres entschieden.«

»Ein salomonisches Urteil«, lobe ich meine Mutter. »Und zu was würdest du diesen unverschämten Keksdieb verdonnern?«

»Du solltest ohnehin mehr auf deine Linie achten. Dir einen Keks wegzunehmen, ist kein Diebstahl, sondern ein Akt der Barmherzigkeit.«

»Oh, Mama«, seufze ich kopfschüttelnd. »Lass uns lieber wieder über Papa schimpfen. Hast du vor, ihn anzurufen?«

»Über sein Handy ist er nicht erreichbar, und das Hotel in Athen, das er mir genannt hat, gibt es nicht. Ich muss also warten, bis er sich wieder meldet. Von wo auch immer.«

Ich stochere lustlos in den Resten meiner Torte. Irgendwie zerbröselt alles, auf meinem Teller und in meinem Leben. Stefan verlässt mich, mein Vater betrügt meine Mutter, meine Freundin prostituiert sich am Telefon. Jeder macht, was er will. Aber wehe, ich esse ein Mal einen Keks!

»Und wenn er tatsächlich ... Was dann?«, frage ich.

Meine Mutter zuckt hilflos mit den Schultern. »Ich weiß es nicht, Pia. Ich weiß es wirklich nicht.« Sie schließt kurz die Augen und atmet einmal tief durch. »Und du? Hast du die Geschichte mit Stefan schon verkraftet?«

»Ach ja, Stefan.« Ich winke ab. »Das ist vorbei und vergessen. Kein Problem. Ehrlich gesagt, habe ich sogar schon einen neuen Freund. Einen Doktor der Physik.«

»Na, das hört sich doch gut an«, sagt meine Mutter lächelnd. »Das freut mich für dich, Pia. Das ist großartig.«

Und dann bricht sie in Tränen aus.

Als mein »neuer Freund« die Tür öffnet und mich sieht, fangen seine Augen an zu strahlen. Sie sind überhaupt nicht braun, fällt mir dabei auf, sondern blaugrau. In der schummrigen *Barbarella Bar* habe ich das nicht richtig erkennen können. Braune Augen wären mir lieber gewesen, aber auch so wird mir ganz warm unter seinem Blick und meinem Norwegerpullover.

Ich gratuliere Matthias nachträglich zum Geburtstag und überreiche ihm die Flasche Wein, die ich mitgebracht habe. »Ein Bordeaux von 1970«, sage ich. »Dein Jahrgang.«

»Kann ja trotzdem gut sein«, meint er lachend. »Komm, ich stelle dir meine Freunde vor.«

»Warte mal! Ich wollte dir noch das mit der Visitenkarte erklären. Ich meine, du hast ja schon mitbekommen, dass das ein Irrtum war. In Wirklichkeit bin ich Astrologin und nicht die wilde Tatjana.«

»Ja, ich weiß. Schade eigentlich«, meint er lediglich und zieht mich dann einen langen, schmalen Korridor entlang, an mehreren geschlossenen Türen vorbei zum Wohnzimmer.

Hat der Flur noch den Eindruck vermittelt, man befände sich in einem U-Boot, gehört das Wohnzimmer eher zur Kategorie Kreuzfahrtschiff, Sonnendeck. Es ist weiträumig und hell und erfüllt mit dem Gelächter ausgelassener Menschen.

Diese sitzen um einen runden Esstisch, der in der einen Hälfte des Wohnzimmers steht, dort, wo sich in der Wand eine Durchreiche zur Küche befindet. In der anderen Hälfte lädt eine bequem aussehende Sitzgruppe dazu ein, hineinzusinken, die Füße hochzulegen und auf dem riesigen Plasmafernseher *Titanic* zu gucken, ein schöner Film übrigens, in dem ein Mann eine Frau so lange liebt, bis er tot ist.

»Schaut mal, wer gekommen ist!«, ruft Matthias den anderen zu. »Das ist die Frau, von der ich euch erzählt habe: Pia Herzog. Heute ist sie als Astrologin unterwegs.«

Während ich mich über Matthias ärgere, stellen die anderen sich vor. Da ist Lena, eine Oberstudienrätin mit strenger Kurzhaarfrisur und hässlicher Brille. Sie ist mit ihrem Mann Richard hier, einem hageren Psychiater, der mich so eingehend mustert, dass ich schon nach zwei Minuten anfange, ihn zu hassen. Benno, ein sportlich aussehender Ingenieur, lässt seine Blicke eher auf der schönen Zahnärztin Susanna mit ihrem langen, schwarzen Haar und den langen, wohlgeformten Beinen ruhen. Sogar wenn er mit mir spricht und dabei eine witzige Bemerkung einflicht, schaut er sie an, wohl um zu prüfen, ob sie seinen Scherz auch mitbekommen hat. Wenn er dann ihr perfektes Zahnärztinnen-Lächeln sieht, wendet er sich wieder zufrieden meiner Wenigkeit zu. Haben Sie etwas gesagt? Wer sind Sie noch gleich?

Nach drei Gläsern Wein, die ich zum Viergängemenü – Grünkernsuppe, Spaghetti, Lachs, Käsehäppchen – getrunken habe, finde ich alle unheimlich nett, sogar den Psychiater. Und Matthias ist einfach nur toll. Er sieht gut aus, kann gut kochen, amüsant erzählen, er ist ein aufmerksamer Zuhörer, stellt die richtigen Fragen, lacht an den richtigen Stellen und ist nicht so rechthaberisch wie Stefan. Wenn ich nicht so schwitzen würde in meinem scheiß Pullover, wäre es ein gelungener Abend.

»Für mich ist Astrologie eine Art Naturreligion«, sagt Richard, und Lena nickt, weil sie entweder der gleichen Meinung ist oder weil sie immer nickt, wenn ihr Mann etwas kundtut. »Kosmische Kräfte, die über unser Schicksal bestimmen. Ohne dir zu nahe treten zu wollen, Pia, aber ich finde, Leute, die an so etwas glauben, haben einfach nur Angst, Verantwortung zu übernehmen.«

»Gerade Menschen mit großer Verantwortung vertrauen auf die Astrologie«, widerspreche ich energisch. »Könige,

Präsidenten, Generäle. Wallenstein, zum Beispiel, oder Mitterrand.«

»Ich glaube auch, du bist da ein bisschen voreilig mit deiner Ablehnung der Astrologie«, unterstützt mich Matthias. »Es gibt ein Buch, in dem der Autor – Gunther Sachs, glaube ich – mit Hilfe von Statistiken den Nachweis erbringt, dass die einzelnen Sternzeichen untereinander signifikante Unterschiede aufweisen. Irgendwas muss an dieser ganzen Geschichte also dran sein.«

Aber Richard rümpft nur die Nase. »Statistiken! Da kann man alles rauslesen, was man will. Ihr kennt ja den Spruch: Wenn du mit einem Fuß in kochend heißem und mit dem anderen in eiskaltem Wasser stehst, geht es dir statistisch gesehen prima. Entschuldige, Pia, aber für mich ist das alles Hokuspokus.«

Wenn ich nicht so viel Wein getrunken hätte, würde ich diesen Affen jetzt argumentativ zerpflücken. Aber in meinem leicht alkoholisierten Zustand reicht es lediglich für eine kleine boshafte Anmerkung.

»Die Psychologie ist auch nicht gerade eine harte Wissenschaft. Und man hört seltsame Sachen über euch Psychiater. Trägst du eigentlich auch Damenunterwäsche?«

Nimm das, Schurke!

Alle sind still und warten gespannt, wie Richard reagieren wird. Leider reagiert er ziemlich souverän: »Nein, ich trage keine Damenunterwäsche. Du etwa?«

Daraufhin richten sich alle Augenpaare wieder auf mich, und mir fällt nichts Originelleres ein als ein lahmes: »Das geht dich nichts an.«

»Pia trägt bestimmt Angorastrapse und einen Norwegerslip«, posaunt Benno in die Runde.

Während sich alle auf meine Kosten schief lachen und ich so tue, als ob ich Bennos Bemerkung ebenfalls wahnsinnig lustig fände, hat diese miese, fiese Laus nur Augen für Susanna.

»Oh, das war gemein!«, japst die Zahnärztin und hält sich den Bauch vor Lachen. »Benno, du bist ein Schuft!«

Habe ich diese Leute wirklich einmal sympathisch gefunden? Andererseits bin ich zuerst persönlich geworden. Da darf ich mich jetzt auch nicht beschweren.

»Kommt, Leute, lasst uns was spielen!«, fordert Matthias die anderen auf. Wahrscheinlich will er vermeiden, dass die ganze Veranstaltung hier in einem Blutbad endet.

»Gute Idee!«, rufe ich, obwohl ich eigentlich keine Lust auf Partyspiele habe. Aber ich habe irgendwie das Bedürfnis, mich zumindest symbolisch auf Matthias' Seite zu stellen. Wenn er vorgeschlagen hätte, eine Bank zu überfallen, wäre ich auch dafür gewesen.

»Ja, genau«, stimmt Benno ebenfalls zu. »Wie wäre es mit Stadt-Land-Fluss?«

»Nein, nicht das«, lehnt Matthias sofort ab. »Das ist nichts für Pia.«

Früher als Kind habe ich mit meinen Eltern und Freundinnen oft Stadt-Land-Fluss gespielt. Anfangs gewann regelmäßig meine Mutter. Bis ich auf die Idee kam, mir für jeden Buchstaben Antworten herauszuschreiben und auswendig zu lernen. Danach habe ich die anderen an die Wand gespielt. Ich glaube, die auswendig gelernten Begriffe kann ich sogar heute noch. Von A bis Z.

Aachen, Argentinien, Amazonas, Astronaut, Anemone.

Zürich, Zaire, Ziller, Zimmermann, Zypresse.

»Doch! Warum nicht?«, widerspreche ich daher sogar Matthias, damit sich die tagelange Auswendiglernerei noch einmal für mich bezahlt machen kann. »Spielen wir Stadt-Land-Fluss!«

»Wir spielen aber eine verschärfte Version«, warnt mich Richard.

»Umso besser«, sage ich, berauscht vom Wein und von der Aussicht auf meinen bevorstehenden grandiosen Sieg.

»Nein, du verstehst nicht ganz«, sagt Susanna. »Nach jedem gespielten Buchstaben muss derjenige mit den wenigsten Punkten ein Kleidungsstück ablegen. Wir spielen Strip-Stadt-Land-Fluss.«

Strip-Stadt-Land-Fluss? Das habe ich ja noch nie gehört! Das sollen sie mal schön ohne mich spielen.

Während ich mir noch eine Ausrede überlege, um aus der Geschichte wieder auszusteigen, ohne prüde oder spießig zu wirken, sagt Richard grinsend: »Ich glaube, damit überfordern wir unsere Sternenfee. Wenn dir das zu gewagt ist, Pia, können wir auch etwas anderes spielen. Kannst du Mau-Mau?«

»Och, nein, das ist doch langweilig«, mault Benno, der sich offenbar schon darauf gefreut hat, Susanna die Kleider vom Leib zu spielen. »Dann lassen wir sie lieber mitmachen, ohne dass sie etwas ausziehen muss, wenn sie verliert. Einverstanden?«

»Von mir aus«, sagt Richard, und auch die anderen würden es akzeptieren, wenn auch nur widerwillig. Matthias schaut mich fragend an. Er hat so süße Augen. Er wird mich bestimmt für verklemmt und feige halten, wenn ich mich drücke oder auf eine Sonderbehandlung einlasse. Und sollte ich dann gewinnen, wäre das kein besonders glorreicher Sieg für mich.

Xanten, Xanadu, Xingu, Xylograph, Xanthosoma.

Yokohama, Yukatan, Yukon, Yogalehrer, Yuccapalme.

Alles noch da, sogar die schwierigen Sachen fallen mir wieder ein. Ich glaube nicht, dass die anderen einen Fluss oder Beruf mit X kennen. Außerdem brauche ich nicht lange zu überlegen, sondern kann die Begriffe sofort abspulen. Da kann eigentlich nichts schief gehen.

»Wenn ich mitmache, dann schon richtig«, verkünde ich lauthals mit hastig aufgeschminkter Selbstsicherheit. »Also, worauf warten wir? Lasst uns anfangen zu spielen!«

Als Erstes wird Matthias dazu auserkoren, das Alphabet stumm herunterzuschnurren. Beim Stopp-Sagen wollen wir uns abwechseln. Matthias holt für jeden von uns einen Block und etwas zu schreiben. Er sagt: »Ich hätte gerne Philosophen.«

Die anderen machen eine Spalte und schreiben darüber: Philosophen. Ich sitze da und schaue stumm auf mein Blatt, auf dem ich bereits eine Tabelle mit den Spalten Stadt, Land, Fluss, Beruf und Pflanze aufgemalt habe. »Ich dachte, wir spielen *Stadt-Land-Fluss*«, sage ich.

»Machen wir doch.« Richard wirft mir einen verständnislosen Blick zu. »Meine Kategorie ist: Filme mit Robert De Niro.«

Die anderen machen eine zweite Spalte. Filme mit Robert De Niro.

»Und was ist dann mit Ländern und Städten und so? Kommen die etwa nicht vor?«, frage ich und wünschte mir, meine Stimme würde nicht so panisch klingen. »Ich meine, immerhin heißt das blöde Spiel so.«

Lena besinnt sich offenbar auf ihre pädagogischen Fähigkeiten und sagt mit sanfter Stimme wie zu einem trotzigen Kind: »Du kannst ja eines davon als Kategorie wählen, wenn du willst, Pia. Ich nehme jedenfalls Lieder von Bob Dylan.«

Ich zeichne mit zittriger Hand eine neue Tabelle, die am Ende folgende Spalten hat: Philosophen, Filme mit Robert De Niro, Lieder von Bob Dylan, Europäische Fußballmannschaften, Literaturnobelpreisträger und Flüsse.

»So habe ich das noch nie gespielt«, beschwere ich mich erneut, bevor es losgeht. »Seid ihr sicher, dass man die normalen Kategorien einfach so auswechseln kann?«

»Du brauchst dir keine Sorgen zu machen, wenn dir die Themen nicht gefallen, Pia«, sagt Matthias. »Das geht hier bestimmt allen so. Mir jedenfalls.«

Ich soll mir keine Sorgen machen! Ich sehe mich schon nackt zwischen lauter Fremden sitzen und soll mir keine Sorgen machen? Ich weiß doch, wie das hier jetzt weitergeht: Filme mit Robert De Niro, Lieder von Bob Dylan, Kleidungsstücke von Pia Herzog.

»A ...«, fängt Matthias mit dem Alphabet an und wird nach ein paar Sekunden von Benno gestoppt. »N wie Nordpol!«, ruft Matthias in die Runde.

Ich starre eine Weile auf mein Blatt, während die anderen wie wild zu schreiben beginnen. Auf dem Nordpol wäre ich jetzt auch lieber. Philosoph mit N ... Napoleon, Nofretete, Nils Holgerson – es gibt keinen Philosophen mit N. Newton! War das wirklich ein Philosoph? Ach nein, das war ja der mit dem Apfel, der Erfinder der Schwerkraft. Egal, jetzt ist er eben Philosoph. Film mit Robert De Niro mit N ... hmmmmmm ... Ich glaube, ich werde gleich ohnmächtig. Das wäre schön.

»Fertig!«, ruft Benno. »Nichts mehr schreiben!«

Newton ist kein Philosoph, war ja klar. Nietzsche hätte ich eigentlich auch wissen können. Na gut, keine Punkte für mich bei Philosophen. Und auch sonst keine, außer bei Flüssen. Da habe ich mit Neiße immerhin die vollen zehn Punkte abgesahnt, weil allen anderen nur der Nil eingefallen ist und sie sich mit der halben Punktzahl begnügen müssen. Dennoch bin ich in dieser Runde die haushohe Verliererin. Aber was soll's? Wozu brauche ich einen linken Schuh?

Nachdem wir zwanzig Minuten gespielt haben, sitze ich immer noch mit meinem dicken Norwegerpullover am Tisch und schwitze so stark, dass jeden Moment Schweißbäche über meinen Rollkragen schwappen werden.

Dafür bin ich untenherum quasi nackt. Außer meinem Slip habe ich schon alles hergeben müssen. Schuhe, Strümpfe, Jeans, alles weg. Ich hätte natürlich anstelle meiner Hose auch den Pullover abgeben können. Aber darunter trage ich nur noch einen BH und wäre mir damit am Tisch noch exponierter vorgekommen. Außer Lena und Matthias, die neben mir sitzen, kann wenigstens niemand meine nackten Beine sehen.

Die anderen sind fast vollständig bekleidet. Nur Susanna hat einen Schuh verloren und Matthias beide Schuhe und einen Strumpf, wobei ich glaube, dass er absichtlich weniger aufschreibt, als er weiß, um mich zu schützen. Mein Ritter.

»Machen wir Schluss?«, fragt Matthias in die Runde.

»Jetzt wird es doch erst interessant«, widerspricht Benno. Auch die anderen wollen natürlich weitermachen, diese Geier.

Und dann höre ich wieder diesen schrecklichen Ton, mit dem ich bestimmt die nächsten fünfzig Jahre schreiend aus meinen Alpträumen schrecken werde: »A.«

Diesmal geht es um meinen Pullover, da werde ich kämpfen wie ein Tiger. Matthias ist mit dem Alphabet durch, sagt ein zweites Mal laut A und wird dann bei B gestoppt.

Mittlerweile habe ich erkannt, dass ich es alleine mit meinem Verstand nicht weit bringen werde. Deshalb probiere ich es jetzt mit Fantasie und Schnelligkeit. »Fertig!«, rufe ich schon nach ganz kurzer Zeit.

Die anderen schauen mich verwundert an. »Das ging ja schnell«, staunt Matthias. »Okay, da bin ich mal gespannt. Philosoph?«

»Beauvoir«, antwortet Lena. Die anderen schütteln nur die Köpfe und schauen mich vorwurfsvoll an, weil ich ihnen nicht genug Zeit gelassen habe.

»Gut, ich habe Francis Bacon«, sagt Matthias. »Pia?«

»Beckenbauer«, antworte ich.

Das löst allgemeines Gelächter aus. Aber Matthias findet, dass man diese Antwort eigentlich sogar gelten lassen könne, und niemand widerspricht. Bei der nächsten Kategorie, den Filmen mit Robert De Niro, hat keiner außer mir eine Antwort, noch nicht einmal Richard, der das Thema vorgeschlagen hat.

»*Bernard und Bianca*«, sage ich mit großer Bestimmtheit. Den Zusatz »Die Mäusepolizei« verschweige ich lieber. Ich habe keine Ahnung, warum mir ausgerechnet dieser alte Zeichentrickfilm eingefallen ist. Jetzt kann ich sowieso nichts mehr daran ändern. Und, wer weiß, vielleicht hat Robert De

Niro ja einer der Mäuse seine Stimme geliehen. Und Shakespeare hat das Drehbuch geschrieben.

Die anderen schauen fragend Richard an, der sich grübelnd das Kinn reibt. »Ich glaube, ich habe schon von einem Film gehört, der so heißt. Aber ob da Robert De Niro mitspielt? Keine Ahnung.«

»Er spielt einen kleinen Polizisten«, sage ich. »Ist nur eine winzige Nebenrolle.«

»Das ist egal«, sagt Matthias. »Da sonst keiner eine Antwort hat, sind das zwanzig Punkte für dich, Pia. So langsam spielst du dich warm, wie?«

Den Dylan-Song und die Fußballmannschaft haben fast alle. Sogar mir ist *Blowin' in the wind* und *Bayern München* eingefallen. Den Literaturnobelpreisträger habe ich allerdings bei Matthias abgeschrieben. In der Schule haben wir *Ansichten eines Clowns* zwar gelesen, aber woher soll ich wissen, dass der alte Böll den Nobelpreis bekommen hat? Goethe und Schiller werden ihn wohl gekriegt haben, aber sonst wüsste ich niemanden mit Sicherheit.

Zehn Minuten später muss ich meinen Pullover ausziehen. Aber immerhin habe ich ihn ein Mal erfolgreich verteidigen können. Vielleicht schaffe ich das ja auch mit meinem BH. Wenigstens schwitze ich jetzt nicht mehr. So langsam spiele ich mich kalt.

Eigentlich ist es zum Lachen. Vor ein paar Tagen habe ich mir noch überlegt, was ich anziehen kann, um bloß nicht aufreizend zu wirken. Und jetzt sitze ich hier in meiner Unterwäsche.

Ich überlege gerade ensthaft, ob ich aus dem Spiel aussteigen soll, als Matthias plötzlich aufsteht und in die Hände klatscht. »So, Kinder, ich glaube, es wird jetzt Zeit für euch, nach Hause zu gehen. Pia und ich spielen das besser alleine zu Ende.«

Benno und Richard maulen zwar ein wenig, verabschieden sich dann aber augenzwinkernd und machen sich mit Lena und Susanna auf den Weg in die nächste Bar oder ins nächste Bett.

Als ich mir gerade meine Jeans wieder anziehen will, sagt Matthias: »Das Spiel ist noch nicht zu Ende.«

Ich setze mich auf den Stuhl und schaue ihn fragend an. »Ist es nicht?«

Ich weiß nicht, ob mir sein Lächeln gefällt. Ich weiß nicht, ob mir die Beule in seiner Hose gefällt. Ich weiß nichts.

»A«, sagt er und kommt einen Schritt auf mich zu. »B.« Er nähert sich einen weiteren Schritt.

»Vielleicht sollte ich jetzt lieber auch nach …«

»C!«, ruft Matthias und steht dann direkt vor mir. »D.« Er beugt sich über mich. Meine Hände werden auf einmal kraftlos und lassen die Jeans auf den Boden fallen. »E.« Sein Gesicht schwebt ganz dicht über meinem. Ich atme seinen Atem. »F.«

»Stopp!«, rufe ich.

»Zu spät«, sagt Matthias und küsst mich durch den Rest des Alphabets.

Zum Valentinstag besorge ich für Matthias einen schwarzen Straßenbesen, den ich mit goldenen Sternen beklebe. Dazu eine Karte mit einem Liebespärchen auf einer Bank als Motiv, über denen sich ein Nachthimmel voller Herzen spannt. Ich habe darunter geschrieben: *Lass uns gemeinsam für Ordnung im Universum sorgen. Ich liebe dich.*

Ich bin mir relativ sicher, dass Matthias mich auch liebt. Er hat mir das zwar noch nicht direkt gesagt, aber ich weiß es auch so. Seit unserer ersten gemeinsamen Nacht, als er mich sozusagen bei einem Stadt-Land-Fluss-Spiel gewonnen hat, haben wir uns fast täglich getroffen. Meistens zu einem Candlelight-Dinner bei ihm oder bei mir mit anschließendem Frühstück.

Eigentlich wollte ich mich nicht so schnell wieder verlieben. Es ärgert mich, dass Tanja wieder einmal Recht behalten hat und unsere Wette gewinnen wird. Aber als Matthias mich küsste, habe ich mir gesagt: Besser ein Frosch auf dem Hintern als diesen Mann sausen lassen. Ich glaube, für Matthias würde ich mir sogar eine Kröte auf die Schulter tackern lassen.

Mit ihm ist es ganz anders als mit Stefan. Er geht auf mich ein, hört mir zu und interessiert sich wirklich für das, was ich mache. Als ich ihm sein Geburtshoroskop erstellt habe, hat er sich alles genau erklären lassen: Aszendent, Deszendent, Himmelsmitte. Er hat sogar schon einiges über sein Sternzeichen Wassermann gewusst: dass Uranus und Saturn seine Planeten sind, dass er – so wie ich als Waage – ebenfalls zu den Luftzeichen gehört und dass er gut mit Zwilling, Widder und (sieh mal einer an!) Waage auskommt. Ich glaube, er hat sich extra für mich ein wenig schlau gemacht. Stefan hatte sich nicht einmal bequemt, für mich seine genaue Geburtsstunde herauszufinden, obwohl dafür schon ein Anruf beim Standesamt genügt hätte.

Und dann der Sex. Bei Stefan hatte ich immer das Gefühl, solide bearbeitet zu werden, und zwar von jemandem, der wusste, welche Knöpfe er drücken muss, und dies gewissenhaft erledigt. Matthias drückt auch auf die richtigen Knöpfe, aber bei ihm fühle ich mich eher wie ein Musikinstrument und nicht wie ein Flugzeugcockpit. Matthias bumst ohne Checkliste.

Das Einzige, was mich ein bisschen stört, sind die vielen Freunde von Matthias, die ständig etwas mit ihm unternehmen wollen. Mir zuliebe sagt er immer wieder ab. Aufgrund meiner Erfahrung beim ersten geselligen Spieleabend habe ich nämlich wenig Lust auf weitere gemeinsame Aktivitäten. Matthias und ich, ich und Matthias, das sind schon vier Leute, das reicht mir vollkommen.

Ich habe ihn auch noch nicht Tanja vorgestellt, obwohl sie mich schon ein paar Mal dazu aufgefordert hat. Der Eindruck, den Matthias von mir gewonnen haben muss, ist bestimmt auch so schon schlecht genug. Zuerst hält er mich für die geile

Tatjana und dann für die dumme Pia, die nicht einmal Nietzsche kennt und überhaupt eine ziemlich hohle Nuss ist.

Um meinen Herrn Wissenschaftler und Doktor der Physik davon zu überzeugen, dass ich auch Qualitäten habe, wenn ich nicht auf dem Rücken liege, habe ich mir in der letzten Woche etwas einfallen lassen. Ich habe ihm erzählt, dass *Wer wird Millionär?* meine absolute Lieblingssendung sei, die ich nur ungern versäumen würde. Also haben wir es uns zuerst im Wohnzimmer bequem gemacht und Günther Jauch dabei zugesehen, wie er seine Kandidaten ins Schwitzen bringt, anstatt uns direkt ins Schlafzimmer zu begeben und dort uns selbst ins Schwitzen zu bringen. Und dann habe ich ihm gezeigt, dass ich locker bis zur Fünfhunderttausend-Euro-Frage kommen könnte. Nachdem ich dieses Kunststück ein paar Tage später wiederholt habe, ist sein Respekt vor meiner großen Allgemeinbildung tatsächlich ins Unermessliche gewachsen.

»Hast du beim Stadt-Land-Fluss etwa absichtlich verloren?«, hat er mich gefragt.

»Warum sollte ich wohl so etwas tun?«, habe ich zurückgefragt und begonnen, sein Hemd aufzuknöpfen.

»Nun ja, vielleicht wolltest du jemanden scharf auf dich machen.«

»Meinst du jemand Bestimmten?«

»Ich habe da einen gewissen Verdacht«, hat er gesagt und mich vielsagend angelächelt.

»Stimmt, ich wollte jemanden auf mich scharf machen. Aber dieser Benno hatte ja nur Augen für Susanna.«

»Und deshalb musstest du dich mit mir trösten?«

»Und deshalb musste ich mich mit dir trösten«, habe ich gesagt und ihn geküsst und mich dann mit ihm getröstet. Seitdem weiß er, dass ich es nicht nur sexuell, sondern auch intellektuell mit ihm aufnehmen kann. Ich hoffe nur, er kommt nicht dahinter, dass die *Wer-wird-Millionär?*-Sendungen lediglich Videoaufzeichnungen vom Vortag waren. Wenn man die Antworten schon einmal gehört hat, ist das Quiz gleich viel leichter.

Die Wohnung von Matthias liegt nicht weit von einer S-Bahn-Haltestelle entfernt. Ich bin spät dran, weil ich so lange mit Tanja und anschließend mit meiner Mutter telefoniert habe. Die braucht zurzeit meinen Trost, denn mein Vater hat erst ein Mal wieder angerufen, seitdem sie seine Lüge aufgedeckt hat. Und das zu einer Tageszeit, da meine Mutter gewöhnlich in einer Verhandlung ist, um ihr lediglich auf die Mailbox zu sprechen. In Griechenland sei es schön warm, er vermisse sie, aber die Firma brauche ihn jetzt, er komme kaum zum Schlafen vor lauter Arbeit, er melde sich wieder, Küsschen. Blablabla. Meine Mutter lässt sich nicht anmerken, wie sehr sie seine Verlogenheit verletzen muss. Seit sie im Ku'Kaff in Tränen ausgebrochen ist, hat sie in meiner Gegenwart nicht ein einziges Mal mehr die Fassung verloren. Wenn sie über meinen Vater redet, zeigt sie nur noch ein kaltes Lächeln. Sie wirkt wie eine Frau, die über den Dingen steht, strong and cool. Eine Frau mit einer Pistole in der Handtasche.

Ich dagegen wirke gerade wie eine Frau, die über einen Treppenabsatz stolpert, sick and crazy. Eine Frau mit Besen unterm Arm. Den stelle ich erst einmal im Treppenhaus ab. Ich will abwarten, ob Matthias mir auch etwas zum Valentinstag besorgt hat. Aber ich bin da sehr zuversichtlich. Schließlich wird er sich etwas dabei gedacht haben, als er vorgeschlagen hat, dass wir heute wieder bei ihm zu Hause essen. Kerzenlicht, Wein, Musik, eine kleine Aufmerksamkeit, ein kleiner Kuss, drei kleine Worte. Ich glaube, so ungefähr wird sein Plan für heute aussehen.

Als Matthias mir öffnet, dringt leise Musik an meine Ohren, der Geruch von gebratenem Fleisch in meine Nase und seine Zunge in meinen Mund. Er zieht mich in den Flur und wir küssen uns dort weiter.

»Ich liebe dich«, hauche ich ihm ins Ohr. Das werde ich für

immer wissen: Am Valentinstag haben wir uns unsere Liebe gestanden. Also, zumindest ich schon mal.

»Du kommst gerade richtig«, sagt er. »Das Essen ist jeden Moment so weit.«

Ich laufe mit ihm ins Wohnzimmer. »Matthias, hast du eigentlich gehört, was ich gerade …«

»So, da sind Martin, Helmut, Sandra und Carolin. Benno kennst du ja schon. – Leute, das hier ist Pia. Seid so gut und macht euch selbst miteinander bekannt, ich muss mal eben in die Küche.«

Während er verschwindet, lasse ich wie betäubt die Vorstellungen der anderen über mich ergehen. Gesichter und Namen. Lachen. Händeschütteln. Ich bin der und die und mache das und jenes. Ich bin die Pia. Was ich mache? Keine Ahnung, was ich hier mache.

»Entschuldigt mich«, sage ich und laufe in die Küche. Matthias steht am Herd und schmeckt eine Soße ab. Ich stelle mich hinter ihn und lege meinen Arm um seine Hüfte. »Ich dachte, wir würden diesen Abend allein verbringen. Nur wir zwei.«

»Das machen wir doch sowieso schon ständig«, sagt er mit leichtem Vorwurf in der Stimme.

»Ja, aber heute ist Valentinstag.«

Er schaut mich genervt an und breitet dann in einer hilflosen Geste seine Arme aus. »Was erwartest du? Dass ich dir Blumen schenke? Oder irgendwelche albernen Plüschtiere? Das ist doch alles Kitsch hoch zehn. Findest du nicht?«

»Doch«, sage ich und beschließe, meinen Sternenbesen und die Karte mit dem Herzenhimmel selbst zu behalten. Das hat er jetzt davon. »Ich dachte nur … Ich weiß nicht. Ich dachte, du würdest mich lie… ach, schon gut!«

Er weicht einen Schritt von mir ab, so als hätte er gerade entdeckt, dass ich Läuse habe. »Pia!«, sagt er eindringlich. »Jetzt hör mir mal zu! Ich finde dich wirklich sehr nett und ich bin gerne mit dir zusammen. Und ich rede gerne mit dir und ich schlafe gerne mit dir, okay? Aber wenn du jetzt mit so überholten emotionalen Besitzvorstellungen kommst, dann machst du alles kaputt.«

»Wenn ich dich liebe, mache ich alles kaputt?«

»Allerdings. Man soll die Dinge nicht unnötig verkomplizieren. Warum gehst du nicht wieder zu den anderen, damit ich hier weitermachen kann?«

Wie betäubt tapse ich langsam zurück ins Wohnzimmer.

»Hey, Pia, bist du heute wieder in Spiellaune?«, empfängt mich Benno. »Matthias hat mir erzählt, du wärst scharf auf mich. Stimmt das? Sollen wir dagegen was unternehmen?«

Ich schaue ihn voller Verachtung an. »Benno, wenn es eine globale Katastrophe gäbe, und du und ich, wir wären auf der ganzen Welt die einzigen Überlebenden – dann war's das mit der Menschheit. Kapiert?«

Die anderen fangen an zu lachen und Benno wird sogar ein bisschen rot im Gesicht. Dabei hat er noch Glück gehabt. Ich wäre nämlich genau in der Stimmung, jemandem mit Anlauf in die Eier zu treten.

»Ihr könnt Matthias von mir ausrichten, dass ich keinen Appetit mehr habe«, sage ich beim Hinausgehen. »Und zwar weder auf das Essen noch auf den Koch.«

Im Treppenhaus stoße ich auf einen kleinen Jungen, der meinen Besen in der Hand hält und bewundernd anstarrt.

»Schenke ich dir«, sage ich. Wenn ein männliches Wesen schon mal ein Reinigungsgerät in der Hand hält, kann man das nur unterstützen. Der Junge bedankt sich mit großen Augen und begleitet mich nach draußen.

»Guck mal, was ich habe!«, ruft er einem anderen Jungen zu, der einen Ball gegen eine Garagenwand kickt. »Einen Feuerblitz.«

Der Ballspieler schaut sich meinen Besen fachmännisch an und meint: »Quatsch, das ist kein Feuerblitz. Das ist ein Nimbus 2000!«

Auf dem Weg zur S-Bahn-Station gehen mir tausend Fragen

durch den Kopf. Warum müssen Männer so sein, wie sie sind? Warum müssen Männer überhaupt sein? Wieso verlieben wir Frauen uns in so erbärmliche Kreaturen? Und was, zur Hölle, ist ein Nimbus 2000?

fische

20. februar – 20. märz

Nein, Sie werden nicht sterben! Jedenfalls nicht heute und nicht morgen und schon gar nicht wegen dieses Pickels. Ja, genau: Pickel. Das ist kein Hautkrebs. Das ist ein großer, ekliger, stinknormaler Pickel. Pickel, Pickel, Pickel. Und jetzt will ich nichts mehr hören von Notarzt und Krankenhaus. Sonst bringe ich Sie eigenhändig zum Schweigen! Dann sind Sie indirekt doch noch an Ihrem Pickel gestorben. Dann sind Sie hoffentlich zufrieden.

Wir müssen jetzt einmal über etwas anderes reden als über den Mond und das Meer und die Farbe meiner Augen und den Pickel auf Ihrer Nase. Nein, es ist nichts Schlimmes. Es ist ... Wie soll ich mich ausdrücken? Ich möchte auf keinen Fall Ihre Gefühle verletzen. Lassen Sie es mich so sagen: Hauen Sie endlich ab, Sie Träne! Ihr Liebesgesäusel kotzt mich an!

Zuerst fand ich das ja auch alles sehr romantisch. Aber mittlerweile ist der Mond für mich ein bleicher Hintern, der faul in der Nacht hockt, das Meer ist eine geflutete Mülldeponie und die Liebe eine Erfindung der Telekom.

Jetzt gucken Sie nicht so! Behutsamer kann ich es Ihnen nicht beibringen. Meine Samthandschuhe habe ich nämlich gegen einen Baseballschläger getauscht. Das sollten Sie auch tun. Ziehen Sie Ihre sansoweichen, perwollgepflegten, lenorgespülten Schmuseklamotten aus und probieren Sie mal, wie Ihnen eine nietenbesetzte Lederjacke steht. Ja, die hier ist gut, die schwarze mit dem Totenkopf drauf.

Nein, sieht schrecklich aus. Legen Sie die wieder weg! Machen Sie schon! Das kann man ja gar nicht mit ansehen! Wie Karl Lagerfeld beim Promiboxen. Kommen Sie, wir gehen wohl besser zu den Kaschmirpullis!

Probieren Sie den mal! Ja, der steht Ihnen super.

Moment, Sie wollen den doch jetzt nicht tatsächlich kaufen? Der war Ihnen doch viel zu klein, Mensch! Sie sind ja kaum mit dem Kopf durchgekommen. Sieht aus wie fünfmal zu heiß gewaschen. Ja, ich weiß, dass ich »super« gesagt habe. Das war ein Witz! Herrje, Sie haben doch selbst Augen im Kopf! Wenn ich Ihnen erzählen würde, sie sähen in einer lila Papiertüte, türkisen Flipflops und einem Tirolerhut besonders schick aus, dann schlappen Sie damit ja auch nicht ins nächste Geschäftsmeeting. Oder doch?

Aber wie gesagt: Mir ist das Banane. Ich meine damit, Sie sollen sich unter einen anderen Balkon stellen, Romeo. Ich brauche niemanden, der mir die Sterne vom Himmel holt. Lassen Sie die mal schön da oben. Oder wollen Sie mich arbeitslos machen? Ich wüsste auch überhaupt nicht, wohin damit. Meine Wohnung ist voll gestellt mit Ihren ganzen Blumensträußen. Bei mir sieht's aus wie im Bienenpuff.

Apropos Puff. Ich hoffe, es stört Sie nicht, wenn ich hier über Ihr Sexleben schreibe. Also, für alle, die wissen wollen, wie Fische vögeln: Fische tun es sehr, sehr vorsichtig. Denn vögelnde Fische werden schnell Opfer von fischenden Vögeln.

So, und jetzt wissen Sie auch, wie Sie sterben werden. Der Storch holt Sie wieder ab. Zurück an den Absender zwecks Umtausch.

Der Umtauschgrund? Ach, da gibt es viele.

Erstens: Schreibt lieber Gedichte, anstatt den Rasen zu mähen.

Zweitens: Ist öfter beim Arzt als beim Staubsaugen.

Und wenn das nicht reicht, gibt es sogar noch etwas Gravierenderes.

Drittens: Hat einen Pickel auf der Nase.

… Bis auf die Shorts war er schon völlig nackt. Und diesmal hatte ich wirklich gute Karten. Eine Große Straße – auf der würde ich geradewegs zum Sieg fahren. Und ins Schlafzimmer. Marius, typisch Wassermann, genoss es, im Mittelpunkt zu stehen. Er hatte nur drei läppische Könige, was bedeutete, dass sein letztes Kleidungsstück nun mir gehörte. Ich sagte den anderen, dass sie jetzt besser gehen sollten, da ich mit Marius alleine weiterspielen wollte. Kichernd räumten sie das Feld. Ich winkte Marius heran, zeigte auf seine Shorts und forderte meinen Spielgewinn. Marius erwies sich als guter Verlierer …

Ich lege die neue XX aus der Hand, betätige die Spülung und betrachte beim Händewaschen zufrieden mein Gesicht im Badezimmerspiegel. Ich habe den Text diesmal mit Stefans Augen gelesen. Das hat ihm bestimmt nicht gefallen, wie ich beim Strip-Poker einen Mann erst auspacke und dann gnadenlos vernasche.

Sehr gut. Ich hoffe nur, Stefan hat meinen »Tagebuchauszug« auch gelesen. Eine Ausgabe der aktuellen XX wird bei der Teuser zu Hause wohl irgendwo herumliegen. Vielleicht hätte ich noch ein bisschen mehr Schärfe reinbringen sollen. Na gut, beim nächsten Mal.

Ich bin gerade dabei, mir einen neuen Mann auszusuchen, ein neues Sternzeichen, ein neues Opfer, Frischfleisch.

Im Arbeitszimmer auf meinem Schreibtisch türmen sich Horoskopanfragen, die ich in der letzten Woche bekommen habe. Die Briefe überragen fast die daneben stehende Kaffeetasse. Seitdem ich meine Seite in der XX im neuen, frecheren Stil schreibe, bekomme ich dreimal so viel Post wie früher.

Aus dem Poststapel habe ich erst einmal alle männlichen Fische geangelt. Dann habe ich aussortiert. Zu alt, zu jung, zu weit weg, zu verheiratet.

Nur *ein* Mann ist übrig geblieben: Jens Schwalbach,

36 Jahre, aus Grevenbroich. Er schreibt, er sei beim Durchblättern der Illustrierten im Wartezimmer seines Hausarztes auf meine Horoskopseite gestoßen. Er habe sich spontan dazu entschlossen, ein Geburtshoroskop bei mir zu bestellen.

Aber immer doch, Jens! Darf's auch ein bisschen mehr sein? Ich habe zurzeit Aktionswochen.

Normalerweise muss ich nur den Ort, den Tag und den genauen Zeitpunkt der Geburt in den Computer eingeben. Das Programm erstellt das Horoskop, und ich kann mich darauf konzentrieren, die einzelnen Konstellationen zu interpretieren. Bevor der Computer die ganze Rechen- und Zeichenarbeit übernahm, musste ich mich mit Häusertabellen, Ephemeridentabellen, Lineal und Winkelmesser herumquälen. Das verschlang ganz schön viel Zeit, wie ein Puzzle, in das man mühsam Teilchen für Teilchen einfügt. Im Vergleich zu früher geht das jetzt ruck, zuck.

Bei Jens ist die Sache aber komplizierter. Es reicht nicht, dass ich über seine Gestirne in den Häusern und über seine Häuser in den Zeichen Bescheid weiß. Ich muss wissen, welches Haus, welcher Stock, welche Tür, wie oft klingeln.

Um ihn kennen zu lernen, benötige ich weitere Informationen. Schließlich kann ich ihn schlecht einfach anrufen und sagen, dass ich sein Horoskop erstellt habe und mich nun unbedingt persönlich mit ihm treffen möchte. Sonst glaubt er noch, er sei etwas Besonderes, hält sich für den Auserwählten des Universums, schlüpft in ein weißes Gewand und gründet eine Sekte, die den Weltuntergang predigt und einen Computervirus in Umlauf bringt, der weltweit alle Systeme lahm legt und eine globale Wirtschaftskrise auslöst, die ihrerseits Konzerne und Staaten reihenweise in den Ruin treibt und etliche Milliardenvermögen in Konfetti verwandelt. Und wer ist dann wieder schuld?

Um mehr über Jens in Erfahrung zu bringen, entwerfe ich einen kleinen Fragebogen. Als Begründung gebe ich vor, die Informationen für ein optimales Horoskop zu benötigen. In seinem Brief hat er eine E-Mail-Adresse angegeben, sodass ich ihm meine Fragen einfach durchmailen kann.

Schon am gleichen Abend bekomme ich seine Antworten. Er ist von Beruf Gärtner. Er ist ledig, hat keine Kinder und ist nicht liiert. Sehr schön. Ich möchte nämlich nicht, dass wegen meiner Wette eine Beziehung oder gar eine Familie gefährdet wird. Seine Hobbys sind Lesen und Dichten.

Er hat mir sogar die Fragen zu seinen körperlichen Merkmalen beantwortet. Er ist eins achtundsiebzig groß, wiegt einundachtzig Kilo, Haarfarbe braun, Augenfarbe blau. Jens scheint sich nicht gewundert zu haben, weshalb all diese Auskünfte für ein Horoskop notwendig sind. Ich glaube, wenn ich mich getraut hätte, nach seiner Penislänge zu fragen, hätte er auch dazu noch Angaben gemacht.

Als Nächstes verfasse ich sein Horoskop mit Hilfe der Daten, die der Computer mir ausgedruckt hat. Ich füge allerdings zwei kleine Passagen ein, die ich normalerweise nicht geschrieben hätte:

»Die Venus im Zeichen Widder verrät, dass Sie demnächst Ihre große Liebe treffen werden. Halten Sie die Augen offen und achten Sie auf die Hinweise, die das Schicksal Ihnen in naher Zukunft geben wird.«

Und ein paar Zeilen später:

»Ein kleiner Gewinn wird zu einem viel größeren Gewinn führen. Lassen Sie Ihr Glück nicht an sich vorüberziehen!«

Ich bin nicht gerade stolz darauf, einen Kunden mit Hilfe seines Horoskops zu manipulieren. Andererseits sind die Vorhersagen zwar nicht astrologisch gedeckt, werden aber mit hoher Wahrscheinlichkeit trotzdem eintreffen. Das Schicksal hat diesmal nämlich ein Gesicht – meines.

Vor ein paar Tagen bekam ich zwei Karten für eine Karnevalssitzung geschenkt. Ursprünglich hatte ich vor, mit Tanja dorthin zu gehen, aber die hat keine Lust. Für sie ist das ganze Jahr Karneval. Sie braucht niemanden, der ihr vorschreibt, wann sie sich eine rote Nase aufsetzen und lustig sein soll. Sie ist keine Närrin auf Zeit. Sie ist eine freie Radikale. Meine Mutter brauche ich gar nicht zu fragen. Seit sie vorige Woche meinen Vater am Telefon zur Rede gestellt hat und der einfach auflegte und sich seitdem nicht mehr meldet, ist sie alles andere als in Feierstimmung.

Deshalb wird Jens mich auf die Sitzung begleiten, und zwar ohne es zu wissen. Ich scanne einen Werbebrief, den ich kürzlich erhalten habe, in den Computer ein und ändere ihn für meine Zwecke ab. Aus meiner Adresse wird die Anschrift von Jens Schwalbach, aus der gewonnenen Busreise wird eine Karte für eine Prunksitzung in Düsseldorf. Diesen angeblichen Gewinnbrief schicke ich am gleichen Tag an Jens wie sein Horoskop.

Wenn er Gedichte schreibt, müsste er eigentlich sensibel genug sein, um zu hören, wie das Schicksal an seine Tür klopft. Ob er wohl öffnen wird?

Ich stehe vor dem Tisch, dessen Nummer mit der auf meiner Eintrittskarte übereinstimmt, und begutachte die dort versammelten Männer. Welcher ist Jens?

Ich habe die Wahl zwischen einem Einäugigen, einem Einbeinigen, einem Typ mit Zöpfen und einem Mann mit blinkender Nase. Das sind diejenigen an meinem Tisch, die als Jens in Frage kommen: ein Pirat, ein Mann mit Gipsfuß (wahrscheinlich echt) und Messer im Rücken (wahrscheinlich unecht), ein Indianer und ein Clown. Alle anderen Männer sind zu klein, zu groß oder zu alt, um auf Jens' Beschreibung zu passen.

Als Indianersquaw probiere ich mein Glück natürlich zuerst bei meinem roten Bruder. Rechts neben ihm sitzt eine Frau im Charlie-Chaplin-Outfit, deren Hand auf dem Schenkel eines dicken Mönchs ruht. Der Platz links neben meinem Indianer ist noch frei.

»Hallo, ich bin die Pia«, sage ich und pflanze mich neben Winnetou auf das Ende der Bank.

»Hallo.«

Meine Adlerfeder verheddert sich in den Luftschlangen, die von der Decke baumeln, und ich verschaffe mir mit ein paar Fensterputzkampfgriffen erst einmal die Lufthoheit. Dann bewerfe ich meinen erstaunten Sitznachbarn neckisch mit den herabgepflückten Papierschlangen und frage: »Apache oder Komantsche?«

»Wie bitte?«

»Bist du ein Apache oder ein Komantsche?«

Er schaut mich mürrisch an und zuckt die Schultern. »Weiß nicht. Was bist du denn?«

»Eine Apachin natürlich.«

»Dann bin ich Komantsche.«

Großer Manitu, lass das nicht Jens sein!

Der Sitzungspräsident auf dem Podium bedankt sich bei der Tanzgarde, die gerade noch über die Bühne gewirbelt ist und dabei die Beine so hoch geschwungen hat, dass ich mich im Vergleich zu diesen Hupfdohlen wie ein Sandsack fühle. Meine Knochen sind eben zu schwer. Das kommt von dem vielen Spinat, den ich als Kind essen musste: Eisen in den Füßen, Rost in den Gelenken.

Nach der Tanzeinlage kommt ein Büttenredner in großkariertem Jackett und mit einem verdorrten Strauß roter Nelken in der Hand auf die Bühne, angekündigt als der letzte SPD-Wähler.

Ich tippe dem Komantschen auf die Schulter, um seine Aufmerksamkeit auf mich zu lenken. »Die Karte habe ich gewonnen.«

»Welche Karte?«

»Die Eintrittskarte. Einfach so gewonnen.«

»Glückwunsch«, sagt er und konzentriert sich wieder auf den letzten SPD-Wähler.

»Der Schröder hat am Zaun gerüttelt!«, schreit jener gerade ins Publikum. »Er wollte rein ins Kanzleramt. Jetzt ist er drin und seitdem schüttelt es alle anderen im Land.« *Tätä! Tätä! Tätä!*

»Der ist nicht schlecht, oder?«, brülle ich meinem Nachbarn ins Ohr.

Er wendet seinen Blick keine Sekunde von der Bühne ab. »Soweit ich das mitkriege.«

Der Redner fährt fort: »Damit das nicht noch mal passiert, wird endlich richtig reagiert. Man setzt den Mistzaun unter Strom. Oh, hätt' man das nur früher schon!« *Tätä! Tätä! Tätä!*

Eine Kellnerin kommt vorbei und versorgt unseren Tisch mit Getränken. Feuerwasser ist genau das, was mein schlecht gelaunter Indianer jetzt braucht. Und tatsächlich, nach einer halben Stunde und zwei Glas Wein schunkelt auch der verfeindete Komantsche schon viel lockerer aus der Hüfte.

»Sagte ich bereits, dass ich Pia heiße?«, frage ich ihn während eines Schunkelliedes und schmiege mich an seine Seite.

»Ja, das sagtest du«, erwidert er. »Mein Name ist Großer Adler.«

Ja, sicher, denke ich höhnisch. Mit dem Schnabel ist jeder Mann ein großer Adler, aber sobald es ans Fliegen geht, entpuppt er sich doch wieder als halbes Hähnchen.

»Hast du auch einen Vornamen, Großer Adler?«

»Meine Freunde nennen mich Twix.«

Ich rücke noch näher an ihn heran und schaue ihm tief in die Augen. Blau. Die Augenfarbe würde also stimmen. »Kommst du aus Düsseldorf?«

»Nicht direkt. Aber mein Bruder und seine Frau wohnen hier.« Er zeigt auf den Mönch und den weiblichen Charlie Chaplin. »Trotzdem wären sie nicht auf die Sitzung gekommen, wenn ich sie nicht überredet hätte.«

So langsam verliere ich die Geduld. Es kann doch nicht so schwierig sein, herauszufinden, ob dieser Indianer mit meinem Jens identisch ist. Soll ich ihn einfach ein drittes Mal nach seinem Namen fragen oder ist das zu auffällig? Sich nach seinem Sternzeichen zu erkundigen, klingt ebenfalls irgendwie verdächtig. Falls der Indianer tatsächlich Jens ist, möchte ich nicht, dass er mich mit Astrologie in Verbindung bringt. Sonst errät er womöglich noch, dass ich diejenige bin, die sein Horoskop erstellt hat.

Ich lege ihm meine Hand auf die Schulter, ziehe ihn ein bisschen zu mir heran und raune ihm ins Ohr: »Was bist du eigentlich von Beruf?«

»Häuptling«, sagt er grinsend.

»Nein, jetzt mal ehrlich.«

»Skalpierer.«

In dem Moment schaltet sich die Frau seines Bruders ein. »Ich bin Monika, seine Schwägerin. Wenn Twix heute ein bisschen stoffelig ist, darfst du ihm das nicht übel nehmen«, sagt sie zu mir. »Er zahnt nämlich gerade.« Sie fängt an, schrill zu lachen, und ihr Mann, der dicke Mönch, fällt mit ein und ruft: »Er kriegt seine Milchzähne, nein, seine Weinzähne!«

Tätä! Tätä! Tätä!

»Ein Weisheitszahn macht mir Probleme«, stellt Twix klar. »Morgen wird er gezogen. Das Ding ist so verwurzelt, dass es aus dem Kieferknochen herausoperiert werden muss.«

»Oh, du Armer!« Ich streichle ihm über die Wange. Ich will nichts über seinen Kieferknochen wissen. Ich will wissen, ob ich mit ihm schlafen muss oder nicht. Da fällt mir die rote Blume am Revers von Charlie Chaplin auf. Jens ist von Beruf Gärtner. Also …

Ich deute auf die Blüte in Monikas Jacke und rufe: »Die ist aber schön! Was ist das für eine Blume, Twix?«

»Ach, die Blume«, sagt Monika. »Das ist eine …«

»Dich habe ich nicht gefragt!«, herrsche ich sie brüsk an. »Ich unterhalte mich gerade mit deinem Schwager, okay?«

Mit der offenen Klappe unter ihrem Chaplin-Schnurrbart sieht Monika richtig blöd aus. Twix schaut mich ebenfalls erschrocken an. »Also?«, bohre ich weiter.

Er zuckt mit den Schultern. »Ich – *pfff*, keine Ahnung. Irgendeine Blume halt. Eine rote Blume.«

Der ist mit Sicherheit kein Gärtner! Jetzt habe ich fast eine ganze Stunde an einen zahnenden Indianer verschwendet, verdammt!

Ich greife mir mein Weinglas und stehe auf. »Tschüs, ich schaue mich mal woanders um.«

»Warum das denn?«, fragt Twix überrascht. »Wir verstehen uns doch gerade so gut.«

»Ja, aber das wird nichts mit uns.«

»Weil ich die Blume nicht weiß, oder warum?«

Ich zucke mit den Achseln. »Mach's gut, Großer Adler. Viel Spaß morgen beim Zahnarzt.«

Am gegenüberliegenden Ende des Tisches sitzen der Pirat und der Mann mit dem Gipsfuß nebeneinander. Während ich auf sie zusteuere, spüre ich Indianerblicke, die sich wie Tomahawks in meinen Rücken bohren.

Auf der Bühne turnt gerade ein Männerballett, und ich mache es ihnen nach, indem ich mich zwischen die nächsten zwei potenziellen Jense zwänge. »Rückt ihr mal ein bisschen? Dann habe ich auch noch Platz.«

»Aber gerne«, sagt der Pirat und rutscht zur Seite, sodass ich die Bank entern kann.

»Hat es dir bei dem anderen Indianer nicht mehr gefallen? Oder warum ziehst du um?«

»Ach, der konnte seine Hände nicht bei sich behalten«, lüge ich.

»Na und? Ist doch Karneval!«, sagt der Pirat leichthin.

Ich hätte gute Lust, ihm jetzt an die Eier zu packen, um zu testen, ob er dann immer noch so redet. Falls er dann überhaupt noch redet.

»Schon, aber alles hat seine Grenzen«, erkläre ich. »Das war ein ganz übler Grapscher. Ich bin übrigens die Pia.«

»Hallo, Pia, ich heiße Tom. Aber heute Abend bin ich Long John Silver.«

Gedanklich verdrehe ich die Augen, als ich das höre. Long John! Aber sicher doch. Long John steht vielleicht auf der

Gürtelschnalle, aber in der Hose wohnt wahrscheinlich trotzdem nur Little Joe.

Außerdem ist er schon wieder der Falsche. So langsam glaube ich, dass Jens überhaupt nicht gekommen ist. Und wo kriege ich dann einen frischen Fische-Mann her? Wenn ich geahnt hätte, dass das alles so kompliziert wird, hätte ich Tanja mit ihrer blöden Wette zum Teufel gejagt. Und wenn ich die Vorstellung nicht so reizvoll fände, dass Stefan jeden Monat, platzend vor Eifersucht, meine sexuellen Expeditionen in der XX mitverfolgt, würde ich jetzt einfach nach Hause gehen, mich auf die Couch legen und *Titanic* gucken. Da finden sich Mann und Frau wenigstens zügig, die hatten nicht solche Schwierigkeiten wie ich. Okay, dafür hatten sie später ein klein wenig Ärger mit einem Eisberg. Aber das kann mir ja auch noch blühen.

»Würdest du mir dein Sternzeichen verraten, Tom?«

»Klar. Ich bin Löwe.«

Das ist wirklich schade, denn ich finde Tom nicht unsympathisch. Offenbar sieht man mir meine Enttäuschung an, denn er fragt: »Was ist? Hast du was gegen Löwen?«

»Nein, Löwen sind okay. Aber du kommst zu früh.«

Er lächelt mich verschmitzt an. »Meinst du? Du kannst es ja mal auf einen Versuch ankommen lassen.«

»Wenn du mir deine Nummer gibst, rufe ich dich an.«

»Du verlierst wohl ungern Zeit, wie?«, staunt er. »Bist du immer so schnell?« Er schreibt mir seine Telefonnummer auf einen Bierdeckel und reicht ihn mir. »Nächste Woche bin ich allerdings auf Geschäftsreise.«

»Macht nichts. Ich melde mich sowieso frühestens im Juli.«

Plötzlich tippt mir jemand auf die Schulter. Als ich mich umdrehe, sehe ich Großer Adler hinter mir stehen.

»Dahlie«, sagt er. »Die Blume. Es ist eine Dahlie.«

»Nimm deine dreckigen Finger weg!« Tom springt auf und schreit den Indianer an. »Wenn du Pia noch einmal anpackst, du perverses Schwein, dann kannst du was erleben!«

Daraufhin wird Großer Adler noch röter, als er ohnehin schon war, so rot, als wäre er der allerallerletzte SPD-Wähler. Er versetzt Tom einen Stoß vor die Brust, sodass dieser wieder auf seinem Stuhl landet, und brüllt zurück: »Hau ab, du Arschloch! Du hast hier gar nichts zu sagen!« Dann wendet er sich mir zu. »Wer ist dieser Kerl? Dein Freund?«

»Noch nicht«, antworte ich. »Zuerst brauche ich einen Fisch.«

»Ach, du hast sie ja nicht alle!«, schimpft er und trabt auf seinen Mokassins zurück.

Tom steht inzwischen wieder neben mir. »Von so einem lasse ich mich nicht rumschubsen!«, schimpft er und will sofort hinter ihm her.

Ich packe ihn am Arm. »Komm, lass ihn!«, versuche ich ihn aufzuhalten. »Das arme Schwein muss morgen zum Zahnarzt.«

Doch Tom reißt sich von mir los, und ohnmächtig muss ich mit ansehen, wie sich ein paar Sekunden später am anderen Tischende ein Indianer und ein Pirat gegenseitig heftigst begrapschen. Andererseits, wie sagte Tom noch so treffend? *Na und? Ist doch Karneval!*

»Seid ihr zusammen da, du und Tom?«, frage ich den Mann mit dem Gipsfuß und dem Dolch im Rücken.

Anstatt zu antworten, rückt der Mann von mir ab. »Mit dir rede ich nicht.«

»Ah ja? Warum denn nicht?«

»Du bist eine böse Frau.«

»Na, hör mal! Das ist aber nicht nett.«

»Ich habe dich beobachtet«, sagt der Mann. »Zuerst machst du den Indianer so lange an, bis er endlich anbeißt, dann gibst du ihm einen Tritt und fängst an, mit Tom zu flirten. Und den hetzt du dann gegen den Indianer auf, bis er sich mit ihm prügelt.«

»Das stimmt doch gar nicht!«, protestiere ich. »Das siehst du ganz falsch.«

»Ich habe gehört, wie du den Indianer bei Tom schlecht gemacht hast. Das Schwein soll morgen zum Zahnarzt gehen müssen, hast du gesagt. Und kaum sind die beiden sich am Kloppen, machst du dich an mich ran. Vielen Dank auch, aber ich habe schon ein Messer im Rücken.«

Der Mann redet mit einem leichten ausländischen Akzent. Ich tippe mal auf Türke, auch wegen seines Aussehens. Womit sich der nächste Kandidat erledigt hätte, denn ich glaube nicht, dass es irgendwo auf der Welt einen Türken gibt, der Jens heißt.

»Aber das ist alles ganz anders«, versuche ich ihm zu erklären. Am anderen Tischende sitzen Long John Silver und Großer Adler jetzt zusammen und prosten sich zu. Muss ja ein mörderischer Fight gewesen sein! »Siehst du, die zwei vertragen sich schon wieder. Sollen wir ...«

»Sprich nicht mit mir! Du bist böse. Geh weg!«

Es wundert mich überhaupt nicht, dass dieser Kerl ein Messer im Rücken hat. Es wundert mich eher, dass es nur eins ist. Ich stehe auf, lege meinem unfreundlichen Sitznachbarn einen Arm um die Schulter und sage: »Okay, ich gehe. Soll ich noch meinen Namen auf dein Gipsbein schreiben? Nein? Na, dann nicht!«

In der Halle hält gerade das Prinzenpaar Einzug, und alle erheben sich und rufen Helau, schmeißen Konfetti und sind eindeutig viel besser drauf als ich. Neben mir steht der Clown, der letzte in Frage kommende Jens an unserem Tisch, und beobachtet traurig das ausgelassene Treiben. Eine aufgemalte Träne in seinem weißen Gesicht scheint auf ein mitleidiges Taschentuch zu warten.

»Ein schönes Prinzenpaar«, versuche ich mit ihm ins Gespräch zu kommen.

Er lächelt mich wehmütig an. »Das Schöne ist nichts als des Schrecklichen Anfang, den wir noch grade ertragen.«

»Aus was für einer Büttenrede ist das denn?«, frage ich.

»Das ist aus den Duineser Elegien.«

»Die muss ich verpasst haben. War sie besser als die vom letzten SPD-Wähler?«

»Viel besser. Ehrlich gesagt, mache ich mir nichts aus Büttenreden. Ich bin sowieso nur hier, weil ich die Karte gewonnen habe.«

Volltreffer! Ich schaue mir meinen neuen Lover etwas genauer an. Weißes Gesicht, rotes Zauselhaar, Hosenträger, ein lustiger Hut, eine große Träne und eine blinkende Knollennase. Toll!

»Wie wär's, sollen wir woanders hingehen?«, frage ich. »Oder bist du mit jemandem zusammen hier?«

»Das nicht. Aber ...«

»Aber dir gefällt es hier so gut.«

»Nein. Aber ich habe gedacht, ich gewinne vielleicht noch etwas.«

»Du weißt aber schon, dass das hier kein Bingo-Abend ist, oder?«

Er blickt in die Runde und scheint zu überlegen, was er machen soll. Das Prinzenpaar hält gerade eine kleine Ansprache. Die Menge grölt und die Kapelle schmettert einen Tusch nach dem anderen.

»Okay, verschwinden wir von hier«, sagt er schulterzuckend. »Ein Bleiben ist nirgends.«

Ich kenne ihn gerade mal fünf Minuten, aber seine Klosprüche habe ich jetzt schon gefressen. *Ein Bleiben ist nirgends.* Ich hoffe nur, meine Fettpölsterchen nehmen sich das zu Herzen.

Wir machen einen Kneipenbummel durch die Altstadt, in dessen Verlauf ich Jens ein bisschen aufheitere und er mich ein bisschen runterzieht, sodass wir ein einigermaßen ausgeglichenes Gemütslevel erreichen. Der Alkohol tut ein Übriges, und irgendwann scheint es uns beiden eine gute Idee zu sein, wenn er bei mir übernachtet.

Inzwischen habe ich auch die Gewissheit, dass er tatsächlich Jens Schwalbach ist. Er arbeitet als Friedhofsgärtner, schreibt in seiner Freizeit melancholische Gedichte und ist ledig, weil er die richtige Frau noch nicht gefunden hat. Die richtige Frau erkenne er daran, dass es *peng!* mache, wenn er ihr begegnet.

Na dann, Weidmannsheil, Jens, kann ich nur sagen. Vielleicht läuft ihm ja mal irgendwann die Richtige vors Auto.

Bevor Jens mit hochkommt, hält er mir auf der Straße einen Vortrag über Ritterlichkeit. Dass es die nämlich durchaus noch gebe. Dass er Achtung vor Frauen habe und sie nicht auf ihre Körper reduziere. Dass er mein Angebot, ihn bei mir übernachten zu lassen, als reine Menschenfreundlichkeit ansehe und darüber hinaus keine unausgesprochene Einladung zum Sex vermute. Dass eine körperliche Vereinigung ohne mentale Verbundenheit so unvollständig sei wie ein Clown ohne rote Nase.

»Da musst du aufpassen!«, warne ich und ziehe ihn in meine Wohnung. »Ritterlichkeit im Karneval ist strafbar.«

Ich mache uns einen Kaffee, wir reden noch ein paar Takte über die moralische Verkommenheit der heutigen Zeit, und dann liege ich nackt im Bett und er sucht im Badezimmer nach Kondomen.

Er taucht, nur mit Boxershorts bekleidet, in der Türöffnung auf. Seine rote Perücke und die blinkende Nase hat er abgenommen und sich auch die Clownsschminke aus dem Gesicht gewaschen. Jetzt sieht er nicht mehr traurig und lächerlich aus, sondern ein bisschen langweilig. Er hält eine Packung in der Hand. »Ich habe bloß die hier gefunden«, sagt er. »Die sind mit Geschmack.«

»Gut. Soll ich dir – zur Hand gehen?«

Er steht unschlüssig da. »Aber wenn sie mit Geschmack sind, dann sind die doch eher was für Oralverkehr, oder?«

»Da habe ich jetzt aber keine Lust drauf«, stelle ich klar.

»Nein, das will ich ja auch gar nicht. Hast du keine anderen?«

»Nein, habe ich nicht. Ich habe ja auch keinen Penis, nicht wahr?«

»Sicher. War auch nicht als Vorwurf gemeint. Es ist nur ein bisschen blöd jetzt.«

Ich schaue ihn stirnrunzelnd an. »Ich glaube, ich verstehe nicht ganz, wo das Problem liegt.«

»Das Problem sind die Aromastoffe, mit denen das Latex beschichtet ist.« Er deutet auf die Packung. »Erdbeere.«

»Na und? Mag dein Schwanz keine Erdbeeren?«, witzele ich.

Jens bleibt ernst. »Von Erdbeeren kriege ich Ausschlag.«

»Du sollst die Kondome ja auch nicht essen«, sage ich, mittlerweile schon ein bisschen genervt. »Was soll der Quatsch? Wenn du nicht mit mir schlafen willst, dann sag es doch einfach.«

»Aber ich will ja mit dir schlafen«, beteuert er. Er streicht mir sanft über den Arm, haucht mir einen Kuss auf den Busen. »Du bist eine schöne Frau, weißt du das? Eine betörende Blume der Nacht.«

»Ich habe noch ganz andere Qualitäten«, raune ich ihm ins Ohr. »Komm, zieh dir was über und wir gehen spielen.«

Jens setzt sich zu mir aufs Bett, holt ein Kondom aus der Packung und überlegt. Und überlegt. Und überlegt.

»Fehlt eine Schraube, oder was?«

»Nein.« Jens schrickt regelrecht aus seinen Gedanken hoch. »Ich weiß nur nicht, ob ich ... wegen meiner Erdbeerallergie ... na gut, ich riskier's!«

Ich knie auf dem Bett neben ihn und küsse seine Schultern. »Mein Held!«

Zehn Minuten später liegen wir beide Seite an Seite und starren frustriert an die Schlafzimmerdecke. Mein Held kriegt sein Schwert nicht hoch. Das war das letzte Mal, dass ich mit einem Clown ins Bett steige!

»Es liegt nicht an dir, Pia.«

»Was du nicht sagst.«

»Ich muss nur dauernd an einen Ausschlag auf meinem Penis denken.«

»Bis jetzt hat er jedenfalls nicht ausgeschlagen«, sage ich sarkastisch.

Dann fällt mir etwas ein. Ich krabble über ihn hinweg auf die andere Bettseite und öffne dort die Nachttischschublade. Tatsächlich, sie sind noch da. Matthias hat einmal ein Päckchen Viagra mitgebracht und es dort deponiert. Nicht dass er es gebraucht hätte! Er hat es nur ausprobieren wollen, typisch Wissenschaftler eben. Bei ihm hat es prima funktioniert. Jetzt wird Jens sein blaues Wunder erleben und ich hoffentlich mit ihm, sodass ich meinem Wettgewinn einen Monat näher rücke.

»Viagra?« Jens macht ein beleidigtes Gesicht. »So was brauche ich nicht.«

»Ach nein? Dann hast du wohl eine neue Technik für Sex ohne Erektion entwickelt. Willst du ihn jetzt vielleicht in mich einfädeln, oder wie?«

»Wir könnten ja auch ein anderes Mal ...«

»Nein, ich will das heute noch hinter mich bringen«, sage ich schroff. »Du nimmst jetzt eine davon, dann kuscheln wir ein bisschen und dann ziehen wir das durch!«

Eingeschüchtert nimmt Jens das Päckchen Viagra und verschwindet wortlos in Richtung Küche. Vielleicht hat er Angst, dass ich ihm die Tablette sonst gewaltsam in den Rachen stopfe.

Ich höre, wie er sich ein Glas aus dem Schrank holt und etwas zu trinken einschenkt. Dann höre ich nichts mehr. Nach zehn Minuten frage ich mich allmählich, was Jens so lange in der Küche treibt.

»Jens?«, rufe ich. »Alles in Ordnung?«

Keine Antwort. Ich stehe auf und schlüpfe rasch in das weite Clownshemd von Jens, das auf dem Boden liegt. Jens sitzt in der Küche, den Oberkörper über die Tischplatte gebeugt, und liest etwas.

»Kannst du mir bitte mal verraten, was du hier machst?«,

pflaume ich ihn an. »Ich dachte, wir kuscheln noch ein bisschen, bis die Tablette wirkt.«

Erschrocken dreht er sich zu mir um. In seiner Hand hält er einen Zettel, den er mir jetzt anklagend entgegenhält. »Das kann ich unmöglich nehmen«, sagt er. »Hast du dir den Beipackzettel mal durchgelesen? Die ganzen Nebenwirkungen? Kopfschmerzen, Bauchschmerzen, Muskelschmerzen, Sehstörungen, bis hin zu einer verstopften Nase.«

»Eine verstopfte Nase?«

»Kommt angeblich häufig vor.«

»Tja dann ... dann pass mal auf, dass dir nicht noch was ganz anderes verstopft. Gute Nacht!«

Kaum liege ich wieder im Bett, kommt er hinter mir her und kriecht unter die Decke. Mit dem Zeigefinger streicht er über meine Schulter. »Bist du jetzt sauer?«

Natürlich bin ich auf einen Mann sauer, der sich von einer verstopften Nase davon abhalten lässt, mit mir zu schlafen.

»Nein, ich bin nicht sauer«, sage ich brav und kraule zum Beweis seine spärliche Brustbehaarung.

»Weißt du, ich habe nämlich sowieso schon Probleme mit meinen Nebenhöhlen«, jammert er. »Und wenn ich dann auch noch ...«

»Schon gut!«, schreie ich ihn an. »Ich bin nicht sauer! Ich bin nicht sauer!« Nach einer Minute Synchronschweigen drehe ich mich zu ihm um und flüstere ihm ins Ohr: »Ich bin nicht sauer. Schlaf schön.«

Dicht aneinander geschmiegt liegen wir da wie ein erschöpftes Liebespaar. Erschöpft bin ich tatsächlich, denn mittlerweile ist es sechs Uhr morgens. Ich überlege mir, wie ich diese Geschichte so hinbiegen kann, dass sie für die XX zu verwenden ist. Kann man *keinen* Sex auch als sexuelle Erfahrung geltend machen? An mir hat es schließlich nicht gelegen. Ich beschließe, Jens in meiner Tagebuchnotiz die Viagratablette nehmen zu lassen und die sich anschließende heiße Liebesnacht dazuzudichten. Ich täusche meinen Lesern einfach einen

Orgasmus vor. Das ist bestimmt auch nicht schwerer als bei Stefan.

»Pia, schläfst du schon?«, flüstert Jens auf einmal.

»Ja, tief und fest.«

»Weißt du noch, was ich dir über die Frau meines Lebens gesagt habe?«

»Nur, dass es *peng* macht, wenn du ihr begegnest.«

»Ich glaube, ich habe etwas gehört«, sagt Jens.

»Das war die Müllabfuhr«, sage ich. Das hat mir gerade noch gefehlt, dass sich ein impotenter Clown in mich verliebt!

»Das war nicht die Müllabfuhr«, widerspricht Jens. »Das warst du.«

Kurz darauf fängt er an zu schnarchen, aber das stört mich nicht weiter. Ich kann jetzt sowieso nicht mehr schlafen.

Kaffeeduft und die melancholische Musik von *Coldplay* wecken mich. Es ist elf Uhr, ich habe gerade mal vier Stunden geschlafen. Ich fühle mich, als sei ein Müllauto über mich hinweggerollt. Schlecht geträumt habe ich auch. Ich musste wieder Stadt-Land-Fluss spielen und wurde von einem Clown gewonnen. Warum muss mein eigenes Gehirn mich auch nachts noch quälen? Reicht es nicht, dass die ganze Welt tagsüber auf mir herumhackt? Bin ich vielleicht schon vor Jahren gestorben und befinde mich seitdem in der Hölle, ohne dass mir jemand Bescheid gesagt hat?

Langsam erhebe ich mich. Niemand liegt neben mir, auf mir oder unter mir. Das ist doch schon mal was. Ich ziehe mir einen Morgenmantel über und folge dem Kaffeeduft. In der Küche ist ein Frühstückstisch gedeckt: frische Brötchen, ein kleiner Blumenstrauß, ein Ei, auf dem eine Clownsnase sitzt – und ein Brief.

Liebe Pia,
ich kann leider nicht mit dir frühstücken, da ich schon um zwölf Uhr zu Hause sein muss.
Ich hoffe, die Musik weckt dich, solange der Kaffee noch heiß ist. Heißer als ich letzte Nacht jedenfalls.
Das nächste Mal werde ich dich nicht enttäuschen, versprochen.
Damit du weißt, dass ich mein Versprechen halte, habe ich dir zwei Körperteile als Pfand dagelassen: meine Nase – und mein Herz.

Wusste ich es doch! Ich bin in der Hölle.

Wenn ein Gärtner in dich verliebt ist, schenkt er dir Blumen, Blumen, Blumen. Auf die Idee, dir auch mal eine Vase zu schenken, kommt er nicht. Seit einer Woche erhalte ich jeden Tag mindestens einen neuen Strauß. Ständig läutet es an meiner Tür: morgens der Briefträger, nachmittags der Fleurop-Bote, abends Jens und zwischendurch Tanja und meine Mutter und die Zeugen Jehovas. Meine Wohnung wird belagert, als wäre sie eine Festung aus *Der Herr der Ringe*. Das nächste Mal wenn es klingelt, steht wahrscheinlich eine Armee Orks vor der Tür.

Einmal, am Tag nach seiner nächtlichen Clownsnummer, habe ich den großen Fehler gemacht und Jens geöffnet. Ich habe ihm klar machen wollen, dass ich nichts für ihn empfinde, dass ich ganz gewiss nicht die Frau seines Lebens bin, auch nicht die Mutter seiner Kinder und schon gar nicht die Pflegerin seiner Gebrechen.

Als Gegenbeweis hat er mir sein Horoskop vorgelesen, das er extra mitgebracht hat. »*Sie werden demnächst Ihre große Liebe treffen. Achten Sie auf die Hinweise des Schicksals. Ein kleiner Gewinn wird zu einem viel größeren führen. Lassen Sie Ihr Glück nicht an sich vorüberziehen!*«

»Horoskope!« Ich habe höhnisch gelacht. »Wer glaubt denn schon an so einen Unsinn?«

»Du zum Beispiel«, hat Jens geantwortet und auf einen Zodiakus gezeigt, der bei mir im Wohnzimmer an der Wand hängt – mein Geburtshoroskop in Postergröße.

»Also gut, pass auf, Jens! Ich muss dir ein Geständnis machen. Dein Horoskop habe ich geschrieben. Die Passagen, die du mir gerade vorgelesen hast, habe ich frei erfunden. Ich wollte dich näher kennen lernen, ganz, ganz nah, um genau zu sein. Es ging dabei lediglich um eine Wette. Ich weiß, dass das nicht fair von mir war, und es tut mir Leid, ehrlich. Wenn du Unkosten gehabt hast, ersetze ich sie dir natürlich. Aber verstehst du? *Ich* bin die Astrologin, die dir das Horoskop erstellt hat.«

»Ich weiß«, hat Jens lächelnd gesagt. »Dein Name auf dem Türschild kam mir gleich so bekannt vor. Und als ich dann dein Tierkreisbild im Wohnzimmer gesehen habe, war mir klar, wer du bist und dass du aus irgendeinem Grund alles arrangiert hast. Aber das ist nicht das Entscheidende.«

»Nicht?«

»Nein. Es war trotzdem das Schicksal, das dich in mein Leben gezaubert hat. Meine Bronchitis, die Illustrierten im Wartezimmer, meine Horoskopanfrage, deine Wette – das alles hatte nur den Zweck, uns beide zusammenzuführen. Das Schicksal will, dass wir ein Paar werden.«

»Das Schicksal soll sich gefälligst um seinen eigenen Kram kümmern!«, habe ich gesagt und danach fast zwei Stunden gebraucht, um Jens mitsamt seinen garantiert erdbeerfreien Kondomen, die er mitgebracht hat, wieder nach draußen zu komplimentieren.

Am nächsten Morgen habe ich vor meiner Tür einen Strauß rote Rosen und ein Gedicht gefunden.

Du schaust mich an, dein Blick greift so tief
wie Feuer, das einer Strohpuppe direkt in ihr
Papierherz sieht, für einen heißen Augenblick

So süß zerstörst du mich
so leicht entzündet sich mein Leben
Brennend in deinen Armen
bedeck ich dich mit Flammenküssen

Lass uns lodern wie zwei Feuer
die gegenseitig sich verzehren
in einer Nacht
Dann kuscheln wir verglimmend
unter aschedunklen Daunen
und lauschen dem Flüstern unserer Hände

Schön. Ein bisschen kitschig vielleicht, aber schön. Obwohl ich natürlich sagen muss, dass Jens sich nicht gerade als Flammenwerfer hervorgetan hat.

»Das reimt sich ja gar nicht«, sagt Tanja, als ich ihr das Gedicht zeige.

»Sei nicht so blöd«, werfe ich ihr an den Kopf. »Das muss sich nicht reimen. Das muss nur gut klingen. Und das tut es.«

»Was haben dir die Hände von deinem neuen Freund denn geflüstert?«, will Tanja wissen.

»Das ist nicht mein neuer Freund!«

Tanja wirft einen skeptischen Blick auf die Blumen, die meine Wohnung in einen Garten verwandelt haben. »Dafür lässt er es sich aber einiges kosten. Oder räumt er auf seinem Friedhof die Gräber ab?«

»Tanja!«, rufe ich entrüstet. »Das ist nicht lustig! Sag mir lieber, wie ich den Typen wieder loswerde. Dauernd ruft er an, schickt mir Mails und Blumen oder steht selbst vor der Tür, obwohl ich ihm nie aufmache. Ich habe ihm schon mehrmals deutlich erklärt, dass er mich in Ruhe lassen soll. Aber er glaubt, wir seien füreinander bestimmt. Wie soll ich denn gegen das Schicksal ankommen?«

Tanja, die ein solches Problem wahrscheinlich mit einer Pumpgun lösen würde, wickelt sich nachdenklich eine rote Haarsträhne um den Zeigefinger. »Am besten, du lässt dich mit Erdbeeraroma imprägnieren«, meint sie. »Oder du behauptest, dass du auf Frauen stehst.«

»Und warum habe ich dann vor ein paar Tagen noch versucht, ihm eine Viagra aufzudrängen?«

»Du sagst ihm einfach, seit der Nacht mit ihm bist du auf einmal lesbisch.«

In dem Moment klingelt es an der Tür. Ich zucke regelrecht zusammen und werfe einen Blick auf die Uhr. »Das ist er bestimmt schon wieder.«

»Soll ich mal über die Sprechanlage mit ihm reden?«, fragt Tanja. »Von einer lyrischen Seele zur anderen?«

Ich zucke mit den Schultern. »Aber sei nicht so schroff!«

Tanja geht zur Tür und brüllt in den Hörer: »Hör mal zu, du elende Nervensäge! Pia will ab sofort nicht mehr von dir belästigt werden, kapiert? Wenn du noch ein Mal hier aufkreuzt, dann kannst du dir gleich ein schönes Plätzchen auf dem Friedhof suchen.«

Dann drückt sie auf den Summer, öffnet die Tür und kommt zurück ins Wohnzimmer. »Deine Mutter.«

Ein paar Sekunden später steht meine Mutter vor uns und schüttelt fassungslos den Kopf. »Was ist denn das für ein Empfang? Ich habe mich richtig erschrocken. Pia? Tanja? Ich hoffe doch sehr, dass ihr jemanden anderen erwartet habt.«

»Entschuldigen Sie, Frau Herzog«, sagt Tanja. »Aber ich habe mich auch erschrocken. Wir dachten, es sei Pias Freund.«

»Er ist nicht mein Freund, verdammt!«

»Pia, du sollst nicht immer fluchen«, ermahnt mich meine Mutter. »Und Sie, Tanja, sollten sich zuerst vergewissern, dass es die richtige Person ist, bevor Sie sie auf den Friedhof verfrachten. Von welchem Freund sprecht ihr? Von dem Physiker, von dem du mir erzählt hast?«

Ich verdrehe die Augen. »Erinnere mich bloß nicht an den!«

»Dann hat ein noch neuerer Freund dir die ganzen Blumen geschenkt?«

»Jens ist nicht mein Freund!«

»Und wer ist Jens?«

»Jens ist ein Clown«, antwortet Tanja.

Meine Mutter wirft mir einen bestürzten Blick zu. »Du bist jetzt mit einem Clown zusammen?«

Ich vergrabe stöhnend mein Gesicht in den Händen. »Ich bin nicht mit ihm zusammen. Und außerdem ist er kein Clown. Das war nur wegen Karneval.«

»Und was macht er nun wirklich?«

Bevor ich etwas sagen kann, platzt Tanja heraus: »Er ist Dichter.«

Meine Mutter macht ein Gesicht, als hätte ihr gerade Goethes Erlkönig ins Dekolleté gefasst.

»Er schreibt sehr schöne Gedichte«, sage ich und zeige meiner Mutter das Feuergedicht.

Sie liest es in drei Komma sieben Sekunden und legt es dann mit spitzen Fingern auf den Wohnzimmertisch. »Verdient er damit so viel, dass er sich die ganzen Blumen leisten kann?«

»Weiß ich nicht. Gedichte schreibt er nur in seiner Freizeit. Er hat auch einen richtigen Beruf.«

»Ach so.« Meine Mutter entspannt sich ein bisschen. »Und welchen?«

»Er ist Friedhofsgärtner.«

Für einen Moment verfällt meine Mutter in Grabesschweigen. Dann fragt sie: »Was ist eigentlich mit diesem Physiker? Ist das endgültig vorbei?«

»Mama, bitte!«, stöhne ich. »Wenn ich deinen Rat brauche, melde ich mich, okay? Den Physiker hat das Universum verschluckt, wenn du es unbedingt wissen willst.«

Meine Mutter lässt ihren Blick nochmals langsam über die

vielen Blumensträuße wandern: zwei auf dem Wohnzimmertisch, einer auf einem Beistelltischchen, einer auf dem Boden, zwei im Flur. Sie schüttelt ungläubig den Kopf. Dabei hat sie die Sträuße in der Küche, im Arbeitszimmer und im Bad noch gar nicht gesehen.

»Na gut. Du bist schließlich erwachsen, Pia«, verrät sie mir etwas ganz Neues. »Könnte ich dich kurz unter vier Augen sprechen? In der Küche vielleicht? – Tanja, Sie haben sicher Verständnis dafür, nicht wahr? Es dauert auch nicht lange.«

Tanja steht auf. »Ich muss sowieso weiter. Ich treffe mich gleich mit einem Interessenten für mein Fotostudio.«

»Sie wollen Ihr Studio verkaufen?«

»Ja, ich fange etwas ganz Neues an«, sagt Tanja. »Diese ewigen Modefotos für irgendwelche Kataloge, die kitschigen Hochzeitsalben und die ganze andere Kacke ...«

»Aber Tanja! Solche Ausdrücke nimmt eine Dame nicht in den Mund«, kritisiert meine Mutter sie.

»Oh, Scheiße, das ist mir so rausgerutscht! Jedenfalls ist das nichts mehr für mich. Nur noch Routine, reizlos.«

»Und was wollen Sie statt ...«

»Tanja arbeitet dann in der, äh, Kommunikation«, antworte ich schnell, bevor Tanja meiner Mutter zum zweiten Mal heute einen Schreck einjagen kann. »Sie wird Kommunikations..., äh, ...direktorin. Sie kommuniziert dann direktiv, hauptsächlich Telekommunikation und ... und so.«

»Genau«, sagt Tanja.

Dann gibt sie meiner Mutter schnell die Hand, umarmt mich zum Abschied und flüstert mir dabei spöttisch ins Ohr: »Du coole Sau, du!«

Ich coole Sau muss fünf Minuten später ganz schön schlucken, als ich meine Mutter zum ersten Mal seit langem ein Schimpfwort benutzen höre.

»Der Schweinehund ist in der Stadt«, sagt sie und meint damit natürlich meinen Vater. »Man hat ihn gesehen, wie er auf der Kö aus einem Juweliergeschäft kam. Er hatte eine Frau mit langem, schwarzem Haar bei sich. Meine Freundin hat ihn dann leider gleich wieder aus den Augen verloren. Jedenfalls ist er in Düsseldorf. Vielleicht die ganze Zeit schon.«

Ich weiß nicht, was ich dazu sagen soll. So ein schäbiges Verhalten hätte ich meinem Vater überhaupt nicht zugetraut. Aber ich will nicht noch Öl ins Feuer gießen.

»Sollen wir ihn suchen gehen?«, frage ich meine Mutter mit einem aufmunternden Lächeln.

»Das ist lieb von dir, Pia. Aber völlig aussichtslos. Wo willst du denn suchen?«

»Ich kenne ein paar todschicke Boutiquen«, sage ich und zwinkere ihr zu. »Und wenn er da nicht ist, suchen wir ihn anschließend in einem guten Restaurant. Und wenn er da nicht ist, suchen wir ihn danach in einer gemütlichen Bar. Und wenn er da auch nicht ist, haben wir zumindest alles versucht.«

»Klingt gut, dein Plan«, meint meine Mutter und lächelt.

Natürlich haben wir meinen Vater an diesem Abend nicht gefunden. Er hätte auch eher gestört, wenn ich ehrlich bin. Meine Mutter hat sich ein Kostüm gekauft und mir eine Handtasche geschenkt, die erstens sehr schön ist und zweitens einen genialen Anlass darstellt, mir die dazu passenden Schuhe zu besorgen. Nach unserem Einkaufsbummel waren wir dann bei einem Nobelitaliener essen. Auch da hat meine Mutter großzügig die Rechnung beglichen. So gesehen ist es eigentlich schade, dass mein Vater sie nicht öfter betrügt.

Um ein Uhr nachts setzt meine Mutter mich vor der Haustür ab. Außer mir wohnen drei Parteien im Haus, aber in keiner Wohnung brennt noch Licht. Müde erklimme ich die Treppe in den ersten Stock. Vor meiner Tür liegt ein neuer Blumenstrauß von Jens. Hört das denn niemals auf? Irgendetwas muss geschehen, bevor ich eine Blumenphobie entwickle. Vielleicht sollte ich auswandern. Liefert Fleurop eigentlich auch nach Grönland?

Nachdem Jens ein paar Tage später wieder stundenlang meine Wohnung belagert hat, schreibe ich ihm eine Mail. Vielleicht kapiert ein Dichter besser, wenn es sich reimt.

Dauernd kommst du bei mir an – was soll das, Mann?
Ich entsinne mich verschwommen:
Bei dir bin ich doch auch nicht gekommen!

Es ist zwar nicht meine Art, mich über andere lustig zu machen, aber vielleicht vergeht Jens auf diese Weise die Lust, mir weiterhin nachzustellen.

Schon am nächsten Tag liegt seine Antwort im Mail-Postfach.

Jeder ist allein, unendlich einsam,
in tiefer Dunkelheit.
Und hält's nur aus, allein zu sein, gemeinsam
im Monolog zu zweit.

»Und was soll das jetzt heißen?«, fragt mich Tanja, nachdem ich ihr das Gedicht am Telefon vorgelesen habe.

»Weiß ich auch nicht«, muss ich zugeben. »Vielleicht bedeutet es gar nichts. Vielleicht ist es aber auch eine Art Heiratsantrag. Mittlerweile traue ich Jens alles zu.«

»Glückwunsch!«, sagt Tanja. »Wenn du eine Trauzeugin brauchst, kannst du auf mich zählen.«

»Ich brauche keine Trauzeugin. Ich brauche einen Profikiller.«

Wir lachen, obwohl ich das Ganze langsam nicht mehr komisch finde. Erst gestern habe ich im Fernsehen einen Bericht über Stalker gesehen. Meistens sind es verrückte Fans, hartnäckige Verehrer oder besonders zähflüssige Verflossene, die ihre Opfer monatelang verfolgen und ihnen mit Telefonterror, Briefen und anderen Nachstellungen zusetzen. Die Polizei kann bislang erst eingreifen, wenn sie zum Beispiel gewalttätig werden. Aber so weit werde ich es bestimmt nicht kommen lassen!

Nachdem ich das Gespräch mit Tanja beendet habe, sitze ich zehn Minuten mit dem Telefon in der Hand da und denke über Jens nach. Ich bin also die Frau seines Lebens. Er will mein edler Ritter sein. Ob er sich das wirklich gut überlegt hat? Ich beschließe, ihn einem Härtetest zu unterziehen. Ich atme einmal tief durch und wähle dann die Nummer von Jens.

»Wir müssen reden«, sage ich gleich, nachdem er abgenommen hat.

»Oh, Pia, du? Wie schön, dass du mich anrufst. Hast du mein Gedicht bekommen?«

»Ja, habe ich.«

»Und wie findest du es?«

»Ich bin schwanger«, sage ich.

Eine Weile ist es still am anderen Ende. Dann sagt Jens: »Oh, da ... da muss man ja gratulieren. Oder ... Du sagst das nur, um mich loszuwerden, habe ich Recht?«

»Ganz im Gegenteil«, entgegne ich. »Wir müssen heiraten, bevor das Kind auf die Welt kommt. Und ich will auch nicht hochschwanger vor dem Traualtar stehen, klar? Wir haben also nicht mehr viel Zeit.«

»Moment mal, nicht so schnell, Pia! Ich verstehe jetzt gar nichts mehr. Du willst, dass wir heiraten?«

»Klar. Wegen dem Kleinen. Ich liebe dich zwar nicht, Jens, wie du weißt, aber das kommt schon mit den Jahren. Wie groß ist eigentlich deine Wohnung?«

Wieder ist es eine ganze Zeit lang still in der Leitung. Misst er jetzt seine Wohnung aus, oder was? Dann fragt er: »Und warum willst du *mich* heiraten und nicht den Vater von deinem Kind?«

»Die anderen wollen alle nicht«, sage ich. »Beim Rammeln sind sie schnell dabei, aber wehe, es geht ans Bezahlen. Na ja, ich kann ihnen da eigentlich keinen Vorwurf machen, wenn ich an die ganzen Kosten denke, die da auf einen zukommen. Kinderzimmer, Spielsachen, Playstation, Computer, Führerschein, Studium, das hört ja nie auf. Ich hoffe, als Gärtner verdient man einigermaßen. Kannst du gleich mal vorbeikommen? Ich will dich meinen Eltern vorstellen. – Hallo, bist du noch dran?«

»Ja, sicher, es ist nur ... im Moment passt es eher schlecht. Ich muss noch, äh, Tulpen pflanzen.«

»Na hör mal!«, schimpfe ich. »Was ist denn jetzt wichtiger: unsere Hochzeit und unser Kind oder irgendwelche blöden Tulpen? Ich verlasse mich auf dich, Jens. Meine Eltern sind auch extra gekommen. Meine Mutter ist übrigens Richterin. Sie braucht von dir noch ein paar Angaben, um die Adoption vorzubereiten. Damit es dann amtlich ist. Schrecklich, an was man alles denken muss!«

»Aber was ist denn mit dem richtigen Vater?«, fragt Jens mit sich überschlagender Stimme. »Du weißt doch, wer es ist, oder?«

»Machst du Witze?«, frage ich. »Es war doch Karneval. Ein paar waren ja sogar maskiert. Wenn ich dich nicht hätte, Jens, hätte ich für das kleine Würmchen jetzt überhaupt keinen Vater.«

»Ich weiß nicht, Pia«, stöhnt Jens. »Das geht mir alles zu schnell. Du musst doch wissen, mit wem du in letzter Zeit intim warst!«

»Soll ich vielleicht vorher jeden nach seinem Namen fragen, oder was? Also, Jens, ich erwarte dich in spätestens zwei Stunden. Meine Eltern freuen sich schon darauf, dich kennen zu lernen.

»Ich weiß nicht«, sagt Jens. »Ich kann im Moment überhaupt nicht mehr denken. Für mich hört sich das so an, als ob jeder geschlechtsreife Mann in Deutschland der Vater deines Kindes sein könnte – mit Ausnahme von mir. Aber ausgerechnet ich soll dich jetzt heiraten!«

»Ich dachte, du liebst mich.«

»Ich kenne dich doch überhaupt nicht. Du hast mich ja immer abgewimmelt. Und jetzt auf einmal bin ich gut genug, ja?«

»Heißt das, du kommst nicht?«

»Ich muss erst in Ruhe darüber nachdenken, okay? Ich melde mich dann bei dir, Pia.«

Er legt auf und ich stoße einen Jubelschrei aus. Jawohl! Ich bin die schlauste Frau der Welt. Es sei denn, Jens kommt doch noch hier an und will mich heiraten. Dann habe ich allerdings wirklich ein Problem. Ach was, dann mache ich eben einfach nicht auf.

Jens ist natürlich nicht mehr gekommen. Bis heute, vier Tage nach meinem Anruf, habe ich von meinem ritterlichen Gärtner nichts mehr gehört.

Als es an der Tür klingelt, zucke ich zusammen. Aber es ist Gott sei Dank nur der Briefträger, der mir die Post aushändigt: Rechnungen, Werbung und eine Karte mit einem Pferdemotiv.

Hallo, Schlumpelchen!
Du bist bestimmt sauer auf mich, weil ich so lange nichts von mir hören gelassen habe. Aber ich war noch nicht bereit, irgendwelche Fragen zu beantworten. Deshalb rufe ich auch nicht an, sondern schreibe dir diese Karte. Bitte komm am Sonntag zum Reitturnier auf das Gut Rheinaue bei Düsseldorf. Wir treffen uns um fünfzehn Uhr beim Dressurreit-Wettbewerb. Dann werde ich dir alles erklären. Ich liebe dich.

Papa

PS: Komm bitte ohne Mama und sage ihr auch nichts davon. Ich weiß, ich kann mich auf dich verlassen.

Oh, Papa, was ist das jetzt wieder für ein Blödsinn?, denke ich kopfschüttelnd.

Bis Sonntag sind es noch drei Tage. Bis dahin platze ich bestimmt vor Neugier. Was soll die Geheimnistuerei? Und seit wann interessiert er sich für Pferde?

Ich komme mir vor wie in einer Episode aus *Alias*. Ich bin Pia Herzog, die Geheimagentin. Ich bin smart und sexy und habe die Mission, die Welt zu retten. Okay, mache ich gerne. Es gibt nur ein kleines Problem: Was ziehe ich dazu an?

widder

21. märz – 20. april

Die Sterne meinen es gut mit Ihnen. Mars, Ihr Herrscherplanet, erfüllt Sie mit so viel Energie, dass man ein ganzes Jahr Licht hätte, wenn man Ihnen eine Glühbirne in den Hintern schrauben würde. Es ist nur schade, dass Sie mit dieser Energie so blödsinnige Sachen machen.

Sie kaufen sich teure Eisengewichte, die sie schwitzend und stöhnend tausendmal in die Luft stemmen, damit Sie dicke Arme kriegen. Sie laufen mit ein paar anderen Deppen einem Ball hinterher. Und wenn Sie dann völlig außer Atem als Erster bei ihm sind, kicken Sie ihn wieder weg. Und dann rennen Sie ihm wieder hinterher. Sie hängen sich kopfunter in einen Türrahmen und versuchen mit ihrer Nase ans Knie zu kommen. Das ist doch alles nicht normal!

Haben Sie schon mal gesehen, dass Tiere so etwas machen? Zwei Löwen zum Beispiel, die mit vollem Karacho durch die Savanne fegen. Nicht etwa, weil sie eine Gazelle jagen oder weil sie vor einem Feuer davonrennen. Nein, nur um zu sehen, wer zuerst am Affenbrotbaum ist. Oder ein Elefant, der den ganzen Tag lang einen Felsklotz auf einen Ast legt und dann wieder herunterholt und dann wieder drauflegt und dann wieder herunterholt. Und warum? Weil er einen dickeren Rüssel will.

Nein, Tiere sind nicht so bescheuert. Fragen Sie mal einen Gorilla, ob er sich an einem Gummiband in eine Schlucht stürzen würde. So was wäre dem viel zu affig. Aber Sie müs-

sen das natürlich ausprobieren! Schlau wie ein Turnschuh! Wie lange arbeiten Sie eigentlich schon an Ihrem Waschbrettbirn?

Warum setzen Sie sich nicht einmal zwanzig Stunden hin und lesen ein Buch? Von mir aus auch im Handstand. Oder Sie legen ein tausendteiliges Puzzle. Es könnte ja einen Ball als Motiv haben. Aber treten Sie nicht dagegen, wenn es fertig ist!

Geduld kann man lernen. Nein, heute nicht mehr.

Wann? Keine Ahnung. Bei Ihnen kann das dauern. Aber die Welt ist auch nicht in drei Tagen erschaffen worden. Die Pyramiden wurden nicht über Nacht aus dem Boden gestampft. Und ein gutes Pils braucht sieben Minuten. Sie müssen eben Geduld haben.

Guter Sex braucht übrigens länger als sieben Minuten. Nur mal so als kleiner Tipp. Beim Sex geht es auch nicht unbedingt darum, wer zuerst fertig ist, verstehen Sie? Im Bett können Sie so keine Medaille gewinnen, selbst wenn Sie jedes Mal Erster sind. Beim Sex sind Einzelkämpfer nicht so gefragt. Der Star ist die Mannschaft. Schon mal gehört? Nein, nicht IHRE »Mannschaft«! Lassen Sie die mal schön stecken!

Wobei ich die Qualitäten Ihrer »Mannschaft« überhaupt nicht anzweifeln will. Aber selbst wenn Ihr Rüssel so lang ist, dass Sie damit Steine schleppen können, heißt das noch gar nichts. Die Wahrheit liegt nämlich immer noch auf dem Platz.

Sie kennen doch die ganzen Weisheiten. Jetzt müssen Sie sie nur noch umsetzen. Ja, der Ball ist rund. Richtig, das ist auch so ein Spruch. Und wie soll der Ihnen jetzt beim Sex weiterhelfen?

Aber wie wäre es damit? Ein Spiel dauert neunzig Minuten.

Das wäre doch schon mal ein Anfang. Und weiter? Mal überlegen. Oh, ich weiß schon!

Nach dem Spiel ist vor dem Spiel.

Ja, sicher jetzt gleich! Oder haben Sie beim Trainieren einen Muskel vergessen? Also los! Ring frei für die nächste Runde! Wer zuletzt beim Affenbrotbaum ist, liegt unten!

***

Die Sonne scheint, die Vögel zwitschern und vor mir kackt ein Schäferhund in ein Blumenbeet. Pferde, frische Luft und Hundedreck – was will man mehr an einem frühlingshaften Sonntagnachmittag?

Ein Cappuccino und ein Stück Schokoladentorte wären nicht schlecht. Auf dem Gutsgelände Rheinaue gibt es zwar ein Café und sogar ein Restaurant mit Terrasse, aber zum Einkehren reicht die Zeit nicht mehr. In zwanzig Minuten soll ich bei den Dressurwettbewerben sein, um mich dort mit meinem Vater zu treffen.

Ich schlendere an ein paar Verkaufsständen vorbei und betrachte die große Auswahl an Peitschen, Stiefeln und Sporen, die dort ausliegen. Und ich habe geglaubt, die hätten hier nur Reitzubehör!

Eine Lautsprecherdurchsage hallt blechern über das Gelände. Die Dressurprüfungen gehen gleich weiter. Das Dressurviereck liegt etwas abseits vom Springparcours. Es sieht ein bisschen aus wie ein übergroßer, zugesandeter Tennisplatz ohne Netz und Markierungen. Durch Hecken an jeder Seite ist es vor störenden Einflüssen aus der Umgebung geschützt. Als ich eintreffe, sind die Zuschauerränge zu zwei Dritteln gefüllt. Die Wertungsrichter sitzen bereits auf ihren Plätzen. Nur mein Vater ist nirgends zu sehen.

Ich verlasse noch einmal den Platz und entdecke ihn schließlich außerhalb der Heckenbegrenzung. Er steht neben einer etwa vierzig Jahre alten Frau in hellgrünem Kostüm, die ihre Hand auf seinen Arm gelegt hat. Die beiden unterhalten sich und lachen. Ihr langes, schwarzes Haar ist hinten zu einem Pferdeschwanz zusammengebunden, vielleicht als Solidaritätsbekundung zu dem Pferd, das an ihrer Seite steht.

Das Tier glänzt schwarz in der Sonne und tritt nervös auf der Stelle, während die junge, etwa zwanzigjährige Reiterin auf seinem Rücken ihm beruhigend den muskulösen Hals klopft oder die gezopfte Mähne streichelt.

Als Kind mochte ich Pferde sehr. Einmal half ich sogar eine Woche auf einem Ponyhof aus, säuberte die Ställe und striegelte die Tiere. Dafür durfte ich dann auf einem Pony reiten, das an einer Longe im Kreis trottete. Das war die Zeit, als ich mir ein eigenes Pony wünschte. Das ich zum Glück niemals bekam, denn bereits während meiner ersten richtigen Reitstunde stürzte ich von so einem Monsterpony in die Tiefe und landete dabei dermaßen hart auf meinem Hintern, dass der Abdruck im Boden bestimmt heute noch zu sehen ist.

Seitdem habe ich Angst vor Pferden. Den Ponyhof habe ich nie wieder betreten, und geritten bin ich nur noch auf dem Kirschbaum in unserem Garten, indem ich mich jockeymäßig über einen Ast schwang und mich in meiner Vorstellung in Jeanne d'Arc verwandelte, die unerschrocken gegen das feindliche Heer der Engländer anreitet. Bis sich das mit dem Kirschbaum irgendwann auch erledigt hat. Jetzt entferne ich mich nur noch so weit vom Erdboden, wie es die Absätze meiner Pumps oder die Barhocker der Stadt erforderlich machen.

Ich verspüre wenig Lust, zu meinem Vater zu laufen, solange der neben diesem Ungeheuer steht. Und das Pferd gefällt mir auch nicht. Ich weiß sowieso nicht, wem ich mehr Abneigung entgegenbringe: dem schwarzen, riesenhaften Alptraum von Pferd oder der Hyäne im giftgrünen Kostüm, die eindringlich auf meinen Vater einredet.

Was ist an der Kanaille eigentlich dran, dass mein Vater sich wegen ihr womöglich noch von meiner Mutter trennt? Nur weil sie vielleicht zwei Fältchen weniger hat und eine Körbchengröße mehr? Dafür hat sie null Stil, sieht aus wie die Försterliesel. Womöglich ist sie ebenfalls verheiratet. Oder geschieden. Vielleicht ist das Mädchen auf dem Pferd sogar ihre Tochter.

Plötzlich dreht mein Vater seinen Kopf in meine Richtung und entdeckt mich. »Hallo, Pia, hier sind wir!«, ruft er und winkt so heftig, dass das Pferd neben ihm erschrocken zur Seite ausbrechen will. Aber die Reiterin reagiert mit strenger Hand und bringt es schnell wieder unter Kontrolle. Mein Vater geht mir ein paar Schritte entgegen, und wir umarmen uns, wobei ich mich deutlich reserviert gebe.

»Pia! Schön, dass du gekommen bist! Ich habe schon fast nicht mehr daran geglaubt. Komm, ich will dir Ariane vorstellen! Mir liegt viel daran, dass ihr euch mögt. Gib ihr eine Chance, ja?« Dann stellt er mich vor. »Das ist Pia, meine Tochter.«

Die Frau im grünen Kostüm nickt mir knapp zu und wirft dann einen Blick auf ihre Uhr. »Ich muss jetzt zu den Springern. Wiedersehen.«

Damit hat sie ihre Chance vertan. Glaubt die etwa, *ich* hätte große Lust, mit ihr zu reden? Als sie an mir vorbeiläuft, raune ich ihr so leise, dass mein Vater es nicht hören kann, zu: »Ja, mach, dass du wegkommst!«

Ariane dreht sich noch einmal um und schaut mich böse an, läuft dann aber kopfschüttelnd weiter. Feige ist sie also auch noch!

»Pia, das ist Ariane«, höre ich meinen Vater sagen und bemerke aus den Augenwinkeln einen weißen Handschuh, der von oben auf mich zuschwebt.

Eine jugendliche Frauenstimme schwebt hinterher: »Guten Tag, Pia. Es freut mich, dass du hierher gefunden hast. Dein Vater erzählt immer so drollige Geschichten über dich.« Ganz perplex gebe ich ihr die Hand und mache mich so lang wie möglich, um dem Pferd nicht zu nahe zu kommen. »Das ist Armageddon«, sagt Ariane, die meine ängstlichen Bemühungen um Abstand mit einem spöttischen Grinsen quittiert. »Keine Angst, er ist Pflanzenfresser.«

»Aber ich nicht«, sage ich.

»Wie degoutant!« Ariane wirft mir einen angewiderten Blick zu, dreht dann beleidigt ihren Kopf weg und schiebt sich eine imaginäre Haarsträhne unter den schwarzen Zylinder. Sie wirkt sehr elegant in dem schwarzen Jackett, der engen weißen Reithose und den schwarzen, hochschaftigen Stiefeln. Und sie wirkt sehr jung. Das kann doch nicht wahr sein, dass mein Vater jetzt mit diesem unreifen Früchtchen zusammen ist! Die ist ja jünger als ich, Mitte zwanzig, höchstens. Hilfe, mein Vater ist pädophil!

»Wer war eigentlich die Frau in dem grünen Kostüm eben?«, frage ich.

»Gräfin von Rotwalden, die Turnierleiterin«, sagt mein Vater. »Wieso?«

»Reine Neugier. Sah nett aus.«

Das Pferd dreht seinen großen Schädel in meine Richtung und schnuppert an meinem Haar. Um zu beweisen, dass ich keine Angst habe, tippe ich es kurz mit den Fingerspitzen an.

»Auf Turnieren ist er immer nervös«, sagt Ariane. »Ich habe ihn auch erst seit kurzem unter dem Sattel.«

»Und meinen Vater?«, frage ich.

Wie lange hast du den schon unter dem Sattel?

»Wie bitte?«

»Wie lange du meinen Vater schon kennst.«

Bei ihrer Antwort lächeln sie und mein Vater sich an wie verliebte Teenager. »Achim hat für meinen Reitclub eine neue Reithalle entworfen.«

»Mein Vater heißt Joachim, nicht Achim«, korrigiere ich sie. »Da legt er großen Wert drauf.«

»Ich denke, *Achim* ist alt genug, um seine Interessen auch ohne deine Interventionen vertreten zu können. Findest du nicht, Pia?«

Um Himmels willen, die redet ja wie eine Politikerin! Die

redet sogar schlimmer als eine Politikerin. Die redet wie meine Mutter!

»Komm, Pia, suchen wir uns einen Sitzplatz«, unterbricht mein Vater unser freundliches Gespräch. »Ariane ist als Erste mit der Kür dran.«

Zur Verabschiedung beugt Ariane sich zu ihm hinab, damit er ihr einen Kuss geben kann. Dabei fasst er jedoch in die Zügel, und Armageddon macht eine jähe Bewegung, sodass mein Vater mit dem Kopf gegen den von Ariane knallt. »Oh, verflixt! Entschuldigung, Ariane.«

Ariane hält sich stöhnend die Stirn, wirft meinem Vater einen wütenden Blick zu und setzt zu einer Bemerkung an, die ich mir lieber nicht ausmalen möchte. Dann erinnert sie sich aber offenbar meiner und zwingt sich zu einem schmallippigen Lächeln. »Schon gut.«

Sie presst ihre Schenkel kurz zusammen und Armageddon trottet unverzüglich los. Mein Vater kann gerade noch »Viel Glück!« rufen, da sind sie auch schon an uns vorbei.

Als mein Vater und ich unsere Plätze in einer der vorderen Sitzreihen einnehmen, trabt Ariane gerade eine Aufwärmrunde außen um das Viereck.

Eine Stimme aus dem Lautsprecher präsentiert sie dem Publikum: »Als nächste Teilnehmerin in der Klasse M folgt nun Ariane Menz auf Armageddon, einem sechs Jahre alten Trakehnerhengst. Sie reitet ihre Kür zur Musik von Ravels *Bolero*.«

Ariane reitet in die Mitte des Vierecks und grüßt die Wertungsrichter mit einem Kopfnicken. Als die Musik einsetzt, bewegt sich Armageddon im verstärkten Trab nach vorne und läuft dann geschmeidig und schwungvoll im Schritt an der Begrenzung des Vierecks entlang. Ich wünsche Ariane Hals- und Beinbruch. Na gut, Beinbruch würde mir schon genügen. Ich bin ja kein Unmensch. Aber dann beide Beine, bitte schön.

»Das kann doch unmöglich dein Ernst sein!«, zische ich

meinem Vater zu. »Du kannst Mama doch nicht mit so einer Göre betrügen.«

»Pia, bitte, ich will das jetzt sehen«, sagt mein Vater nur und applaudiert Ariane nach einer gemeisterten Lektion. »Wir können nachher reden.«

»Mama bringt dich um«, sage ich. »Und ich helfe ihr dabei.«

Nun wendet mein Vater mir doch kurz den Blick zu. »Ich liebe Ariane. Und du wirst sie bestimmt auch lieb gewinnen, wenn du sie erst näher kennen lernst.«

»Das kannst du nicht von mir verlangen, Papa.«

»Ich verlange überhaupt nichts. Aber vielleicht erinnerst du dich einmal daran, wer dich damals unterstützt hat, als du dein Studium abgebrochen hast. Etwa deine Mutter? Wer hat dich verteidigt, als du deiner Puppe einen Arm weggebrannt hast? Und wer hat immer ein offenes Ohr für deine Sorgen gehabt? Alles, was ich erwarte, ist ein bisschen Verständnis.«

»Oh, Papa!« Ich boxe ihn in den Arm. »Ich werde dich immer lieb haben, das weißt du. Aber musste es ausgerechnet diese Prinzessin der Pferdeställe sein?«

Ariane beendet ihre Kür und bedankt sich bei Publikum und Wertungsrichtern. Die Punktzahl, die sie erhält, scheint etwas Gutes zu bedeuten, dem stolzen Gesichtsausdruck meines Vaters nach zu urteilen. Hat er mich schon jemals so angeschaut? Ich kann mich nicht erinnern. Aber ich bin ja auch keine elegante Dressurreiterin, die auf einem Vollbluthengst Turniere bestreitet. Ich bin Schlumpelchen, das Mädchen, das vom Pony fällt.

Mein Vater fragt mich, ob ich mir noch weitere Reiter anschauen möchte, aber ich habe keine Lust, und er will Ariane suchen, um sie zu beglückwünschen.

Wir finden sie draußen an einer Tränke. Sie ist abgestiegen und belohnt Armageddon mit ein paar Möhren. Mein Vater umarmt sie und gibt ihr einen Kuss, wobei ihm der Zylinder, den sie aufhat, im Weg ist. Sie setzt ihn ab und löst auch den

Knoten, mit dem sie ihr langes, schwarzes Haar hinten zusammengesteckt hat. Mit heimlicher Freude sehe ich, dass sich auf ihrer Stirn eine Beule gebildet hat, noch vom letzten verunglückten Kuss meines Vaters. Nun, da sie nicht mehr durch den Schatten der Hutkrempe überdeckt wird, leuchtet sie schön rot in der Sonne.

»Du warst grandios«, lobt mein Vater überschwänglich. »Du und Armageddon, ihr seid so harmonisch wie ein einziges Wesen, wie eine Zentaurin.«

»Oder wie Pan, der Ziegengott«, sage ich. »Allerdings mit vier Hufen, dafür mit nur einem Horn auf der Stirn.«

Ariane kann über meinen Scherz natürlich nicht lachen. Sie wirft mir einen verächtlichen Blick zu und beginnt, mit meinem Vater über ihre Kür zu fachsimpeln. Irgendwas mit Übergängen, die fließender hätten sein können, und einer missglückten Traversale und hottehüh, keine Ahnung.

Armageddon streckt mir plötzlich seinen Kopf entgegen. Ich streichle ihm ganz vorsichtig über die Stirn, woraufhin er mit einem Schnauben reagiert, woraufhin ich mit einem panischen Sprung zurück reagiere.

»Dein Vater hat mir erzählt, du seist auch schon geritten«, sagt Ariane.

»Stimmt«, bestätige ich. »Als Kind macht man ja die dümmsten Sachen.«

»Bist du auf richtigen Pferden geritten?«

»Ach, es gibt auch falsche?«

Ariane lacht. »Nein, aber es hätte schließlich sein können, dass sie dich nur auf irgendein klappriges Pony gesetzt haben.«

Ihre herablassende Art bringt mich langsam auf die Palme. »Außer wilden Büffeln bin ich alles geritten.«

Mein Vater schüttelt den Kopf, sagt aber nichts. Ariane zeigt mit einer einladenden Geste auf den gesattelten Rücken von Armageddon. »Keine Lust? Die Steigbügel müssten die richtige Länge haben. Ich führe dich eine Runde.«

Ich kann kaum über den Sattel sehen, so weit oben liegt er.

Die Steigbügel hängen in Höhe meiner Oberschenkel. Ich wüsste nicht einmal, wie ich da einen Fuß hineinbekommen soll. Das ist in etwa so, als würde ich neben meinem Schreibtisch stehen und versuchen, auf die Computermaus zu treten.

»Nein, danke, kein Interesse«, lehne ich das Angebot ab.

»Ist auch besser so«, meint mein Vater erleichtert. »Ich habe nämlich keine Lust, dich ins Krankenhaus fahren zu müssen.«

Ariane klopft Armageddon grinsend auf die Flanke. »Dabei ist er so ein Lämmchen. Aber ich verstehe natürlich, dass du Angst hast, Pia. Auf einem richtigen Pferd sitzt man doch etwas luftiger als auf einem Kinderpony.«

Offenbar hat mein Vater ihr die alte Geschichte, wie mich ein Pony abgeworfen hat, haarklein erzählt. Er ist zwar selbst ein riesiger Tollpatsch, aber das hindert ihn nicht daran, sich über die Missgeschicke anderer gnadenlos zu amüsieren: Wisst ihr noch, wie Pia sich als Kind die Glasperle in die Nase gesteckt hat? Wie sie den Finger nicht mehr aus der Flasche herausbekam? Sich in den Ameisenhaufen gesetzt hat? Vom Baum gefallen ist?

Dabei könnte ich die gleiche Sorte Geschichten kiloweise über ihn erzählen. Wie er sich nicht mehr erinnern konnte, wo er sein Auto geparkt hat. Wie er sich beim Zigarreanzünden eine Augenbraue angesengt hat. Oder wie er in Frankreich aus einem Restaurant geworfen wurde, weil er den Kellner immer mit Clochard statt Garçon rief. Oder natürlich die Sache mit dem Ehering bei seiner Hochzeit. Und? Reite ich etwa auf seinen Missgeschicken herum?

Ausgerechnet dieser eingebildeten Ariane musste er das erzählen. Ich kann ihn regelrecht hören. *Pia ist vom Pony gefallen und hat seitdem Angst vor Pferden.*

»Ich habe keine Angst«, sage ich mit Nachdruck.

»Natürlich nicht«, höhnt Ariane. »Du hast nur gerade keine Lust. Dein Vater hat sich übrigens getraut.«

Ich zeige auf meine Sandaletten mit den halbhohen Absätzen. »Ich habe nicht die richtigen Schuhe an für so was.«

»Die Schuhe wären in Ordnung. Aber wenn Achim dir das nicht zutraut, sollten wir es lassen. Dein Vater kennt deine Grenzen schließlich besser als ich.«

»Nein, ich mach's«, höre ich mich da sagen. »Schließlich kann jeder Depp auf einem Pferd sitzen.«

Ich trete einen Schritt näher an Armageddon heran und stehe wie vor einer großen, schwarzen Mauer. Es würde mich nicht wundern, wenn auf dem Sattel Glasscherben und Stacheldraht lägen.

»Pia, lass das!«, warnt mich mein Vater. »Sonst brichst du dir wieder was!«

»Ich passe schon auf.«

Ich hole tief Luft, kralle mich am Sattel fest und schwinge mit Mühe meinen Fuß in den Steigbügel.

»Nein, der linke Fuß«, korrigiert Ariane. »Das Gesicht in Richtung Schweif.«

»Das weiß ich«, sage ich gereizt, ziehe meinen Fuß aus den Bügel, wische mir den Schweiß von der Stirn und wuchte dann meinen linken Fuß nach oben.

Als ich beim ersten Versuch mein Bein nicht hoch genug kriege, fragt mein Vater: »Soll ich dir helfen?«

JA! HILFE!

»Nein, wieso?«, frage ich und schaffe es dann tatsächlich stöhnend, meinen Fuß in den Steigbügel zu stecken. Inzwischen hat Armageddon wohl gemerkt, dass ich mich irgendwie anders verhalte als normale Reiter. Er wendet seinen Hals und beäugt mich misstrauisch.

»Jetzt musst du dich am Sattel in die Höhe ziehen«, sagt Ariane.

»Das weiß ich!«, fahre ich sie an. Was will die mir vom Pferd erzählen? Ich bin schon von Ponys gefallen, da hat sie noch den Wickeltisch geritten. Ich ziehe mich am Sattel hoch und klebe wie eine riesige Pferdebremse an der Flanke von Armageddon.

»Du musst jetzt dein rechtes Bein über den Pferderücken schwingen. Aber das weißt du ja bestimmt.«

»Allerdings«, sage ich, mache eine zu schwache Schwungbewegung und trete dem Pferd in den Arsch.

Armageddon schnaubt voller Empörung und versucht, sich umzudrehen. Ariane ruft »Ho!« und greift die Zügel kurz. Ich hänge am Sattel und bete.

»Los! Rauf mit dir!«, ruft Ariane.

»Spring runter!«, ruft mein Vater.

»Ich weiß schon, was ich mache«, heule ich und schwinge mein Bein vor lauter Verzweiflung mit so viel Elan über die Kruppe, dass ich beinahe auf der anderen Seite wieder hinunterfalle. Aber wenigstens sitze ich endlich im Sattel. Ging besser, als ich dachte.

»Na, was sagst du jetzt?«, frage ich meinen Vater, von meiner eigenen Courage schwer beeindruckt.

»Du hast das Pferd getreten«, kritisiert er meinen Reitstil. »Hoffentlich hat das niemand gesehen.«

»Weißt du eigentlich, dass dein Haar oben schon ganz dünn wird?«

Mein Vater erwidert etwas, was ich nicht mehr realisiseren kann, denn im selben Moment bewegt Armageddon sich einen Schritt nach vorne, und ich habe alle Hände voll zu tun, mich am Sattel und an der Mähne festzukrallen.

»Du darfst deine Beine nicht gleichzeitig gegen seinen Bauch pressen, sonst marschiert er los«, sagt Ariane. »Sitz einfach ganz locker.«

»Ich sitze verdammt noch mal ganz locker!«, quetsche ich zwischen meinen Zähnen hervor.

Ariane führt Armageddon am Zügel ein paar Meter den Reitweg entlang, mein Vater läuft nebenher und schaut besorgt zu mir hoch. Ich selbst werfe hilfesuchende Blicke um mich wie eine Blondine beim Reifenwechsel. Es ist verdammt wackelig hier oben. Ich komme mir vor, als säße ich auf einer schmalen, zwei Meter hohen Mauer aus Sülze. Ich hasse

Sülze. Ich mag sie nicht essen und ich mag nicht auf ihr sitzen. Außerdem tun mir die Hände weh, weil ich mich so krampfhaft an den Sattel klammere.

»Okay, das reicht!«, rufe ich Ariane zu. »Wie steige ich ab?«

»Zuerst nimmst du die Füße aus den Steigbügeln«, sagt Ariane, und ich nehme die Füße aus den Steigbügeln.

»Und jetzt beugst du dich nach vorne, stützt dich mit der linken Hand am Sattel ab und schwingst dann dein rechtes Bein über den Rücken. Wobei ich natürlich den Rücken des Pferdes meine, versteht sich.«

»Machst du Witze?«, frage ich und würde ihr einen Vogel zeigen, wenn ich nicht beide Hände bräuchte, um mich festzuhalten. Jetzt, wo meine Füße keinen Halt mehr in den Steigbügeln haben, falle ich doch bei der kleinsten Bewegung hinunter. Und da soll ich mich biegen und beugen und meine Beine schwingen? Wie soll das gehen?

»Trau dich! Es ist leichter als Aufsteigen«, sagt Ariane lachend. Klingt mir ganz nach einer Falle. Ich traue mich nicht und ihr erst recht nicht.

»Gibt es hier nirgends eine Gangway?«

»Ich sage dir, was wir machen, Pia. Ich binde Armageddon jetzt irgendwo fest und gehe mit deinem Vater eine Kleinigkeit essen. Und wenn wir wiederkommen, bringen wir einen Stuhl mit.«

Das meint sie jetzt als Scherz, oder? Sicherheitshalber rufe ich: »Nein, schon gut, ich steige jetzt ab.«

Ich bin gerade dabei, mich ein wenig vorzubeugen, als Armageddon plötzlich einen großen Schritt nach vorne macht, sodass ich mein Gleichgewicht verliere und mit dem Oberkörper auf seinem Hals lande. Den Sattel musste ich dabei auch loslassen. Verzweifelt klammere ich mich um den Pferdehals und suche mit den Füßen panisch nach den Steigbügeln.

Wie aus weiter Entfernung höre ich meinen Vater rufen: »Pia, nicht! Du erwürgst das Pferd! Du erwürgst das Pferd!«

Ich erwürge das Pferd? Hat der einen Knall? Ich kämpfe um

mein Leben und mein Vater sorgt sich um den Gaul. Wenn ich als Nächstes am Boden liege und Armageddon auf mir herumtrampelt, ist er wohl zufrieden. Oder er schreit mich an, dass ich aufpassen soll, damit sich das Pferd keinen spitzen Knochen von mir in die Hufe tritt. Oh, Mann! Ich will sofort hier runter und nach Hause!

Und *rrumms!* hat sich mein erster Wunsch auch schon erfüllt. Durch mein Klammern und das Geschrei meines Vaters hat sich Armageddon so ruckartig bewegt, dass ich seitlich abrutsche und plötzlich vor Ariane auf dem Boden liege. Lachend reicht sie mir ihre Hand, um mir beim Aufstehen zu helfen. Aber da müsste ich mir schon beide Beine mehrmals gebrochen haben, bevor ich mir von ihr hochhelfen ließe. Langsam rappele ich mich auf und stehe so wackelig da wie ein Ikea-Regal auf einer Hüpfburg.

»Pia, ist alles in Ordnung?«, fragt mein Vater aufgeregt.

»Mach dir keine Sorgen«, sage ich und klopfe mir den Staub von der Hose. »Dem Pferd geht es gut.«

Nach der Siegerehrung, bei der Ariane eine silberne Schleife bekommen hat, bin ich dann noch mit den beiden ins Restaurant gegangen. Silber – pah! Mit richtigen Reitstiefeln und Hut hätte ich bestimmt Gold geholt.

Während des Tischgesprächs muss ich feststellen, dass Ariane eine arrogante Schnepfe ist, dass ich sie auf den Tod nicht ausstehen kann und dass dies wahrscheinlich auf Gegenseitigkeit beruht. Außerdem ist jetzt amtlich, dass mein Vater ein Idiot ist. Ein verliebter Idiot. Wie er sie anguckt. Wie er ihre Hand hält. Wie er um sie herumscharwenzelt. Wie er ihr zuhört. Wie er mit ihr redet. Wie er sie küsst. Grauenhaft!

Allein seine Kosenamen für sie sind schon unerträglich. Er nennt sie *Schnuckel* und *mein kleines Fohlen* und *Black Beauty*. Sie nennt ihn Achim. Er himmelt sie an. Sie lässt sich anhimmeln. Er liebt sie über alles. Sie liebt sich auch über alles. Die zwei passen perfekt zusammen. So wie eine Maus perfekt in einen Katzenmagen passt.

Zu allem Überfluss hat mein Vater uns genötigt, einmal etwas zusammen zu unternehmen, einen Tag gemeinsam zu verbringen, nur sie und ich.

»Das ist eine gute Idee«, hat sie scheinheilig zugestimmt.

»Ja, das wäre unbeschreiblich toll«, habe ich gesagt.

Mein Vater hat dann sogleich den nächsten Samstag vorgeschlagen. Aber Ariane hat einen Termin vorgeschützt. »Da bin ich auf einer Messe. Als Pferdewirtin ist man ständig unterwegs: Auktionen, Messen, Lehrgänge, Turniere. Tut mir Leid, Pia, aber die nächsten zwei Wochen sind bei mir bereits vollständig verplant.«

»Und ich dachte, eine Pferdewirtin müsste nur ab und zu Wasser für die Gäule heranschleppen«, habe ich gesagt. Es macht mir Spaß, zu sehen, wie Ariane bei dem Wort Gaul immer ein nervöses Augenzucken bekommt.

Da mein Vater nicht lockergelassen hat, haben wir uns schließlich auf einen Samstag im Mai geeinigt. Da freue ich mich jetzt schon drauf wie auf meinen nächsten Besuch beim Frauenarzt. Zuvor habe ich es mir natürlich nicht nehmen lassen, ein paar Terminvorschläge meines Vaters mit Hinweis auf meine vielfältigen Verpflichtungen als Astrologin abzublocken. Schließlich bin ich auch ständig irgendwo: im Café, beim Shoppen, vor dem Fernseher, auf dem Klo, Termine, Termine.

Auch jetzt nehme ich gerade wieder einen solchen wahr. Ich sitze in Beate Teusers Redaktionsbüro und warte darauf, dass sie mir erzählt, weshalb sie mich zu sich gebeten hat.

Ihr Büro ist klein, aber fein. Es ist so hell eingerichtet wie ihre Wohnung. Ein weißer, aufgeräumter Schreibtisch, auf dem ein weißer Apple-Computer steht, weiße Lederstühle, ein Fenster mit Blick auf den Rhein, weiße Jalousien, ein silbergrauer Veloursteppichboden, weiße Regale, weiße Seidentapete, und hinter dem Schreibtisch hängt ein großer, knallbunter Druck von Hundertwasser. Inmitten all dem Weiß wirkt er geradezu psychedelisch und hat wohl die Funktion, drohender Schneeblindheit vorzubeugen.

»Was möchten Sie trinken, Frau Herzog? Kaffee? Tee? Heiße Schokolade? Oder etwas Alkoholisches?«

»Ein Glas Maracujasaft, wenn es nicht zu viele Umstände macht.«

Das Lächeln gefriert ihr im Gesicht. Sie drückt eine Taste der Telefonanlage und sagt: »Karin, sei doch bitte so lieb und bring mir einen Kaffee. Und schau mal, ob du für Frau Herzog einen Maracujasaft besorgen kannst, ja?«

»Was für einen Saft?«, kommt es zurück.

»Maracuja«, wiederholt die Teuser. »Und die nächsten zehn Minuten nur dringende Anrufe.«

Gut, jetzt weiß ich auch, dass dies hier nur eine kurze Audienz wird. Zehn Minuten – das reicht gerade eben, um sie an den Haaren fünfmal um den Schreibtisch zu zerren.

Die Teuser kommt gleich zur Sache. »Frau Herzog, Sie wissen bestimmt schon, dass ich jetzt mit ihrem ehemaligen Freund zusammen bin.«

»Ach, tatsächlich?«

Wenn sie mir das ein paar Wochen früher erzählt hätte, hätte ich nicht mit Tanja eine halbe Nacht im Auto vor ihrem Haus sitzen müssen, um mir Gewissheit zu verschaffen. Seitdem weiß ich nicht nur, dass sie mit Stefan zusammen ist, sondern auch, dass ihr Schlafzimmer im ersten Stock liegt und sie die Rollos herunterlassen, bevor sie es miteinander treiben.

»Schauen Sie, Frau Herzog, mir liegt daran, eine Sache klarzustellen. Als ich Stefan näher kennen gelernt habe, da hatte er sich schon von Ihnen getrennt. Und zwar aus Gründen, die nur sie beide etwas angehen, keinesfalls wegen mir. Oder sehen Sie das anders?«

Ich zucke mit den Schultern. »Dürfen Sie an seine Platten?«

»Ob ich was? Seine Platten? Ich weiß nicht. Ich denke schon.«

»Durfte ich nie. Nur an die CDs. Wenn ich eine von seinen alten LPs hören wollte, musste ich ihn fragen und er hat sie für mich aufgelegt.«

Die Teuser schaut mich unschlüssig an. »Klingt ein bisschen pedantisch. Männer und ihre Hobbys – ein trauriges Kapitel, nicht wahr?«

»Ja, traurig«, sage ich traurig. »Ich glaube, wenn eine Frau einmal eine seiner Lieblingsplatten auflegen sollte und dann – aus Versehen natürlich – mit der Nadel des Tonarms quer über die Rillen ratscht, ohne dass er böse wird, dann ist er wirklich in sie verliebt. Ich hätte diesen Test leider nie bestanden.«

Ich könnte wetten, dass die Teuser noch heute Stefans Plattenspieler anwirft. Ich könnte wetten, dass die beiden heute Nacht die Schlafzimmerrollos oben lassen können.

»Also, jedenfalls wollte ich, dass zwischen uns Klarheit herrscht«, fährt die Teuser schließlich fort. »Die Situation ist problematisch, aber ich finde, wenn man die Sache rational betrachtet, gibt es keinen Grund, warum sie unser professionelles Verhältnis belasten sollte. Oder wie denken Sie darüber?«

»Wenn ich die Sache rational betrachte, sehe ich das ganz genauso«, antworte ich diplomatisch.

»Das dachte ich mir. Sonst hätten Sie Stefan wohl kaum den Gutschein geschenkt. Ich fand das bewundernswert altruistisch von Ihnen.«

Es klopft zweimal an die Tür und die Praktikantin Karin kommt mit einer Tasse Kaffee herein. »Der Maracujasaft ist in Arbeit«, sagt sie entschuldigend. »In der Kantine hatten sie keinen, aber ich habe jemanden zum Gemüseladen geschickt. Der müsste gleich mit ein paar Maracujas zurück sein. Die muss ich nur noch auspressen und dann bringe ich Ihnen sofort den Saft.«

»Hauptsache, es macht keine Umstände«, sage ich.

Nachdem meine persönliche Saftassistentin den Raum wieder verlassen hat, starren die Teuser und ich ein paar peinliche Sekunden lang auf den Bildschirmschoner. Dort schwimmen stumpfsinnig Fische hin und her, als würden sie einen Ausgang suchen, was ich gut nachvollziehen kann. Stillschweigend kommen die Teuser und ich überein, dass die Stefan-Sache hiermit abgehakt ist, dass wir dank dieser Aussprache wieder eine entspannte Geschäftsbeziehung haben und dass sie mich ansonsten liebend gern haben kann.

Die Teuser deutet auf ihr Zwanzig-Zoll-Flachaquarium. »Ihr Fische-Beitrag hat mir übrigens gut gefallen. Ich bin sicher, unsere Leser werden das nächste Woche genauso sehen. Ich will ja nicht indiskret sein, Frau Herzog, aber ich frage mich schon manchmal, wie viel davon wahr ist.«

»Ach, wissen Sie, Frau Teuser, ich will auch nicht indiskret sein.«

Sie schaut mich noch ein paar Sekunden abwartend an, doch als ich nicht weiterrede, geht sie mit einem Räuspern zur nächsten Frage über: »Arbeiten Sie schon an dem nächsten Sternzeichen? Was kommt jetzt? Zwillinge?«

»Widder. Ehrlich gesagt, habe ich noch niemand Geeigneten gefunden.« Ich erzähle ihr, nach welcher Methode ich zuletzt auf Jens gekommen bin und wie schwierig sich die Suche gestaltet.

Die Teuser schüttelt den Kopf. »Warum haben Sie denn nichts gesagt? Sie wissen doch, dass wir einen Singlepool im Heft haben. Sagen Sie bloß, Sie haben nicht an unseren Singlepool gedacht!«

»Doch, aber das läuft ja alles mit Chiffre, und ich habe keine Zeit, lange auf Antwort zu warten. Außerdem hörte ich, das sei alles nur Fake.«

»Unsinn! Wer behauptet denn so etwas?« Die Teuser drückt eine Kurzwahltaste auf ihrem Telefon und wartet. »Es kann ja sein, dass sich unter den Singles der eine oder andere Appetithappen befindet, der von uns bezahlt worden ist. Aber der Großteil der Kandidaten ist echt und ... Ja, hier ist Beate.

Du, ich schicke dir gleich jemanden runter für eine Poolbesichtigung, okay? Du kannst schon mal selektieren: Alter …«, sie schaut mich fragend an, wartet aber keine Antwort ab, »sagen wir, zwischen fünfundzwanzig und fünfunddreißig, Raum Düsseldorf und, ganz wichtig, Sternzeichen Widder. Und, Valerie, mit Adressen und allem. Chiffre nützt mir nichts. … Quatsch, Datenschutz! Das ist intern, die Daten bleiben im Haus. Außerdem werden die Adressen ja doch irgendwann verkauft. Also, kannst du das gleich machen? … Danke, das ist lieb.«

Man kann über die Teuser sagen, was man will, aber sie ist wirklich auf Zack. Ob sie im Bett auch so ist?

»Ihr Maracujasaft«, weckt mich Karins Stimme aus meinen Gedanken. Sie reicht mir ein Glas mit einer rötlichen Flüssigkeit und bleibt abwartend stehen. »Hat es damit irgendeine Bewandtnis?«

»Bewandtnis?«

»Na ja, ist Maracujasaft für irgendwas gut? Eine neue Diät? Hilft er gegen Zellulitis? Oder schmeckt er Ihnen einfach nur?«

Ich zucke mit den Schultern. »Keine Ahnung. Ich wollte ihn nur mal probieren.« Ich nehme einen kleinen Schluck, während die anderen mir erwartungsvoll zusehen. »Hmm«, mache ich und verziehe das Gesicht. »Könnte ich stattdessen vielleicht ein Glas Wasser haben?«

Die Räume der XX erstrecken sich über vier angemietete Etagen eines Büroturms. Valerie hat ihr Büro in der untersten.

»Ach, Sie sind das«, sagt sie, nachdem ich ihr erklärt habe, dass ich von der Teuser komme. »Ich habe hier ein besonders leckeres Exemplar für Sie.«

Sie gibt mir ein Blatt, auf dem Foto und Steckbrief eines jungen, athletischen Mannes abgedruckt sind. Er hat blonde, kurzgeschnittene Haare, blaue Augen und einen Body, dass man ihm am liebsten das Muskelshirt runterreißen möchte.

Und wenn man schon dabei ist: die kurze Jeans gleich mit. Sein Name ist Mark Rieger, eins siebenundachtzig groß, zweiundachtzig Kilo Muskeln und Sexappeal. Vor vier Tagen, als ich von Armageddon gefallen bin und mich mit Ariane herumärgern musste, hat er seinen dreißigsten Geburtstag gefeiert. Es gibt eben immer jemanden, der noch schlimmer dran ist als man selbst. Von Beruf ist er Fitnesstrainer. Seine Hobbys sind Sport und Spaß und Spermaspritzen. Das hat er wirklich so geschrieben. Supertyp.

»Na, habe ich zu viel versprochen?«, fragt Valerie kaugummikauend.

»Ist das der Einzige?«

Valerie nickt. »Der Einzige aus Düsseldorf. Sieht der nicht klasse aus?«

»Das ist vielleicht einer von den Models, die ihr ins Angebot mischt«, mutmaße ich.

»Habe ich zuerst auch gedacht. Aber nein, der ist echt. Keine Ahnung, warum der Single ist, so wie der aussieht.«

»Vielleicht ist er ein hirnloses, gemeines Arschloch.«

»Ja, kann sein.« Valerie lässt gedankenverloren eine Kaugummiblase platzen. »Aber warum ist er noch Single, so wie der aussieht?«

»Wow! Der ist ja zum Anbeißen! Und der ist noch zu haben?«

Diesmal ist es Tanja, die nicht glauben kann, dass ein so gut aussehender Mann Single ist. So langsam ärgert mich das. Ich werde schließlich auch bald neunundzwanzig und bin Single. Und bin ich etwa hässlich? Ich klappe die Beifahrer-Sichtblende herunter und betrachte mich im Spiegel: dunkle Ringe unter den kleinen, übernächtigten Augen, fahle Gesichtsfarbe, plattes Haar in hellem Köterbraun, verschmierter Lippenstift. Na gut, die Frage muss ja nicht unbedingt jetzt geklärt werden.

Gestern Nacht habe ich mit Tanja den Verkauf ihres Fotostudios gefeiert. Der Käufer hat viel bezahlt, deshalb mussten wir viel feiern. Wir waren hier und da und dort und auch noch ganz woanders. Ich habe alles Mögliche getrunken mit Ausnahme von Maracujasaft, und irgendwo bei irgendwem auf irgendeiner Couch bin ich eingeschlafen, einfach so, Akku leer, *bzzzz*, weg.

Als Tanja mich weckte, war es bereits zwei Uhr nachmittags. Ihr Bekannter, dessen Couch ich voll sabbern durfte, während er und Tanja in seinem Bett bestimmt noch ganz andere Körperflüssigkeiten absonderten, hatte uns einen Zettel dagelassen. Wir sollen uns wie zu Hause fühlen und uns selbst bedienen. Ein netter Mensch. Und wenn sein Kühlschrank nicht leer gewesen wäre, hätte ich ihn sogar noch netter gefunden.

Immerhin entdeckten wir Kaffee und Zigaretten und Aspirin, womit die Frühstückszerealien komplett waren. Eine Zeit lang hockten wir dann stumpfsinnig vor dem Fernseher und sahen zu, wie sich in einer dieser Nachmittags-Talkshows ein paar abgewrackte Gestalten zum Narren machten. Der IQ eines dieser Typen ließe sich gewiss auch auf einem Thermometer in seinem Hintern ablesen – vorausgesetzt, er hat gerade kein Fieber. Wobei ich natürlich zugeben muss, dass es auch nicht von überdurchschnittlicher Intelligenz zeugt, sich mit solchen Krawallsendungen einen ganzen Nachmittag sein Hirn zuzumüllen, anstatt auf *Arte* die Dokumentation über Christen in Malaysia zu verfolgen. Oder ging es um Malaria in Chile? Oder um die Krise der Mafia? Oder um Risiken von Marihuana? Oder um Kisten voll Maracujas? Jedenfalls war das Thema allemal anspruchsvoller als: *Hilfe, mein Mann betrügt mich mit dem Staubsauger*.

Als ich später auf dem Weg nach Hause neben Tanja in ihrem roten Alfa Romeo Spider sitze, kommt mir die Idee, einmal nachzusehen, wo der Hobbybesamer Mark Rieger so wohnt. Tanja ist einverstanden und kutschiert mich zu einem schmucken Häuschen in einer Reihenhaussiedlung. Vor dem Haus steht ein blauer Toyota und vor dem Toyota ein Mann in Jogginganzug und Adidas-Laufschuhen. Mark Rieger schwingt sich in sein Auto und braust davon.

»Wow! Der ist ja zum Anbeißen!«, ruft Tanja aus. »Und der ist noch zu haben?«

»Nein, der ist reserviert. Der gehört mir«, stelle ich klar. »Los, hinterher!«

»Super! Das wollte ich schon immer mal machen«, jubelt Tanja, und zack, zack, zack, hat sie ihren Alfa auch schon auf der Straße gewendet und setzt dem Toyota nach. »Schnall dich an!«

»Wieso? Ich bin angeschnallt«, sage ich. »Tanja, nicht so schnell!«

»Dann entwischt er uns!«

»Na und?«

»Mir entwischt niemand!«, sagt Tanja und drückt aufs Gas.

»Herrje, Tanja! Das ist keine Verfolgungsjagd. Vor uns flieht kein Serienkiller. Und wir sind nicht bei *Cobra 11,* okay?«

»Ich weiß. Festhalten!«, ruft Tanja und biegt mit quietschenden Reifen scharf rechts ab. Ich bin noch dabei, mich seitlich abzustützen, als ich auch schon nach vorne geschleudert werde. Tanja steht auf dem Bremspedal und kommt ein paar Zentimeter vor Marks Stoßstange an einer roten Ampel zum Stehen.

»Verdammt noch mal, Tanja!«, schreie ich. »Willst du uns umbringen, verdammte Scheiße?«

»Huh!« Tanja atmet tief durch. »Da ist unser Schätzchen ja wieder.«

»Kaum zu übersehen«, sage ich. »Ein bisschen näher und er säße zwischen uns.«

Ich löse flink meinen Gurt und gehe auf Tauchstation für den Fall, dass er im Rückspiegel nachschaut, wer ihm da beinahe aufgefahren wäre. Ich will nicht, dass er mich gerade dann kennen lernt, wenn ich so übel aussehe wie im Moment.

»Das machst du super unauffällig, wirklich!«, herrsche ich

Tanjas Schienbeine an. »Warum schießt du ihm jetzt nicht die Reifen kaputt?«

»Was machst du da unten?«

»Ich gucke mir unter den Rock. Was dagegen?«

In dem Moment höre ich, wie jemand auf der Fahrerseite an die Scheibe klopft. »Dein neuer Freund«, raunt Tanja mir zu und lässt die Scheibe ein Stück herunter.

»Wenn Ramona dich schickt, dann sag ihr, sie soll sich nächste Woche die XX kaufen«, ertönt eine Männerstimme. »Da bin ich im Singlepool. Sag ihr, ich werde mit jedem Girl schlafen, das sich bei mir meldet. Sag ihr, ich werde es mit allen treiben, ob ihr das passt oder nicht. Sag ihr, sie soll mich endlich in Ruhe lassen. Sag ihr das!«

»Ich soll Ramona sagen, dass du es mit allen treiben wirst«, wiederholt Tanja, als nähme sie gerade einen Anzeigetext auf.

»Ganz genau.«

»Mit mir auch?«

»Wenn du willst.«

»Und mit meiner Freundin?«

Ich ducke mich noch tiefer und drehe mein Gesicht zur anderen Seite. Ich könnte Tanja umbringen. Will sie mir damit helfen, diesen Mark zu erobern, oder was? Als Nächstes schnallt sie ihn mir wohl nackt auf den Bauch.

»Von mir aus auch mit deiner Freundin«, höre ich ihn nach einer kurzen Pause sagen. »Was ist denn mit ihr? Ist ihr nicht gut?«

»Doch, warum?«, fragt Tanja, während ich mir krampfhaft überlege, was ich sagen könnte, wenn er von mir wissen will, was ich da unten treibe.

»Na ja, sie sieht irgendwie tot aus.«

»Mir geht's gut«, rufe ich unter meinen Sitz.

»Sie ist nicht tot«, sagt Tanja.

»Und was macht sie da unten?«

»Ja, was machst du eigentlich da unten?«, fragt Tanja mich

scheinheilig. Miststück! Bei so einer fiesen Freundin bräuchte ich eigentlich überhaupt keinen Mann.

»Ich ... äh, ich ... bin gleich fertig«, murmele ich, das Gesicht immer noch dicht über der Fußmatte.

»Sie guckt sich unter den Rock«, höre ich Tanja zu Mark sagen. »Oder glaubst du, nur ihr Kerle macht so was gerne?«

Oh Gott, was redet sie da? Jetzt kann ich auf keinen Fall mehr hervorkommen und mein Gesicht zeigen. Hoffentlich geht er bald, bevor mein Rücken schlappmacht und mir vor lauter Blut im Kopf die Nase erigiert.

»Wie auch immer«, höre ich Mark schließlich sagen. »Jedenfalls braucht ihr mir nicht länger zu folgen, klar? Ich fahre nach Unterbach zum Strandbad Nord und laufe von dort aus zwei Runden um den See wie jeden Freitag und Dienstag um diese Zeit. Das hätte Ramona euch auch sagen können. Wenn sie wissen will, ob ich eine neue Freundin habe, dann soll sie mich anrufen, okay? Dann braucht sie mir nicht so armselige Amateurschnüffler wie euch auf den Hals zu hetzen oder die Post aus meinem Briefkasten zu klauen. Tschüssikovski!«

Tanja lässt die Scheibe hochsummen, und kurz darauf höre ich, wie vor uns ein Auto gestartet wird und sich entfernt. Langsam rappele ich mich hoch und drücke mein schmerzendes Kreuz durch. »Na, das ist ja super gelaufen! Und du bist ein echtes Genie. *Sie guckt sich unter den Rock*. Vielen Dank auch!«

»Warum regst du dich so auf? Du wolltest ihn doch kennen lernen.«

»Aber nicht ausgerechnet dann, wenn ich aussehe, als hätte man mich gerade irgendwo ausgebuddelt.«

Tanja zuckt mit den Schultern. »Er hat sowieso nur deinen Rücken gesehen. – Und jetzt? Hast du einen Plan?«

Ich setze ein überlegenes Lächeln auf und blinzle ihr zu. »Ich glaube, ich sollte nächsten Dienstag ein bisschen was für meine Fitness tun. Laufen zum Beispiel. Was meinst du?«

»Solange ich nicht mitlaufen muss ...«

»Keine Angst«, beruhige ich sie. »Ich weiß schon einen Laufpartner, neben dem ich so richtig glänzen kann.«

»Jemand mit Beinen?«, fragt Tanja und grinst über das ganze Gesicht.

Tanja ist meine beste Freundin, aber manchmal hasse ich sie wirklich.

»Komm schon, Pia, weiter! Wenn du dauernd stehen bleibst, schaffen wir es nicht einmal um den See!«, bellt mich mein Laufpartner an.

Ich stehe in gebückter Haltung, stütze die Arme auf die Oberschenkel und starre vorwurfsvoll auf meine neuen, luftgepolsterten Nike-Joggingschuhe. Ich möchte mal wissen, warum die so teuer sind, wenn man trotzdem noch selber laufen muss. Wieso heißen die überhaupt Laufschuhe, wenn sie dauernd blöd in der Landschaft stehen? Die Schuhe, die meine Mutter trägt, scheinen besser zu funktionieren.

»Eine Minute noch, dann geht's wieder«, keuche ich.

»Das hast du vor fünf Minuten auch schon gesagt.« Meine Mutter fängt an, gymnastische Übungen zu machen, während sie auf mich wartet. »Es sieht nach Regen aus«, sagt sie und wiegt sich mit hochgestreckten Armen in den Hüften, linksherum, rechtsherum, eins, zwei, runter zu den Zehenspitzen. Ich frage mich, woher die Frau die Energie nimmt. Wenn mein Mann mir vor drei Tagen gestanden hätte, dass er jetzt mit einer Halbwüchsigen zusammen ist, läge ich wahrscheinlich immer noch auf der Couch und würde an die Decke starren. Vielleicht läuft meine Mutter ja mit Wutenergie.

Wenn ich gewusst hätte, dass meine Mutter so fit ist und in ihrem dunkelblauen Sportdress eine so gute Figur macht, wäre ich lieber alleine gelaufen. Ich selbst habe ein Sport-Top und eine Shorts angezogen, auch wenn es dafür heute vielleicht ein bisschen zu kühl ist. Aber ich denke, dass ich Mark Rieger am besten mit möglichst viel nackter Haut auf mich aufmerksam machen kann, selbst wenn es Gänsehaut ist.

Auf dem Parkplatz vor dem Strandbad habe ich Mark Riegers Auto nirgends entdecken können. Das ist gut, denn ich wollte vor ihm starten. Er soll ruhig eine Weile hinter mir herlaufen. Wenn er mich dann überholt – und das wird er ja wohl –, spreche ich ihn an. Ich werde ihn irgendetwas fragen, ich werde lachen, ich werde ihm verheißungsvolle Augenaufschläge zuwerfen, ich werde neckisch mit einer Haarsträhne spielen und mir mit der Zunge über die Lippen lecken, ein feiner Schweißfilm wird auf meinen nackten Beinen und auf den Ansätzen meiner Brüste glänzen, ich werde schnelle, hechelnde Atemzüge machen und ihn ganz zufällig berühren. Ich werde ihn in Grund und Boden flirten, während ich leichten Schrittes neben ihm hersprinte und meine Mutter dabei locker abhänge. So weit der Plan.

Als wir ungefähr einen Kilometer gelaufen sind, fühlen meine Beine sich an, als hätte ich einen City-Marathon in Pumps hinter mir.

»Ich glaube, wir belassen es hierbei und gehen zurück«, schlägt meine Mutter vor. »Eine ganze Umrundung wären über fünf Kilometer. Dafür hast du nicht die Kondition.«

»Doch, das schaffe ich. Ich brauche nur eine Minute Pause.«

Meine Mutter seufzt, stellt sich direkt ans Seeufer und genießt das Panorama. In dem Moment höre ich schnelle Schritte auf mich zukommen. Ich drehe mich um und sehe Mark Rieger, der sich rasch nähert.

»Komm, weiter!«, rufe ich meiner Mutter zu, sodass Mark es hören kann. »Du wirst doch nicht schon schlappmachen! Auf, auf! Wer rastet, der rostet!«

Meine Mutter dreht sich um und schaut mich verdutzt an, und ich sprinte los, weil Mark jetzt auf meiner Höhe ist.

»Hallo«, sage ich lächelnd.

»Hallo«, sagt er. Ob er dabei lächelt, kann ich nicht erkennen, denn, *hepp, hepp*, mit zwei langen Schritten ist er auch schon an mir vorbei und ich sehe nur noch seinen Rücken, bis auch der um die nächste Biegung verschwindet.

Vielen Dank für das nette Gespräch! Und was mache ich jetzt? Mark hat neulich gesagt, er würde immer zwei Runden um den See laufen. Also habe ich noch eine Chance, ihn auf mich aufmerksam zu machen. Das nächste Mal wenn er vorbeikommt, werde ich es mit einem Tackling versuchen. Wenn ich ihn dann in die Beinschere nehme, ergibt sich bestimmt die Gelegenheit für ein bisschen Smalltalk.

Meine Mutter läuft an mir vorbei. »Was ist, du Maulheldin? Weiter!«

Die nächste halbe Stunde laufen wir nebeneinander, und meine Mutter erzählt mir noch einmal genau, wie Papa und sie sich ausgesprochen haben. Er hat sich ja lange genug Zeit gelassen dafür. Und wenn ich ihm nicht gedroht hätte, meiner Mutter alles zu erzählen, hätte er sich wahrscheinlich noch weiter davor gedrückt. Meine Mutter behauptet, sie sei bei dieser Aussprache völlig ruhig geblieben und habe ihm ein Ultimatum gestellt. Wenn mein Vater nicht in spätestens einer Woche mit dieser Ariane Schluss macht, reicht sie die Scheidung ein. Sie habe ihm sogar erlaubt, wieder bei ihr einzuziehen, unabhängig von seiner Entscheidung, schließlich sei es auch sein Haus. Allerdings dürfe diese unsägliche Ariane selbstredend niemals einen Fuß hineinsetzen.

Ich höre ihr schweigend zu. Die eine oder andere Frage hätte ich zwar noch, aber leider nicht genug Luft, um sie zu stellen.

»Stopp!«, japse ich, als ich plötzlich einen Wadenkrampf kriege. Wir laufen gerade durch ein Waldstück und ich klammere mich an einen Baum fest und lasse mich stöhnend auf den Boden sinken. Meine Mutter kommt zurückgetrabt und biegt meine Fußspitze Richtung Körper. Ich beiße die Zähne zusammen, aber ein paar Schmerzlaute entwischen mir durch die Zahnzwischenräume.

»Ist gleich vorbei«, sagt meine Mutter.

Was meint sie? Mein Leben?

Nach ein paar Minuten Massage lässt der Krampf allmählich nach und ich schaffe es, mit Unterstützung meiner Mutter wieder auf die Beine zu kommen. Es schmerzt aber immer noch, wenn ich das Bein belaste. So kann ich unmöglich den ganzen Weg zurückhumpeln.

»Du musst den Rettungsdienst verständigen«, sage ich. »Sie sollen einen Hubschrauber schicken.«

Meine Mutter legt sich meinen Arm um ihre Schulter, umfasst meine Hüfte und zieht mich einen Schritt vorwärts. »Ich bin der Hubschrauber.«

Auf diese Weise kämpfen wir uns Schritt für Schritt voran. Rambo rettet einen halb toten Soldaten aus dem feindlichen Dschungel. Meine Mutter ist Rambo. Ich bin halb tot. Wie auf Bestellung fängt es jetzt auch noch an zu regnen. Ich lege meinen Kopf in den Nacken, lasse mir mit geschlossenen Augen die dicken Tropfen ins Gesicht klatschen und schreie den Himmel an: »Ja, super! Gib's mir, Baby! Mach mich fertig!«

»Kann ich irgendwie helfen?«, höre ich plötzlich eine Männerstimme.

Ich mache die Augen auf. Vor uns steht Mark Rieger. Danke, Himmel, es reicht jetzt langsam.

»Nein, alles bestens«, sage ich.

»Meine Tochter hat einen Krampf«, erzählt meine Mutter. »Sie kann nicht mehr laufen und bis zum Auto ist es noch ein gutes Stück. Außerdem ist sie nicht die Leichteste. Ich könnte Unterstützung gebrauchen.«

Oh, Mann! Ich stelle mir mit Grausen das Bild vor, das ich gerade abgebe: ausgepumpt, durchnässt, das Haar ins Gesicht geklatscht, die Schminke verlaufen, meine Beine dreckig vom Waldboden, meine Augen schmerzerfüllt – ein humpelndes Häufchen Elend, das sich von seiner alten Mutter stützen lassen muss.

»Nein, ich kann laufen«, widerspreche ich energisch, mache mich von meiner Mutter los und renne zwei Meter, als mich schon der nächste Krampf zu Boden streckt, diesmal in der anderen Wade.

Eigentlich würde ich jetzt gerne losheulen. Aber solange

Mister Supersportler neben mir kniet und meinen Fuß überstreckt, reiße ich mich zusammen und lächle ihn so vehement an, als würde er mir gerade eine Goldmedaille um den Hals legen. »Das machen Sie sehr gut«, gurre ich, versuche vergeblich, mir eine Haarsträhne, die auf meiner Stirn pappt, aus dem Gesicht zu pusten, lecke über meine zitternden Lippen und berühre ihn wie zufällig am Arm. »Sie haben kräftige Arme.«

»Die werde ich jetzt auch brauchen«, meint er. »Ich nehme dich huckepack, einverstanden?«

»Huckepack?«, frage ich. »So wie ein kleines Kind?«

»Klar. Es sei denn, es wäre dir lieber, wenn ich dich um meine Schulter lege. Wie eine tote Ziege.«

Reizend. Er bückt sich und lässt mich auf seinen Rücken klettern. Als passionierte Reiterin ist das natürlich kein Problem für mich.

»Puh«, stöhnt Mark. »Ein paar Kilo weniger würden auch nicht schaden, wie?«

Meine Mutter lacht zustimmend und ich ärgere mich. Aber zumindest habe ich ihn jetzt dort, wo ich ihn haben wollte: zwischen meinen Beinen. Die Stellung ist zwar etwas ungewöhnlich, aber sie eignet sich gut zum Plaudern. Vorerst redet allerdings hauptsächlich meine Mutter.

»Ich habe Pia ausdrücklich davor gewarnt, sich zu viel zuzumuten. Aber es verstößt scheinbar gegen ihr Glaubensbekenntnis, auf mich zu hören. Sie hat sich natürlich für fit genug gehalten. Warum, weiß der Himmel. Vielleicht glaubt sie, Kekse wären gut für die Beinmuskulatur.«

Ich verdrehe die Augen, sage aber nichts. Schließlich will ich nicht noch weiter von meinem Plan abweichen, demzufolge ich jetzt fröhlich im Gleichschritt neben Mark einhertraben sollte, lachend und schäkernd. Wenn ich ihm schon wie eine Riesenzecke im Genick sitzen muss, dann wenigstens ohne dass meine Mutter und ich uns dabei auch noch gegenseitig anschreien.

Nach zehn Minuten Smalltalk über Sport, Fitness, Ausdauertraining und anderen esoterischen Quatsch beschließt meine Mutter, schon einmal vorzulaufen, um uns mit dem Auto entgegenzukommen. Als sie fort ist, sage ich: »Ich hatte meiner Mutter versprochen, dass sie mitlaufen darf. Das war ein Fehler. Die vielen Pausen, die man machen muss, sind Gift für die Muskeln.«

Ein bisschen gemein finde ich mich schon. Aber meine Mutter hätte ja auch nicht mit den Keksen anzufangen brauchen. Mark glaubt jetzt bestimmt, er müsste das Krümelmonster durch die Gegend schleppen.

»Den Muskeln deiner Mutter hat es aber nicht geschadet«, meint er.

»Die sind ja auch an Pausen gewöhnt.«

»Deine Mutter wirkt sehr durchtrainiert«, widerspricht Mark. »Respekt.«

Trotz des schlechten Wetters sind einige unerschrockene Läufer und Spaziergänger unterwegs. Die meisten grinsen nur, wenn sie an uns vorbeikommen. Ab und zu macht auch jemand eine blöde Bemerkung.

»Hey, Mark, nimmst du jetzt auch Anhalter mit?«, ruft eine drahtige Blondine im Vorbeilaufen.

»Das ist kein Anhalter. Das ist bestimmt sein neues Pulsmessgerät!«, ruft ein anderer. Wir können die Gruppe noch lange lachen hören.

»Ich glaube, es geht jetzt wieder«, sage ich. Ich habe keine Lust mehr auf huckepack. Ich kann einfach nicht mit jemandem flirten, dem ich im Kreuz hänge wie ein Sack Kartoffeln.

»Sicher?«

»So sicher wie mein Muskelkater morgen.«

Er lässt mich runter, und ich laufe vorsichtig ein paar Schritte, wobei Mark meine Hand hält.

»Sehr gut«, lobt er mich, nachdem ich zehn Meter auf staksigen Beinen hinter mich gebracht habe. »Das wird jetzt immer besser.«

»Ja, morgen probiere ich Hürdenlauf.«

Er lacht. »Hoffentlich nicht, wenn ich in der Nähe bin.«

Ich zwinge mich dazu, ebenfalls zu lachen. »Wieso? War es so schlimm mit mir?«

Er schaut mich an, als sähe er mich gerade zum ersten Mal. In seinem Blick liegt eine unhörbare, unerhörte Frage. »Nein, eigentlich nicht. Überhaupt nicht.«

»Das ist gut«, sage ich. »Ich wollte dich nämlich als kleines Dankeschön zu einem Essen einladen. Morgen Abend. Hättest du Lust?«

»Du und ich und ...?«

»Ja, du und ich, wir zwei.«

»Das Huckepack-Team«, sagt er.

»Ganz genau«, sage ich und verliebe mich ein bisschen in sein Lächeln. »Das Huckepack-Team.«

Mark holt mich am nächsten Abend ab. Ich steige ganz langsam in sein Auto, da ich noch mit meinem Muskelkater zu kämpfen habe, der mir eher wie ein ausgewachsener Muskeltiger vorkommt, ein Muskelsäbelzahntiger. Wir fahren zu dem Restaurant, in dem ich schon mit meiner Mutter gegessen habe: gutes Ambiente, gute Küche, gutes Licht. Mark hat sich schick gemacht, was bedeutet, dass er sich ein Sakko über sein T-Shirt gezogen hat. Ich habe mich sexy gemacht, was bedeutet: Wonderbra, rote Bluse mit tiefem Ausschnitt, kurzer schwarzer Rock, schwarze Strümpfe, Stilettos und Kriegsbemalung. Ich zünde mir eine Zigarette an und halte Mark fragend die Packung hin.

»Nein, danke, Rauchen ist Gift für den Körper«, lehnt er ab. »Aber du darfst gerne, stört mich nicht.«

»Es stört dich also nicht, wenn ich vergiftet werde?«

»Nein, solange ich dich nicht wieder tragen muss. Obwohl es natürlich schade um dich wäre.«

Der Ober kommt und reicht uns die Speisekarten. Er beugt sich zu mir herab und raunt mir ins Ohr: »Entschuldigung, Rauchen ist in diesem Bereich leider nicht gestattet. Ich sage Ihnen aber gerne Bescheid, sobald im Raucherteil ein Tisch frei wird.«

»Nicht nötig, ich mache sie aus.«

Bevor ich meine Zigarette ausdrücken kann, mischt Mark sich ein. »Moment, Pia! – Hören Sie, Sportsfreund, wenn es die Gäste an den Nachbartischen nicht stört, können Sie ja einmal eine Ausnahme machen, oder?« Er erhebt sich und ruft dem Pärchen am Nebentisch zu: »Stört es Sie, wenn meine Freundin eine Zigarette raucht?«

Die zwei schauen ihn erstaunt an, und der Mann schüttelt schließlich den Kopf und sagt: »Nein, eigentlich nicht.« Vielleicht hat er Marks Muskeln gesehen und sich überlegt, dass ihn eine Faust im Gesicht mehr stören würde.

»Dennoch muss ich leider darauf be…«, beginnt der Ober.

»Ich wusste, mit Ihnen kann man reden«, fällt ihm Mark ins Wort. »Bringen Sie uns einen Aschenbecher? Bitte.«

Der Ober schluckt eine Erwiderung herunter, wirft Mark einen bösen Blick zu, holt einen Aschenbecher, den er wortlos auf den Tisch stellt, und verschwindet dann.

»Hey!« Ich lächle Mark dankbar und geschmeichelt an, rauche noch drei Züge und drücke meine Zigarette dann aus. Nachdem so ein Wirbel darum gemacht worden ist, ist es mir peinlich, hier weiterzurauchen. »Danke. Aber ich kann mich auch selbst zur Wehr setzen. Du musst mich nicht jeden Tag retten, okay?«

»Das war keine Rettung. Das war pure Angabe. Ich wollte dich ein wenig beeindrucken. Weil – mich beeindruckst du auch schon die ganze Zeit.«

Ich spüre, wie ich rot werde, und verstecke mich schnell hinter der Speisekarte. Lauter leckere Sachen. Aber das, worauf ich jetzt am meisten Appetit habe, steht nicht drauf.

»Sag mal, Mark, isst du eigentlich gerne Erdbeeren?«, frage ich. »Ich meine, verträgst du sie?«

»Ja, sicher. Warum?«

»Nur so.« Ich halte mir wieder die Speisekarte vors Gesicht, damit er mein Grinsen nicht sieht. »Reine weibliche Neugier.«

Während des Essens und einem anschließenden Umtrunk in einer Bar haben wir uns besser kennen gelernt. Mark hat mir von Ramona, seiner letzten Freundin, erzählt, die er erwischt hat, als sie und ihr Exfreund Erinnerungen und Körperflüssigkeiten austauschten. Daraufhin hat Mark mit ihr Schluss gemacht, auch wenn sie das nicht akzeptieren will.

»Und du bist ihr natürlich immer treu gewesen«, sage ich zweifelnd.

»Sicher.«

»Wie sicher?«

»Na ja.«

»Verstehe.« Ich schaue ihn kopfschüttelnd an. »Aber bei dir ist das etwas anderes, denn bei dir ist es nur körperlich und hat nichts zu bedeuten.«

»Richtig.«

»Falsch«, widerspreche ich. »Woher willst du wissen, dass es bei Ramona nicht auch nur pures, körperliches Verlangen war? Vielleicht gingen ihre Gefühle zu ihrem Ex in dem Moment auch nicht tiefer als zwanzig Zentimeter.«

»Ist das bei dir so?«, fragt er mich grinsend. »Ramona ist jedenfalls anders. Ein Mann, der mit ihr schläft, gehört ihr für immer. Sie ist wie die Frauen in dem Witz. Kennst du vielleicht: Warum schauen sich Frauen Pornos immer bis zum Schluss an?«

Ich zucke mit den Achseln. »Keine Ahnung.«

»Weil sie glauben, am Ende wird geheiratet.«

»Haha«, mache ich und verziehe das Gesicht. »Weißt du, warum Frauen sich Pornos bis zum Schluss angucken? Aus demselben Grund, warum sie beim Sex bis zum Ende wach bleiben – aus Höflichkeit.«

»Hast du deshalb mit deinem Freund Schluss gemacht? Aus Höflichkeit?«

Ich trinke mein Glas leer und stehe auf. Ich habe keine Lust mehr, mich länger mit einem Mann über Frauen zu unterhalten. Da kann ich auch mit einem Affen über Algebra reden.

»Nein, den habe ich rausgeschmissen, weil er einen blöden Witz gemacht hat. Gehen wir?«

Mittlerweile ist es kurz vor Mitternacht, deshalb bin ich überrascht, als Mark mich nicht nach Hause fährt, sondern auf den verlassenen Parkplatz vor einer Schwimmhalle einbiegt. Ich schaue ihn fragend an und er lässt einen Schlüsselbund vor meinen Augen klimpern.

»Hier helfe ich manchmal als Bademeister aus.« Er springt aus dem Auto und winkt mir zu. »Komm!«

»Was sollen wir hier?«, frage ich ihn im Eingangsbereich, wo schon der Geruch nach Chlor in der Luft hängt.

»Schwimmen ist gut gegen Muskelkater.«

»Du glaubst doch wohl nicht, dass ich heute noch …«

Er zieht mich plötzlich an sich heran und gibt mir einen Kuss. Ich will ihn von mir wegdrücken, schaffe es aber nicht. Vielleicht sollte ich es mal mit den Händen versuchen und nicht nur mit der Zunge. Aber meine Hände brauche ich gerade, um seinen Nacken zu umklammern. Ich bin verloren.

»Wir sind hier ganz alleine«, sagt er, als unsere Lippen sich lösen. »Das Wasser ist warm. Wir haben Musik. Wir haben uns. Es ist perfekt.«

»Ich habe keine Schwimmsachen dabei«, wende ich ein.

»Sage ich doch.« Er lacht und blinzelt mir zu. »Perfekt.«

Als ich mich in einer Umkleidekabine ausziehe, muss ich leider erkennen, dass nicht alles perfekt ist. Mein Bauch könnte flacher sein, meine Beine länger, meine Füße zierlicher, mein Hintern tigerentenfreier. Ach ja, schön wär's! Wenn wenigstens meine Brüste größer wären, dann würde sowieso kein Mann die anderen Fehler bemerken. Lieber Gott, lass meine Brüste wachsen! Und wenn es geht, jetzt gleich, bitte. Nein? Geht nicht? Nicht einmal eine? Na gut, war ja nur eine Frage.

Ich beeile mich, damit ich vor Mark im Wasser sein kann. Zuerst will ich meine Unterwäsche anlassen, um sie später am Beckenrand abzulegen. Aber dann finde ich das albern, entledige mich auch meiner letzten Kleidungsstücke und tapse über den gefliesten Boden in die eigentliche Schwimmhalle, wo Mark es gnädigerweise schön dunkel gelassen hat. Von draußen dringt kaum Licht durch die großen Scheiben herein, die Nacht heute ist finster und gefährlich.

»Mark?«, rufe ich. Meine Stimme hallt von den gekachelten Wänden wider. Eine unbestimmte Beklemmung macht sich in mir breit, und ich wünschte mir jetzt, dass es heller wäre. Der einzige Lichtschimmer entsteigt dem Wasser selbst, treibt von ein paar Lampen in der Tiefe nach oben, geistert in lauter kleinen, silbernen Sprengseln über die Wasseroberfläche und flirrt schließlich über die Hallendecke. Die ganze Atmosphäre ist unheimlich und irgendwie surreal: das gespenstische Licht, das leise Schmatzen des Wassers, meine Nacktheit, das Hallen meiner Stimme und meiner Gedanken. Ich stehe auf dem Meeresboden. Ich ertrinke.

»Hallo, Pia, hier bin ich!« Ein dunkler Schatten im Wasser winkt mir zu, holt mich aus meiner Versunkenheit. Ich winke schüchtern zurück und springe schnell ins Becken.

Das Wasser ist angenehm, es ist warm und dunkel, und ich schwebe und lache. Mark schwimmt auf mich zu, umarmt mich und küsst meinen Nacken. Ich höre Musik. War die schon die ganze Zeit zu hören? Wir schwimmen zur gefühlvollen Stimme von Dido, berühren uns, halten uns, lösen uns wieder, tauchen dann gemeinsam auf das Licht in der Tiefe zu und küssen uns unter Wasser, bis wir keine Luft mehr haben und zusammen wieder auftauchen, die Körper umschlungen, uns gegenseitig anschauend, anlächelnd und dann wieder küssend und küssend und küssend. Alles ist so leicht, so schwerelos, ich kann unter Wasser atmen, ich kann alles.

Mark drängt mich spielerisch an den Rand, dort, wo das Wasser gerade so hoch ist, dass es noch meine Brüste bedeckt. Ich stoße mit dem Rücken an die Beckenwand, er stellt sich vor mich, seine Arme links und rechts von mir halten mich gefangen, sein Mund schnappt nach meiner Kehle. Ich spüre, wie etwas gegen meinen Bauch stößt.

»Oh«, sage ich. »Entweder gibt es hier drin Fische ...«

»Was für Fische?«, fragt er schwer atmend.

»Goldfische«, sage ich.

»Hier gibt es keine Goldfische.«

Jetzt merke ich, wie dieses Etwas meinen Oberschenkel streift. Es ist größer als ein Goldfisch.

»Heringe«, sage ich.

»Hier gibt es keine Heringe.« Er geht ein wenig in die Knie und etwas drückt zwischen meine Beine. »Hier gibt es nur uns und eine hungrige Wasserschlange«, sagt Mark.

»Du hast Recht.« Ich öffne meine Beine. Die Schlange stößt in mich. »Sie scheint wirklich hungrig zu sein«, stöhne ich.

Nach der Wasserschlangenfütterung duschen wir gemeinsam das Chlor von unserer Haut. Obwohl ich versuche, Mark möglichst meine Vorderseite zuzuwenden, fragt er mich plötzlich: »Was hast du da für ein Tattoo?«

»Tattoo?«

»Auf deinem Po.«

»Ach das. Das ist ein Tiger.«

»Sah aus wie ein Vogel. Zeig doch mal!«

»Nein«, sage ich und verdecke die Tigerente mit meiner Hand. »Nicht schon beim ersten Date.«

»Ich mag Frauen mit Grundsätzen«, erklärt er. »Ich respektiere das.« Dann zieht er mir plötzlich die Hand weg und lacht. »Oh, Mann, da musst du ja ganz schön betrunken gewesen sein.«

»Das war eine Wette.«

»Hast du gewonnen oder verloren?«, fragt er grinsend.

»Blödmann!«, sage ich und verlasse den Duschraum. »Wir treffen uns dann am Ausgang.«

In der Umkleidekabine erwartet mich eine Überraschung:

Sie ist leer. Dabei bin ich mir sicher, dass es die richtige ist. Ich gehe in die Nachbarkabine, aber auch dort finde ich meine Kleider nicht.

»Suchst du vielleicht das hier?«, fragt plötzlich jemand hinter mir. Ich drehe mich erschrocken um und sehe eine junge, schwarzhaarige Frau, die mich böse anfunkelt. Sie hat meine Kleider unter ihren linken Arm geklemmt. Das bemerke ich aber nur am Rande, weil ich hauptsächlich auf ihre rechte Hand starre. In der hält sie ein Messer.

Ich drücke mich ganz nach hinten an die Kabinenwand. »Wenn du näher kommst, schreie ich!«

»Wenn ich näher komme, hast du auch allen Grund dazu.« Sie schaut mich verächtlich an. »Also du bist die Schlampe, die mir Mark wegnehmen will.«

»Ramona?«, frage ich.

»Ach, er hat von mir erzählt? Was redet er denn so über mich?«

Ich überlege krampfhaft, was ich tun soll, und beschließe, erst einmal abzuwarten und diese Verrückte nicht durch unbedachte Aktionen zu provozieren. Reden scheint mir die bessere Taktik. Solange sie mit mir redet, macht sie schon keine Löcher in meinen Körper. Wenn ich eine persönliche Beziehung zu ihr aufbauen kann, wäre schon viel gewonnen. Sie könnte mich dann zwar immer noch töten, aber sie wird es mehr bedauern.

»Er hat mir gesagt, dass du zu deinem Exfreund zurück bist.«

»Scheiße, das stimmt nicht!«, schreit sie mich an. »Ich bin zu niemandem zurück, kapiert? Das denkt er sich nur aus, damit er kein schlechtes Gewissen zu haben braucht, wenn er mit dir rumvögelt.«

»Also, zwischen mir und Mark, da ist nichts, ehrlich.«

»Halt's Maul!«, brüllt sie und hebt ihr Messer noch etwas höher. »Hältst mich wohl für völlig blöde, wie? Die gleiche Masche hat er auch bei mir abgezogen. Mitternacht, das große

Schwimmbad nur für uns, romantische Musik, Kerzen am Beckenrand …«

»Keine Kerzen«, widerspreche ich. »Ich schwöre!«

»Scheiß auf die scheiß Kerzen! Aber gefickt hat er dich, oder nicht?«

Ich weiß nicht, was ich jetzt antworten soll. Ich traue mich nicht, sie anzulügen. Ihr die Wahrheit zu sagen aber erst recht nicht.

»Na ja, ein bisschen vielleicht«, gebe ich zu. »Aber es war nur körperlich. Und außerdem unter Wasser.«

»Du Dreckstück lässt ab jetzt deine Drecksfinger von Mark!«

Das mit dem Aufbau einer persönlichen Beziehung läuft irgendwie nicht, habe ich den Eindruck. Freundinnen werden wir heute Nacht jedenfalls nicht mehr. Ich lasse beide Hände wie auf Knopfdruck mit gespreizten Fingern nach vorne schnellen. »Kein Problem.«

Ramona legt kurz mein Kleiderbündel ab und fummelt dann eine Visitenkarte aus der Tasche ihrer Jeans. Wenn sie nicht direkt im Eingang der Kabine stehen würde, wenn ich nicht nackt wäre, wenn das Messer nicht so gefährlich aussehen würde, wenn ich nicht so feige wäre und ich keinen Muskelkater hätte, dann würde ich jetzt vielleicht, vielleicht, vielleicht versuchen davonzulaufen.

»Pia Herzog, Astrologin, Deuterin der Sterne und der Herzen«, liest Ramona von der Karte, die sie offenbar aus meiner Handtasche genommen hat. Diese blöden Dinger haben mir bis jetzt bloß Ärger bereitet. »Und daneben deine Adresse. Wenn ich dich Flittchen noch ein Mal mit Mark zusammen sehe, komme ich bei dir vorbei und dann wird nicht mehr bloß rumgequatscht.«

»Ich …« Meine Stimme versagt. Ich glaube, ich breche gleich zusammen. Noch nie hatte ich so viel Angst wie jetzt, nicht einmal auf dem Rücken von Armageddon.

»Und kein Wort zu Mark, kapiert? Du hast mich nie gesehen. Wenn du mich verrätst, werde ich richtig böse.«

Eigentlich habe ich gedacht, sie wäre schon richtig böse. Eine Steigerung möchte ich jedenfalls nicht erleben. »Ich sage nichts. Ich schwöre. Kann … kann ich jetzt meine Sachen wiederhaben, bitte?«

Ramona hebt meine schwarzen Nylons vom Boden auf und hält sie mir hin. »Meinst du diese Nuttenstrümpfe?« Sie fährt mit ihrem Messer hinein und schlitzt sie der Länge nach auf. »Aber natürlich kannst du die wiederhaben. Und auch deinen Mogelbüstenhalter.«

Sie hält sich grinsend meinen Wonderbra vor ihren üppigen Vorbau. Dann durchtrennt sie mit einem Schnitt die Verbindung zwischen den Körbchen. Sie wirft mir die unbrauchbaren Fetzen vor die Füße und hebt meinen schwarzen Slip auf. Mit zwei schnellen Schnitten ist auch der nur noch ein teurer Lumpen. »Für so eine wie dich ist Unterwäsche doch nur hinderlich.«

Lachend zeigt sie mir dann, was sie mit meinem Rock gemacht hat. Er ist jetzt mindestens fünf Zentimeter kürzer und außerdem vorne, hinten und an den Seiten bis fast ganz oben aufgeschlitzt. »Dem hat einfach noch der letzte Pfiff gefehlt.«

Als Nächstes veredelt sie meine Bluse, indem sie ihr sämtliche Knöpfe abschneidet. »So, ich denke, das müsste jetzt genau dein Stil sein.«

Vor Kälte, Angst und Demütigung zittere ich am ganzen Körper. »Aber wie soll ich denn jetzt …?«

»Dein Problem, Hure!«, blafft sie mich an. »Ach ja, die Schuhe sind wirklich was Feines. Stell dir vor, wir haben die gleiche Schuhgröße. Ist das nicht ein toller Zufall?« Sie hält mir meine neuen Stilettos vor die Nase. »Darf ich die behalten? Als Andenken? Bitte, bitte.«

Ich schließe die Augen, damit Ramona meine Tränen nicht sehen kann, und nicke stumm.

Als ich meine Augen wieder öffne, ist sie verschwunden.

Draußen weht ein kühler Wind, der mir mit kalten Fingern unter den Rock fasst und mich dazu zwingt, ständig meine Bluse vorne zuzuhalten. Es hat geregnet. Barfuß patsche ich durch die Pfützen, die sich auf dem Asphalt des Parkplatzes gebildet haben.

Mark habe ich nicht gesehen. Er hat mir gesagt, dass es ein wenig dauern könnte, bis er in der Schwimmhalle alles wieder in Ordnung gebracht hat. Soll ich auf ihn warten? Als Ramona mir verboten hat, ihn wiederzusehen, hat sie da heute mit einbezogen? Vielleicht beobachtet sie mich. Vielleicht ist es mein Todesurteil, wenn ich mit Mark zusammen von hier wegfahre. Ich werde mir lieber ein Taxi bestellen. Zum Glück hat Ramona nicht auch noch mein Handy genommen.

Ich werfe einen Blick in meine Handtasche, um mich zu vergewissern. Das Handy ist weg. Meine Geldbörse ebenfalls. So ein verdammtes Luder! Da waren mindestens fünfzig Euro drin. Von dem Wert meines ruinierten Outfits ganz zu schweigen. Das ist der teuerste Abend, seit ich Stefans Uhr frittiert habe.

Am Ende des Parkplatzes hält plötzlich Mark neben mir.

»Was soll das?«, fragt er mich aus dem Autofenster heraus. »Komm, steig ein! Habe ich zu lange gebraucht? Bist du sauer?«

»Nein, ich bin nur schon ein bisschen vorgegangen.«

Mark öffnet die Beifahrertür und ich laufe vorne ums Auto herum und steige ein.

»Wie siehst du überhaupt aus?«, fragt er mich.

»Gefällt es dir nicht? Ich dachte, so hat es mehr Pfiff.«

Mark mustert mich kopfschüttelnd und fährt los. »Und was ist mit deinen Schuhen?«

»Welche Schuhe?«

»Na, du hattest doch Schuhe. An deinen Füßen. Schuhe. Erinnerst du dich?«

»Ach, die hab ich weggeworfen«, antworte ich leichthin.

»Weggeworfen, ah ja. Und warum?«

»Die waren hässlich und unbequem.«

Mark schaut mich verständnislos an, sagt aber nichts weiter, sondern zuckt nur mit den Achseln. Die nächsten Minuten hängen wir beide unseren Gedanken nach.

»Das war ein sehr schöner Abend«, sagt er, als wir vor meiner Haustür anhalten. »Hat es dir auch gefallen?«

Da ich ihn nicht zu einem neuen Treffen ermutigen will, antworte ich gähnend: »Ging so.«

Mark will mich küssen, aber ich mache mich von ihm los und steige aus. »Gute Nacht, Mark. Vielleicht laufen wir uns ja mal wieder zufällig über den Weg. Falls nicht, wünsche ich dir noch ein schönes Leben, okay?«

Er schaut mich fassungslos an. Dann sagt er kühl: »Wünsch ich dir auch«, und braust davon. An der nächsten Kreuzung hat er mich wahrscheinlich schon vergessen.

Als ich vor der Haustür nach meinem Schlüssel suche, kommen mir die Neubergers mit ihrem Pudel entgegen. Er ist pensionierter Studienrat und seine Frau eine migränegeplagte Gewitterziege. Die beiden haben die Wohnung unter mir.

Sie starren mich mit großen Augen an, wie ich barfuß und mit offener Bluse mitten in der Nacht vor ihnen stehe.

»Ist alles in Ordnung?«, fragt Frau Neuberger besorgt.

»Ja, ich bin nur müde«, sage ich. »War ein langer Tag.«

»Sieht ganz so aus.« Als ihr Hund anfängt, unter meinem Rock zu schnuppern, zieht sie ihn scharf zurück. »Pfui!«

Endlich habe ich die Tür auf. »Dann gute Nacht«, sage ich und laufe schnell die Treppe nach oben.

»Ja, Ihnen auch eine gute Nackt, äh, Nacht, Frau Herzog!«, ruft mir Herr Neuberger hinterher.

Aufatmend schlüpfe ich in meine Wohnung. Bevor ich die Tür schließe, höre ich noch, wie Frau Neuberger im Treppenhaus ihrem Mann die Leviten liest: »... fast die Augen aus dem Kopf gefallen, ich hab's doch gesehen! *Gute Nackt* – dass du dich nicht schämst! Kein Wunder, dass ich Kopfschmerzen kriege, wenn du dauernd ...«

Wenn ich mein Mitgefühl nicht für mich selbst bräuchte, könnte mir Herr Neuberger fast Leid tun.

Ich sehe meinen Anrufbeantworter blinken und höre die Nachricht ab. Sie ist von Jens. Er hat es sich überlegt und will mich jetzt doch heiraten.

Irgendwie habe ich das Gefühl, dass mein Leben so langsam aus dem Ruder läuft.

Mitten in der Nacht wache ich plötzlich auf. Neben meinem Bett steht Ramona.

»Ich habe gesehen, wie du zu Mark ins Auto gestiegen bist!«, schreit sie und hebt ihr Messer. »Ich habe dich gewarnt, Hure!«

»Nein! Ich wollte das doch nicht. Aber er ...«

»Schnauze!«, fährt mich Ramona an. »Diesmal wird nicht gequatscht.«

Ich versuche, auf die andere Seite des Bettes zu rollen, aber Ramona packt mich an den Haaren. Sie lacht wie eine Irre. Dann sticht sie zu.

Ich schreie. Es ist vier Uhr morgens. Mein Nachthemd klebt nass an meinem Körper. Aber es ist Schweiß, mit dem es sich voll gesogen hat, kein Blut. Ich bin allein. Ich zittere. Ich lebe. Jetzt kriege ich schon Alpträume wegen dieser Verrückten!

Auf wackligen Beinen laufe ich in die Küche, trinke zwei Gläser Mineralwasser und ziehe mir ein neues Nachthemd an. Ich lege mich auf die andere Bettseite – Stefans Seite. Praktisch, so ein Doppelbett. Ich mache das Licht aus. Nach fünf Minuten mache ich das Licht wieder an. Ich muss telefonieren.

Es dauert eine kleine Ewigkeit, bis endlich jemand abnimmt. »Hallo?«

»Das ist mein Handy, das du gerade an dein Ohr hältst«, sage ich. »Und das will ich gefälligst zurück. Pass auf, wir machen es so: Wenn ich morgen früh in meinen Briefkasten schaue und dort mein Handy, mein Geld plus zweihundert

Euro und eine Entschuldigung finde, ist alles okay. Wenn nicht, werde ich zuerst Mark und dann der Polizei von unserer netten Unterhaltung erzählen, kapiert? Du kannst mich natürlich auch umbringen, wenn dir das lieber ist. Du weißt ja, wo ich wohne.«

»Warte mal …«

Ich lege auf. Jetzt fühle ich mich schon besser. Von Ramona lasse ich mich nicht einschüchtern! Das ist doch nur ein kleines, dummes Mädchen. Bevor ich versuche weiterzuschlafen, hole ich mir den Elektroschocker, den mir meine Mutter geschenkt hat, und lege ihn unters Kopfkissen. Nur für alle Fälle.

stier

21. april – 20. mai

Tja, was soll ich Ihnen erzählen? Sie glauben einer Astrologin ja doch nichts. Da habe ich dann auch keine Lust, mich groß anzustrengen. Das ist so, als würde man ein Pissbecken in eine Damentoilette einbauen und genau wissen, dass es dort sowieso nie benutzt wird. Oder ein Handwaschbecken ins Männer-WC.

Aber von mir aus. Hören Sie zu: Die Venus im Blamm steht günstig für Blumm. Aber da Blomm sich im Quadrat zu Blimm befindet, müssen Sie unbedingt darauf achten, dass Blimm Blamm Blumm. Sonst geschieht ein Unglück.

Na, jetzt wüssten Sie doch gerne mehr, oder?

Also gut, ich verrate Ihnen, worauf Sie achten müssen. Erstens: Achten Sie darauf, dass Sie nicht mitten auf der Straße stehen, wenn ein Tanklastzug mit defekten Bremsen im Anrollen ist. Zweitens: Wenn Sie zur Seite treten, um dem Tanklastzug auszuweichen, achten Sie darauf, dass sich neben Ihnen kein offener Gully befindet. Drittens: Falls Sie aber gerade unterwegs sind, um Ihrer Frau zum Hochzeitstag ein selbstgebautes Kellerregal zu schenken, bleiben Sie am besten stehen und achten darauf, dass der Tanklastzug Sie erwischt.

Es kann ja sein, dass Ihr Regal ganz toll ist, ordentlich verzapft und geleimt und lackiert und furniert und, was weiß ich, gefriergetrocknet. Kann ja sein, dass da achtzig Prozent Ihrer Freizeit drinstecken. Kann ja sein, dass es nützlich ist und ein Leben lang hält. Aber es ist doch nur ein blödes Regal. Da können Sie Ihrer Frau auch gleich eine Fritteuse schenken.

Wenn Sie Ihrer Frau einmal etwas Gutes tun wollen, dann feilen Sie an Ihrer Freizeitgestaltung. Achtzig Prozent Ihrer Freizeit im Hobbykeller herumschrauben und die restlichen Stunden gemütlich vor dem Fernseher, auf der Gartenliege oder bei OBI verbringen – das reicht nicht. Schrauben Sie lieber achtzig Prozent Ihrer Freizeit an Ihrer Frau rum. Die will vielleicht auch mal ordentlich verzapft werden. Den Leim lassen Sie aber lieber weg.

Da brauchen Sie auch keine Aufbauanleitung und nichts. Das ist genauso einfach wie die Plastikspielzeuge in den Überraschungseiern zusammenzustöpseln, macht aber wesentlich mehr Spaß. Manchmal wenigstens.

Ihre Frau hat sich noch nicht beschwert? Ja, wie denn auch, wenn Sie dauernd im Keller an irgendwelchem Holzkram herumbasteln?

Schon gut, ich glaube Ihnen ja, dass Sie auch im Bett mit Ihrem Werkzeug umzugehen wissen. Sie sind ganz bestimmt ein supertoller Liebhaber. Aber sind Sie sich ganz sicher, dass Ihre Frau das genauso sieht?

Wissen Sie, selbst wenn Sie tatsächlich der größte Hammer in der Werkzeugkiste sein sollten, nützt Ihnen das überhaupt nichts, wenn Ihre Frau eine Schraube ist.

Denken Sie mal darüber nach.

Irgendjemand muss schließlich an den Bremsen von diesem Tanklastzug herumgefummelt haben, nicht wahr?

***

Das Ku'Kaff ist heute Nachmittag gerappelt voll. Es ist der erste Schultag nach den Osterferien und das Café ist von Schülern befallen wie eine Topfpflanze von Blattläusen oder ein Hund von Flöhen. Auch mein Stammplatz ist von pubertierenden, menschenähnlichen Wesen annektiert worden. Nur ganz hinten in der Nähe der Toiletten waren noch zwei Tische frei. Ich habe mich strategisch günstig an den hintersten gesetzt. Jetzt kann niemand in meinem Rücken an mich heranschleichen und mich erdolchen.

Seitdem Ramona mir mein Handy, meine Geldbörse und hundert Euro in den Briefkasten gesteckt und somit meine Forderungen so einigermaßen erfüllt hat, sind fast vier Wochen vergangen, und ich habe weder von ihr noch von Mark mehr gehört. Dennoch beschleicht mich ein ungutes Gefühl, wenn ich unterwegs bin. Immer wieder schaue ich mich um, weil ich das Gefühl habe, Ramona stünde hinter mir. Ich wünschte, ich hätte kein Geld von ihr verlangt. Ich wünschte, ich hätte nicht um vier Uhr morgens bei einer gemeingefährlichen Verrückten angerufen und sie um zweihundert Euro erpresst.

Andererseits: lieber tot als feige. Klingt gut. Jetzt muss ich nur noch meine Nerven davon überzeugen. Ich glaube, selbst wenn sämtliche Tische frei gewesen wären, hätte ich mich hier hinten verkrümelt.

Außerdem rauche ich viel zu viel. Früher habe ich nur ab und zu mal zur Zigarette gegriffen, reine Attitüde, ein weiteres Accessoire zu meinem Styling und ein Gegengewicht zu meiner Tigerente. Mittlerweile habe ich mich gesteigert. Ich rauche beim Kaffeetrinken und nach dem Essen, wenn ich nervös bin und wenn mir langweilig ist oder auch einfach nur so.

Obwohl ich noch nicht lange auf meine Mutter warte, mit der ich hier verabredet bin, liegen in meinem Aschenbecher schon zwei Kippen. Herrje, wenn ich nicht aufpasse, entwickle ich mich noch zur Raucherin. Morgen höre ich auf. Oder? Nein, die Packung, die ich mir vorhin gekauft habe, mache ich schon noch leer. Und dann sehen wir weiter.

Meine Mutter hat mittlerweile natürlich mitbekommen, dass ich gelegentlich rauche. Aber im Moment hat sie ganz andere Sorgen, wo es so aussieht, als liefe alles auf eine Scheidung hinaus. Mein Vater ist zwar wieder zu Hause, aber er trifft sich immer noch mit Ariane. Das Ultimatum meiner Mutter hat ihn nicht dazu bewegen können, eine Entscheidung zu treffen. Er hat gesagt, er würde meine Mutter und Ariane lieben und brächte es einfach nicht übers Herz, die eine oder die andere Beziehung zu beenden. Wenn es nach ihm ginge, könnte alles bleiben, wie es ist. Wahrscheinlich hätte er es am liebsten, wenn Ariane auch noch ins Haus käme. Wer weiß – wenn ich das nächste Mal meine Eltern besuche, steht vielleicht schon Armageddon in der Garage.

Der Gedanke schlägt mir so auf den Magen, dass ich auf die Toilette muss. Als ich zehn Minuten später zurückkomme, sehe ich, dass nun auch der Tisch direkt vor meinem besetzt ist. Die Krokodillederjacke sticht mir sofort ins Auge. Crocks!

Auch das noch! Diesmal kriegt er aber keinen Keks von mir, nicht einen Krümel. Er hat mich noch nicht gesehen, da er mit dem Rücken zu mir sitzt. Noch ist er allein. Ich bin mal gespannt, ob sich heute wieder eine neue Tussi bei ihm niederlässt.

Diesmal hat er selbst einen Cappuccino vor sich auf dem Tisch stehen. Seine Hand greift gerade nach dem Keks neben der Tasse, als ich auch schon hinter ihm stehe und ihm den Keks aus der Hand reiße.

»Nichts da, Freundchen!«, rufe ich triumphierend. »Die Kekse gehören alle mir!«

Er dreht sich um und starrt mich erschrocken an. Ich starre erschrocken zurück. Das ist nicht Crocks. Diesen Mann habe ich noch nie zuvor gesehen. Er hat hellblaue Augen und lange Wimpern. Er sieht ein bisschen aus wie Michael Ballack, der Fußballspieler. Und zwar wie Michael Ballack, dem man gerade die rote Karte gezeigt hat.

»Entschuldigung, das wusste ich nicht«, sagt er, nachdem er mich ein paar Sekunden lang gemustert hat, als wäre ich ein seltsames Tier.

Ich stehe da wie gelähmt. Ich wünschte, ich hätte den Keks

noch nicht im Mund. Wie in Zeitlupe kaue ich darauf herum. »Ist aber so«, höre ich mich schmatzend sagen.

Ich spüre, wie sich mein Gesicht in eine glühende Herdplatte verwandelt. Außerdem scheint jemand mit meinen Stimmbändern *Schweinchen auf der Leiter* gespielt zu haben. Es dauert bestimmt Stunden, bis die sich wieder entknotet haben. Ich drehe mich um und laufe wie hypnotisiert dem Ausgang zu. Erst draußen, eine Straße weiter, bleibe ich stehen und empfange allmählich wieder Signale von meinem Gehirn. Unerfreuliche Signale.

Oh, Mann! Da treffe ich auf den bestaussehenden Mann seit langem und was mache ich? Ich reiße ihm seinen Keks aus der Hand und schmatze ihm etwas vor. *Nichts da, Freundchen! Die Kekse gehören alle mir!*

Oh, Mann! Oh, Mann!

Wieder höre ich seine tiefe, männliche Stimme: *Entschuldigung, das wusste ich nicht.*

Und dann mein idiotisches Quaken: *Ist aber so.*

Oh, Mann! Oh, Mann! Oh, Mann!

Und dann laufe ich raus wie ein ferngesteuerter Roboter. Ohne ihm mein seltsames Verhalten zu erklären. Ohne meiner Mutter eine Nachricht zu hinterlassen. Ohne zu bezahlen.

Na ja, Cornelius wird mir nicht gleich die Polizei auf den Hals hetzen, nur weil ich die Zeche prelle und seine Gäste belästige. Außerdem habe ich ihm ja auch meine Jacke als Pfand dagelassen.

So langsam gewöhne ich mich daran, unterwegs meine halbe Garderobe zu verlieren. Diesmal habe ich immerhin meine Schuhe und meine Unterwäsche noch an. Das ist doch schon mal was.

Meine Mutter hat offenbar ihr Handy nicht dabei, und Cornelius findet wohl keine Zeit, ans Telefon zu gehen. Na gut, er wird ihr bestimmt sagen, dass ich hier war und dann ziemlich plötzlich und ohne zu bezahlen wieder gegangen bin.

Meine Mutter wird also früher oder später bei mir anrufen oder vorbeikommen.

Bis dahin schaue ich mir noch einmal die drei Steckbriefe der Stier-Kandidaten an, die mir die Teuser zugeschickt hat. Ich brauche nicht lange, um mich für einen zu entscheiden.

Er sieht sympathisch aus, hat dunkelblonde Haare, einen Schnurrbart, blaugrüne Augen und einen kleinen Bauchansatz. Vor allem Letzterer gefällt mir gut an ihm. Von Sportlertypen habe ich nämlich vorerst die Schnauze voll. Wenn der liebe Gott gewollt hätte, dass ich durch die Wälder jogge, hätte er mir längere Beine gegeben.

Arno Kühlwein ist eins siebenundsiebzig groß. Er ist ein Jahr jünger als ich und hat eine eigene, kleine Zwei-Mann-Installateurfirma. Er schreibt, er sei glücklich geschieden und möchte sein Glück jetzt teilen. Seine Hobbys sind Modellbau, Angeln und gutes Essen mit einem netten Menschen.

Da leiste ich ihm gerne Gesellschaft. Also, beim Schlemmen meine ich. Nicht beim Angeln.

Ich setze mich ins Wohnzimmer auf die Couch und frage Nancy, was sie von Arno Kühlwein hält. Nancy ist eine von meinen Puppen, ein sommersprossiges, rothaariges Mädchen in einer Latzhose. Nancy hat keine Einwände.

»Findest du nicht, dass er ein bisschen langweilig aussieht?«, frage ich und zeige ihr noch einmal das Foto. »Oder dass er zu wenig Muskeln hat? Du kannst es ruhig sagen, wenn dich etwas an ihm stört.«

Nancy stört nichts an ihm und ich nicke zufrieden. Es ist immer hilfreich, eine zweite Meinung einzuholen.

Bleibt nur noch das Problem, wie ich ihn kennen lernen soll. Leider darf ich ihn nicht einfach anrufen und auf seine Kontaktanzeige zu sprechen kommen. Ich musste nämlich Valerie, der verantwortlichen XX-Redakteurin für den Singlepool, versprechen, dass die vorzeitige, unchiffrierte Weitergabe der Personendaten nicht herauskommt. Ich müsste also abwarten, bis der Singlepool erschienen ist, und dann mit jeder

Menge anderer Frauen konkurrieren. Oder ich schnappe ihn mir vorher und lasse es wie einen Zufall aussehen.

Und wie lernt man einen Installateur kennen?

Genau! Man bestellt ihn sich einfach ins Haus wie eine Pizza. Und wenn ich eine Sache richtig gut kann, dann ist das Pizzabestellen.

Plötzlich klingelt es an der Tür. Da ich momentan keine Pizza erwarte, Tanja derzeit für eine Woche bei einer Telefonsexagentur erste Erfahrungen sammelt und die Nobelpreise für dieses Jahr noch nicht vergeben werden, tippe ich mal auf meine Mutter.

Richtig getippt. Noch in der Tür reicht sie mir kopfschüttelnd meine Leinenjacke, die sie aus dem Ku'Kaff mitgebracht hat.

»Hast du auch meine Rechnung bei Cornelius beglichen?«, frage ich. »Warte, ich gebe dir gleich das Geld, bevor ich es vergesse.«

»Das war schon erledigt«, sagt meine Mutter, und ich muss sofort an den gutaussehenden Mann denken, dessen Keks ich gegessen habe. Ob er für mich bezahlt hat?

»Tatsächlich? Weißt du, wer das übernommen hat?«

Meine Mutter ignoriert die Frage und schaut mich missbilligend an. »Also, Pia, was ist passiert?«

Ich zucke mit den Schultern. »Eigentlich nichts.«

»Cornelius hat gesagt, du seist plötzlich, ohne nach links und rechts zu sehen, aus dem Café marschiert. Wie ein Zombie, hat er gesagt.«

Cornelius, diese Schwatzglatze! Was weiß der schon von Zombies? Hat der sich etwa schon mal in den Armen eines angetrunkenen Mannes über eine Tanzfläche schieben lassen?

»Ach, das. Das kann ich erklären.«

»Ich höre.«

Aber ich habe keine Lust, meiner Mutter zu erzählen, wie ich mich mal wieder blamiert habe. Sie muss ja nicht täglich bestätigt bekommen, dass sie eine Idiotin zur Tochter hat. Also erfinde ich einfach etwas aus dem Stegreif.

»Ich habe geglaubt, ja, also, ich dachte, ich hätte Jens reinkommen gesehen. Und da bin ich schnell weg, bevor er mich entdeckt.«

»Wer ist Jens?«

»Mein Gärtner«, sage ich.

»Ach so, *der* Jens.« Meine Mutter schaut mich vorwurfsvoll an. »Hast du nicht behauptet, zwischen euch wäre nichts?«

»Stimmt ja auch. Nur dass er mich jetzt heiraten will.«

»Heiraten?«, ruft meine Mutter entsetzt. »Herrje, Pia, was sind das für Geschichten? Wieso will er dich heiraten, wenn er nur ein flüchtiger Bekannter ist?«

»Na ja, ich habe ihm gewissermaßen einen Antrag gemacht.«

Meine Mutter, die bis jetzt gestanden hat, lässt sich nach dieser Bemerkung in den Sessel sinken und greift sich an den Hals, als bliebe ihr die Luft weg. »Du hast *was*?«

»Keine Sorge, Mama, er hat ihn ja nicht angenommen«, versuche ich sie zu beruhigen. Die arme Frau macht mit meinem Vater bereits genug durch, da will ich sie nicht auch noch unnötig aufregen.

»Und warum läuft er dir dann noch hinterher? Oder willst du behaupten, er sei zufällig ins Ku'Kaff gekommen?«

»Er hat sich das mit dem Heiraten wieder anders überlegt. Er will nicht, dass das Kind ohne Vater aufwächst.«

Meine Mutter schaut mich mit großen Augen an. Ich glaube, wenn ich ihr jetzt eine Zigarette anböte, würde sie sie annehmen. Und zu einer Tasse Arsen würde sie im Moment bestimmt auch nicht nein sagen.

»Du willst damit doch nicht etwa andeuten, dass ... Kind, du bist doch nicht schwanger, oder?«

»Nein, Mama, das habe ich Jens bloß so gesagt, um ihn loszuwerden, verstehst du?«

»Nein, Pia, das verstehe ich ganz und gar nicht«, sagt sie genervt. »Zuerst erzählst du mir, du hast mit Jens nichts zu tun. Dann bekommst du plötzlich ein Kind von ihm und machst ihm einen Heiratsantrag. Und dann soll das nur eine Lüge gewesen sein, um ihn loszuwerden. Das erscheint mir alles nicht besonders einleuchtend. Du rufst jetzt auf der Stelle diesen Jens an und stellst die Sache richtig.«

»Das habe ich schon längst getan«, winke ich ab. Ich habe Jens tatsächlich schon vor Wochen gemailt, dass ich mittlerweile den richtigen Vater ausfindig gemacht und mich mit diesem verlobt habe. Daraufhin hat er mir wieder eines seiner berühmten Gedichte geschickt, in dem er beschreibt, wie leer er sich jetzt fühlt, nachdem er sich bereits als Familienvater gesehen hatte. Woraufhin ich ihm geraten habe, sich einen Hund anzuschaffen. Seitdem hat er sich nicht mehr gemeldet. Bei meinem Glück ist das Nächste, was ich von ihm zu hören bekomme, das Wort: »Fass!«, wenn er seinen neuen Pitbull auf mich hetzt.

»Und warum läufst du dann vor ihm davon, wenn die Sache geklärt ist?«, fragt meine Mutter.

»Vor Männern davonzulaufen, kann nie verkehrt sein«, philosophiere ich, und ich könnte mir vorstellen, dass meine Mutter das zurzeit ganz ähnlich sieht. »Aber weshalb hast du dich eigentlich mit mir treffen wollen? Was sind das für Neuigkeiten, von denen du am Telefon gesprochen hast?«

Meine Mutter schüttelt mürrisch den Kopf und steht auf. »Ich muss mich erst einmal von dem Schock erholen. Für einen Moment habe ich wirklich geglaubt, ich würde Großmutter. Es ist auch nicht so wichtig.«

Ich begleite sie zur Tür. »Geht es um Papa?«

Sie steht schon im Hausflur, als sie sich noch einmal mit blitzenden Augen umdreht. »Nein, ausnahmsweise geht es einmal nicht um Joachim oder um dich. Dank deines Vaters habe ich nämlich eine Entdeckung gemacht. Mich gibt es auch noch, Pia! Mein Leben ist noch nicht zu Ende. Da ist noch genug Raum für ein paar Überraschungen und Abenteuer. Da werdet ihr euch alle noch wundern.«

Dieser Ausbruch meiner Mutter kommt mir bekannt vor.

Genau so habe ich mich gefühlt, als Stefan plötzlich neue Wege ging – ohne mich. Da habe ich mich und mein Leben völlig umkrempeln wollen. Es muss doch möglich sein, so zu sein, wie man gerne wäre, wenn man nicht so wäre, wie man ist. Also ganz anders eigentlich.

»Natürlich ist dein Leben noch nicht zu Ende, Mama. Du bist doch noch jung.«

»Nein, bin ich nicht«, widerspricht sie und tippt mir in einer ungewohnt neckischen Geste mit einem Finger auf die Nase. »Aber ich kann es wieder werden.«

Lachend läuft sie die Treppen hinab. Ich schaue ihr nachdenklich hinterher. Na ja, wenigstens ist sie nicht auf dem Geländer runtergerutscht.

»Iiii Piii Emergency Plumbing, Sandra Moser, guten Tag«, meldet sich eine Frau, als ich Arno Kühlweins Firma anrufe, um einen Klempner zu bestellen.

Ich erkläre Frau Moser, dass mir Arno Kühlwein als Fachmann für sanitäre Angelegenheiten empfohlen worden sei und ich ihn deshalb gerne beauftragen würde. Als sie Näheres wissen will, schildere ich ihr, dass es sich bei der sanitären Angelegenheit um eine verstopfte Küchenspüle handelt. Natürlich verrate ich ihr nicht, dass diese Verstopfung mutwillig von mir herbeigeführt wurde, indem ich zehn Tampons in den Abfluss gedrückt habe. Das hat hervorragend funktioniert. Mein Spülbecken steht jetzt halb voll mit Wasser, das absolut nicht mehr ablaufen will.

»Und sonst ist alles in Ordnung? Keine Probleme im Bad oder so?«, fragt Frau Moser mit routiniertem Desinteresse.

»Im Bad? Nein, da ist alles bestens. Es handelt sich, wie gesagt, um die Küchenspüle. Die ist verstopft. In der Küche. Die Spüle. Verstopft.«

»Tut mir Leid, da können wir nichts machen«, sagt Frau Moser. »Wir übernehmen nur Notfälle. Emergency – Notfall. Sie verstehen?«

»Ich weiß, was *Emergency* heißt«, sage ich wütend. »Aber was hat das mit einem Klempner zu tun? Was sollen denn das für Notfälle sein?«

Frau Moser lässt sich nicht aus der Ruhe bringen. In gelangweiltem Tonfall zählt sie auf: »Ein Rohrbruch, das Wasser spritzt aus der Wand und reicht Ihnen schon bis ans Knie. Eine verstopfte Toilette, Sie sitzen mit einer Gasmaske im Wohnzimmer und müssten mal dringend. Sie stehen eingeschäumt unter der Dusche, aber aus Ihrer Brause kommt plötzlich Volksmusik statt Wasser. Solche Sachen.«

Wenn meine Küchenspüle nicht mit Tampons zugestopft wäre, fände ich Frau Mosers Ausführungen vielleicht ganz amüsant. Aber so ist mir nicht zum Lachen zumute. »Und was soll ich jetzt mit der ganzen Brühe machen, wenn die ums Verrecken nicht mehr abläuft?«

»Probieren Sie es mal mit einer Saugglocke«, empfiehlt sie mir. »Und wenn das nicht funktioniert, rufen Sie einen Klempner. – Einen schönen Tag noch.«

Saugglocke. Prima. Am liebsten würde ich mit einer Saugglocke bewaffnet persönlich bei dieser Kuh vorbeischauen. Dann hätte sie ihren *Emergency*.

Die nächste Stunde verbringe ich damit, meinen verstopften Abfluss mit einer Saugglocke zu bearbeiten. Das Wasser im Becken blubbert und spritzt und gurgelt, die ganze Spüle ächzt unter meinen wilden Pümpelattacken. Aber das Rohr bleibt verstopft. Vielleicht hätte ich keine Tampons mit ultrastarker Saugkraft nehmen sollen.

Es bleibt mir jedenfalls nichts anderes übrig, als einen anderen Klempner zu verständigen. Der wird den Abfluss bestimmt mühelos wieder frei kriegen. Ich habe mal gehört, die arbeiteten mit Druckluft. Das geht ruck, zuck. Druckluftgerät über den Abfluss ansetzen, paff, fertig.

»Ich dachte, man macht das mit Druckluft«, sage ich einen Tag später zu dem älteren Mann im blauen Overall, der vor mir auf dem Boden kniet und am Siphon rumschraubt.

»Ich nicht«, brummt er und macht seelenruhig weiter. Nachdem er den Siphon herausgeschraubt hat, läuft das Wasser in den bereitgestellten Eimer, und er sagt: »Ah ja, da steckt schon der Übeltäter! Mal schauen, was wir da haben.« Er fingert einen Tampon aus der wattigen Masse und mustert ihn aus der Nähe. »Das sieht aus wie ... oh!«

Er lässt den Tampon fallen, als hätte er sich an ihm die Finger verbrannt. »Äh, ich mach das jetzt sauber und bau es wieder ein«, murmelt er, ohne mich dabei anzusehen.

»Gut. Möchten Sie vielleicht etwas trinken?«

»Nein!« Er schaut kurz nach oben, aber sofort wieder weg, als unsere Blicke sich treffen. »Nein, danke.«

»Trinken Sie nicht im Dienst?«

»Doch, in der Reg... – äh ... normalerweise schon.« Er vermeidet es immer noch, mich anzuschauen, und schraubt wie ein Weltmeister das U-förmige Rohrstück unter der Spüle fest. »Aber ich hab's eilig – leider.«

Als er fertig ist, demonstriert er mir, dass das Wasser wieder einwandfrei abläuft. Die ganze Aktion hat keine zehn Minuten gedauert.

Der Mann deutet mit einem vagen Kopfnicken auf den Eimer, in dem der aufgeweichte Ballen Tampons schwimmt. »Sie müssen aufpassen, wo sie diese Dinger hinsteck... Ich meine, Sie sollten diese ... na ja, Sie wissen schon, diese ... Gute Frau, wie kommt denn die ganze Watte in den Abfluss?«

Ich zucke mit den Schultern und mache ein unschuldiges Gesicht. »Weiß nicht. Vielleicht ... *pffff* ... keine Ahnung. *Sie* sind doch der Fachmann!«

Er schaut mich an, als wäre ich jemand, dem man das Hirn einmal ordentlich mit Druckluft durchpusten müsste. Dann sagt er mir, was der ganze Spaß mich kostet, und ich schaue ihn an, als wäre er jemand, dessen Kopf man mit Tampons ausgestopft hat.

Für den Preis muss er mir dann wenigstens noch erklären,

an welchen Schrauben man im Badezimmer lieber nicht herumfummeln sollte. Ich erzähle ihm, eine Bekannte von mir hätte aus Versehen ihr Bad überschwemmt und ich wollte mich informieren, um ein solches Desaster zu vermeiden. Offenbar hält er Katastrophenvorbeugung bei mir für angebracht, denn er gibt bereitwillig Auskunft.

Als ich ihn bezahle, fragt er mich, ob ich unbedingt eine Quittung bräuchte.

»Eigentlich nicht.« Ich zeige auf seine Werkzeugkiste, die noch offen vor ihm steht. Ich denke an die Schrauben im Bad, an denen man besser nicht herumfummeln sollte. »Und Sie? Brauchen Sie unbedingt diese Rohrzange?«, frage ich.

Diesmal bin ich schlauer und warte ab, bis Arno Kühlwein zu mir unterwegs ist, bevor ich irgendwelche sanitären Veränderungen vornehme. Ich greife zum Telefon und wähle zum zweiten Mal die Nummer von Kühlweins Firma.

»Iiii Piii Emergency Plumbing, Sandra Moser, guten Tag.«

Ich verstelle meine Stimme, damit Frau Moser mich nicht wiedererkennt. Aus demselben Grund benutze ich auch den Namen meiner Nachbarn.

»Mein Name ist Neuberger. Ich brauche dringend Hilfe. In meinem Badezimmer kommt Wasser aus der Wand. Kann Herr Kühlwein ganz schnell vorbeischauen? O Gott, da kommt immer mehr Wasser!«

»Sie müssen den Haupthahn zudrehen«, rät mir Frau Moser eindringlich.

»Die Hähne sind zu«, sage ich mit weinerlicher Stimme.

»Nein, der Haupthahn. Der ist meistens im Keller.«

»Im Keller ist nichts«, heule ich. »Oh, bitte, es soll schnell jemand kommen.«

»Ja, schon gut, beruhigen Sie sich«, sagt Frau Moser und fragt nach meiner Adresse. »Es kommt jemand, aber ein wenig wird es schon dauern. Gibt es niemanden, der Ihnen helfen könnte? Ihr Mann oder ein Hausmeister?«

»Ich bin ganz alleine«, schniefe ich. »Was soll ich denn jetzt machen?«

»Schalten Sie die Sicherung für das Bad ab, damit da nichts passieren kann. Und dann versuchen Sie, möglichst viel Wasser mit einem Eimer abzufangen. Vielleicht können Sie die Schadstelle irgendwie provisorisch abdichten, bis Herr Kühlwein bei Ihnen ist.«

Nachdem sie mir noch ein wenig Mut zugesprochen hat, beende ich das Gespräch. Schließlich muss ich schnell mein Bad unter Wasser setzen. Aber nur ein ganz kleines bisschen, versteht sich. Ich ziehe mich um, falls mich bei meiner Sabotageaktion ein paar Spritzer Wasser treffen sollten, und greife mir die Rohrzange. In T-Shirt und Shorts steige ich barfuß in die Dusche und setze das ungewohnte Werkzeug an die Befestigungsschrauben der Armaturen. Zuerst tut sich überhaupt nichts. Ich brauche meine ganze Kraft, bis sich die Schraube endlich bewegt. Ein kleines Rinnsal Wasser läuft über die Kacheln. Ich setze die Zange neu an und drehe weiter an der Schraube. Das Rinnsal verstärkt sich, Wasser läuft in die Duschtasse und erreicht meine nackten Füße. Das reicht noch nicht ganz. Ein bisschen mehr Emergency sollte es schon sein.

Ich packe die Zange mit beiden Händen und mache noch einen letzten, ordentlichen Ruck. Ein Strahl Wasser schießt aus der Wand in mein Gesicht. Vor Schreck lasse ich die Zange fallen. Dicht neben meinen Zehen knallt sie aufs Emaille. Ich halte meine Hand schützend vors Gesicht und bücke mich nach der Zange. Innerhalb von Sekunden bin ich nass bis auf die Haut.

Als ich versuche, durch den Wasserschwall hindurch die Schraube wieder anzuziehen, rutsche ich dauernd ab. Außerdem wird das Wasser immer wärmer. Scheiße, ich muss hier raus! Einmal versuche ich es noch, aber ohne Erfolg. Mittlerweile ist das Wasser schon fast heiß, sodass ich schnell aus der Dusche klettere. Die Duschwanne ist bereits halb voll gelaufen, weil das Wasser nicht so schnell abfließen kann. Es kommt mir vor, als hätte sich der Wasserstrahl, der aus der Wand spritzt, weiter verstärkt. Eine Dampfwolke quillt hinter dem Duschvorhang hervor. Außerdem höre ich dumpfe, donnernde Schläge, als würde das Wasser gleich die Leitung sprengen – vielleicht ist es aber auch nur mein Herz.

Mist! Mist! Mist! Was sollte ich noch mal machen? Sicherung raus. Wo sind jetzt gleich die Sicherungen? Nein, zuerst der Haupthahn im Keller. Ich muss den Haupthahn abdrehen! Schnell!

Ich rase die Treppen hinunter und finde mich vor der verschlossenen Kellertür wieder. Mir fällt ein, dass ich nicht weiß, wo sich dieser blöde Haupthahn befindet oder wie er aussieht. Ich haste die Treppen wieder hoch und bleibe vor der Wohnung der Neubergers stehen. Herr Neuberger öffnet auf mein stürmisches Klingeln hin.

»Helfen Sie mir!«, rufe ich. »Ich muss den Haupthahn abstellen! Schnell! Kommen Sie!«

Er schaut mich eine Sekunde erschrocken an, dann holt er den Kellerschlüssel und läuft mit mir nach unten. Innerhalb kürzester Zeit hat er den Haupthahn gefunden und abgedreht.

Wir gehen zurück und sind gerade im Erdgeschoss an der Haustür, als diese aufgeht und seine Frau hereinkommt.

»Guten Tag, Frau Neuberger«, grüße ich sie, aber sie schaut mich nur unfreundlich von oben bis unten an und schüttelt ungläubig den Kopf.

Erst jetzt wird mir bewusst, wie ich aussehe. Nasses Haar, nasse Shorts, ein weißes, durchnässtes T-Shirt, durch das meine nackten Brüste deutlich zu sehen sind. Und barfuß bin ich auch wieder.

»Also wirklich, Frau Herzog«, beschwert sie sich. »Das geht mir langsam zu weit, wie Sie meinem Mann nachstellen!«

»Wie ich – was?«, frage ich baff.

Der Pudel der Neubergers kommt auf mich zugelaufen und hat *schnuff* wieder seine Schnauze zwischen meinen Beinen.

Gleichzeitig gesellt sich ein Mann in einem Monteuranzug von draußen zu uns. »*E. P. Emergency Plumbing*« steht auf seinem Kittel.

»Entschuldigung, ich suche eine Frau Neuberger«, unterbricht er uns.

Herr und Frau Neuberger schauen ihn überrascht an. Ich hebe zaghaft meine Hand. »Das bin ich«, sage ich lächelnd.

Im Gegensatz zu mir selbst sieht mein Bad wieder ziemlich normal aus. Das Wasser ist abgelaufen, der Dampf hat sich verzogen und aus der Wand schießt keine Fontäne mehr. Innerhalb kürzester Zeit hat Arno Kühlwein die Schraube wieder angezogen, den Haupthahn aufgedreht und alles auf Dichtigkeit überprüft.

»So, das war's.« Er reibt sich die Hände und schaut mich fragend an. »Äh, könnte es sein, dass Sie vielleicht an den Armaturen herumgeschraubt haben? Weil – irgendjemand hat das getan.«

»Ja, das war ich, als ich versucht habe, das Wasser zu stoppen.«

»Und davor?«

»Davor habe ich Sie angerufen.«

»Und vorher?«

»Da habe ich Ihre Nummer aus den Gelben Seiten gesucht. Und davor habe ich sprechen gelernt und davor bin ich geboren worden und davor hat Gott die Welt erschaffen und davor weiß ich auch nicht, okay?«

»Schon gut.« Er streicht sich nachdenklich über seinen Schnurrbart. »Ich weiß auch so Bescheid. Ein fingierter Schaden, eine Frau in einem nassen T-Shirt. Alles klar.«

»Was ist klar?«

»Na, glauben Sie etwa, Sie wären die erste einsame Hausfrau, die es auf diese Tour versucht?«

»Was soll das denn heißen?« Ich stemme empört die Arme in die Hüften. »So eine Unverschämtheit! Denken Sie, ich hätte es nötig, jemanden wie Sie in mein Bett zu locken? Danke, da bin ich wirklich Besseres gewöhnt.«

Er grinst mich breit an. Dann schaut er auf seine Armbanduhr und sagt: »Ich bin jetzt schon über zehn Minuten hier, ich war zwischendurch sogar im Keller. Aber Sie stehen immer noch in Ihrem engen, nassen T-Shirt vor mir. Ist doch seltsam, oder?«

Ohne zu überlegen, ziehe ich mir das Shirt mit einer schnellen Bewegung über den Kopf und werfe es in die Wanne. »Besser so?«

Er starrt auf meinen Busen und schluckt trocken. »Wir sollten vielleicht noch mal die Dusche testen«, meint er schließlich. »Nur zur Sicherheit.«

»Sie sind der Fachmann«, sage ich. »Ich bin nur die einsame, geile Hausfrau. Wenn Sie einen Praxistest also für erforderlich halten ...«

»Unbedingt erforderlich. Bei mir wird nicht gepfuscht«, sagt er und kommt auf mich zu.

Seine Hände sind überall auf meinem Körper. Er seift meine Brüste ein, meinen Bauch, er seift meine Beine ein, meine Arme, meinen Rücken, er vergisst nichts. Er wäscht meine Haare, zuerst die auf dem Kopf, er wäscht meine Ohren mit seiner Zunge, meinen Mund mit seiner Zunge, er ist ein so reinlicher Mensch, er vergisst nichts.

Das Wasser perlt über unsere nackten Körper, unsere nackten Gesichter, perlt über unsere nackten Seelen. Meine Hände sind glitschig von der Seife, die ich auf seinen Penis schmiere, was nicht sehr sinnvoll ist, da er sich bereits ein Kondom übergestreift hat. Aber was ist schon sinnvoll, wenn es um Sex geht?

Er drückt mich sanft gegen die Kacheln, er ist ein so reinlicher Mann, sein seifiger Schwanz dringt in mich, reinigt mich jetzt von innen, putzt mich ordentlich durch. Warum fühle ich mich trotzdem so schmutzig?

Ich stöhne vor Lust und vor Scham. Ich schäme mich, weil ich es mit einem Mann treibe, den ich nicht kenne. Und dann schäme ich mich, weil ich mich deshalb schäme. Was soll verkehrt daran sein, wenn zwei erwachsene Menschen sich gegenseitig ein paar Endorphine aus den Körpern kitzeln und sich aus den Augen verlieren, sobald sie nicht mehr zusammenstecken?

Arnos Rhythmus wird schneller, mit einer Hand packt er meinen Hintern, presst mich noch dichter an sich. Wir sind uns so nah, wie wir nur sein können, näher käme ich ihm auch mit Liebe nicht. Ich spüre, dass ich gleich so weit bin, so weit, vielleicht viel zu weit. Aber ein Orgasmus ist ein Orgasmus und braucht keine Vertrautheit, nicht einmal ein Gesicht und einen Namen.

Warum muss ich ausgerechnet jetzt an Stefan denken? Arno keucht in mein Ohr. Auch er scheint gleich zu kommen. Das Wasser spritzt über unsere nackten Körper, über unsere nackten Gesichter, über unsere nackten Seelen und spült meine Tränen in den Abfluss, meine dummen Tränen.

Wir sitzen am Küchentisch, rauchen und trinken Bier aus der Dose. Ich habe uns ein paar belegte Brote gekocht, und Arno langt gerne zu, was mir auch schon unter der Dusche aufgefallen war. Er sitzt mir in seiner Arbeitskluft gegenüber, sein feuchtes, rotblondes Haar hat er zurückgekämmt, an seinem Schnurrbart hängt ein bisschen Senf, was ich richtig süß finde. Ich selbst bin lediglich in Bademantel und Flipflops geschlüpft und habe mein Haar in ein Handtuch geschlungen. Wir sitzen da wie ein Ehepaar, der Mann ist von der Arbeit gekommen, die Frau aus dem Badezimmer – wie war dein Tag, Liebling?

»Du schreibst also Horoskope«, sagt Arno belustigt und beißt in ein Salamibrot. »Wie ist denn mein Horoskop für heute? Ich bin Stier.«

Ich hole mir eine der astrologischen Zeitschriften aus dem

Backofen, blättere ein bisschen in ihr herum und lese Arno dann zum Schein etwas daraus vor.

»Da steht, dass du heute eine wunderschöne Frau unter der Dusche kennen lernst.«

»Wirklich? Aber ich habe doch jetzt schon geduscht«, sagt er lachend und beugt sich über den Tisch, um mich zu küssen.

Ich weiche zurück. Ich mag es nicht, wenn man sich nach dem Sex über mich lustig macht. Vor dem Sex auch nicht. Und während natürlich schon gar nicht. »Igitt, du hast Senf im Schnurrbart.«

Er leckt sich über Oberlippe und Schnurrbartrand. Seine Zunge weckt angenehme Erinnerungen in mir. Ich verzeihe ihm seinen Scherz von eben, setze mich auf seinen Schoß und küsse ihn.

»Stand da auch etwas von einer wunderschönen Frau mit einem Handtuch auf dem Kopf?«, fragt er anschließend.

Na also, geht doch. Komplimente zu ergattern, wird auch immer schwieriger.

»Nein, so konkrete Voraussagen kann die Astrologie natürlich nicht machen. Eigentlich überhaupt keine Voraussagen. Wir können nur ermitteln, welche Einflüsse bei jemandem gerade etwas begünstigen oder erschweren. Und wir können viel über den Charakter eines Menschen aussagen. Unsere beiden Sternzeichen haben übrigens den gleichen herrschenden Planeten: Venus. Soll ich dir dein Horoskop erstellen? Kennst du deine genaue Geburtszeit?«

»Nein, lass mal lieber. Mit Horoskopen und so Kram kann ich nichts anfangen. Ich weiß auch so, was für ein toller Typ ich bin.«

»Siehst du, du bist gefangen in deinen Irrtümern«, sage ich. »Die Astrologie könnte dir eine neue Perspektive auf dein Leben verschaffen.«

Er senkt seinen Kopf und schaut tief in den Ausschnitt meines Bademantels. »Mir gefällt meine Perspektive.«

Er nestelt an meinem Frotteegürtel herum, aber ich schiebe

seine Hand weg. Ich will das jetzt nicht. Ich bin frisch geduscht und frisch gevögelt, und wenn ich nicht aufpasse, bin ich nachher noch frisch verliebt. Bis jetzt habe ich mich noch in jeden Mann verliebt, mit dem ich mehr als ein Mal Sex hatte: mein Jugendfreund Benjamin, dann Stefan, dann Matthias. Und ich will mich nicht in Arno verlieben, der hat mir zu viel mit einsamen Hausfrauen zu tun, die ihn zu sich in ihre Wohnungen locken.

»Bei deinem Kundenservice wundert es mich nicht, dass du geschieden bist«, sage ich.

Er schaut mich erstaunt an. »Woher weißt du, dass ich geschieden bin?«

Hoppla, da hätte ich mich beinahe verplappert!

»Na ja, du hast so einen geschiedenen Blick und da ist eine verletzte Aura um dich herum«, rede ich mich heraus.

»Ein geschiedener Blick? Du meinst, ich schiele, oder wie? Und was soll eine verletzte Aura sein?« Seine Augen verengen sich misstrauisch. »Ich glaube eher, diejenige, die mich dir empfohlen hat, weiß bestens über mich Bescheid. Willst du mir nicht doch sagen, wer es ist?«

»Wenn du versprichst, nichts weiterzusagen, kann man sich dann darauf verlassen?«, frage ich.

»Hundertprozentig.«

»Siehst du? Das ist bei mir ganz genauso.«

»Ihr Frauen haltet eben immer zusammen«, meint er schulterzuckend. »Die Freundin von meiner Frau – von meiner Exfrau, meine ich natürlich –, also, ich habe eigentlich geglaubt, dass sie mich mag und dass sich zwischen uns auch eine Freundschaft entwickelt hätte. Aber dann hättest du sie mal sehen sollen, als es zwischen mir und meiner Frau Streit gab, weil ich einmal fremdgegangen bin. Ich habe nicht erwartet, dass sie sich in die neutrale Ecke stellt, überhaupt nicht. Aber, Mann, die hat mich richtig gehasst! Ich hätte mich nicht mehr auf die Straße getraut, wenn die mit dem Auto in der Nähe gewesen wäre. Ehrlich, die war noch wütender auf mich als meine Frau.«

Bei mir schrillen sofort die Alarmglocken. Das wär's doch, wenn ich Armageddon und Ramona überlebt hätte, nur um dann von der Freundin der Exfrau meines Klempners über den Haufen gefahren zu werden.

»Aber nach deiner Scheidung haben sich die Gemüter wieder beruhigt, oder?«, frage ich vorsichtshalber.

Sein Blick bekommt etwas Wehmütiges. »Ja, meine Frau und ich verstehen uns jetzt wieder sehr gut. Nur verheiratet möchte sie nie wieder mit mir sein, sagt sie. Wegen meines Sprachproblems.«

»Welches Sprachproblem?«

»Ich kann bei hübschen Frauen nicht nein sagen.«

Ich nicke. »Du musst dringend zum Logopäden.«

»Glaubst du, mit meiner Zunge ist etwas nicht in Ordnung?«

Ich lege meine Arme um seinen Nacken, ziehe seinen Kopf an mich heran und gebe ihm einen Kuss.

»Also, ich kann nichts feststellen«, sage ich hinterher ein wenig außer Atem.

»Du hast vielleicht nicht lang genug gesucht.«

»Kann sein«, sage ich und suche gleich noch einmal und diesmal besonders gründlich. Bei mir gibt es nämlich auch keine Pfuscherei.

»Ich schicke dir dann eine Rechnung«, sagt er an der Haustür.

»Wie?« Ich brauche ein paar Sekunden, bis ich kapiere, was er meint. Dass Arno eigentlich als Handwerker bei mir gewesen ist, habe ich schon ganz vergessen gehabt. »Ach so, die Dusche.«

Er lacht. »Nein, schon gut. Das war nur ein Witz.«

»Doch, ich bestehe drauf«, widerspreche ich. »Geld ist Geld und Sex ist Sex. Ich bin ja schließlich keine Hure. Was … was würde das denn so ungefähr kosten?«

»Puh«, stöhnt er. »Da kommt schon was zusammen. Zuerst einmal die Anfahrt, dann ist heute Freitag und ich hätte eigentlich schon längst Feierabend, da kommen dann noch mal Überstundenzuschläge dazu, dann die eigentliche Arbeitszeit, das war zwar nicht lange, aber ich berechne grundsätzlich mindestens eine Stunde, da drauf kommt dann noch die Mehrwertsteuer, das wird nicht billig.«

»Andererseits hast du ja auch bei mir gegessen«, sage ich. »Und getrunken, und du hast bei mir geduscht, und dann habe ich dich auch noch logopädisch untersucht.«

»Dann sind wir wohl quitt«, meint er lächelnd.

»Sehe ich genauso.«

Er öffnet die Tür, aber macht keine Anstalten, zu gehen. Stattdessen fragt er: »Hättest du Lust, mitzukommen? Wie gesagt, jetzt ist Feierabend, und ich habe ein Modellflugzeug im Auto, selbst gebaut. Ein Modell der *Spirit of St. Louis*, dem Flugzeug, in dem Charles Lindbergh den Atlantik überquert hat. Wir könnten es zusammen fliegen lassen. Ich zeige dir, wie man die Fernsteuerung bedient.«

Ich schaue ihm prüfend in die Augen, aber er scheint es ernst zu meinen. Er denkt tatsächlich, ich hätte Lust, mich jetzt mit ihm in die Landschaft zu stellen und ein Plastikflugzeug durch die Lüfte karriolen zu lassen.

»Also, ihr Kerle wisst schon, mit was man uns Mädchen rumkriegt«, sage ich spöttisch. »Aber ich fürchte, ich muss passen. Ich habe nachher noch eine Verabredung mit jemandem. Der hat eine neue elektrische Eisenbahn und ich darf sogar die Schaffnermütze aufsetzen.«

»Modellflug ist keine Spielerei«, sagt Arno.

»Bin ich auch nicht.«

»Verstehe.« Er tritt aus der Tür, dreht sich noch einmal um und droht mir mit dem Zeigefinger. »Und keine Schraubereien mehr im Badezimmer!«

»Sauereien?«

»Schraubereien. An den Schrauben.«

»Ach so. Ich hab Sauereien verstanden. Ich dachte, du meinst das, was wir beide unter der Dusche gemacht haben.«

Er zwinkert mir zu. »Nein, das war schon in Ordnung.«

»Finde ich auch«, sage ich und schließe dann schnell die Tür, bevor er oder ich noch irgendetwas sagen können, was mit Sicherheit auf eine Bruchlandung hinauslaufen würde. Und ich spreche dabei nicht etwa von irgendwelchen Flugzeugen.

Mit einem Blumenstrauß und einem Fläschchen Chanel No. 5 bewaffnet, besuche ich meine Eltern. Es ist Muttertag, elf Uhr morgens. Die Sonne macht schönes Wetter, Familien machen auf Familie, Ausflügler machen Ausflüge, Mütter machen heute ihren Jahresurlaub, und ich mache ein blödes Gesicht, als ich feststellen muss, dass meine Mutter nicht da ist.

»Ach ja, ich soll dir von deiner Mutter ausrichten, dass du dich heute nicht zu bemühen brauchst«, erklärt mein Vater, der auf der Terrasse an einem liebevoll für zwei Personen gedeckten Frühstückstisch sitzt. »Ich mich natürlich auch nicht. Sie hat gesagt, sie würde sich heute selbst einen schönen Tag bereiten. Ich wollte dich anrufen, aber dann hab ich's vergessen.«

»Macht ja nichts, ich fahre gerne in überfüllten Bussen durch die Stadt«, sage ich und setze mich an den Tisch. Das Gedeck vor mir ist noch nicht benutzt. »Habt ihr denn nicht zusammen gefrühstückt?«

Mein Vater macht ein zerknirschtes Gesicht. »Sie hatte es eilig. Sie hat gesagt, sie trifft sich mit Renate. Aber zufällig weiß ich, dass Renate zur Kur im Schwarzwald ist.«

Obwohl ich bereits gefrühstückt habe, schenke ich mir eine Tasse Kaffee ein und nehme mir ein Croissant. »Bist du sicher?«

»Deine Mutter hat es mir neulich selbst erzählt«, sagt er. »Und mir will sie Vorwürfe machen, dass ich sie anlüge!«

»Hmmm«, mache ich nachdenklich. Vielleicht ist es nicht so zufällig, wie mein Vater glaubt, dass er über Renates Kuraufenthalt Bescheid weiß. Mein Vater mag sich jetzt verdammt schlau vorkommen, Mama bei einer Lüge ertappt zu haben, aber ich vermute mal, meine Mutter ist noch einen Tick schlauer.

»Und wo ist sie dann wirklich?«, frage ich, während ich das Croissant in den Kaffee stippe.

Meinen Vater hält es nicht mehr auf seinem Stuhl. »Ja, das weiß ich eben auch nicht, verflixt!«

»Da siehst du mal, wie es ist«, sage ich. »So ging es Mama wochenlang mit dir.«

»Ja, so langsam weiß ich, dass das falsch war. Aber wenn ich deiner Mutter von Anfang an die Wahrheit gesagt hätte und das mit Ariane nach ein paar Tagen in die Brüche gegangen wäre, würdest du mich jetzt fragen, warum ich meine Affäre nicht wenigstens so lange geheim halten konnte, bis ich mir sicher bin. Oder etwa nicht?«

Da ist allerdings was dran. Das würde ich bestimmt.

»Nein, würde ich nicht«, lüge ich. »Die Wahrheit ist immer das Beste. Außerdem ist das mit deiner Ariane ja nicht in die Brüche gegangen. Aber ich hoffe, ich erlebe das noch, bevor Mama sich tatsächlich von dir scheiden lässt.«

Er streicht mir mit dem Handrücken über die Wange. »Oh, Schlumpelchen, ich weiß, für dich ist das auch nicht leicht. Aber Dinge ändern sich nun mal. Bamm, Bamm, Bamm, und plötzlich ist alles anders. Du triffst dich doch übernächsten Samstag mit Ariane, nicht wahr? Vielleicht verstehst du mich danach ein wenig besser.«

»Ja, vielleicht«, sage ich und verdrehe die Augen. »Rechne aber lieber mal mit dem Schlimmsten. Nach unserem gemeinsamen Tag ist Ariane vielleicht tot und ich sitze im Gefängnis.«

»Pia, bitte! Da drüber macht man keine Witze. Ihr zwei werdet bestimmt jede Menge Spaß haben.«

»Klar.« Ich forme mit Daumen und Zeigefinger eine Pistole und drücke ab. »Bamm, bamm, bamm«, sage ich.

zwillinge

21. mai – 21. juni

Na, was haben Sie heute hinter Ihrem Rücken versteckt? Eine Rose oder eine Keule? Oder etwa beides? Vielleicht in der einen Hand die Keule, um jemandem so richtig eins überzuziehen, und in der anderen die Rose, um sie ihm hinterher zu geben mit den Worten: Tut mir Leid, Kumpel, war nicht böse gemeint.

Vielleicht tue ich Ihnen auch Unrecht. Aber sollten Sie mir jemals etwas schenken wollen, werde ich lieber nicht raten, welche Hand, okay?

Und jetzt will ich Sie nicht länger beim Packen stören. Wo geht's denn hin? In den Urlaub oder in den Knast? Eine Woche Mallorca, El Arenal, Party nonstop. Na, ich weiß nicht. Mit einem Kater am Strand, mit Sonnenbrand in der Disco, mit zugesoffenem Kopf in der Kloschüssel, mit anderen Körperteilen in vielleicht noch schlimmeren Bakterienbrutstätten. Ich glaube, da würde ich doch das Gefängnis vorziehen.

Wissen Sie, das Leben ist nicht nur Party und Tralala. Klar, während man einen Eimer Sangria trinkt, sieht man das natürlich anders. Aber irgendwann ist der Eimer leer, und spätestens wenn Sie ihn wieder voll machen, wissen Sie, wovon ich rede.

Warum machen Sie nicht einmal etwas total Verrücktes und übernehmen für irgendwas die Verantwortung? Verantwortung – Sie wissen doch, was das ist, oder? Das ist ein schwerer Koffer, den man am besten jemand anderen tragen lässt, weil man selbst beide Hände für den Gameboy braucht. Warum hören Sie nicht auf, einem albernen Highscore hinterherzujagen, und tauschen Ihre Playstation zum Beispiel gegen einen Hund?

Da hätten Sie dann Verantwortung. Ein Hund muss gefüttert werden, man muss ihn pflegen und erziehen und mehrmals täglich mit ihm Gassi gehen. Richtig, jeden Tag. Ja, auch wenn es stürmt und regnet. Egal wie kalt es ist. Ein Hund friert nicht so schnell. Der will immer raus. Immer, immer, immer. Machen Sie das ruhig mal ein Weilchen. Wie lange? Na ja, so zehn, fünfzehn Jahre. So alt wird ein Hund nun mal. Und da können Sie noch froh sein, dass er keine Schildkröte ist.

Oder hätten Sie lieber ein Kind? Das wäre dann ungefähr eine Mischung aus Rottweiler und Ninja-Turtle. Da sind Sie gut beschäftigt für den Rest Ihres Lebens.

Nein? Kein Kind? Keinen Hund? Nicht einmal einen Hamster? Von mir aus – wenn Sie lieber weiterhin mit leichtem Gepäck durchs Leben reisen wollen. Bon voyage!

Aber wenn es um die Liebe geht, haben auch Sie Ihr Päckchen zu tragen, stimmt's? Ihre Gefühle können Sie nämlich nicht einfach in einen Koffer stopfen und irgendwo aufgeben. Die tragen Sie ständig bei sich wie einen schlimmen Ausschlag auf der Innenseite der Haut.

Die Symptome? Wie bei einem Sommergewitter. Der dunkelste Himmel, die grellsten Blitze, der lauteste Donner, ein Sturm peitscht den Regen gegen die Fensterscheiben und kurz danach scheint die Sonne von einem wolkenlosen Himmel, eine Biene setzt sich auf ein Gänseblümchen und von einem nahen Grillfest weht Musik herüber: Don't worry, be happy. Wenn man mit Ihnen unterwegs ist, sollte man immer einen Regenschirm dabeihaben und einen Sonnenhut. Und einen Fluchtwagen.

Auch beim Sex sollte man bei Ihnen auf alles gefasst sein. Wenn ich mit Ihnen Sex hätte und glauben würde, Sie wären voller Feuer und Leidenschaft dabei, und ein Orgasmus kitzelte mich schon zwischen den großen Zehen, könnte es sein, dass Sie plötzlich mittendrin fragen, ob ich wissen würde, worauf Sie jetzt so richtig Lust hätten?

Wüsste ich nicht. Aber ich könnte Ihnen zeigen, worauf ICH dann so richtig Lust hätte. Sie müssten mir nur mal eben Ihre Keule leihen.

***

Tanjas Geburtstage sind schwierig. Sie selbst ist regelmäßig schlecht gelaunt, gereizt und deprimiert, beschwert sich aber bei allen anderen, dass die Stimmung mies ist. Heute ist sie sechsunddreißig geworden, was bedeutet: Sie ist jetzt schon näher an den vierzig als an den dreißig. Das macht die Sache nicht einfacher.

Dieses Jahr feiern Jago und sie zusammen. Mit Jago ist sie befreundet, seitdem sie für ihn eine Set-Card gemacht hat, mit der er sich um Rollen bewerben kann. Er hat am gleichen Tag Geburtstag wie Tanja, allerdings ist er zehn Jahre jünger. Als er geboren wurde, hatte Tanja bestimmt schon ihren ersten Jungen geküsst. Und als er in die Schule kam, kam Tanja gerade richtig zur Sache. Im Landschulheim in Südtirol, um genau zu sein. Das hat sie mir jedenfalls einmal erzählt. Ein Junge aus ihrer Parallelklasse, mit dem sie zuvor noch keine zwei Sätze gesprochen hatte, zeigte ihr, dass man auch nonverbal die richtigen Worte finden kann, wenn man an den richtigen Stellen sucht.

Ich selbst bin übrigens relativ spät entjungfert worden, falls es jemanden interessiert. Auf einer Abi-Party in einem Gartenhäuschen. Es roch nach frisch gemähtem Gras, überhaupt nach Gras, nach Whisky, Zigarren und Erbrochenem. Einen

Großteil der Gerüche verströmte Benjamin, der angetrunken auf mir lag und sich redlich bemühte. Er hatte immer bei mir abschreiben dürfen und bedankte sich auf diese Weise bei mir, sagte, dass ich ein schlaues Mädchen sei, so kameradschaftlich und so schlau. Das war genau das, was ich in dieser Situation hören wollte. Dann sagte er noch, ich bräuchte keine Angst zu haben, er hätte schon viele entjungfert. Und dann hörte ich ihn nur noch schnarchen. Das war mein erstes Mal. Mein erster Sexualpartner ist auf mir eingeschlafen. Das einzig Gute an dieser Geschichte war, dass Benjamin sich am nächsten Tag nicht mehr so richtig daran erinnern konnte. Wir haben die Übung dann ein paar Tage später wiederholt und es war besser als beim ersten Mal. Aber nicht viel.

Tanjas Geburtstagsparty findet bei Jago zu Hause statt. Da ist viel Platz, und außerdem ist es so spärlich möbliert, dass er nachher einfach alles mit dem Schlauch abspritzen kann. Wenn man zwei Augen zudrückt, könnte man die ehemalige Autowerkstatt auch als Loft bezeichnen. Wenn man dabei allerdings ein wenig blinzelt, würde man es wohl doch eher ein Loch nennen.

Auf dem nackten Zementboden liegen vereinzelt ein paar Sisalmatten und Sitzkissen, die aber die Zuchthausatmosphäre kaum abmildern. Selbst wenn die Fenster nicht total verdreckt wären, selbst wenn es Gardinen oder Topfpflanzen gäbe, wenn außer diesem einen Poster (ein Werbeplakat für das längst abgesetzte Musical *Grease*) noch andere Bilder an den fleckigen Wänden hängen würden, selbst wenn Jago sein Motorrad nicht hier drinnen abgestellt hätte, fände ich es unter einer Autobahnbrücke immer noch gemütlicher.

Nur eine Sache gefällt mir. Als besonderes Highlight hat Jago die hydraulische Hebebühne behalten. Darauf hat er eine Plattform montiert, auf der ein großes Bett steht. Auf dem Bett liegen Tanja und ich und beobachten von dort oben, wie sich die Gäste allmählich davonmachen. Es ist zwar Freitag und noch nicht einmal ein Uhr nachts, aber die meisten

Leute sind Schauspielkollegen von Jago, die morgen einen anstrengenden Auftritt im Musical *Miami Nights* haben. Und verkatert tanzt und singt es sich nicht so gut, noch nicht einmal in *Cats*.

»Ich mache mich auch besser auf den Weg«, sage ich. »Morgen treffe ich mich mit Ariane. Das wird die Hölle.«

»Welche Ariane?«

»Die Tussi, die meinem Vater den Kopf verdreht hat. Die mit dem Pferd.«

»Ach so, deine neue Mami«, lacht Tanja. »Und? Was unternehmt ihr zusammen? Reitet ihr wieder aus?«

Ich verziehe mein Gesicht. »Ich finde das überhaupt nicht komisch. Ich habe Erkundigungen über sie eingezogen. Und weißt du was? Sie hat schon öfter was mit älteren Männern angefangen, aber es hat nie länger gehalten als ein Jahr.«

»Ein ganzes Jahr? Wow! So lange habe ich es nicht einmal mit Axel geschafft.«

Ich boxe Tanja verärgert in den Arm. »Kapierst du nicht? Erst wird sie meine Eltern auseinander bringen und dann gibt sie meinem Vater einen Tritt und bricht ihm das Herz.«

»Nachdem dein Vater zuvor deiner Mutter einen Tritt gegeben und ihr das Herz gebrochen hat«, ergänzt Tanja. Mit Männern hat sie grundsätzlich wenig Mitleid. »Und woher willst du eigentlich so genau wissen, wie die Kleine tickt? Du kennst sie doch überhaupt nicht.«

»Ich kenne aber jemanden, der sie kennt.« Dann erzähle ich Tanja, wie ich vorige Woche bei Hans, einem Bekannten von mir, eingeladen war. Eigentlich ist er ein alter Schulfreund von Stefan, und ich bin auch nur hingegangen, weil ich hoffte, diesen dort zu treffen. Eine vergebliche Hoffnung. Im Verlauf des Abends jedenfalls hatte der Bekannte Bilder aus seiner Schulzeit herumgereicht, so nach dem Motto: Schaut her, mit wie wenig Stirn ich früher auskam. Auf einem der Bilder war Ariane Menz zu sehen: im Bikini, wie sie mit einer Gruppe Jugendlicher um einen Pool herumsitzt, die Füße im Wasser, in der einen Hand ein Glas, in der anderen ein Handy. Hans hat mir dann erzählt, dass Ariane auf seine Schule gegangen sei, allerdings zwei Klassen unter ihm. Sie habe immer bei den älteren Schülern herumgehangen, gerüchteweise sogar etwas mit einem Lehrer gehabt. Von Hans weiß ich auch, dass Arianes Vater Diplomat und ihre Mutter eine hohe Beamtin im Landesministerium ist. Das Foto am Pool entstand auf einer Party bei ihr daheim.

»Dann ist sie also schon mal nicht hinter dem Geld von deinem Vater her«, meint Tanja. »Vermutlich hat sie einen Vaterkomplex und steht einfach auf alte Knacker.«

»Ja, aber sie meint es nicht ernst, das ist der Punkt. Das mit dem Lehrer ging gerade mal ein paar Wochen. Nach dem Abi hatte sie gleich eine neue Affäre mit einem pensionierten Bundeswehroffizier, doppelt so alt wie sie, ebenfalls mit Familie. Der ist jetzt geschieden. Dieses Biest hat die ganze Familie auseinander gerissen. Aber das konnte sie nicht daran hindern, den Offizier kurz darauf in die Wüste zu schicken und etwas mit einem fünfzigjährigen Ingenieur anzufangen – ihr nächstes Opfer.«

Tanja dreht sich seufzend auf den Rücken und schaut durch die Dachfenster in die Nacht hinaus. »Na ja, Opfer! Ich glaube nicht, dass ein Fünfzigjähriger, der eine Zwanzigjährige bumst, sich als Opfer sieht. Der fühlt sich wohl eher so, als hätte er den Jackpot gewonnen.«

Ich drehe mich ebenfalls auf den Rücken und betrachte den Mond. »Wenn er nicht von einer Brücke gesprungen wäre, hätten wir ihn fragen können, wie er sich gefühlt hat«, sage ich spöttisch. »Jetzt kann von Jackpot jedenfalls keine Rede mehr sein, höchstens von Rubbellos.«

Eine Minute lang spricht keine ein Wort, und ich denke schon, Tanja sei eingeschlafen, als sie plötzlich sagt: »Du machst dir Sorgen um deinen Vater.«

»Ohne meine Mutter oder mich ist er aufgeschmissen. Er ist so vertrauensselig. Als lebte er in Disneyland. Aber die

Welt ist nicht Disneyland. Die Welt ist ein finsterer Wald voller Wölfe. Ich mache mir wirklich Sorgen um ihn, Tanja.«

»Ich habe neulich meine Mutter angerufen«, sagt Tanja unvermittelt. »An Muttertag. Das erste Mal seit drei Jahren, dass wir wieder miteinander geredet haben.«

»Hast du mir ja gar nicht erzählt.«

Ich höre, wie Tanja tief Luft holt. »Sie ist sehr krank«, stößt sie hervor. »Ihr Herz. Eine Insuffizienz. Ihr Herz leistet nur noch fünfzig Prozent. Ein halbes Herz. Meine Mutter verliert ihr halbes Herz und ich wusste es noch nicht einmal.«

»Oh, Tanja, das tut mir Leid.« Ich stütze mich auf und nehme ihre Hand. Sie ist kalt. Tanjas Blick hängt zwischen den Sternen, weit weg, verloren in eisiger Dunkelheit. Am liebsten würde ich sie umarmen, aber ich traue mich nicht. Sie sieht auf einmal so zerbrechlich aus.

»Die Ärzte meinen, sie kann noch ein paar Jahre leben«, sagt Tanja mit belegter Stimme. »Ein halbes Herz, das ist mehr, als ich habe. Weißt du, eigentlich habe ich überhaupt nicht wegen Muttertag angerufen. Das war nur ein Vorwand. In Wirklichkeit habe ich angerufen, weil ich eine Vollmacht brauche, um das Studio verkaufen zu können. Meine Eltern sind nämlich noch im Grundbuch eingetragen. Deshalb habe ich angerufen. Nur wegen dieser blöden Vollmacht.« Sie stößt ein bitteres Lachen aus. »Scheiße!«

Ich weiß nicht, was ich sagen soll. Als ich Tanja kennen lernte, wohnten ihre Eltern schon in Australien. Das ist jetzt fast zehn Jahre her, überlege ich erstaunt. Wahnsinn!

Wenn Tanja mich damals nicht einfach auf der Straße angesprochen und gefragt hätte, ob ich mir als Fotomodell für einen Katalog ein wenig Geld dazuverdienen wolle, wüsste ich heute wahrscheinlich nicht einmal, dass es sie gibt. Wir würden stumm aneinander vorbeigehen, sie würde mich wahrscheinlich nicht einmal registrieren und ich würde lediglich meine Handtasche ein bisschen fester packen. Aber es ist anders gekommen.

Natürlich hatte ich Lust, als Fotomodell zu arbeiten! Damals hatte ich gerade mein Studium begonnen, und es zeichnete sich schon ab, dass die Juristerei sich gewaltig würde ändern müssen, wenn sie Wert auf meine Mitarbeit legte. Mit Benjamin war auch schon zwei Wochen Schluss. Seitdem hatte ich ihn ein paar Mal mit einer lebenden Barbiepuppe gesehen, einer Blondine mit aufgeblasener Frisur, aufgeblasenen Brüsten und auch sonst ziemlich aufgeblasen. Gegen so eine hatte er mich also eingetauscht! Ich war total fertig mit den Nerven.

»Ich bin dabei«, sagte ich deshalb zu Tanja und sah schon eine große Model-Karriere vor mir. Benjamin würde Augen machen, wenn ich ihm plötzlich von den Hochglanzcovern der Magazine entgegenlächelte. Und ich bräuchte nicht länger diese schrecklichen Gesetzbücher und Kommentare zu studieren. Ich war gerettet.

Aber als ich dann die anderen Models sah, wurde mir schlagartig klar, dass es bis zum Titelbild der *Vogue* noch ein weiter Weg sein würde. Das waren alles ganz normale Leute. Da war niemand dabei, nach dem man sich auf der Straße umgedreht hätte.

»Das ist das Konzept des Katalogs«, erklärte mir Tanja. »Die Models sollen nicht besser aussehen als die Leute, die später die Sachen kaufen. Das heißt nicht, dass Sie hässlich wären, Frau Herzog. Sie sind eben ganz normal, nichts Aufregendes. Es ist ja nicht schlimm, wenn man ganz gewöhnlich ist, oder?«

Daraufhin hatte ich ihr – *patsch!* – einfach eine geknallt. Die sie mir – *pautz*! – direkt zurückgab. Danach hatten wir uns beide ein paar Sekunden erschrocken angeschaut und dann angefangen zu lachen. Und seitdem sind wir befreundet. Patsch und Pautz durch dick und dünn.

Als Tanjas Freundin weiß ich natürlich, dass sie nicht das beste Verhältnis zu ihren Eltern hat. Spannungen bleiben eben nicht aus, wenn man so rebellisch und unberechenbar ist wie sie, während ihre Eltern ganz brav einen Papierwarenladen führten. Wenn ihre Mutter, eine gebürtige Australierin, nicht eine Farm geerbt hätte, würden sie bestimmt heute noch ihr Geschäft betreiben, statt am anderen Ende der Welt Schafe zu züchten. Ihre Eltern hätten es gerne gesehen, dass Tanja mit ihnen kommt und ihnen auf der Farm hilft. Tanja wollte aber lieber in Deutschland als Fotografin arbeiten, statt in Australien Schäfchen zu zählen. Schließlich gaben ihre Eltern nach und erlaubten ihr sogar, den Papierwarenladen in ein Fotostudio zu verwandeln. Aber ihr Verhältnis hatte einen tiefen Knacks bekommen.

Das Leben ist schon komisch. Männer und Frauen passen nicht zusammen. Eltern und Kinder passen nicht zusammen. Socken und Sandalen passen nicht zusammen. Aber genau diese Komponenten werden in kleine garstige Pakete gequetscht, Deckel zu, Klebeband drum und ab damit in die Welt.

»Hast du deiner Mutter erzählt, was du vorhast?«, frage ich Tanja. »Ich meine, das mit dem Telefonsex.«

»Bei ihrer Herzschwäche? Da könnte ich sie auch gleich erschießen.«

»Warum fliegst du nicht mal runter nach Australien?«, schlage ich vor. »Nur für ein paar Wochen, damit deine Eltern sehen, was für ein Glück sie haben, dich los zu sein.«

»Ja, das mache ich«, sagt Tanja. »Sobald ich ein bisschen Luft habe. Ich muss noch ein paar Fotoshootings machen, zu denen ich vertraglich verpflichtet bin, dann kann ich die Kamera endgültig an den Nagel hängen. Wenn dann meine Talk-Line erst einmal läuft und ich ein paar gute Mitarbeiterinnen habe, fliege ich runter. Vielleicht schon zu Weihnachten.« Mit einem Ruck setzt sie sich auf und lächelt mich an. »Schluss jetzt mit meinen Problemen! Überlegen wir uns lieber, wie wir diese Ariane loswerden, bevor dein Vater wirklich noch von der Brücke springt.«

Wir sind die letzten Mohikaner: Tanja, Jago und ich. Alle anderen sind schon gegangen. Jago steht einen Meter unter uns und ruft: »He, ihr zwei Prinzessinnen, liegt ihr gut in meinem Bett?«

Tanja beugt sich über die Bettkante und zischt ihm zu: »Pssst! Nicht so laut! Du weckst uns noch auf.«

»Ich würde mich auch gerne hinlegen«, beschwert sich Jago. »Lasst das Bett herunter! Da ist bestimmt noch Platz für mich.«

»Komm doch rauf«, fordere ich ihn grinsend auf.

Ich hole das Bedienelement für die Hydraulik hervor und gebe es Tanja. Aber die denkt überhaupt nicht daran, auf den Knopf zu drücken, der die Plattform nach unten sinken lässt. Sie schüttelt nur den Kopf und zwinkert mir zu.

»Ich habe noch eine zweite Bedienkonsole«, versucht Jago einen Bluff.

»Gut«, sagt Tanja. »Dann brauchst du unsere ja nicht.«

»Ich könnte auch einen Wasserschlauch holen«, verlegt er sich aufs Drohen.

Tanja und ich schauen uns fragend an und schütteln dann fast gleichzeitig die Köpfe. Wir glauben nicht, dass er sein eigenes Bett nass spritzen würde. Mit seinem Dreitagebart, seiner schwarzen Mähne, die ihm bis auf die Schultern fällt, seinem großen, athletischen Körper und dem Piercing in der Augenbraue sieht er auch überhaupt nicht aus wie ein Bettnässer. Er sieht aus, wie er heißt: Jago Askani, Pirat, Rebell, Auftragskiller.

»Hast du einen so langen Schlauch?«, fragt Tanja nach unten.

»Das weißt du doch.«

Tanja lacht laut auf. »Na, dann, Feuerwehrmann, Wasser marsch!«

»Ich mache das wirklich.«

»Wirklich wirklich?«, fragt Tanja zurück.

»Wirklich wirklich.«

»Na, dann mach doch!«

Daraufhin verlässt Jago die Halle durch eine Seitentür, die in den Teil des Gebäudes führt, in dem Küche und Badezimmer liegen.

»Wir sollten jetzt lieber runterfahren«, sage ich, weil ich keine Lust habe, schon wieder mit nassen Klamotten nach Hause zu kommen. »Ist ja auch schon spät.«

»Ja, gleich. Wir lassen ihn nur noch ein paar Minuten zappeln, okay?«

»Und wenn er wirklich einen Schlauch holt?«

»Ach was! Jago nimmt seinen Mund immer voller, als er dann schlucken kann. Vertrau mir!«

Irgendwann werden diese zwei Worte von ihr das Letzte sein, was ich auf dieser Welt höre.

»Habt ihr eigentlich was miteinander, du und Jago?«

»Ach, das ist schon ewig her. Damals hieß er noch gar nicht Jago Askani, sondern Jochen Schnabel. Also, wenn du interessiert bist, Pi, nur zu! Sternzeichen Zwillinge – das wäre doch genau richtig.«

Mit dem Gedanken habe ich auch schon gespielt. Ich finde, Jago sieht gut aus, irgendwie verwegen und geheimnisvoll. »Ach, ich weiß nicht«, entgegne ich. »Heute ist ja erst der dreiundzwanzigste Mai, da habe ich noch Zeit, um einen geeigneten Zwilling zu finden. Ich warte erst einmal ab, wen die Redaktion mir vorschlägt.«

»Aber gefallen würde dir Jago schon, oder?«

»Hmm, vielleicht«, antworte ich. »Ist dir überhaupt klar, dass ich dann meine halbe Wette bereits erfüllt hätte? Eigentlich kannst du mir schon mal den einen Euro geben und dir überlegen, auf welche Pobacke du dir deinen Frosch tätowieren lassen willst.«

Tanja lacht und klatscht mir mit der Hand auf den Hintern. »Hier kommt der Frosch hin, da mach dir mal keine falschen Hoffnungen, Pi. Du hast zwar noch nicht verloren, aber nur weil du Glück gehabt hast und ich so großzügig bin. Stefan hätte ich überhaupt nicht gelten lassen brauchen. Und mit

Jens hattest du streng genommen gar keinen Sex. Und dann dein Physiker! Wenn dieser Matthias nichts gegen eine feste Beziehung gehabt hätte, wärt ihr jetzt schon verheiratet. Nein, mir kannst du nichts vormachen. Du bist immer noch meine alte Pi.«

Ich will ihr gerade etwas antworten, als plötzlich ein Schrei ertönt und etwas Schweres neben uns aufs Bett kracht.

»Was ...?!« Tanja und ich fahren gleichzeitig hoch. Ich bin so erschrocken, dass ich beinahe aus dem Bett und von der Plattform falle. Auch Tanjas bleiches Gesicht ist nicht nur auf das Mondlicht zurückzuführen.

Jago lacht uns lauthals aus. Von einer großen Trittleiter aus, die er unbemerkt in unserem Rücken aufgebaut hat, hat er sich zu uns aufs Bett geworfen. »Seht ihr? Platz genug für drei!«

»Sag mal, spinnst du?«, blafft Tanja ihn an.

»Natürlich«, sagt Jago. »Wäre ich sonst mit dir befreundet?«

Gegen meinen Willen muss ich lachen. Jago hat es sich zwischen uns bequem gemacht und legt jetzt einen Arm um meine und einen um Tanjas Hüfte. »Wisst ihr, was mir gerade für eine Idee kommt?«, fragt er aufgekratzt.

»Sag es nicht!«, warnt ihn Tanja.

»Denk es nicht einmal!«, füge ich hinzu.

»Na gut. Schade.« Er zieht seine Hände zurück, dreht sich auf den Rücken und schaut seufzend in den Nachthimmel. »Darf ich wenigstens davon träumen?«

»Nein!«, rufen Tanja und ich gleichzeitig. Es gibt Dinge, die beste Freundinnen nie miteinander machen sollten, niemals. Nicht einmal in den Träumen eines Dritten.

Wie aus weiter Entfernung höre ich Tanja meinen Namen rufen. O Gott, ich muss eingeschlafen sein! Als ich die Augen öffne, sehe ich, dass ich fast nichts sehe. Das Licht in der Halle ist erloschen, die Musik verstummt. Es ist dunkel und still, nur die Sterne schimmern durch die Deckenfenster und neben mir atmet jemand schwer und gleichmäßig – Jago.

Wir drei haben noch eine ganze Weile zusammen gequatscht, da morgen keiner von uns früh rausmuss. Jago hat samstags keine Auftritte, und Tanja hat auch frei, seitdem sie nicht mehr für die Telefonsex-Agentur arbeitet. Sie hat mir erzählt, dass sie dort eigentlich nichts Neues gelernt hätte, außer vielleicht, dass Männer, sobald sie zwei Euro für eine Frau lockergemacht haben, sich ihr gegenüber noch schlimmer benehmen als ohnehin schon. Da die beiden also ausschlafen können und ich mich mit Ariane erst für elf Uhr im Ku'Kaff verabredet habe, ist es immer später und später geworden. Ich erinnere mich noch, dass ich Jago, als Tanja gerade auf der Toilette gewesen ist, gefragt habe, ob Jago Askani ein Künstlername sei. Er hat es abgestritten.

»Ach, komm«, habe ich gesagt, »niemand heißt Jago Askani.«

»Doch, so heiße ich wirklich.«

»Wirklich wirklich?«, habe ich ihn gefragt.

»Wirklich wirklich«, hat er gelogen.

Und während ich über einen schönen Künstlernamen für mich nachgrübelte, bin ich wohl weggepennt.

Wieder höre ich jemanden leise meinen Namen rufen. Als ich mich aufsetze, trifft ein Lichtstrahl meine Augen. Ein paar Meter unter mir steht Tanja mit einer Taschenlampe in der Hand.

»Ich hau ab, Pi!«, ruft sie leise zu mir hoch. »Um neun komme ich mit frischen Brötchen. Ihr habt also sechs Stunden, okay?«

»Was?«, rufe ich zurück. »Was ist los?«

»Tschüs!« Sie läuft auf die Tür neben dem großen Rolltor zu.

»Warte auf mich!« Ich suche nach der Bedienung für die Hebeplattform, aber sie ist weder auf meiner Seite noch auf der Seite von Jago, über den ich vorsichtig hinweggekrabbelt bin. Tanja! Sie muss das Ding mitgenommen haben, als sie die

Leiter, die auch Jago benutzt hat, hinabgestiegen ist. Die Leiter hat sie anschließend natürlich außer Reichweite gebracht, diese Hexe!

Ich sehe, wie Tanja die Tür öffnet. »Halt!«, schreie ich jetzt so laut, dass auch Jago wach wird. »Tanja, warte! Was ist, wenn ich …«

Tanja winkt mir noch einmal kurz zu und verschwindet aus der Tür.

»… auf Toilette muss«, murmele ich meinen Satz zu Ende.

Plötzlich küsst mich jemand auf die Schulter. »Unsere Freundin ist ein Biest«, sagt Jago. »Das war sie schon immer.« Er küsst mich auf die andere Schulter. »Mach dir keine Gedanken wegen der Toilette. Ich sorge dafür, dass du mit ganz anderen Dingen beschäftigt sein wirst.«

»Wirklich?«, frage ich.

»Wirklich wirklich«, sagt er.

Und diesmal glaube ich ihm sogar.

Wir müssen dann doch nicht auf Tanja warten, damit sie uns befreit. Ich werde wach, als Jago gerade dabei ist, sich vom Podest zu hangeln und auf den Boden fallen zu lassen. Es sieht nicht so aus, als bereite ihm das große Probleme.

Ich recke mich und gähne herzhaft. Die Sonne strahlt bereits durch die schmierigen Fensterscheiben. »Guten Morgen!«, rufe ich. »Wie spät ist es?«

»Halb neun.«

»Schon so spät«, stöhne ich. Ich hätte gerne noch ein paar Stunden geschlafen. Die Nacht mit Jago war anstrengend. Anstrengend, aber schön. Er hat sein Versprechen wahr gemacht und mich ganz schön auf Trab gehalten. Länger als drei Stunden habe ich bestimmt nicht geschlafen.

Jago findet die Bedienkonsole für die Plattform auf dem Tisch der Festzeltgarnitur, die seine kombinierte Sitz- und Essecke darstellt, und lässt mich hinunter.

»Guten Morgen, Prinzessin.« Er begrüßt mich mit einem

Kuss. »Ich komme gleich wieder, meine Blase hat mich geweckt. Wie geht's dir?«

»Ich habe geträumt, ich hätte Sex mit drei Männern.«

»Das waren ich – und ich – und ich.« Bei jedem »ich« gibt er mir einen Kuss. Mist, ich hätte dreißig Männer sagen sollen.

Während Jago weg ist, döse ich noch ein wenig weiter und überlege mir, dass das Sternzeichen Krebs erst am zweiundzwanzigsten Juni beginnt. Bis dahin könnte ich mit Jago noch ganz viel Sex haben, ohne meine Wette zu verlieren. Ich meine, natürlich nur, wenn er will. Zwingen werde ich ihn nicht. Fragen auch nicht. Das muss schon von ihm kommen.

»Wenn du willst, kannst du jetzt duschen«, sagt Jago, als er zurückkommt. Sein Haar ist nass, er ist barfuß. Er hat sich ein frisches, dunkelblaues T-Shirt angezogen und eine Jeans mit großen Rissen über den Knien.

Ich wickle mich in die Bettdecke, schnappe mir meine Klamotten, die neben dem Bett liegen, und mache mich auf den Weg zur Dusche. »Ach, übrigens«, sage ich beim Hinausgehen. »Das von gestern Nacht können wir gerne mal wiederholen.«

O Gott, warum kann ich meinen Mund nicht halten? Was ist, wenn er jetzt nein sagt?

Aber Jago lächelt mich an und sagt: »Das machen wir.«

Gut, dann wäre das also auch geklärt. Als ich frisch geduscht zurückkomme, sitzen Jago und Tanja am Tisch und trinken Kaffee. Tanja schmiert gerade Honig auf ein Mohnbrötchen. »Guten Morgen, Pi. Na, wie war deine Nacht?«

»Zu kurz«, sage ich.

»Sie meint zeitlich«, glaubt Jago ergänzen zu müssen.

Tanja zwinkert ihm zu. »Das weiß ich doch, Feuerwehrhauptmann Jago«, lacht sie.

Ich setze mich neben Feuerwehrhauptmann Jago, da dort mein Gedeck liegt, und versuche, Tanjas amüsierte Blicke zu ignorieren. Eigentlich müsste ich böse auf sie sein. Aber weil sie mir helfen will, das Problem mit Ariane zu lösen, verzeihe ich ihr noch einmal.

Wir überlegen uns, wo Ariane ihre größte Schwachstelle haben könnte. Sie ist jung, sie ist hübsch, sie ist intelligent, sie verdient gut, sie hat reiche Eltern – ich war schon so weit, mich mit dem Gedanken anzufreunden, sie einfach zu überfallen und ihr die Scheiße aus dem Leib zu prügeln, als uns doch noch etwas einfällt. Ihre Arroganz und ihr Snobismus. Ariane legt viel Wert auf Stil, Etikette und Niveau. Daher kommt vielleicht auch ihre Vorliebe für ältere Männer. Die Liste ihrer mir bekannten Opfer spricht Bände: ein Studienrat, ein Offizier, ein Ingenieur, ein Architekt, wobei Letzterer dummerweise mein Vater ist.

»Du kannst ruhig dick auftragen«, sage ich zu Tanja, als wir alles noch einmal durchgehen. »Sei richtig ordinär!«

Tanja nickt eifrig. »Das kann ich, das kriege ich hin.«

Zu meiner Überraschung bietet sich sogar Jago an, mitzumachen. Für einen richtigen Schauspieler haben wir in unserer Schmierenkomödie natürlich immer Verwendung. Ich brauche nicht einmal ein Drehbuch für ihn. Er möchte lieber improvisieren. Er wird mich ansprechen, und ich solle nur so tun, als wisse ich von nichts. Dabei soll ich aber eine Miene machen, als wäre ich bei etwas Peinlichem ertappt worden und würde vor Scham am liebsten im Erdboden versinken.

»Kein Problem«, sage ich. »Das kann ich gut.«

Der erste Schritt besteht darin, meinen Vater anzurufen. »Hallo, Papa, ich wollte dich nur bitten, mir die Daumen zu drücken, wenn ich mich gleich mit Ariane treffe.«

»Guten Morgen, Schlumpelchen. Was soll ich? Daumen drücken? Na, das wird ja wohl kaum nötig sein! Ihr sollt euch doch nur einen schönen Tag machen.«

»Ich glaube, sie mag mich nicht.«

»Unsinn! Das ist wohl eher umgekehrt so.«

»Ja, anfangs hatte ich schon meine Probleme mit dem Gedanken, dass du neben Mama und mir noch jemand anderen liebst«, gebe ich zu. »Aber mittlerweile habe ich mich damit abgefunden. Ich bin ja schließlich erwachsen. Jetzt will ich nur noch, dass wir uns alle gut verstehen.«

»Du und Ariane, ihr werdet euch schon mögen.«

»Ich habe bloß Angst, dass sie vielleicht einen Keil zwischen dich und mich treibt«, sage ich. »Weißt du, ich habe so ein Gefühl, dass sie nur darauf aus ist, mich bei dir schlecht zu machen.«

»Das ist dummes Zeug, verflixt noch eins!«, schimpft mein Vater. »Ariane hat nichts gegen dich. Im Gegenteil, sie freut sich richtig auf euren gemeinsamen Frauentag.«

»Na ja, vielleicht werden wir ja doch noch Freunde. An mir soll es nicht liegen«, sage ich und beende das Gespräch. So langsam fange ich an, mich auf das Treffen mit Ariane zu freuen.

Ariane hat sich an einen Tisch auf der Terrasse des Ku'Kaffs gesetzt. Sie wirft einen verärgerten Blick auf ihre Armbanduhr, bevor sie mich mit einem schmallippigen Lächeln und einem Händedruck begrüßt.

»Wir hatten doch elf Uhr vereinbart, nicht wahr?«, beginnt sie das Gespräch. »Ich war mir nicht mehr sicher. Ich dachte schon, ich sei zu früh gekommen.«

»Halb zwölf hatten wir ausgemacht«, lüge ich ihr eiskalt ins Gesicht. »Aber besser zu früh als zu spät, nicht wahr? Ich bin auch extra ein bisschen früher gekommen.«

Ariane schluckt eine Erwiderung herunter und mustert mich angewidert. Ich habe mich besonders fein gemacht für sie. Nichts ist mir billig genug gewesen für diesen Anlass. Mein Top ist neulich aus Versehen in die Heißwäsche geraten und sitzt seitdem etwas knapp. Dafür passt es ausgezeichnet zu dem Minirock, den Ramona mir damals mit ein paar Schlitzen veredelt hat und den ich als mögliches Beweisstück aufbewahrt habe. Die Schlitze habe ich mit Sicherheitsnadeln halbwegs verschlossen und Unterwäsche trage ich natürlich auch. Dennoch sehe ich in meiner Aufmachung und mit der grellen Schminke aus wie *»zwanzig Euro normal, Sonderwünsche extra und ohne Gummi isnich«*, sodass sich selbst Tanja für mich schämen würde. Ariane trägt legeren City-Look, weiße Seidenbluse, beige Leinenhose, Schuhe und Täschchen von Prada – zwölf Uhr, die Sonne scheint, die Frisur sitzt.

»Interessanter Rock«, sagt sie, nachdem sie mich ausgemustert hat. »Von einem bekannten Designer?«

Ich nicke. »Ramona, falls dir das etwas sagt. Der neue Shootingstar am Modehimmel.«

»Unverkennbar.«

Ich deute auf ihr Glas Mineralwasser. »Ist das alles, was du dir bestellt hast?«

»Ich hatte heute Morgen schon einen Apfel, das reicht mir. Außerdem gibt es hier nur Kuchen und Gebäck und ich esse grundsätzlich nichts Süßes. Man muss schließlich etwas tun, um fit zu bleiben. Kaffee trinke ich übrigens auch nicht. Ich führe meinem Körper keinerlei Giftstoffe zu: kein Koffein, kein Nikotin, kein Alkohol.« Sie nippt an ihrem Glas Wasser und fährt fort: »Dein Körper ist wie ein Tempel, etwas Geweihtes und ganz Besonderes. Ein grandioses Kunstwerk, einmalig auf der Welt.«

»Danke«, sage ich. »Dein Körper ist aber auch nicht übel.«

In dem Moment kommt Elke, die bei Cornelius aushilft, wenn viel zu tun ist, an unseren Tisch und stellt mir einen Cappuccino und ein Stück Schokoladentorte hin.

»Das habe ich nicht bestellt«, sage ich.

Sie schaut mich überrascht an. »Aber …«

»Schon gut, lassen Sie es da. Nicht dass Sie sonst Ärger kriegen.«

Elke runzelt verwirrt die Stirn, sagt aber nichts und geht wieder.

»Nimmst du mir die Hälfte davon ab?«, frage ich Ariane. »Das schaffe ich unmöglich alleine.«

Ariane schüttelt den Kopf. »Tut mir Leid, aber wie gesagt:

nichts Süßes. Außerdem sehe ich nicht ein, warum ich für die Fehler anderer irgendwelche Nachteile in Kauf nehmen sollte.«

Während ich meine Torte verzehre, arbeiten wir beide unsere Biografien durch, die bis zum Studium nicht einmal so unterschiedlich verlaufen sind. Außer dass Ariane natürlich in allem ein bisschen erfolgreicher war.

Schließlich sind Torte und Lebensläufe abgefrühstückt, und Ariane fragt: »Hast du schon eine Vorstellung, was wir zwei unternehmen wollen? Ich selbst bin da etwas ratlos, muss ich gestehen. Ich richte mich ganz nach dir. Da ich Vegetarierin bin, würde ich allerdings später gerne das Restaurant aussuchen, wenn du nichts dagegen hast.«

»Nein, mach ruhig«, sage ich. »Solange es nicht in den botanischen Garten geht. Bist du eigentlich mit dem Auto da?«

Ariane bejaht, und ich ernenne sie sogleich zum Chauffeur des Tages, weil sie ja ohnehin keinen Alkohol trinkt. Außerdem habe ich keine Lust, sie auf meinem Gepäckträger durch die Stadt zu kutschieren.

Wir bezahlen getrennt. Auf dem Weg zu ihrem BMW frage ich sie, ob sie sehen möchte, wo ich wohne.

»Unbedingt«, sagt sie.

»Oh, falsches Stockwerk«, stelle ich fest, als wir aus dem Fahrstuhl steigen. »Komm, die eine Treppe können wir auch schnell zu Fuß gehen.«

Vor »meiner« Haustür angekommen, beobachte ich, wie Ariane die Augen aufreißt. »I want your ass for me!«, liest sie laut vor und rümpft die Nase. »Wie originell! Gab es da keine Schwierigkeiten mit der Hausverwaltung?«

Mit einem schnellen Blick vergewissere ich mich, dass Tanja auch wirklich das Namensschild an der Klingel entfernt hat. »Nein, die waren begeistert.«

»Kann ich mir vorstellen.«

Kaum habe ich aufgeschlossen, als Tanjas Lieblingsnachbar von gegenüber aus seiner Wohnung herausgeschossen kommt.

Seit Weihnachten habe ich ihn bei meinen Besuchen hier nicht mehr gesehen. Fast hätte ich mir Sorgen gemacht.

»Eins sag ich Ihnen!«, schreit er gleich los. »Ihre Freundin da, die bring ich noch einmal um!«

»Schnell rein!« Ich dränge Ariane in die Wohnung und werfe mich theatralisch von innen gegen die Tür. »Keine Angst, das meint der nicht so.«

»Der kennt mich doch überhaupt nicht. Was hat der gegen mich?«

Ich tippe mir gegen die Stirn. »Ein Psychopath.«

»Wie beruhigend«, sagt Ariane. Dann bemerkt sie die Bilder an den Wänden. »Oh! Aber das sind ja ...«

»Komm, fühl dich ganz wie zu Hause!«, fordere ich sie auf. »Ein Bier?«

»Ja«, sagt sie und lässt sich von mir ins Wohnzimmer führen. »Äh, nein – ich trinke doch keinen Alkohol. Was sind das für schreckliche, schreckliche Bilder?«

»Penisse«, sage ich, als wäre damit alles geklärt.

»Das sehe ich auch. Ich meine, was hat es damit auf sich? Niemand hängt sich freiwillig so etwas in die Wohnung.«

Ich schaue sie erstaunt an. »Nicht? Das sind doch nur harmlose Andenken an ein paar Freunde. So wie früher die Poesiealben. Hattest du auch eins?«

»Ja, aber da waren Pferdebilder und Herzchen und schöne Sprüche drin.«

»Musst du mir mal irgendwann zeigen«, sage ich. »Komm, setz dich! Ich will alles über dich erfahren. Keine Sorge, nicht heute. Aber so nach und nach. Weißt du, dass ich mir schon immer eine Schwester gewünscht habe?

»Da muss ich dich enttäuschen«, meint sie. »Ich glaube nicht, dass dein Vater und ich irgendwann Kinder haben werden.«

Ich lache laut auf. »Ach, das meine ich doch nicht! Ich meine jemanden in meinem Alter. Jemanden wie dich, mit dem man zusammen was losmachen kann. Du, pass auf, ich hab mir da was überlegt. Wie wär's, wenn du mir das Reiten beibringst? Ich könnte in deinen Reitclub eintreten. Da laufen doch bestimmt auch ein paar knackige Pferdepfleger für uns beide rum, oder? Na, wie klingt das?«

Ariane fängt an zu husten. Ihr Gesicht ist ganz bleich. Sie wird doch wohl nicht krank werden? »Hast du einen Apfelsaft oder etwas in der Art?«, fragt sie mich.

»Ich hol dir einen. Du hast noch gar nichts zu den Kissen gesagt. Fällt dir nichts auf? Das sind Vaginas. Niedlich, nicht?«

Ariane schüttelt den Kopf. »Wenn schon, dann sind das Vaginen. Und ich finde sie geschmacklos, um ehrlich zu sein.«

Auf dem Weg in die Küche nehme ich heimlich Tanjas Telefon mit. Zuerst wähle ich kurz ihre Handynummer, um ihr das vereinbarte Zeichen zu geben. Dann tippe ich die Nummer von meinem eigenen Handy ein und höre es im Wohnzimmer klingeln. Tanja hat es dort unter einem der Vaginakissen versteckt – zusammen mit einer kleinen Überraschung.

»Mein Handy! Gehst du mal bitte ran?«, rufe ich Ariane zu. »Ich komme sofort.«

Ich warte, bis Ariane sich meldet, und lege dann auf. Eine Minute später kehre ich mit einem Glas Apfelsaft ins Wohnzimmer zurück. »Wer war es?«

Zufrieden sehe ich, dass Ariane nicht mehr auf der Couch sitzt, sondern davor steht und mit anklagender Miene auf ein orangefarbenes Kissen zeigt. »Da!«, sagt sie und verzieht angewidert das Gesicht. »Da drunter liegt ... bääh, ich muss mir die Hände waschen!«

Während sie ins Bad läuft, hole ich das Kondom hervor, das Tanja direkt hinter mein Handy platziert hat. Mit dem Joghurt in seinem Innern sieht es fast wie neu aus, nur ein Mal gebraucht. Mit diesem ekligen, kleinen Latexding zwischen Daumen und Zeigefinger gehe ich ins Bad, wo Ariane am Waschbecken steht und sich die Hände einseift.

»Tut mir Leid, Ariane«, entschuldige ich mich. »Ich sag den Typen immer, sie sollen nicht so unordentlich sein. Aber in das eine Ohr rein, zum anderen raus.«

»Ich habe da reingefasst.« Sie spült sich den Schaum von den Händen und seift sie hinterher gleich noch einmal ein. »Das ist widerlich!«

»Finde ich auch. Und das werde ich dem Schuldigen auch sagen. Wenn ich nur wüsste ...«

Ich fahre mit dem Zeigefinger ins Kondom, sodass ein wenig vom weißlichen Inhalt an ihm haften bleibt, und lutsche ihn dann unter Arianes fassungslosen Blick ab.

»Mario«, sage ich und lecke mir über die Lippen. »Das war, glaube ich, Mario. Na, dem werd ich was erzählen!«

Ariane hält sich eine seifige Hand vor den Mund. »Ich glaube, ich muss ...« Sie schiebt mich aus dem Badezimmer, knallt die Tür zu, und kurz darauf höre ich ein Würgen, gefolgt von der Toilettenspülung. Total empfindliche Mägen, diese Vegetarier!

Als sie herauskommt, ist sie immer noch blass. Sie schaut mich voll Abscheu an. »Ich hoffe, du hast dieses ekelhafte Ding endlich in den Müll geworfen.«

»Natürlich. Was soll ich sagen, Ariane? Das ist mir wirklich schrecklich peinlich.«

Ariane verengt misstrauisch ihre Augen. »Warum lag eigentlich dein Handy ausgerechnet dort?«

Ich zucke die Schultern. »Mario ist manchmal ein kleiner Scherzbold. Er war es bestimmt auch, der angerufen hat, oder?«

»Weiß ich nicht. Als ich mich gemeldet habe, wurde gleich aufgelegt. Aber auf dem Display stand ›Tanja‹.«

»O nein!«, stöhne ich, und in dem Moment klingelt es wie aufs Stichwort an der Tür. »Moment, ich schau mal eben, wer das ist.«

Ariane bleibt im Flur stehen, während ich die Tür öffne. Vor mir steht eine grinsende Tanja. Ich zwinkere ihr zu. Das haben wir vorher als Zeichen vereinbart. Jetzt weiß sie, dass Ariane vorhin ins Handy gesprochen hat, und kann planmäßig weitermachen.

»Hallo, Tanja!«, sage ich laut. In bin mir sicher, dass meine *neue Schwester* jetzt ihre Ohren spitzt, um jedes Wort mitzukriegen. »Du kommst etwas ungelegen.«

»Wer war das?«, brüllt Tanja mich ohne Begrüßung an. »Die Frau am Telefon – wer war das? Deine neue Pussy? Wo steckt sie? Im Schlafzimmer? Lass mich mal sehen!«

Ich versperre Tanja den Weg in ihre eigene Wohnung. »Nein, du kannst jetzt nicht rein. Ich habe Besuch. Von Ariane, das ist die neue Freundin meines Vaters. Ariane war am Telefon.«

Tanja schiebt mich zur Seite und stürmt in die Wohnung. »Lüg mich nicht an! Wo ist das Flittchen?«

Am anderen Ende des Flurs steht Ariane und drückt sich mit dem Rücken an die Wand, als Tanja direkt auf sie losmarschiert.

»Stimmt das? Bist du die Freundin ihres Vaters? Oder hast du was mit Pia? Vögelt ihr miteinander? Sag schon!«

Ariane schaut sie mit großen, ungläubigen Augen an. »Gott bewahre! Nein!«

»Ziemlich jung für deinen Vater«, sagt Tanja zu mir. »Verarsch mich bloß nicht!«

»Es ist so, wie ich sage, Tanja. Ariane und ich wollen uns nur besser kennen lernen. Wo wir doch jetzt praktisch Schwestern sind.«

Ariane schaut mich voller Empörung an und fragt: »Wer ist diese Person? Was will die von mir?«

Tanja wirft ihr einen Kussmund zu. »Schon gut, jetzt bleib mal ganz locker, Pussy.« Und an mich gewandt: »Tja, vielleicht habe ich da ein wenig überreagiert, Pia, sorry. Ich war in der Gegend und hab gedacht, ich ruf mal an, ob du zu Hause bist. Und als ich dann eine fremde Frauenstimme an deinem Handy gehört habe, bin ich kurz ausgetickt. Ich bin manchmal auch zu blöd!« Dann dreht sie sich um und bohrt Ariane ihren Zeigefinger fast ins Gesicht. »Aber eins sag ich dir, Kleine: Wenn du vorhast, meiner Pia an die Möse zu gehen, dann reiße ich dir den Kopf ab und scheiße dir in den Hals! Hast du das kapiert?«

Ariane reckt ihr Kinn angriffslustig nach vorne und sagt in einem gelangweilten Tonfall: »Sie reißen mir den Kopf ab und scheißen mir in den Hals. Das ist ja nicht so schwer zu verstehen.«

»Dann merk's dir, Pussy.«

Tanja beschließt zu gehen und ich begleite sie nach draußen. In der offenen Tür küssen wir uns zum Abschied auf den Mund wie ein Liebespaar. »Dafür schuldest du mir was«, flüstert sie mir zu.

Ein dreckiges Lachen lenkt unsere Aufmerksamkeit zur Nachbarwohnung. Der Mann von gegenüber steht dort und schüttelt den Kopf. »Das habe ich mir fast gedacht. Also deshalb kann ich bei dir nicht mehr landen, du alte Lesbe.«

»Hat der mich eben alt genannt?«, fragt mich Tanja wütend. Dann zeigt sie dem Mann ihren Mittelfinger. »Bevor du bei irgendwem landen willst, lern erst mal fliegen, du Arschloch!«

Der Mann verschwindet höhnisch lachend in seiner Wohnung, Tanja verschwindet im Fahrstuhl, und Ariane sieht aus, als würde sie auch nichts lieber als verschwinden. Ganz egal wohin.

»So.« Ich klatsche in die Hände und lächle sie an. »Magst du einen Pfirsich?«

Ich schlage einen Stadtbummel vor und Ariane ist einverstanden.

»Wenn du dich noch umziehen möchtest – ich warte solange«, sagt sie. Offenbar bin ich ihr nicht schick genug.

»Gute Idee. Bin gleich wieder da.«

In Tanjas Schlafzimmer leihe ich mir eine ihrer schrillen Kopfbedeckungen aus, eine Schiebermütze mit Leopardenmuster. Dazu ihr T-Shirt mit den bissigen Möpsen und eine Sonnenbrille mit herzförmigen Gläsern. Ich schaue in den Spiegel des Kleiderschranks. Der Spiegel zerspringt nicht in tausend Stücke: Optiktest bestanden. Den kleinen Riss in der oberen Ecke hatte er vorher schon – glaube ich.

»Okay, wir können!«, rufe ich und genieße Arianes entgeisterten Blick. Sie ist zu entsetzt, um zu reden.

Vor dem Fahrstuhl fällt mir ein, dass ich die ganzen Jahre noch nie im dreizehnten Stock ein- oder ausgestiegen bin. Ich bin nicht abergläubisch, aber alte Traditionen gebe ich ungern auf. »Runter nehme ich immer die Treppen«, sage ich. »Für die Fitness.«

»Nichts dagegen.«

Gemeinsam laufen wir also die Stufen nach unten, Stockwerk für Stockwerk für Stockwerk.

Stockwerk für Stockwerk für – Stockwerk für Stockwerk.

Stockwerk für – Stockwerk.

Stockwerk.

Stockwerk.

Ich kann nicht mehr!

Stock...

Verfluchte Scheiße aber auch!

...werk.

»Das ist eine gute Fitnessübung«, lobt mich Ariane, als wir endlich unten ankommen.

Ich sage nichts. Atmung und Gleichgewicht, das sind die Dinge, um die ich mich jetzt kümmern muss. Sprechen kann ich dann morgen wieder.

»Dann stehst du also auf Männer *und* Frauen?«, fragt mich Ariane etwas später im Auto.

»Das muss mein Vater nicht unbedingt wissen, okay?«

»Dein Vater ist ein toleranter Mensch«, sagt Ariane. »Der kann damit bestimmt umgehen. Ich würde es ihm sagen. Aber das musst du wissen.«

»Allerdings!« Ich ärgere mich über ihre Belehrung. Will die mir jetzt erzählen, was für ein Mensch mein Vater ist? Gebe ich ihr etwa Reitunterricht?

Unser gemeinsamer Einkaufsbummel verläuft eher unharmonisch. In der Fußgängerzone hake ich mich immer bei ihr ein, und sie nimmt die erste beste Gelegenheit wahr, sich wieder von mir loszumachen. Wenn ich sie in einem Kaufhaus an die Wühlkörbe zerre, steht sie nur leicht angewidert da und telefoniert, während sie auf mich wartet. Und wenn sie mich auf der Kö in die Nobelboutiquen und teuren Schuhhäuser führt, rechne ich ihr vor, dass sie für das gleiche Geld bei Deichmann zehn Paar Schuhe bekäme.

»Das macht richtig Spaß, mit dir unterwegs zu sein«, behaupte ich trotzdem, als wir uns in einer Eisdiele eine Pause gönnen. »Stört's dich, wenn ich eine rauche?«

Sie schaut mich über ihr Mineralwasserglas hinweg genervt an. »Ich wäre dir dankbar, wenn du es in meiner Gegenwart unterlassen könntest.«

»Für meine neue Schwester tue ich alles.«

»Ich bin ein Einzelkind«, sagt sie unterkühlt.

»Genau wie ich. Hey, wir beide haben eine Menge gemeinsam.«

Ariane sieht so aus, als würde sie jetzt gern ihre Stirn gegen die Tischplatte schlagen. »Ja, wir könnten direkt Zwillinge sein«, spottet sie.

»Wenn du mir erst mal das Reiten beigebracht hast und wir zusammen auf die Turniere gehen – das stell ich mir total klasse vor«, schwärme ich. »Du auf deinem Artischocke oder wie der Gaul heißt, und ich ...«

»Armageddon«, unterbricht mich Ariane und winkt gleichzeitig der Bedienung zum Zahlen. »Mein Pferd heißt Armageddon. Es ist ein Pferd und kein Gaul. Und der Reitclub, in dem ich bin, ist ziemlich exklusiv und nimmt, fürchte ich, leider, leider keine neuen Mitglieder mehr auf.«

Ich zucke mit den Schultern. »Ach, bei mir werden sie bestimmt eine Ausnahme machen, wenn ich denen erzähle, dass mein Vater der Architekt ihrer Reithalle ist und du eine gute Freundin von mir bist. Zur Not biete ich eurem Vereinspräsidenten eine ganz spezielle Reitstunde an.« Ich zwinkere ihr zu. »Das hat noch immer funktioniert.«

Als wir wieder im Auto sitzen, schaut Ariane auf ihre Uhr. »Um achtzehn Uhr habe ich einen Tisch im *Victorian* bestellt. Das ist ein Gourmetrestaurant. Ich hoffe, du bekommst keine Schwierigkeiten in deiner Aufmachung.«

»Keine Sorge. Dort war ich früher oft mit meinen Eltern essen und später mit meinem Freund. Die werden mich schon reinlassen.«

»Ich habe übrigens noch eine Überraschung für dich«, sagt Ariane.

»Wirklich? Was denn?«

Sie lächelt geheimnisvoll. »Später.«

Ich muss auch lächeln, wenn ich an *meine* Überraschung denke. Jago wartet nur auf meinen Anruf, damit ich ihm sage, wo und wann er seinen Auftritt hat. Als Ariane im Parkhaus noch einmal zurück ans Auto muss, weil sie etwas vergessen hat, nutze ich die Gelegenheit und sage ihm Bescheid. Jago wird sogar einen Freund mitbringen.

»Aber nicht übertreiben«, sage ich. »Tanja hat schon ein bisschen überzogen.«

»Wenn du mir nicht vertraust, können wir es auch bleiben lassen«, sagt Jago eingeschnappt.

»Ich vertraue dir.«

»Na, dann bis gleich«, sagt Jago. »Toi, toi, toi!«

Bevor ich ihm ebenfalls toi, toi, toi wünschen kann, muss ich auflegen, weil Ariane zurückkommt. Hoffentlich bringt das kein Unglück. Wenn ich abergläubisch wäre, hätte ich jetzt bestimmt ein ungutes Gefühl.

Der Ober guckt zwar etwas betreten, als er mein unpassendes Outfit bemerkt, führt uns dann aber doch an einen Tisch im hinteren Bereich des Restaurants. Wir studieren gerade die Speisekarten, als ich plötzlich meinen Namen höre.

»Pia?«

Ich blicke von der Karte auf und direkt in das Gesicht von Stefan.

Herrje, das darf doch nicht wahr sein! Ausgerechnet heute, wo ich aussehe wie eine Schlampe!

Stefan trägt einen dunkelgrauen Anzug, eine geschmackvolle Krawatte und die teure Armbanduhr, die ich ihm geschenkt habe. Er hat sich einen Schnurrbart stehen lassen, was ihn männlicher wirken lässt. Je länger wir getrennt sind, umso besser sieht er aus. Das ist doch nicht gerecht!

»Pia, was machst du denn hier?« Er schaut schockiert auf mein Möpseshirt und den grotesk kurzen Minirock. Er will etwas zu mir sagen, überlegt es sich aber anders und wendet sich stattdessen an Ariane. »Hallo, Ariane. War das etwa deine Idee?«

Fassungslos muss ich mit ansehen, wie meine neue, fiese, falsche Schwester aufspringt und Stefan begrüßt. Auf die Füßchen, Küsschen, Küsschen. Die kennen sich! Ariane hat sich hier mit ihm verabredet, wird mir klar. Stefan ist ihre angekündigte Überraschung. Und mir sagt sie keinen Ton, sondern lässt mich seelenruhig in diesem Fetzen meinem Exfreund in die Arme laufen.

»Nun, ich dachte, wir machen ein großes Wiedersehen«, erklärt Ariane. »Als im Zusammenhang mit Pia dein Name gefallen ist, habe ich gedacht, ich würde dich gerne mal wieder treffen. Und Pia und du, ihr seid euch doch noch freundschaftlich verbunden, nicht wahr?«

Stefan und ich schauen uns an. Ich wünschte, ich hätte mich nicht so nuttenhaft geschminkt. Ich wünschte, ich hätte wenigstens meine Leopardenmütze abgesetzt.

»Das war kein guter Einfall von euch«, sagt Stefan, ungerechterweise im Plural. »Ich weiß nicht ... Was meinst du, Beate?«

Erst jetzt bemerke ich neben ihm die Teuser, in einem Kleid aus champagnerfarbener Seide. Sie hat sich bisher im Hintergrund gehalten und geschwiegen. Nun überspielt sie die peinliche Situation mit einem Lachen. »Also, ich habe Hunger«, sagt sie und setzt sich neben Ariane an unseren Tisch. »Guten Abend, die Damen!«

»Na gut«, meint Stefan zögernd. Bevor er sich neben mich setzt, stellt er Ariane seine neue Freundin vor. »Als ich Bea erzählt habe, dass du auf einem Gestüt arbeitest und Dressurreiterin bist, wollte sie dich unbedingt kennen lernen«, erzählt er. »Sie ist ebenfalls passionierte Reiterin.«

»Gewesen«, schwächt die Teuser ab. »Leider fehlt mir die Zeit. Ich hoffe, meine Anwesenheit stört Sie nicht. Aber ich dachte mir, irgendwann werden Sie und Stefan alle Schulerinnerungen ausgetauscht haben und dann könnten wir ein wenig über unser Hobby plaudern. Ich spiele mit dem Gedanken, wieder regelmäßig zu reiten. Vielleicht kaufe ich mir sogar ein Pferd, mal sehen.«

Die Teuser wendet ihre Aufmerksamkeit nun mir zu. »Und Sie überraschen mich immer wieder aufs Neue, Frau Herzog.«

»Positiv oder negativ?«

Die Teuser überhört meine Frage. Sie lässt ihren Blick kurz auf meiner Leopardenmütze und dem Möpse-Shirt ruhen. »Erinnern Sie mich daran, dass wir unbedingt Ihr Honorar aufbessern müssen«, scherzt sie.

Während des nachfolgenden Smalltalks stellt sich heraus, dass die Teuser und Ariane sich gut verstehen. Sie haben nicht nur das Reiten gemeinsam, sondern sind auch beide Vegetarierinnen, sodass ich beinah ein schlechtes Gewissen bekomme, als ich mir zu meinem Salat auch noch Fleisch bestelle. Wegen mir musste ein Rind sein Leben lassen. Mein Teller starrt mich vorwurfsvoll an.

»Also eigentlich bin ich auch Vegetarierin«, sage ich. »Ich meine, außer dass ich halt Fleisch esse. Aber von der Einstellung her bin ich hundertprozentig vegetarisch.«

Ariane und die Teuser werfen sich kurz einen vielsagenden Blick zu und lächeln mich leicht verächtlich an. Stefan erzählt ein paar Anekdoten aus seiner Schulzeit und verrät uns, dass Ariane ihr Abi mit »Eins-Komma-siehmalan« gemacht hat. Auf diese Information hätte ich gut verzichten können. Er berichtet uns gerade, dass er vor kurzem befördert worden sei, dass er jetzt Gebietsleiter Südost-Westnord oder so geworden sei und nicht mehr so viel unterwegs sein müsse, da entdecke ich plötzlich meine Hand südwestlich von mir auf seinem Knie. Was mache ich da? Was, um Himmels willen, mache ich da?

Ohne sich etwas anmerken zu lassen, spricht Stefan weiter. Dann liegt auf einmal seine Hand auf meiner. Wusste ich es doch! Er liebt mich immer noch. Er hebt meine Hand von seinem Knie und legt sie in meinen Schoß. Verstehe. Er liebt mich noch, aber er will lieber selbst die Initiative ergreifen. Typisch Mann.

An Jago denke ich erst wieder, als mir plötzlich jemand von hinten die Augen zuhält.

»Tom? Brad? Johnny? Keanu?«, rate ich. »Ich geb's auf.«

Jago nimmt seine Hände von meinen Augen. »Ich bin's. Jago.« Er hat ein weißes Hemd ohne Krawatte und eine dunkle Jeans ohne Risse an.

»Jago?«, wiederhole ich.

»Sag bloß, du kennst mich nicht mehr! Letzte Woche im Swingerclub! Ach, komm, das kannst du unmöglich vergessen haben!«

Ich spüre, wie die anderen mich mit ihren Blicken aufspießen, als wäre ich ein Salatblatt. Oder besser ein Radieschen, denn ich bin bestimmt knallrot angelaufen. Wie kann ich Jago nur stoppen?

»Das muss ein Missverständnis sein«, sage ich. »Sie verwechseln mich mit jemandem.«

»Ja, natürlich«, höhnt Jago. Er zeigt auf Stefan. »Ist das etwa dein Mann?«

»Nein, nein«, sagt Stefan schnell. »Wir sind nur gute Bekannte.«

»Auch aus dem Club? Dich habe ich da aber noch nie gesehen. Komm doch mal vorbei. Und ihr zwei Süßen seid auch herzlich eingeladen. – Pia, sag deinen Freunden, was für ein Spitzenclub wir sind.«

»Das ist Blödsinn«, sage ich. »Ich kenne Sie und Ihren Club nicht.«

»Und woher weiß ich dann, wie du heißt?«

»Das haben Sie zufällig aufgeschnappt.«

Jago winkt daraufhin einem anderen Mann weiter hinten zu. »Rudi, komm doch mal! Das ist sie, das ist tatsächlich Pia.«

Ein bulliger Mann, Typ Bodybuilder, kommt zu uns an den Tisch. »Hallo«, brummt er. »Hey, Pia, dass du überhaupt schon wieder laufen kannst! Angezogen hätte ich dich fast nicht erkannt.«

Ein Alptraum! Stefan muss glauben, ich hätte sämtliche sexuellen Hemmungen verloren. Vielleicht denkt er sogar, ich hätte meine nuttigen Klamotten von diesem Swingerclub, als Treueprämie.

»Ich kenne diese Männer nicht, ehrlich«, sage ich. »Ich gehe doch nicht in solche Bumsclubs!«

Rudi sagt zu Jago: »Du, ich glaube, wir haben uns getäuscht. Das ist sie doch nicht.«

»Quatsch! Natürlich ist das Pia. Wenn das hier nicht so ein piekfeines Restaurant wäre, würde ich sagen, sie soll uns mal ihren Popo zeigen. Wetten, dass sie da als Tätowierung eine Tigerente drauf hat?«

Stefan schaut mich enttäuscht an. Ich senke den Kopf und würde am liebsten unter dem Tisch verschwinden.

Rudi zieht Jago am Arm von uns weg. »Komm schon! Du siehst doch, dass wir hier stören. Entschuldigt bitte die Verwechslung.«

Nachdem die beiden verschwunden sind, herrscht eine Minute peinliches Schweigen, das schließlich von der Teuser gebrochen wird. »Frau Herzog, Sie überraschen mich immer wieder«, wiederholt sie amüsiert.

»Das waren Spinner«, sage ich. »Eine Tigerente als Tattoo! Wer soll denn so was glauben?«

Am Morgen nach meinem grandiosen Tag mit Ariane treffe ich mich mit Tanja und Jago im Ku'Kaff zur Manöverkritik. Diesmal bin ich die Erste. Schluss mit der Unpünktlichkeit! Schluss mit den Zigaretten und der Schokoladentorte! Irgendwie hat Ariane mich mit ihrem Der-Körper-ist-ein-Tempel-Gerede und mit ihrem Apfel und Mineralwasser zum Frühstück beeindruckt. Deshalb habe ich mir auch nur ein Stück Apfelkuchen bestellt. Jeder fängt schließlich mal klein an.

Während ich auf die anderen warte, telefoniere ich mit meinem Vater. Ich erzähle ihm, dass der Tag gestern ganz wunderbar gelaufen sei und dass ich Ariane völlig falsch eingeschätzt hätte. Sie sei ein wunderbarer Mensch, so nett, so aufrichtig, so sympathisch. Wir hätten uns richtig angefreundet.

Offenbar hat mein Vater noch nicht mit ihr gesprochen, sonst hätte er bestimmt ein paar Fragen an mich gehabt. Ich bin mal gespannt, wie er reagieren wird, wenn Ariane ihre Horrorstorys über mich erzählt. Natürlich werde ich alles abstreiten. Mal schauen, wem er mehr Glauben schenkt. Jedenfalls würde es mich nicht wundern, wenn die beiden sich wegen mir zerstreiten. Falls Ariane nicht ohnehin die Lust verloren hat, mit jemandem zusammen zu sein, der mich zur Tochter hat. Schmunzelnd denke ich daran, wie erschrocken sie geguckt hat, als ich sie zum Schluss gefragt habe, ob wir nächsten Samstag wieder etwas zusammen unternehmen wollen. Erwartungsgemäß hat sie keine Zeit für ihre neue Schwester gehabt.

»Ach, Pia, ist deine Mutter bei dir?«, fragt mich mein Vater, als ich schon das Gespräch beenden will.

»Nein. Ist sie denn nicht daheim?«, frage ich intelligent zurück.

»Doch, sie steht neben mir«, sagt mein Vater ironisch. »Sie hat auch nicht bei dir übernachtet, oder?«

Ich schüttele nachdenklich den Kopf. »Nein.«

»Verflixt! Das ist schon das zweite Mal in dieser Woche,

dass sie woanders übernachtet. Ich darf mich ja eigentlich nicht beschweren. Aber ich kann nicht schlafen, wenn ich nicht wenigstens weiß, wo sie ist.«

»Du hast Recht«, sage ich kühl. »Du darfst dich tatsächlich nicht beschweren. Tschüs, Papa.«

Als ich mich gerade nach der Handtasche bücke, um mein Handy zu verstauen, fällt ein Schatten auf mich. Ich schaue blinzelnd nach oben und sehe im Gegenlicht der Sonne eine Gestalt neben meinem Tisch stehen.

»Hallo«, sagt eine Männerstimme. Ich zucke regelrecht zusammen, als ich meinen Kekse-Ballack erkenne. Aber gut, jetzt kann ich mich endlich bei ihm entschuldigen.

»Oh, hallo! Endlich kann ich mir mal bei Ihnen entschludigen«, verhaspele ich mich.

»*Entschludigung* angenommen«, lacht er. Dann greift er in seine Hemdtasche und legt vier Kekse auf meinen Tisch. »Sehen Sie, ich habe es mir gemerkt. Jedes Mal wenn ich einen Cappuccino getrunken habe, habe ich Ihnen Ihren Keks aufbewahrt. Und immer wenn ich hierher komme, nehme ich die Kekse mit, um sie Ihnen zu geben, falls ich Sie sehe. Einer ist leider etwas zerbröselt.«

»Nein, das will ich nicht.«

»Es ist nur der eine. Die anderen sind alle noch ganz.«

»Aber das meine ich doch nicht«, sage ich. »Ich meine ... Was ich meine, ist ... Jetzt habe ich vergessen, was ich sagen wollte. Aber hier! Nehmen Sie Ihre Kekse zurück. Die dürfen Sie gerne behalten.«

Ich will sie ihm zurückgeben, aber er streckt mir abwehrend die Hand entgegen. »Das ist wirklich sehr großzügig. Aber, ehrlich gesagt, esse ich sie nicht mehr so gerne, wenn sie erst einmal ein paar Tage in einer Hemdtasche lagen.«

»Ach so, ja, klar«, sage ich. »Dann nehme ich sie also, wenn Sie wollen.«

Er nickt und schaut mich erwartungsvoll an. Und mir blöden Kuh fällt nichts Dümmeres ein, als mir die Kekse in die

Handtasche zu stopfen. So als wolle ich mir diese alten, muffigen Dinger fürs Abendessen aufbewahren.

»Tja, dann bis zum nächsten Mal«, sagt er und will gehen.

»Warten Sie! Ich muss Ihnen noch erklären, wie es dazu kam.«

Er schaut mich neugierig an. Seine Augen sind so blau wie der Himmel, wenn die Sonne scheint. So blau wie ein besoffener Schlumpf.

»Das war neulich eine dumme Verwechslung«, sage ich. »Ich habe Sie da mit so einem völlig bekloppten Idioten verwechselt.«

»Oh, wie schmeichelhaft für mich«, meint er lachend.

»So habe ich das nicht gemeint«, sage ich schnell und werde rot. »Da gab es so einen Blödmann, der mir immer die Kekse weggenommen hat. Da wollte ich mich natürlich revanchieren. Und dieser Idiot hat zufällig die gleiche Krokodillederjacke wie Sie.«

»Dieselbe«, sagt er.

»Was?«

»Dieselbe Jacke. Mein kleiner Bruder und ich leihen uns ab und zu Sachen voneinander aus.«

»Crocks ist Ihr Bruder?«

»Ja, Crocks ist mein völlig bekloppter Idiot von Bruder.«

»Na ja, so schlimm ist er auch wieder nicht«, rudere ich zurück. »Eine kleine Macke hat schließlich jeder, oder? Ich habe gehört, es soll Männer geben, die sammeln Kekse in ihrer Hemdtasche.«

»Ja, das habe ich auch gehört. Damit locken sie dann die Frauen an.«

»Das funktioniert doch nie und nimmer«, sage ich.

Er deutet auf meine Handtasche. »Bei manchen Frauen schon.«

»Wie heißen Sie eigentlich?«, frage ich.

»Sehen Sie, wie gut das funktioniert?«, sagt er. »Gleich fragen Sie mich nach meiner Telefonnummer.«

Bevor ich ihm seine vertrockneten Kekse in den Mund stopfen kann, stürmen plötzlich Tanja und Jago auf mich zu. Beide sind in Lederkluft und haben Motorradstiefel an. Tanja umarmt mich und gibt mir ein Begrüßungsküsschen auf die Wange. Auch Jago belässt es bei einem Wangenkuss.

»Wir machen einen Motorradausflug an die Ostsee«, verrät mir Tanja. »Das war Jagos Geburtstagsgeschenk für mich. Und mein Geschenk für ihn war, dass ich mitfahre.«

»Ach, das hier ist übrigens ...« Aber Crocks Bruder ist schon verschwunden. Schulterzuckend setze ich mich wieder auf meinen Platz.

Wir unterhalten uns über die gestrige Aktion und sind einhellig der Meinung, dass wir alle super Schauspieler sind, sogar Jago. Wir lachen viel, besonders als ich nachahme, wie Ariane geguckt hat, als ich den Joghurt aus dem Kondom genascht habe.

»Von der Tigerente hättest du aber wirklich nicht anzufangen brauchen«, werfe ich Jago vor. »Ich hatte dich doch gebeten, das für dich zu behalten.«

»Hab ich nicht mehr dran gedacht«, erklärt er. »Aber dafür habe ich extra einen Freund mit eingespannt. Der hat samstags abends bestimmt auch Besseres zu tun. Und ich hätte eigentlich Text lernen müssen. Ich weiß gar nicht, wann ich das noch machen soll.«

Ich schüttele fassungslos den Kopf. Schließlich habe ich ihn nicht gebeten, seinen Freund mitzubringen. Ich habe ihn eigentlich um überhaupt nichts gebeten.

»Tut mir Leid«, sage ich. »Aber du hättest ja nicht mitmachen müssen, wenn du keine Zeit hast. Ich wusste nicht, dass du so unter Zeitdruck stehst. Für einen Ausflug ans Meer langt es schließlich auch noch.«

»Ach, gönnst du mir den etwa nicht? Der Ausflug war Tanjas Idee.«

»Wieso? Es war doch dein Vorschlag«, widerspricht Tanja.

Jago macht ein wegwerfende Handbewegung und steht wütend auf. »Ich gehe auf die Toilette! Ihr Frauen haltet ja doch immer zusammen!«

Tanja und ich schauen uns verblüfft an. Ich wundere mich, dass die Stimmung so schnell von fröhlich auf frostig umschlagen konnte.

»Was war das denn?«, frage ich Tanja.

Tanja verdreht die Augen. »Vielleicht hat er seine Tage. Aber, Pi, es war wirklich seine Idee. Als wir das ausgemacht haben, da war noch nichts zwischen euch gewesen.« Sie nagt an ihrer Unterlippe. Das macht sie immer, wenn sie etwas auf dem Herzen hat. »Du, Pi, ich weiß ja nicht, was Jago vorhat. Aber wenn er das vorhat, was ich glaube, dass er es vorhat, soll ich dann ... Hast du denn noch Interesse an Jago? Weil ... dann respektiere ich das, und dann läuft da auch nichts während unseres Trips, das verspreche ich dir.«

Ich versuche, ganz gelassen zu wirken, als ich antworte: »Sollte Jago mit dir schlafen wollen – viel Spaß! Dann habe ich nämlich ganz sicher kein Interesse mehr an ihm.«

Eine Viertelstunde später sehe ich von meinem Platz aus, wie die beiden auf Jagos Motorrad den Parkplatz des Cafés verlassen, mir noch einmal zuwinken und dann davonbrausen.

Was soll's? Für eine richtige Beziehung ist Jago sowieso viel zu sprunghaft. Außerdem bin ich nicht auf der Suche nach einem neuen Partner. Das ist schon alles gut so.

Ich seufze, zünde mir eine Zigarette an und winke dann der Bedienung, um mir ein Stück Schokoladentorte zu bestellen.

krebs

22. juni – 22. juli

Eine ganz schön dicke Brieftasche haben Sie. Schade nur, dass kaum Geld drin ist, sondern bloß eine Menge Fotos. Meine Frau, mein Sohn, meine Tochter, mein Hund. Hier noch mal alle zusammen. Und hier in Schwarzweiß. Und hier von hinten. Da ist der erste Schultag von Torsten. Und da das erste Fahrrad. Und das da, da ist er zum ersten Mal vom Dreier gesprungen. Super. Vielleicht zeigen Sie mir jetzt noch, wie er seinen ersten Joint raucht und zum ersten Mal einen geblasen kriegt, dann habe ich alles gesehen.

Ich habe nichts gegen Ihre Familie. Ihr Torsten ist wirklich ein Süßer. Und die Jennifer wird bestimmt mal Fotomodell, soweit man das bei einer Fünfjährigen beurteilen kann. Ach so, sie will Astronautin werden, die erste Frau auf dem Mars. Klar, wird sie das. Irgendjemand muss auf so einer Mission ja auch mal das Raumschiff durchputzen, stimmt's?

Entschuldigung, war nicht so gemeint. Ihre Jennifer ist bestimmt total intelligent. Sie hat mit drei schon ein Auto fahren können? Alle Achtung! Ach so, malen. Trotzdem toll.

Und wie geht es Ihnen? Oh, das tut mir Leid, dass Ihre Tochter krank ist. Brechdurchfall – klingt übel. Richten Sie ihr doch bitte von mir aus, dass ich ihr gute Besserung wünsche und dass sie froh sein kann, jetzt nicht auf dem Mars in einem Raumanzug zu stecken.

Aber Sie haben mir immer noch nicht gesagt, wie es Ihnen selbst eigentlich geht. Sie sind gerade unterwegs zur Freundin von Torsten, aha. Die hat mit ihm Schluss gemacht und geht jetzt mit einem anderen Jungen, weil der schon ein Mofa hat, verstehe. Und Sie wollen nun ein ernstes Wörtchen mit ihr reden? Das sollten Sie lieber bleiben lassen. Väter, die bei den Exfreundinnen ihrer Söhne herumbetteln, machen alles nur noch schlimmer. Liebeskummer gehört in dem Alter nun mal dazu. Das wird er schon überleben. Haben wir doch alle. Na ja, die meisten jedenfalls.

Deshalb müssen Sie ja nicht gleich so traurig aus der Wäsche schauen. Oder hat Ihre Frau Sie auch verlassen, weil irgend so ein Typ ein größeres Auto hat?

Oh, tut mir Leid, das wusste ich nicht. Erzählen Sie! Sie hatten ein Liebeswochenende in einem Hotel arrangiert, die Romantiksuite gebucht. Das ist doch schön. Es sollte eine Überraschung für Ihre Frau werden. Sehr gut. Fünf Tage vorher haben Sie begonnen, Ihrer Frau Blumen zu schicken, ohne Absender, und als Nachricht nur eine Zahl: Fünf. Am nächsten Tag die Vier. Und am übernächsten die ... okay, ich hab's kapiert. Das war eine schöne Idee. Und bei der Zwei haben Sie Ihre Frau bei einem Seitensprung erwischt. Mit dem Fleurop-Boten. Na ja, das ist jetzt nicht so schön.

Aber Kopf hoch! Das renkt sich schon irgendwie wieder ein. Ich würde Ihnen raten, Ihrer Frau diesen Ausrutscher zu vergeben. Ach, das haben Sie schon? Noch am selben Tag? Na, dann ist doch alles in Ordnung. Warum heulen Sie dann noch?

Ihre Frau hat sich schon wieder mit diesem Fleurop-Boten getroffen? Na, der Kerl muss es ihr wohl angetan haben. Sie haben nicht zufällig auch ein Bild von ihm in Ihrer Brieftasche?

* * *

Bäume! Mit Bäumen komme ich irgendwie nicht zurecht. Entweder ich kann mich nicht auf ihnen halten oder ich kann mich nicht von ihnen lösen. Irgendwas ist immer.

Soll ich um Hilfe rufen? Geknebelt haben sie mich ja nicht. Vielleicht hört mich jemand. Aber das ist so erniedrigend!

Ich versuche noch einmal, das Seil zu lockern. Sinnlos. Diese Teufel haben es zu fest verknotet.

»Hallo!«, rufe ich. »Hört mich jemand? Ich brauche Hilfe!«

Hilflos hänge ich am Baum und wünschte mir, ich hätte den Namen Christian Voltz nie gehört.

»Voltz, Christian«, wiederhole ich und durchsuche das Handschuhfach im Audi meines Vaters nach Block und Kugelschreiber. »Moment, das schreibe ich mir auf. Und die Telefonnummer?«

Valerie nennt mir die Nummer. »Sie können ihn diesmal sogar direkt auf seine Kontaktanzeige ansprechen. Er hatte letzten Monat nämlich auch schon eine im Heft. Scheint nichts Passendes gefunden zu haben.«

»Hört sich irgendwie nach zweite Wahl an«, sage ich. »Er ist doch nicht hässlich oder so?«

Valerie lacht. »Keine Sorge. Er sieht nett aus. Nichts Besonderes, aber sympathisch. Kurze, braune Haare, Brille, gepflegte Erscheinung, zweiunddreißig, Witwer, eine neunjährige Tochter, seine Frau ist vor vier Jahren gestorben.«

»Wie das?«

»Da habe ich keine Angaben. Bestimmt tragisch. Der Ärmste! Und das Mädchen erst – da blutet einem das Herz.«

Die Ampel schaltet auf Grün und mein Vater fährt los. Er schaut mich ein wenig mürrisch an. Schließlich hat er mich mitgenommen, damit ich nach dem Wagen meiner Mutter Ausschau halte, und nicht, damit ich ihn durch Telefonate ablenke.

»Das können wir vergessen«, sage ich zu Valerie. »Dem

Mann will ich nichts vormachen. Da käme ich mir ja total mies vor.«

»Das müssen Sie auch nicht. Legen Sie die Karten offen auf den Tisch. Dann kann er selbst entscheiden, ob er interessiert ist oder nicht. Vielleicht will er auch nichts Festes. Nur weil er allein erziehend ist, muss er ja nicht auf jeden Spaß verzichten.«

Ich male ein großes Fragezeichen hinter den Namen Christian Voltz. »Na gut, ich werde es mir überlegen. Ach, Valerie, warum haben Sie mich dieses Mal eigentlich angerufen? Sonst schicken Sie mir die Sachen doch auch einfach zu.«

»Nun ja, das ist, also, eigentlich ist es wegen Beate, also Frau Teuser«, druckst Valerie herum. »Die hat mir gesagt, ich soll Sie mehr unterstützen, damit Sie nicht ... Also jedenfalls, wenn Sie irgendwas brauchen, nicht verzagen, Valerie fragen.«

»Damit ich nicht *was*?«

»Ihre Bekanntschaften in so zweifelhaften Clubs suchen müssen.«

»Clubs?«

»Na, Sie wissen schon: Sexclubs, Swingerclubs, Pornoschuppen – keine Ahnung, wo Sie überall unterwegs sind. Beate, also Frau Teuser, macht sich ein wenig Sorgen um Sie. Sagen Sie, stimmt das eigentlich, das mit der Tigerente?«

»Nein, Valerie, das stimmt nicht«, sage ich frostig. »Und ich kann auf mich selbst aufpassen, klar?« Damit beende ich das Gespräch. Ich bin sauer, dass die Teuser sich so aufspielt. Wahrscheinlich hat Stefan sie darum gebeten. Vielleicht hat er sich nach unserem Essen im *Victorian,* das mittlerweile auch schon wieder vier Wochen zurückliegt, Sorgen um mich gemacht. Vielleicht fürchtet er, dass ich vor lauter Trennungsschmerz zur Nymphomanin werde. Und vielleicht ist das gar keine schlechte Idee.

»Das ist ja ganz neu, dass du auf dich selbst aufpassen kannst«, spottet mein Vater.

Na, der hat es gerade nötig! Würde ich nämlich nicht auf ihn aufpassen, wäre er bestimmt heute noch in den Klauen dieser Ariane. Nur dank meiner Hilfe sind ihm die Augen geöffnet worden. Ein paar Tage nach meinem Treffen mit Ariane hatten mein Vater und sie einen Streit. Das ging dann noch zwei Wochen hin und her, bis er endgültig mit ihr Schluss gemacht hat. Oder sie mit ihm. So genau weiß ich das nicht, da mein Vater nicht darüber redet. Deshalb kann ich auch nur mutmaßen, worum es bei dem Streit ging. Um mich, würde ich tippen. Ariane wird ihm schlimme Dinge über mich erzählt haben. Und da ich selbst nur voll des Lobes über Ariane bin, wird mein Vater ihr wohl unterstellt haben, sie wolle tatsächlich einen Keil zwischen ihn und mich treiben. Und das war dann der Anfang vom Ende. Genau wie geplant.

Allerdings ist mein Plan nur zur Hälfte aufgegangen, denn meine Eltern haben sich noch nicht versöhnt. Meine Mutter ist immer seltener zu Hause, manchmal die ganze Nacht oder ein ganzes Wochenende nicht. Wenn man sie darauf anspricht, lächelt sie nur und sagt, sie wäre bei einer Freundin gewesen, hätte im Gericht zu tun gehabt, wäre einfach so durch die Gegend gefahren, ein neuer Kollege hätte seinen Einstand gefeiert, ein ausscheidender Kollege seinen Abschied und überhaupt sei sie niemandem Rechenschaft schuldig.

Also haben mein Vater und ich beschlossen, sie heimlich zu verfolgen. Wir haben in der Nähe des Gerichts geparkt und darauf gewartet, dass ihr silberner Mercedes auftaucht. Dem sind wir dann durch halb Düsseldorf gefolgt, bis wir ihn schließlich in Kaiserswerth aus den Augen verloren haben. Seitdem fahren wir die Straßen ab.

»Schau du nach rechts, ich schaue links«, sagt mein Vater.

»Und wer schaut geradeaus?«, frage ich.

Doch mein Vater hört mich gar nicht. »Da! Das könnte sie sein!«, ruft er und zeigt nach vorne, wo etwa fünfzig Meter vor uns ein silbriger Mercedes am Straßenrand parkt.

Wir fahren langsam vorbei. Es ist tatsächlich das Auto meiner Mutter, aber sie selbst ist nirgends zu sehen. Wir befinden uns in einer Straße mit feinen Wohnhäusern, zwischen denen vereinzelt Geschäfte eingebettet sind: ein Antiquitätenladen, eine Apotheke, eine Galerie, ein Juwelier und noch ein paar andere Läden, in denen man meistens irgendwelche Luxusartikel erstehen kann.

»Und jetzt?«, frage ich. »Was machen wir jetzt?«

Mein Vater fährt auf den Parkplatz der Apotheke und der Mercedes verschwindet aus unserem Blickfeld. »Sie darf uns nicht sehen, sonst macht sie uns die Hölle heiß.«

»Hier sieht sie uns nicht«, sage ich. »Aber wir sie auch nicht.«

»Dann komm!« Mein Vater löst seinen Gurt und steigt aus. Zwei Sekunden später höre ich ihn »Entschuldigung« sagen. Als ich ebenfalls aus dem Wagen steige, sehe ich einen Mann, der sich mit schmerzverzerrtem Gesicht die Hüfte reibt, nachdem mein Vater ihm offenbar schwungvoll die Autotür in die Seite gerammt hat.

»Sind Sie blind?«, herrscht er meinen Vater an.

»Nein, ich habe mich sehr wohl umgesehen. Ich weiß gar nicht, wo Sie auf einmal herkommen.«

Der Mann schaut ihn böse an. »Ich bin aus dem Boden geschossen wie ein Pilz. Idiot!« Dann humpelt er weiter.

Ich sage nichts zu dem Vorfall. Wenn man mit meinem Vater zusammen ist, muss man mit Unfällen aller Art rechnen. Wahrscheinlich verdanke ich dieser Tatsache überhaupt mein Leben, auch wenn meine Eltern immer behaupten, ich sei ein Wunschkind gewesen.

»Auf der anderen Straßenseite ist ein Atelier«, sagt mein Vater. »Von dort können wir durch das Schaufenster unbemerkt das Auto beobachten.«

Im Schaufenster sind nur wenige Bilder ausgestellt, sodass man gut in das Atelier hineinsehen kann. Ich erblicke einen blassen Mann, der hinter einem Verkaufstresen steht und in einem Prospekt blättert.

»Ich glaube nicht, dass Mama hier drinnen ist«, sage ich. »Wir können rein.«

Der blasse Verkäufer legt seinen Prospekt beiseite und fragt, ob er etwas für uns tun könne.

»Wir möchten uns nur umschauen«, sagt mein Vater und starrt dabei durch das Fenster auf die Straße.

Ich betrachte die Gemälde, die überall herumhängen: ein gutes Dutzend Exponate zeitgenössischer Kunst hier vorne und etliche weitere im hinteren Bereich. Ich lächle den von Kopf bis Fuß schwarz gekleideten Mann freundlich an. »Schöne Bilder.«

»Das sind alles Originale«, erklärt er mit näselnder Stimme. »Wir verkaufen nur Originale, Preisklasse tausend Euro aufwärts.«

Offenbar passen wir nicht in sein Beuteschema. Seine herablassende Art gefällt mir nicht. Und die Bilder, die ich bisher gesehen habe, gefallen mir auch nicht. Kalte Farben, groteske Formen, verzerrte Körper und fratzenhafte Gesichter beleidigen mein Auge. Mein Vater scheint auch nicht viel davon zu halten. Seine ganze Aufmerksamkeit gilt dem Mercedes meiner Mutter.

»Bevorzugen Sie denn eine bestimmte Stilrichtung?«, fragt der Verkäufer.

»Ja, es soll über den Fernseher passen«, sage ich.

Er schaut mich an, als hätte ich auf den Boden gespuckt. »Über den Fernseher, aber natürlich. Soll es auch zu einem bestimmten Programm passen? RTL 2? Neun Live? Kinderkanal?«

»Papa, zu was für einem Programm soll es passen?« Mein Vater schreckt aus seinen Gedanken auf und sieht, wie wir ihn fragend anschauen.

»Wie? Ach so, das Bild. Äh, ja, das hier ist doch sehr hübsch.« Er hat sich einfach dem Bild zugewandt, an dem vorbei er die ganze Zeit nach draußen gestarrt hat, ein wüstes Geschmiere in Rot und Braun.

»*Die Apotheose der Weiblichkeit* von Mona Mano«, sagt der Verkäufer mit stolzgeschwellter Brust. »Eine neue Künstlerin, deshalb noch sehr günstig. Dreitausend Euro – ein Schnäppchen.« Er verzieht den Mund zu einem messerscharfen Grinsen. »Und es würde sich bestimmt ganz hervorragend über dem Fernseher machen.«

»Es ist ja noch nicht mal hinter Glas«, bemerkt mein Vater.

»Die Künstlerin will das so. Das Bild soll atmen können. Es soll leben. Sie dürfen es auch ruhig berühren.«

Mein Vater tritt näher heran und fährt mit seiner Hand über die Farbe. »Es riecht verflixt merkwürdig.«

»Das kommt von dem Blut«, sagt der Verkäufer.

»Blut?« Erschrocken zieht mein Vater seine Hand zurück.

»Ja, Mona Mano hat dieses Bild mit Blut gemalt.«

»Was denn für Blut? Doch nicht etwa Menschenblut?«

»Doch. Mit ihrem Men...« Der Verkäufer bricht ab, als er sieht, mit welchem Ekel mein Vater auf seine Hand starrt. »Äh, das entzieht sich meiner Kenntnis.«

Mein Vater ist jetzt noch blasser als der Verkäufer. »Äh, ich ... ich komme ein anderes Mal wieder«, stammelt er und stürzt aus der Galerie.

»Ich finde ein Robbie-Williams-Poster sowieso viel besser«, verabschiede ich mich und laufe hinterher.

Als ich meinen Vater einhole, steht er schon an der offenen Autotür und gießt sich Cola über seine rechte Hand. »Das ist doch krank«, schimpft er. »Wer kauft sich denn so etwas Ekelhaftes? Dreitausend Euro! In was für einer Welt leben wir eigentlich?«

»Sie hat vielleicht eine seltene Blutgruppe«, sage ich grinsend. »Sollen wir noch länger auf Mama warten?«

Mein Vater schüttelt den Kopf. »Nein, ich mag nicht mehr. Außerdem wissen wir dann auch nur, wie lange sie sich hier aufgehalten hat, aber nicht, wo genau. Wir trinken in der Nähe etwas und kommen in einer Stunde noch einmal her. Wenn ihr Auto dann immer noch da ist, weiß ich Bescheid.«

»Was weißt du dann?«

»Dass sie nicht hier ist, um etwas zu kaufen, sondern weil in dieser Straße ihr verflixter Liebhaber wohnt.«

Zehn Minuten später sitzen wir in einer Gaststätte bei Bier und Kartoffelsalat. Mein Vater hat sich die Cola von den Händen gewaschen. Seine schlechte Laune klebt aber weiterhin an ihm.

»Das mit dir und Mama renkt sich schon wieder ein«, tröste ich ihn. »Oder bist du noch traurig wegen Ariane? Da solltest du lieber froh sein. Eigentlich wollte ich es dir nicht erzählen, aber jetzt, wo ihr zwei eh auseinander seid, kann ich es genauso gut sagen. Ich habe gehört, dass sie vor dir schon häufiger was mit Männern hatte, die älter waren als sie. Und es ist jedes Mal schlecht ausgegangen. Einer hat sich wegen ihr scheiden lassen und danach hat sie ihm den Laufpass gegeben. Und ein anderer hat sich ihretwegen sogar das Leben genommen. Ariane hätte dich nur unglücklich gemacht.«

Mein Vater reagiert anders, als ich erwartet hätte. Er ist nicht bestürzt, er lacht. »Oh, Schlumpelchen, das hat mir Ariane doch schon längst alles erzählt. Weißt du, warum sie mit dem Mann, der sich von seiner Frau scheiden ließ, nicht mehr zusammen sein wollte? Weil der sich immer wieder mit seiner Exfrau getroffen hat. Ich glaube, die beiden haben einander dann sogar ein zweites Mal geheiratet. Und der Ingenieur, der von der Brücke gesprungen ist, war nicht lebensmüde, sondern leichtsinnig. Er hat geglaubt, er und ein paar Kumpel könnten in Eigenregie Bungee springen. Aber irgendwie hat er sich verrechnet oder den falschen Zahlen vertraut. Jedenfalls war das Gummiseil zu lang. Mit Ariane hatte das überhaupt nichts zu tun.«

»Tja, dann will ich nichts gesagt haben«, sage ich kleinlaut. Wenn ich daran denke, wie unglücklich mein Vater in letzter Zeit wirkt und dass ich daran schuld bin, weil ich vielleicht aufgrund von Vorurteilen und Fehlinformationen die Liebe zweier Menschen zerstört habe, wird mir richtig schlecht.

Wie komme ich dazu, mich derart einzumischen? Was weiß ich denn über Ariane? Gib ihr eine Chance, hat mich mein Vater auf dem Reitturnier gebeten. Aber das habe ich nicht getan, nicht einen Augenblick. Und das nur, weil ich nicht will, dass meine Eltern sich trennen. Dabei weiß ich doch selbst, wie oft mein Vater und meine Mutter sich streiten. Aber Hauptsache, es bleibt alles beim Alten. Ich habe geglaubt, Ariane wäre ein Miststück. Aber ich bin die Königin der Miststückigkeit.

Als ich den Mund aufmache, um einen Schluck zu trinken, purzeln unversehens ein paar Worte aus ihm heraus. »Ach, Papa, da ist noch etwas.«

Er schaut mich neugierig an, jetzt ist es zu spät. Ein Wort zieht das nächste nach sich. »Das, was Ariane dir wahrscheinlich über unseren gemeinsamen Tag erzählt hat, ist alles wahr. Auch wenn es dir übertrieben vorgekommen sein sollte. Ich habe da ein bisschen, na ja, ich habe mich an dem Tag nicht unbedingt von meiner besten Seite gezeigt.«

Mein Vater runzelt die Stirn. »Ariane hat nur erzählt, dass sie bei dir zu Hause war und ihr dann shoppen gegangen seid. Und dass du nett bist. Aber das wusste ich ja schon vorher.«

Ich schaue ihn verwirrt an. »Sie hat nichts Negatives über mich gesagt?«

»Nein. Ihr war nur das Essen peinlich. Sie wollte eigentlich dich und Stefan wieder zusammenbringen, als eine Art Geschenk zum Einstand. Sie hat nicht gewusst, dass er seine jetzige Freundin mitbringen würde.«

Ein Engel. Ariane muss so etwas wie ein scheiß Engel sein!

»Dann habt ihr euch gar nicht wegen mir zerstritten?«

»Natürlich nicht.« Mein Vater tippt mir auf die Nasenspitze. »Dummerchen! Das heißt … indirekt warst du schon daran beteiligt. Du hast da wohl etwas zu Ariane gesagt, das sie darauf gebracht hat, dass sie und ich noch nicht über Kinder gesprochen haben. Irgendwie hat sie wegen meines Alters angenommen, dass ich keine Kinder mehr möchte. Und ich habe wegen ihres Alters angenommen, dass sie irgendwann ein Kind haben will. Wir haben uns beide getäuscht.«

Ich schüttele ungläubig den Kopf. »Du möchtest noch einmal Vater werden?«

»Nein. Ja. Ich weiß nicht. Manchmal denke ich, ein kleiner Junge, das wäre schon schön. Oder ein kleines Mädchen natürlich.« Mein Vater seufzt und leert dann sein Glas. »Zahlen bitte!« Er schaut mich lächelnd an. »Es ist mir nicht so wichtig, dass ich deshalb deine Mutter verlassen würde. Aber vielleicht fand ich unbewusst Ariane deshalb so reizvoll, weil ich mit ihr noch Kinder haben könnte. Nachdem sie eine Mutterschaft für sich ausgeschlossen hat, habe ich sie mit anderen Augen gesehen. Sie war auf einmal nicht mehr ganz so schön, nicht mehr ganz so liebenswert und vor allem viel zu jung für so einen alten Zausel wie mich.«

»So alt bist du auch wieder nicht.«

»Immerhin, ich könnte dein Vater sein«, meint er grinsend.

»Das wäre mir eine Ehre«, sage ich.

Christian Voltz hat eine angenehme Telefonstimme, ruhig und warm, als wäre ein Lächeln in sie eingewoben.

»Die Anzeige in der XX? Oh, da sind Sie aber spät dran.«

»Dann sind Sie nicht mehr zu haben?«

Er lacht laut auf. »Doch, ich bin schon noch *zu haben*. In der nächsten Ausgabe bin ich auch wieder drin. So gesehen, sind Sie sogar ausgesprochen früh.«

»Dafür bin ich bekannt«, sage ich. »Aber eins muss ich Ihnen vorher sagen. Ich bin nicht an einer festen Beziehung interessiert. Ich mache das nur aus rein egoistischen Motiven. Wegen einer Wette, wenn Sie es genau wissen wollen. Auf emotionaler Ebene wird sich also bei mir absolut nichts abspielen.«

»Das ist in Ordnung«, meint er nur. »Das war bei meiner Frau auch nicht anders.«

»Außerdem kann ich nicht mit Kindern umgehen.«

»Konnte meine Frau auch nicht.«

»Und ich mag es nicht, wenn man mich dauernd mit anderen Frauen vergleicht«, stelle ich klar.

»Das hat Evelyn auch immer ... Kein Problem. Ich packe gerade einen Picknickkorb für mich und meine Tochter. Ich könnte noch etwas für Sie dazutun. Hätten Sie Lust? Ich würde Sie in einer Stunde abholen. Sie wohnen doch in Düsseldorf, oder?«

Ich bejahe beide Fragen. Mein letztes Picknick ist Ewigkeiten her, das Wetter ist schön und seine Tochter als Anstandswauwau beim ersten Treffen auch nicht verkehrt. Aber ich werde zu ihm kommen. Ich will nicht, dass er mich abholt. Dafür kann ich mich noch zu gut daran erinnern, wie meine Wohnung vor ein paar Monaten von Jens belagert wurde. Sogar ich bin lernfähig.

Er gibt mir seine Adresse – schon wieder in Kaiserswerth, wo ich gestern noch mit meinem Vater herumgekurvt bin und wo wahrscheinlich der Liebhaber meiner Mutter wohnt.

Bevor ich das Gespräch beende, frage ich Christian Voltz noch nach dem Namen seines Töchterchens.

»Luzie«, sagt er. »Aber nicht mit c, sondern mit z wie in Luzifer. Sie ist nämlich ein kleines Teufelchen.«

Zu dem Zeitpunkt denke ich mir noch nichts Schlimmes dabei.

Tanja oder Taxi? Tanja wäre mir natürlich lieber, aber die hat derzeit genug um die Ohren. Diesen Samstag geht es los mit ihrer Telefonsexline. Sie hat zwei Mitarbeiterinnen, die sie noch schulen muss, damit sie in ihrem Sinne arbeiten. Tanja möchte nämlich keine seelenlosen Stöhnerinnen, die ihre Kunden mit verlogenen Standardsprüchen möglichst lange in der Leitung halten. Sie will etwas mit Herz. Männer sind schließlich auch Menschen – irgendwie. Tanjas Sexline soll eine Mischung aus Seelen- und Thaimassage werden. Sie muss sich nicht nur um ihre Mitarbeiterinnen, sondern auch um die Werbung, die Technik und den ganzen bürokratischen und kaufmännischen Kram kümmern. Da hat sie kaum Zeit zum Atmen. Also Taxi.

Der Taxifahrer lädt mich vor einem Einfamilienhaus im Bungalowstil ab. Ein kleines Mädchen mit schulterlangem, blondem Haar öffnet die Tür.

»Hallo, ich bin die Pia«, stelle ich mich vor. »Und du bist bestimmt die schöne Prinzessin Luzie, hab ich Recht?«

Sie schaut mit kalten, blauen Augen zu mir hoch. »Ich mag dich nicht«, sagt sie.

Drollig, so ein Kind!

Ich lächle sie grimmig an. »Bist du so lieb und holst mal deinen Papi?«

Das Mädchen schüttelt den Kopf, steht da wie ein schlecht gelaunter Türsteher vor einer Disco. *Du kommst hier nicht rein!*

»Dein Papi hat mich zu eurem Picknick eingeladen. Zu dritt ist das auch viel lustiger. Wirst schon sehen.«

»Hast du mir was mitgebracht?«, fragt sie.

Ich gehe in die Hocke, damit ich auf gleicher Augenhöhe mit ihr bin. Irgendwo habe ich einmal gelesen, dass man Kinder auf diese Weise für sich gewinnen kann. Die kleinen Racker sind ja noch dumm genug, um sich mit so billigen Tricks einwickeln zu lassen. »Du, das ging jetzt alles so schnell, da habe ich gar keine Zeit gehabt, etwas für dich zu besorgen. Aber das nächste Mal kriegst du was Schönes von mir, okay?«

»Ich nehme auch Geld«, sagt Luzie.

So ein süßes, kleines Ding!

»Akzeptierst du auch Kreditkarten?«, frage ich.

»Ich mag dich nicht!«

»Jetzt verrate ich dir mal was«, sage ich und stoße ihr meinen Zeigefinger gegen die Brust. »Was kleine, vorlaute Hosenscheißer mögen oder nicht mögen, das interessiert kein Schwein. Erst wenn du hunderttausend Euro im Jahr verdienst oder große Brüste hast, fangen die Leute an, dir zuzuhören. Und bis dahin halt lieber die Klappe.«

Aus dem hinteren Teil der Wohnung ruft jemand: »Geben Sie ihr bloß kein Geld!« In dem Moment fängt Luzie auch schon an loszuplärren und knallt mir die Tür vor der Nase zu. Na, das läuft doch alles prima bis jetzt.

Kurz darauf öffnet Christian Voltz erneut die Tür und entschuldigt sich für seine Tochter. Er trägt ein hellblaues Poloshirt, eine randlose Brille und Jeans. In der Hand hält er einen großen Picknickkorb, während um seine Hüfte eine rotgesichtige Heulboje hängt.

»Ich schlage vor, wir duzen uns. Ich heiße Christian.«

»Pia«, sage ich, und wir schütteln uns die Hände, dicht vor Luzies hasserfüllten Augen.

»Luzie kennst du ja schon«, sagt Christian.

»Ja, wir haben uns bereits angefreundet.« Ich zwinkere dem Mädchen verschwörerisch zu. »Sie hat mich übrigens nicht nach Geld gefragt.«

»Doch, habe ich doch!«, unterbricht Luzie ihr Schluchzen. »Die Frau lügt, Papi. Und außerdem ist sie gemein. Und arm ist sie auch. Die hat nicht einmal ein Auto.«

»Habe ich wohl.«

»Hast du nicht. Du bist mit dem Taxi gekommen.«

»Na und? Das Taxi gehört mir. Mir gehören alle Taxis.«

Christian lacht. »Da hörst du es, Luzie. Die Pia ist total reich.«

»Pah!« Luzie verschränkt beleidigt die Arme vor ihrer Brust. »Sie hat mir nicht mal was mitgebracht.«

»Warte mal«, sage ich und krame in meiner Handtasche. »Ich glaube, da müssten noch ein paar Kekse sein.«

Christian Voltz fährt einen Audi A8, also scheint er als Werbetexter nicht schlecht zu verdienen. Luzie steigt wie selbstverständlich vorne neben ihren Vater ein. Ich will schon hinten Platz nehmen, als Christian seine Tochter bittet, sich umzusetzen. Als sie an mir vorbeiläuft, streift mich ein eiskalter Hauch.

Wir fahren zum Stadtpark. Wie eine kleine, glückliche Familie spazieren wir über die Wanderwege, Luzie links, ich rechts und Christian strategisch günstig in der Mitte.

»Luzie ist zurzeit ziemlich materiell eingestellt«, erklärt mir Christian, während seine Tochter sich am Kiosk ein Eis holt. Warum er das als Werbemensch so entschuldigend vorbringt, ist mir allerdings ein Rätsel. Schließlich sind er und seine Kollegen mit schuld daran, dass für unsere Jugend Nike keine Göttin mehr ist, sondern ein Turnschuh.

Auf einer großen Liegewiese breiten wir unter einer Linde das Picknicktuch aus. Christian hat Obst, belegte Brote, Nudelsalat und Kuchen eingepackt, dazu Fanta und Wein, außerdem ein Kartenspiel und ein Frisbee.

Wir beschließen, dieses gleich mal auszuprobieren, und stellen uns im Dreieck auf. Luzie wirft immer nur zu ihrem Vater, nie zu mir, kein einziges Mal. Eigentlich müsste ich erwachsen genug sein, um über so ein Verhalten hinwegzusehen. Aber mit der Zeit ärgert es mich doch.

Als ich schließlich auch anfange, nur noch zu Christian zu werfen, hebt der irgendwann die Hand und ruft: »Ich mache mal fünf Minuten Pause. Spielt ihr zwei solange alleine weiter, in Ordnung?«

»Ich hab keine Lust mehr!«, ruft Luzie schnell.

»Luzie!« Ihr Vater schaut sie streng an. »Wir können auch wieder nach Hause fahren und ich übe mit dir Diktat. Wenn ihr zwei jetzt noch ein wenig spielt, mache ich Schiedsrichter und sage hinterher, wer die Frisbeekönigin ist, okay?«

Anstatt zu antworten, schießt Luzie plötzlich das Frisbee in meine Richtung. Ich bin zu überrascht, um zu reagieren. Ganz dicht zischt es an meinem Ohr vorbei und verschwindet in der Ferne.

»Punkt für mich!«, kräht Luzie mir hinterher, als ich die Scheibe hole.

Sie ist ein Kind, sage ich mir immer wieder. Und ich bin erwachsen und werde mich ganz gewiss nicht von einer Neunjährigen provozieren lassen. Ich werde mich einfach auf die wirklich wichtigen Dinge konzentrieren. Erstens: Christian näher kennen lernen. Zweitens: Luzies Vertrauen gewinnen. Und drittens: Frisbeekönigin werden.

Luzie wirft immer extra weit daneben, sodass ich mir die Lunge aus dem Hals hetzen darf, um die Scheibe überhaupt noch zu fangen. Sie ist ein Kind, sage ich mir jedes Mal, wenn ich nach dem Frisbee hechte. Die Grasflecken auf meiner Jeans, die ich mir dabei einhandle, sind jetzt auch schon egal. Hauptsache, diese kleine Göre gewinnt nicht.

Nach zehn Minuten, in denen wir uns heftigst mit dem Kunststoffteller bewerfen, brechen wir ganz außer Atem ab. Luzie läuft zu ihrem Vater, der auf der ausgebreiteten Picknickdecke sitzt und uns von dort zugeschaut hat. »Und, Papi, wer hat jetzt gewonnen?«

Ich humple keuchend auf die beiden zu. Ich habe mir einen Fingernagel abgebrochen und die Jeans versaut. Der Schweiß rinnt mir von der Stirn und brennt in den Augen. Aber ich habe fast jeden verdammten Wurf erlaufen, egal wie schlecht Luzie gezielt hat.

»Pia hat toll gefangen«, sagt Christian und drückt seine Tochter liebevoll an sich. »Aber du warst vielleicht noch ein kleines bisschen besser. Du bist die Frisbeekönigin. Majestät, wir können jetzt essen.«

Ich hole Luft, um mich zu beschweren, kann mich aber dann doch noch bremsen. Sie ist ein Kind. Sie ist ein Kind. Da muss man als Vater auch mal pädagogisch denken. Schließlich hat sie sich ja auch angestrengt und außerdem kürzere Beine als ich. »Gratuliere!«, sage ich und gebe ihr als Friedensangebot die Hand.

»Danke. Wenn du gescheit geworfen hättest, hätte ich alle gefangen.«

Ein Kind. Ein Kind. Ein Kind. Sie ist ein Kind.

Während wir essen, finden die Gespräche entweder zwischen Christian und mir oder zwischen Christian und Luzie statt. Wenn ich das Mädchen etwas frage, bekomme ich nur einsilbige Antworten oder werde einfach ignoriert. Christian lacht und scherzt und tut so, als wäre alles in bester Ordnung. Aber Christian ist Werbetexter, der macht noch aus Scheiße Gold.

Nur einmal zeigt Luzie Interesse an mir: als ich über meinen Beruf erzähle. »Dann kannst du in die Zukunft sehen?«, fragt sie mich.

»Na ja, ein ganz kleines bisschen.« Luzie schaut mich verständnislos an und ich erkläre es ihr an einem Beispiel. »Das ist so, wie wenn du auf deinen Stundenplan für morgen schaust und dann ungefähr weißt, ob es ein schöner oder nicht so schöner Schultag wird.«

»Dann gibt es im Himmel Stundenpläne für jeden?«

»So etwas in der Art. Aber manchmal denkst du vielleicht: Mist, morgen habe ich zwei Stunden Rechnen, das wird bestimmt langweilig. Und dann ist plötzlich der Lehrer krank und eure Klasse darf früher nach Hause.«

»Das wäre schön«, sagt Luzie. »Aber der Murrmann war noch nie krank. Kannst du ihm nicht mal eine Grippe in seinen Stundenplan schreiben?«

Christian und ich fangen an zu lachen. »Ich schaue mal, was ich tun kann«, schleime ich mich bei Luzie ein.

»Du musst dich aber beeilen. Nächste Woche schreiben wir bei ihm eine Arbeit.«

Erschrocken darüber, wie ernst Luzie mein Gerede offenbar nimmt, schwäche ich mein Versprechen ab: »Das wird nicht klappen, Luzie. Eigentlich kann ich die Zukunft überhaupt nicht beeinflussen. Du wirst also wohl oder übel lernen müssen.«

»Du kannst auch gar nichts!«, schreit Luzie mich an, springt auf und rennt davon, um ein paar anderen Kindern beim Fußball zuzugucken.

»Normalerweise ist sie nicht so schwierig«, sagt Christian. »Mit Frauen hat sie allerdings Probleme. Sie vermisst ihre Mutter, aber sie will nicht, dass eine andere diesen Platz einnimmt. Das wird noch ein schwerer Kampf werden, wenn ich erst einmal die Richtige gefunden habe. Einstweilen bin ich schon froh, wenn sie wenigstens ein paar Stunden mit jemandem verbringt, der theoretisch ihre Mutter sein könnte. Es wäre nicht gut, wenn sie sich zu sehr an die Vorstellung gewöhnt, dass sie und ich nur als Duo funktionieren.«

»Dann bin ich wohl so eine Art Probierhäppchen für Luzie, wie?«

Er nimmt meine Hand sanft in seine und blickt mir tief in die Augen. »Nicht nur für Luzie«, sagt er und küsst mich.

Satt und müde liegen Christian und ich nebeneinander auf der Decke und beobachten die Wolken, die über uns hinwegziehen. Christian stützt sich alle paar Minuten auf, um nach Luzie zu sehen, die mittlerweile mit den anderen Kindern Fußball spielt. »Nein, *ich* will David Beckham sein!«, höre ich die Frisbeekönigin lauthals rufen.

»Was ist eigentlich mit ihrer Mutter passiert?«, wage ich schließlich die Frage zu stellen, die mir schon lange auf der Zunge brennt.

Christian seufzt und braucht ein paar Sekunden, ehe er anfängt zu sprechen: »Sie ist gestorben, da war Luzie gerade mal fünf. Sie ist beim Pilzesammeln vom Blitz erschlagen worden.«

»Wie bitte?«

»Ja, das hört sich lustig an«, sagt Christian mit bitterem Tonfall. »Aber es ist nicht lustig, überhaupt nicht lustig. Vor allem für Luzie nicht.«

Ich streichle ihm zaghaft über die Schulter und nehme dann seine Hand. »Hast du ihr die Wahrheit erzählt?«

Er nimmt seine Brille ab und reibt sich die Augen. »Sie war dabei, als es passiert ist.«

»O Gott!«, stoße ich hervor.

»Sie saß im Auto, das am Flussufer stand. Evelyn hat sie wahrscheinlich nicht mitgenommen, weil sie schlief oder so. Sie war ja in Sichtweite auf der Uferwiese. Vermutlich wollte sie nur ein paar Pilze zum Abendbrot holen. Sie kannte sich mit Pilzen aus. Vor Gewitter hatte sie keine Angst. Das ist ihr zum Verhängnis geworden. Luzie hat man dann im Auto gefunden, ganz verstört. Vielleicht wegen der Aufregung um sie herum, weil ihre Mutter weg war, weil sie sich vor Donner und Blitz fürchtete. Vielleicht hat sie es auch gesehen. Sie konnte sich an nichts erinnern. Und heute haben sich die realen Erinnerungen an ihre Mutter in idealisierte Traumvorstellungen verwandelt. Eine Frau aus Fleisch und Blut wird es schwer haben, dagegen zu bestehen.«

»Die arme Kleine«, sage ich erschüttert. Ein Kloß sitzt in meinem Hals, als ich an das Mädchen im Auto denke, das vielleicht mit ansehen musste, wie ihre Mutter ... Tränen schießen mir in die Augen. Jetzt tut es mir wahnsinnig Leid, dass ich Luzie nichts mitgebracht habe, jedes böse Wort und jeder böse Gedanke, den ich an sie gerichtet habe, schneidet mir schmerzhaft in mein kaltes, grausames Herz.

»Dabei kann ich noch froh sein, dass Luzie schon immer mehr an mir als an ihrer Mutter gehangen hat. Evelyn hat ihre Tochter geliebt, aber sie konnte ihre Gefühle nie zeigen. Ein typischer Steinbock, fast schon ein Steinblock, du weißt vielleicht, was ich meine.«

Ich muss an Stefan denken und nicke. Stefan, ein typischer Steinblock, fast schon ein Eisklotz. Warum sammelt der eigentlich Platten und keine Pilze?

In dem Moment kommt Luzie angerannt. »Die lassen mich nicht Beckham sein«, beschwert sie sich.

Ich stürze mich auf sie und drücke sie fest an mich. »Komm her! Lass dich von den blöden Idioten nicht ärgern. Habe ich dir schon erzählt, dass ich zu Hause ganz viele Puppen habe? Wenn du willst, kannst du dir nachher eine davon aussuchen.«

»Du tust mir weh!«, mault Luzie und stemmt sich aus meiner Umarmung. Dann stellt sie sich in sicherem Abstand vor mich hin und bewirft mich mit giftigen Blicken. »Und das mit den Puppen ist bestimmt auch wieder gelogen. Wie das mit den Taxis und den Stundenplänen. Du lügst doch bloß! Lügenmaul! Lügenmaul!«

Sie ist ein Kind, sage ich mir und beschließe, mich sterilisieren zu lassen, gleich morgen als Allerersts, noch vor dem Frühstück.

Auf dem Weg nach Hause klingelt mein Handy nach der Melodie von Cindy Laupers *Girls just wanna have fun* – Tanja. Als ich abnehme, vernehme ich nur ein leises Schluchzen.

»Tanja?«, frage ich. »Ich kann dich nicht hören.«

»Pi«, sagt Tanja, dann höre ich nur noch ein Wimmern und dann ist die Verbindung unterbrochen. Ich rufe sofort zurück, bekomme aber keinen Teilnehmer. Schulterzuckend stecke ich mein Handy wieder in die Handtasche.

»Keine Verbindung?«, fragt Christian.

»Scheint so.«

Bei mir in der Wohnung versuche ich es gleich noch einmal. Aber ich erreiche Tanja weder über ihre Handy- noch über ihre Festnetznummer. Sogar die 0190er-Nummer probiere ich – vergeblich.

Luzie schaut sich in der Zwischenzeit meine Puppensammlung an, die sich über die ganze Wohnung verteilt: auf der Wohnzimmercouch, am Fußende von Stefans Bettseite, zwei Puppen sitzen auf einem Küchenstuhl, eine neben dem Computer und zwei auf einem Schaukelstuhl im Flur, insgesamt ein gutes Dutzend. Eigentlich sind sie nicht für Kinderhände gedacht, dafür waren sie viel zu teuer. Außerdem können sie weder irgendwelche dümmlichen Sätze plappern noch in ihre Höschen pinkeln, sie machen nicht einmal die Augen zu, wenn man sie auf den Rücken legt. Sie können nur schön aussehen und sonst nichts. Für eine Frau völlig ausreichend, aber als Puppe sollte man schon mehr bieten.

»Die will ich!«, sagt Luzie und zerrt Deborah von der Couch, das schwarze Mädchen im weißen Kleid, die erste Puppe meiner Sammlung. Ich glaube, wegen Deborah habe ich überhaupt erst als Puppenmutter angefangen. Mein schlechtes Gewissen ihr gegenüber hat mich damals mein Verhältnis zu ihresgleichen noch einmal überdenken lassen.

»Nein, die kannst du nicht haben«, sage ich zu Luzie und nehme ihr schnell die Puppe wieder ab. »Und guck mal, die hat auch nur einen Arm.«

Luzie ist bereits auf der Suche nach einem neuen Opfer. »Dann die Rothaarige«, sagt sie und schnappt sich Nancy. Nancy mit den Zöpfen und Sommersprossen ist meine Vertraute, mit der kann ich alles bereden. Tanja hat sie mir einmal geschenkt und irgendetwas von Tanja scheint auch in ihr zu stecken. Nancy ist meine beste Freundin unter den Puppen.

»Nein, die kann ich dir leider auch nicht geben.«

»Warum zeigst du ihr nicht einfach, welche Puppen infrage kommen?«, mischt sich Christian ein.

»Gute Idee«, finde ich und schaue mich im Wohnzimmer um. »Mal überlegen ... hmm ... Hast du die im Schlafzimmer schon gesehen?«

Wir laufen ins Schlafzimmer, aber als ich mir die Puppen dort genau ansehe, bringe ich es nicht übers Herz, mich von einer von ihnen zu trennen. Seit Jahren wachen sie über meinen Schlaf. Wenn ich eine weggebe, werden mich bestimmt jede Nacht Alpträume heimsuchen.

»Nein, die sind nicht schön«, murmele ich. »Komm, in der Küche sind schönere.«

Auf dem Küchenstuhl sitzt meine einzige männliche Puppe, ein Junge mit kurzen Hosen und Baseballkappe neben einem barfüßigen Aschenputtel im zerlumpten Kleidchen. Die beiden sind schon so lange zusammen, dass es grausam wäre, sie auseinander zu reißen. Hilflos schaue ich Luzie an. »Bist du nicht schon zu alt für Puppen?«

»Nur halb so alt wie du.«

Ich bin mehr als dreimal so alt wie Luzie, aber ich bin nicht der Typ Erwachsener, der Kinder bei jeder Gelegenheit verbessern muss.

Die Puppen im Flur sind immer die Ersten, die mich begrüßen, wenn ich nach Hause komme, und das Letzte, was ich beim Weggehen sehe, bevor ich die Haustür schließe. »Vielleicht willst du lieber Geld?«

»Du hast mir eine von deinen Puppen versprochen!«

»Schon, aber …«

»Hab ich gleich gewusst, dass du lügst.«

Christian kommt mir zu Hilfe. Er legt von hinten seine Hände auf Luzies Schultern und sagt: »Wenn Pia dir Geld schenkt, fahre ich später mit dir in ein Spielzeuggeschäft und du suchst dir etwas aus. Und wenn es teurer ist, lege ich den Rest drauf.«

Luzie stampft mit dem Fuß auf den Boden und kneift trotzig die Augen zusammen. »Nein, dann will ich gar nichts! Sie hat es versprochen!«

Ich seufze. »Du hast Recht. Warte mal!« Ich hole eine große Tragetasche und drücke sie Luzie in die Hand. »Du suchst dir jetzt einfach eine Puppe aus. Nur die einarmige nicht. Und ich will auch nicht wissen, welche du genommen hast.«

Das werde ich noch früh genug sehen. Aber so habe ich wenigstens nicht mehr das Gefühl, die Puppe vor Luzie retten zu müssen.

Während Luzie durch die Wohnung läuft und sich eine Puppe aussucht, streicht Christian mir eine Haarsträhne aus der Stirn. »Da hängen Erinnerungen dran, ich kenne das«, sagt er. »Von Evelyns Sachen habe ich mich auch nicht trennen können. Ich habe noch alles: ihre Kleidung, ihre Schminksachen, noch nicht mal das Modemagazin, das sie abonniert hat, habe ich abbestellt, obwohl ich jeden Monat, wenn es mit der Post kommt, zu weinen anfange.«

Daraufhin muss ich ihn einfach küssen. »Deine neue Frau

wird dir helfen, dich von der Vergangenheit zu lösen«, sage ich. »Ich wünsche dir, dass du bald die Richtige für dich und Luzie findest.«

»Dann sehen wir uns nicht wieder?«, fragt er enttäuscht.

»Besser nicht«, sage ich. Eine innere Stimme warnt mich. *Gefährlich,* wispert sie, *viel zu gefährlich.*

Luzie kommt mit ihrer Tüte angelaufen und bedankt sich bei mir. Bevor ich sie noch einmal an mich drücken kann, ist sie schon draußen.

»Wenn ich könnte, würde ich dich in meinen Stundenplan schreiben«, verabschiedet sich Christian charmant.

»Ich hoffe, da steht jemand, der geeigneter ist als ich. Ich wünsche es euch beiden.«

Wir schauen uns noch eine Sekunde verlegen in die Augen, wir küssen uns nicht, wir sagen nichts, und als Luzie von unten nach ihrem Papa ruft, lächelt der mich ein letztes Mal an und geht.

Hätte ich mich doch noch einmal mit ihm verabreden sollen? Aber was ist, wenn ich mich dann in ihn verliebe? Ich bin noch nicht so weit, Mutter zu sein, schon gar nicht Luzies Mutter. Schon die wenigen Stunden, die ich heute mit ihr zusammen war, haben mich überfordert.

Am liebsten würde ich mich auf die Couch hauen, aber vorher rufe ich noch einmal bei Tanja an. Wieder nimmt niemand ab. Was hat das zu bedeuten? Ich beschließe, hinzufahren und nach dem Rechten zu schauen. Während ich auf eines von meinen Taxis warte, sehe ich nach, welche Puppe Luzie mitgenommen hat.

In der Küche sitzt der Junge mit der Baseballmütze alleine auf seinem Stuhl. Ausgerechnet das Aschenputtel-Mädchen hat Luzie sich ausgesucht.

»Na, komm, Johnny«, sage ich und schnappe mir den einsamen Jungen. »Ich denke, du wirst dich auch mit Nancy vertragen.«

Aber Nancy ist auch fort. Und sogar Deborah, die einarmige Deborah, die einzige Puppe, die tabu war, hat Luzie mitgenommen.

Sie ist ein Kind, flüstert eine Stimme in mir, aber ich antworte ihr, dass sie die Schnauze halten soll. Ich will nichts mehr von Kindern hören. Ich bin stinksauer. Draußen hupt mein Taxi. Es klingt fast ein bisschen wie Luzie.

Ich stehe vor Tanjas Haustür, aber niemand öffnet auf mein Klingeln. Vielleicht ist sie nicht zu Hause. Wieso geht sie bloß nicht ans Handy? Und was war das vorhin für ein seltsamer Anruf?

Zum Glück hat sie mir den Wohnungsschlüssel überlassen, den ich während der Ariane-Aktion ausgeliehen hatte. Ich finde Tanja im Schlafzimmer beim Kofferpacken.

»Was machst du?«, frage ich erstaunt. »Warum gehst du nicht ans Telefon?«

Erst jetzt bemerke ich, dass Tanja total fertig ist. Ihre Augen sind rot geheult, ihr Gesicht wie frisch gekalkt, ihre Hände zittern bei dem Versuch, ein Shirt zusammenzulegen. Sie will etwas sagen, bringt aber keinen Ton heraus. Sie wedelt mit beiden Händen und gespreizten Fingern vor ihrem Gesicht herum, als wolle sie ihren Nagellack trocknen, dann schlägt sie die Hände vors Gesicht und lässt sich zu Boden sinken. Wie eine Marionette, der man die Fäden durchgeschnitten hat, liegt sie vor mir, zerbrochene Holzglieder, verhedderte Schnüre, in einer Lache aus Tränen und Schmerz.

Ich hocke mich neben sie und nehme sie in die Arme. Fünf Minuten sitzen wir nur so da, ich streichle sanft ihren zitternden Körper, ihr neuerdings blondes Haar, ihre feuchten Wangen und weine mit ihr, ohne den genauen Grund zu kennen.

Plötzlich geht ein Ruck durch Tanja. Sie steht auf und beugt sich über ihren Koffer, als müsse sie sich übergeben. Sie atmet tief ein und aus. »Ich muss weitermachen«, murmelt sie. »Weitermachen.«

»Ich helfe dir«, sage ich und beginne, den Wäschehaufen

besser im Koffer zu verteilen. Es sieht so aus, als plane Tanja eine längere Reise.

»Fliegst du nach Australien? Ist etwas mit deiner Mutter?«

Tanja fällt der Pulli, den sie gerade zusammenlegen wollte, aus der Hand. »Sie hatte einen Herzinfarkt«, bricht es aus ihr heraus. »Sie liegt auf der Intensivstation. Die Ärzte wissen nicht, ob ...«

Sie greift ihren Koffer und schleudert ihn mit einem Aufschrei vom Bett. Er kracht gegen den Nachttisch und reißt die Lampe zu Boden. Die Kleidungsstücke fallen heraus. Auch Tanja liegt wieder auf dem Boden. Sie weint und lacht gleichzeitig, sodass ich mir wirklich Sorgen mache, sie könnte übergeschnappt sein. »In zwei Stunden geht mein Flieger«, sagt sie und verfällt dann wieder in ein haltloses Schluchzen.

Auf dem Flughafen stößt eine weitere Frau zu uns. Sie ist ungefähr Mitte vierzig, hat blondes, langes Haar, eine füllige Figur und eine beachtliche Oberweite. Tanja stellt sie mir als Dagmar vor, eine der beiden Mitarbeiterinnen, mit denen sie ab übermorgen die Telefonsexline betreiben wollte.

»Mach dir keine Sorgen, Tanja, ich kümmere mich um Ersatz für dich. Das wird schon. Nur bis Samstag finde ich niemanden mehr. Ich selbst übernehme zwei Stunden von dir und Barbara kann auch zwei mehr machen, das ist alles schon geklärt. Nur für die restlichen Stunden weiß ich noch nichts.«

Tanja winkt ab. Sie hat eine Beruhigungstablette geschluckt und wirkt ein bisschen benommen, aber wenigstens zittert sie nicht mehr und hat aufgehört zu heulen. »Egal«, sagt sie. »Sprich etwas auf den Anrufbeantworter oder blas einfach alles ab. Ich weiß sowieso nicht mehr, ob ... Ich weiß gerade gar nichts mehr.«

Während Tanja eincheckt, wendet sich Dagmar an mich. »Das ist wirklich eine Katastrophe, dass so etwas ausgerechnet kurz vor dem Start der Call-Line passieren muss.«

»*So etwas* ist immer eine Katastrophe«, sage ich. »Egal wann es passiert.«

»Ja, sicher. Und klar muss Tanja jetzt da runter fliegen. Aber geschäftlich ist es schon blöd. Sie hat ja die ganze Werbung auf den Termin abgestimmt. Und das war richtig teuer. Ich glaube, Tanja hat alles auf eine Karte gesetzt. Und jetzt das.«

»Irgendwann kommt sie ja wieder zurück«, versuche ich sie zu ermutigen. »Sie werden bestimmt einen Ersatz finden, der für sie einspringt.«

»Das schon, aber nicht so kurzfristig. Und gerade die Startphase ist entscheidend. Jeder Mann, der anruft und keine Verbindung kriegt oder beim Anrufbeantworter landet, ist als Kunde für immer verloren.« Plötzlich schaut sie mich seltsam an und fragt: »Du hättest am Samstag nicht zufällig ein paar Stunden Zeit? Für Tanja.«

Ich lache, als hätte Dagmar einen Witz gemacht. »Nein, das ... das geht nicht. Das geht wirklich nicht.«

»Schade. Damit hättest du Tanja aus der Patsche helfen können.«

»Ja, aber – nein. Das ... nein, das ist völlig unmöglich.«

Tanja kommt zurück. Obwohl sie sich zu Hause flüchtig geschminkt hat, sieht sie immer noch total verheult aus.

»Ich habe gerade deine Freundin gefragt, ob sie übermorgen ein paar Stunden das Telefon übernehmen könnte«, erzählt Dagmar ihr brühwarm. Tanja starrt nur teilnahmslos ins Leere.

»Ich habe Dagmar schon gesagt, dass das eine völlig absurde Idee ist«, lache ich.

»Ja, das geht nicht«, sagt Tanja zu Dagmar, und ich atme erleichtert auf. »Das kann ich von Pia nicht verlangen. Lass gut sein, Daggymaus, ist doch egal.«

Wir sitzen noch ein Weilchen zusammen, und Dagmar und ich versuchen, Tanja ein wenig aufzubauen.

»Wenn sie deine Pubertät überstanden hat«, sage ich, »dann übersteht deine Mutter das jetzt auch.«

Aber Tanja wirkt geistesabwesend, sie bekommt wahrscheinlich nur die Hälfte von dem mit, was wir so von uns geben, wenn überhaupt. Als schließlich ihr Flug aufgerufen wird, fallen wir uns in die Arme für eine Minute und ein Jahr, für einen Abschied und ein Versprechen.

»Bestell deiner Mutter schöne Grüße von mir«, sage ich. »Frag sie, ob sie etwas dagegen hat, wenn ich sie nächstes Jahr zusammen mit dir besuchen komme.«

Tanja nickt. »Das mach ich. Und du, pass auf dich auf, Pi! Was sagt denn eigentlich mein Horoskop? Weißt du das zufällig?«

»Ja, ich habe heute Morgen tatsächlich nachgesehen. Dein Horoskop sagt, dass alles gut wird.«

Ein Lächeln huscht über ihr Gesicht. »Du hast schon besser gelogen, Pi. Danke. Und halte mich auf dem Laufenden, ob deine Eltern wieder zusammenkommen, ja?«

Meine Augen sind schon länger feucht, aber jetzt heißt es endgültig: Land unter. Obwohl Tanja im Moment wahrlich andere Sorgen plagen, hat sie immer noch einen Gedanken für meine Probleme übrig. Ich liebe Tanja. Ich liebe sie so sehr, dass es wehtut, als sie sich schließlich von uns löst und weggeht.

»Tanja!«, rufe ich ihr hinterher. »Diese Telefonsache – ich kann es ja mal probieren!«

»Das musst du nicht!«, ruft sie zurück. »Aber wenn du willst. Dagmar hilft dir dabei!«

Dann winkt sie uns noch einmal zu und verschwindet in Richtung Gate. Dagmar schaut mich kritisch an. Offenbar hat sie Zweifel an ihrer eigenen Idee bekommen.

»Eine schöne Stimme hast du ja«, meint sie. »Wenn ich dir ein paar Tipps gebe, wird es schon irgendwie gehen. Sag mal irgendwas!«

Ich sehe sie fragend an, aber sie scheint es ernst zu meinen. Sie glaubt wirklich, sie könnte mitten auf einem Flughafen mit mir Telefonsex-Übungen machen.

Ich überlege kurz und sage dann: »Frisbeekönigin.«

»Nein, irgendwas Schweinisches! Und mit mehr Erotik in der Stimme.«

»Schinken«, hauche ich. »Ist das schweinisch genug?«

Später weist mich Dagmar in Tanjas Wohnung in alles Notwendige ein. Es gibt ein Zimmer, das eigens für die heißen Telefongespräche eingerichtet wurde. Sämtliche Wände und die Decke sind mit Eierkartons bepflastert. Zusammen mit einem dicken Teppichboden sollen sie eine gewisse Schalldämmung gewährleisten, damit ganz ungezwungen gestöhnt werden kann. Auf diese Weise ist Tanja ungestört, wenn die anderen Mädchen Telefondienst machen.

Da Tanja fort ist, kann ich beim Telefonieren durch die ganze Wohnung wandern. Ich könnte die heißesten Sexträume meiner Kunden am Telefon erfüllen, während ich mir die Fußnägel lackiere, eine Gesichtsmaske auflege oder ein Kreuzworträtsel löse – alles Übungssache.

Das Problem dabei ist nur, dass ich keine Übung habe. Keine Übung, kein Talent, keine Lust, keine Wahl. Das Einzige, was ich habe, ist eine scheiß Angst vor morgen. Es sind zwar nur vier Stunden, aber manchmal können sich vier Stunden Jahre hinziehen. Warum ist das eigentlich so? Warum verlangsamt unser Gehirn in unangenehmen Situationen die Zeit und beschleunigt sie, wenn wir Spaß haben? Umgekehrt würde das doch viel mehr Sinn machen. Und dabei wollen Gehirne so schlau sein!

Jedenfalls bin ich froh, dass mein Vater heute Geburtstag hat und ich abgelenkt bin. Außer mir ist niemand eingeladen, sodass wir drei ein ungewohntes Familienstilleben bilden: Vater, Mutter, Kind. Doch es ist ein trügerisches Idyll, da meine Mutter meinem Vater noch nicht verziehen hat. Sie verhält sich ihm gegenüber zwar nicht direkt feindselig, aber doch deutlich reserviert. Das Geschenk, das sie meinem Vater in einem Briefumschlag überreicht, scheint auch eine kleine Boshaftigkeit zu enthalten.

»Das hier wird dich möglicherweise ein wenig über Ariane hinwegtrösten«, sagt sie mit einem süffisanten Grinsen, als sie ihm das Kuvert überreicht. Mein Vater wirft nur einen kurzen Blick hinein, wird rot und steckt es gleich weg, ohne es mir zu zeigen. Er schaut meine Mutter gekränkt an und bedankt sich ironisch für ihre großherzige Liebenswürdigkeit.

In diesem Moment klingelt mein Handy. »Ich habe deine zwei Puppen in meiner Gewalt«, höre ich Christian sagen. »Ich schlage vor, ich komme bei dir vorbei, um dort einen Austausch vorzunehmen. Die beiden Puppen gegen ein Lächeln und einen Kuss.«

»Das geht jetzt nicht«, antworte ich lachend. »Ich bin nicht zu Hause. Der Austausch muss warten.«

»Hast du morgen Zeit?«

Ich muss Christian wieder enttäuschen. Morgen verbringe ich den ganzen Vormittag mit Telefonsex, was ich ihm natürlich nicht auf die Nase binde, und den Nachmittag brauche ich bestimmt, um mich zu erholen und mir den Mund auszuspülen.

Übermorgen, am Sonntag, hat Christian keine Zeit, da er mit Luzie auf eine Klassenfeier geht, zu der auch die Eltern eingeladen sind. »Du könntest mich begleiten«, schlägt er vor. »Luzie ist bestimmt das einzige Kind, deren Mutter nicht dabei ist. Mit dir würde das nicht so auffallen und sie wäre nicht so vielen schmerzhaften Fragen ausgesetzt. Außerdem käme ich mir dann nicht so alleine vor.«

»Du willst, dass ich einen ganzen Tag mit Luzie und einer Horde Zweitklässler verbringe und mich mit deren Eltern über Erziehungsprobleme unterhalte?«

»Es soll auch eine Zaubershow geben.«

»Sag das doch gleich! Wann soll ich da sein?«

Christian nennt mir die Adresse der Schule, wo die Feier stattfindet. »Aber ich hole dich selbstverständlich ab.«

»Nicht nötig«, sage ich. »Ich komme lieber ein bisschen später – mein Markenzeichen. Außerdem ertrage ich Kinder nur begrenzte Zeit.«

»Wie begrenzt?«

»Fünf Minuten«, sage ich. »Nein, das war ein Witz. Zwei Minuten.«

Christian lacht. »Also abgemacht, du kommst. Ich freue mich schon auf dich, Pia.«

»Ja, ich freue mich auch auf dich«, sage ich wahrheitsgemäß. »Und auf ... äh, auf den Zauberer.«

Wir beenden das Gespräch. Er freut sich auf mich, hat er gesagt. Auf einmal kommt mir die Aussicht auf meinen morgigen Einsatz als Telefonsexluder nicht mehr ganz so unerträglich vor.

Mit einer Tasse Kaffee in der Hand stehe ich vor Tanjas Kühlschrank. Soll ich die Flasche Sekt aufmachen, um mir Mut anzutrinken? Nein, das habe ich nicht nötig. Stattdessen schnappe ich mir einen Erdbeerjoghurt. Vielleicht ruft ja gar niemand an. Dagmar, die ich abgelöst habe, hat gesagt, dass vormittags wahrscheinlich nicht viel los sein wird. Bei ihr in der Nacht hätten hingegen viele angerufen. Die Werbung in den ganzen Zeitungen und Magazinen und im Rundfunk habe sich also gelohnt. Sie hat mir noch viel Glück gewünscht und mich dann meinem Schicksal überlassen. Bis jetzt hat Dagmar Recht behalten. Ich bin schon seit einer drei viertel Stunde hier und das Telefon schweigt beharrlich.

Im selben Moment schrillt ein Klingeln durch die Stille und vor lauter Schreck fällt mir die Kaffeetasse aus der Hand und zerspringt auf dem Küchenboden. Heißer Kaffee spritzt mir an die Beine, sodass ich schon stöhne, bevor ich überhaupt den Anruf entgegengenommen habe. Ich beiße die Zähne zusammen und fummele mir das Headset über die Ohren.

»Hallo«, melde ich mich, weil ich kurzfristig vergessen habe, wie ich jetzt heiße. Dann fällt mir ein, dass Dagmar gesagt hat, ich solle mir bei jedem Kunden Notizen machen. »Augenblick«, sage ich. »Ich hole mir nur etwas zum Schreiben. – So, jetzt.«

»Ist da die wilde Tatjana?«

»Nein, die ist in Australien«, entfährt es mir.

»In Australien?«

Mist, das hätte ich nicht sagen sollen! Schließlich bin ich jetzt die wilde Tatjana. Der Mann glaubt sonst noch, er werde verarscht. Aber das biege ich schon wieder hin. »Ein Notfall«, erkläre ich. »Ihre Mutter hatte einen Herzinfarkt.«

»Oh, das tut mir Leid.«

Der Mann klingt jetzt irgendwie lustlos und so, als würde er jeden Moment auflegen. Was hat Dagmar mir noch geraten? Ich soll ganz natürlich plaudern: was ich gerade mache, was ich jetzt lieber machen würde und wie sexy ich aussehe. Bilder, hat sie gesagt. Ich solle bildlich reden.

»Du, ich stehe gerade vor dem Kühlschrank und bin splitternackt.«

»Dann erkälte dich mal nicht«, sagt er und legt auf.

Ich schaue auf die Gesprächsdauer-Anzeige: dreißig Sekunden. Gar nicht schlecht für den Anfang.

Ich stelle den Joghurt zurück in den Kühlschrank und schnappe mir die Sektflasche. Der erste Kunde ist ja schließlich ein Grund zum Feiern, oder nicht?

Etwa eine halbe Stunde später kommt der nächste Anruf. Diesmal bin ich gewappnet. »Hallo, hier spricht die wilde Tatjana«, schnurre ich ins Mikrofon.

Eine piepsige Mädchenstimme antwortet mir. »Ja, hallo, ich bin die Stefanie.«

»Hi, Stefanie, da hast du dich wohl verwählt. Leg schnell auf, das hier ist nämlich eine teure Verbindung.«

»Weiß ich. Ich habe mich nicht verwählt. Ich habe eine Frage. Und ich dachte, Sie können mir bestimmt helfen.«

»Na, da bin ich aber mal gespannt. Schieß los!«

»Also, es ist nämlich so«, druckst Stefanie herum. »Ich bin dreizehn, aber ich weiß schon über alles ziemlich gut Bescheid. Nur eine Sache nicht. Dieser G-Punkt – haben den auch schon Mädchen in meinem Alter? Ich kann ihn nämlich einfach nicht finden.«

Für einen Moment bin ich sprachlos. Mit so etwas habe ich nicht gerechnet. Eine Telefonsexline ist schließlich keine Nachhilfe in Sexualkunde. Und wozu muss eine Dreizehnjährige so etwas überhaupt wissen? Als ich dreizehn war, hatte ich von G-Punkten und solchen Sachen nicht einmal munkeln gehört. Und heute bin ich trotzdem ganz dick im Telefonsexgeschäft und vögele mich durch sämtliche Sternzeichen.

»Da brauchst du dir jetzt noch keine Gedanken zu machen«, sage ich dem Mädchen.

»Aber ist es wirklich so toll, wenn er stimuliert wird?«

Na, die Kleine hat Nerven! Woher soll ich das denn wissen? Wenn er bei mir schon einmal stimuliert worden sein sollte, muss ich das wohl verschlafen haben.

»Das ist bei jedem verschieden«, sage ich ausweichend. »Auf jeden Fall bist du noch zu jung für dieses Thema. Du solltest einfach drei, vier Jahre warten, dann wird sich auch dein G-Punkt finden, keine Bange. Und bis dahin hör gefälligst auf, danach zu suchen, okay?«

Nach diesem Anruf brauche ich noch ein Glas Sekt. Dreizehn – du lieber Himmel! Wenn das so weitergeht, werden bald Dildos und Vibratoren in den Regalen der Spielzeugläden stehen, als Joystick für die körpereigene Playstation.

Bislang ist mein Einsatz hier ja ziemlich umsonst gewesen. Zwei Anrufe, fünf Minuten Gesprächszeit, kein gewonnener Kunde, dafür aber eine kaputte Kaffeetasse und eine zur Hälfte geleerte Flasche Sekt. Eine tolle Bilanz! Ich male gerade eine Katze auf den Block, auf dem ich mir Notizen zu Vorlieben und Eigenarten potenzieller Stammkunden machen soll, als das Telefon klingelt. Den schnappe ich mir aber jetzt!

»Hallo, hier spricht die wilde Tatjana«, flöte ich ins Mikro. »Und welcher geile Hengst will von mir geritten werden?«

»Oh, ich ... äh, ich heiße, äh, Willi.«

»Willi – den Namen habe ich schon immer gemocht. Schon seit *Biene Maja*. Du hast bestimmt einen Riesenstachel, Willi, so männlich, wie du klingst.«

»Na ja, er ist schon ganz ordentlich.«

»Das dachte ich mir. Du, da werde ich schon ganz feucht, wenn ich ihn mir vorstelle. Da würde ich jetzt gerne mal dran lutschen. Oh, du machst mich ganz heiß. Ich ziehe mir jetzt mein Kleid aus, wenn es dich nicht stört, dass ich darunter ganz nackt bin.«

»Nein, mach ruhig«, keucht Willi.

»Ich streichle jetzt meine Brüste und stelle mir vor, es wären deine kräftigen Hände«, sage ich und stöhne. »Aah, deine Hand wandert tiefer, zwischen meine Beine, ja, oh, ja, da ist es gut. Spürst du es? So schön warm und feucht. Hast du dich auch ausgezogen, Willi?«

Ich höre Willi schwer atmen. »Nein, ich bin gerade …« Dann höre ich ein schepperndes Geräusch und dann wieder Willi, der leise schimpft, als würde er das Telefon beim Sprechen weit von sich weghalten: »Mist, jetzt ist mir das verflixte Telefon …« Und dann wieder lauter: »So, da bin ich wieder. Ich ziehe jetzt meine Hose aus, ja?«

Das *verflixte* Telefon?

Die Stimme ist mir gleich so bekannt vorgekommen.

»Papa?«, frage ich schockiert.

»Pia?«

Eine Sekunde lang sagt niemand etwas, dann huste ich und krächze: »Nein, die gibt's hier nicht.«

»Gut, ja, äh, ich bin's auch gar nicht«, stammelt mein Vater.

»Falsch verbunden! Falsch verbunden!«, rufe ich noch und lege dann ganz schnell auf. Ich reiße mir das Headset vom Kopf und pfeffere es in die Ecke.

Das gibt's doch gar nicht! Mein Vater ruft Schmuddelnummern an. Hat der denn jegliches Schamgefühl verloren? Wie soll ich diesem Mann jemals wieder in die Augen schauen, ohne ihn mir mit heruntergelassenen Hosen und einem *ganz ordentlichen* Schwanz vorzustellen?

Herrje! Und was muss er jetzt von mir denken?

Ich mache das wenigstens nur ausnahmsweise, um einer

Freundin aus der Patsche zu helfen. Aber wer weiß, wie oft mein Vater solche Nummern wählt.

Warum machen Männer so etwas? Was bringt es ihnen, sich von wildfremden Frauen am Telefon wüste Sexfantasien vorlügen zu lassen? Männer sind Schweine, mit ihrem Rüssel immer im Dreck. Gefühle und Liebe sind Nebensache. Die würden ihren Schwanz auch in eine Parkuhr stecken, wenn die eine geeignete Öffnung hätte und dabei stöhnen würde.

Da klingelt schon das nächste Schwein. In mir ist auf einmal so viel Ekel, dass ich mich richtig dazu zwingen muss, das Gespräch anzunehmen.

»Tatjana hier«, melde ich mich. »Mit wem spreche ich?«

»Mit Ulf. Ich habe dich aus dem Internet und dachte, ich ruf mal an und lass die Pussy schnurren.«

»Oh, sie schnurrt schon«, sage ich angewidert. »Ich war gerade in der Wanne. Und jetzt stehe ich nackt am Telefon und tropfe auf den Fußboden. Von wo rufst du an?«

»Von zu Hause. Hast du dein Handy jetzt am Ohr oder wo?«

Männer sind nicht nur Schweine. Sie sind dumme Schweine.

»Wo immer du es haben willst, Ulf. Aber zuerst musst du dich auch ausziehen. Dann sage ich dir etwas.«

»Aber wieso ...«

»Hose runter!«, kommandiere ich. »Und? Erledigt? Hast du einen Ständer?«

»Hab ich. Wenn du den sehen könntest, würdest du noch schlimmer auf den Fußboden tropfen.«

Ich stöhne, allerdings vor Abscheu und nicht vor Lust. »Ja, das dachte ich mir, dass du ein richtiger Hengst bist. Und jetzt trab in die Küche, ja?«

»Wieso? Was soll ich denn ...?«

»Mach schon!« Ich höre, wie er eine Tür öffnet, und er sagt mir, dass er jetzt dort sei. »Sehr gut«, sage ich. »Du darfst deinen Schwanz jetzt für mich streicheln. Stell dir vor, es ist meine schaumige, seifige, glitschige Hand. Steht er noch?«

»Oh, ja«, keucht Ulf. »Und jetzt?«

»Jetzt nimmst du deinen Schwanz und steckst ihn in den Mixer!«, blaffe ich ihn an. »Da sparst du jede Menge Telefonkosten.« Dann lege ich auf.

Es sind noch über zwei Stunden, bis ich von Barbara abgelöst werde. Aber niemand ruft mehr an. Männer mögen dumme Schweine sein, aber sie scheinen zumindest gute Instinkte zu haben.

Als ich am nächsten Tag auf Luzies Klassenfeier erscheine, ist die schon im vollen Gange. Der Lärm, den die lachenden und schreienden Kinder veranstalten, leitet mich zu einem zweistöckigen, langgestreckten Schulgebäude im Bungalowstil. Auf der großen Rasenfläche davor tummelt sich eine Horde Rabauken, während ein paar Erwachsene auf Festzeltbänken um zusammengestellte Schultische sitzen. Es riecht nach gegrilltem Fleisch und Bier. Auf einem Extratisch stehen eine Batterie großer Thermoskannen, mehrere offenbar selbstgebackene Kuchen und ein Ghettoblaster, aus dem Musik von Abba dröhnt.

Als Christian mich sieht, kommt er gleich auf mich zu. Er begrüßt mich mit einem Küsschen auf dem Mund, führt mich händchenhaltend zu den anderen und stellt mich ohne weitere Erläuterung mit meinem Vornamen vor. Durch sein Verhalten, seine Blicke und Gesten erweckt er den Eindruck, als wären wir ein Paar. Dabei kennen wir uns gerade mal ein paar Stunden. Das Verrückte dabei ist, dass ich ebenfalls darauf hereinfalle. Tief in mir drinnen bin ich der Überzeugung, dass Christian und ich quasi verheiratet sind. Unsere neunjährige Tochter spielt mit den anderen Kindern irgendein Renn-und-Schrei-Spiel und kommt nur widerstrebend her, als Christian sie zu uns winkt.

Mit schuldbewusster Miene sagt sie mir Hallo. Ich sehe, wie ihre Freundinnen uns beobachten, und drücke sie unvermittelt an mich und gebe ihr einen Kuss auf die Stirn.

Sie schaut mich überrascht an und weiß offenbar nicht, wie

sie darauf reagieren soll. »Das mit den Puppen tut mir Leid«, flüstert sie mir schließlich ins Ohr.

»Schon okay«, sage ich. »Ich kenne das, wenn man sich nicht entscheiden kann. Was glaubst du, warum ich so viele Schuhe habe?«

»Darf ich die Puppe mit dem Lumpenkleid behalten?« Luzies banger Blick macht mich ganz weich im Herzen und in der Birne.

»Nur unter einer Bedingung.«

»Und welche?«, fragt Luzie mit kläglicher Stimme.

»Wenn du den Puppenjungen, der zu Aschenputtel gehört, auch nimmst. Die beiden sind nämlich ein Pärchen, das ich nicht auseinander reißen will. Und das dürftest du dann auch nicht, versprochen?«

»Versprochen«, antwortet Luzie fröhlich, bedankt sich bei mir, indem sie mich kurz umarmt, und läuft dann wieder zu ihren Freunden, um weiterzuspielen.

»Das war sehr nett von dir«, raunt mir Christian zu. »Dafür kriegst du auch eine Belohnung von mir.«

»Hier vor allen Leuten?«

»Ja, da kenne ich nichts.« Christian geht an den Tisch, auf dem die Kuchen stehen, und kommt mit einem Kaffee und einem Stück Eierlikörtorte zurück, das er vor mich auf den Tisch stellt. »Die habe ich selbst gemacht. Probier mal!«

Enttäuscht starre ich auf meine grandiose Belohnung. Ich muss aber zugeben, dass sie wirklich lecker schmeckt.

»Das war auch Evelyns Lieblingskuchen«, sagt Christian, und für eine Sekunde schwebt ein Hauch Traurigkeit in seinem Blick.

Die nächste halbe Stunde unterhalten wir uns mit den anderen Eltern über ihre Sprösslinge. Wenn man denen so zuhört, bekommt man den Eindruck, dass da eine Generation von Genies heranwächst. Aber wenn man sich umschaut, sieht man, wie sich die Genies gerade mit Wasserballons bombardieren.

Luzies Klassenlehrerin, die die Feier organisiert hat, bittet

Christian und ein paar andere Männer, dem Zauberer beim Vorbereiten seiner Show behilflich zu sein. Zur gleichen Zeit kommen Luzie und eine Gruppe anderer Kinder mit Indianergeheul auf mich zugelaufen.

»Das Bleichgesicht ist unsere Gefangene«, schreit Luzie und zerrt mich am Arm hoch. Zuerst will ich mich wehren, doch dann denke ich, dass der Marterpfahl vielleicht amüsanter ist, als ohne Christian mit lauter Müttern und Vätern Erziehungstipps und Backrezepte auszutauschen. Außerdem finde ich, dass es eine Art Freundschaftsgeste von Luzie darstellt, wenn sie mich in ihr Spiel einbeziehen will.

Bevor die Horde mich abführt, hält Christian mich noch einmal zurück und gibt mir einen langen und leidenschaftlichen Kuss.

»Nicht«, wehre ich mich halbherzig. »Was sollen die Leute denken? Und Luzie sieht es bestimmt auch nicht gerne.«

»Die Leute sind mir egal. Und Luzie hat dich mittlerweile akzeptiert.«

Als ich während des Kusses einen Blick von Luzie erhasche, bin ich mir da nicht so sicher.

»Komm jetzt, Bleichgesicht!« Zusammen mit den anderen zerrt sie mich zu einem Kastanienbaum, der am äußeren Rand des Rasenstücks steht, so weit vom Schulgebäude entfernt, dass ich die Eltern in Daumengröße sehe und die Musik nur noch ahnungsweise mein Ohr streift.

Ich muss mich mit dem Rücken an den Baum stellen und die kleinen Wilden binden mir einen Strick um die Hüfte und verknoten ihn hinter dem Stamm. Weitere Stricke werden um meine Beine gewickelt. Als sie auch noch meine Arme festbinden, sage ich: »Das reicht jetzt. Das muss doch nicht ...«

Aber da ist es schon zu spät und meine Oberarme werden an den Stamm gebunden, kurz darauf auch meine Unterarme. Die Kastanie und ich sind jetzt eins.

»Und was mache ich, wenn mir die Nase juckt?«, frage ich, nur halb spaßhaft.

Die Kinder lachen, und ein besonders liebenswürdiges Bürschchen sagt: »Dann schneiden wir sie dir ab.«

Jetzt bin ich doch ein bisschen besorgt, muss ich zugeben. Aber andererseits: Es sind Kinder. Die sind heute so. Plappern die Sprüche aus den ganzen Actionfilmen nach, sind im Grunde aber ganz lieb. Doch wieder andererseits: Was weiß ich schon von Kindern?

Mit wildem Indianergeheul tanzt die ganze Bande um mich herum. Leider haben sie mich so an den Baum gebunden, dass ich von den anderen Erwachsenen nicht gesehen werden kann.

»Hört mal, ihr Indianer!«, rufe ich. »Wie lange muss ich denn noch eure Gefangene sein? Ich muss mal auf die Toilette.«

»Noch vier Monde«, sagt ein braunhaariges Mädchen mit Pferdeschwanz.

»Also, ich finde, es langt jetzt«, beginne ich und werde von einem Ruf aus einem Megaphon unterbrochen.

»Alles reinkommen! Die Zaubershow fängt an!«, hallt die Stimme der Lehrerin über das Gelände.

Sofort stimmen die Kinder ein Freudengebrüll an und stürmen auf das Schulgebäude zu.

»Halt!«, schreie ich. »Was ist mit mir? Macht mich los! Luzie!«

Aber niemand kommt zurück, um meine Stricke zu lösen. Verdammt, jetzt bin ich aber richtig sauer! Ich versuche, mich der Fesselung zu entwinden, aber sie ist zu stramm. An die Knoten komme ich natürlich auch nicht heran. Ein Blick seitlich über meine Schulter überzeugt mich davon, dass sich vor dem Schulgebäude niemand mehr aufhält. Dem Lachen nach zu urteilen, das leise an mein Ohr weht, hat die Zaubershow schon angefangen.

»Hallo!«, rufe ich, so laut ich kann. »Hört mich jemand? Ich brauche Hilfe!«

Ich sehe, wie eines der Kinder ans Fenster kommt und es zumacht. Das sind keine Kinder, das sind Monster! Bestimmt steckt Luzie dahinter. Offenbar hat ihr der Kuss, den Christian mir vorhin gegeben hat, doch nicht gefallen. Zu allem Überfluss fängt meine Nase jetzt tatsächlich an zu jucken. Oh, Mann, ich bin so sauer, dass ich platzen könnte!

Dabei hat der Tag so positiv begonnen. Erst hat Dagmar mich angerufen und mir mitgeteilt, dass sie jemanden gefunden habe, der für Tanja einspringt. Danach habe ich mit Tanja gesprochen. Der Zustand ihrer Mutter hat sich stabilisiert, die Ärzte sind optimistisch.

Und auch der Zustand zwischen mir und meinem Vater hat sich stabilisiert. Plötzlich stand er vor meiner Tür und hat sich voller Sorge erkundigt, ob ich finanzielle Probleme hätte. Ich habe ihm dann erklärt, dass diese Telefonsex-Geschichte nur eine einmalige Gefälligkeit für Tanja gewesen sei, und er hat mir seinerseits versichert, dass er zum ersten Mal so eine Nummer angerufen habe. Das sei das Geburtstagsgeschenk meiner Mutter gewesen: die Visitenkarte der wilden Tatjana und fünfzig Euro zum Telefonieren. Aus reiner Neugier habe er dann angerufen.

Wie meine Mutter an die Visitenkarte gekommen ist, kann ich mir schon denken. Cornelius wirft die Dinger unter seine Gäste, als bekäme er Provision. Da wird meine Mutter wohl eines davon in die Finger gekriegt haben und kam dann auf den gehässigen Einfall mit dem Geburtstagsgeschenk. Jedenfalls haben mein Vater und ich beschlossen, die Sache einfach zu vergessen und Mama nichts davon zu erzählen.

Beschwingt von all den guten Nachrichten, habe ich mich dann von meinem Vater zu der Schule fahren lassen, wo Luzies Klassenfeier stattfindet. Und jetzt hänge ich hier hilflos am Baum, während alle anderen sich amüsieren.

»Da bist du ja«, höre ich plötzlich Christian sagen. Er tritt hinter dem Baum hervor und stellt sich grinsend vor mich. »Willst du nicht reinkommen und dir die Show anschauen?«

»Ach, nein, ich möchte lieber noch ein paar Stunden hier an diesem beschissenen Baum stehen«, entgegne ich.

Er gibt mir einen Kuss, gegen den ich mich nicht wehren kann, was nicht nur an den Fesseln liegt. »Wie du willst«, sagt er dann und geht wieder.

»Untersteh dich, mich hier hängen zu lassen!«

Da spüre ich auch schon, wie er sich an den Stricken zu schaffen macht. Fünf Minuten später bin ich frei.

»Warum hat das so lange gedauert?«, will ich wissen. »Hast du mich nicht vermisst?«

»Jede Sekunde. Aber Luzie hat gesagt, du wärest auf der Toilette.«

»So ein Luder!«

»Wem sagst du das?« Er deutet auf das Schulgebäude. »Die Zaubershow dauert noch über eine Stunde. Willst du die unbedingt sehen oder sollen wir lieber deine Puppen nach Hause bringen? Ich habe sie im Auto.«

»Wenn der Zauberer nicht David Copperfield heißt.«

Der Zauberer heißt nicht David Copperfield und wir fahren zu mir nach Hause. Christian trägt meine beiden Puppen Deborah und Nancy zu mir hinauf.

Während ich aufschließe, sage ich: »Weißt du, Christian, ich mag dich wirklich sehr gerne.«

Er nickt. »Ich weiß.«

»Und ich mag auch Luzie. Aber das mit Luzie und mir würde auf die Dauer nicht gutgehen. Selbst wenn sie mich irgendwann akzeptieren würde. Ich bin einfach noch nicht so weit. Ich könnte ihr nicht geben, was sie braucht.«

»Ich weiß«, sagt er noch einmal und lächelt und betritt mit mir die Wohnung. »Wo kommen die Puppen hin?«

Ich schaue Nancy in seinen Armen fragend an. Sie scheint mir zuzublinzeln.

»Ins Schlafzimmer«, lüge ich.

löwe

23. juli – 23. august

Klopf. Klopf. Darf ich mal kurz stören? Ich hätte da ein paar Dinge, die ich Ihnen gerne sagen würde. Aber wenn es Ihnen jetzt nicht passt, dann komme ich später in fünf Sekunden wieder. Ich soll mir einen Termin geben lassen? Ja, das ist eine gute Idee. Das mache ich dann nächstes Mal. Aber jetzt, wo ich schon hier …

Hey, wenn Sie glauben, Sie könnten mich einschüchtern, wenn Sie mich anschreien, dann haben Sie verdammt Recht! Noch ein bisschen lauter und ich hätte vor lauter Angst irgendetwas nach Ihnen geschmissen. Eine von Ihren Havannas beispielsweise – und zwar ohne sie vorher aus der Zigarrenkiste zu holen.

Sie haben aber auch ein Mörder-Organ! Also, damit meine ich natürlich Ihre Stimme, versteht sich. Sie sollten jetzt nur noch Ihre Mundpflege einschränken und auf Zahnbürste, Zahnpasta, Zahnseide, Mundwasser und Atemspray verzichten. Wenn man die Leute anschreit und dazu auch noch schlimmen Mundgeruch hat, ist man nämlich noch viel furchteinflößender. Kleiner Tipp für alle Vorgesetzten. Vielerorts wird er ja schon praktiziert.

Ganz ruhig, ich komme ja schon zur Sache. Also, die Sache ist die, dass Sie astrologisch gesehen zwar die Sonne als Ihren Heimatplaneten haben, dass sich aber trotzdem nicht alles um Sie dreht. Das ist die Sache.

Da können Sie noch so wichtig sein und noch so laut

schreien. Sobald ich zwei Cocktails intus habe, dreht sich alles nur um mich, und von Ihnen, mein Lieber, weiß ich dann nicht einmal mehr den Namen. Ihre Visitenkarte aus Plexiglas mit Goldprägung habe ich nämlich – na so was! – in irgendeinem Gully verloren. Sehen Sie, jetzt kennt man Sie sogar in der Kanalisation. Bald sind Sie auch in der Unterwelt eine ganz große Nummer. Und das wollen Sie doch sein, nicht wahr? Eine große Nummer.

Ihr Ego ist so groß, dass es kaum in Ihren Kopf passt, was wohl auch der Grund dafür sein dürfte, warum Sie den Mund immer so weit aufreißen müssen.

Wenn Ihr Penis so groß wäre wie Ihr Ego, dann hätten Sie O-Beine.

Sind Sie zu Hause eigentlich auch der große Macker oder eher der kleine Kacker? Haben Sie da die Zügel in der Hand oder im Mund? Ich kann nur hoffen, dass Ihre Frau sich gegen Sie behaupten kann. Wenn ich übrigens von IHRER Frau spreche, dann ist das »Ihre« zwar ein Possessivpronomen, aber das gilt nur für die Grammatik. In Wirklichkeit gehört sie Ihnen nicht, jedenfalls nicht so wie ein Handy oder ein Goldfisch. Sie wissen, dass Ihre Frau kein Goldfisch ist, oder?

Und Sex ist keine Methode zur Reviermarkierung. Selbst wenn Sie Ihre Frau zweimal täglich bumsen, erwerben Sie damit keine Besitzansprüche. Viermal? Ja, klar, Sie Angeber! Im Frühling, Sommer, Herbst und Winter, oder wie?

Wie auch immer, das war's jedenfalls, was ich Ihnen sagen wollte. Ach, nein, eine Frage hätte ich noch.

Haben Sie eigentlich O-Beine?

* * *

Jetzt suche ich schon seit einer geschlagenen Stunde diesen blöden Bierdeckel. Ich weiß genau, dass ich ihn aufbewahrt habe. Ich weiß auch noch, dass ich dachte, dass ich ihn an dieser Stelle sofort wiederfände, wenn ich ihn mal bräuchte. Sofort – von wegen! So, fort ist er, trifft es wohl besser.

Dabei fand ich diesen Tom sehr sympathisch. Tom alias *Long John Silver*, der Pirat, wäre ein super Kandidat für Löwe gewesen. Wie der mich damals gegen diesen Indianer verteidigen wollte! Das hat mir schon imponiert.

Aber der Bierdeckel mit seiner Telefonnummer bleibt verschwunden und ich muss mir einen neuen Löwen schießen. Wer weiß, welche Typen mir Valerie diesmal vorschlägt. Ich habe ihr gesagt, dass sie diejenigen mit Kindern gleich aussortieren kann. Keine Väter, keine Sportler, keine Dichter, keiner mit einer Erdbeerallergie und keiner mit einem Pferd. Und vor allen Dingen keiner mit einer durchgeknallten Exfreundin. Das muss doch machbar sein.

Es läutet an der Tür. »Komm schnell runter, Pia!«, ruft mein Vater in die Sprechanlage. »Ich habe sie!«

»Du hast wen?«

»Na, wen wohl? Deine Mutter und ihren Gigolo. Komm, ich brauche dich!«

Zwanzig Minuten später befinden wir uns wieder in der Straße in Kaiserswerth, in der wir unlängst den Mercedes meiner Mutter gesehen haben. Mein Vater deutet auf ein großes, dreistöckiges Haus.

»Jetzt ist sie bereits seit über zwei Stunden dort drinnen. Hier hat sie ihr verdammtes Liebesnest!«

»*Verdammt*?«, frage ich. »Nicht verflixt?«

»Nein: verdammt!«, ruft er trotzig. »Verdammt! Verdammt! Verdammt! Verflucht noch mal!«

Ich schaue ihn zweifelnd an. »Das mit dem Liebhaber vermutest du bloß. Oder weißt du, in welcher Etage sie sich aufhält und was sie dort genau macht?«

»Das sollst du ja herausfinden«, erklärt er mir.

»Und wie soll ich das anstellen? Soll ich klingeln und fragen: Entschuldigung, kann es sein, dass Sie gerade meine Mutter bumsen?«

Mein Vater schaut mich mit ernstem Gesicht an. »Würdest du das für mich tun?«

Ich zeige ihm einen Vogel. Der spinnt ja wohl!

»Bitte, Pia! Du sollst nur klingeln und schauen, wer aufmacht. Vielleicht kannst du einen Blick in die Wohnung werfen und siehst irgendwo Elviras Handtasche. Sag einfach, du sammelst für das Müttergenesungswerk. Ich brauche Gewissheit. Ich halte diese unklare Situation nicht länger aus.«

Ich verschränke die Arme vor der Brust. »Warum gehst du dann nicht selbst und schaust nach?«

»Weil ich ...«, mein Vater zuckt mit den Schultern und wirft einen hilflosen Blick auf das klotzige Gebäude. »Weil ich nicht ...« Er atmet tief durch. »Weil ich mich nicht traue. Deshalb.«

Dass er sich dieses Eingeständnis abgerungen hat, finde ich irgendwie rührend. »Ich kann ja mal näher rangehen«, sage ich.

Das Hausgrundstück wird von einer brusthohen Mauer umgrenzt. Vor einem schmiedeeisernen Tor studiere ich die Namen auf den Messingschildern neben den drei Klingeln: A. Borowsky, Dr. Sabine Helbrich und Max Collenberg. Bei wem könnte meine Mutter sein?

Ich drücke auf die oberste Klingel – Borowsky.

»Ja, bitte?«, fragt eine Männerstimme.

»Äh, guten Tag, ich sammle fürs Müttergenesungswerk.«

»Na gut, kommen Sie herein«, meint die Stimme nach einer kleinen Bedenkpause, und das Tor geht wie von Zauberhand auf.

Über marmorierte Steinplatten im Rasen laufe ich zum Eingang. Mir wird sofort geöffnet und ich betrete ein helles Treppenhaus mit Palmen in Terrakottakübeln und Bildern an den stuckverzierten Wänden.

Herr Borowsky bewohnt das Erdgeschoss. Er ist bestimmt an die siebzig Jahre alt. Als Liebhaber meiner Mutter kommt er da wohl kaum in Betracht. In seiner Hand hält er ein Zweieurostück.

»Haben Sie keine Sammelbüchse?«, fragt er misstrauisch.

»Oh, äh, die hab ich jetzt im Auto vergessen.«

»Kann ich Ihren Spendensammel-Ausweis sehen?«

Ich lächle verlegen. »Der liegt unter der Büchse. Am besten, ich hole alles und komme gleich noch mal wieder. Ach, diese Frau Dr. Helbrich, hat die hier ihre Praxis?«

Der Alte setzt sich eine Brille auf und begutachtet mich genauer. »Frau Dr. Helbrich ist keine Medizinerin, sondern Juristin«, klärt er mich auf.

Na also! Meine Mutter besucht eine Kollegin oder eine ehemalige Kommilitonin, jedenfalls keinen Liebhaber.

»Und dieser Collenberg? Was macht der eigentlich?«, erkundige ich mich der Vollständigkeit halber nach der dritten Partei im Haus.

Doch Herr Borowsky ist nicht geneigt, mir mehr zu erzählen. »Warum wollen Sie das wissen? Sie sammeln doch nicht für das Müttergenesungswerk! Ich rufe jetzt die Polizei.«

Und bevor ich noch etwas sagen kann, ist er auch schon in seiner Wohnung verschwunden. Zuerst will ich schnell wieder gehen, aber dann überlege ich es mir anders. Ein paar Minuten Zeit habe ich noch, bevor die Polizei hier aufkreuzt. Also laufe ich die Treppe weiter nach oben.

An der Wohnungstür von Frau Dr. Helbrich gehe ich vorbei. Ich will nicht, dass meine Mutter mir auf die Schliche kommt, wie ich versuche, ihr auf die Schliche zu kommen. Ich vergewissere mich lieber über das Ausschlussverfahren.

Es dauert eine Minute, bis Max Collenberg mir auf mein Klingeln hin öffnet. Im Bademantel steht er vor mir und schaut mich erstaunt an.

»Herr Borowsky hat mich angerufen und gewarnt, dass eine seltsame Frau im Haus ist«, sagt er kopfschüttelnd. »Eigentlich hätte ich ahnen können, dass Sie das sind. Jetzt sagen Sie bloß, ich habe schon wieder etwas genommen, das Ihnen gehört.«

Erst fällt mir die Kinnlade herunter, dann fällt es mir wie Schuppen von den Augen. Der Tag, an dem meine Mutter sich unbedingt mit mir im *Ku'Kaff* treffen wollte, um mir etwas mitzuteilen! An dem ich aber vorher gegangen bin, weil ich diesem Michael-Ballack-Typen seinen Keks weggenommen habe. Dem Mann, der genau jetzt barfuß und mit verstrubbeltem Haar vor mir im Türrahmen lehnt. Das kann kein Zufall sein!

Meine Mutter hat mir an jenem Tag ihren neuen Freund vorstellen wollen. So muss es gewesen sein! Später hat sie es sich dann offenbar wieder anders überlegt und ihre Affäre vor mir geheim gehalten. Vielleicht wegen meiner Kritik am Altersunterschied zwischen Ariane und meinem Vater. Schließlich ist auch dieser Max Collenberg mindestens zwanzig Jahre jünger als meine Mutter.

Was stimmt nur mit meinen Eltern nicht? Habe ich bei ihrer Erziehung versagt?

»Ich sammle fürs Müttergenesungswerk«, murmele ich geschockt.

»Geld oder Kekse?«, fragt er grinsend.

»Mütter«, sage ich und straffe mich innerlich. »Sie haben nicht zufällig eine hier? Meine zum Beispiel?«

Er schlägt sich mit der flachen Hand an die Stirn. »Natürlich! Du bist Elviras Tochter. Die Pia. Die Ähnlichkeit hätte mir gleich auffallen müssen. Komm rein! Deine Mutter ist gerade unter der Dusche.«

Ich schaue ihn verächtlich an, diesen abgebrühten Kerl mit seinem fadenscheinigen Bademantel und seinem fadenscheinigen Lächeln, diesen kaltschnäuzigen *Motherfucker*. Bei seinem Aussehen könnte er nun wirklich jede haben, mich selbst einmal ausgenommen. Und dann treibt er es ausgerechnet mit meiner Mutter, einer Frau, die ungefähr doppelt so alt sein dürfte wie er. Vielleicht lässt er sich sogar von ihr aushalten. Die Mieten in diesem Haus werden ganz schön happig sein.

»Kommst du?«, fragt er, als ich keine Anstalten mache, ihm in die Wohnung zu folgen.

Aber ich habe nicht die geringste Lust, dabei zu sein, wenn meine Mutter glückselig lächelnd aus der Dusche kommt und mit ihrem Lover verliebte Blicke austauscht. Ich habe keine Lust, mir die beiden vorzustellen, wie sie …

»Schwein!« Ich drehe mich auf dem Absatz um und hetze die Treppen hinunter.

»Pia, warte!«, hallt es mir hinterher, aber ich denke gar nicht daran, eine Sekunde länger in diesem Puff zu bleiben. Außerdem habe ich sowieso keine Zeit, da die Polizei womöglich schon unterwegs ist. Meinen Führerschein haben sie schon, ich will nicht, dass sie sich jetzt den Rest holen.

»Und? Hast du was rausgekriegt?«, bestürmt mich mein Vater, als ich zu ihm ins Auto steige.

Ich schüttele den Kopf. »In dem Haus wohnt eine Juristin«, sage ich ausweichend. »Aber da hat niemand aufgemacht.«

Normalerweise schreibt meine Mutter keine SMS-Botschaften, sondern ruft an. Als ich heute Morgen eine SMS von ihr bekam, war mir gleich klar, dass sie nicht gut auf mich zu sprechen ist.

Die Nachricht klingt wie eine Anweisung zur Lösegeldübergabe: *Eiscafé Venezia, heute 17 Uhr, Mama.*

Als ich dort ankomme, sitzt meine Mutter unter einem Sonnenschirm und beobachtet hinter dunklen Brillengläsern, wie ich mein Rad abstelle und an ihren Tisch komme. Sie winkt nicht, sie steht nicht auf, sie lächelt nicht.

Ich gebe ihr ein Küsschen auf die Wange. »Hallo, Mama.«

»Setz dich«, sagt sie kühl und, nachdem ich mich niedergelassen habe: »Du spionierst mir also nach.«

»Nein, natürlich nicht. Das war Zufall.«

Sie setzt ihre Sonnenbrille ab und schaut mich aus strengen Augen wortlos an.

»Ja, gut, okay, es war kein Zufall«, gebe ich zu. »Ich war neugierig. Ich habe dir nachspioniert. Erschieß mich!«

»Später vielleicht. Wie hast du mich gefunden?«

Ich zucke mit den Schultern. »Ich habe dich einfach vor Gericht abgepasst und bin dann deinem Auto gefolgt.«

Meine Mutter deutet mit einer vagen Kopfbewegung auf das Fahrrad. »Mit deinem klapprigen Rad? Oder mit der Straßenbahn? Oder hast du etwa im Taxi vor dem Gericht auf mich gewartet?«

»Okay, vielleicht hat mir jemand ein bisschen geholfen. Aber wenn du jetzt wissen willst, wer, dann verweigere ich die Aussage.«

In dem Moment kommt die Bedienung. Ich bestelle ein Spaghettieis und meine Mutter einen Eiskaffee.

»Also, Pia, bei deinem Vater kann mich nichts mehr erschüttern. Aber ich kann nicht umhin, dir zu sagen, dass mich *dein* Verhalten sehr enttäuscht hat.«

»Das geht mir mit deinem Verhalten ganz ähnlich«, erwidere ich.

»Ich denke doch, dass es da gravierende Unterschiede gibt.«

»Na, Gott sei Dank! Sonst müsste ich mir ja demnächst einen Zehnjährigen als Freund suchen.«

»Du bist geschmacklos.«

»Muss an den Genen liegen«, bemerke ich sarkastisch.

Meine Mutter erhebt sich. »Ich habe mich mit dir getroffen, um dir die Gelegenheit zu geben, dich zu entschuldigen. Ich bin nicht gekommen, Pia, um mich von dir unentwegt beleidigen zu lassen.« Sie holt zehn Euro aus ihrer Geldbörse und gibt sie mir. »Betrachte dich als eingeladen. Auf die Gesellschaft einer so geschmacklosen Person wie mich kannst du ja wohl verzichten.«

Bevor sie sich entfernen kann, halte ich sie am Handgelenk fest. »Bitte, Mama, setz dich wieder. Es tut mir Leid. Aber sieh es doch mal mit meinen Augen: Mein Vater und meine Mutter suchen sich nacheinander neue Partner, die jeweils meine jüngeren Geschwister sein könnten. Das ist doch peinlich!«

Meine Mutter macht sich von mir los. »Ruf mich an, wenn du bereit bist, mir ein eigenes Leben zuzugestehen. Und richte deinem Vater doch bitte aus, dass er einen armseligen Privatdetektiv abgibt und dass er meine Beschattung für vier Wochen einstellen kann. Morgen fahre ich mit Max in die Toskana. Meine Koffer liegen bereits im Auto. Mach's gut, Pia.«

Dann passieren drei Dinge gleichzeitig. Die Kellnerin kommt und bringt unsere Bestellung, meine Mutter geht raschen Schrittes davon, und eine vertraute Männerstimme ruft: »Pia! Na, so ein Zufall! Nächste Woche wollte ich dich anrufen.«

Ich drehe mich um. Ich glaube nicht an Zufälle. Ich glaube an Pech.

»Hallo, Matthias. Gibt es dich auch noch?«

Er breitet die Arme aus. »Schöner denn je.«

»Meinst du mich oder dich?«

»Dich natürlich.«

Ich zeige auf den freien Platz. »Dann darfst du dich setzen. Ich lade dich zu einem Eiskaffee ein.«

»Und der steht sogar schon auf dem Tisch«, sagt er und zeigt auf den Becher, der eigentlich für meine Mutter bestimmt war.

»Also, ihr Wissenschaftler habt schon eine enorme Beobachtungsgabe«, spotte ich. »Es hat noch niemand davon getrunken.«

Er setzt sich zu mir und lächelt mich an. Ich wappne mich innerlich. Noch einmal werde ich nicht auf seinen Charme hereinfallen. Er erzählt mir, dass er das letzte halbe Jahr oft an mich gedacht habe. Er würde auch immer meine Astro-Kolumne in der XX lesen.

»So ganz hat deine Wassermann-Geschichte aber nicht den

Tatsachen entsprochen. Aus unserem Strip-Stadt-Land-Fluss hast du Strip-Poker gemacht. Und außerdem habe nicht ich verloren, sondern du. Da werden die anderen Geschichten wohl auch nicht hundertprozentig stimmen, oder?«

Ich zucke mit den Schultern. »Die ganz wilden Sachen habe ich weggelassen.«

»Ja, das glaube ich«, lacht er. Ein paar Sekunden lang scheint zwischen uns ein unsichtbarer Film zu laufen mit den schönsten Szenen aus unseren wenigen gemeinsamen Tagen und wir schauen ihn uns schweigend an. »Eigentlich war es eine schöne, lustige Zeit mit uns, findest du nicht?«, fragt er schließlich.

»Dann war ich wohl die lustige Pia für dich«, sage ich und schneide ein paar Grimassen.

Er macht es mir nach, und eine Weile wetteifern wir darum, wer am blödesten aussehen kann. Nachdem ich schon bei Stadt-Land-Fluss verloren habe und auch nicht Frisbeekönigin geworden bin, kann ich mir zumindest diesmal unangefochten den Sieg holen.

»Nein, du warst mehr für mich als die lustige Pia«, wird Matthias dann unvermittelt ernst. »Nur leider sind unsere Ansichten über eine Beziehung nicht kongruent. Aber vielleicht sind es ja unsere Ansichten über Freundschaft. Was meinst du?«

»Könnte schon sein«, antworte ich vage. Solange ich nicht weiß, was kongruent bedeutet, lege ich mich lieber nicht fest. »Weshalb hast du mich eigentlich anrufen wollen?«

»Ich wollte fragen, ob du dir vorstellen könntest, dass wir beide mal wieder etwas zusammen spielen.«

Ich schaue ihn fragend an. Ich bin mir nicht sicher, ob ich weiß, was er meint. »Du redest jetzt nicht von Stadt-Land-Fluss, oder?«

Er schüttelt den Kopf. »Keine Angst. Ich rede nicht von albernen Pfänderspielen. Ich spreche von einem Spiel für Erwachsene.«

»Verstehe«, sage ich. Trotz des Sonnenschirms wird mir auf einmal ganz heiß. Ich glaube nicht, dass es eine gute Idee wäre, noch einmal mit Matthias zu *spielen*. Aber ich kann deutlich hören, wie mein Körper sagt: Quatsch, das geht schon in Ordnung.

»Was sagst du?«, fragt Matthias.

»Ach, ich weiß nicht«, gebe ich mich desinteressiert. »Ich glaube, wir sollten das Kapitel lieber abgeschlossen lassen.«

»Wie du meinst. War ja nur eine Fra...«

»Andererseits waren wir schon ein tolles Team«, schiebe ich schnell hinterher. »Warum also eigentlich nicht? Wir könnten demnächst mal zusammen essen gehen und schauen, was passiert. Ruf mich an, du hast ja meine Nummer.«

Wir unterhalten uns noch eine Weile über dieses und jenes. Matthias erwägt, nächstes Jahr an einem internationalen Projekt teilzunehmen und irgendwo in Russland Neutrinos zu jagen.

So etwas hätte ich Matthias überhaupt nicht zugetraut. Mit einem Physiker ins Bett zu gehen, ist für mich ja schon absurd genug. Aber Sex mit einem Jäger kann ich mir überhaupt nicht vorstellen. Dafür tun mir die Tiere einfach zu Leid. Die armen Rehe und Häschen und Füchslein. Die armen Neutrinos.

»Aber ihr fangt sie bloß und tötet sie nicht, oder?«

Matthias lacht mich wieder mal aus. »Ja, wir fangen sie nur«, meint er, nachdem er sich wieder beruhigt hat. »Und das ist schon schwierig genug. Sie sind zwar überall, aber man kann sie nicht halten.«

»Hört sich so an, als würdest du von Männern sprechen.«

»Es sind aber eher Geister«, meint er. »Unfassbar klein und unsichtbar. Sie sind schnell wie der Teufel und durchdringen einfach alles. Neutrinos sind eine Teilchenart, nur der schwachen Kraft unterworfen.«

Ich grinse ihn an. »Sag ich doch: wie Männer – nur dem schwachen Geschlecht unterworfen.«

»Soso, sind wir das?«

»Natürlich. Das ist eines der elementarsten physikalischen Gesetze.«

»Kannte ich noch gar nicht.«

»Weil du lieber unsichtbaren Geisterteilchen hinterherjagst«, sage ich, »anstatt die Augen für die wirklich wichtigen Dinge offen zu halten.«

»Ich habe die Augen offen«, widerspricht er.

»Und was siehst du?«

»Dich.«

»Eben«, sage ich lächelnd.

Alexander Zumrode ist Personalchef eines mittelständischen Unternehmens, das für die Autoindustrie zuliefert. Er ist fünfunddreißig, also recht zügig auf der Karriereleiter unterwegs. Er ist eins siebenundachtzig groß und hat schwarzes, glattes Haar, das er streng zurückgekämmt trägt. Sein Hobby ist Golf. Er hat sogar sein Handicap (acht) angegeben. Ein Angeber. Was macht man schon groß beim Golfen? Golfen ist Spazierengehen für Wichtigtuer.

Valerie hat auf dem Steckbrief handschriftlich vermerkt, dass der Mann schon mehrmals im Singlepool aufgetaucht ist. Ich kann also einfach anrufen und auf seine Kontaktanzeige zu sprechen kommen. Als ich die Nummer anwähle, meldet sich eine Sekretärin. Ich sage der Frau, dass ich Herrn Zumrode in einer persönlichen Angelegenheit sprechen möchte.

»Eine persönliche Angelegenheit?«, fragt sie misstrauisch zurück. »Können Sie mir vielleicht einen kleinen Anhaltspunkt geben, damit ich beurteilen kann, wie persönlich diese Angelegenheit tatsächlich ist?«

»Sex«, sage ich.

»Moment, ich verbinde.«

Während ich in der Warteschleife hänge, geigt mir Vivaldi was ins Ohr, und ab und zu sagt jemand: »Please hold the lion.«

Bitte halten Sie den Löwen. Würde ich ja gerne, aber erst einmal muss ich ihn an der Strippe haben.

Das ist schon eine Minute später der Fall. »Ja?«, höre ich eine ungeduldig klingende Männerstimme fragen.

»Hallo«, sage ich und warte dann, um meinem Gesprächspartner die Gelegenheit zu geben, sich mit Namen zu melden, wie es sich gehört.

»Wer sind Sie? Was wollen Sie?«, fragt Zumrode genervt.

»Spreche ich mit Alexander Zumrode?«

»Nein, Sie sprechen mit dem Papst!«, schnauzt er mich an. »Und jetzt kommen Sie bitte zur Sache. Meine Zeit ist knapp bemessen.«

Ich kann nicht gerade behaupten, dass dieser Alexander Zumrode mir besonders sympathisch ist. Auf einer Symathieskala von Spinne bis Schmetterling liegt er ungefähr bei Wurm. Aber schließlich habe ich schon ganz andere Telefonate geführt. Schlimmer als ein notgeiler Kerl, der mit heruntergelassenen Hosen und erigiertem Glied durch seine Wohnung in die Küche humpelt, wird dieser Zumrode auch nicht sein.

»Mein Name ist Pia Herzog. Ich rufe aufgrund Ihrer Anzeige in der XX an. Ist schon eine Weile her, aber vielleicht sind Sie ja noch interessiert, jemanden kennen zu lernen.«

Sein Ton wird ein wenig sanfter, als er antwortet: »Ja, das wäre ich schon. Aber ich weiß ja überhaupt nichts über Sie. Sie könnten hässlich sein wie die Nacht, und ich vergeude nur meine Zeit, wenn ich Sie treffe.«

»Und Sie könnten ein unhöflicher Idiot ohne Manieren sein und Ihr Foto in der Anzeige so retuschiert, dass nicht einmal Ihre Mutter sie wiedererkennen würde.«

Ich höre, wie er sich räuspert, dann zwei, drei Sekunden schweigt und schließlich sagt: »Nun gut, lassen Sie uns das Risiko eingehen. Meine Sekretärin soll Ihnen diese Woche einen Termin nach siebzehn Uhr geben. Sagen Sie ihr, es handelt sich um Prioritätsstufe Gelb. Bis demnächst.«

Dann übernimmt wieder Vivaldi, bis ich endlich Zumrodes Sekretärin um einen Termin bitten kann.

»Wie dringend ist der Termin?«, fragt sie mich, und ich beschließe, die Sache ein wenig zu beschleunigen. Warum soll ich auf dem gelben Teppich in Zumrodes Leben treten? Schließlich bin ich auch wer.

»Prioritätsstufe Rot«, sage ich in der Überzeugung, dass dies wohl die höchste Dringlichkeit bedeutet. Auch meine Zeit ist knapp bemessen.

Schon am übernächsten Tag treffe ich mich um halb sechs abends mit Zumrode in dessen Firma. Nachdem ich eine Viertelstunde im Vorzimmer gewartet habe, geleitet mich seine Sekretärin in ein großes, helles Büro. Der Schreibtisch ist so riesig, dass man ihn auch zum Tabledance gebrauchen könnte.

Alexander Zumrode steht auf, gibt mir die Hand und bietet mir einen Platz auf der anderen Seite des Schreibtisches an. Beim Handshake fallen mir seine manikürten Fingernägel auf und ein protziger Siegelring mit grünem Stein, passend zur Farbe seiner Augen und meines Kleides und zur Bankers Lamp neben dem Computer und zum Riesenkaktus in der Ecke.

»Sie haben unser Treffen bei meiner Sekretärin dringender erscheinen lassen als aufgetragen«, beginnt er vorwurfsvoll. »Ich bat Sie, einen Termin mit Priorität Gelb zu vereinbaren, aber Sie haben Rot daraus gemacht. Das ist kein guter Start.«

Das finde ich auch. Bei seiner umwerfenden Freundlichkeit wundert es mich nicht, dass er ständig Kontaktanzeigen aufgeben muss.

Ich zucke gleichgültig mit den Schultern. »Ich bin farbenblind.«

Er macht eine Handbewegung, als wolle er das Thema vom Tisch wischen. »Möchten Sie etwas trinken?«

»Nein, danke. Darf ich rauchen?«

»Ich bin Nichtraucher.«

Das ist nicht das, was ich wissen wollte. »Macht ja nichts«, sage ich. »Zur Not rauche ich auch allein. Also, darf ich?«

»Nein.«

Wütend stecke ich die Zigarettenschachtel, die ich schon

hervorgeholt habe, wieder in meine Handtasche zurück und schaue Zumrode böse an. Ein großes Liebespaar werden wir zwei bestimmt nicht.

»Auch gut«, überspiele ich meinen Ärger. »Im Grunde genommen bin ich sowieso Nichtraucher. Ich rauche nur, um von diesen Nikotinpflastern loszukommen.«

Zumrode verzieht keine Miene. Entweder hat er keinen Humor oder er kannte den Spruch schon. Er lehnt sich in seinem Chefsessel zurück, legt die Hände mit verschränkten Fingern auf den Schreibtisch, als wolle er beten, und klopft seine Daumen in einem unruhigen Rhythmus gegeneinander. »So, Frau Herzog, jetzt erzählen Sie mal. Wieso wollten Sie ausgerechnet mich kennen lernen? In dieser Kontaktbörse haben sich doch unzählige Männer vorgestellt.«

Fishing for compliments nennt man das wohl. Aber ich denke nicht daran, sein aufgeblasenes Ego zu streicheln. »Die anderen habe ich alle schon durch«, sage ich. »Sie sind der Letzte.«

Innerlich habe ich Zumrode schon abgehakt. Der Mann ist mir zu kalt, zu glatt, zu hart. Ein Eiswürfel im Dekolleté ist mir sympathischer. Aber wenn ich schon einmal hier bin, kann ich auch ein wenig mit ihm plaudern und seine kostbare Zeit verschwenden.

Falls ihn meine Provokation getroffen hat, lässt er es sich nicht anmerken. »Dann haben Sie also Erfahrung auf diesem Gebiet«, sagt er sachlich, ganz der Personalchef.

»Das schon«, bestätige ich. »Aber leider habe ich nicht daran gedacht, mir Zeugnisse ausstellen zu lassen.«

»Dann werde ich mir wohl selbst ein Bild machen müssen.«

In dem Moment klopft es an der Tür und seine Sekretärin schaut herein. »Herr Zumrode, darf ich kurz stören? Da ist ein Herr ...«

»Jetzt nicht!«, herrscht er sie an. »Wie oft soll ich es noch sagen? Keine unangemeldeten Besucher, es sei denn der Kategorie A. Ist dieser Mann Kategorie A?«

»Das nicht. Aber ich dachte ...«

»Denken Sie nicht! Machen Sie einfach Ihren Job. Und nach Möglichkeit etwas besser als in letzter Zeit. Kriegen wir das hin? Ja? Sehr schön. Ist sonst noch was?«

Die Frau ist knallrot angelaufen. Sie schüttelt den Kopf und flüchtet wortlos nach draußen.

»Wo waren wir stehen geblieben?«, fragt Zumrode. »Ach ja, ich wollte mir ein eigenes Bild von Ihnen machen.«

Ich erhebe mich. »Was mich betrifft, so habe ich bereits ein sehr deutliches Bild von Ihnen, Herr Zumrode. Und ich finde es beschissen.« Ich strecke ihm meine Hand zur Verabschiedung entgegen. »Und jetzt will ich Ihre kostbare Zeit nicht länger in Anspruch nehmen.«

Er schaut mich eine Sekunde lang erstaunt an, erhebt sich seinerseits und ergreift meine Hand. »Sie kennen nur einen kleinen Ausschnitt des Bildes. Kommen Sie, Pia, gehen wir, damit ich Ihnen den Rest zeigen kann! Ich heiße Alexander. Sie dürfen Alex zu mir sagen.«

Alex führt mich groß aus. Zuerst lädt er mich zu einem eleganten Essen bei einem Nobelitaliener ein, in dessen Verlauf ich mit ihm mühselig die einzelnen Stufen seiner Karriere hochklettern muss: Abitur, Betriebswirtschaftsstudium, Auslandssemester in den USA, erste Berufserfahrungen bei Ford und seit einem Jahr Personalchef in seiner jetzigen Firma und jüngstes Vorstandsmitglied obendrein.

Ich erzähle ihm dafür meinen Lebenslauf, der wesentlich kürzer ausfällt. Abitur, dann ein Jurastudium, das ich abgebrochen habe, um mich selbstständig zu machen. Jetzt freie Unternehmerin, Vorstand, Personalchef, Betriebsrat und Putzfrau in Personalunion.

»Warum haben Sie das Studium aufgegeben, Pia? Zu schwierig?«, will er wissen.

»Ich hatte Wachbleibstörungen. Sobald ich den Hörsaal betrat, fielen mir die Augen zu. Ich habe da eine Theorie. Ich glaube, dass Dornröschen die erste Jurastudentin war.«

»Das ist alles eine Frage der Disziplin.«

»Genau. Und Jura war eindeutig die falsche Disziplin für mich. Jetzt arbeite ich als Astrologin, sehr diszipliniert und erfolgreich und vor allem mit Freude.«

Zumrode tupft sich mit seiner Serviette die Mundwinkel ab. »Wenn alle nur das tun würden, was ihnen Freude macht, müssten wir unser Geschirr jetzt wohl selbst wegräumen.«

»Und da sind Sie sich wohl zu schade für, wie?« Kurz entschlossen stehe ich auf, stelle unsere Teller zusammen, lege das Besteck obenauf und trage das Ganze in die Küche.

Die Leute, die dort arbeiten, schauen mich überrascht an. Eine Kellnerin kommt auf mich zugelaufen und nimmt mir das Geschirr ab. »War etwas nicht nach Ihrem Geschmack?«, fragt sie irritiert.

»Ja, meine Begleitung«, sage ich. »Ansonsten war alles perfekt.«

Während des Desserts fängt Zumrode an, sich über meine Tätigkeit als Astrologin lustig zu machen. »Dann glauben Sie bestimmt auch an Außerirdische, Pia, oder an Vampire und an Wiedergeburt und solche Sachen.«

»Genau«, sage ich. »Und an nette Männer glaube ich auch noch. Ganz schön naiv, wie?«

»Es ist mir jedenfalls schleierhaft, wie man im Zeitalter der Genetik und Hirnforschung noch ernsthaft an den Einfluss von lichtjahreweit entfernten Sternen glauben kann. Pia, was soll das denn für eine mysteriöse Kraft sein, die auf unser Schicksal und unseren Charakter wirkt?«

»Das ist noch nicht erforscht«, muss ich zugeben. »Vielleicht Neutrinos.«

»Neutrinos?«

»Neutrinos.«

»Was sind Neutrinos?«, fragt er.

»Das sind unsichtbare russische Kleinteile«, antworte ich. »Aber so genau weiß man das nicht.«

Zumindest ich nicht. Und Zumrode wohl auch nicht. Wenn

mir statt seiner Matthias gegenübersäße, hätte der bestimmt wieder einen Lachanfall bekommen.

Ich beschließe, unser nettes Zusammensein zu beenden und mir ein Taxi zu rufen. Aber mein Tischnachbar kommt mir zuvor und sagt: »Ich habe eine geniale Idee, was wir jetzt machen könnten. Die ideale Beschäftigung nach einem guten Essen.«

Ich winke ab. Seine geniale Idee wird wohl eher eine genitale Idee sein. »Ihr Männer denkt wirklich immer nur an das eine«, schimpfe ich. »Aber das können Sie vergessen, Alex.«

»Irrtum, das meinte ich nicht. Lassen Sie sich überraschen, Pia.«

Teils aus Neugier und teils aus lethargischen Gründen gebe ich nach. Vielleicht wird mir Zumrodes Idee ja gefallen. Und vielleicht gibt es tatsächlich Außerirdische und Vampire und nette Männer.

Alex steuert seinen S-Klasse Mercedes direkt vor den Eingang des Golfclubs. Das also war seine geniale Idee. Wenn alle genialen Ideen in der Menschheitsgeschichte dieses Kaliber gehabt hätten, säßen wir heute noch in Höhlen ohne Elektrizität, ohne sanitäre Einrichtungen, ohne Heizung, ohne Duftkerzen.

»Was sollen wir hier? Ich spiele kein Golf«, maule ich.

»Wir spielen ja auch nicht. Wir genießen das schöne Wetter, machen einen Verdauungsspaziergang an der frischen Luft und nebenbei lasse ich Sie ein paar Schläge probieren, einverstanden?«

Ich schaue ihn grimmig an. »Darf ich mir aussuchen, wen ich schlage?«

Im Clubhaus besorgt er mir Golfschuhe, und wir laufen auf das Grün, wobei er einen Trolley mit seinem Golfsack hinter sich herzieht. Nach zwanzig Minuten gelangen wir an einen kleinen, künstlich angelegten See.

Zumrode stellt seinen Golfkarren ab. »Das hier ist eine schöne Stelle. Eigentlich übt man auf der Driving Range, aber hier ist es reizvoller. Außerdem ist kaum was los, weil viele schon im Urlaub sind.« Er legt einen Golfball auf den gepflegten Rasen am Seeufer und zieht einen Schläger aus der Tasche. »Passen Sie auf, Pia, ich zeige Ihnen jetzt, wie ein erfahrener Golfspieler einen Treibschlag ausführt. Ich werde den Ball über den See auf das jenseitige Grün spielen, und zwar möglichst nah an die Fahne heran, die Sie dort sehen. Und danach versuchen Sie, es mir nachzumachen.«

Er stellt sich mit geschlossenen Beinen quer zum Ball, geht leicht in die Knie, visiert kurz das Ziel an, dreht sich in der Hüfte und zirkelt den Ball mit einer geschmeidigen, schwungvollen Bewegung in hohem Bogen über die Wasserfläche ans andere Ufer.

»Nicht optimal getroffen«, kommentiert er. »Die Flugbahn war viel zu flach.« Er legt einen neuen Ball zurecht und reicht mir den Golfschläger. »Jetzt Sie, Pia! Viel schlechter als ich eben können Sie auch nicht sein.«

Ich gehe auf sein selbstgefälliges Gequatsche überhaupt nicht ein, sondern konzentriere mich darauf, den Bewegungsablauf, den er mir vorgemacht hat, einigermaßen hinzukriegen. Das gelingt mir erstaunlich gut. Ich schlage elegant und mit Schwung. Ich bin wohl so etwas wie ein Naturtalent. Nur mit der Flugbahn des Balles bin ich noch nicht ganz zufrieden. Es gibt nämlich keine Flugbahn. Der Ball liegt immer noch da, wo Zumrode ihn abgesetzt hat. Ein klitzekleiner Schönheitsfehler. Aber sonst war ich perfekt.

»Also, Pia, den Ball müssen Sie schon treffen, sonst nützt Ihnen der ganze schöne Schwung nichts«, sagt Zumrode mit einem geringschätzigen Grinsen auf den Lippen. »Nehmen Sie noch einmal Maß und versuchen Sie es mit weniger Elan. Nur Mut!«

Ich atme tief durch, mache einen Test in Slow Motion und starte einen zweiten Versuch, diesmal ganz sachte, mit einer langsamen, aber präzisen Bewegung. Ein Klacken verrät mir, dass ich den Ball getroffen habe. Aber er gewinnt nicht an

Höhe, sondern kullert gemächlich auf den See zu und verschwindet – *blub* – im Wasser.

Zumrode verdreht die Augen. »Was soll das denn gewesen sein? Das ist ein Golfschläger und kein Eierlöffel. Geben Sie her, das Ding! Ich zeige es Ihnen noch einmal.«

Er legt den nächsten Ball zurecht und drischt ihn mit einer Leichtigkeit über den See, die mich noch im Nachhinein aussehen lässt, als wäre ich grobmotorisch schwer gestört. Er nickt zufrieden, als er sieht, wie nah an der Fahne der Ball zum Liegen kommt. »So macht man das! Sie müssen sich nur konzentrieren!« Er legt mir wieder einen Ball hin und überreicht mir den Schläger. »Jetzt aber!«

Vor lauter Konzentration steht mir schon der Schweiß auf der Stirn. Aber auch diesmal schlage ich wieder daneben. Nur ein Stück Rasen fliegt durch die Luft, allerdings auch nicht sehr weit. Mittlerweile bin ich schon ein bisschen zittrig. Das wird nach den nächsten drei Fehlschlägen nicht besser.

Zwischendurch zeigt Zumrode mir, wie einfach es ist, würde man sich nicht so deppenhaft anstellen wie ich. Langsam fange ich an, ihn zu hassen. Aber bevor ich ihn erschlage und ins Zuchthaus wandere, will ich wenigstens ein einziges Mal einen verfluchten Ball über den verkackten See hauen.

Auch Zumrode ist zunehmend genervt. Jetzt hat er eine neue Idee. Er legt zwei Bälle dicht nebeneinander. »So, einen davon werden Sie wohl treffen. Jetzt mit Schwung!«

Ich ziele, hole aus, drehe, schwinge, schlage, treffe, ja! Die beiden Bälle spritzen seitlich links und rechts davon. Dafür fliegt der Schläger wunderschön geradeaus und platscht in den See.

Zumrode starrt mich entgeistert an. »Kann es sein, dass Sie das extra machen?«, fragt er mich kopfschüttelnd.

»Heißt das, es war wieder nicht gut?«, frage ich zurück.

»Ich sammle jetzt drüben die Bälle ein und dann fahre ich

Sie nach Hause«, knurrt Zumrode und stapft über eine Brücke an das andere Ufer.

Ich weiß gar nicht, warum er so sauer ist. Er sollte lieber froh sein, dass ich den Schläger im See versenkt habe. Sonst hätte ich ihn nämlich bei der nächsten blöden Bemerkung in seinen arroganten Hals geschoben.

»Ich dachte, Sie wollten mich nach Hause bringen«, sage ich, als Zumrode die Einfahrt zu einer Villa nimmt, nur zehn Minuten Fahrzeit vom Golfplatz entfernt.

»Das ist mein Zuhause«, sagt er, deutet mit einer großartigen Armbewegung in Richtung Villa und öffnet dann per Fernbedienung eine große Doppelgarage. Als er sieht, dass ich protestieren will, fügt er hinzu: »Keine Angst, Pia, ich werde Ihnen schon nichts tun. Habe ich eigentlich bereits erwähnt, dass ich ganz exquisite Cocktails mixen kann?«

Womit er sogar Recht hat, wie ich wenig später an der Hausbar feststelle. Der Cocktail, den er für mich macht, schmeckt so gut, dass ich Zumrode seine Prahlerei verzeihe. Wenn ich noch einen trinke, verzeihe ich ihm wahrscheinlich auch, dass er ein Arschloch ist. Und nach dem dritten dürfte er mich womöglich sogar heiraten.

Zum Glück komme ich nur bis zum zweiten. Dann bemerkt Zumrode, dass er mir noch überhaupt nicht das Haus gezeigt hat. »Wie wär's? Hätten Sie Lust, mich durchs Haus zu führen?«, fragt er mich.

Ich zucke mit den Achseln. Im Moment ist mir alles egal. Die Cocktails hatten es in sich. Um mich herum dreht sich alles. Eigentlich könnte ich auch hier sitzen bleiben und warten, bis die anderen Räume an mir vorbeikommen.

»Ich ziehe mich nur kurz um«, sagt Zumrode und verlässt den Raum. »Nicht weglaufen!«

Ich lasse mir den letzten Tropfen aus meinem Cocktailglas in die Kehle rollen. Dann beginne ich, an der Limonenscheibe zu lutschen. Dann sehe ich, dass Zumrodes Glas nur halb leer ist, und ändere das. Dann frage ich mich, warum er so lange braucht. Und weshalb muss er sich eigentlich umziehen, wenn er mir das Haus zeigen will?

In dem Moment öffnet sich die Tür und Zumrode kommt zurück. Verdammt, ich hätte nicht so viel trinken sollen! Dann hätte ich jetzt auch nicht diese eklige Halluzination.

Zumrode kraucht auf Händen und Knien auf mich zu. Außer einem breiten Hundehalsband ist er vollkommen nackt. Die dazugehörige Leine hält er in einer Hand. In seinem Mund apportiert er eine Reitpeitsche.

Während ich noch überlege, ob ich lachen oder kotzen soll, legt er die Reitpeitsche in meinem Schoß ab. Zugleich drückt er mir die Leine in die Hand. »Herrin, Euer Sklave ist bereit für eine Runde durchs Haus.«

Er kauert sich wieder auf den Boden und leckt mit seiner Zunge meinen rechten Schuh ab.

Angewidert ziehe ich meinen Fuß zurück. »Lass das!«, fahre ich ihn an. »Die waren teuer.«

Sofort legt er seine Stirn demütig auf den Fußboden. »Entschuldigung, Herrin«, höre ich ihn murmeln. »Bestrafen Sie mich!«

Ich betrachte ungläubig den Speichel auf meiner Schuhspitze. Das sind mal meine Lieblingspumps gewesen. Aber wenn ich sie in Zukunft anziehe, werde ich wohl immer das Bild vom nackten Zumrode mit Hundehalsband vor Augen haben. Jetzt hätte ich wirklich Lust, ihm ein paar mit der Peitsche überzuziehen.

Raus hier!, lallt eine Stimme in meinem Kopf. Schnell raus, bevor ich mich vergesse. Ich springe vom Barhocker, wobei ich aufpassen muss, nicht auf Zumrodes Hände zu treten. Aber wahrscheinlich bin ich zu schnell aufgesprungen, denn plötzlich wird mir schwarz vor Augen und ich muss mich an der Bar abstützen und ein paar Mal tief durchatmen.

Ein seltsam elektrisierendes Gefühl schreckt mich auf. Zumrode kniet vor mir und hat seinen Kopf unter meinem

Kleid. Ich spüre, wie seine Zunge sich zwischen meinen Beinen zu schaffen macht.

»Aufhören!«, schreie ich und versuche, ihn von mir wegzustoßen. Aber er umklammert meinen Hintern und presst seinen Mund fest gegen meine Scham. »Lass mich los, du Schwein!«

Seine Zunge arbeitet unermüdlich, und ich spüre, wie ich unwillkürlich erregt werde. »Nicht!« Ich stemme mich gegen seine Schultern, aber er ist stärker, seine Hände pressen so fest gegen meine Pobacken, dass bestimmt Handabdrücke zurückbleiben werden. Und dann diese elende Zunge!

»Nein«, keuche ich immer wieder. Vor lauter Verzweiflung versetze ich ihm einen Hieb mit der Reitpeitsche. Ich höre ihn schmerzerfüllt grunzen, aber er macht weiter. Also mache ich auch weiter und schlage erneut zu. Sein Hintern bildet ein vortreffliches Ziel, ganz anders als so ein winziger Golfball.

Ich lasse die Reitpeitsche bestimmt noch zwei, drei Mal auf seinen Allerwertesten knallen, aber das scheint sein Zungenspiel nur noch mehr anzufeuern. Mir wird so heiß, dass mein Blut jeden Moment überkochen wird.

Und zwaaaar ... jetzt!

Ich kann nicht fassen, dass mich mein eigener Körper dermaßen hintergeht und gegen meinen Willen zum Höhepunkt kommt. Darüber bin ich so wütend, dass Zumrode gleich noch eins mit der Peitsche kriegt. Endlich lässt er von mir ab und fängt wieder an, meine Füße zu küssen.

»Du!«, schnaube ich. Mir fällt kein Wort ein, das meiner Abscheu auch nur annähernd gerecht wird.

»Ich habe mich gehen lassen, Herrin«, jammert Zumrode. »Ich muss bestraft werden. Bestrafen Sie mich, Herrin!«

»Du ekelhafter, kleiner ...«

So schnell ich kann, ziehe ich meinen Slip wieder hoch und werfe Zumrode die Reitpeitsche an den perversen Schädel. Wenn man einen Golfschläger braucht, ist natürlich keiner da.

»Ich muss hart bestraft werden«, wiederholt Zumrode, als ich an ihn vorbei in Richtung Ausgang renne.

Ende! Das war's mit der Wette. Jetzt ist Schluss mit den Sexabenteuern!

In der offenen Garage sehe ich Zumrodes Mercedes stehen. Ich hole meinen Schlüsselbund aus der Handtasche. Das Geräusch, das mein Haustürschlüssel macht, als er längs der Fahrerseite über den Lack kratzt, ist Musik in meinen Ohren. Zufrieden trete ich einen Schritt zurück und betrachte mein Werk.

Wenn jemand so sehr um Strafe bettelt, kann ich ihn einfach nicht enttäuschen. Was soll ich machen? Ich habe nun mal ein weiches Herz.

Zu Hause lasse ich mir ein Bad ein, das ich die nächsten zwei Stunden nicht zu verlassen gedenke. So lange brauche ich mindestens, um den Schmutz aus meinen Gedanken zu waschen.

Ich stelle mir ein Glas Rotwein an den Wannenrand und lege mich mit einem Buch in das heiße, schaumige, nach Rosen duftende Wasser. Zurzeit lese ich gerade *Mondscheintarif* von Ildikó von Kürthy. Ich mag es, wenn andere Frauen Probleme mit Männern haben. Allerdings nicht etwa, weil ich mich mit ihnen identifiziere, sondern aus purer Schadenfreude. Ha!, denke ich manchmal, das geschieht dir recht, du dumme Kuh! Warum hast du nicht das und das gemacht und jenes besser gelassen. Selber schuld, wenn dein Traumtyp nicht anruft. Aber dann freue ich mich doch mit, wenn zum Schluss die Liebe siegt. Die Frauen in solchen Romanen haben es unverschämt gut. Die können sich so blöd anstellen, wie sie wollen, am Ende kriegen sie ja doch ihren Mr Right. Und das wissen sie auch! Ich dagegen lerne nur Mr Wrongs kennen. Wo bleibt denn mein Happy End? Wann kümmert sich da mal jemand drum?

Ich habe gerade zwei Seiten gelesen, als das Telefon klingelt. Mist! Das war ja klar. Warum habe ich es nicht gleich mit ins Bad genommen? Selber schuld, blöde Kuh!, denke ich und steige aus der Wanne. Schließlich könnte es etwas Wichtiges sein. Matthias zum Beispiel, der sich mit mir verabreden will.

Oder Stefan, der vielleicht mit der Teuser Schluss gemacht hat und jetzt eine Schulter braucht, an die er sich lehnen kann, eine Hand, die ihn streichelt, einen Mund, der ihn küsst, und was weiß ich welche Körperteile noch. Vielleicht ist es auch der Bundespräsident, der mir das Bundesverdienstkreuz verleihen will.

Nackt, nass und frierend greife ich zum Telefon. Es ist Dagmar. Enttäuscht und verärgert steige ich mit ihr zurück in die Wanne. Für einen Moment habe ich schon Angst, sie könnte mich fragen, ob ich noch einmal beim Telefonsex aushelfen würde. Das würde ich aber nur, wenn sie mich mit vorgehaltener Waffe dazu zwänge. Und die Waffe müsste sehr, sehr bedrohlich wirken, nichts unterhalb eines Raketenwerfers. Doch Dagmar kann ihren Raketenwerfer stecken lassen. Sie und ihre Kolleginnen haben mittlerweile alles im Griff. Und außerdem hat Tanja angekündigt, dass sie spätestens Anfang Oktober wieder zurück sein will. Ihre Mutter kommt voraussichtlich nächste Woche aus dem Krankenhaus, sodass Tanja noch gut einen Monat zusammen mit ihren Eltern verbringen kann. So lange werden Dagmar und die anderen auf jeden Fall die Stellung halten.

»Aber da gibt es einen Typen, der nervt. Der will unbedingt wieder mit dir sprechen«, sagt Dagmar. »Deine Sonderbehandlung hat ihn total heiß gemacht. Er träumt angeblich sogar davon.«

Ich lache überrascht auf. »Das kann eigentlich fast nicht sein. Ich hatte nicht gerade viele Anrufer, weißt du.«

»Er sagt, allein dein Tonfall hätte ihm Schauer über den Rücken gejagt. Und dann hättest du ihn in die Küche geschickt und verlangt, dass er irgendwelche Sachen macht. Was für Sachen, wollte er nicht sagen. Aber er kriegt nur noch einen hoch, wenn er dabei an deine Stimme denkt. Er will dich unbedingt wieder hören. Er würde auch etwas extra springen lassen.«

Küche? Das muss der Typ sein, den ich an den Mixer verwiesen habe. Die Welt ist krank. Sehr, sehr krank.

»Nein!«, rufe ich entschieden. »Das kann er vergessen! Sag ihm, wenn er meinen Rat befolgt hätte, dann hätte er jetzt diese Probleme nicht.«

Dagmar sieht schließlich ein, dass sie mich nicht überreden kann, und wir beenden das Gespräch.

Es dauert eine Weile, bis ich mich wieder auf meine Lektüre konzentrieren kann. Cora, die Hauptfigur, wartet gerade sehnsüchtig auf einen Anruf, als es bei mir erneut klingelt. Diesmal ist es nicht das Telefon, das griffbereit neben mir liegt, sondern mein Handy in der Handtasche, die im kalten, dunklen, ungemütlichen Flur liegt. Ich stöhne und überlege mir, ob ich es einfach ignorieren soll. Aber vielleicht ist es Matthias. Es könnte auch Stefan sein. Für den Bundespräsidenten würde ich nicht noch einmal meinen Hintern aus dem warmen Wasser heben. Aber vielleicht ist es auch meine Mutter. Seit zwei Wochen ist sie bereits in der Toskana und hat sich kein einziges Mal gemeldet und offenbar auch ihr Handy ausgeschaltet.

Also raus aus der Wanne, ran ans Telefon. Als sich tatsächlich Stefan meldet, falle ich beinahe in Ohnmacht. Ich denke zwar fast jedes Mal, wenn jemand bei mir anruft, es könnte Stefan sein, aber das ist mehr ein theoretischer Gedanke, so wie ich auf meinem Lottoschein nachsehe, ob ich sechs Richtige habe.

»Oh, das ist aber eine Überraschung«, sage ich. »Ich liege gerade in der Badewanne.«

»Alleine?«, fragt Stefan.

Ich stelle mir vor, wie dabei ein verschmitztes Lächeln über sein Gesicht huscht. »Nur ich und meine Tigerente«, antworte ich, während ich mich wieder ins warme Wasser gleiten lasse. »Warum fragst du? Möchtest du uns vielleicht Gesellschaft leisten?«

»Ist das ein Angebot zum Geschlechtsverkehr?«

»Das ist ein Angebot zur Körperpflege.«

Stefan lacht, und mir wird schlagartig bewusst, wie sehr ich dieses Lachen vermisst habe. Vielleicht sogar mehr als den Sex mit ihm. Aber das werde ich ihm lieber nicht verraten.

»Klingt verlockend«, meint Stefan. »Aber ich habe leider überhaupt keine Zeit, Pia. Reisevorbereitungen. Bea und ich fahren morgen nach Berlin. Deshalb rufe ich auch an. Ich wollte wissen, ob das mit dem Gutschein noch gilt. Wir wären dir nicht böse, wenn du es dir zwischenzeitlich anders überlegt hättest.«

Mir ist, als wäre mein Badewasser schlagartig gefroren.

»Unsinn! Ich wünsche euch viel Spaß«, sage ich. Die Worte fallen aus meinem Mund wie Eiswürfel.

»Danke. Wir haben uns gedacht, weil Maria Himmelfahrt auf einen Freitag fällt, hängen wir den einen Tag noch dran. Den bezahlen wir natürlich selbst. Und wenn ich etwas Schönes finde, bringe ich dir was mit. Du warst doch artig, oder?«

»Kennst mich doch«, sage ich.

»Ich bringe dir trotzdem was mit.«

»Vielleicht mal einen Blumentopf«, schlage ich schnippisch vor. »Kochtöpfe habe ich nämlich genügend.«

»Das glaubst du! Du solltest mal Beas Küche sehen. Die hat Dutzende Töpfe, Pfannen und Tiegel, unglaublich.«

»Tja, ich schätze mal, *kochen* kann sie besser als ich.«

»Sie hat viele Qualitäten«, sagt Stefan anzüglich.

»Keine Details bitte.«

»Warum nicht? Ich kann dein Liebesleben schließlich auch Monat für Monat in allen Einzelheiten nachlesen.«

»Ach, du meinst meine Kolumne in der XX?« Ich lache laut auf. »Das ist nur die Spitze des Eisbergs. Das meiste kann man nicht drucken, wegen Jugendschutz und so.«

Stefan räuspert sich. »Na, dann will ich dich nicht länger aufhalten. Du musst dich bestimmt fertig machen für einen Besuch in irgendeinem Swingerclub oder so.«

»Ja, stimmt. Ich habe viel nachzuholen, weißt du. Ich habe schließlich jahrelang quasi in Askese gelebt.«

Ein paar Sekunden schweigt Stefan mich lautstark an. Dann sagt er aufgeräumt: »Es ist immer wieder nett, sich mit dir zu unterhalten.«

»Unsere Unterhaltungen vermisse ich auch ein bisschen. Alles andere – na ja. Viel Spaß in Berlin jedenfalls. Gruß an Bea.«

»Werde ich ausrichten. Und du grüße – tja, wer auch immer gerade an deiner Seite liegt. Tschüs, Pia.«

Arschloch! Gut, dass ich den los bin!

Aber mein Herz sieht das offenbar anders. Seit Stefans Anruf hat es angefangen, auf mich einzuschlagen.

BUMM – Stefan und die Teuser sind immer noch zusammen.

BUMM – morgen liegen sie schon zusammen im Hotelbett, trinken Champagner und stoßen auf die dumme Pia an, die ihnen dieses Wochenende in Berlin geschenkt hat.

BUMM – vielleicht werden sie irgendwann heiraten.

BUMM – Kinder kriegen.

BUMM – glücklich sein.

BUMM, BUMM – und ich werde wie Tanja werden, von Männern umringt, aber in Wirklichkeit einsam. Lachend und gut gelaunt, aber in Wahrheit unglücklich.

BUMM, BUMM, BUMM – meine Mutter lässt sich vielleicht scheiden und heiratet diesen Schönling.

BUMM, BUMM, BUMM, BUMM – mein Vater zieht bei mir ein.

Ich greife schnell wieder nach meinem Buch, um mich abzulenken, bevor ich einen Herzinfarkt kriege. Ich brauche jetzt dringend eine andere unglückliche Frau, über deren Probleme ich lachen kann. Und tatsächlich, nach zwanzig Minuten habe ich mich ein wenig entspannt.

Da klingelt es schon wieder. Die beiden Telefone auf der Wannenablage schweigen mich jedoch nur höhnisch an. Diesmal klingelt es nämlich an der Tür.

Schön, macht mich nur fertig, Leute! Seufzend steige ich aus dem Wasser, ziehe mir meinen Bademantel über und öffne die Tür.

»Das glaubst du nicht«, begrüßt mich mein Vater und wedelt mit einem Blatt Papier vor meiner Nase. »Deine Mutter – das glaubst du nicht.«

Inzwischen glaube ich fast alles über jeden, denke ich. So leicht erschüttert mich nichts mehr. Aber ein mulmiges Gefühl beschleicht mich schon, als ich meinem Vater zur Beruhigung erst einmal einen Tee koche, während er im Wohnzimmer über meine Mutter schimpft.

»So, jetzt mal in aller Ruhe«, sage ich, nachdem mein Vater einen ersten Schluck Tee getrunken hat. Mir selbst habe ich auch eine Tasse gemacht. Grüner Tee, ein Überbleibsel aus meiner kurzen Gesünder-leben-Phase, die Ariane bei mir ausgelöst hatte.

»Also, ich bin – rein zufällig natürlich – auf den Kontoauszugsordner deiner Mutter gestoßen«, beginnt er hastig zu erzählen. »Ich habe irgendwelche Unterlagen gesucht, ist ja auch egal. Jedenfalls habe ich einen Blick reingeworfen und das ist mir dabei aufgefallen.«

Seine Hand zittert vor Aufregung, als er mir das Blatt reicht. Ich falte es auseinander und sehe, dass er dort Zahlen und Daten aufgelistet hat: 7. Mai – 500 Euro, 2. Juni – 700 Euro, 7. Juli – 500 Euro, 4. August – 1100 Euro.

»Und?«, frage ich. »Was bedeutet das?«

»Das sind Überweisungen, die deine Mutter getätigt hat. Als Empfänger immer derselbe Mann – Max Collenberg in Düsseldorf. Und jetzt rate mal, in welcher Gegend dieser Collenberg wohnt.«

Ich zucke mit den Achseln. »Keine Ahnung«, sage ich, während in mir die Gedanken rasen. Mir fällt wieder ein, wie meine Mutter mir gesagt hat, sie sei alt, aber das würde sich ändern. Wie verletzt sie war, als mein Vater sie so schäbig mit einer viel jüngeren Frau hintergangen hat. Kann es sein, dass dies ihre Rache ist? Dass sie sich einfach einen jüngeren Liebhaber gekauft hat?

»In Kaiserswerth!«, trompetet mein Vater. »Und jetzt rate mal, in welchem Haus.«

Ich wünschte, mein Vater würde mit diesen Ratespielen aufhören. So langsam komme ich mir richtig verlogen vor, weil ich außer über diese Zahlungen über alles andere Bescheid weiß und es ihm verschwiegen habe.

Rate mal, Papa, bei wem meine Mutter neulich geduscht hat. Rate mal, wie die Freundin heißt, mit der sie angeblich in der Toskana Urlaub macht. Rate mal, wie alt dieser Collenberg ist.

»Etwa in dem Haus, das du mir neulich gezeigt hast?«, frage ich scheinheilig. »Ja, ich erinnere mich: Da hat auch ein Collenberg gewohnt, glaube ich. Und was bedeutet das alles?«

»Dass deine Mutter übergeschnappt ist!«, ruft mein Vater. »Dass sie sich einen verdammten Lover hält.«

»Für fünfhundert Euro im Monat?«, frage ich skeptisch.

»Er muss ja kein professioneller Callboy sein. Nur ein Scheißkerl, der sich eine Weile von Elvira aushalten lässt.«

»Glaube ich nicht«, sage ich gegen meine eigene Überzeugung. »Dann wäre sie doch auch mit ihm in der Toskana und nicht mit ihrer Freundin.«

»Wahrscheinlich ist sie das auch! Der hohe Betrag im August – das war bestimmt sein Urlaubsgeld, verflucht!«

»Kann ich mir nicht vorstellen«, sage ich. »Willst du noch einen Tee?«

Nachdem mein Vater eine halbe Stunde später gegangen ist, brauche ich erst einmal einen Schnaps, um den Schock zu verdauen und den Geschmack von grünem Tee loszuwerden. Ich fühle mich kraftlos und leer und weiß nicht, was ich tun soll. Eigentlich wollte ich mich nach dem Reinfall mit Ariane künftig aus dem Liebesleben meiner Eltern heraushalten. Aber ich kann meine Mutter doch nicht einfach so in den Fängen dieses Blutsaugers lassen. Am Ende hat Max Collenberg es noch auf ihr Vermögen abgesehen. Meine Mutter ist normalerweise zwar kein Mensch, den man so leicht aufs Kreuz legen kann. Aber wenn sie sowieso schon auf dem Rücken liegt, ist es vielleicht nicht mehr so schwierig.

Im Moment bin ich zu müde zum Denken, zu enttäuscht, zu angewidert, zu ausgebrannt, zu alles.

Urlaub.

Dieser Gedanke zuckt wie ein Blitz durch mein Hirn. Genau, ich brauche Urlaub! Meine Mutter ist in der Toskana, Tanja in Australien, mein Vater hat mir erzählt, dass er für zwei Wochen nach Irland fährt, Stefan streift mit der Teuser zusammen durch Berlin, nur ich hocke zu Hause und kann mich nicht einmal fünf Minuten ungestört in die Wanne legen.

Also setze ich mich vor meinen Computer und suche im Internet nach günstigen Reisezielen. Ein Angebot extra für Singles erregt meine Aufmerksamkeit. Ich bin noch nie allein im Urlaub gewesen, aber ich kann mir vorstellen, dass ich ganz schnell wahnsinnig werde, wenn um mich herum lauter Pärchen turteln. Ein Singleclub wäre daher gar nicht verkehrt. Keine Pärchen, keine Kinder, keine schiefen Blicke eifersüchtiger Ehefrauen. Kurz entschlossen buche ich eine Woche Kreta im Singleclub *Paradieso*, Abreise nächste Woche Samstag.

Zufrieden schalte ich meinen Computer aus. Und beim letzten Mausklick fällt es mir plötzlich wieder ein. Ich hebe das Maus-Pad hoch und tatsächlich: da liegt er, der Bierdeckel mit der Telefonnummer von *Long John Silver*, dem Löwen, den ich auf der Karnevalssitzung kennen gelernt habe.

Zu spät. Mit Löwen bin ich vorerst durch. Vielleicht im nächsten Leben wieder. Oder sagen wir mal lieber, im übernächsten. Schulterzuckend knicke ich das Stück Pappe und schmeiße es in den Papierkorb. Wenn das mit Männern nur auch so leicht ginge! Dann wäre das Problem Max Collenberg ratzfatz gelöst.

Aber um den kümmere ich mich nach meinem Urlaub, mit aufgeladenen Akkus. Der kann sich jetzt schon freuen!

jungfrau

24. august – 23. september

Thema: Charakterskizze des Sternzeichens Jungfrau
Autorin: Pia Herzog, Astrologin
Studienobjekt: Sie!

Alles in Ordnung so weit? Nicht? Ich hätte mit Spalten arbeiten sollen? Bitte schön, von mir aus. Wenn Sie das glücklich macht.

Thema: Charakterskizze des Sternzeichens Jungfrau
Autorin: Pia Herzog, Astrologin
Studienobjekt:Sie!

Was stimmt nicht? Die letzte Zeile ist versetzt? Guter Mann, hier geht es nicht um die perfekte Form, hier geht es um gute Inhalte. Ja, natürlich schließt das eine das andere nicht unbedingt aus. Also gut. Bevor ich lange mit Ihnen diskutiere, mache ich es lieber neu. Hier, bitte:

Thema:	Charakterskizze des Sternzeichens Jungfrau
Autorin:	Pia Herzog, Astrologin
Studienobjekt:	Sie!

Das sieht doch jetzt wirklich gut aus, oder?

Könnte besser sein, könnte besser sein. Alles könnte besser sein. Das Wetter, die Politik, das Fernsehprogramm, alles.

Der Sex, nicht zu vergessen. Ach, sexuell ist bei Ihnen alles gut geregelt? Samstags und sonntags geht's zur Sache. Die S-Tage. S wie Sex, ja, das kann man sich gut merken. Und der Rest der Woche, was ist damit? Montags und mittwochs wird masturbiert, wie? Dienstags und donnerstags stehen Dildospiele auf dem Programm. Und freitags wird wieder gefickt. Nein? Stimmt nicht? Na, dann eben nicht. Lassen Sie uns lieber hier weitermachen.

Also: Was stört Sie jetzt noch? In der einen Zeile verwende ich ein Satzzeichen, aber in den anderen nicht. Stimmt, jetzt sehe ich es auch. Das ist ja ganz furchtbar! Das müssen wir sofort ändern!

Thema: Charakterstudie des Sternzeichens Jungfrau.
Autorin: Pia Herzog, Astrologin.
Studienobjekt: Sie!

Jetzt ist aber gut. Das bleibt jetzt so. ***Nein, bei mir gibt es keinen Fettdruck.*** *Ich bin auf Diät, kapiert? Und es wird auch nichts unterstrichen! Ich will nichts mehr hören. Seien Sie still! Seien Sie sofort still! Na gut, ein Mal überarbeite ich es Ihnen zuliebe noch.*

Astrologin Autorin Charakterstudie des Herzog Jungfrau Pia
Sie Sternzeichen Studienobjekt Thema! : : : , . .

So, jetzt ist alles total ordentlich. Schön alphabetisch sortiert, komplett mit allen Wörtern und Satzzeichen.

Noch irgendwelche Einwände?

***

Ich habe ein neues Hasswort: Animateur. Diese ekelhaft gute Laune, die solche Leute verbreiten, das ist ja nicht auszuhalten. Und immer wollen sie einen dazu bringen, etwas zu tun: Wasserball, Bauchtanz, pantomimisches Begrifferaten, Jazzgymnastik, Minigolf, Töpferkurse, Bodypainting, Bingo, ich weiß nicht, was noch alles, Masturbieren im Kopfstand, keine Ahnung.

Im *Club Paradieso* sind zwei Animateure ständig auf der Pirsch nach schlaffen Spaßmuffeln wie mich. Da ist zum einen Rudi, ein deutscher Soziologiestudent, der sich auf diese Weise sein Studium finanziert, und zum anderen Samantha, eine Engländerin, die auch ein »little bit Deutsch sprikt, Mercedes, Porsche, Autobahn und die Eisbein with Sauerkraut, ha, ha«.

In den drei Tagen seit meiner Ankunft habe ich ihr bereits vier neue Wörter beigebracht: KEINE LUST und MORGEN VIELLEICHT.

Um den beiden zu entgehen, verbringe ich die meiste Zeit am Strand. Heute ist es dort schön leer. Viele Liegestühle unter den Strohschirmen sind frei, obwohl ich eigentlich spät dran bin. Ich suche mir einen Platz ganz nah am Wasser. Das Wetter ist schön wie immer, kein Wölkchen am Himmel. Ich setze mich hin und lasse meinen Blick über die türkisblau glitzernde Fläche des Meeres schweifen. Es ist kaum jemand im Wasser: keine treibenden Luftmatratzen, keine Schnorchler, keine herumtobenden Kinder, keine Bananenboote mit winkenden Idioten drauf, nur friedliche Weite, ein blauer Zipfel Ewigkeit.

Das ist der perfekte Zeitpunkt, um hinauszuschwimmen. Ich habe das Meer fast für mich alleine. Ein paar meiner Strandnachbarn beobachten, wie ich ins Wasser laufe, aber niemand spricht mich an.

Die meisten Urlauber im *Club Paradieso* sind Deutsche und Engländer. Obwohl es also keine Probleme mit der Verständigung gäbe, habe ich bisher mit niemandem mehr als ein paar belanglose Sätze gewechselt. Ich weiß auch nicht, woran das liegt. Vielleicht weil ich bei diesen albernen Kennenlern-Spielen nicht mitmache. Außerdem scheine ich eine unterschwellige Feindseligkeit auszustrahlen, sodass man mich als mürrische, unnahbare Zicke abstempelt, mit der man sich nur seinen Urlaub vermiesen würde.

Aber das ist okay. Wenn ich zurzeit an etwas nicht interessiert bin, dann an Männerbekanntschaften. Es ist schon schlimm genug, die unaufhaltsame Pärchenbildung zwischen den anderen Urlaubern mit ansehen zu müssen. Eine Liebe, deren Verfallsdatum mit dem Rückflug zusammenfällt, ist mir zu billig. Die meisten Urlaubsbeziehungen zerbrechen doch wenig später im Alltagstest. An den Umständen, am raueren Klima, am graueren Himmel, an der größeren Entfernung oder der größeren Nähe. Deshalb stimmt es mich jedes Mal traurig, wenn ich entdecke, dass zwei Singles plötzlich immer zusammen frühstücken, zusammen am Pool liegen, zusammen auf ein Zimmer verschwinden.

Oder bin ich bloß neidisch, weil ich immer noch alleine frühstücke? Ganz sicher nicht! Da kann ich wenigstens in Ruhe meine Zeitung lesen. Aber trotzdem: Das war mein letzter Urlaub in einem Singleclub.

Das Wasser ist warm wie eine Umarmung. Ich schwimme dem Horizont entgegen, kraule, lasse mich auf dem Rücken treiben, durchpflüge Welle für Welle für Welle für Welle. Vor mir nur Wasser und Himmel. Ich stelle mir vor, wie es wäre, wenn ich mich umdrehen würde und der Strand verschwunden wäre, wenn ich ganz allein mitten im Meer treiben würde. Sofort stellt sich bei mir ein leichtes Panikgefühl ein. Gibt es im Mittelmeer eigentlich Haie?

Ich höre auf, weiter aufs Meer hinauszuschwimmen, und drehe mich um. Der Strand ist nicht verschwunden. Das wäre jetzt auch zu blöd gewesen. Aber er ist kleiner, als mir lieb ist. Ich bin so weit draußen wie nie zuvor. Während ich schnell zurückschwimme, versuche ich, nicht an Strömungen und

Haifische zu denken. Keine Strömung, keine Haifische. Keine Strömung, keine Haifische. Strömung. Haifische.

Strömung!

Haifische!

Ich schwimme jetzt so schnell, als wäre der Weiße Hai oder ein Animateur hinter mir her. Als ich die Hälfte der Strecke zurückgelegt habe, lenkt mich ein stechender Schmerz am linken Oberschenkel plötzlich von meiner Sorge bezüglich der Strömung ab.

Ein Hai hat zugebissen!

Ich schreie, fasse nach meinem Bein, gehe unter, schlucke Wasser, komme wieder hoch, schnappe nach Luft, trete um mich. Erst allmählich wird mir klar, dass nirgends eine Flosse zu sehen ist. Ich schwimme nicht in einer Wolke aus Blut, und mein Bein ist noch komplett, auch wenn es höllisch schmerzt. Mit zusammengebissenen Zähnen kämpfe ich mich die letzten Meter bis zum Strand.

Dort angekommen, setze ich mich in den feuchten Sand und untersuche mein Bein. Ich entdecke einen dünnen, schleimigen Faden auf meiner Haut, der brennt wie glühender Draht. So schnell ich kann, ziehe ich ihn ab und werfe ihn wütend ins Meer.

Offenbar habe ich einen unglücklichen Zusammenstoß mit einer Nesselqualle gehabt. Quallen! Deshalb ist niemand im Wasser! Jetzt sehe ich auch, dass etliche bläulich schimmernde Quallenleiber tot am Strand liegen. Wahrscheinlich hat die Strömung über Nacht eine Kolonie dieser ekligen Biester in Strandnähe getrieben. Bestimmt haben andere Urlauber auch schon unliebsame Erfahrungen mit ihnen machen dürfen. Hätte mich ja ruhig einmal jemand warnen können! Stattdessen sehen sie mir mit klammheimlicher Schadenfreude bei meinem Schwimmausflug zu. Die Welt ist wieder einmal fies und gemein zu mir. Dabei habe ich ihr überhaupt nichts getan, trenne meinen Müll und alles.

Über die Haut meines Oberschenkels zieht sich ein feuerroter Streifen, um den sich kleine Bläschen gruppieren. Es sieht nicht so schlimm aus, wie es sich anfühlt. Mühsam unterdrücke ich den Wunsch, einen meiner Strandnachbarn in den Sand zu stampfen. Ich schnappe mir meine Tasche und humple stöhnend zurück zum Hotel.

Am Pool kommt mir mit breitem Lächeln Samantha entgegen.

»Good morning, Pia, you want to join us? We are going to play volleyball.«

»No!«, schreie ich sie an. »I am hurt! I am burning! I had an accident with a …« Was heißt jetzt noch mal Qualle auf Englisch? Ich zeige auf meinen Oberschenkel und sage: »A bad fish, very bad and very ugly.«

Sie schaut auf meinen Oberschenkel. »It's not so ugly«, meint sie. »Anyway, you're a woman over thirty. You must accept your body.«

Fassungslos starre ich die blöde Grinshenne an. Wenn sie noch ein falsches Wort sagt, wird sie die dreißig nie erreichen.

»Volleyball is a good workout for your legs«, sagt sie fröhlich. »You could give it a try. What do you think?«

»I can't say what I think«, fahre ich sie an, »because you are stronger than me!«

Damit lasse ich sie stehen und humple weiter. Von Weitem ruft Rudi mir zu: »Hallo, Pia, wie wär's mit einem Minigolf-Turnier?«

»Wie wär's mit am Arsch lecken?«, rufe ich gereizt zurück und schleppe mich weiter.

Im Hotel suche ich den Sanitätsraum auf und lasse mir dort eine Salbe geben, die den Schmerz lindert. Dann lege ich mich in meinem Zimmer aufs Bett und frage mich, was weher tut: der Stich der Feuerqualle oder der Stich von Samantha? Dabei kann ich der Animateurin nicht einmal böse sein. Schließlich hat sie mich nur trösten wollen, als sie mir sagte, meine Oberschenkel seien gar nicht mal so übel für eine Frau über dreißig.

Dennoch: Vor die Wahl gestellt, wen ich sympathischer finde, die Qualle oder Samantha, würde ich mich wohl für die Qualle entscheiden.

Zum Abendessen sind mein Bein und mein Selbstbewusstsein wieder einigermaßen hergestellt. Deshalb gehe ich auch lächelnd darüber hinweg, dass im Speisesaal ausnahmslos alle Tische besetzt sind und der Kellner mich einfach zu einem Mann an den Tisch platziert.

Der Typ ist Anfang zwanzig. Er war mir bisher noch nicht aufgefallen. Das liegt wohl daran, dass es nichts Besonderes an ihm gibt, wo der Blick haften bleiben könnte, weder im Positiven noch im Negativen. Er schwimmt eben als einfacher Fisch mit den anderen einfachen Fischen im Aquarium, niemand sagt: *Oh!*, und niemand sagt: *Iih!* Genau wie bei mir übrigens.

Er wirft mir durch seine randlose Brille einen scheuen Blick zu, nickt kurz zur Begrüßung und wendet sich dann wieder seinem Essen zu. Er hat eine ganze Batterie Teller vor sich stehen. Aber nicht etwa, weil er so viel essen würde, dann wäre er wohl kaum so schmächtig, sondern weil auf jedem Teller nur eine Sorte Lebensmittel liegt: Käse, Wurst, Brot, Fisch, Obst. Ich dagegen habe alles auf einen Teller gepackt, den ich vorsichtig balancierend auf meiner Seite des Tisches abstelle. Eine Birne rollt dabei herab und auf den Mann zu. Geistesgegenwärtig hält er sie auf, bevor sie über die Tischkante kullert. Er fasst sie an dem kurzen Stiel, wischt sie mit seiner Serviette ab und gibt sie mir wieder zurück.

»Danke«, sage ich. »Schnelle Reaktion. Sind Sie Torwart oder so was?«

Erstaunt bemerke ich, dass er krebsrot anläuft, als ich ihn anspreche, sogar sein Haar scheint eine Nuance röter zu sein als eben noch.

»Ich, äh, nein, bin ich nicht«, erwidert er und schaut dabei ein Stück an mir vorbei, als würde er mit jemandem reden, der neben mir sitzt. »Ich bin Buchhalter. Bei der Firma *Sack und Wuller* in Bochum.«

»Ah ja«, mache ich und überlege, was ich darauf antworten könnte. »Trotzdem danke.«

Eine Weile essen wir schweigend. Jedes Mal wenn er einen Teller geleert hat, trägt er ihn sogleich zu dem dafür vorgesehenen Förderband. Bei mir ist das nicht nötig. Ich habe der Einfachheit halber alles von meinem Teller auf den Tisch geräumt. Die Serviette auf den Tisch. Das Brot auf die Serviette, die Wurst auf das Brot, den Käse auf die Wurst, die Birne auf den Käse. Es gibt also keine Teller, die ich leer essen und wegräumen müsste. Ich könnte höchstens den ganzen Tisch auf das Förderband wuchten.

»Sind Sie schon lange hier?«, breche ich schließlich das ungemütliche Schweigen.

Er schaut auf seine Armbanduhr. »Seit fünfunddreißig Minuten«, sagt er. »Nein, siebenunddreißig genau.«

»Ah ja«, mache ich abermals. Ungemütliches Schweigen ist im Grunde genommen gar nicht so übel. »Eigentlich habe ich gemeint, wie lange Sie schon hier auf Kreta sind.«

»Ach so, ja, natürlich.« Er schaut mich zuerst verlegen, dann erstaunt an. »Ich bin doch am selben Tag wie Sie angekommen. Der Begrüßungscocktail, da standen wir nebeneinander. Wissen Sie nicht mehr?«

Ich kann mich nur erinnern, dass ich neben einem Riesenkaktus stand. Mag sein, dass da irgendwo auch der Mann war, vielleicht haben wir sogar ein paar Worte gewechselt. Aber in meinem Gedächtnis finde ich trotzdem nur den Kaktus.

»Doch, natürlich«, lüge ich den Mann an. »Aber da waren Sie noch nicht so braun gebrannt wie heute.«

Als braun gebrannt kann man ihn eigentlich kaum bezeichnen. Dafür, dass er schon so lange hier ist wie ich, wirkt er noch ziemlich blass um seine Sommersprossen.

Er schaut verlegen auf seine Hände. »Na ja, geht so. Eigentlich meide ich ja die Sonne. Empfindlicher Hauttyp. Aber Sie sind wirklich schön braun geworden in den paar Tagen. Pia – richtig?«

Ich nicke geschmeichelt. Erstens darüber, dass er meine Bräune schön findet. Jetzt habe ich wenigstens etwas, um meine hässlichen Oberschenkel auszugleichen. Und zweitens darüber, dass er sich meinen Namen gemerkt hat. Leider habe ich nicht den leisesten Hauch einer Ahnung, wie er wohl heißen mag. Wendelin? Tiberius? Ratz? Rübe? Könnte alles sein.

»Ihren Namen weiß ich aber auch noch«, revanchiere ich mich. »Sie sind der ...», ich schließe konzentriert die Augen und schnippe mit den Fingern, »Na! Aus Bochum. Der ...«

»Dieter Dombrowski«, sagt Dieter Dombrowski.

»Genau! Dieter! Sehen Sie, Dieter, wenn mir jemand sympathisch ist, merke ich mir so was. Sie sind Buchhalter, richtig?«

»Ja. Das habe ich Ihnen ja eben ...«

»Wissen Sie auch noch, was ich von Beruf bin?«

Er zuckt hilflos und verwirrt mit den Schultern. »Ich glaube, das haben Sie mir noch gar nicht ...«

»Macht ja nichts«, verzeihe ich ihm großzügig. »Wer kann sich schon alles merken? Ich bin freie Journalistin. Spiegel, Stern, FAZ, Welt, vielleicht haben Sie schon mal was von mir gelesen.«

Wenn man sich nicht einmal im Urlaub einen seriösen, angesehenen Beruf gönnen darf, wann dann? Vielleicht ist Dieter ja auch überhaupt kein Buchhalter und wollte damit nur ein bisschen auf den Putz hauen.

»Sind Sie aus beruflichen Gründen hier?«, fragt er mich mit sichtlich gewachsenem Respekt.

»Nein, ich mache Urlaub«, antworte ich. »Und Sie? Sind Sie beruflich hier?«, frage ich den Buchhalter von *Sack und Wuller*.

»Äh, nein, auch Urlaub. Meine Mutter hat mir die Reise geschenkt. Zum fünfundzwanzigsten Geburtstag.«

»Oh, dann nachträglich herzlichen Glückwunsch«, sage ich und reiche ihm die Hand. »Wann hatten Sie denn Geburtstag?«

»Also, eigentlich habe ich erst nächste Woche. Das Geschenk habe ich im Voraus bekommen, weil ich das zeitlich sonst nicht hingekriegt hätte.«

»Dann sind Sie Jungfrau, stimmt's?«, gebe ich ihm eine Kostprobe meines enormen astrologischen Fachwissens.

»Stimmt.« Er bekommt daraufhin so rote Ohren, dass es aussieht, als ob er Ohrenschützer aus roter Wolle trüge, die seine Mami ihm gestrickt hat. Dieter scheint genau der Typ Mann, dem seine Mutter einen Urlaub im Singleclub spendiert, damit er endlich mal eine Frau kennen lernt. War aber wohl eine Fehlinvestition.

Unser Gespräch plätschert noch ein Weilchen dahin wie kalter Sirup, dann ist Dieter mit seinem Abendessen fertig, während ich noch ein Käsebrot und die Birne vor mir liegen habe.

Kauend beobachte ich, wie er seine letzten beiden Teller zusammenstellt, die Teetasse mittig oben draufsetzt, Messer und Löffel seitlich parallel ausrichtet, zum Schluss die Krümel von der Tischdecke in seine Hand streicht und sie dann in die Extratasse befördert, die er sich für Tischabfälle reserviert hat. Er wünscht mir noch einen schönen Abend und trabt zum Geschirrband.

Ich lächele still in mich hinein. Was für ein Spinner! Kein Wunder, dass er bei seiner langweiligen Ausstrahlung keinen Anschluss findet. Andererseits – besonders viel Anschluss habe ich auch nicht gerade.

Als Dieter auf dem Rückweg an mir vorbeiläuft, nickt er mir kurz zu und ich nicke ebenfalls. Dann bleibt er plötzlich stehen, stockt eine Sekunde, holt tief Luft und kommt noch einmal zurück.

»Pia, eine Frage noch«, stößt er hervor. »Haben Sie heute noch was vor?«

Teils amüsiert, teils erschrocken, schaue ich ihn an. »Ja, leider. Ich muss dringend, äh ...«

Während ich überlege, was ich dringend muss, bemerke ich, wie schnell sein Atem geht, wie er seine Hand an der Hose abwischt, wie rote Flecken sich über seine Wangen ausbreiten. Ich glaube, ich höre sogar sein Herz pochen.

»Ja, dann, entschuldigen Sie die Störung«, krächzt er. »Und einen schönen Abend noch. Ach, das habe ich ja schon ... Wiedersehen, Pia.«

»Moment«, halte ich ihn auf. Er macht zwar äußerlich nicht viel her, aber irgendwie ist er auch süß. Und er hat ein interessantes Sternzeichen. Eigentlich wollte ich ja meine Wette aufgeben. Aber soll ich mir so kurz vor dem Ziel noch einen Frosch auf den Po tätowieren lassen? Wo ich doch mit meinen Oberschenkeln schon genug Probleme habe? Außerdem bringe ich es einfach nicht übers Herz, diesem schüchternen Bürschchen, das gerade seinen ganzen Mut aufbringen musste, um mir diese Frage zu stellen, jetzt einen Korb zu geben. Ich kann ihm ja wenigstens für einen Drink an der Bar Gesellschaft leisten. »Das, was ich vorhatte, kann ich auch verschieben. Wenn Sie wollen, Dieter, treffen wir uns um acht an der Poolbar.«

»Heißt das, wir beide haben ein Rendezvous um zwanzig Uhr?«, fragt er aufgeregt.

»Könnte man so sagen.«

»Klasse! Ich freu mich. Bis nachher dann!«

Als er fort ist, frage ich mich, ob ich nicht dabei bin, mich zum zweiten Mal heute zu weit hinauszuwagen.

Mit einer halben Stunde Verspätung komme ich an die Poolbar. Insgeheim habe ich gehofft, dass Dieter vielleicht schon gegangen sein könnte. Aber er winkt mir zu und hat mir sogar einen Platz an der Bar reserviert. Die Getränkekarte liegt auch schon bereit.

»Sie sind natürlich eingeladen, Pia«, stellt er klar.

Ich bestelle einen Bacardi und vertreibe mir die Zeit, indem ich mit den Eiswürfeln klimpere, während Dieter mir von seinem Hobby, der Aquaristik, erzählt. Er hat zu Hause ein großes Meerwasser-Aquarium, was sehr empfindlich und zeitaufwändig ist, dafür aber auch farben- und formenreicher als eines mit Süßwasser.

»Was heißt Qualle auf Englisch?«, frage ich ihn, als mir seine Ausführungen zu langweilig werden.

»Jelly fish«, antwortet Dieter prompt. Ein viel zu niedlicher Name für solche Monster, finde ich. »Aber von denen habe ich keine im Aquarium. Die mag ich nicht.«

Das macht ihn mir gleich einen Tick sympathischer. Überhaupt verliert Dieter mit jedem Glas Hochprozentigem, das wir trinken, an Zurückhaltung und Steifheit. Noch zehn Gläser und er küsst mich.

Er erzählt mir, dass er noch daheim bei seiner Mutter wohnt. Aber er sei kein Muttersöhnchen. Es sei eben billig und bequem und seine Mutter sei seit ihrer Scheidung froh über Gesellschaft und überhaupt.

Ich erzähle ihm, wie schwierig es gewesen ist, meiner Mutter beizubringen, dass ich Astrologin werden wollte.

»Ich dachte, du bist Journalistin«, bemerkt Dieter. Trotz Alkohol ist er immer noch ein aufmerksamer, kleiner Klugscheißer.

»Ich bin eben vielseitig.«

»Und eine Seite ist schöner als die andere«, gluckst er.

»Na, du gehst aber ran!«

»Findest du?«

Leise Musik schwebt durch die Nacht, Windlichter und Fackeln verbreiten flackernde Romantik, der Alkohol fließt warm durch meine Adern.

»Nein«, sage ich, ziehe ihn zu mir und küsse ihn, wie ihn wohl noch niemand geküsst hat. Und schon gar nicht seine Mutter.

Die Idee zu einem nächtlichen Strandspaziergang ist uns mit einer Meeresbrise zugeflogen und hat sich in unseren Köpfen verfangen. Barfuß laufen wir Hand in Hand am Meeressaum entlang. Wir verlassen den Hotelbereich mit den Sonnenschirmen und laufen weiter und weiter und dann noch ein bisschen weiter.

An einer abgelegenen Stelle bleiben wir stehen. Das Verlangen, uns zu küssen, scheint ebenfalls vom Meer zu uns herüberzuwehen oder von den Sternen. Dieter ist kein guter Küsser. Seine Zunge klopft zuerst sachte an meine Lippen, ist auf eine rührende Weise scheu und unbeholfen. Aber kaum hat man ihr die Tür einen kleinen Spalt geöffnet, tritt sie sie ein und wühlt in meinem Mund wie ein Maulwurf auf Ecstasy.

Ich will ihn wegstoßen, aber das Meeresrauschen und das Sternenlicht und der Bacardi haben meine Hände verzaubert. Als wären sie zwei eigenständige Wesen, beginnen sie, Dieters Hemd aufzuknöpfen und es ihm vom Körper zu schälen. Dieter macht es mir nach und öffnet meine Bluse, während ich seinen Gürtel aufnestle, seine Hose nach unten ziehe und ihn dann in den Sand drücke. Seine Hände streicheln meine nackten Brüste, meine Lippen saugen sich an seinem Hals fest, rutschen dann auf seine Schulter, seine Brust, noch tiefer …

»Moment«, sagt er und schiebt mich sanft von sich. »Mein Hemd liegt zu dicht am Wasser.«

Er schlüpft komplett aus seiner Hose, schnappt sich sein Hemd und läuft in Boxershorts ein paar Meter den Strand hinauf, wo er seine Sachen zusammenlegt und auf einem Felsen deponiert. Nackt kommt er zurück. Auch ich bin jetzt nur noch in Mondlicht gehüllt.

»Soll ich deine Sachen ebenfalls …«, beginnt er. Aber ich schüttele den Kopf, packe seinen Arm und ziehe Dieter zu mir herab in den feuchten Sand. Ich spüre, wie die Wellen über meine Zehen lecken, als Dieter auch schon in mich eindringt. Ich stöhne. Er stößt zwei, drei Mal zu und …

Und kommt.

»Aaaah«, höre ich ihn keuchen. Er zieht sich aus mir zurück und rollt sich befriedigt zur Seite. »Das war schön.«

Ich starre ungläubig in den Nachthimmel und sage nichts. Für das Zusammenlegen seiner blöden Klamotten hat er sich mehr Zeit genommen.

Klasse! Dafür wälze ich mich doch gerne nackt im Sand. Für nichts.

»Ich war zu schnell, oder?«

»Ach was, überhaupt nicht«, spotte ich. »Ich habe mich schon gefragt, warum das so lange dauert.«

»Nein, ich war nicht gut«, beharrt er zerknirscht. »Sollen wir es später noch mal versuchen? Vielleicht kann ich noch mal.«

Aber die Nacht hat ihren Zauber verloren. Ich bin jetzt nicht mehr in Stimmung für heiße Liebe im kühlen Sand. Ich möchte eigentlich nur noch ins Meer kotzen und dann schlafen gehen. Bevor ich mit Dieter noch einmal Sex habe, mache ich lieber das ganze Animationsprogramm durch, von Bauchtanz bis Wasserballett.

»Keine Lust«, antworte ich Dieter das Gleiche, was ich den Animateuren auf ihre Rekrutierungsversuche immer antworte. »Morgen vielleicht.«

Zwei Tage später komme ich gebräunt und erholt in Düsseldorf an. Den letzten Urlaubstag auf Kreta habe ich vor allen Dingen damit verbracht, Dieter und den Animateuren aus dem Weg zu gehen, was mir auch gelungen ist. Alles in allem hat mir die eine Woche Mittelmeer gut getan. Ich habe frische Kraft getankt, mir mein Zuhause wieder schöngeurlaubt und bei der Wette bin ich auch noch im Rennen.

Mein Vater hat es sich nicht nehmen lassen, mich abzuholen, und so werde ich gleich auf den neuesten Stand der Dinge gebracht.

Meine Mutter ist vor ein paar Tagen aus der Toskana zurückgekehrt. Sie hat ihm erklärt, sie wolle ihren Geburtstag übermorgen mit der Familie verbringen, insbesondere mit mir.

»Hast du ihr etwas von deinem Verdacht erzählt?«, frage ich ihn, während er mich nach Hause fährt.

»Bis jetzt nicht. Ich warte noch auf die passende Gelegenheit.«

»Aber du wirst doch nicht an ihrem Geburtstag damit anfangen, oder?«

Mein Vater verdreht die Augen. »Natürlich nicht. Ich werde doch keine heiligen Familiengesetze verletzen.«

Seit jeher haben wir an Geburtstagen immer jeden Streit vermieden beziehungsweise um einen Tag verschoben. Schon manches Mal konnten Spannungen, die sich zuvor wochenlang hinzogen, durch so einen Tag der erzwungenen Friedfertigkeit aus der Welt geschafft werden.

Allerdings glaube ich meinem Vater nicht so ganz. »Du musst immer daran denken, dass du damit angefangen hast, untreu zu sein«, erinnere ich ihn.

»Bist du dir da so sicher?«, orakelt er. »Dann schau mal ins Handschuhfach.«

Aus dem Handschuhfach ziehe ich eine Weihnachtskarte. Sie ist offenbar selbst gemacht. Vorne klebt ein Foto von einem Weihnachtsmann auf einem Schlitten und der Typ sieht Max Collenberg frappierend ähnlich. Außer einer roten Mütze und einem weißen Bart hat er allerdings nichts an. Gar nichts. Noch nicht einmal einen Mistelzweig oder so.

Ich drehe die Karte um und lese: *Frohe Weihnachten von Max, dem unartigen Jungen.*

»Die habe ich im Schreibtisch deiner Mutter gefunden, als ich dort, äh, Briefmarken suchte«, erklärt mein Vater. »Ein Kuvert war nicht dabei. Deshalb weiß ich nicht, aus welchem Jahr die Karte ist. Aber Elvira kennt Collenberg auf jeden Fall mindestens seit Dezember.«

Da ist was dran, muss ich zugeben. Sollte meine Mutter tatsächlich schon so lange ein Verhältnis haben? Und dann ausgerechnet mit diesem Collenberg und seiner Weihnachtsmännlichkeit? Bitte nicht!

Bei mir zu Hause besprechen wir noch ein paar Punkte wegen der Geburtstagsfeier übermorgen.

»Ob sie sich wohl über unser Geschenk freuen wird?«

Mein Vater zuckt die Schultern. »Ich finde es ja nach wie vor scheußlich. Aber deiner Mutter wird es gefallen.«

»Wen hat sie eigentlich alles eingeladen?«, frage ich.

»Nicht viele. Ihre Freundin Renate, mit der sie ja angeblich in der Toskana war …«

»Hat sie das behauptet?«, frage ich dazwischen. Eigentlich war ich es nämlich, die meinem Vater diese Lüge aufgetischt hat. Meine Mutter hat zumindest mir gegenüber keine Anstalten gemacht, zu vertuschen, dass sie mit einem Mann in den Urlaub fährt.

»Deine Mutter redet nicht über die Toskana und ich nicht über Irland. Als sie zurückgekommen ist, haben wir uns höflich, aber kühl begrüßt und sind dann mehr oder weniger direkt zur Tagesordnung übergegangen. So nach dem Motto: Wie ich meinen Urlaub verbringe, geht dich nichts an. Weißt du was, Schlumpelchen? So langsam glaube ich auch, dass eine Scheidung das Beste wäre.«

Ich streichle meinem Vater tröstend über den Arm. »So schnell geben wir nicht auf! Jetzt warte doch erst mal ab. Auf Geburtstagen hat sich bei uns schon so manches wieder eingerenkt, stimmt's? Also, Kopf hoch! Du wolltest mir doch erzählen, wer alles kommt.«

Mein Vater schenkt mir ein dankbares Lächeln. »Ja, also, diese Renate, wie gesagt. Und dann hat deine Mutter noch eine Kollegin eingeladen. Ach ja, und Stefan. Allerdings weiß ich nicht, ob er kommen wird.«

Stefan – ich habe es fast befürchtet. Jetzt werde ich mir noch anhören müssen, wie toll es in Berlin war. Aber eines weiß ich: Wenn er die Unverschämtheit besitzen sollte, auch noch die Teuser ins Haus seiner ehemaligen zukünftigen Schwiegereltern zu schleppen, dann gehe ich auf der Stelle.

Wenn er allerdings alleine kommt …

An Geburtstagen hat sich bei uns schon so manches wieder eingerenkt.

Trotz mehrerer Versuche habe ich es nicht geschafft, mich mit meiner Mutter vor ihrem Fest auszusprechen. Sie ist kaum noch zu Hause und ihre Mailbox hört sie scheinbar auch nicht ab. Nur ein Mal ist es zu einem kurzen Telefonat zwischen uns gekommen. Aber da hatte sie keine Zeit. In der Toskana sei es herrlich gewesen. Wie es mir auf Kreta gefallen habe. Ja, es gebe viel zu erzählen. Nein, sie habe nur Stefan eingeladen und glaube daher nicht, dass er in Begleitung komme. Wir sähen uns ja morgen. Bis dann.

Dann ist jetzt. Wir umarmen uns herzlich. Begrüßung, Glückwunsch, Entschuldigung, alles liegt in diesem minutenlangen Aneinanderdrücken. Sie sieht gut aus, nicht nur wegen ihrer gepflegten Bräune und dem eleganten roten Kostüm, das sie trägt. Sie sieht glücklich aus und irgendwie, ja, irgendwie jünger. Die toskanische Luft muss es wirklich in sich haben!

Von den Gästen ist bisher nur Renate eingetroffen. Wir sitzen alle zusammen im Wohnzimmer und stoßen mit Sekt auf Mamas Geburtstag an. Das Wort zweiundfünfzig nimmt wohlweislich niemand in den Mund.

»Und, Renate, wie hat dir eigentlich die Toskana gefallen?«, kann mein Vater nicht umhin zu fragen.

Renate, eine etwas tantenhaft wirkende Frau in Mutters Alter, schaut ihn verwirrt an. »Die Toskana? Ach Gottchen, das ist schon so lange her. Aber ich habe schon zu Elvira gesagt, dass ich da mal wieder hin will. Am liebsten morgen. Die Toskana im Herbst ist bestimmt auch sehr reizvoll. Elvira wird dir ja sicher einiges erzählt haben.«

»Meine Frau hat gar nichts erzählt«, erwidert mein Vater knurrig. »Aber ich weiß auch so Bescheid über eure tolle Toskana.«

»Ja, das ist schon ein schönes Fleckchen«, setzt Renate einen extra beiläufigen Plauderton gegen den aggressiven Tonfall meines Vaters.

»Warum wanderst du dann nicht aus, in deine Toskana, wenn es dir so gut da gefällt?«, blafft sie mein Vater an. Offenbar hat er beschlossen, seine Wut auf meine Mutter stellvertretend an deren Freundin und (in seinen Augen) Mitwisserin auszulassen.

»Gute Idee«, mische ich mich schnell ein. »Lasst uns alle da hinziehen! Weg von den überfüllten Straßen, weg von dem Lärm, weg von …«

Stefan!, denke ich, als es plötzlich läutet. »Ich mache schon auf!«, rufe ich und stürme an die Tür. Ich zupfe kurz mein Haar vor dem Flurspiegel zurecht und öffne.

Max Collenberg steht vor mir. In einer Hand hält er einen Blumenstrauß, unter dem Arm klemmt ein schuhkartongroßes, in Geschenkpapier eingeschlagenes Paket. »Oh, hallo, Pia«, sagt er.

»Sie?«, frage ich geschockt. »Was machen Sie hier?«

Er legt seinen Kopf leicht schräg und lächelt mich an. »Ich sammle. Für das, äh, wie war das? Ach ja, für das Müttergenesungswerk. Ich sammle für das Müttergenesungswerk.«

»Wir geben nichts«, sage ich und will die Tür zudrücken. Aber er stellt schnell seinen Fuß dazwischen.

»Eine Tasse Kaffee und ein Stück Kuchen werde ich doch wohl bekommen für die armen Mütter, oder?«

»Im Ku'Kaff haben Sie die freie Auswahl«, sage ich. »Und jetzt würde ich Sie bitten zu gehen. Wir haben hier eine *Familienfeier*.«

»Ich bin eingeladen.«

Innerlich stoße ich einen erbitterten Fluch aus. Wie konnte meine Mutter das tun? Mein Vater ist sowieso schon gereizt und total aggressiv, sogar der armen, lammfrommen Renate gegenüber. Wenn er jetzt mit diesem grinsenden Max Ich-vögle-Ihre-Frau zusammentrifft, gibt es Mord und Totschlag.

»Trotzdem, das geht jetzt nicht«, sage ich energisch.

»Doch, das geht schon«, hält er dagegen.

Ich schaue nervös über meine Schulter. Jeden Moment können meine Mutter oder mein Vater auftauchen, um zu sehen, wo ich bleibe.

»Sie verstehen nicht. Wir bewegen uns gerade am Rande einer kleinen Katastrophe«, erkläre ich ihm.

»Vielleicht kann ich helfen.«

»Ja, indem Sie verschwinden.«

Er schüttelt den Kopf. »No way.«

Es sieht nicht so aus, als ob ich diesen Kerl zum Gehen überreden könnte. »Na gut«, seufze ich. »Aber ich muss zuerst die Wogen glätten. Kommen Sie in einer Stunde wieder.«

Er schüttelt abermals den Kopf und grinst. »Nein, nein, bis dahin hast du mir meinen Kuchen weggegessen. Ich kenn dich doch. Außerdem: Was soll ich denn eine Stunde in dieser Gegend machen?«

»Was Sie wollen. Legen Sie sich auf die Straße.«

Er lacht. Dann sagt er: »Ich rufe jetzt Elvira.«

Als er beide Hände trichterförmig um seinen Mund legt, greife ich in meiner Verzweiflung seinen Arm und ziehe ihn herein. »Kommen Sie mit – bitte! Geben Sie mir fünfzehn Minuten, okay?«

Ich führe ihn die Treppe hinauf in mein Zimmer. Aus dem Wohnzimmer höre ich meine Mutter laut lachen. Offenbar hat sich die Lage ein wenig entspannt.

»Das ist mein Zimmer«, sage ich idiotischerweise, als würde ich noch hier wohnen. »Sie warten hier, bis ich Sie hole. Verstanden?«

Er zeigt auf ein Poster von *Take That*, das seit ewigen Zeiten an einer Wand hängt. »Oh, Take That, sieh mal an«, macht er sich über mich lustig. »Ich wollte schon immer mal einen Take-That-Fan kennen lernen.«

»Die gibt's schon lange nicht mehr«, sage ich ihm. »Und außerdem war ich auch nie ein richtiger Fan.«

Er geht näher an das Poster heran und studiert es genauer. »Dieser Kussmund auf Robbie, ist der von dir?«

Ich spüre, wie ich knallrot werde. Wenn man selber gelegentlich in seinem alten Jugendzimmer übernachtet, hat das etwas Heimeliges, ist das wie ein nostalgischer Blick durch ein Zeitfenster. Aber wenn Fremde sich darin genauer umsehen, ist das einfach nur peinlich. O Gott, Stefan hat sich sogar wochenlang hier aufgehalten. Wer weiß, was dem dabei alles in die Finger gefallen ist. Womöglich mein Wunschbuch, in das ich seit meiner Kindheit meine sehnlichsten Wünsche geschrieben und das Ganze mit ausgeschnittenen Fotos oder selbstgemalten Bildern illustriert habe. O Gott! Was für ein entsetzlicher Gedanke! Gleich morgen werde ich den ganzen alten Krempel verbrennen und die Asche in Säure auflösen.

»Ich hole Sie dann«, sage ich, ohne auf seine letzte Frage einzugehen. »Und bis dahin verhalten Sie sich ruhig, abgemacht?«

Er hebt eine Hand zum Schwur. »Großes Robbie-Ehrenwort!«

Trotz Ehrenwort fingere ich heimlich den von innen steckenden Schlüssel aus dem Türschloss, mache zu und schließe blitzschnell von außen ab.

»Hey!«, höre ich ihn rufen.

»Nur zur Sicherheit!«, rufe ich mit gedämpfter Lautstärke zurück. »Ich komme gleich und hole Sie. Versprochen.«

Ich bleibe noch ein paar Sekunden vor der Tür stehen, und als ich mich davon überzeugt habe, dass Max Collenberg sich vorerst ruhig verhält, geselle ich mich wieder zu den anderen ins Wohnzimmer.

»Wo warst du so lange?«, fragt meine Mutter. »Wer ist gekommen?«

»Niemand«, sage ich. »Das war ein Staubsauger-Vertreter. Ich habe ihn abgewimmelt.«

Meine Mutter wirft einen Blick auf ihre Armbanduhr. »Jetzt müssten die anderen aber bald kommen.«

Wie aufs Stichwort klingelt es. Diesmal öffnet meine Mutter selbst und kommt in Begleitung einer etwa vierzigjährigen Frau mit silbergrauem, streichholzkurzem Haar zurück. Karin Mechler ist eine Kollegin, mit der sich meine Mutter ein wenig angefreundet hat. Sie bekommt ein Glas Sekt und wir alle stoßen abermals auf das Geburtstagskind an.

Ich stelle mich neben meinen Vater, um ihn auf Max vorzubereiten. »Du, Papa, hast du eigentlich noch mal was von Ariane gehört?«

Er schaut mich erstaunt an. »Nein. Wieso? Du etwa?«

»Ich? Nein. Ich dachte nur, sie hätte sich vielleicht wieder gemeldet. Das ging doch immerhin eine ganze Weile mit euch.«

»Was soll das, Pia?«, fragt er ärgerlich. »Musst du ausgerechnet hier und jetzt mit mir über Ariane reden?«

Meine Mutter ist auf unseren kleinen Disput aufmerksam geworden und ruft: »Ihr werdet euch doch wohl an meinem Geburtstag nicht streiten?«

Ich hebe abwehrend beide Hände. »Nein, Geburtstage sind heilig. Stimmt doch, Papa, oder? Keine Streitereien an Geburtstagen. Das war bei uns Herzogs doch immer so, richtig?«

Mein Vater sagt nichts, sondern sieht mich nur komisch an.

»Bekomme ich eigentlich nichts geschenkt von euch?«, fragt meine Mutter fröhlich.

Mein Vater nickt mir auffordernd zu und wir holen Mamas Geschenk aus seinem Arbeitszimmer. Gott sei Dank liegt es im Erdgeschoss, und zum Glück ist Max Collenberg noch ruhig, obwohl bestimmt schon über zwanzig Minuten verstrichen sind.

Zu zweit tragen wir das 2 x 1,50 Meter große Gemälde ins Wohnzimmer. Es ist mit blauem Tuch behangen. In der oberen Ecke haben wir eine riesige rote Schleife befestigt. Es ist aus der Galerie, in der wir neulich bei der Verfolgung meiner Mutter gelandet waren. Mein Vater hat den Preis auf 1200 Euro runterhandeln können. Ich glaube, zum Schluss wollte der Verkäufer uns Kunstbanausen einfach nur noch loswerden.

Weil wir gerade so schön unter uns sind, versuche ich weiter, meinen Vater auf das Erscheinen von Collenberg vorzubereiten. Ich bin Pia, die Bombenentschärferin. »Hast du eigentlich nie Angst gehabt, dass Mama und Ariane sich einmal über den Weg laufen könnten?«

»Könntest du bitte damit aufhören, ständig über Ariane zu reden?«, beschwert sich mein Vater. »Ich möchte heute einmal so tun, als wären wir eine ganz normale Familie. Geht das?«

»Klar«, sage ich. »Normale Familie. Gute Idee.« Und zwei Sekunden später: »Aber was glaubst du, was Mama dann getan hätte?«

Er setzt das Bild ab und schaut mich misstrauisch an. »Hat dieses verrückte Weib etwa auch Ariane eingeladen?«

Ich lache laut und künstlich. »Nein. Ich rede nur ganz theoretisch.«

»Ganz theoretisch hätte deine Mutter Ariane wie Luft behandelt.«

»Sie hätte sich jedenfalls nicht mit ihr geschlagen, oder?«

Mein Vater knurrt irgendetwas Unverständliches und hebt das Bild wieder an. Als wir ins Wohnzimmer kommen, schlägt meine Mutter mit einer übertriebenen Überraschungsgeste die Hände zusammen.

»Du meine Güte, ist das etwa mein Geschenk? Ihr seid ja wahnsinnig! Was kann das bloß sein?«

Nachdem sie die Abdeckung zurückgeschlagen hat, fährt sie sich vor Überraschung mit der Hand an den Mund. »Nein!«, stößt sie hervor. »Das ist ja – das ist ein echter Mona Mano! Woher habt ihr gewusst, dass ich … Ich mag ihre Arbeiten sehr. Aber woher wusstet ihr das?«

»Ich habe gesehen, dass du aus deiner Kunstzeitschrift einen Artikel ausgeschnitten hast«, erklärt mein Vater. »Da habe ich mir das gleiche Magazin gekauft und so herausgefunden, dass du dich für Mona Mano interessierst.«

»Du bist ja ein richtiger Sherlock Holmes«, sagt meine Mutter gerührt. »Ich danke euch. Das ist wirklich eine gelungene Überraschung.«

»Du hättest mir früher oder später ja doch ein Bild von dieser, äh, Künstlerin ins Haus geschleppt«, vermutet mein Vater. »Und so konnte ich wenigstens noch Schlimmeres verhindern. Hast du gewusst, dass diese Mona Mano ein Bild mit Blut gemalt hat?«

»Tatsächlich?«, staunt meine Mutter.

»Aber nicht dieses hier«, sage ich.

Wir stehen alle im Halbkreis um das Bild herum und betrachten es mit Kennermiene. Mein Kunstverstand sagt mir, dass es groß und düster ist. Die Leinwand ist mit einer schwarzen, wachsähnlichen Schicht überzogen. Das Motiv, ein liegender Männerakt, wurde aus dieser Schicht herausgekratzt und geschabt. Die Grundierung, die auf diese Weise zum Vorschein kommt, ist blutrot. Das Gesicht des Mannes wirkt dämonisch. Ein Auge ist komplett ausgeschabt, ein blutiges Oval, das andere ist schwarz, mit roten Linien ins Gesicht gekratzt, mit einer kleinen, bösartig roten Pupille. Auch die Flächen, die schwarz belassen wurden, werden von haarfeinen Linien durchzogen, ein Blutsystem, wie mit dem Skalpell in den dunklen Männerkörper geritzt. Das Herz und der Penis leuchten dem Betrachter dagegen fast komplett in Rot entgegen, auffällig wie ein Pavianhintern. Tja. Zwölfhundert Euro – wie viel ist das eigentlich in Schuhen gerechnet?

»Wie heißt es denn?«, fragt meine Mutter.

»Die Erhabenheit des Mannes«, antwortet mein Vater.

»Erhabenheit des Mannes«, wiederholt Renate spöttisch. »Das muss Surrealismus sein.«

In dem Moment läutet es an der Tür, und ich springe sofort los, um zu öffnen. Zuvor jedoch spurte ich die Treppen nach oben, klopfe an meine Zimmertür und rufe: »Noch fünf Minuten.«

Dann rase ich nach unten und öffne ganz außer Atem die

Haustür. »Oh, der Herr Danner!«, keuche ich. »Was für eine Freude!«

Er deutet mit einer Hand nach oben. »Da steht ein Mann in deinem Zimmer am Fenster.«

»Ja, das ist Max. *Der* darf gerne in mein Zimmer.«

»Und warum hält er ein Blatt Papier in der Hand, auf dem ganz groß HILFE steht?«

»Keine Ahnung.« Ich lächle ihn unschuldig an. »Äh, soll ich die Blumen ins Wasser stellen?«

»Ich hätte sie schon gerne deiner Mutter gegeben.«

»Dann steh hier nicht blöd rum!«, sage ich barsch und ziehe ihn ins Haus. »Die anderen warten im Wohnzimmer.«

»Und was ist mit diesem Max?«

»Dem geht's gut«, sage ich. »Wie war es in Berlin?«

»Sehr schön. Wir haben ein paar wunder...«

»Freut mich! – Mama, Stefan ist hier!«, rufe ich schon von Weitem ins Wohnzimmer. Von oben höre ich ein regelmäßiges Klopfen an der Tür. Dreimal kurz, dreimal lang, dreimal kurz – SOS. Dieser Collenberg tut gerade so, als hätte ich ihn gekidnappt, verdammt!

Als meine Mutter Stefan begrüßt hat und die Blumen in eine Vase stellen will, ziehe ich sie zur Seite und erzähle ihr von meinem Gefangenen.

Sie schüttelt ungläubig den Kopf, legt den Blumenstrauß auf die Kommode und streckt mir mit einer wortlosen Aufforderung die Hand hin. Ich gebe ihr den Schlüssel und mit einem letzten, verärgerten Blick auf mich läuft sie nach oben.

Im Wohnzimmer betrachtet Stefan verwundert das Bild von Mona Mano. Die silberhaarige Kollegin meiner Mutter steht ganz dicht an der Wand, an der das Bild lehnt, und begutachtet den roten Penis aus nächster Nähe. Mein Vater unterhält sich mit Renate. Ich höre sie gerade sagen: »Nein, das hast du falsch verstanden. In der Toskana war ich zuletzt vor über zehn Jahren.«

Da kommt auch schon meine Mutter Arm in Arm mit Max

Collenberg zurück. Als dieser mich sieht, blinzelt er mir zu. Ich beachte ihn überhaupt nicht.

Meine Mutter klatscht in die Hände. »Hört mal alle kurz her!«

Aus den Augenwinkeln beobachte ich meinen Vater, der den Mann neben meiner Mutter überrascht ansieht. Noch scheint er ihn nicht erkannt zu haben.

»Ich möchte euch jemanden vorstellen, der sehr wichtig in meinem Leben geworden ist«, fährt meine Mutter fort. »Das ist Max Collenberg. Ihm verdanke ich es, dass ich mich fühle, als wäre ich heute gerade fünfundzwanzig geworden.«

Einen kurzen Moment sagt niemand ein Wort, eine gespenstische, spannungsgeladene Stille erfüllt den Raum. Die Ruhe vor dem Sturm.

»Hallo«, sagt Max Collenberg dann und kommt auf uns zu, um jeden einzeln zu begrüßen. Zuerst gibt er Renate die Hand. Manieren scheint er immerhin zu haben.

Und dann passiert es. Mein Vater, der mit offenem Mund alles verfolgt hat, kapiert endlich, wer dieser neue Gast ist. Erst wird er ganz weiß im Gesicht, dann ganz rot, dann stürmt er plötzlich auf Collenberg los, während dieser gerade auf mich zugeht.

»Du Mistkerl!«, schreit er. »Raus aus meinem Haus! Sofort!«

Collenberg hebt abwehrend die Arme. »Bitte, beruhigen Sie sich!«

Aber mein Vater lässt sich nicht mehr beruhigen. Der ganze Frust, der sich die letzten Wochen in ihm aufgestaut hat, sucht sich jetzt ein Ventil. Außerdem hat er bestimmt schon vier, fünf Gläser Sekt intus. Erst gibt er Collenberg einen wüsten Stoß, sodass dieser ein paar Schritte rückwärts machen muss, dann setzt er nach und holt zu einem Schlag mit der Faust aus.

Ich glaube, mein Vater hat sich noch nie geprügelt. Das Wort Faust kannte er bisher vor allem als Drama von Goethe. Deshalb wird es Collenberg nicht allzu schwer gefallen sein, dem Schlag auszuweichen. Geschmeidig dreht er sich zur Seite, und mein Vater, von seinem eigenen Schwung getrieben, taumelt an ihm vorbei, stolpert und kracht in Mona Manos Bild, das schräg an der Wand lehnt. Die Leinwand reißt, und mein Vater findet sich auf dem Boden wieder, eingerahmt als lebender Gegenbeweis zu aller Männer-Erhabenheit.

Meine Mutter und Renate reagieren am schnellsten, aber mein Vater wehrt ihre hilfreichen Hände ab. »Schon gut. Es ist alles in Ordnung.«

Eine gewagte Aussage, wenn man bedenkt, dass er gerade ein zwölfhundert Euro teures Bild zerstört hat.

Während mein Vater sich mühsam wieder aufrappelt, sagt Max Collenberg zu mir: »Nur gut, dass du die Wogen vorher geglättet hast.«

»Sie gehen jetzt wohl besser«, fordere ich ihn auf. Und als er unschlüssig stehen bleibt, schiebe ich ihn aus dem Wohnzimmer. »Jetzt verschwinden Sie schon! Sie haben heute genug angerichtet!«

Dann kümmere ich mich um meinen Vater, den Renate und Stefan in einen Sessel gesetzt haben. Er blutet aus der Nase und ich besorge ihm ein nasses Handtuch. Als sich der Trubel nach fünf Minuten gelegt hat, bemerke ich, dass Max Collenberg tatsächlich verschwunden ist. Und meine Mutter mit ihm.

Stefan steht vor dem zerstörten Bild und grinst in sich hinein.

»Was gibt es da zu grinsen?«, fahre ich ihn an.

»Ach, nichts«, sagt er. »Ich dachte nur gerade an euer Weihnachtsessen. Damals habe ich geglaubt, *das* wäre schon ein wenig seltsam gelaufen. Aber, hey, eure Geburtstagsfeiern sind noch besser.«

Ich schaue ihn wütend an. »Hauptsache, du hast deinen Spaß«, sage ich. Dann starre ich erschüttert auf das zerfetzte Bild, auf meinen Vater, der sich ein blutbeflecktes Handtuch ins Gesicht hält, auf den Kuchen, der wohl heute nicht mehr angeschnitten wird. Tränen steigen mir in die Augen, und als ich sie wegblinzeln will, rollen sie mir über das Gesicht.

»Nicht weinen«, sagt Stefan, nimmt mich in den Arm und drückt mich tröstend an sich. »Das wird schon alles wieder.«

Und zum ersten Mal an diesem Tag habe ich das Gefühl, dass tatsächlich alles schon wieder werden wird. Wird es ja immer, irgendwie.

waage

24. september – 23. oktober

Im Film geht das so: Ein netter, ganz normaler Mann sieht, wie eine hübsche Frau von einer Bande übler Schlägertypen herumgeschubst wird. Daraufhin verschwindet er in der nächsten Telefonzelle, und eine Sekunde später kommt er als Superman wieder heraus, verprügelt die Bösen, küsst die Frau und Ende.

Im wahren Leben geht das so: Ein netter, ganz normaler Mann, jemand wie Sie zum Beispiel, sieht, wie eine hübsche Frau von einer Gruppe Skinheads belästigt wird. Daraufhin sagt er ihnen, dass sie damit aufhören sollen. Die Skinheads verprügeln den Mann. Danach stopfen sie ihn in eine Telefonzelle und schmeißen diese dann in den Fluss. Und Ende.

Und in so einer Welt glauben Sie einen Platz für ein schönes, harmonisches Leben zu finden? Wo soll das denn sein? Sogar in Disneyland gibt es üble Gesellen. Zum Beispiel diesen Klugscheißer Mickymaus.

Sie finden, jeder müsste das seine dazu beitragen, damit die Welt lebenswerter wird? Ja, das ist ein guter Kalenderspruch. Der gilt für Kalender, nicht für Menschen. Für Menschen gilt der Spruch: Wenn jeder an sich denkt, ist an alle gedacht. Was ich gemacht hätte an Stelle des Mannes? Na ja, ich hätte die Polizei gerufen. Und Sie?

Ach, Sie hätten versucht, den Typen klar zu machen, dass Gewalt keine Lösung ist. Sie hätten Verständnis für deren Aggressionen gezeigt und gleichzeitig vorgeschlagen, diese an-

ders abzubauen. Zum Beispiel durch Arbeit. Na, das wäre bestimmt super bei denen angekommen! Da wären sie bestimmt alle gleich nach Hause gelaufen und hätten Bewerbungen geschrieben.

Sie glauben, Sie könnten solche Leute mit Argumenten überzeugen? Sie würden ganz offen mit ihnen reden? Dann sind Sie entweder ein Held oder ein Dummkopf. Und Helden sind rar geworden in unserer Zeit. Dummköpfe hingegen scheinen sich durch Zellteilung zu vermehren.

Aber irgendwie haben Sie schon Recht. Ich bin schließlich auch Waage, da regen mich die Ungerechtigkeiten der Welt genauso auf wie Sie. All diese schlimme Gewalt und Unterdrückung, die Umweltverschmutzung, die Klingeltöne, die Tierquälerei, die Ausbeutung und Diskriminierung und die vielen ausländischen Tiefdruckgebiete, die unser deutsches Wetter versauen. Irgendjemand sollte wirklich mal etwas dagegen tun. Nur ich habe gerade ganz wenig Zeit. Sorry.

Was ist? Bei den anderen Sternzeichen habe ich immer noch über Sex gesprochen? Ach, und jetzt glauben Sie, Sie hätten da ein Anrecht drauf, oder was? Das hier ist meine Kolumne, da schreibe ich, was ich will. Vielleicht schreibe ich über Ihre sublimen Lösungsstrategien in Konfliktsituationen oder über Ihre dialektischen Objektivierungstechniken aus Ihrem subjektiven Mikrokosmos heraus. Oder über die ästhetischen Prinzipien Ihrer, äh – ach, Blödsinn, reden wir über Sex!

Sex ist Ihnen wichtig, keine Frage. Allerdings muss es auch menschlich passen. Liebe und so. Zur Not tut es auch mal Sympathie. Und wenn alle Stricke reißen, reicht es auch, wenn Sie Ihre Bettgefährtin nicht gerade hassen wie die Pest.

Bei Ihnen funktioniert nicht einmal das? Ach so, Sie sind verheiratet. Ja, dann können Sie das mit der Harmonie sowieso vergessen. Jetzt verstehe ich auch, wieso Sie sich mit den Skinheads anlegen würden. Wenn ein Ehemann auf dem Weg nach Hause verprügelt, in eine Telefonzelle gestopft und in den Fluss geschmissen wird, ist das für ihn manchmal sogar das kleinere Übel, stimmt's?

***

In der Kantine der XX stehen zwei Gerichte zur Auswahl: Schnitzel mit Pommes und Gulasch mit Reis. Ich entscheide mich für Letzteres. Jedes Mal wenn ich Pommes frites sehe, muss ich nämlich an Stefan denken. Und jedes Mal wenn ich an Stefan denke, vergeht mir der Appetit. Diesmal hätte ich allerdings trotzdem zu den Pommes greifen können. Schließlich sitzt mir die Teuser gegenüber. Wenn ich die sehe, hämmert es in meinem Kopf ohnehin unentwegt: Stefan, Stefan, Stefan. Und dazwischen flammen Schimpfworte auf: blöde Schlampe, blöde Ziege, blödes Flittchen, blöde Kuh, blöde …

»Frau Herzog, hören Sie mir überhaupt zu?«, fragt die Teuser mich.

»Wie? Entschuldigung, ich war gerade in Gedanken.«

»Sehen Sie sich das mal an!« Dr. Kortmann, der ebenfalls an unserem Tisch sitzt, zeigt wütend auf sein Schnitzel, von dem er gerade ein Stück abgeschnitten hat. »Das ist doch alles nur Panierung. Wo ist denn da das Schnitzel? Dass die immer am Essen sparen müssen!« Er deutet mit der Gabel auf meinen Teller. »Ich möchte nicht wissen, was die alles ins Gulasch tun.«

Na bravo! Reicht es nicht, dass seine bloße Anwesenheit mir auf den Magen schlägt?

»Ich habe mal gelesen, die panieren immer dann besonders viel, wenn das Fleisch nicht mehr einwandfrei ist«, behaupte ich einfach mal so.

Kortmann beäugt daraufhin misstrauisch seinen Teller. Für uns beide ist das Essen damit wohl gelaufen. Die Teuser hat sich von vornherein auf den Nachtisch beschränkt: Grießbrei mit Kirschen. Sie sieht, wie wir lustlos in unserem Essen herumstochern, und sagt: »Das Dessert kann ich nur empfehlen.«

Ich schüttele angewidert den Kopf. »Nein, danke, ich esse keine Kirschen. Eine Freundin von mir hat mal ein kleines Stück Kirschkern verschluckt. Das hat sich dann im Darm verkapselt und einen Tumor gebildet. Der ist gerade noch rechtzeitig herausoperiert worden.«

Davon ist natürlich kein Wort wahr. Kirschen esse ich nicht, weil ich sie nicht mag. Die Teuser sieht mich an, als würde sie mir nicht glauben. Aber so richtig zu schmecken scheint es ihr jetzt auch nicht mehr.

»Also, wie gesagt, wahrscheinlich können Sie sich schon denken, weshalb Herr Dr. Kortmann und ich Sie zu einem Gespräch gebeten haben«, beginnt die Teuser von neuem.

Ich habe mir tatsächlich so meine Gedanken gemacht. Da meine Horoskope nach wie vor gut bei den Lesern ankommen, vermute ich, dass die beiden mir eine Honorarerhöhung verkünden wollen. »Ich hege einen gewissen Verdacht«, gebe ich zu.

Kortmann räuspert sich und sagt: »Das habe ich von Ihnen auch nicht anders erwartet. Immer einen Schritt voraus. Schießen Sie los!«

»Losschießen«, wiederhole ich tonlos. »Ich? Ich dachte, Sie würden ...«

Verwirrt höre ich Kortmann lachen. »Ihnen kann man auch nichts vormachen, wie? Natürlich haben wir auch etwas vorbereitet. Sollen wir zuerst?«

»Ja, bitte«, sage ich und weiß überhaupt nicht mehr, was ich denken soll.

»Es geht darum, dass wir in drei Monaten das Projekt Erotik und Astrologie abgeschlossen haben werden«, übernimmt die Teuser den Gesprächsfaden. »Wir müssen etwas nachschieben, das mit ähnlicher Vehemenz den Nerv unserer Leser trifft. Herr Doktor Kortmann und ich haben daher ein Folgekonzept entwickelt.«

Wahrscheinlich ziehe ich ein Gesicht, als hätte ich gerade einen Mauseschwanz in meinem Gulasch entdeckt, denn Kortmann schränkt sofort ein: »Konzept ist vielleicht zu viel gesagt. Es ist mehr eine vage Idee, alles nur vorläufig natürlich. Was halten Sie davon, wenn wir im nächsten Jahr die erotischen Qualitäten der verschiedenen Landsmannschaften in den einzelnen Bundesländern erkunden? Zum Beispiel die der Sachsen, Franken, Schwaben und Bajuwaren. Eine erotische Reise durch Deutschland.«

»Sie wollen, dass ich den Bayern die Lederhosen ausziehe?«, frage ich Kortmann kopfschüttelnd.

»Richtig.«

»Dass ich herausfinde, wie viele Tage das Vorspiel bei einem Mecklenburger dauert?«

»Sie haben das Konzept erfasst«, freut sich Kortmann.

»Das schon«, sage ich. »Aber wo genau liegt da der astrologische Aspekt? Ich bin schließlich Astrologin, schon vergessen?«

»Ja, gute Frage«, brummt Kortmann und wirft der Teuser einen Hilfe suchenden Blick zu. »Wo liegt da noch mal genau der astrologische Aspekt, Beate?«

Die Teuser malt mit ihrem Löffel nachdenklich Muster in den Grieß. Dann fällt ihr etwas ein und sie schaut mich freudestrahlend an. »Sie könnten Sterne verteilen. Als Wertung gewissermaßen. Fünf Sterne – eine Kanone im Bett. Ein Stern – ein Rohrkrepierer.«

»Sterne verteilen.« Ich schaue sie fassungslos an. »Und das soll dann Astrologie sein? Sie glauben doch nicht im Ernst, dass ich da mitmache?«

»Wenn es eine Honorarfrage ist, darüber können wir reden«, sagt Kortmann.

»Das ist keine Honorarfrage!«, fahre ich ihn an. »Das ist eine Charakterfrage. Ich bin schließlich eine seriöse Astrologin und habe einen Ruf zu verlieren.«

»Seriöse Astrologie? Ist das nicht ein Widerspruch in sich?«, fragt Kortmann mild lächelnd. »Aber verraten Sie uns doch Ihre Vorstellungen. Ich bin ganz Ohr.«

»Also, so ganz konkret bis ins letzte Detail habe ich das noch nicht konzipiert«, sage ich.

»Nur so ganz ungefähr.«

»Am ganz Ungefähren muss ich auch noch arbeiten.«

An diesem Punkt mischt sich die Teuser wieder ein. »Ich schlage vor, wir belassen es bei diesem ersten Gedankenaustausch und sprechen uns nächsten Monat nach meinem Urlaub noch einmal.«

»Einverstanden«, schließt sich Dr. Kortmann an. »Sie kennen jetzt unseren Vorschlag, Frau Herzog. Überlegen Sie es sich. Und falls Ihnen eine überzeugende Alternative einfällt – ich bin für jede geniale Idee zu haben.«

Die Alternativen, die mir gerade durch den Kopf gehen, haben alle etwas mit einem Flammenwerfer zu tun. Im Moment finde ich sie eigentlich ziemlich genial.

Dr. Kortmann beerdigt den Rest seines Schnitzels unter der Serviette, wirft einen gehetzten Blick auf seine Armbanduhr und erhebt sich. »Ich will nicht unhöflich sein, aber die Termine sind heute besonders dicht gedrängt. Frau Herzog, schön, dass wir uns mal wieder gesprochen haben. Und wegen Ihrer Folgeserie habe ich keine Bedenken. Das kriegen Sie schon gewuppt. – Beate, wir sehen uns ja noch.«

Er schnappt sich sein Tablett und verlässt unsere fröhliche Runde. Die Teuser und ich stochern noch ein paar Minuten in unseren Essen herum, als läge dort ein Gesprächsthema versteckt, dann schiebe ich angewidert meinen Teller weg.

»Ich glaube, das *wuppe* ich heute nicht mehr.«

Die Teuser schmunzelt, dann fällt ihr etwas ein, und sie sagt: »Ach ja, Frau Herzog, noch etwas. Da gibt es einen Anrufer, der unbedingt Ihre Adresse von uns will. Er hat behauptet, er sei ein Bekannter von Ihnen und habe Ihre Anschrift verloren. Ich habe ihm natürlich erklärt, dass ich keine persönlichen Daten unserer Mitarbeiter herausgeben kann. Aber er ist sehr hartnäckig. Kennen Sie einen ... jetzt habe ich den Namen vergessen. Irgendwas mit Eulen – Uhlmann! Ja, genau, Klaus Uhlmann.«

»Kenne ich nicht«, sage ich nach kurzem Nachdenken.

»Ja, das dachte ich mir. Der Mann war mir nicht ganz geheuer. Er ist dann auch richtig ausfallend geworden und meinte ...«

In dem Moment klingelt ihr Handy. Sie verdreht die Augen und wendet sich leicht von mir ab, während sie dem Anrufer zuhört. »Gut, ich bin schon auf dem Weg«, sagt sie dann und legt auf. Sie zuckt entschuldigend mit den Schultern. »Ein überraschender Besucher. Tut mir Leid, Frau Herzog, ich muss dringend weg. Wegen des neuen Projekts rufe ich Sie demnächst an. Verbleiben wir so? Gut. Dann muss ich jetzt. Wiedersehen.«

Missmutig schaue ich ihr nach. Mir ist klar geworden, dass meine Tage beim XX-Magazin gezählt sind. Pias erotische Völkerkunde wird es mit mir nämlich auf keinen Fall geben.

Ich will gerade gehen, als plötzlich ein Mann zu mir an den Tisch kommt. »Darf ich?«, fragt er und stellt auch schon sein Tablett ab.

»Ich bin sowieso fertig.« Ich schiebe meinen Teller aufs Tablett und stehe auf.

»Sie haben Ihr Essen ja kaum angerührt«, wundert er sich. »Schmeckt es so schlecht?«

Der Mann hat sich ebenfalls für Gulasch mit Reis entschieden. Um ihm den Appetit nicht zu verderben, sage ich: »Doch, es war in Ordnung. Aber ich bin auf Diät.«

Er schaut mich ungläubig an. »Sie sind doch schlank wie eine Birke!«

Das hat mir noch niemand gesagt. Schlank wie eine Birke.

Das muss ich mir merken. Es stimmt zwar nicht, aber egal. Die Welt wirkt trotzdem gleich eine Spur heller.

Ich sehe mir den Mann etwas genauer an. Er ist etwa Anfang dreißig, hat braunes Haar und blaugrüne Augen. Von der Statur her Linde oder Buche. Er hat ein süßes Grübchen im Kinn, das er jetzt nervös reibt.

»Danke«, sage ich geschmeichelt. »Sind Sie sicher, dass Sie nicht Eiche meinten?«

»Ganz sicher.«

»Tja, dann«, ich lächle ihn dankbar an. »Guten Appetit!«

Ich verlasse die Kantine, die im Erdgeschoss des Bürohochhauses liegt, und stelle mich in der Eingangshalle an die Aufzüge, weil ich mir bei Valerie noch ihr Waage-Material anschauen will.

Ein paar Männer in dunklen Anzügen und Frauen in schicken Kostümen betreten mit mir zusammen die Fahrstuhlkabine. Kurz bevor sich die Tür schließt, drängt sich noch jemand zu uns herein und stellt sich neben mich – der Baum-Mann von vorhin.

»Sie sind ein ziemlich schneller Esser«, sage ich zu ihm.

Er lächelt mich an. »Ich hatte plötzlich keinen Hunger mehr.«

Der Aufzug setzt sich in Bewegung. Einer der dunklen Anzüge, der direkt an den Schaltknöpfen steht, fragt mich, welchen Stock er für mich drücken soll.

»Ich muss in den zehnten«, sage ich.

»Genau wie ich«, ruft der Baum-Mann.

»Dann arbeiten Sie auch für die XX?«, frage ich.

»Rechtsabteilung.«

»Ist die nicht in der zwölften Etage?«

Er zuckt verlegen mit den Achseln und lächelt mich nur stumm an.

Eine Weile sagt niemand etwas, nur das Summen des Aufzugs ist zu hören, ein gelegentliches Räuspern, das Rascheln von Stoff. Und mitten in diese heilige Stille hinein sagt plötzlich der Mann neben mir: »Wenn Sie wegen der Sache mit der Vergewaltigung einen Anwalt brauchen, kann ich Ihnen den einen oder anderen empfehlen.«

»Wie bitte?«, frage ich schockiert.

»Ich kenne ein paar Anwälte, die Erfahrungen mit Vergewaltigung haben. Ich meine, die schon Vergewaltigungsopfer vertreten haben. Auch Anwältinnen, falls Ihnen das lieber ist.«

Inzwischen haben die anderen Fahrstuhlinsassen ihre Ohren messerscharf gespitzt. Und ich bin noch nie von so vielen verstohlenen Blicken durchbohrt worden wie jetzt gerade.

»Ich weiß nicht, wovon Sie reden!«, herrsche ich meinen Nachbarn an.

»Ich spreche von dem Löwen, der Sie mit der Zunge, na ja, Sie wissen schon … der sich oral zwischen Ihren Beinen betätigt hat.«

Von verstohlenen Blicken kann jetzt keine Rede mehr sein. Ich bin die Hauptattraktion des Lifts. Im Spiegel sehe ich, wie ich knallrot anlaufe. Der Körper einer Birke, das Gesicht einer Rotbuche.

»Sie verwechseln mich«, sage ich so laut, dass es auch ja alle hören.

Der Baum-Mann schüttelt den Kopf. »Sie sind Pia Herzog. Ich habe Sie auf der Silvesterparty von Frau Teuser gesehen. Da habe ich mich nach Ihnen erkundigt, weil Sie mir so Leid taten, so ganz alleine um zwölf Uhr und niemand, der mit Ihnen anstößt. Ich wollte eine passende Gelegenheit abwarten und Sie ansprechen, aber dann waren Sie auf einmal verschwunden.«

Na super! Ausgerechnet in einem vollgestopften Fahrstuhl findet dieser Depp die Gelegenheit passend, mit mir ein Gespräch anzufangen.

»Sind Sie zufällig die Pia Herzog, die für die XX die erotischen Horoskope schreibt?«, spricht mich ein Mann in kariertem Sakko an.

»Genau das ist sie«, bestätigt der Baum-Mann, bevor ich es abstreiten kann.

»Ehrlich? Die lese ich nämlich immer. Seit der Geschichte mit dem Strip-Poker habe ich keine Folge verpasst.«

»Die kenne ich auch!«, ruft eine Frau von hinten. »Am besten hat mir gefallen, wie Sie von dem Sportler im Schwimmbecken genommen wurden.«

Ich starre auf das Lämpchen, das gerade neben der Nummer sieben aufleuchtet, und versuche, es mit meinen Blicken schneller nach oben zu schieben. Der Mann, der neben den Lämpchen steht, versteht das wohl als Aufforderung, sich an der Diskussion zu beteiligen.

»Aber das Sternzeichen Löwe haben Sie falsch beschrieben. Ich bin nämlich Löwe. Meine Freundin hat mir Ihren Mist zum Lesen gegeben und gefragt, ob sie mir auch den Hintern versohlen soll. Auf so was stehe ich aber überhaupt nicht. Das sollten Sie in der nächsten Ausgabe relativieren. Wir Löwen sind nicht so pervers. Und wir kommandieren auch nicht ständig Leute herum. Also, korrigieren Sie das!«

Der Fahrstuhl hält plötzlich im neunten Stock. Zwei Männer steigen ein und ich springe hinaus. Im neunten Stock hat die Teuser ihr Büro. Lieber rede ich mit der noch ein paar Takte, bevor ich weiter in diesem Idiotenfahrstuhl mitfahre.

Aber einer der Idioten ist mit mir ausgestiegen.

»Wollten Sie nicht eine Etage höher?«, fragt mich der Baum-Mann.

»Sagen Sie, kann es sein, dass Sie mich verfolgen?«

»Schon möglich«, gibt er zu. »Raten Sie mal, was für ein Sternzeichen ich bin.«

»Pitbull«, sage ich, weil ich mir so vorkomme, als hätte ich ihn am Bein hängen.

Er lacht säuerlich und verrät mir dann, dass er Waage ist. »Und weil ich doch weiß, dass Sie für Ihre nächste Tagebuchseite eine Waage kennen lernen müssen, dachte ich: jetzt oder nie.«

»*Jetzt* ist ungünstig«, sage ich. »Aber *nie* würde mir gut passen. Wie kommen Sie eigentlich dazu, mich vor den ganzen Leuten bloßzustellen? Habt ihr Juristen noch nichts von Anstand und guten Manieren gehört?«

Er sagt etwas, aber ich höre nicht mehr hin, denn ich sehe gerade, wie am Ende des Flurs Stefan aus einem Büro stürmt, dicht gefolgt von der Teuser. Die zwei schreien aufeinander ein, man kann es bis hierher hören, obwohl sie noch gut zwanzig Meter entfernt sind. Und sie steuern direkt auf die Fahrstühle zu.

»... so nicht, mein Lieber!«, schimpft die Teuser. »So was hättest du vielleicht bei deinem Püppi machen können! Aber *ich* lasse mich nicht vor vollendete Tatsachen stellen. Wir werden heute Abend drüber reden.«

»Da gibt's nichts mehr zu reden!«, entgegnet Stefan aufgebracht. »Ich habe schon zugesagt. Zufälligerweise ist mir meine Karriere nämlich auch wichtig. Du würdest dir so eine Chance auch nicht entgehen lassen und auf eine Schulung verzichten, nur weil bereits irgendein blöder Südseeurlaub gebucht ist.«

»Irgendein blöder Urlaub? Weißt du, wie lange ich mich darauf freue? Glaubst du, es war einfach, mich für drei Wochen hier loszueisen? Und jetzt soll ich wohl alleine fliegen, wie?«

Stefan und die Teuser sind so in ihren Streit vertieft, dass sie kaum nach vorne schauen. Außerdem stehe ich halb hinter dem Baum-Mann. Als die beiden näher kommen, schnappe ich mir den Typen, presse ihn an die Wand gegenüber den Fahrstühlen und verberge mein Gesicht, indem ich ihn leidenschaftlich küsse. Zuerst wehrt er sich ein bisschen. Aber nach ein paar Sekunden hat er die Überraschung wohl überwunden und macht ganz ordentlich mit.

»Komm schon, Bea«, höre ich Stefan sagen. »Wir werden noch oft zusammen Urlaub machen.«

»Wenn du dich da mal nicht täuschst«, sagt die Teuser düster.

»Ich lasse mich von dir nicht unter Druck setzen.«

»Druck?« Die Teuser lacht hell auf. »Das war kein Druck. Das hier ist Druck: Du machst den Mist bis heute Abend rückgängig oder du verschwindest aus meinem Leben. Überleg's dir!«

Aus den Augenwinkeln sehe ich, wie die Teuser kehrtmacht und wieder auf ihr Büro zuläuft.

»Bea, warte!«, ruft Stefan ihr hinterher. »Das hast du jetzt nicht ernst gemeint!«

»Und ob ich das habe!«, faucht sie, ohne sich noch einmal umzudrehen.

In dem Moment gleitet die Fahrstuhltür auf. »Ach, dann mach doch, was du willst«, murmelt Stefan und tritt in die Kabine. Er sieht in meine Richtung und ich krieche fast in meinen verdutzten Partner hinein. Der Baum-Mann ringt verzweifelt nach Luft, und Stefan sagt: »Hallo, Pia.«

Schlagartig beende ich die Knutscherei. »Oh, hallo, Stefan! Ich habe dich gar nicht ...«

»Bist du bei der Arbeit oder ist das dein neuer Freund?«

»Ach ja, das ist ...«, mir fällt ein, dass ich den Namen des Mannes überhaupt nicht kenne. »Das ist ...« Ich huste und quetsche dann zwischen zwei Hustern hervor: »... Baumann aus der Rechtsabteilung.«

Stefan nickt meinem atemlosen Baum-Mann freundlich zu. »Herr Baumann. Ich bin Stefan Danner, einer Ihrer Vorgänger aus ihrer«, er zeigt mit dem Finger auf mich, »Abteilung. Viel Glück. – Ach, Pia, wenn du zu Beate willst, hast du dir einen schlechten Zeitpunkt ausgesucht. Im Moment ist sie etwas ungnädig gestimmt.«

Ich zucke gleichgültig mit den Schultern. »Kommst du nächste Woche zu meinem Geburtstag?«

»Kann ich noch nicht sagen. Ich habe in nächster Zeit ziemlich viel um die Ohren. Schulungen in Motivation, Personenführung, Time-Management und so weiter. Das genaue Schedule bekomme ich erst noch. Mal sehen. Aber ich glaube, eher nicht.«

»Macht nichts«, sage ich, ohne mir meine Enttäuschung anmerken zu lassen. »Ich weiß sowieso nicht, ob ich überhaupt ...«

»Ich ruf dich an«, sagt Stefan und zwinkert mir zu. Dann schließen sich die Türen des Fahrstuhls.

Ich spüre, wie sich ein zufriedenes Grinsen in meinem Gesicht ausbreitet. Stefan und die Teuser haben sich gestritten und ich durfte live dabei sein. Danke, lieber Gott! Das war echt nett von dir. Ich werde mich auch bessern, versprochen. Ich werde nicht mehr so viel lügen und auch mal in die Kirche gehen und nicht nur beten, wenn ich etwas von dir will. Und wenn du Stefan und die Teuser ganz auseinander bringst, werde ich vielleicht sogar meinen Vibrator in den Müll werfen.

Der Baum-Mann starrt mich mit großen Augen an. Seitdem ich ihn geküsst habe, hat er kein Wort mehr gesagt. Habe ich etwa noch seine Zunge im Mund?

»Wow!«, macht er schließlich und fährt sich mit beiden Händen durchs Haar, das ich ihm verstrubbelt habe. »Gehen Sie immer so ran? Aber das soll keine Kritik sein, nicht dass Sie mich falsch verstehen. Ich fand's toll. Ich dachte nur, so ein Kuss käme erst später, wenn man sich näher ... Aber egal. Die Reihenfolge überlasse ich ganz Ihnen. Sie sind schließlich die Fachfrau für Anstand und gute Manieren. Ich hätte mir gedacht, dass ich Sie heute Abend zum Essen einlade. Aber wenn Sie wollen, können wir auch gleich zu mir oder zu Ihnen und dann ... Oder wenn Sie nicht so lange warten wollen – ich arbeite in einem Zweimannbüro, aber meinen Kollegen könnte ich für eine halbe Stunde wegschicken, das ginge schon irgendwie. Eine halbe Stunde müsste doch reichen, oder was meinen Sie?«

Ich schaue ihn abweisend an. »Haben Sie einen Knall? Wer sind Sie überhaupt?«

Sein Name ist Burkhard Heller und aus zwei Gründen werde ich heute Abend mit ihm essen gehen. Zum einen hat er erwähnt, dass er Gerüchte über die Teuser gehört habe, die er mir aber nur unter vier Augen bei einem Dinner erzählen könne. Anwälte! Immer versuchen sie, einen Deal auszuhandeln. Aber was soll ich machen? Ich will wissen, was über die Teuser geredet wird, und Valerie kann ich nicht fragen, da die sich zu gut mit ihr versteht.

Der zweite Grund ist sein Sternzeichen. Burkhard Heller ist Waage, so wie ich. Waagen sind nett und ausgeglichen. Mit Waagen kann man eigentlich nicht viel falsch machen, solange man sich nicht draufstellt. Und Burkhard sieht gar nicht so übel aus. Warum soll ich mir also die Mühe machen und einem von Valeries Waage-Kandidaten nachstellen, wenn ich schon jemanden quasi auf der Bettkante sitzen habe.

Außerdem hat Burkhard im Gegensatz zu mir ein Auto. Und das könnte ich heute Nacht gut gebrauchen.

»Also gut«, habe ich mich schließlich auf das Rendezvous eingelassen. »Aber wir müssen dann später noch zum Flughafen und jemanden abholen.«

»Jemand Nettes?«, hat Burkhard wissen wollen.

»Unglaublich nett. Einen Engel.«

Der Engel Tanja wird heute um zweiundzwanzig Uhr in Düsseldorf einschweben. Das hat Dagmar mir verraten. Sie ist die Einzige, der Tanja Bescheid gegeben hat, da sie nicht wollte, dass sie jemand extra abholen kommt. Aber Dagmar arbeitet bei einer Talk-Line – Verschwiegenheit ist nicht so ihr Ding.

Es wird auch höchste Zeit, dass Tanja zurückkommt. Ich brauche dringend jemanden, dem ich mit meinen Problemen auf den Wecker fallen kann. Zwischen mir und meiner Mutter herrscht Funkstille. Und mein Vater gibt sich alle Mühe, mir mit seinen Problemen auf den Wecker zu fallen. Seitdem meine Mutter nicht einmal mehr zu Hause übernachtet und ihren halben Kleiderschrank praktisch schon ausquartiert hat, verfällt er abwechselnd in Selbstmitleid und eine verlogene Mir-doch-egal-Haltung. Heute ist der erste Tag seit dem

Geburtstag meiner Mutter vor vier Wochen, an dem es ein paar Lichtblicke gibt. Tanja kommt zurück und Stefan hat Streit mit der Teuser. Es geht aufwärts mit Deutschland.

Ein kühler Wind empfängt mich, als ich aus dem Bürogebäude trete. Es nieselt. Die Menschen haben ihre Jacken zugeknöpft, ihre Köpfe eingezogen und ihre Schritte beschleunigt. Eigentlich hatte ich vor, nach der Besprechung einen Einkaufsbummel zu machen, um meine Gehaltserhöhung zu verpulvern. Aber nun, da es eher den Anschein hat, als würde ich nächstes Jahr keine Horoskope mehr für die XX schreiben, und das Wetter außerdem so extrem ungemütlich ist, nehme ich mir ein Taxi und lasse mich nach Kaiserswerth bringen.

Heute scheint nämlich ein geeigneter Tag dafür zu sein, mal ein ernstes Wörtchen mit diesem Max Collenberg zu reden. Nur er und ich. Unter zwei Augen gewissermaßen, von Frau zu Arsch. Ich will nächste Woche einen schönen Geburtstag feiern. Das letzte Mal jungundzwanzig, da will ich, dass alles harmonisch verläuft. Und ich habe auch einen Plan, wie ich bis dahin die Ehe meiner Eltern wieder gekittet habe.

Mein Vater und ich sind nicht untätig geblieben und haben in den vergangenen Tagen die Gewohnheiten dieses Collenbergs ausgekundschaftet. Er scheint keiner geregelten Arbeit nachzugehen. Meine Mutter ist nämlich die Einzige, die morgens das Haus, in dem Collenberg seine Wohnung hat, verlässt, um zum Gericht zu fahren. Erst am späten Vormittag taucht Collenberg auf – wenn überhaupt. Dann fährt er mit einem weinroten Chrysler PT-Cruiser davon, aber meistens nur ins Ku'Kaff oder in den Stadtpark oder ins Museum oder in einen Supermarkt oder zur Bank oder irgendwohin, nur nicht zur Arbeit. Wozu auch – wenn er doch von meiner Mutter Taschengeld bekommt.

Ich muss fünf Mal klingeln, bevor eine atemlose Männerstimme sich meldet: »Ja? Hallo?«

»Hier ist Pia Herzog«, sage ich. »Ich würde gerne …«

»Oh, Pia, du? Äh, deine Mutter ist nicht hier. Die ist noch ein paar Stunden im Gericht.«

»Ich weiß. Darf ich reinkommen?«

Pause. Dann ein nervöses Räuspern. »Äh, nein, warte, ich komme runter. Bin sofort bei dir.«

»Es regnet«, maule ich. »Und es ist kalt.«

»Okay, dann warte bitte im Hausflur auf mich. Ich komme sofort.«

Während ich durch den Vorgarten zum Haus gehe, frage ich mich, warum er mich nicht in die Wohnung lassen will. Habe ich diesen Casanova etwa bei der Arbeit erwischt? Als ich an die Haustür trete, höre ich auch schon den Summer und drücke sie auf. Ich laufe die Treppen zu Collenbergs Etage hoch, setze mich auf die oberste Stufe und zünde mir eine Zigarette an, um mich davon abzuhalten, die Tür einzutreten.

Ja, ich rauche immer noch. Ich bin noch nicht dazu gekommen, es aufzugeben. Und jetzt, wo das Jahr in zwei Monaten ohnehin zu Ende geht, lohnt es sich auch nicht mehr, mit dem Aufhören anzufangen. Schließlich brauche ich zu Silvester wieder gute Vorsätze.

Letztes Jahr hatte ich mir vorgenommen, mit dem Rauchen anzufangen und jedes Sternzeichen zu bumsen und ein neuer Mensch zu werden. In der irrigen Meinung, die Einhaltung der ersten beiden Vorsätze führe automatisch zur Erfüllung des dritten. Aber bin ich ein neuer Mensch geworden, nur weil ich mein Verhalten geändert habe? Wird aus einem Löwen eine Gazelle, wenn er anfängt, Gras zu fressen und durch die Steppe zu hüpfen? Wird aus einer Frau ein Mann, wenn sie anfängt, im Stehen zu pinkeln, und gleichzeitig aufhört, die Toilettenbrille abzuputzen? Ich weiß es nicht. Schon möglich.

Als ich meine Zigarette gerade in einem Blumenkübel ausdrücke, kommt Max Collenberg in Begleitung einer blonden, älteren Dame heraus.

»Hallo, Pia«, begrüßt er mich. »Das ist Doris, eine ... gute Freundin von mir. – Doris, das ist Pia ...«

»Eine nicht ganz so gute Freundin«, ergänze ich und mustere die beiden voller Geringschätzung. »Ich hoffe, ich habe Sie nicht vertrieben«, sage ich zu Doris.

Sie schüttelt den Kopf und lacht. »Ach, nein, Kindchen, mein Maxi und ich waren soweit fertig.« Sie legt zärtlich ihre Hand auf Collenbergs Brust und säuselt: »Das heißt, nicht ganz. Wir müssen noch das Finanzielle regeln.«

Sie öffnet schon ihre Handtasche, aber Collenberg winkt ab. »Das machen wir beim nächsten Mal, Doris.«

»Wie du willst.«

Nur mit Mühe kann ich meinen Ekel unterdrücken. Ich muss unbedingt meine Mutter von diesem Kerl befreien.

Draußen verabschiedet sich Doris mit einem Wangenküsschen von ihrem Maxi und fährt in einem Jaguar davon. Collenberg hält mir die Beifahrertür seines Wagens auf. »Alles einsteigen! Nächster Halt: *McDonald's*.«

»Ist das eine Einladung?«, frage ich.

»Sicher. Wir können auch woandershin, wenn du willst.«

Ich steige ein. »Nein, ein Cheeseburger wäre jetzt nicht schlecht. Ich habe zwar schon gegessen, aber nicht so richtig.«

»Kekse, Kuchen, Cheeseburger – das gefällt mir an dir, dass du nicht eine von den Kalorienzählerinnen bist, die nur Salat essen. Es gibt schließlich Schlimmeres, als dick zu sein. Dumm, zum Beispiel.«

»Na, Sie müssen es ja wissen«, entgegne ich wütend. Hält der mich etwa für dick? Oder für verfressen? »Ich bin jedenfalls weder das eine noch das andere. Erst vorhin hat mir noch ein Mann gesagt, ich sei schlank wie ein … wie ein, äh, ein …«

»Bär«, ergänzt Collenberg grinsend.

»Von wegen! Wie ein Baum. Schlank wie ein Baum.«

Er wirft mir einen amüsierten Blick zu und zieht dabei eine Augenbraue in die Höhe. »Toll.«

»Birke!«, fällt es mir wieder ein. »Das war es! Schlank wie eine Birke. Da brauchen Sie gar nicht so zu grinsen.«

»Ich? Ich grinse überhaupt nicht. Du kannst mich übrigens

gerne duzen. Max heiße ich. Wie Axt.« Er fängt an zu lachen und schnitzt ein paar Worte vor sich in die Luft: »Pia, die Birke, und Max, die Axt.«

»Wie unglaublich witzig Sie sind!«, spotte ich und verziehe mein Gesicht.

»Wolltest du mich nicht duzen?«

»Ach, wissen Sie, solange ich Ihre Tarife nicht kenne, werde ich jede Vertraulichkeit lieber unterlassen.«

»Von wegen Birke!« Er schaut mich grimmig an. »Knüppelkiefer passt viel besser zu dir.«

Ich gehe überhaupt nicht mehr auf seine Provokationen ein. Stattdessen gebe ich mein geringschätzigstes Lächeln zum Besten und frage: »Warum wollten Sie mich eigentlich nicht in Ihre Wohnung lassen?«

Er zuckt mit den Achseln. »Es war nicht aufgeräumt.«

»Ich bin nicht so pingelig.«

»Aber ich. Ich will nicht, dass du mich für unordentlich hältst.«

»Ach, das sollte allerdings Ihre geringste Sorge sein«, sage ich.

»Du kannst mich wohl überhaupt nicht leiden, was, Pia?«

»Wow!«, mache ich. »Sie kennen sich wirklich aus mit Frauen, das muss man Ihnen lassen.«

»Zumindest weiß ich, dass deine Mutter derzeit sehr unglücklich ist. Und das liegt ganz sicher nicht an mir.«

Ich schüttele den Kopf vor so viel Ignoranz und Scheinheiligkeit. »Ja, *noch nicht*«, höhne ich. »Das Fallen an sich tut ja auch nicht weh – erst der Aufschlag, nicht wahr?«

»Bist du nur gekommen, um deine kleinen Giftpfeile abzuschießen?«

»Nein, ich bin gekommen, um Ihnen ein Angebot zu unterbreiten«, sage ich.

»Was für ein Angebot?«

»Ganz einfach: Ich will Ihnen meine Mutter abkaufen.«

Mit zwei Cheeseburgern und zwei Cola verdrücken wir uns in eine stille Ecke des *McDonald's*. Max Collenberg nimmt einen großen Bissen, kaut mit sichtbarem Genuss und spült dann mit Cola nach. Ich nippe an meinem Becher und beobachte ihn angewidert. Niemand sagt etwas, und schon befinden wir uns mitten im Spiel: Wer zuerst spricht, hat verloren. Ein dummes Spiel. Ich beiße in meinen Cheeseburger, während mein Gegenüber mich seltsam ansieht und seine Worte hinter einem breiten Lächeln zurückhält. Ich studiere die Preistafel, die Papierserviette, den Pappbecher, die Tischplatte und meine Fingernägel. Ein kindisches Spiel.

Wenn unsere Blicke kollidieren, achte ich darauf, ihm nur so lange in die Augen zu sehen, bis ihm klar ist, dass mir die Situation überhaupt nicht peinlich ist. Ich habe nämlich keine Lust, auch noch einen Wer-zuerst-wegguckt-Wettbewerb anzufangen. Bin ich erwachsen oder bin ich erwachsen? Trotzdem: Bevor ich diejenige bin, die zuerst wieder redet, lasse ich mir lieber meine Zunge an die Tischplatte nageln.

Collenberg nimmt einen großen Schluck Cola, dann dreht er sich ein wenig zur Seite, hält die Hand vor den Mund und stößt einen halblauten Rülpser aus. »Hast du etwas gesagt?«, fragt er mich grinsend.

»Ich sagte, sogar Fast Food kann manchmal verdammt lang dauern. Also: Was halten Sie von meinem Angebot?«

Er gähnt und kratzt sich am Hinterkopf. »Fünftausend Euro.« Er zieht sich die Worte so angewidert aus dem Mund wie ein langes Haar. »Mehr ist dir deine Mutter nicht wert?«

Ich schieße ein paar Blitze aus meinen Augen auf ihn ab. Für jeden, der auch nur einen kleinen Rest Ehrgefühl besitzt, wären sie absolut tödlich. Max Collenberg können sie nichts anhaben. »Sie sollten Ihr Glück nicht überstrapazieren!«, fauche ich ihn an. »Glauben Sie etwa, ich wüsste nicht, was Sie und Doris gemacht haben, bevor ich gekommen bin?«

»Was haben wir denn gemacht?«

Ich verdrehe die Augen. »Na, Ihre gute Freundin Doris wird

ja wohl vor allem eine gute Kundin von Ihnen sein, oder etwa nicht?«

Er zuckt mit den Achseln. »Ich muss schließlich auch leben.«

»Da kann man geteilter Meinung sein«, sage ich wütend. »Wenn ich meiner Mutter von Doris erzähle, ist es jedenfalls vorbei mit Ihrem Spiel.«

Wenn es nur so einfach wäre! Aber leider redet meine Mutter derzeit nicht mit mir. Und selbst wenn ich ihr von der Frau bei Max erzählen würde, so würde sie jeder halbgaren Erklärung seinerseits mehr Glauben schenken als meinen Verdächtigungen. Im Gegenteil – ich würde mit meinen Anschuldigungen nur erreichen, dass meine Mutter sich noch enger an diesen Halunken hängt, um mir zu beweisen, dass ich im Unrecht bin.

»Wenn ich Sie wäre, würde ich die fünftausend Euro nehmen und die Sache mit Anstand beenden«, fahre ich fort. »Bei Ihrem Aussehen wird es Ihnen doch nicht schwer fallen, eine neue, äh, Geldquelle zum Sprudeln zu bringen.«

»Du findest, ich sehe gut aus?« Seine hellblauen Augen leuchten, als würde eine Kerze hinter ihnen brennen. In seinem Lächeln ist mehr Zucker als in seiner Cola.

»Lassen Sie uns lieber nicht darüber reden, wie ich Sie finde, solange ich noch esse, okay?«

»Ich weiß sowieso, dass du mich attraktiv findest. Weil du nämlich immer so süß errötest, wenn du mich siehst.«

»Blödsinn!«, sage ich.

»Da! Schon wieder«, meint er lachend.

In einem Spiegel an der mir gegenüberliegenden Wand kann ich erkennen, dass er Recht hat. »Ich bin nicht errötet«, widerspreche ich mit knallroter Birne. »Das ist eine allergische Reaktion. Ich habe eine Idiotenallergie.«

Eine dunkle Wolke übelster Schimpfworte materialisiert über unseren Köpfen, und wir beeilen uns, die Cheeseburger zu vertilgen, ehe sie auf uns herabregnet.

»Jedenfalls sollte ein guter Spieler erkennen, wann ein Spiel zu Ende ist«, sage ich. »Meine Mutter mag vielleicht vorübergehend ihren Verstand außer Kraft gesetzt haben, aber das ist, äh, vorübergehend. Lange fällt sie bestimmt nicht auf so jemanden wie Sie herein. Aber dann könnte es für die Ehe meiner Eltern vielleicht schon zu spät sein. Nur deshalb bin ich bereit, Ihnen überhaupt etwas zu zahlen. Fünftausend Euro für ein schnelles, möglichst schmerzloses Ende, das ist doch viel Geld.«

»Achttausend Euro wären noch mehr Geld«, sagt er und scheint sich nicht im mindesten dafür zu schämen.

Ich zeige ihm einen Vogel. »Dafür könnte ich ja einen Killer engagieren, der Sie aus dem Weg räumt.«

»Da müsstest du noch ein paar Tausender drauflegen.«

»Das wäre es mir wert«, sage ich. »Also, überlegen Sie es sich gut. Fünftausend ist mein letztes Wort. Mehr kann ich nämlich nicht auftreiben. Und mein Vater und meine Mutter dürfen davon selbstverständlich nie etwas erfahren.«

»Okay, ich trenne mich von Elvira. Hast du das Geld dabei?«

»Was? Äh ... nein. Heißt das, Sie sind einverstanden?«, frage ich noch einmal nach. Irgendwie bin ich total überrascht, dass plötzlich alles so einfach sein soll; dass sich ein Problem, an dem ich schon seit Wochen knabbere, so schnell und simpel aus der Welt schaffen lässt. Teuer und entwürdigend zwar, aber schnell und simpel. Max streckt mir seine Hand entgegen und ich schlage ein. »Aber meine Mutter soll diejenige sein, die Schluss macht. Ich will nicht, dass sie sich zurückgewiesen fühlt.«

»Das kriege ich hin. Aber es dauert ein paar Tage länger.«

»Bis zu meinem Geburtstag nächste Woche – spätestens bis dann soll meine Mutter wieder zu Hause und wieder normal sein. Ich gebe Ihnen jetzt – Moment ...« Ich hole meine Geldbörse hervor und schiebe ihm dann fünfundneunzig Euro zu, in kleinen Scheinen. »Den Rest bekommen Sie, wenn alles erledigt ist.«

Kopfschüttelnd steckt er das Geld in seine Jackentasche. »Kann es sein, dass du zu viele miese Krimis gesehen hast?«

Ich schaue ihn voller Verachtung an. »Ich habe zu viele miese Männer gesehen.«

Burkhard Heller ist pünktlich, höflich und ganz allgemein viel weniger mies als manch anderer, mit dem ich heute zu tun hatte. Während ich im Bad noch ein paar letzte Sanierungsarbeiten an mir vornehme, leistet er im Wohnzimmer meinen Puppen Gesellschaft. Er verzichtet sogar auf einen kritischen Blick auf die Armbanduhr, als ich eine Viertelstunde später auftauche und sage: »Ich bin gleich so weit.«

Zehn Minuten später geht es auch schon los. Zuerst angeln wir uns ein paar Fische in einer Sushi-Bar, danach fahren wir in die Altstadt und begießen unser Anglerglück mit ein paar Gläsern Bier. Sushi in der Sushi-Bar, Alt in der Altstadt. Wenn nur alles im Leben so geordnet wäre!

Nach dem zweiten Glas Alt erzählt mir Burkhard von den Gerüchten, die über die Teuser die Runde machen. Nächstes Jahr werde sie stellvertretende Chefredakteurin, so munkelt man. Und diese Beförderung habe sie sich bei Dr. Kortmann auf dessen Bürocouch verdient.

»Das sind natürlich nur böse Mutmaßungen von Kolleginnen, die schon länger als Frau Teuser dabei sind und sich jetzt übergangen fühlen«, schränkt Burkhard ein. »Da wird vermutlich genauso wenig dran sein wie an dem Gerede, dass sie dir deinen Freund ausgespannt hat.«

Ich schlucke mühsam. »Ja, vermutlich. Es ist wirklich schlimm, dass die Leute immer tratschen müssen. Aber das mit dem Kortmann und der Teuser könnte ich mir schon gut vorstellen. Glücklich verheiratet ist der Kortmann nämlich nicht, soweit ich das mitgekriegt habe.«

»Wer ist das schon?«, fragt Burkhard. Er hat mir von seiner Scheidung vor zwei Jahren erzählt. Seine Frau hat ihn betrogen, woraufhin er sich das Recht herausgenommen hat, sauer zu sein, woraufhin sie sich das Recht herausgenommen hat, sein Konto zu plündern und ihn zu verlassen. »Hast du nicht etwas von einer Freundin gesagt, die du abholen wolltest?«, fragt er plötzlich.

Ich schaue auf die Uhr. Es ist halb zwölf. Wie kann das sein? Vor zehn Minuten war es doch noch drei Stunden früher. Mist, jetzt habe ich Tanjas Ankunft verpasst!

»Zu spät. Jetzt dürfte sie schon zu Hause sein. Ich bin auch so was von blöd!«

»Ich hätte dich eher daran erinnern sollen«, sagt er. »Tut mir Leid. Du kannst ihr ruhig sagen, dass es meine Schuld war.«

»Sie hat mich sowieso nicht erwartet. Ich wollte sie überraschen.«

»Dann könnten wir sie ja auch zu Hause überraschen.«

Ich schaue ihn fragend an. »Wir?«

»Ich bin noch nicht müde.«

Den Schlüssel zu Tanjas Wohnung habe ich noch an meinem Schlüsselbund. Grinsend stelle ich mir vor, was meine Freundin für Augen machen würde, wenn ich plötzlich in der Wohnung stünde. Und wenn Burkhard unbedingt mitwill, bitte schön. Er ist ein netter Kerl, da wird Tanja nichts dagegen haben. Mehr als kurz Hallo sagen will ich ohnehin nicht. Ein paar Minuten später sind wir unterwegs zu Tanja. Ich freue mich schon auf ihr überraschtes Gesicht.

»Wie gut, dass deine Freundin nicht im dreizehnten Stock wohnt«, sagt Burkhard im Fahrstuhl, als er sieht, wie ich auf die Zwölf drücke.

»Aber, aber, wir werden doch nicht abergläubisch sein?«, frage ich spöttisch.

»Ein bisschen vielleicht«, gibt er zu. »Ich lese ja auch Horoskope.«

Auf der Treppe zum dreizehnten Stock erkläre ich ihm dann: »Ich habe mir nämlich schon gedacht, dass du so ein abergläubischer Schisser bist.«

»Ach, sieht man mir das an?«

»Ich kann in dir lesen wie in einem offenen Buch.«

»Oje! Bist du beim Lesen schon an die Stelle gekommen, wo wir beide zusammen im Bett liegen und ...«

»Die habe ich überblättert. Für Märchen bin ich schon zu alt, weißt du.«

Vor Tanjas Haustür will Burkhard klingeln, aber ich lege mahnend meinen Zeigefinger an die Lippen. Ich will meine Freundin so richtig überraschen. Am liebsten wäre es mir, wenn sie schon schliefe. Grinsend stelle ich mir vor, wie ich sie mit einem lauten: *Aufwachen! Polizei!* durchschüttele. Vielleicht könnte ich sogar Burkhard überreden, diesen Part zu übernehmen. Tanjas Gesicht möchte ich dann mal sehen!

So leise wie möglich schließe ich die Tür auf. In der Wohnung brennt Licht. Schade, dann ist Tanja also noch wach. Ihr Koffer steht im Flur. Burkhard und ich schleichen an ihm vorbei in Richtung Wohnzimmer. Mein Begleiter schaut sich dabei staunend die Penisbilder an der Wand an. Er wirft mir einen fragenden Blick zu und ich zucke mit den Achseln.

»Das macht sie beruflich«, flüstere ich.

»Urologin?«

»Nein, Fotografin. – Pssst.«

Aus dem Wohnzimmer hören wir ein lustvolles Stöhnen, und eine Frau sagt: »Du kleine verdorbene Sau, du!«

Burkhard will schon den Rückwärtsgang einlegen, aber ich schüttele den Kopf und raune ihm zu: »Das ist nur Telefonsex. Sie macht das geschäftlich.«

»Ich dachte, sie ist Fotografin.«

»Sie ist befördert worden. Außerdem war sie das gar nicht, glaube ich. Das wird Dagmar gewesen sein.«

»Nicht doch! Komm her!«, höre ich da eindeutig Tanja sagen. Also komme ich.

»Überraschung!«, rufe ich und trete ins Wohnzimmer.

Tanja und Stefan lösen sich aus ihrer Umarmung und schauen mich schockiert an.

Irgendjemand schlägt mir etwas Großes und Schweres über den Kopf. Einen Stahlträger oder einen Brückenpfeiler. Mein Gehirn ist jedenfalls in die Kniekehlen gerutscht. Ich bin ein hirnloser Wabbel.

»Pia«, sagt Tanja.

»Tanja«, sage ich.

»Pia«, sagt Stefan.

»Stefan«, sage ich.

»Überraschung!«, ruft Burkhard und schmeißt fröhlich seine Arme in die Höhe.

»Na, so was!« Tanja steht auf und kommt auf mich zu. »Eigentlich habe ich ja dich überraschen wollen, Pi. Aber dann ...«

»Das hast du«, stelle ich fest und schiebe sie von mir weg, als sie mich umarmen will. »Das hast du wirklich.«

Stefan räuspert sich. »Tanja hat mich zufällig ...«

»Du sei still!«, fauche ich ihn an. »Wie lange geht das schon zwischen euch? Als wir noch zusammen waren, habt ihr da auch schon ...? Und ich blöde Idiotin habe geglaubt, ihr könnt euch nicht ausstehen! Habt ihr euch gut über mich amüsiert, ja?«

»Das siehst du ganz falsch, Pi«, beteuert Tanja.

Ich schaue die beiden verächtlich an. »Ihr ... ihr seid so ... so erbärmlich! Meine beste Freundin betrügt mich mit meinem Freund. Das ist so ein beschissenes Klischee, das passt zu euch. – Komm, Burkhard, wir wollen nicht länger stören.«

Ich ziehe den verstörten Burkhard mit mir in Richtung Ausgang.

»Jetzt warte doch!«, ruft Tanja mir nach. »Ich habe Stefan zufällig getroffen, als ich zu dir wollte.«

»Klar, und da hast du ihn gleich zu dir nach Hause geschleppt! Und dann seid ihr euch ganz aus Versehen in die Arme gefallen. Ich bin kein australisches Schaf, Tanja!« Ich öffne die Tür und stoße Burkhard nach draußen. »Ach ja, herzlich willkommen!«, rufe ich noch und knalle dann die

Tür so fest zu, dass es mich nicht gewundert hätte, wenn Uncle Sam der Zylinder vom Kopf gefallen wäre.

Burkhard und ich sind bereits einen Treppenabsatz nach unten gehastet, als Tanja mir von oben hinterherschreit: »Pia, du blöde Gans! Komm gefälligst zurück! Ich bin zu müde, um dir hinterherzurennen! Hörst du!«

Burkhard zögert und sieht mich fragend an, aber ich packe ihn an der Hand und ziehe ihn weiter.

Von oben höre ich wieder Tanja. Diesmal scheint sie aber jemand anderen anzuschreien, ihren Nachbarn vermutlich.

»Ja, genau, ich bin wieder zurück, Dumpfbacke. Hast mich schon vermisst, was?«

Als wir in der nächsten Etage in den Fahrstuhl steigen, sagt Burkhard: »Die Überraschung ist wohl nicht so ganz geglückt.« Er scheint ein verdammtes Genie zu sein.

»Doch, ist alles super gelaufen.« Ich lege meine Stirn auf das kühle Metall der Fahrstuhlkabine und versuche das Bild wegzuschieben, das vor meinen Augen hängt, und die Wut zu bändigen, die hinter dem Bild lodert, und zu verdrängen, wie alleine ich mich auf einmal fühle. Aber es geht nicht. Da ist das Bild, da ist die Wut und da ist die Einsamkeit.

Es kommt mir so vor, als würde ich mich in diesem Fahrstuhl unaufhaltsam von allen Menschen entfernen, die mir etwas bedeuten. Ich stehe in einer Kabine aus Stahl, alleine mit einem Mann, den ich kaum kenne, der ein Fremder ist, obwohl ich ihn geküsst habe, und der ein Fremder bleiben wird, auch wenn ich mit ihm schlafen sollte. Denn das sind sie letztlich alle: Fremde. In Wahrheit gibt es nur mich und diesen Fahrstuhl, der mich nach unten bringt, in die Nacht und in den Regen und in ein leeres Bett oder bestenfalls in eine leere Umarmung. Der Mensch ist zur Einsamkeit verdammt, das ist die bittere Wahrheit. Alles andere ist Lüge und Illusion.

Ich schaffe es noch bis in Burkhards Auto, bevor ich anfange zu weinen. Damit er meine Tränen nicht sieht, drehe ich meinen Kopf weg und betrachte die nächtlichen Straßen durch die Seitenscheibe. Mein Handy klingelt die Fun-Melodie von Tanja. Ich drücke das Gespräch einfach weg und schalte mein Handy aus. Im Radio fragt die Gruppe *Travis:* »Why does it always rain on me?« Das wüsste ich auch gern. Was mache ich falsch? Irgendetwas kann doch mit mir nicht stimmen, wenn jeder mich früher oder später im Stich lässt. Vielleicht suche ich mir auch einfach nur die falschen Freunde aus. Wiesel wie Stefan und Matthias oder Schlangen wie Tanja. Wiesel und Schlangen – fehlt eigentlich bloß noch so eine Hyäne wie die, mit der meine Mutter derzeit zusammen ist.

Burkhard versucht auf der Fahrt zu mir nach Hause nicht, ein Gespräch anzufangen, wofür ich ihm sehr dankbar bin. Er parkt gegenüber der Haustür und stellt den Motor ab. Im Radio kommt eine Verkehrsdurchsage. Irgendwo gibt es einen Stau aufgrund eines Unfalls. In meinem Kopf, glaube ich. Meine Gedanken fahren nur noch Schritttempo, weil lauter Wiesel und Schlangen auf der Fahrbahn liegen. Ich rolle über sie hinweg, immer wieder, langsam und mit Genuss. Eine Frage drängelt sich schließlich nach vorne: Soll ich Burkhard noch auf einen Kaffee einladen? Die Kaffeefrage. Schwierig.

Burkhard ist bestimmt ein netter Kerl. Ein netter Kerl wäre mal eine schöne Abwechslung. Aber vielleicht ist er dann doch wieder nur ein Schwein. Oder ein Wiesel oder eine Schlange oder eine Hyäne oder noch was anderes Schlimmes. Ein Pferd. Will ich das wirklich riskieren? Nein, ich bin müde, ich bin leer, ich bin leer und müde, müde und leer.

»Eigentlich wollte ich den Abend anders ausklingen lassen«, beginnt Burkhard zuerst zu reden. »Ich meine, wir haben uns heute ja schon geküsst. Da wollte ich eigentlich dran anknüpfen. Aber jetzt … Ich glaube nicht, dass das noch eine gute Idee wäre. Oder was meinst du? Soll ich noch mit reinkommen?«

»Das musst du wissen«, antworte ich gleichgültig.

Er schaut mich fragend an, ich starre stumm nach draußen und atme ein bisschen und wundere mich, wie dunkel die Nacht heute ist, dunkel und kalt.

»Bis auf vorhin war es ein schöner Abend«, sagt Burkhard. »Wenn du willst, können wir den gerne mal wiederholen. Aber jetzt fahre ich wohl besser nach Hause und ...«

»Bitte, lass mich nicht allein«, höre ich mich sagen.

Und etwas später flüstere ich im Bett in seinen Armen: »Bitte, halt mich fest.«

Da ist nichts anderes, was ich von ihm will, nur Wärme und Nähe, und er weiß es, und er gibt mir nichts anderes als seine Wärme und seine Nähe, und er hält mich ganz fest, bis ich schlafe.

Stefan küsst zärtlich meinen Hals, meine Schläfen und meinen Mund, doch als ich die Augen öffne, verwandelt er sich in Burkhard, der mich mit seinen Küssen weckt. Im Nachthemd setze ich mich zu ihm in die Küche an den gedeckten Frühstückstisch. Die Sonne, die die Regenwolken von gestern abgelöst hat, und der heiße Kaffee versuchen, mir meine schlechte Laune zu verderben. Auch Burkhards Lächeln und seine fröhliche Nettigkeit sind voll daneben. Wie soll man denn dabei seine Hassgefühle kultivieren?

»Musst du nicht arbeiten?«, frage ich.

»Ich hab mir freigenommen. – Magst du ein Croissant? Noch ganz warm.«

Damit kann ich meine Weltuntergangsstimmung endgültig vergessen. Na gut, soll sie halt morgen untergehen, die beschissene Welt. Jetzt wird erst mal schön gefrühstückt.

»Ich habe mir erlaubt, deine Post mit hochzubringen.« Burkhard hebt die Zeitung vom Tisch. Ein paar Briefe liegen darunter. Rechnungen und Werbung, das erkenne ich mit einem Blick. Da ist allerdings auch noch ein seltsames Blatt, einmal in der Mitte geknickt, ohne Kuvert. Ein großes Auge starrt mir entgegen, als ich es auffalte. Das Auge hat jemand mit schwarzem Filzstift gemalt und darunter die Buchstaben C und U geschrieben, sonst nichts.

»Hast du das gemalt?«, frage ich Burkhard.

»Nein, das war auch im Briefkasten. Sieht unheimlich aus, finde ich.«

»Ein C und ein U – das könnten Initialen sein«, überlege ich laut. »Ich kenne aber niemanden mit C – nein, stimmt nicht. Einen Christian Voltz und seine Tochter kenne ich. Aber das ist doch eindeutig ein U und kein V, oder nicht?«

»Doch«, nickt Burkhard. »Vielleicht musst du es auf Englisch aussprechen. C U – See you. Deshalb das Auge. Ich sehe dich, ich beobachte dich.«

»Du hast Recht, es ist unheimlich«, sage ich fröstelnd.

»Deine Freundin hat übrigens angerufen, als du noch geschlafen hast«, informiert mich Burkhard. »Sie hat auf den Anrufbeantworter gesprochen. Sie kommt heute Nachmittag vorbei.«

»Dann werde ich nicht da sein.« Ich zünde mir eine Zigarette an. »Am liebsten würde ich irgendwohin fliehen, wo mich niemand findet. Bis mein Geburtstag vorbei ist.«

»Dann tu es doch«, sagt Burkhard leichthin. »Du nimmst einfach den nächsten Flieger in den Süden.«

»Alleine macht das keinen Spaß.«

»Hast du keine anderen Freunde außer dieser, wie heißt sie noch, die von gestern?«

»Tanja.« Ich schaue ihn böse an. »Und ich habe jede Menge Freunde! Aber wie das halt so ist mit Freunden: Wenn man sie braucht, liegen sie im Krankenhaus oder sind tot oder haben Kinder oder sonst was.«

»Wie lange bist du eigentlich schon von diesem Stefan getrennt?«

»Ein paar Wochen.«

»Wie viele Wochen?«, fragt Burkhard, der Inquisitor.

»*Pfff*, keine Ahnung. Einundvierzig.«

Burkhard schaut mich nachdenklich an. »Dann verstehe ich

nicht, wieso du auf deine Freundin so sauer bist. Und außerdem verstehe ich nicht, wieso dein Exfreund gestern mit Frau Teuser gestritten hat. Betrügt er jetzt dich oder die Teuser mit Tanja oder deine Freundin mit der Teuser oder dich mit beiden, oder wie?«

Ich seufze. Wie soll ich einem Mann so etwas erklären? Noch dazu einem Rechtsanwalt? Das Eigentumsrecht in der Liebe ist kompliziert. Ein Mann gehört einer Frau für immer, auch wenn sie sich von ihm getrennt hat. Sobald eine andere Frau ihn berührt, ist sie automatisch eine Schlampe und kann nur verachtet werden. Und für Freundinnen und Schwestern ist der abgelegte Liebhaber der jeweils anderen sowieso tabu.

Da Burkhard nicht lockerlässt, erzähle ich ihm bei der zweiten Tasse Kaffee die ganze Geschichte. Nur das Zwischenspiel, als Stefan bei meinen Eltern eingezogen ist, lasse ich weg. »Und über diesen unverschämten Kerl soll ich mich nicht aufregen?«, frage ich.

»Na ja, ich weiß nicht.«

»Was weißt du nicht?«

»Irgendwie kann ich diesen Stefan schon verstehen«, sagt Burkhard.

»Dann findest du es also richtig, dass er nur wegen einer blöden Uhr seine und meine Zukunft einfach so in die Tonne haut?«, frage ich fassungslos.

»Er hat doch nicht eure Zukunft in die Tonne gehauen«, widerspricht Burkhard. »Und die Uhr war auch nicht der Grund, sondern lediglich der Anlass. Da ist ihm klar geworden, dass er mit deinem Charakter auf Dauer nicht zurechtkommen würde. Ich finde es besser, einen Fehler im letzten Moment zu korrigieren, anstatt sehenden Auges ins Verderben zu laufen.«

»Das Verderben bin in diesem Fall wohl ich. Ist es das, was du mir sagen willst?«

Burkhard schüttelt den Kopf. »Das Verderben ist eine Ehe, die nicht funktioniert. Glaub mir, ich weiß, wovon ich rede.

Und Stefan hat es sich auch nicht leicht gemacht. Frau Teuser hat er schließlich erst auf der Silvesterparty kennen gelernt. Also ist er nur wegen dir dort erschienen. Ich war ja auch dort, und ich kann mich erinnern, dass du deinen Freund fast den ganzen Abend ignoriert hast.«

Vor Empörung verschlucke ich mich am Kaffee. »Ach, und er mich etwa nicht?«, huste ich. »Warum muss ich den ersten Schritt machen?«

»Den ersten Schritt hat Stefan gemacht, als er auf dieser Party erschienen ist. Da hättest du dich mit ihm versöhnen können. Aber du hast es verbockt.«

»Sag mal, auf wessen Seite stehst du eigentlich?«, frage ich wütend.

»Auf deiner natürlich.«

»Was du nicht sagst! Ich glaube, als Anwalt bist du eine ziemliche Niete, kann das sein?«

Er schaut mich irritiert an. »Entschuldigung, ich wollte dich nicht verärgern. Ich versuche nur, objektiv zu sein.«

Ich winke ab. »Das weiß ich doch. Nur ist Objektivität nicht gerade das, was ich im Moment brauche.«

»Und was brauchst du im Moment?«, fragt er eifrig.

Ich verdrehe die Augen. »Nein, *das* auch nicht.«

»Schade.« Er macht ein enttäuschtes Gesicht. »Das hätte dich bestimmt auf andere Gedanken gebracht.«

In dem Moment klingelt das Telefon. Ich warte, bis der Anrufbeantworter anspringt, und höre Stefan sagen: »Hallo, Pia, gehst du mal ran? Komm schon! Nicht zu Hause oder keine Lust, mit mir zu reden? Na, egal, ich wollte dir nur sagen, dass du wieder mal gehörig auf dem Holzweg bist, Mädchen! Ich und Tanja – also wirklich! Aber es gefällt mir, wenn du eifersüchtig bist. Das macht dich sexy. Ruf mich zurück, ja?«

»Da hörst du es«, sagt Burkhard. »Er hat überhaupt nichts mit deiner Freundin.«

Ich werfe ihm einen mitleidigen Blick zu. »Ja, das klang wirklich überzeugend«, höhne ich. »Aber noch überzeugender wäre es gewesen, wenn sein Anruf nicht von Tanjas Apparat gekommen wäre. Ich habe es auf dem Display gesehen. Wahrscheinlich frühstücken die beiden gerade zusammen, so wie wir. Die zwei haben die Nacht zusammen verbracht. Und da soll zwischen ihnen nichts gelaufen sein? Da kann ich ja nur lachen!«

»Wieso? Wir haben auch die Nacht zusammen verbracht. Und zwischen uns ist auch nichts gelaufen«, wirft Burkhard ein.

»Das ist auch etwas ganz anderes.«

»Was soll denn da anders sein?«

»Also, erstens bist du nicht Stefan«, sage ich.

»Und zweitens?«

Ich nehme seine Hand und ziehe ihn in Richtung Schlafzimmer. »Und zweitens – wer sagt denn, dass die Nacht schon vorbei ist?«

Ein Fingerschnippen später habe ich Geburtstag. Burkhard habe ich seit unserer verlängerten Nacht nicht mehr gesehen. Und das ist auch gut so. Der Sex mit ihm ist mir nämlich zu anstrengend. Ich hatte ständig den Eindruck, er würde sich jeden Handgriff genau überlegen. *Streichle ich jetzt noch eine Weile ihren Busen oder küsse ich ihren Hals oder wäre jetzt vielleicht der richtige Zeitpunkt, das Vorspiel zu beenden?* So in etwa muss es in seinem Kopf gesummt haben. Ich habe es fast hören können. Das hat mich dann veranlasst, auch über meine Aktionen nachzudenken. Schließlich waren wir so verkrampft, dass wir wie zwei hölzerne Marionetten herumzappelten, deren Schnüre sich verwickelt haben. Ich hoffe nur, dass ich in meinem neuen Lebensjahr sexuell nicht mehr so viele Reinfälle erlebe wie im vergangenen.

Heute vor neunundzwanzig Jahren hat meine Mutter mir das Leben geschenkt. Nagelneu, aber ohne Gebrauchsanweisung. Mit allen möglichen Funktionen, aber ohne Garantie. Nicht uninteressant, aber verflucht anstrengend. Eigentlich wäre jetzt eine gute Gelegenheit, sie zu fragen, ob ich es nicht gegen ein anderes Leben umtauschen könnte. Gegen eines mit weniger Zwängen und Problemen. Gegen das von dem Hund der Neubergers zum Beispiel. Der pennt nur und frisst und wird immer fetter und lebt sorgenfrei in den Tag hinein. Oder gegen das Leben von irgendeinem x-beliebigen Mann.

Von meinen beiden Gästen ist meine Mutter zuerst gekommen, aber mein Vater wird sicher auch bald eintrudeln. Eigentlich sollten die beiden schon wieder friedlich vereint sein, wenn Collenberg unsere Vereinbarung eingehalten hätte. Aber offenbar hat der Kerl sich das zu einfach vorgestellt. Meine Mutter kann ziemlich hartnäckig sein, wenn sie etwas will. Oder hat Collenberg überhaupt nicht vor, meine Mutter vom Haken zu lassen? Mein Geld hat er immerhin eingesteckt, aber möglicherweise ist das bei ihm reiner Reflex.

Max Collenberg hat meiner Mutter erzählt, dass ich mit ihm essen war. Offenbar hat meine Mutter das so aufgefasst, als hätte ich mich damit bei ihm entschuldigt. Ich lasse sie in dem Glauben. Wenn sie wüsste, dass ich sie in Wirklichkeit diesem Collenberg abgekauft habe wie einen alten Sessel, wäre sie heute bestimmt nicht zu meinem Geburtstag erschienen. Jedenfalls nicht in friedlicher Mission.

»Weißt du, Mama, ich habe überhaupt nichts gegen Herrn Collenberg. Aber du hast ja gesehen, wie es Papa mit seiner Ariane gegangen ist oder mir mit Stefan. Bist du dir sicher, dass dir mit Max nicht das Gleiche blüht? Eure Sternzeichen passen auch nicht zusammen. Du Jungfrau und er Schütze, das ist wie King Kong und Godzilla. Das geht nie gut.«

Wir sitzen uns im Wohnzimmer gegenüber, zum ersten Mal seit Wochen sprechen wir uns wieder von Angesicht zu Angesicht. Meine Mutter trägt ein elegantes Kostüm in schlichtem Beige. Sie sieht aus, als käme sie gerade aus einer Aufsichtsratssitzung.

Durch meine Frage fühlt sie sich erneut herausgefordert. »Fängst du schon wieder an? Max und ich verstehen uns besser denn je. Du kannst also ganz unbesorgt sein, Pia. Du solltest dich lieber einer viel dringenderen Frage widmen.«

»Die da wäre?«

»Die da wäre: Was, um alles in der Welt, Pia, treibst du eigentlich in letzter Zeit?«

»Ich treibe gar nichts«, verteidige ich mich empört.

Meine Mutter lächelt nachsichtig und beginnt ihre Aufzählung, wobei sie mir zur Verdeutlichung mit jedem Punkt einen Finger mehr entgegenstreckt: »Erstens: Frau Neuberger hat sich bei mir beschwert, du würdest ihrem Mann schöne Augen machen und ständig halb nackt durchs Treppenhaus huschen.«

»Die spinnt doch! Kein Wunder, dass sie permanent Migräne hat, wenn sie sich so einen Mist ausdenkt.«

»Zweitens hat mir jemand erzählt, dass er dich neulich im Restaurant *Victorian* gesehen habe. Und zwar in so einer nuttigen Aufmachung, dass er zuerst an eine Verwechslung dachte. Aber dann habe ein Mann laut deinen Namen gerufen und mit dir über Swingerclubs geredet.«

Meine Mutter hat wirklich überall ihre Spione. Oder hat ihr Stefan etwa von dem Essen mit Ariane und mir erzählt? Diesem Schuft traue ich mittlerweile alles zu.

»Weiß dein Bekannter nicht, dass es unhöflich ist, Gespräche anderer zu belauschen?«, frage ich gereizt. »War's das jetzt?«

»Drittens«, fährt meine Mutter unbeirrt fort, »wäre da die Sache mit den vielen Männern. Der Physiker, dein dichtender Gärtner, dieser Jogger, mit dem du dich getroffen hast – ja, da brauchst du nicht so überrascht zu gucken. Ich kriege mehr mit, als du denkst. Dann der Mann aus dem Restaurant, der dich angeblich aus einem Swingerclub kennt. Außerdem hat Joachim dich neulich zu einer Schulfeier gebracht, weil du mit dem Vater eines der Schulkinder etwas angefangen hattest. Des Weiteren wäre da der Mann, der sich im Eiscafé zu dir gesetzt hat, kaum dass ich aufgestanden war. Und Frau Neuberger hat mir etwas von Handwerkern erzählt, die erst stundenlang bei dir sind, ohne dass auch nur ein einziges Mal ein Hämmern oder Bohren zu hören wäre, und dann mit nassem Haar, also offenbar frisch geduscht, aus deiner Wohnung kommen. Ganz abgesehen von Herrn Neuberger selbst. Du würdest dich am Telefon sogar schon als Frau Neuberger ausgeben.«

»Das ist alles so lächerlich!«, sage ich und halte mir demonstrativ die Ohren zu. »Ich will nichts mehr hören. Lala lala lala lala.«

Aber die Stimme meiner Mutter durchdringt meine Hände mühelos, als sie zum nächsten Punkt kommt. »Viertens wird dein Verhalten immer seltsamer. Du fängst an zu rauchen, dein Führerschein wird dir wegen Alkohol am Steuer abgenommen, Kollegen sprechen mich darauf an, dass deine Kolumne in diesem Magazin, für das du schreibst, immer frivoler wird, du spazierst halb nackt in Nobelrestaurants, machst Männern vor, du seist schwanger, und sperrst einfach Leute in dein Zimmer. Was sind das alles für Geschichten? Ich habe mich ernsthaft gefragt, Pia, ob du vielleicht Drogen nimmst.«

»Tue ich nicht!«, rufe ich und löse meine Hände von den Ohren. »Aber wenn du noch länger auf mir herumhackst, fange ich noch heute damit an.«

»Nur eins noch«, sagt meine Mutter und hält mir eine Hand mit fünf ausgestreckten Fingern entgegen. »Fünftens habe ich deine Freundin Tanja getroffen. Sie macht sich Sorgen um dich. Du würdest nicht mehr mit ihr reden, weder ihre Anrufe entgegennehmen noch aufmachen, wenn sie zu dir komme. Ich soll dir von ihr ausrichten, dass sie dein Verhalten kindisch findet. Du wirst mir zustimmen, Pia, dass es bedenklich ist, wenn jemand wie Tanja einem Infantilität vorwirft. Wenn es schon so weit ist, dann brennt das Haus, würde ich sagen.«

»Dann lass es doch brennen, das beschissene Haus!«

Ich springe aus dem Sessel und will aus dem Wohnzimmer fliehen, aber die scharfe Stimme meiner Mutter hält mich zurück. »Tanja hat mir etwas Interessantes über eine Wette erzählt, die zwischen euch beiden läuft.«

»Ach, die Wette ...«

»Ja, die Wette. Ich habe den Verdacht, dass ein paar Dinge, die ich soeben aufgezählt habe, mit dieser Wette zusammenhängen. Was hältst du von meiner Theorie?«

»Totaler Schwachsinn.«

»Tanja wollte mir keine Einzelheiten nennen. Die Bemerkung mit der Wette ist ihr ungewollt rausgerutscht. Also, worum geht es dabei, Pia? Und lüge mich nicht an!«

Ich seufze schicksalsergeben. »Du täuschst dich. Die Wette ist ganz harmlos. Astrologischer Kram. Damit kannst du sowieso nichts anfangen.«

Meine Mutter holt ein zusammengefaltetes Blatt aus ihrer Handtasche. Sie liest vor: *»Als er zurückkam, hatte er sich umgezogen. Er hatte sich ein stachelbewehrtes Hundehalsband umgelegt, ansonsten war er nackt. Auf Händen und Knien kroch er auf mich zu. In seinem Mund apportierte er eine Reitpeitsche. Zwischen seinen Beinen machte er Männchen.«* Meine Mutter schaut mich missbilligend an. »Ist das der astrologische Kram, den du meinst? Ich habe mir extra eine XX gekauft und bin aus allen Wolken gefallen. Pia, du kannst dich doch nicht wegen einer Wette all diesen Widerlingen hingeben.« Sie greift erneut in ihre Handtasche und zückt ihr Scheckbuch. »Eigentlich wollte ich dir zum Geburtstag etwas anderes schenken. Aber das hier ist wichtiger. Also, um wie viel Geld geht es bei eurer Wette? Ich übernehme das, egal wie hoch der Betrag ist.«

»Unsinn, das musst du nicht«, sage ich, während sie schon den Scheck ausfüllt.

»Ich weiß, dass ich das nicht muss. Aber es ist mir ein besonderes Anliegen. Ich zahle deine Wettschuld, damit du mit diesem Wahnsinn aufhören kannst. Wenn du unbedingt willst, kannst du es mir ja in Raten zurückzahlen. Also bitte, raus damit! Um wie viel geht es?«

Ich zögere ein paar Sekunden, in denen ich überlege, ob ich ihr den Betrag nennen soll, für den ich sie ihrem Collenberg abgekauft habe. Wäre ja eigentlich nur recht und billig. Na ja, billig nicht. Und so richtig recht auch nicht. Also bleibe ich dann doch bei der Wahrheit. »Um einen Euro«, sage ich.

»Wie viel?«

»Um einen Euro.«

Meine Mutter sieht mich an, als hätte ich sie gerade gebissen. »Du lässt dich mit diesen ganzen Männern ein wegen eines läppischen Euros?«

»Unsinn! Um die Wette geht es überhaupt nicht. Jedenfalls anfangs nicht. Es geht um mich. Die Wette war auch nicht Tanjas Idee, falls du das glauben solltest. Ich habe sie selbst vorgeschlagen.«

Meine Mutter sieht mich an, als würde sie mich gleich beißen. »Ein Euro«, sagt sie kopfschüttelnd.

»Und eine Tätowierung«, ergänze ich. »Wenn ich verliere, muss ich mir einen Frosch auf mein Hinterteil tätowieren lassen. Willst du das etwa auch für mich übernehmen?«

Bevor sie antworten kann, klingelt es an der Tür. Es ist mein Vater. Ich trete auf den Treppenabsatz und höre, wie er die Treppen nach oben rumpelt. Dann vernehme ich die Stimme von Herrn Neuberger, der meinen Vater anfährt, ob er so einen Lärm veranstalten müsse. Seine Frau liege mit schwerer Migräne im Bett und brauche absolute Ruhe. Mein Vater versichert ihm, Rücksicht zu nehmen, und rumpelt weiter. Als er in mein Blickfeld kommt, erkenne ich, warum er so einen Krach macht. Er schiebt nämlich ein großes Hollandrad die Treppen nach oben, wobei entweder das Lenkrad, die Pedale oder die Plastiktüte in seiner rechten Hand scheppernd gegen das Geländer schlägt.

Wir begrüßen uns und ich deute auf das Fahrrad. »Ist das etwa für mich?«

»Gefällt es dir? Nagelneu und sehr stabil. Nicht so ein gebrauchtes Klapperding, das du dir gekauft hast und das nach einem halben Jahr aussieht, als könnte es jeden Moment auseinander fallen.«

Ich bedanke mich mit einem Kuss. »Das ist das schönste Rad auf der ganzen Welt.«

»Na, jetzt übertreib mal nicht. Wir sollten lieber nicht im Treppenhaus reden.« Er fängt an zu flüstern. »Frau Neuberger hat ganz schlimm Migräne. Psst!«

Als er hereinkommt, schaut er sich als Erstes misstrauisch in der Wohnung um.

»Suchst du etwas Bestimmtes?«, fragt meine Mutter spöttisch.

»Ich schaue mich nur um.«

»Ich bin alleine gekommen«, sagt meine Mutter.

Mein Vater macht ein desinteressiertes Gesicht. »Das ist mir doch egal. Von mir aus kannst du mit einer ganzen Fußballmannschaft auflaufen.«

»Kein Gezanke an Geburtstagen«, ermahne ich die beiden. »Kommt, lasst uns Kaffee trinken!«

Wir setzen uns an den gedeckten Küchentisch und spielen ein bisschen heile Familie. Als wir nach dem Kaffee den Wein probieren, den mein Vater mitgebracht hat, klingelt es erneut an der Tür.

»Hallo, Pi, hier ist Tanja. Mach bitte auf!«, schallt es aus der Sprechanlage, nachdem ich mich gemeldet habe.

»Es ist niemand zu Hause«, sage ich. »Außerdem gibt es hier keine Pi und hat es auch nie gegeben.«

Dann gehe ich in die Küche zurück. Das Läuten ignoriere ich einfach. Nach einer Minute hört es auf.

»Das ist kein guter Stil«, tadelt mich meine Mutter. »Man muss den Leuten immer die Gelegenheit geben, sich zu rechtfertigen. Sogar ein Massenmörder hat das Recht auf Verteidigung.«

»Gut zu wissen«, sage ich. »Falls mir mal die Sicherungen durchknallen.«

Ein paar Sekunden später ist es fast so weit. Denn plötzlich erschallt von draußen ein Geburtstagsständchen. Ich stürze ans Fenster und sehe Tanja neben ihrem Alfa Spider stehen. In der Hand hält sie ein Megaphon, das sie vermutlich in weiser Voraussicht mitgebracht hat. »Happy birthday to you«, kräht sie, »happy birthday to you, happy birthday, liebe Pia, happy birthday, du dumme Kuh!« Ihr Krähen wird durch das Megaphon so verstärkt, dass es durch die halbe Straße schallt.

Ich reiße schnell das Fenster auf und schreie zu ihr hinunter: »Hör sofort auf mit dem Scheiß! Komm hoch, ich mache dir auf!«

Aber Tanja denkt gar nicht daran. Offenbar hat sie Gefallen daran gefunden, mit dem Megaphon meine Nachbarschaft zusammenzubrüllen.

»Ich habe nicht mit deinem Freund gebumst«, hallt ihre Stimme durch die Gegend. »Stefan habe ich bei dir vor der Haustür aufgesammelt, als ich dich direkt nach meiner Ankunft besuchen wollte. Er hatte Krach mit seiner Beate und da hat er mir Leid getan, okay?«

»Und was sollte dann dieses Sexgeflüster und die Umarmung?«, schreie ich.

»Ich habe ihm nur ein paar Telefonsex-Floskeln vorgemacht. Das war alles. Als er dann anfing loszuheulen, habe ich ihn zum Trost in die Arme genommen, mein Gott! Aber ich bumse doch nicht mit Stefan! Und wenn du mir das jetzt nicht glaubst, dann leck mich doch am Arsch!«

Dann packt sie ihr Megaphon auf den Beifahrersitz, steigt ein und braust davon. Dafür streckt Frau Neuberger jetzt ihren Kopf aus dem Fenster und schaut zu mir hoch. Ihr Gesicht ist feuerrot. Vielleicht ein Nebeneffekt ihrer Migräne. Vielleicht ist sie auch auf irgendetwas wütend. Auf mich zum Beispiel.

»Frau Herzog, das eine sage ich Ihnen«, sagt sie. Bevor sie mir das andere sagen kann, rufe ich ihr »Gute Besserung« zu und schließe das Fenster.

»Singen kann deine Freundin aber nicht«, meint mein Vater grinsend.

»Dafür hat sie jede Menge anderer Qualitäten«, verteidige ich Tanja. Ich weiß nicht, warum, aber auf einmal glaube ich ihr jedes Wort. Vielleicht muss etwas nur laut genug verkündet werden, um überzeugend zu klingen.

»Ich bin ein Idiot«, sage ich. Ich habe es nicht besonders laut gesagt, aber es scheint trotzdem zu überzeugen. »Ihr dürft mir ruhig widersprechen«, füge ich nach einer kurzen Pause hinzu.

Meine Mutter lächelt mich an. »Doch nicht an deinem Geburtstag.«

»Um was ging es da eben eigentlich?«, fragt mein Vater.

Ich verdrehe die Augen. »Tanja«, erkläre ich, und mein Vater nickt verstehend, als wäre damit alles gesagt.

Kurz darauf machen sich meine Eltern zum Aufbruch bereit, da sie noch einen gemeinsamen Termin bei ihrem Steuerberater haben.

Meine Mutter deutet auf den blinkenden Anrufbeantworter. »Du hast sieben Nachrichten auf deinem Anrufbeantworter«, verrät sie mir unnötigerweise. »Wenn du sie nicht abhörst, macht so ein Gerät wenig Sinn.«

»Das sind sowieso nur Stefan oder Tanja. Die beiden haben mir auch meine Mailbox voll gequatscht. Kann ich alles löschen.«

Ich will gerade auf die Löschtaste drücken, als meine Mutter mich von dem Gerät wegdrängt. »Du kannst doch nicht einfach alle Anrufe ungehört löschen. Das ist so, als würde man seinen Briefkasten blind in den Müll kippen. Du bist unverantwortlich, Pia.«

Sie ruft die erste Nachricht ab. Sie ist von Tanja, die um Rückruf bittet. Die zweite ebenso. Die dritte Nachricht ist von Stefan, dann beschimpft mich Tanja, dazwischen sagt mein Vater einmal kurz »Hallo, Schlumpelchen, äh, ich bin's«, bevor er einfach auflegt.

Ich werfe meiner Mutter einen Na-siehst-du-Blick zu. Da höre ich die Stimme von Matthias, der mich bittet, ihn anzurufen. Die nächste Nachricht ist ebenfalls von ihm. »Pia, ich dachte, wir wollten noch einmal zusammen spielen. Ruf mich bitte dringend zurück, ja?«

Auch der letzte Anruf kommt von Matthias. »Pia, ich bin's wieder – Matthias. Ich muss dich wirklich dringend sehen. Ich habe dich jetzt auf gut Glück angegeben. Weil du mir ja gesagt hast, das wäre in Ordnung ...«

»Löschen?«, fragt meine Mutter dazwischen und berührt die Löschtaste.

»Nicht!«, rufe ich schnell. Und höre mit zunehmender Fassungslosigkeit zu, wie Matthias sagt: »Als ich dich nicht erreicht habe, habe ich lange überlegt, ob ich vielleicht jemand anderen nehmen sollte. Aber du bist einfach die perfekte Allzweckwaffe, was Fragen betrifft, die über den akademischen Blickwinkel hinausgehen. Dein Allgemeinwissen hat mich damals wirklich umgehauen, ehrlich. Deshalb habe ich dich jetzt einfach mal als meinen Telefonjoker bei *Wer wird Millionär?* angegeben. Nächste Woche Freitag ist die Aufzeichnung. Nimm dir da bitte nichts vor, okay? Ich verlass mich auf dich, Kleines. Ich hoffe, du bist nicht sauer, dass ich das jetzt über deinen Kopf hinweg entschieden habe. Aber man muss seine Telefonjoker innerhalb einer bestimmten Frist bekannt geben. Ich habe mehrmals versucht, dich zu erreichen. Jetzt ist es ohnehin zu spät. Wir müssen uns unbedingt treffen und alles genau besprechen. Ruf mich gleich an.«

Ich schlage mir mit der flachen Hand gegen die Stirn. Das kann ja wohl nicht wahr sein! Das habe ich jetzt davon, ihm damals das Theater mit den aufgezeichneten *Wer-wird-Millionär?*-Sendungen vorgespielt zu haben! Jetzt bin ich Doofi Telefonjoker, klasse.

»Das ist mir ja ganz neu, dass du so viel weißt«, kommentiert meine Mutter gleich. »Wie heißt die Hauptstadt von Ägypten?«

»Mama, bitte! Ich habe jetzt andere Probleme.«

»Sag schon! Das ist eine ganz einfache Frage.«

»Ich weiß die Antwort. Ich komme nur grade nicht drauf. Jerusalem? Nein.«

Meine Mutter guckt mich ganz komisch an. »Ich an deiner Stelle würde mich erschießen.«

»Ja, das ist eine prima Idee«, stimme ich zu.

Eine halbe Stunde nachdem meine Eltern gegangen sind, ruft mich Max Collenberg an und gratuliert mir zum Geburtstag.

»Meine Mutter wohnt immer noch bei Ihnen«, sage ich kurz angebunden.

»Ich weiß.«

»Ich weiß, dass Sie das wissen!«, fahre ich ihn an. »Aber was gedenken Sie dagegen zu unternehmen? Wir hatten abgemacht, dass meine Mutter bis zu meinem Geburtstag wieder zu Hause ist. Und ich habe Ihnen schon hundert Euro Anzahlung gegeben.«

»Fünfundneunzig«, sagt er.

»Richtig. Wie lange dauert es also noch?«

Ich höre, wie er die Luft zwischen den Zähnen einsaugt. »Tja, das kann sich noch etwas hinziehen. Wie heißt es so schön: Eile mit Weile.«

»Es heißt auch: Wer rastet, der rostet«, entgegne ich.

»Gut Ding will Weile haben«, sagt er.

»Der frühe Vogel frisst den Wurm.«

»Den frühen Wurm frisst der Vogel«, meint er lachend, und ich lege wütend auf.

Dann rufe ich Tanja an, aber es nimmt niemand ab. Als Nächstes wähle ich die Nummer von Matthias. Der Teilnehmer ist zurzeit nicht erreichbar. Na toll! Nichts klappt. Wie immer.

Um mich abzulenken, greife ich mir ein Lexikon und mache es mir auf der Couch bequem. Die Hauptstadt von Ägypten ist Kairo. Da wäre ich schon noch drauf gekommen. Okay, vielleicht nicht innerhalb von dreißig Sekunden, aber so einfache Fragen kommen bei *Wer wird Millionär?* sowieso nicht dran. Da brauche ich mich gar nicht verrückt zu machen.

Tunesien – Hauptstadt Tunis, kann man sich gut merken. Syrien – Hauptstadt Damaskus. Lettland – Riga. Nepal – Katmandu. Südafrika – Pretoria. Wie soll man sich das alles merken? Sinnlos. Frustriert stelle ich das Lexikon zurück in den Schrank, als es an der Tür klingelt.

»Hallo, Pia, hier ist Stefan. Darf ich hochkommen?«

Erschrocken betrachte ich mich im Flurspiegel. Außer meine Eltern habe ich heute niemanden erwartet. Deshalb sehe ich ganz normal aus, also schlimm. Mist!

»Ja, komm hoch«, sage ich. »Ich wollte mich ohnehin bei dir entschuldigen.«

Innerhalb von zehn Sekunden bin ich ins Bad gerast, habe meinen Lippenstift nachgezogen, mein Haar zurechtgezupft, mir die Zähne geputzt und etwas Parfüm aufgelegt. Weltrekord.

Es klopft an der Wohnungstür und ich mache auf.

»Hallo, Pia, alles Gute zum Geburtstag«, begrüßt mich Stefan und umarmt mich und gibt mir einen Kuss auf die Wange.

Ich deute auf den Koffer, der neben ihm steht. »Du willst mir nicht etwa einen Koffer zum Geburtstag schenken, oder?«

»Eigentlich nicht«, sagt Stefan. Und während ein breites Grinsen sein Gesicht durchpflügt, habe ich das Gefühl, als müsste ich jeden Moment tot umfallen. Exitus mit neunundzwanzig. Der letzte Atemzug in Stefans Armen. Es gibt, glaube ich, schlimmere Arten, zu sterben.

skorpion

24. oktober – 22. november

Mal angenommen, ich würde etwas Negatives über Sie schreiben – müsste ich dann befürchten, eines Morgens neben einem abgetrennten Pferdekopf aufzuwachen? Nein? Sehr schön. Und Sie verfolgen mich auch nicht mit einem Dreißigtonner und drängen mich vom Radweg? Gut, dann kann ich ja ganz offen reden, wie?

Nein, lieber doch nicht. Jetzt behaupten Sie noch, Sie könnten mit Kritik umgehen, aber wenn ich dann schreibe, Sie seien rachsüchtig und manchmal ein wenig aufbrausend, lauern Sie mir mit einer abgesägten Schrotflinte auf, um mich vom Gegenteil zu überzeugen.

Besser, ich beschränke mich einfach auf Ihre positiven Eigenschaften. Lassen Sie mich mal kurz überlegen. Hmmm … Moment noch. Ach ja, Sie sind zum Beispiel kein Langweiler. Sie bleiben den Leuten im Gedächtnis. Vielleicht dem einen oder anderen als unangenehmer Stinkstiefel, mag sein. Aber Sie machen auf jeden Fall Eindruck.

Nein, ich habe nicht gesagt, dass Sie ein unangenehmer Stinkstiefel sind. Ich habe gesagt, dass vielleicht – VIELLEICHT – jemand, der Sie nicht so gut kennt, möglicherweise diesen unbegründeten Eindruck vorschnell gewinnen könnte. Ich persönlich finde Sie sehr, sehr, sehr sympathisch und unglaublich liebenswert. Sie kleiner, süßer Knuddelbär, Sie! Und würden Sie jetzt bitte aufhören, so böse zu gucken, bevor meine Zimmerpflanzen eingehen? Verbindlichsten Dank.

Ob mir Ihr Humor gefällt? Sie meinen damit aber nicht diesen bösartigen Spott, den Sie im Kreis Ihrer Freunde über gemeinsame Bekannte ausgießen! Doch, den meinen Sie? Äh, ja, den finde ich nicht schlecht. Aber ist Ihnen schon einmal aufgefallen, dass Sie meistens der Erste sind, der diese lustigen Runden verlässt? Das kann natürlich damit zu tun haben, dass niemand eine Pointe von Ihnen verpassen will. Vielleicht haben die anderen aber auch Angst, selbst Opfer Ihrer Spötterei zu werden, sobald sie einen Schritt außer Hörweite sind. Oder wie sonst lässt sich wohl erklären, dass das Gelächter zwar immer lauter wird, der Kreis der Lachenden aber von Mal zu Mal kleiner? Denken Sie mal darüber nach. Sonst werden Sie sich demnächst nur noch zusammen mit Ihrem Spiegelbild über all die Idioten dieser Welt lustig machen können. Und eines Tages stehen Sie vielleicht vor dem Spiegel, und da ist nur ein Außer-Betrieb-Schild zu sehen, weil sogar Ihr Spiegelbild sich aus dem Staub gemacht hat.

Apropos fehlendes Spiegelbild. Wissen Sie, an wen Sie mich ein bisschen erinnern? An Graf Dracula, den Vampir. Düster, geheimnisvoll, magnetisch. Nein, das ist keine Beleidigung. Dracula war schließlich ein richtiger Frauentyp. Wir Mädels stehen auf Typen mit animalischer Leidenschaft, die auch mal die Nacht durchmachen können. Außerdem mögen wir Männer mit eigenem Schloss.

Allerdings habe ich es nicht so gerne, wenn man mir Löcher in den Hals bohrt. Und ich mag erst recht nicht bis in alle Ewigkeit irgendeinem bleichen Typen mit muffigem Umhang und Überbiss willenlos ergeben sein. Bei Ihnen könnte ich mir auch gut vorstellen, dass Sie Ihre Freundin, falls die mal genug von Ihnen haben sollte, lieber in den Keller in einen Sarg sperren, als sie einfach so gehen zu lassen. Das finde ich nicht okay, okay?

Oh, jetzt bin ich doch kritischer geworden, als ich eigentlich vorhatte. Aber Sie tragen mir das jetzt nicht nach, oder?

Alles in allem finde ich Sie nämlich sehr, sehr, sehr in Ordnung. Sie sind ein Supertyp, ehrlich.

Ihre Pia H.

(Zurzeit auf Reisen mit unbekanntem Ziel und unbestimmter Dauer)

***

»Du, Stefan, schläfst du schon?«

»Mhmm«, brummt es neben mir aus dem Kissen.

»Stell dir mal vor, du würdest mich und Beate nicht kennen. Und du würdest uns beide gleichzeitig auf einer Schifffahrt kennen lernen. Hast du es?«

»Habe ich was?«

»Dir vorgestellt.«

»Oh, Pia, ich bin müde«, beschwert sich Stefan. »Ich hatte einen schweren Tag im Büro, und gerade eben habe ich mich auch ziemlich verausgabt, wie du vielleicht bemerkt hast. Lass uns schlafen, ja?«

Ich beuge mich über ihn und küsse ihn auf die Stirn. »Gute Nacht, Sexgott.«

»Gute Nacht, Sexgöttin.«

Mit offenen Augen starre ich ins Dunkel und lausche Stefans Atemzügen. Nach den vielen einsamen Nächten klingen sie wie Musik in meinen Ohren. Ich könnte stundenlang zuhören. Ich bin überhaupt nicht müde.

»Angenommen, das Schiff ginge unter und weder ich noch Beate könnten schwimmen. Wen würdest du retten?«

»Keinen«, murmelt Stefan, nachdem ich ihn mit einem zusätzlichen Knuff zu einer Antwort ermuntert habe. »Ich würde euch beide ertrinken lassen.«

»Nein, du musst dich schon entscheiden«, lasse ich nicht locker. »Sonst kann ich nicht schlafen. Und du auch nicht.«

Stefan knipst stöhnend seine Nachttischlampe an, stützt sich auf einen Ellbogen und schaut mir mit großem Ernst in die Augen. »Dich«, sagt er sehr bestimmt. »Dich würde ich zuerst retten.«

»Ja, klar! Das sagst du jetzt nur so.«

»Nein, das sage ich nicht nur so. Ich habe mich ernsthaft in die Situation hineinversetzt und mich für dich entschieden«, widerspricht Stefan.

»Dann beweise es!«

Stefan schüttelt genervt den Kopf. »Wo soll ich denn jetzt ein Schiff herkriegen?«

»Ohne Schiff. Das Schiff ist untergegangen. Rette mich!«

»Na gut. Halt aus, Pia! Ich komme!«

Er beugt sich zu mir und gibt mir einen langen, zärtlichen Kuss, der mir den Atem raubt und das Leben rettet. Dann legt er sich wieder hin und macht das Licht aus. Fünf Minuten später scheint er schon tief und fest zu schlafen, während ich noch mindestens eine Stunde wach liege und beobachte, wie Beate Teuser langsam in der Tiefe versinkt.

Misstrauisch beäuge ich das Telefon. »Ich will keinen Mucks von dir hören! Sonst schmeiße ich deinen Akku auf den Müll.«

Kleine, unschuldige Telefone einschüchtern, das kann ich! Das Telefon tut keinen Mucks. Hoffentlich bleibt es die nächsten zwei Stunden so. Dann ist die Zeit um, in der ich erreichbar sein soll, um mich bei *Wer wird Millionär?* blamieren zu dürfen.

Ich bin so nervös, dass ich heute Morgen sogar Stefan gebeten habe, sich freizunehmen und mir Beistand zu leisten. Natürlich ist er nicht darauf eingegangen, sondern meinte nur, ich solle mir keine Gedanken machen, schließlich habe ich nichts zu verlieren.

Das ist es ja gerade! Wenn es um mein eigenes Geld ginge, wäre ich viel gelassener. Aber die Vorstellung, dass meine Dummheit Matthias zigtausend Euro kosten könnte, schlägt mir ganz schön auf den Magen.

Um mich abzulenken, mache ich Zukunftspläne für Stefan und mich. Zuerst einmal muss er natürlich wieder richtig hier einziehen. Im Moment hat er einen Teil seiner Sachen bei mir, aber das meiste steht noch bei der Teuser. Zum Beispiel seine Plattensammlung. Solange die nicht wieder an Ort und Stelle ist, kann man noch nicht wirklich von einer Rückkehr sprechen. Ich weiß nicht, was ich davon halten soll, dass Stefan es immer noch nicht geschafft hat, seinen Krempel vollständig aus der Teuser-Wohnung zu räumen. Schließlich wohnt er bereits seit einer Woche wieder bei mir, und ich habe ihm schon einen Tag nachdem er so überraschend mit seinem Koffer vor der Tür stand, angeboten, wieder ganz zurückzukommen.

»Bist du sicher, dass du das willst?«, hat er mich gefragt.

»Nein«, habe ich geantwortet. »Aber zu siebzig Prozent. Und du?«

Er hat kurz überlegt und dann gesagt: »Auch zu siebzig Prozent.«

»Das sind dann ja schon hundertvierzig Prozent Sicherheit. Das ist eine ganze Menge, oder?«

»Ja, das müsste reichen«, hat Stefan zugestimmt, und dann hat er das Schlafzimmer wieder in Besitz genommen und sein Bett und mich, woraufhin ich meinen Prozentsatz direkt auf achtzig erhöht habe.

Das Telefon klingelt, und ich schlage mir entsetzt die Hand vor den Mund, damit mein Herz nicht aus dem Hals springt. Oh, Mist! Ich nehme nicht ab. Ich nehme einfach nicht ab.

Natürlich nehme ich dann doch ab, und Tanja sagt: »Hallo, Pi, hast du heute Abend schon was vor?«

»Tanja!«, rufe ich erleichtert und verärgert zugleich. Um mir den Spott zu ersparen, habe ich ihr nichts von meiner Rolle als Telefonjoker erzählt. Daher kann ich ihr eigentlich auch nicht übel nehmen, dass sie ausgerechnet jetzt anruft. »Du, das ist gerade ganz blöd. Ich erwarte einen wichtigen Anruf.«

»Oh, du erwartest einen wichtigen Anruf«, höhnt Tanja. »Kenne ich ihn? Sieht er gut aus? Sag bloß, das mit Stefan ist schon wieder vorbei.«

»Nicht so einen Anruf. Ich sagte *wichtig*. Ich bin Telefonjoker bei *Wer wird Millionär?*! So, jetzt weißt du Bescheid. Deshalb muss die Leitung frei bleiben.«

»Ja, klar. Du willst mir also nicht verraten, was wirklich los ist. Aber ich kitzle das schon noch aus dir raus. Was ist also mit heute Abend?«

»Weiß nicht. Da muss ich mich vielleicht vor irgendeinen Zug schmeißen. Wir reden später. Tschau, Tanja.«

Die nächste halbe Stunde verbringe ich damit, in einem Lexikon zu blättern. Unglaublich, was es alles so gibt auf der Welt! Je länger ich darin blättere, desto nervöser werde ich. Warum bin ich so blöd? Meine Eltern sind doch auch nicht blöd. Beide sind Akademiker, intelligente Menschen, die wissen, wie die Hauptstadt von Ägypten heißt und so. Und ich weiß gar nichts, überhaupt nichts, mein Gehirn ist so leer, dass es hallt, wenn ich denke ... *enke ... enke ... enke.*

Mit einem Wutschrei pfeffere ich das Lexikon hinter die Couch. So, jetzt geht es mir besser. Ich atme tief ein. Ich bin ruhig. Ich atme aus. Ich bin ganz entspannt. Einatmen, ausatmen. Ruhig und entspannt.

Da klingelt das Telefon. Ruhe und Entspannung – *bumm*, weg! Ich stelle Atmung und Herzschlag ein, um mich auf meine Schweißproduktion zu konzentrieren. Nachdem ich fünf Liter in sieben Sekunden aus mir herausgeschwitzt habe, nehme ich den Hörer ab. »Herzog.«

»Hallo, Pia, hör zu, es geht um die Fünfhunderttausend-Euro-Frage. Welche der folgenden Tierarten frisst ...« FÜNFHUNDERTTAUSEND EURO! »... oder b) Meerschweinchen ...« FÜNFHUNDERTTAUSEND ... *AUSEND* ...

AUSEND … AUSEND … »oder d) Nashörner? Hast du eine Ahnung? Die Zeit läuft.«

Ich probiere auf gut Glück, ob ich sprechen kann. Ja, geht sogar irgendwie. »Kannst du – kannst du noch mal wiederholen?«

»Welche Tiere fressen die Männchen nach der Paarung: a) Koalabären, b) Meerschweinchen, c) Bergziegen oder d) Nashörner? Sag schnell!«

»????????????«, antworte ich.

»Pia? Bist du noch dran?«

»Ja, ich überlege. Aber ich weiß auch nicht.«

»Mist! Du warst meine letzte Hoffnung. Kannst du etwas ausschließen?«

Ich habe die Antwortmöglichkeiten mitgeschrieben und überfliege mein Gekritzel. Unlesbar. »Kannst du noch mal die Antworten …«

»Koalabären, Meerschweinchen, Bergziegen, Nashörner. Schnell.«

Keines der Tiere macht einen besonders blutrünstigen Eindruck auf mich. »Das sind ja alles Pflanzenfresser«, sage ich. »Außer vielleicht die Koalabären.«

»Du glaubst also, die Koalabären fressen ihre Männchen?«, schreit Matthias. »Noch fünf Sekunden.«

»Keine Ahnung. Bären fressen doch Fleisch, oder? Andererseits …«

Ein Tuten im Ohr verrät mir, dass die Verbindung unterbrochen ist.

Koalabären? Die süßen, kleinen Dinger sollen Kannibalen sein? Sind das überhaupt Fleischfresser? Ernähren die sich nicht von Blättern? Aber bei Nashörnern und Bergziegen kann ich mir noch viel weniger vorstellen, dass nach der Paarung das Männchen gekillt und gefressen wird. Und was war das Vierte gewesen? Ach ja, Meerschweinchen. Fressen die sich gegenseitig? Das gäbe vielleicht ein Geheule in den Kinderzimmern! Nein, irgendwie passt so ein Verhalten zu keinem der Tiere. Die einzige Spezies, bei der ich mir so etwas als ganz nützlich vorstellen könnte, hat sich durch dumme Gesetze voreilig dieser Möglichkeit beraubt.

Ich hole das Lexikon hinter der Couch hervor und schlage bei Koalabär nach, als mir plötzlich etwas einfällt. Warum hat eigentlich Günther Jauch nicht mit mir gesprochen? Bin ich ihm nicht gut genug? Oder habe ich es vor lauter Aufregung nur nicht mitgekriegt?

Als das Telefon klingelt und mir lautes Gelächter aus dem Hörer entgegenschallt, weiß ich Bescheid.

»Matthias, du fiese Ratte! Ich verfüttere dich an die Löwen im Zoo, falls du mich gerade verarscht haben solltest.«

»Hallo, Pia«, sagt Matthias glucksend. »Löwen sind okay. Aber bitte, bitte nicht an diese schrecklichen Koalabären!«

Das Lachen wird noch lauter. Offenbar glaubt Matthias, ich hätte nur Spaß gemacht.

»Entschuldigung, das war Bennos Idee. Aber es war einfach zu gut.« Er prustet wieder los. »Koalabären! Das muss man sich mal bildlich vorstellen! Hey, Mädchen, deine Antwort war Klasse. Nur schade, dass das nicht gesendet wird.«

»Dann war ich überhaupt kein Telefonjoker? Dann habe ich mich ganz umsonst verrückt gemacht?«

»Doch, natürlich warst du mein Telefonjoker«, sagt Matthias schnell. »Aber ich habe es nicht auf den Stuhl zu Günther Jauch geschafft. Da hat Benno gemeint, es sei doch eigentlich schade, dass meine Telefonjoker jetzt ganz umsonst warten. Und deshalb haben wir uns diese hirnrissige Frage ausgedacht.«

Im Hintergrund höre ich immer noch diesen Blödmann Benno lachen. »Und die anderen beiden Telefonjoker? Haben die richtig geantwortet?«, frage ich.

»Es gibt keine richtige Antwort«, sagt Matthias. »Alle Antwortmöglichkeiten waren falsch. Das ist ja gerade der Witz dabei. Die anderen beiden haben leider gleich den Braten gerochen.«

»Die kennen dich vermutlich besser als ich und wissen, dass man dir nicht trauen kann.«

»Schon möglich«, sagt Matthias. »Jedenfalls hast du was gut bei mir, Pia. Wir gehen mal groß aus, okay?«

»Schick mir lieber Pralinen«, entgegne ich und lege auf.

Am Abend treffen Stefan und ich uns mit Tanja in einer Pizzeria. Seit Stefan wieder bei mir wohnt, ist es das erste Mal, dass wir drei zusammen etwas unternehmen. Bei Pizza und Rotwein erzähle ich, wie ich mich als Telefonjoker geschlagen habe.

»Du hast wirklich geglaubt, ein Koalabärweibchen würde nach dem Paarungsakt das Männchen fressen?«, lacht Stefan.

»Nein, habe ich nicht. Aber es war noch die plausibelste Möglichkeit.«

»Koalabären ernähren sich von Eukalyptusblättern. Das weiß doch jeder«, meint Stefan in seiner liebenswürdigen Art und Weise.

»Ich weiß es zum Beispiel nicht«, widerspricht Tanja.

Stefan schaut sie zweifelnd an. »Du warst monatelang in Australien und hast keine Ahnung von Koalabären?«

»Stell dir vor. Ich wohne ja auch schon mein ganzes Leben in Düsseldorf und habe keine Ahnung von Neandertalern.« Sie schaut Stefan herausfordernd an. »Mir könnte einer gegenübersitzen und ich würde ihn nicht erkennen.«

»Dabei warst du mit einigen bestimmt schon im Bett«, sagt Stefan spöttisch.

Während Tanja ihn böse anfunkelt, überlege ich, ob ich wieder mal schlichtend eingreifen soll. Aber die beiden sind schließlich erwachsen. Wenn Stefan meint, er müsse Tanja unterhalb der Gürtellinie treffen, bitte schön. Ich bin schon auf ihre Entgegnung gespannt. Tanja ist ja nicht auf den Mund gefallen.

»Arschloch!«, sagt sie bewundernswert eloquent und schüttet Stefan ihr Glas Wein ins Gesicht.

»Hey, Leute«, mische ich mich jetzt doch ein. »Lasst uns lieber über etwas anderes reden, bevor ihr euch noch in die Haare kriegt.«

Stefan reagiert erstaunlich gelassen. Er wirft Tanja lediglich einen mordlustigen Blick zu und verschwindet wortlos Richtung Waschraum. Tanja und ich beschließen, den Abend ganz schnell ausklingen zu lassen, und ich rufe den Kellner zum Zahlen. Wenn es am schönsten ist, soll man bekanntlich aufhören. Und schöner wird es, glaube ich, nicht mehr.

»Immer muss Stefan mich provozieren«, beschwert sich Tanja. »Normalerweise stehe ich ja über so was drüber, aber Stefan ist echt ein rotes Tuch für mich. Wie er sich zuerst so abfällig über deine Wissenslücken geäußert hat, fand ich ja schon unverschämt. Da hat es mich bereits gejuckt, ihm etwas an den Kopf zu schmeißen. Und als er dann sagte, ich hätte bestimmt schon mit Neandertalern geschlafen, da war alles zu spät. Gut, er hat vielleicht sogar Recht damit, aber das ist ja wohl ganz allein meine Sache. Oder nicht?«

Ich lächele ihr beschwichtigend zu. »Doch, natürlich. Du, ich werde das mit Stefan noch einmal bereden, keine Sorge. Aber wenn er gleich zurückkommt, gieß bitte kein Öl ins Feuer, okay? Ich will nicht, dass ihr euch zerstreitet. Ihr sollt euch mögen, auch wenn es schwer fällt. Okay, Tanja? Mir zuliebe.«

Tanja bläst die Luft aus ihren Backen. »*Pffff*, das hat sich vor ein paar Tagen aber noch ganz anders angehört. Da hättest du uns am liebsten gekillt, nur weil wir uns mal umarmt haben.«

»Ja, ich weiß, ich bin ein Dummkopf. Dafür übernehme ich jetzt auch die Rechnung.«

Während ich bezahle, kommt Stefan zurück. Sein Hemd ist am Kragen und auf der linken Brustseite ganz nass und hellrot eingefärbt. Ich befürchte schon das Schlimmste, aber er überrascht mich aufs Neue.

»Tanja, es tut mir Leid, dass ich das mit den Neandertalern gesagt habe«, entschuldigt er sich. »Das ist mir so rausgerutscht.«

Tanja wirft mir einen erstaunten Blick zu. Ich zucke mit den Achseln. Ich weiß auch nicht, was in Stefan gefahren ist. Vielleicht hat ein Alien seinen Körper übernommen. Das scheint mir die plausibelste Erklärung.

»Schon gut«, sagt Tanja. »Das Glas Wein ist mir auch so rausgerutscht, gewissermaßen. Ich bin selbst erschrocken.«

Sie lachen und umarmen sich so lange, dass ich Stefan schließlich auf die Schulter klopfe. »So, das reicht jetzt! – Tanja, du musst dir einen anderen Neandertaler suchen. Dieser gehört mir.«

Auf der Heimfahrt schweigen Stefan und ich uns an. Stefan weilt mit seinen Gedanken offenbar ganz woanders, und ich rede nichts, weil ich schmolle. Bei Tanja hat sich der feine Herr Danner entschuldigen können, obwohl ihre Reaktion auf seine Anzüglichkeit schon ziemlich übertrieben war. Aber bei der kleinen Pia braucht er nichts zurückzunehmen. Die kann er als naives Dummchen hinstellen, das geht in Ordnung. Er hat sich noch nicht einmal dafür bedankt, dass ich ihn eingeladen habe.

»Also, was ist los?«, fragt er mich dann in der Wohnung.

»Nichts. Alles bestens.«

»Ich habe mich bei Tanja entschuldigt. Was soll ich denn noch tun? Vor ihr auf die Knie fallen?«

»Ach, mach doch, was du willst«, herrsche ich ihn an und laufe ins Arbeitszimmer. »Ich hab noch zu tun.«

Mit einiger Mühe gelingt es mir, die Tür nicht zuzuknallen. Während der Computer hochfährt, sichte ich den Stapel Post, der auf dem Schreibtisch liegt. Werbung, Rechnungen, Horoskopanfragen und dazwischen ein großes Kuvert, das Valerie mir geschickt hat. Darin werden sich wohl die Steckbriefe der Skorpion-Männer befinden. Ich nehme den Umschlag und werfe ihn ungeöffnet in den Papierkorb.

Minutenlang starre ich auf meinen Bildschirmschoner. Eine halb nackte Zeichentrick-Frau läuft mit wehendem Haar und verzweifelt in die Höhe geworfenen Armen vor einem geifernden Ungeheuer davon, das ihr knurrend von einer Seite des Bildschirms zur anderen hinterherstapft. Wenn mal jemand auf die Idee kommen sollte, mein Leben zu verfilmen, könnte er das als Vorlage nehmen.

Aber damit ist jetzt Schluss. Keine neuen Ungeheuer mehr. Ich habe meinen Stefan zurück, der zwar auch manchmal ein Ungeheuer sein kann, aber wenigstens eines, das mir vertraut ist. Wohingegen jede neue Männerbekanntschaft eine potenzielle Selbstopferung darstellt. Die Schöne liefert sich freiwillig dem Biest aus. Und das Biest ist nicht mal ein verzauberter Prinz, sondern einfach nur ein Biest.

Okay, das ist übertrieben. Ein paar der Männer, die ich in den letzten Monaten kennen gelernt habe, waren eigentlich ganz nett. Aber dann denke ich an meinen aufdringlichen Gärtner oder an diesen Perversling Zumrode mit seinem Hundehalsband oder an den Buchhalter auf Kreta, der schon kommt, wenn man ihn nur anlächelt, oder an Matthias, der Liebe für einen Trennungsgrund hält, oder an Jago Askani, den Schauspieler mit seinem Hebebett, an dem der falsche Name noch das Ehrlichste ist, oder an diesen Aufreißer mit seiner Schwimmbadnummer und der mordgierigen Freundin. Wenn ich an all diese anstrengenden Typen zurückdenke, überfällt mich eine große Müdigkeit und Leere.

Und deshalb gebe ich die Wette auf. Stefan hat zwar noch kein Wort darüber verloren, aber ich bin sicher, dass er eine solche Entscheidung von mir erwartet. Es gibt Schlimmeres, als sich einen Frosch tätowieren zu lassen. Zwei Frösche wären schlimmer. Oder ein Frosch auf Rädern und mit Tigerstreifen.

Es klopft leise an der Tür und Stefan kommt herein. »Störe ich?«

»Immer.«

»Soll ich wieder gehen?«

Ich weiß nicht, was er damit genau meint. Aus diesem Zimmer oder aus meinem Leben?

»Nein, bleib ruhig«, sage ich und meine damit in diesem Zimmer und in meinem Leben.

»Du bist sauer auf mich?«

»Nein. Wie kommst du denn darauf?«

»Dein Körper sagt, du bist sauer.«

»Ach, was weiß der schon«, meine ich und versuche ein halbwegs überzeugendes Lächeln.

Stefan setzt sich auf die Schreibtischkante und legt eine Hand auf meine Schulter. »Ich wollte deine Freundin nicht beleidigen, wirklich. Seitdem sie sich nach dem Krach mit Beate so lieb um mich gekümmert hat, mag ich sie sogar. Die Bemerkung war echt blöd. Aber alte Gewohnheiten kann man eben nicht so schnell abstellen. Außerdem ist Tanja normalerweise nicht so empfindlich.«

»Können wir auch mal über jemand anderen reden als über Tanja?«

»Von mir aus. Beate hat mir eine SMS geschickt. Von den Bahamas.«

Ein Stich durchbohrt meine Brust. »Vielleicht sollten wir doch lieber weiter über Tanja sprechen.« Ich atme tief durch. »Also gut – was hat sie geschrieben?«

Insgeheim bete ich, dass die Teuser Stefan an ihr Ultimatum erinnert hat. Nichts von ihm wolle sie mehr in ihrer Wohnung sehen, wenn sie aus dem Urlaub zurückkehrt, hatte sie ihm mitgeteilt. Ende nächster Woche kommt sie zurück, und Stefan hat noch keine Anstalten gemacht, seine restlichen Sachen zu holen. Hoffentlich hat sie ihm jetzt noch einmal richtig eine vor den Latz geknallt.

»Sie hat nicht viel geschrieben«, sagt Stefan. »Nur zwei Wörter.«

Leb wohl! Hau ab! Zieh aus! Bitte, lieber Gott, lass es etwas in der Art sein! »Welche Wörter?«

»*Verzeih mir*«, sagt Stefan so ausdruckslos, dass ich nicht erkennen kann, was er davon hält.

»Und? Was hast du geantwortet?«, frage ich, so ruhig man

nur fragen kann, wenn der Puls gerade auf die Zweihundert-Marke hochschießt.

»Noch gar nichts.« Stefan stellt sich hinter mich und massiert meine verspannten Schultern. »Was soll ich da auch drauf antworten?«

»Wie wäre es mit *Nein*. Das ist schön kurz.«

»*Ja* wäre noch kürzer.«

Ich schiebe seine Hände weg. »Dann antwortest du ihr eben das. Warum fragst du mich überhaupt? Zieh ruhig wieder zu deiner Bea! Du hast doch von Anfang an darauf spekuliert, dass ihr euch wieder versöhnt. Gib's doch zu! Du bist nur hier, weil du nicht wusstest, wie lange es dauern wird. Mich brauchst du nur als billige, bequeme Ausweichstation.«

Stefan schaut mich überrascht an. »Kannst du mir mal verraten, warum du immer gleich das Schlechteste von mir denkst?«, fragt er, und seine Überraschung verwandelt sich in Ärger. »Habe ich einen Ton davon gesagt, dass ich wieder zu Beate zurückgehe?«

»Und warum hast du immer noch Sachen bei ihr?«

»Die werde ich schon noch abholen!«, blafft er mich an und macht Anstalten, aus dem Zimmer zu gehen.

»Dann ist das mit euch also endgültig vorbei?«

»Wäre ich sonst hier?«, fragt er rhetorisch. »Mit Beate kann man wunderbar auskommen – solange alles nach ihrem Kopf geht. Sie ist sehr straight, weißt du? Das hat mir gefallen. Aber in einer Partnerschaft kann man seinen Kurs nicht immer halten, da muss man auch mal einen Schlenker machen und einen Umweg fahren. Und das kann Beate nicht. Es hat ein bisschen gedauert, bis ich das erkannt habe. Meine Blindheit kannst du mir vielleicht vorwerfen, aber nicht, dass ich ein falsches Spiel mit dir treiben würde, okay?«

Bevor ich etwas sagen kann, ist er schon aus dem Zimmer. Eine Minute später höre ich, wie die Wohnungstür ins Schloss fällt. Stefan scheint wirklich sauer zu sein. Warum bin ich auch so eine hysterische Zicke? Eifersüchtig auf die Teuser, eifersüchtig auf meine beste Freundin, eifersüchtig auf jede Frau, mit der Stefan theoretisch etwas anfangen könnte – und das sind ein paar hundert Millionen Weiber weltweit. Ich muss anfangen, Stefan zu vertrauen, oder unser Zusammenleben wird verdammt anstrengend. Ab sofort höre ich auf, eifersüchtig zu sein.

Wenn ich nur wüsste, wo Stefan jetzt hingefahren ist. Etwa zu Tanja?

Ich greife zum Telefon, um Tanja anzurufen, aber dann kann ich mich doch noch bremsen. Ich vertraue Stefan. Ich vertraue Tanja. Ich bin nicht mehr eifersüchtig.

Stattdessen nehme ich mein Handy und schreibe Stefan eine SMS.

Verzeih mir, schreibe ich. So selbstkritisch wie die Teuser bin ich schon lange. Und da ich nicht als einfallsloser Plagiator erscheinen will, füge ich noch etwas Eigenständiges hinzu: *bitte.* Weil mir das dann zu reumütig klingt, ergänze ich noch: *Und bring Zigaretten mit.*

Perfekt! *Verzeih mir bitte. Und bring Zigaretten mit.* Das schicke ich jetzt ab. Zehn Minuten später antwortet Stefan ebenfalls per SMS.

Verzeihen – ja. Zigaretten – nein. Bin in einer Stunde zurück. Ich liebe dich. Hör auf zu rauchen!

Woraufhin ich ihm zurücksimse: *Ich liebe dich auch. Dich und den Marlboro-Cowboy. Bis gleich.*

Zufrieden grinse ich in mich hinein. Stefan liebt mich. Er wird nicht zu der Teuser zurückgehen. Und da läuft auch nichts mit Tanja. Alles ist prima in Ordnung. Dass ich jetzt noch Tanja anrufe, hat auch überhaupt nichts mit Misstrauen oder so zu tun. Ich will sie nur fragen, ob ... Irgendwas fragen. Ob sie schon schläft.

Sie schläft noch nicht. Sie, Dagmar und Renate sitzen gerade zusammen und sprechen über die Zukunft ihrer Erotik-Line. Seitdem ihre Mutter beinahe gestorben wäre, ist Tanja nicht mehr so unbekümmert wie früher. Sie ist nachdenklicher geworden und weniger risikofreudig. Sie erzählt mir, dass sie mit dem Gedanken spiele, das Telefonsex-Projekt an die anderen beiden abzutreten. Ich frage sie, was sie stattdessen machen will, und sie antwortet, es sei Zeit für sie, erwachsen zu werden. Na, da bin ich ja mal gespannt. Ich erzähle ihr noch von der Teuser und deren SMS und wünsche ihr dann schöne Träume von schönen Männern.

»Nichts da«, sagt Tanja lachend. »Irgendwann ist auch mal Feierabend.«

Ich kann sie gut verstehen, auch wenn ich noch nicht vorhabe, heute Feierabend zu machen. Nach dem Telefonat gehe ich duschen und krieche dann nackt und erfrischt unter die Decke. Wenn Stefan mir schon keine Zigaretten besorgt, soll er mir wenigstens Feuer geben.

»Du, Stefan, schläfst du schon?«, frage ich zwei Stunden später.

»Kommt drauf an«, grummelt er.

»Auf was?«

»Ob du vorhast, jetzt wieder irgendein Schiff untergehen zu lassen.«

»Keine Schiffe«, verspreche ich.

»Na gut, dann könnte es sein, dass ich vielleicht noch ein kleines bisschen wach bin.«

Ich überlege, wie ich meine Frage formulieren soll, damit Stefan sich nicht aufregt. »Es ist wegen der Teuser.«

Stefan dreht sich ruckartig auf die andere Seite. »Gute Nacht, Pia.«

»Nein, nicht, was du denkst«, sage ich schnell. »Ich will überhaupt nicht wissen, ob du sie noch liebst oder was du an ihr so toll gefunden hast oder so.«

»Gut.«

»Ich habe mich nur gefragt, wann du deine Sachen aus ihrer Wohnung holst. Noch bevor sie aus dem Urlaub kommt? Oder erst wenn sie schon wieder da ist?«

Ich höre Stefan ein Mal tief durchatmen. »Da können wir auch morgen drüber reden, okay? Gute Nacht.«

Während seine Atemzüge immer gleichmäßiger werden, fahren meine Gedanken im Kopf Achterbahn. *Huuuiihhh!*, schreien sie. *Wir wollen noch nicht schlafen! Noch eine Runde! Huuuiihh!*

»Du, Stefan?«, frage ich nach ein paar Minuten.

Keine Antwort. Aber ich spüre, wie sich sein Rücken versteift. »Liebst du die Teuser überhaupt nicht mehr?«

Schweigen.

»Ich meine, du musst ja mal was an ihr gefunden haben, nicht wahr? Wie war sie denn so? Im Bett zum Beispiel. Wenn du Sterne verteilen könntest. Fünf Sterne, wenn sie eine Granate im Bett ist. Ein Stern, wenn sie eher nicht so toll ist. Wie viele hätte sie dann? Mehr als ich?«

Stefan setzt sich so plötzlich auf und schaltet das Licht an, dass ich mich richtig erschrecke. »Pia!«, ruft er wütend. »Was willst du? Mich wahnsinnig machen? Dann hast du es bald geschafft. Ich liebe Beate vielleicht noch ein bisschen, ja, aber nicht genug, um mir eine Zukunft mit ihr vorstellen zu können. Und wenn ich Sterne vergeben soll, dann kriegt sie drei und du vier. Zufrieden jetzt? Schön. Dann lass uns jetzt bitte, bitte, bitte schlafen.«

Er macht das Licht wieder aus und dreht sich von mir weg auf die Seite. Drei Sterne – ha! Das habe ich mir gleich gedacht, dass die Teuser beim Sex nur Mittelmaß zu bieten hat. Als Vegetarierin kommt der bestimmt nichts Fleischliches über die Lippen.

»Nur eine Frage noch«, sage ich nach einer kleinen Weile. »Warum kriege ich nur vier Sterne? Ich dachte, du liebst mich.«

Als ich am nächsten Morgen aufwache, ist Stefan schon aus dem Haus. Das liebe ich so an meiner Arbeit: dass ich keinen Wecker brauche, sondern nur einen Kalender, damit ich die

Abgabetermine nicht versäume. Die Arbeit kann ich mir einteilen, wie ich will.

Ich verfrühstücke einen Nutellatoast und eine Zigarette und lasse mir von der Zeitung erzählen, wie böse die Welt gestern wieder war. Beim Durchblättern entdecke ich, dass eine Zeitungsseite herausgerissen ist. Das wäre an sich noch nicht so tragisch. Aber ausgerechnet bei den Wohnungsanzeigen. Stefan hat ein Blatt mit Wohnungsanzeigen herausgetrennt und mitgenommen! Geschockt starre ich auf die gezackte Abrisskante. Was hat das jetzt wieder zu bedeuten, verflucht noch mal?

Doch im Grunde genommen ist mir klar, was ich davon zu halten habe. Es ist so, wie Stefan gestern Nacht gesagt hat: Er wird nicht zur Teuser zurückkehren. Aber auch nicht zu mir.

Einen Anruf später habe ich Gewissheit. Stefan will sich tatsächlich eine eigene Wohnung suchen. Er sagt, er brauche eine sichere Basis. Er sei dieses ständige Hin und Her leid. Mit unserer Beziehung habe das aber nichts zu tun. Es gäbe viele Paare, die in getrennten Wohnungen leben. Wäre ja auch kein Problem, solange die Wohnungen in derselben Stadt lägen. Und in ein paar Jahren könnten wir immer noch zusammenziehen. Vielleicht sogar in ein gemeinsames Haus. Ich solle mal in Ruhe darüber nachdenken, dann würde ich erkennen, dass es so am vernünftigsten sei.

Vernünftig! Ich spreche von Liebe. Wie kann er mir in so einem Moment mit Vernunft kommen?

»Ich spreche von Liebe und du kommst mir mit deiner blöden Vernunft!«, schreie ich ins Telefon.

»Bitte, Bea, lass uns heute Abend in Ruhe über alles reden, okay?«

»Gar nichts ist okay!«, fahre ich ihn an. »Und wenn du mich noch einmal Bea nennst, dann kannst du *okay* ganz aus deinem Wortschatz streichen.«

»Entschuldigung, das ist mir so …«

»Jaja. – Du, ich mach Schluss – es hat gerade an der Tür geklingelt.«

Und das ist noch nicht einmal gelogen. Ich stelle das Telefon an seinen Platz und frage über die Sprechanlage, wer was warum von mir will.

»Hallo, Pia, mein Name ist Klaus. Sie kennen mich nicht. Aber ich kenne Sie.«

»Dann lassen wir es doch am besten dabei«, sage ich schlecht gelaunt.

»Nein, Sie verstehen nicht. Ich bin Ihr nächstes Sternzeichen. Skorpion. Sagen Sie nicht, Sie haben schon jemanden. Ich dachte mir, ich komme gleich vorbei, damit wir uns schon mal beschnuppern können.«

Das ist wieder einer dieser Tage! Ich bin gerade mal mit dem Frühstück fertig und habe schon Krach mit Stefan, und vor der Haustür steht ein Irrer, der mich beschnüffeln will.

»Es tut mir Leid, dass Sie extra gekommen sind«, sage ich. »Aber das mit den Sternzeichen hat sich erledigt.«

»Was soll das heißen?«

»Das soll heißen: Tschüs und einen schönen Tag noch.«

Es ist wirklich höchste Zeit, meine Kolumne in der XX zu beenden, bevor mir noch alle Sexprotze der Stadt die Bude einrennen. Woher hat der eigentlich meine Adresse? Im Telefonbuch kann man mich nicht finden und in der XX steht auch nur das Verlagspostfach. Die Redaktion schickt mir dann meine Post zu.

Als es erneut klingelt, ignoriere ich es einfach. Es klingelt wieder. Mir egal. Und wieder. Na und? Und wieder. Soll er von mir aus klingeln, wenn es ihm Spaß macht. Und wieder. Und wieder. Und wieder, wieder, wieder, wieder …

»WAS?«, schreie ich in die Sprechanlage. »WAS IST DENN NOCH?«

»Ich bin ein großer Fan von Ihnen«, sagt der Mann von eben. »Der größte vielleicht.«

»Das ist Ihr Problem«, antworte ich barsch.

»Ich dachte, wir könnten ein wenig plaudern.«

Innerlich stöhne ich laut auf. Wenn ich Pech habe, rede ich gerade mit einem irren Stalker, der mich die nächsten Monate verfolgen wird. Wenn ich großes Pech habe, rede ich gerade mit meinem Killer. Und wenn ich unglaubliches Pech habe, ist er von der GEZ.

»Hören Sie – wie heißen Sie noch mal? Klaus? – Hören Sie, Klaus: Meine angeblichen Tagebuchauszüge sind reine Erfindung. Ich schreibe sie nicht einmal selbst, sondern irgendein Typ von der XX. Alles klar? Aber wenn Sie wollen, können Sie mir Ihr genaues Geburtsdatum und Ihre Adresse sagen, dann schicke ich Ihnen ein persönliches Horoskop. Was halten Sie davon?«

»Ich glaube Ihnen kein Wort!«, ruft Klaus. »Außerdem habe ich mir schon ein persönliches Horoskop von Ihnen erstellen lassen. Es hat mir sehr gut gefallen. Besonders Ihre Botschaften zwischen den Zeilen an mich.«

»Ich schreibe nicht zwischen den Zeilen«, entgegne ich. »Zwischen den Zeilen bekomme ich nicht bezahlt.«

»Vielleicht nicht bewusst. Aber Ihr Unterbewusstsein ruft nach mir in jedem Ihrer Texte. Ich habe sie alle gelesen. Nur jemand, der absolut synchron mit Ihnen tickt, kann sie richtig verstehen. Jemand wie ich. Ich weiß schon lange, dass wir seelenverwandt sind. Aber ich habe auf meine Zeit gewartet, auch wenn es mir schwer gefallen ist. Diese ganzen Idioten, mit denen Sie sich zwischendurch abgeben mussten – schlimm! Aber jetzt bin ich dran. Sie haben es mir selbst geschrieben: Zum Jahresende soll ich mich für neue Bekanntschaften öffnen. Ich habe natürlich sofort kapiert, dass Sie damit sich selbst meinen. Sie brauchen es gar nicht abzustreiten.«

Oh, Mann! Was für ein Spinner! Den muss ich ganz schnell wieder loswerden. Nur wie?

»Ich habe jetzt keine Zeit mehr. Mein Mann und ich sind gerade beim Essen«, sage ich.

»Sie sind nicht verheiratet«, sagt Klaus mit Bestimmtheit.

»Und Ihr Mitbewohner hat schon vor einer Stunde das Haus verlassen. Sie sollten mich lieber nicht für dumm verkaufen! So was kann ich nicht leiden. Also, was ist? Machen Sie jetzt auf? Dann können wir oben bei Ihnen weiterreden.«

Woher weiß der Kerl das alles? So langsam wird mir der Typ unheimlich.

»Woher haben Sie eigentlich meine Adresse?«, frage ich und versuche meiner Stimme einen festen Klang zu geben.

Ich bekomme keine Antwort. Stattdessen beginnt Klaus wieder zu klingeln.

»Verschwinden Sie!«, schreie ich in die Sprechanlage. »Ich rufe jetzt die Polizei.«

Das Klingeln geht noch eine Minute weiter und hört dann plötzlich auf. Ich laufe zum Fenster und beobachte die Straße, doch ich sehe weder ein fremdes Auto vor dem Haus noch jemanden von hier fortgehen. Nach einer halben Stunde gebe ich meinen Beobachtungsposten auf. Ich kann nicht länger stehen. Meine Knie sind auf einmal ganz weich, und meine Hände zittern, als ich mir eine Zigarette anzünde.

Es ist bereits Nachmittag, als ich die Wohnung verlasse, um mich im Ku'Kaff mit Tanja zu treffen. Die letzten zwei Stunden habe ich am Fenster gesessen und die Straße vor dem Haus beobachtet, ohne jedoch etwas Verdächtiges zu bemerken. Es lauert mir auch niemand im Treppenhaus oder im Fahrradkeller auf. Ich hätte also halbwegs beruhigt auf meinem neuen Hollandrad zum Ku'Kaff fahren und mich auf Tanja und meine Schokoladentorte freuen können, wenn ich vorher nicht noch einen Blick in den Briefkasten geworfen hätte.

Dieser Klaus, falls das überhaupt sein richtiger Vorname ist, hat mir eine Nachricht hinterlassen. Ein leeres, zusammengeknülltes Blatt Papier. Ich kann mich kaum auf den Verkehr konzentrieren, weil ich immerzu überlege, was das wohl bedeuten soll. Mit einer Drohung oder einer Beleidigung wäre ich eher fertig geworden. Aber ein leeres Blatt? Was soll ich damit anfangen? Ist das eine subtile Drohung, ein letzter Abschiedsgruß, sind ihm die passenden Worte nicht eingefallen oder hatte er ganz einfach keinen Stift dabei? Ich weiß es nicht. Aber in meinem Kopf manifestieren sich die schlimmsten Drohungen und gemeinsten Beleidigungen, die man sich nur vorstellen kann.

Bei jedem Auto, das mich überholt, zucke ich zusammen, und als an einer Baustelle plötzlich ein Presslufthammer loslegt, falle ich beinahe vom Rad. Erst als ich zehn Minuten später neben Tanja sitze, löst sich meine Anspannung so langsam.

»Du siehst schlimm aus«, bemerkt Tanja.

Ich schaue sie genervt an. »Danke. Deine neue Haarfarbe gefällt mir übrigens auch nicht. Das wollte ich dir schon sagen, seit du aus Australien zurück bist. Da war ja dein WC-Stein-Blau noch schöner. Warst du dafür beim Friseur oder in einer Blindenwerkstätte? Und was soll das überhaupt sein? Aschblondgraubraun?«

»Das nennt man natur«, antwortet Tanja.

»Die Natur kann grausam sein«, sage ich.

Tanja schüttelt vorwurfsvoll den Kopf. »Na, du bist heute ja besonders gut drauf, wie? Was ist passiert? Ist Stefan schon wieder ausgezogen?«

Sie hat diese Frage als Scherz gemeint und trotzdem fast den Nagel auf den Kopf getroffen.

»Er ist ja noch nicht mal richtig eingezogen«, sage ich. »Wird er wohl auch nicht. Er sucht sich jetzt eine eigene Wohnung. Toll, was? Das ist doch keine richtige Partnerschaft mehr! Sobald es mal schwierig wird, streicht er die Segel und verschwindet in seiner Bude. Das ist wie Fernsehen. Sobald er genug von mir hat, zappt er mich weg.«

»Oder du ihn«, meint Tanja, die offenbar mein Problem nicht so richtig nachvollziehen kann.

»Du findest so was natürlich gut.«

Tanja lehnt sich in ihren Stuhl zurück und überlegt eine halbe Sekunde. »Ich würde jedenfalls nicht mehr fernsehen, wenn man drei Monate vorher schriftlich dem Sender kündigen müsste, bevor man umschalten darf. Zack und weg – das ist doch viel praktischer.«

»Wie romantisch du sein kannst, wenn es um Liebesdinge geht.«

In dem Moment bringt Cornelius mir mein Stück Schokotorte und einen Kaffee. »Deine Mutter war schon lange nicht mehr hier«, sagt er. »Sie wird mir doch nicht untreu werden?«

»Keine Ahnung.« Hilflos wende ich die Handflächen nach oben. »Meine Mutter habe ich zuletzt an meinem Geburtstag gesehen. Außerdem ist sie zurzeit schwer berechenbar. Eine Gleichung mit ein paar Unbekannten. Die habe ich schon in der Schule nie kapiert.«

»Das ganze Leben ist eine Gleichung, zu der es keine Lösung gibt«, philosophiert Cornelius.

»Das ganze Leben ist ein Mistdreck«, erwidere ich. »Da hast du deine Lösung.«

Cornelius schüttelt lachend den Kopf. »Ich glaube, da hast du dich verrechnet, Pia«, meint er und kümmert sich dann um seine anderen Gäste.

»Und? Habe ich mich verrechnet?«, frage ich Tanja.

Die lächelt mich sphinxhaft an. »Das sage ich dir, wenn ich mein ganzes Leben gelebt habe. Bei mir wird sich nämlich demnächst einiges ändern.«

»Oh, nein! Nicht schon wieder!« Ich verdrehe die Augen und ziehe eine Miene, als hätte ich plötzlich Zahnschmerzen. »Was ist es diesmal? Lass mich raten: Du gibst deine Telefonsexline auf und eröffnest einen Puff in Santo Domingo.«

»Zu fünfzig Prozent liegst du richtig.«

»Welcher Teil ist richtig?«

»Haha. Aber wer weiß? Vielleicht verschlägt es mich tatsächlich mal nach Santo Domingo. Nächstes Jahr werde ich viel herumreisen und mir die Welt anschauen. Vielleicht finde ich irgendwo da draußen meine Zukunft.«

»Und was ist mit der wilden Tatjana?«, frage ich.

»Dagmar und Renate werden die Sexline in Eigenregie weiterführen«, erklärt Tanja. »Das war nicht das Richtige für mich. Ich habe gedacht, ich könnte das irgendwie anders aufziehen, frischer, entkrampfter und mit mehr Herzblut und Gefühl. Aber die Männer wollen kein Herzblut und Gefühl. Und schon gar keine Aufrichtigkeit. Gestern habe ich einem gesagt, dass das Wort Möse mich überhaupt nicht anmacht und ich mich ungern auf dieses Körperteil reduzieren lasse und dass, wenn er das nicht endlich zur Kenntnis nehmen würde, er mich mal ganz woanders lecken kann.«

»Und wie hat er reagiert?«

»Er hat mich blöde Fotze genannt und aufgelegt. So macht mir das alles keinen Spaß.«

»Das hätte ich dir auch vorher sagen können.«

»Das hätte ich dir auch vorher sagen können«, äfft Tanja mich nach und streckt mir die Zunge raus. Aber das ist mir im Moment völlig egal, denn ich habe gerade etwas viel Schlimmeres gesehen.

»Oh, nein!«, stöhne ich und verberge mein Gesicht hinter einer vorgehaltenen Hand. Tanja wirft mir einen fragenden Blick zu, und ich sage: »Schau bloß nicht hin! Dieser Collenberg und sein Bruder sind gerade reingekommen.«

Sofort dreht sich Tanja zum Eingang und mustert die beiden so ungeniert, dass sie gleich auf uns aufmerksam werden.

»Hallo, Pia!«, ruft Collenberg schon von Weitem und kommt mit seinem Bruder an unseren Tisch. »Dürfen wir uns zu euch setzen?«

Ich schaue ihn abweisend an. »Meine Freundin und ich besprechen gerade sehr intime Dinge.«

»Wow!«, ruft Crocks und zieht sich einen Stuhl heran. »Was denn für Dinge?«

Tanja kneift die Augen zusammen und sagt mit eiskalter Stimme: »Ich habe gerade zu Pia gesagt, dass ich nicht auf meine Möse reduziert werden möchte.«

»Das verstehe ich«, versichert Crocks und grinst Tanja unverschämt an. »Du hast ja auch noch andere interessante Körperteile.«

Irgendwie ist es schade, dass Tanja kein Glas Wein vor sich stehen hat, das sie ihm in sein dumpfbackiges Gesicht schütten könnte. Oder eine Flasche, die sie ihm über seinen hirnlosen Schädel hauen könnte.

Bevor sie sich etwas in der Art besorgen kann, schiebt Collenberg ebenfalls einen Stuhl an unseren Tisch und entschärft die Situation, indem er Crocks vorstellt. »Das ist übrigens mein schwachsinniger Bruder Gregory.«

»Crocks, wenn's recht ist«, wirft Crocks ein.

»Crocks, das ist Pia«, fährt Collenberg fort.

»Frau Herzog, wenn's recht ist«, korrigiere ich.

Crocks schaut seinen Bruder überrascht an. Jetzt, wo ich die beiden nebeneinander sehe, sticht die Familienähnlichkeit sofort ins Auge. Crocks sieht aus wie die etwas unreifere und flippigere Ausgabe seines Bruders. Er hat das gleiche schwarzgelockte Haar und eine ähnlich sportliche Statur, aber seine Augen sind so dunkelbraun wie seine Krokodillederjacke, während die von Max Collenberg so blau sind wie der Sommerhimm... – äh, wie gammliger Käse.

»Herzog?«, wiederholt Crocks. »So heißt doch ...«

»Sie ist ihre Tochter«, erklärt Max Collenberg. »Pia.«

»Für Sie Frau Herzog, wenn ich bitten darf«, insistiere ich erneut. Das ist vielleicht ein bisschen zickig, aber solange der Blödmann mir hundert Euro schuldet und sich von meiner Mutter aushalten lässt, möchte ich unsere Beziehung so förmlich wie möglich halten.

»Wie Sie wollen, Fräulein Herzog«, sagt Max Collenberg.

Ich will ihn gerade darauf aufmerksam machen, dass das Wort Fräulein heutzutage nicht mehr angebracht ist, aber dann denke ich mir, dass er dies bestimmt ohnehin weiß und mich nur ärgern will. Von so einem lasse ich mich nicht provozieren! Also sage ich nichts.

»Und wie heißt die Möse neben Fräulein Herzog?«, platzt Crocks plötzlich heraus. Ich bin so geschockt, dass mir die Worte fehlen. Gut, Tanja hat mit den Vulgaritäten angefangen, aber das ist etwas anderes. Einen Mann kann man damit schließlich nicht beleidigen. Nein, Crocks hat den Bogen eindeutig überspannt.

Aber zu meinem hellen Entsetzen fängt Tanja an, lauthals zu lachen. Wie soll frau sich jemals emanzipieren, wenn so Susis wie Tanja nicht einmal wissen, wann sie zu lachen und wann sie zu kämpfen haben? Wenn es nach mir ginge, läge dieser Crocks jetzt schon blutend unter dem Tisch.

»Ich heiße Tanja Armbruster«, sagt Tanja. »Arm wie das Bein und Brust wie die …«

»Armbruster wie die Armbrust!«, rufe ich dazwischen und ziele mit einer imaginären Armbrust auf Crocks. »Armbrust – wie Pfeil zwischen die Augen, alles klar?«

»Fräulein Herzog ist immer so liebenswürdig«, erklärt Max Collenberg seinem Bruder.

»Und von Ihnen kriege ich noch hundert Euro«, sage ich liebenswürdig.

»Die habe ich schon ausgegeben«, sagt Collenberg.

Ich schaue ihn verständnislos an. »Ja – und?«

»Die sind weg.«

Nachdenklich kratze ich mich am Hinterkopf. »Ich höre Ihre Worte. Aber ich verstehe den Sinn nicht.«

Er lächelt mich nachsichtig an. »Ach, wissen Sie, Fräulein Herzog, Dummheit ist keine Schande.«

So eine Unverschämtheit! Er kann froh sein, dass meine Kaffeetasse bereits leer ist. Noch so eine Bemerkung und meine vor kurzem arbeitslos gewordene Kuchengabel kriegt einen neuen Job.

Wütend stehe ich auf. »Meine größte Dummheit war, Ihnen zu vertrauen. Aber glauben Sie bloß nicht, Sie könnten mich noch länger für dumm verkaufen. Ich habe Jura studiert, also, jedenfalls eine Zeit lang. Ich kenne meine Rechte. Wenn ich mein Geld nicht zurückbekomme, verklage ich Sie wegen Betrug und Nötigung und was mir sonst noch einfällt.«

»Ich hatte Auslagen«, erklärt Max Collenberg ungerührt. »Im Sinne unserer Sache natürlich.«

»Dann will ich Quittungen sehen!«, schreie ich ihn an. »Ich muss hier raus. Schicken Sie mir die verdammten Quittungen! Und meine Rechnung hier können Sie gleich zu Ihren Auslagen dazuzählen. Schönen Tag noch. – Tanja, kommst du?«

Tanja schaut mich verlegen an, nachdem sie einen kurzen Blick mit Crocks gewechselt hat, dann sagt sie: »Ich glaube, ich gönne mir noch einen Cappuccino.«

»Wie du willst«, sage ich, werfe den beiden Collenbergs einen vernichtenden Blick zu und rausche ab.

Draußen an der Stelle, an der ich mein Rad abgestellt habe, steht ein Mann und hält mir eine aufgezwackte Fahrradkette entgegen. »Gehört die Ihnen?«, fragt er.

Der Mann ist groß und schlank und dunkel. Schwarze Haare, schwarze Augen, schwarzer Mantel. Wenn er jetzt noch einen Hut aufhätte, könnte er gut in einem Agententhriller mitspielen. Jemand, der in einer dunklen Straße plötzlich aus dem Nebel tritt und einem im Vorbeigehen zuflüstert: *Folgen Sie mir unauffällig!* Oder: *Sie sind in Gefahr!* Oder: *Ihr Fahrrad ist weg.*

»Es war ein Mann, blond, kräftig, mit Schnurrbart. Ich habe gesehen, wie er mit einem Bolzenschneider die Kette geknackt hat.«

Ich fasse es nicht! Mein schönes Rad, mit dem ich noch keine zehn Kilometer gefahren bin – weg, geklaut, einfach so.

»Warum haben Sie denn nichts unternommen?«, herrsche ich den fremden Mann an.

»Ich habe ihn gefragt, was er da treibt. Aber er hat behauptet, dass es das Rad seiner Frau sei. Und weil die den Schlüssel für die Kette verloren hätte, müsste er es jetzt auf diese Weise holen.«

»Und so einen Blödsinn haben Sie geglaubt?«

Der Mann zuckt hilflos mit den Achseln. »Wie gesagt, er sah ziemlich kräftig aus. Tut mir Leid.«

»Und mir erst. Das Rad war nagelneu«, jammere ich.

»Hier, Ihre Kette.« Er hält mir das kaputte Ding hin, das so kläglich versagt hat.

»Na, Gott sei Dank haben Sie die wenigstens retten können«, spotte ich bitter.

Anschließend bedanke ich mich bei dem Mann für sein anfängliches Einschreiten, auch wenn er sich dann mit einer dümmlichen Lüge zufrieden gegeben hat. Schließlich kann er ja nichts dafür, dass die Menschheit durch und durch verdorben ist. Achtzig Prozent der Menschen sind Kleinkriminelle und der Rest gehört ins Gefängnis. Das sind dann die richtig bösen Typen: Mörder, Terroristen, Fahrraddiebe.

»Wenn Sie wollen, fahre ich Sie nach Hause«, bietet sich der Mann an. »Ich heiße Frank Lackner.«

Ich sage ihm meinen Namen, lehne sein Angebot aber dankend ab. »Meine Bekannte ist noch im Café. Die kann mich mitnehmen.«

»Ich begleite Sie gerne zur Polizei. Dann können Sie den Diebstahl anzeigen.«

»Das bringt doch sowieso nichts«, winke ich ab.

»Manchmal doch. Und ich kann den Dieb beschreiben. Vielleicht ist er ja polizeibekannt.«

»Ich weiß nicht«, sage ich zögerlich. Seitdem die Polizei meinen Führerschein verhaftet hat, kann ich sie nicht mehr leiden. Dass ich den Lappen in ein paar Wochen zurückbekomme, ist nur ein schwacher Trost. Was nützt mir das, wenn ich kein Auto mehr habe?

»So etwas dürfen Sie sich nicht gefallen lassen«, appelliert Frank Lackner an meine Racheinstinkte. »Wo kommen wir denn da hin, wenn jeder sich einfach nimmt, was ihm gefällt? Kommen Sie! Mein Auto steht direkt da vorne. Wenn wir uns beeilen, sehen wir den Burschen vielleicht noch irgendwo fahren.«

»Na schön«, höre ich mich plötzlich sagen. »Das Imperium schlägt zurück.«

»Das ist die richtige Einstellung.«

Wir steigen in seinen Jeep Cherokee. Während ich den Gurt anlege, kommt mir der Gedanke, dass es eigentlich ziemlich leichtsinnig ist, einfach so bei einem fremden Mann einzusteigen. Was ist, wenn dieser Frank Lackner in Wirklichkeit ein Triebtäter ist, der zuerst das Fahrrad seines Opfers klaut und dann den Helfer spielt? Aber jetzt ist es zu spät. Wenn der Mann wirklich ein Triebtäter sein sollte, kann ich es jetzt auch nicht mehr ändern.

Offenbar merkt mein potenzieller Mörder mir meine Anspannung an. Jedenfalls versucht er durch einen lockeren Plauderton mein Vertrauen zu gewinnen. Aber erst als wir bei der Polizei einbiegen, wage ich es, meine rechte Hand vom Türentriegler zu nehmen. Wir steigen aus und betreten das Polizeigebäude.

Als ich den Beamten dort erzähle, dass mein Fahrrad geklaut wurde, bricht augenblicklich hektische Betriebsamkeit aus. Eine Großfahndung wird eingeleitet. Sofort startet ein Hubschrauber, um nach einem verdächtigen Fahrradfahrer Ausschau zu halten. Ganz Düsseldorf wird weiträumig abgesperrt.

War nur ein Scherz.

In Wirklichkeit nimmt ein mürrischer Polizeibeamter ein Protokoll auf. Das dauert ganze fünf Minuten. Dann muss ich unterschreiben, das Protokoll landet bei den anderen unaufgeklärten Fahrraddiebstählen in einem dicken Ordner und fertig.

»Wir rufen Sie an, wenn Ihr Rad gefunden wird«, sagt der Polizist, und es klingt so wie: *Rufen Sie uns nicht an – wir rufen Sie an.*

Als wir wieder draußen sind, sage ich zu Frank Lackner: »Danke. Jetzt fühle ich mich viel besser.«

»Die hätten mich ja wenigstens die Verbrecherkartei durchsehen lassen können«, schimpft der, ebenfalls enttäuscht von unseren Gesetzeshütern. »Wozu zahlen wir eigentlich die ganzen Steuern? Für den Polizeiball?«

Das gefällt mir, wie er sich für mich aufregt und mir dabei die Worte aus dem Mund nimmt. Der Mann ist mir sympathisch.

»Früher im Wilden Westen haben sie es richtig gemacht«, ereifert er sich weiter. »Wenn die damals einen Pferdedieb erwischt haben, wurde er gleich am nächsten Baum aufgeknüpft. Da haben die sich zwei Mal überlegt, ob sie sich an fremdem Eigentum vergreifen. Also, wenn es nach mir ginge ... Oder wie in Arabien, da wird einem Dieb die Hand abgehackt. Der klaut so schnell nicht wieder.«

Na ja, das sind jetzt nicht mehr ganz meine Worte. So schlimm soll niemand bestraft werden, nicht einmal mein Fahrraddieb. Den Mistkerl auspeitschen – okay, da bin ich dabei. Aber das reicht dann auch. Man ist ja schließlich kein Unmensch.

Eben deshalb bringe ich es auch nicht übers Herz, Frank Lackner einen Korb zu geben, als er mich zu einem Drink einlädt. Er führt mich in eine kleine, schummrige Kneipe und wir setzen uns an die Theke und plaudern. Nach einem halben Bier weiß ich, dass er Schönheitschirurg ist. Holla! Wie finde ich denn das? Ich frage ihn gleich, ob er etwas Günstiges im Angebot hat, irgendwelche Brüste, die wegmüssen oder so.

Er lacht und fragt mich dann nach meinem Beruf. Als ich ihm erzähle, dass ich Astrologin bin, verrät er mir, dass sein Sternzeichen Steinbock ist, und will dann wissen, was denn eigentlich ein Aszendent sei. So auf die Schnelle kann man das allerdings schlecht erklären. »In der Astrologie ist der Aszendent das zweitwichtigste Merkmal nach dem eigentlichen Sternzeichen«, versuche ich es dennoch. »Für das normale Sternzeichen reicht das Geburtsdatum. Aber um den Aszendenten zu ermitteln, muss man genau wissen, um welche Uhrzeit und in welcher Stadt jemand geboren wurde. Ungefähr alle zwei Stunden ändert er sich, während ein Sternzeichen ja über vier Wochen gleich bleibt. Sternzeichen und Aszendent, das ist wie Grobeinstellung und Feintuning sozusagen.«

»Und wie kriegt man raus, was für einen Aszendenten man hat?«

»Das Tierkreiszeichen, das zum Geburtszeitpunkt am östlichen Horizont aufsteigt, ist der Aszendent«, erkläre ich.

Frank Lackner schaut mich verständnislos an. »Ah ja.«

»Man kann auch sagen, der Aszendent ist die Spitze des 1. Hauses. Aber dazu müssten Sie wissen, was ein Haus ist.«

Daraufhin malt er mit dem Zeigefinger ein Haus in die Luft und sagt: »Vier Wände, Fenster, Tür, Dach – ein Haus. Ich habe sogar schon eigenhändig eins gebaut. Na ja, mehr eine große Hütte, mit ein paar Freunden und Kollegen zusammen. Nichts Besonderes, aber schön gelegen, mitten im Wald. Wenn ich mal Ruhe brauche, fahre ich die halbe Stunde aus Düsseldorf raus und verbringe dort ein Wochenende.«

»Klingt romantisch«, sage ich. »So einen Zufluchtsort könnte ich manchmal auch gebrauchen.«

Obwohl ich mich gerne noch länger mit Frank Lackner unterhalten hätte, lehne ich ab, als er mir ein neues Getränk bestellen will. Ich möchte nicht, dass er sich irgendwelche Hoffnungen macht. Es wird Zeit, unseren Plausch zu beenden.

Ein paar Minuten später fährt er mich nach Hause. Er sieht ein bisschen enttäuscht aus, als ich mich verabschiede.

Eigentlich ist es eine Schande, einen derart netten und interessanten Mann einfach so ziehen zu lassen. Noch dazu einen Schönheitschirurgen, der nicht in festen Händen ist. Bin ich verrückt, so jemanden für Stefan sausen zu lassen? Mein toller Freund hockt in ein paar Wochen vielleicht schon in seiner eigenen Wohnung und amüsiert sich dort heimlich mit der Teuser und was weiß ich mit wem sonst. Und ich verzichte auf einen Schönheitschirurgen! Das wird mir in zehn, zwanzig Jahren bestimmt verdammt Leid tun.

Es tut mir schon ein paar Stunden später Leid, als Stefan mir von der Wohnung erzählt, die er heute Nachmittag besichtigt hat. Er schlägt allen Ernstes vor, ich solle sie mir morgen mit ihm zusammen ansehen und ihm dann sagen, was ich davon halte.

»Das kann ich dir jetzt schon sagen!«, schreie ich ihn an. »Wenn du glaubst, du besorgst dir eine Liebeshöhle, in der du ungestört deine Eroberungen vernaschen kannst, und ich helfe dir dann auch noch beim Tapezieren, dann bist du schief gewickelt, mein Lieber!«

Stefan wirft mir daraufhin vor, ich sei krankhaft eifersüchtig und wir würden uns schon wieder genauso oft streiten wie vor der Trennung.

Als wenn das meine Schuld wäre! Ich bin wenigstens bereit, das Risiko einer Partnerschaft einzugehen. Aber er will sich immer alle Optionen offen halten. Eine Beziehungskiste ohne Wände und Deckel, so stellt er sich das wohl vor, eine Beziehungsmatte.

»Und du bist feige!«, werfe ich ihm an den Kopf. »Du willst schwimmen, hast aber Angst, dich nass zu machen.«

Stefan lacht höhnisch. »Was du unter *schwimmen* verstehst, hat man ja genau nachlesen können. Was erwartest du von mir? Soll ich dich auch im Schwimmbecken bumsen? Oder reicht es dir, wenn ich dich unter der Dusche nehme wie dieser Klempner? Komm, lass uns duschen! Oder soll ich mir von dir den Hintern versohlen lassen? Von mir aus. Kannst du alles haben. Nicht dass du dich mit mir noch langweilst.«

»Du bist so was von mies«, sage ich. »Wirfst mir diese blöden Geschichten vor. Wer weiß, was du und deine Beate immer getrieben habt, wenn die Rollos unten waren.«

»Die Rollos? Woher weißt ... Bist du etwa unter die Spanner gegangen?«

»Lenk jetzt nicht ab! Ich habe jedenfalls Geschichten über die Teuser gehört, da schlackern dir die Ohren.«

»Was soll das jetzt wieder heißen?«, fragt er aufgebracht.

»Ach, nichts«, winke ich ab. »Nur Bürotratsch. Da will ich mich nicht dran beteiligen.«

»Warum fängst du dann überhaupt davon an? Jetzt erzähl schon, bevor du erstickst.«

Mit vor der Brust verschränkten Armen schüttele ich den Kopf. »Jetzt erzähle ich ganz bestimmt nichts mehr. Frag sie doch selber, deine Beate. Oder frag ihren Chef.«

Sein Gesicht ist vor Zorn gerötet, als er sich seinen Mantel schnappt und aus der Haustür stürmt. Immer wenn ihm etwas gegen den Strich geht, haut er ab. Irgendwie hatte ich mir Stefans Rückkehr anders vorgestellt. Ohne Konflikte, voller Harmonie und Romantik, mehr Violinen und weniger Stalinorgeln.

Es ist erst acht Uhr, aber der Abend ist natürlich gelaufen. Stefan wird bestimmt ein paar Stunden weg sein. Wenn er wiederkommt, werde ich schon schlafen oder wenigstens so tun. Vorher rufe ich aber noch Tanja an, um ihr zu erzählen, dass mein Fahrrad geklaut wurde. Außerdem möchte ich wissen, ob dieser Collenberg noch etwas über mich gesagt hat. Und wenn sie will, kann sie mir auch gleich berichten, wie Crocks so im Bett ist.

»Woher willst du wissen, dass ich mit ihm geschlafen habe?«, fragt sie mich erstaunt.

»Spätestens als er dich Möse genannt und du darüber noch gelacht hast, war mir das klar. Und? Habe ich Recht?«

»Natürlich. Ein verrückter Typ, dieser Crocks. Und du weißt ja, dass man Verrückten nichts abschlagen soll.«

»Bei Crocks oder seinem Bruder würde ich da eine Ausnahme machen«, entgegne ich. »Denen darf man ruhig etwas abschlagen. Vorzugsweise den Kopf.«

»Na, du bist heute ja wieder die Sanftmut in Person. Ich hoffe, du änderst deine Einstellung noch, was die Collenbergs betrifft. Crocks hat uns nämlich zu seiner nächsten Performance eingeladen. Und ich habe schon für uns beide zugesagt.«

»Ohne mich!«

»Komm schon, Pi, das wird bestimmt interessant. Er hat mir erzählt, dass du und ich sogar drin vorkommen.«

»Was soll das denn heißen?«

»Weiß ich auch nicht«, sagt Tanja. »Das würden wir dann ja sehen, hat er gemeint. Also, überleg's dir. Bis Samstag in drei Wochen hast du ja noch ein wenig Zeit.«

Ich sage ihr noch einmal, dass sie sich das aus dem Kopf schlagen kann, aber so ganz überzeuge ich damit weder sie noch mich.

Ich halte das Telefon noch in der Hand, als es erneut klingelt. Sofort denke ich an Stefan, aber er ist es nicht. »Hallo, Frau Herzog. Hier ist Frank Lackner. Ich stehe vor Ihrer Haustür und würde Sie gerne für ein paar Stunden entführen. Sie brauchen nur nein zu sagen, wenn Sie nicht wollen, und ich verschwinde aus Ihrem Leben wie, na, zum Beispiel Ihr Fahrrad.«

Ich schaue auf die Uhr. Erst halb neun. Wer weiß, wann Stefan sich wieder meldet, wenn überhaupt. Der amüsiert sich jetzt bestimmt irgendwo mit irgendwem. Und was ist schon dabei, wenn ich noch einen Schlummertrunk nehme? Also: Soll ich?

Nein!, denke ich und sage: »Geben Sie mir ein paar Minuten, dann komme ich runter. Woher haben Sie eigentlich meine Telefonnummer?«

»Die habe ich mir gemerkt, als Sie sie dem Polizisten für das Protokoll gegeben haben.«

Cleverer Bursche. Ich schminke mich kurz über, schreibe Stefan eine Nachricht, dass er nicht auf mich zu warten braucht, schnappe mir Jacke und Handtasche und bin bereit für alles, was da kommen mag.

Die Leuchtziffern des Radioweckers verraten mir, dass es acht Uhr ist. Ich brauche ein paar Momente, bis mein Gehirn warm gelaufen ist und ich wieder weiß, wo ich bin. Oh, Mann! Scheiße aber auch!

Ich liege in einem Bett, das nicht meines ist. Das Bett steht in einem Zimmer, das auch nicht meines ist. Mir gehören nur die Kopfschmerzen, die Übelkeit und ein paar unerfreuliche Erinnerungen an letzte Nacht.

Zuerst haben Frank und ich eine Bar aufgesucht. Bei den Getränken ist er irgendwann auf Cola umgestiegen. Ich leider nicht. Mensch, tut mir der Schädel weh! Was für Kampfstoffe mixen die Barmänner neuerdings eigentlich in ihre Cocktails? Nehmen die jetzt Sarin statt Soda?

Gestern Nacht ging es mir noch gut. Irgendwann habe ich Lust bekommen, zu tanzen, und wir fuhren in eine Disco. Dann kann ich mich nur noch an laute Musik erinnern, an flackernde Lichter, junge Menschen in wilden Zuckungen, dann wieder das Parkhaus und das Gesicht von Frank ganz dicht vor meinem. Und wie sich mir das Lenkrad ins Kreuz bohrte und ich mit dem Kopf dauernd an den Wagenhimmel stieß. O Gott, das letzte Mal, als ich Sex in einem Auto hatte, war ich jung und dumm und hatte nicht einmal den Führerschein. Dumm und ohne Führerschein bin ich zwar immer noch, aber man sollte meinen, dass ich mittlerweile meinen Sexualtrieb so weit unter Kontrolle hätte, um es nicht gleich im Parkhaus treiben zu müssen.

Wenn ich meinen Blick über das Bett, in dem ich aufgewacht bin, schweifen lasse, kommt mir sogar der Verdacht, dass es hier auch noch mal zur Sache gegangen ist. Mein Gott, was bin ich doch für eine geile Schlampe! Gegen mich ist ja sogar Tanja die keusche Unschuld.

Wo ist eigentlich Frank? Der Platz neben mir im Bett ist zwar eindeutig zerwühlt, aber vom Zerwühler ist nichts zu sehen. Sehr gut, dann habe ich wenigstens Zeit, mir meine Unterwäsche anzuziehen, die ich zwischen meinen anderen Klamotten auf dem Fußboden finde.

»Frank?«, rufe ich. Keine Antwort.

Ich stehe auf und schaue aus dem Fenster in einen Wald. Dunkel erinnere ich mich daran, dass wir gestern nach der Disco und der Nummer im Auto noch ein ganzes Stück aus Düsseldorf rausgefahren sind. Das Bild eines Blockhauses ploppt kurz an die Oberfläche der brackigen Brühe, die derzeit in meinem Schädel schwappt. Offenbar sind wir zu dieser Waldhütte gefahren, die Frank mit ein paar Freunden und Kollegen gebaut hat. Ich versuche, mir eine Gruppe Schönheitschirurgen im Wald vorzustellen. Wie diese Doktoren in ihre sensiblen Chirurgenhände spucken und zu Säge, Axt und Spaten greifen. Es will mir nicht richtig gelingen.

Ich schnappe mir meine Kleider und begebe mich auf die Suche nach Frank und dem Badezimmer und einem Frühstück. Frank und Frühstück kann ich nicht entdecken, aber ich stoße auf ein kleines Zimmer mit einer Toilette und einer Dusche. Nachdem ich das Wasser zehn Minuten laufen gelassen habe, ohne dass es auch nur ein bisschen wärmer geworden wäre, dusche ich mich notgedrungen kalt. Ganze fünf Sekunden lang immerhin.

Überhaupt lässt der Komfort in dieser Waldhütte sehr zu wünschen übrig. Gut, es gibt Elektrizität und fließendes Wasser, aber das ist auch schon alles. Das Wochenendhaus eines Schönheitschirurgen habe ich mir jedenfalls anders vorgestellt. Ich hätte beispielsweise einen gemauerten offenen Kamin erwartet statt des Kohleofens, außerdem eine große Glasfront, durch die man die Hasen und Rehe beobachten kann. Stattdessen überall dunkle Holzbalken, in denen kleine Fenster hineingeschnitzt worden sind. Das Mobiliar ist auch eher rustikal als elegant. Der ganze Kasten hätte eine Schönheitsoperation dringend nötig.

Ich übrigens auch, wie mir ein leichtsinniger Blick in den Spiegel zeigt. Ich könnte eine Augenvergrößerung vertragen und eine Augenringverkleinerung. Außerdem hätte ich gerne den Knutschfleck am Hals weggelasert, bevor Stefan ihn sieht.

Stefan. Der wird sich bestimmt schon Sorgen machen. Ich muss ihn sofort anrufen. Frisch geduscht, aber in den verschwitzten Klamotten von gestern, verlasse ich das winzige Bad und mache mich auf die Suche nach einem Telefon. Nach zehn Minuten weiß ich, dass es hier offenbar keinen Telefonanschluss gibt. Die Handtasche mit meinem Handy finde ich auch nicht. Und von Frank noch immer keine Spur.

Zwischen Hauptraum und Schlafzimmer liegt eine kleine Küche, eigentlich mehr eine Kombüse mit Kühlschrank, Hängeregalen, Kaffeemaschine und Mikrowelle. Ich setze Kaffee auf und schaue mich dann im Schlafzimmer noch einmal genauer nach meiner Handtasche um.

Als ich den Nachttisch von Frank untersuche, finde ich dort in der Schublade ein Paar Handschellen und eine Pistole. Holla, die Waldfee! Geht man neuerdings mit Pistolen auf die Pirsch? Und zu was sollen die Handschellen gut sein? Ich glaube, ich will es gar nicht wissen.

Mein Wunsch, zu telefonieren, wird immer dringlicher. Was weiß ich eigentlich von diesem Frank Lackner, außer dass er ein Schönheitschirurg ist, der einen alten Jeep Cherokee fährt, eine selbstgebaute, kärglich ausgestattete Jagdhütte besitzt und im Schlafzimmer Handschellen und Pistole griffbereit liegen hat? Und wer weiß überhaupt, wo ich jetzt bin? Niemand. Noch nicht einmal ich selbst weiß es so genau.

»Scheiße!« Vorsichtig hole ich die Pistole aus der Schublade und verstecke sie sicherheitshalber unter der Matratze. Dann laufe ich nach draußen, um im Auto nach meiner Tasche zu suchen. Es ist kalt. Mein Atem hängt wie ein kleines Gespenst vor meinem Gesicht. An einer Seite der Hütte ist ein Carport angebaut, unter dem der Jeep steht. Auf dem Beifahrersitz liegt tatsächlich meine Handtasche. Das Auto ist nicht abgeschlossen, sodass ich sie problemlos holen kann. Aus einem unbestimmten Gefühl heraus öffne ich das Handschuhfach.

Neben Papiertaschentüchern, Hustenpastillen, einem Elektroschocker, Kondomen und einem Trockenrasierer finde ich dort auch den Führerschein. Als ich ihn mir ansehe, erkenne ich zwar Frank Lackner auf dem Foto, aber der Name daneben lautet: Claus Uhlmann. Auch das Geburtsdatum ist falsch, denn wenn er tatsächlich am 13. November geboren ist, dann kann er nicht Steinbock sein, wie er behauptet hat, sondern dann ist er ... Skorpion!

Hat der aufdringliche Typ, der sich gestern über meine Sprechanlage als Test-Skorpion angeboten hat, nicht Claus geheißen? Der Kerl, der behauptet hat, ich hätte in sein Horoskop geheime Liebesbotschaften hineingeschrieben? Scheiße. Scheiße. Scheiße.

Und dann fällt mir ein, was die Teuser neulich über den Namen des aufdringlichen Anrufers gesagt hat, der meine Adresse wollte. Irgendwas mit Eulen. Uhlmann!

Ich muss sofort hier weg!

Ich will gerade den Führerschein zurück ins Handschuhfach legen, als mein Blick zufällig durch die Windschutzscheibe auf eine Stelle fällt, wo unter einer gelben Kunststoffplane etwas an der Hüttenwand lehnt. Eine Windbö hat einen Teil der Plane zurückgeklappt, sodass ich sehen kann, was sich darunter befindet – mein Fahrrad!

»Suchst du etwas Bestimmtes?«

Erschrocken fahre ich herum und blicke in das gerötete Gesicht von Frank Lackner, der in Wirklichkeit Claus Uhlmann heißt. Er hat einen Jogginganzug an und produziert in schneller Folge Atemwölkchen. Offenbar hat er gerade einen Morgenlauf hinter sich gebracht.

Mein Herz ist mir in den Mund gerutscht, und ich muss es erst wieder runterschlucken, bevor ich etwas sagen kann. »Guten Morgen«, bringe ich mühsam hervor. »Äh, meine Handtasche, die war noch im Auto.«

»Im Handschuhfach?« Er kommt einen Schritt näher. Ich muss an die Pistole denken. An die Handschellen. An das zerknüllte Blatt Papier in meinem Briefkasten.

»Feuerzeug«, krächze ich. »Ich habe ein Feuerzeug gesucht.«

»Du hast dir meinen Führerschein angesehen, stimmt's?« Er steht jetzt direkt neben mir. Ich rieche seinen Schweiß, spüre seine Verärgerung. Meine Hand zittert so stark, dass sie beinahe nicht ins Handschuhfach findet, um den Führerschein zurückzulegen.

»Ich? Deinen Führerschein? Nein, hab ich nicht.«

Wir schauen uns beide voller Misstrauen an. Als ich meine Hand aus dem Handschuhfach zurückziehen will, berühren meine Finger den Elektroschocker. Ich greife sofort zu. Nur so zur Sicherheit.

»Komm, lass uns frühstücken«, sagt dieser Kerl, der offenbar voller Absicht mein Rad geklaut hat, um sich in mein Leben einzuschleichen, um mich hierher zu locken. Um mich hier zu ... ich weiß nicht.

»Du kannst schon mal Kaffee kochen. Ich telefoniere noch kurz und komme dann«, sage ich in der Hoffnung, dass es einigermaßen überzeugend klingt.

»Gut. Leider gibt es hier im Wald keine Bäckerei. Ich hoffe, du magst Zwieback, denn mehr kann ich im Moment nicht ...«

Er bricht mitten im Satz ab. Sein Blick klebt an der Stelle, wo deutlich sichtbar mein Fahrrad steht.

»Ah ja, das Fahrrad«, sagt er und beugt sich zu mir herunter. »Das sollte eine Überraschung werden. Stell dir vor, dieser Dieb ist mir gestern tatsächlich noch einmal ...«

Während er redet, kommt er ganz dicht an mich heran und fasst mir an die Schulter, und da bekomme ich Panik und – *zapp* – verpasse ich ihm eine Ladung mit dem Schocker. Er lässt mich sofort los und fällt halb ins Auto hinein. So schnell meine zitternden Beine es zulassen, steige ich auf der anderen Seite aus.

Scheiße, was habe ich gemacht! Scheiße, was mache ich jetzt?

Ich atme ein Mal tief durch und beginne dann, Claus Uhlmann ganz ins Auto zu ziehen. Bis in die Hütte würde ich den paralysierten Mann nicht schleppen können und hier draußen in der Kälte kann ich ihn auch nicht lassen. Ich lege ihn quer über die beiden Vordersitze. In seinen Augen ist fast nur Weißes zu sehen, aber sein Herz schlägt deutlich und seine Atmung ist stabil. Vom Rücksitz hole ich eine Decke und breite sie über ihn. Ich habe keine Ahnung, wie lange die paralysierende Wirkung so eines Elektroschockers anhält. Also schnappe ich mir mein Fahrrad und sehe zu, dass ich von hier fortkomme.

Der Weg aus dem Wald ist schmal, aber zum Glück asphaltiert, sodass ich ordentlich in die Pedale steigen kann. Die Bäume links und rechts huschen nur so an mir vorbei. Immer wieder drehe ich mich um, weil ich glaube, ein Motorengeräusch zu hören. Aber es sind nur meine Nerven, die mir einen Streich spielen.

Hätte ich bloß die Reifen von dieser Mistkarre zerstochen! Oder diesen Wahnsinnigen mit seinen Handschellen ans Lenkrad gekettet. Dann bräuchte ich jetzt nicht zu strampeln wie eine Blöde.

Nach gefühlten zwei Stunden, die aber nur zwanzig Minuten gedauert haben, erreiche ich die Landstraße. Eine Viertelstunde später taucht eine Tankstelle vor meinem Blick auf. Jetzt weiß ich endlich, wo ich bin, und kann jemanden anrufen, damit er mich abholt.

Tanja ist nicht zu erreichen, aber Stefan erwische ich im Büro. »Du, ich kann im Moment wirklich nicht von hier weg, Pia«, sagt er, nachdem ich ihm erzählt habe, dass ich womöglich gerade einem Wahnsinnigen entkommen bin, der mich gestern Nacht mehr oder weniger mit Alkohol gefügig gemacht und verschleppt hat.

»Aber ...«

»Du machst jetzt Folgendes«, sagt Stefan in seiner besonnenen Art. »Du rufst die Polizei und erzählst der alles. Wenn die Polizei mit dir fertig ist, rufst du dir ein Taxi und lässt dich nach Hause bringen. Ich versuche, mir den Nachmittag freizunehmen. Wenn es Probleme gibt, ruf mich an. Okay?«

Ich wische mir eine Träne von der Wange und nicke.

»Okay, Pia?«, fragt Stefan wieder, weil er mein Nicken ja nicht sehen konnte.

»Ja, okay«, sage ich und lege auf.

So ein blödes Arschloch! Wenn ich ihn angerufen und gesagt hätte, dass gerade ein Killer durch mein Fenster steigt, hätte er wahrscheinlich auch nur gesagt: Du, Pia, Mäuschen, das passt gerade ganz schlecht. Ruf doch in einer Stunde noch einmal an, ja?

Aber was die Polizei anbelangt, hat er natürlich Recht. Es muss schließlich jemand zu der Hütte fahren, um nach Uhlmann zu sehen.

Eine halbe Stunde später erkläre ich zwei jungen Polizisten ganz genau, was geschehen ist. Sie nehmen meine Personalien auf und fahren dann zur Waldhütte, während ich auf mein Taxi warte. Die Polizisten haben gemeint, ich solle ruhig nach Hause fahren und morgen für das Protokoll auf die Wache kommen. Außerdem brauche ich mir keine Sorgen wegen des Elektroschockers zu machen. Davon würde man nicht sterben. Normalerweise.

Stefan hält Wort und kommt bereits vor ein Uhr nach Hause. Er spürt, dass jetzt nicht der Zeitpunkt für viele Fragen ist, und lässt mich, ohne zu unterbrechen, meine Geschichte erzählen, die ich ein wenig aufhübsche. Und wer weiß, vielleicht hat dieser Uhlmann ja tatsächlich eine Droge in mein Getränk getan.

Stefan versucht, mich zu beruhigen, sagt, dass er nicht zulassen würde, dass mir etwas geschähe, und ich keine Angst zu haben bräuchte, solange er da sei. Blöd ist nur, dass er immerzu fort ist, denke ich bitter und frage mich, wie er mich wohl beschützen will, wenn wir in verschiedenen Wohnungen hocken. Ich sage aber nichts, sondern lasse mir von ihm die verspannten Schultern massieren. Ein paar Augenblicke später bin ich auch schon eingeschlafen.

Am nächsten Morgen fahre ich mit meinem Fahrrad, das Stefan gestern noch von der Tankstelle geholt hat, zur Polizei. Dort erwartet mich eine Überraschung.

»Herr Uhlmann ist ein Kollege von uns«, eröffnet mir einer der Beamten von gestern. »Er arbeitet im Drogendezernat. Das erklärt die Handschellen und die Pistole, für die er natürlich einen Waffenschein besitzt.«

»Der Kerl ist Polizist?«, frage ich ungläubig.

»Hauptkommissar, um genau zu sein. Er hat uns erzählt, Sie seien freiwillig mit ihm ausgegangen, hätten aus freien Stücken Geschlechtsverkehr mit ihm gehabt, und es wäre sogar Ihre Idee gewesen, ihn in seine Waldhütte zu begleiten. Entspricht das den Tatsachen, Frau Herzog?«

»Äh, na ja, eigentlich schon«, gebe ich widerwillig zu. »Aber er hat gelogen. Er hat behauptet, er wäre ein Schönheitschirurg.«

»Ach, wollen Sie jetzt jedem Lügner mit dem Elektroschocker kommen?« Der Polizist schaut mich an, als überschlage er schon einmal grob, für wie viele Jahre ich in den Knast wandere.

»Sie verstehen das falsch. Das war keine harmlose Lüge. Er hat mir sogar einen falschen Namen genannt und ein falsches Sternzeichen.«

»Ja, das geht natürlich nicht. In dem Fall hätten Sie ihn sogar erschießen dürfen«, verspottet mich der Beamte. »Ein falsches Sternzeichen – wo kommen wir denn da hin?«

Ich blitze ihn wütend an. »Sie brauchen sich gar nicht lustig machen. Kommissar oder nicht, Ihr Kollege ist ein Psychopath und hat es auf mich abgesehen. Er hat sich ein Horoskop von mir stellen lassen, er hat meine Adresse ausgekundschaftet, und als ich nicht gleich auf sein eindeutiges Angebot eingegangen bin, hat er einfach mein Fahrrad geklaut und mir danach scheinheilig seine Hilfe angeboten. Das ist ein Irrer, glauben Sie mir.«

Der Polizist lehnt sich in seinen Stuhl zurück und seufzt.

Sein Blick verrät deutlich, wen er hier tatsächlich für irre hält. »Mit Ausnahme des Fahrraddiebstahls ist nichts von dem, was Sie mir da gerade erzählt haben, strafrechtlich relevant. Und Hauptkommissar Uhlmann hat uns erklärt, dass er den Fahrraddieb zufällig auf Ihrem Rad erwischt hat, auch wenn ihm der Täter dann doch noch durch die Lappen gegangen ist. Er wollte Sie überraschen. Aber dazu ist es ja nicht mehr gekommen.«

»Und den Mist glauben Sie?«

»Es spielt keine Rolle, was ich glaube. Das Einzige, was ich weiß, ist, dass Sie Hauptkommissar Uhlmann mit einem Elektroschocker außer Gefecht gesetzt und dann hilflos liegen gelassen haben, obwohl er Sie in keiner Weise bedroht hat. Normalerweise müsste ich Sie wegen Körperverletzung und unterlassener Hilfeleistung zur Anzeige bringen. Hauptkommissar Lackner hat uns jedoch ausdrücklich gebeten, davon Abstand zu nehmen. Da können Sie sich bei ihm bedanken.«

Ich schüttele fassungslos den Kopf. »Ich soll mich bei dem Mann bedanken, der mich womöglich umbringen wollte? Sie sind ja verrückt!«

»Das will ich mal überhört haben«, sagt der Polizist und erhebt sich zum Zeichen, dass er das Gespräch für beendet hält.

Auf der Heimfahrt sorgt die kalte Luft dafür, dass ich nicht überkoche. Als ich mein Rad im Fahrradkeller abstelle, habe ich mich wieder einigermaßen beruhigt. Es ist schließlich alles glimpflich ausgegangen. Ich habe überlebt und dieser Uhlmann hat auch überlebt und noch dazu einen Denkzettel von mir bekommen. Alles ist gut.

In meinem Briefkasten finde ich ein zusammengeknülltes Blatt Papier. Diesmal ist es nicht leer. Nachdem ich es glatt gestrichen habe, schaue ich in ein aufgemaltes schwarzes Auge. Eine große, rote Träne quillt aus ihm hervor.

»C. U.« steht darunter.

Claus Uhlmann.

See you.

schütze

23. november – 21. dezember

Da ich weiß, dass Sie unangenehmen Dingen gerne aus dem Weg gehen, machen wir es folgendermaßen: Jedes Mal bevor ich kritisch werde, schreibe ich als Warnung ein bestimmtes Wort, sagen wir: LUFTBALLON. *Dann wissen Sie Bescheid und können die Stelle einfach überlesen. Wo es weitergeht, erkennen Sie dann an einem anderen Wort, sagen wir:* KAKTUS. *Na, was halten Sie davon? Ich wusste, dass Ihnen das gefällt.*

Schließlich kurven Sie nach diesem Prinzip durch Ihr ganzes Leben. Sobald ein Hindernis auftaucht, umfahren Sie es geschickt oder warten, bis es von selbst wieder verschwindet. Ein Fels liegt auf der Straße? Oh, wie schön, dann setzen wir uns in seinen Schatten und veranstalten ein Picknick. Es ist aber nicht alles easy und lalala im Leben. Manchmal gibt es Probleme, vor denen man nicht davonlaufen kann und die sich auch nicht einfach in Luft auflösen. Nach der letzten Mahnung geht es nämlich immer noch weiter und weiter und weiter. Und spätestens wenn Sie im Winter eingeschneit vor dem Felsklotz sitzen, werden Sie denken: Hätt ich den mal lieber früher zur Seite gerollt.

Sie sind ein fröhlicher Mensch, eine richtige Heiterbeule. Und trifft Sie der Blitz, reißen Sie noch 'n Witz. Deshalb mögen die Leute Sie, logisch. Wenn ich mit Ihnen zu tun hätte, würde ich Sie auch mögen. Aber ich mag auch Bugs Bunny und möchte trotzdem nicht mit ihm zusammenleben. Der ist nämlich wie Sie: clever, sympathisch, humorvoll. Aber außer ein paar Möhren kriegt er nichts gebacken. Was nützt ihm seine ganze Cleverness, wenn er letztlich doch in seinem Kaninchenbau hockt und einen Puschel am Hintern hat?

Was mir aber wieder gut an Ihnen gefällt, ist die Offenheit, mit der Sie über Ihre Gefühle sprechen. Viele Männer beißen sich ja eher die Zunge ab, als dass sie »Ich liebe dich« über die Lippen bringen. Und für die meisten wäre eine fehlende Zunge sogar zu ihrem Vorteil, wenn Sie mich fragen. Aber zurück zu Ihnen.

Ihre Partnerin kann sich bestimmt nicht über mangelnde Körpernähe beschweren. Eher über zu viel. Ich meine, wir Frauen kuscheln ja eigentlich gerne, aber alles hat seine Grenzen. Ich lasse mich gerne umarmen, aber nur, solange es keine klaustrophobischen Panikattacken in mir auslöst. Alles klar, Mister Oktopus? Und im Sommer liege ich auch höchst ungern im Schwitzkasten, Mister Anakonda. Man kann seine Liebe auch anders ausdrücken als einen Pickel. Wozu, glauben Sie, gibt es wohl Juweliere?

Was soll ich vergessen haben? Sie mit LUFTBALLON vor den kritischen Passagen zu warnen? Nein, das habe ich nicht vergessen. Aber der LUFTBALLON ist gegen den KAKTUS geflogen. Tut mir Leid, aber was soll ich machen? Das konnte ja schließlich keiner ahnen.

* * *

Die Performance von Gregory »Crocks« Collenberg findet in einer Halle in der Hafengegend statt. Tanja ist mir so lange auf die Nerven gegangen, bis ich schließlich nachgegeben habe und sie begleite.

Wir geben unsere Mäntel an der Garderobe ab und gehen

hinein. Die Bühne liegt noch im Dunkeln. Die Bestuhlung reicht für ungefähr hundert Zuschauer; langsam füllt sich der Raum.

Tanja und ich haben Plätze in der ersten Reihe. Während wir auf den Beginn warten, schaue ich mich um. Ich sehe viele junge Leute, die meisten wahrscheinlich Studenten, dazwischen aber auch einige ältere Semester, vereinzelt sogar mit Anzug und Krawatte. Von den Collenbergs ist nichts zu sehen.

»Hast du Crocks schon gesichtet?«, frage ich Tanja.

»Nein. Und du? Irgendeine Spur von Max?«

»Also, der ist wirklich der Letzte, nach dem ich Ausschau halte«, entgegne ich. »Und du bist sicher, dass meine Mutter nicht kommt?«

»Crocks hat gesagt, sie ist auf einer Tagung.«

»Na, hoffentlich. Ich habe keine Lust, zu sehen, wie sie mit Collenberg Händchen hält.«

Als das Licht im Zuschauerraum erlischt und sich auf die Bühne konzentriert, erstirbt das Gerede der Leute zu einem Raunen. Auf der Bühne erstrahlt eine große Videoleinwand. Die Erde aus dem Weltraum aufgenommen, der Blaue Planet, ein Kinderlied als Hintergrundmusik. Plötzlich greift eine riesige Hand nach der Erde, Crocks' Gesicht füllt die Leinwand, er beißt in den Blauen Planeten, ein tausendstimmiger Schrei ertönt, glühende Lava tropft aus der Welt, rinnt von der Leinwand auf die Bühne und zieht einen Flammenring um einen Mann, der in einem schwarzen Umhang auf den Brettern kauert. Ich habe überhaupt nicht bemerkt, wie er auf die Bühne gekommen ist. Auf der Leinwand kaut Crocks derweil auf der schönen blauen Erde herum, und eine keifende Frauenstimme schreit: »Spuck das sofort wieder aus!«

Tanja stößt mir ihren Ellbogen in die Seite. »Pi, das ist deine Stimme!«

»Du spinnst ja«, sage ich.

Das Riesengesicht auf der Leinwand schaut direkt in den Zuschauerraum, die Backen prall gefüllt. Dann spuckt es aus, und die gespuckten Teilchen, die auf uns zufliegen, verwandeln sich in ein Feuerwerk, das über die ganze Leinwand spritzt. Das Bild wird wieder schwarz, auf der Bühne und im Publikum herrscht Totenstille. Der Mann im Flammenkreis hält jetzt eine Fackel in die Höhe, die wie ein menschlicher Torso geformt ist. Unter dem anderen Arm trägt er ein großes Buch, auf dem Kopf eine Krone, deren Zacken aus Dildos bestehen. Er sieht aus wie die groteske Karikatur der Freiheitsstatue.

Dann fängt er an, aus dem Buch vorzulesen. Mit monotoner Stimme trägt er Zahlen und Fakten vor: was eine Gewehrkugel kostet und was eine Schüssel Reis, ein Maschinengewehr und ein Brunnen, eine Tellermine und ein Rollstuhl, wie viel Geld ein Panzer verschlingt und was man für eine Schule investieren müsste. Die Videoleinwand zeigt dazu einen Platz, irgendwo in einer heißen, staubigen Stadt. Auf den Platz strömen Kinder. Der Mann auf der Bühne erzählt, dass für das Geld einer einzigen Bombe all diese Kinder Nahrung und Ausbildung bekommen könnten. Währenddessen drängeln sich die Kinder zusammen, ein hohles Pfeifen ertönt, das immer schriller wird, die Kinder schauen nach oben und die Bombe schlägt mitten in sie hinein. Ein entsetzlicher Knall, die ganze Leinwand wird weiß, dann wieder der Platz in der heißen, staubigen Stadt, diesmal ohne Kinder, dafür mit einem großen Krater, an dessen qualmendem Rand ein kleines Mädchen steht. Die Kamera zoomt auf ihr zahnlückiges, schmutziges Gesicht. Das Kind hält sich den Zeigefinger an die Schläfe, ruft »Peng!« und stürzt lachend in den Krater.

»Ganz schön krass«, raunt mir Tanja ins Ohr.

»Pscht«, mache ich. Die Bilder, die Töne und das Licht haben in mir eine gespenstische Ergriffenheit erzeugt. Gebannt verfolge ich, wie der Mann im schwarzen Umhang aus dem inzwischen erloschenen Flammenkreis heraustritt, an den Rand der Bühne kommt und dort jeden Einzelnen im Publikum anzustarren scheint. Auch auf der Leinwand wird sein Gesicht projiziert. Es ist halb weiß und halb rot geschminkt und wirkt unter der lächerlichen Dildokrone wie das Gesicht eines Irren. Es ist Crocks, eindeutig.

»Jede Bombe ist eine Schule, die nicht gebaut wurde, ein Kind, das verhungern musste, eine Ohrfeige in das Angesicht Gottes.« Er deutet mit dem Finger auf mich. »Es ist deine Bombe!«

Ich halte erschrocken den Atem an. Meine Bombe? Wieso ist das jetzt meine Bombe? Bin ich Kampfpilot? Ich habe ja nicht einmal einen Führerschein.

»Und deine und deine und deine«, fährt Crocks fort, auf Leute im Publikum zu zeigen. »Und meine natürlich auch. Wir brauchen die Bomben, weil wir nicht gelernt haben zu teilen, weil wir immer nur lernen zu kämpfen.«

Als er das Wort »kämpfen« herausschreit, lodert sein Umhang in Flammen auf. Doch Crocks dreht sich einfach um und geht, nein, marschiert brennend von der Bühne, begleitet von einem scheppernden Militärmarsch. Er scheint keine Angst zu haben, obwohl das Ganze bestimmt nicht ungefährlich ist.

Ich bemerke, dass sich jemand auf den freien Platz neben mir setzt. »Und? Gefällt es Ihnen?«, fragt mich Max Collenberg.

»Bis eben hat es mir gut gefallen«, sage ich. »Wollen Sie nicht lieber Ihren Bruder löschen gehen?«

»Pssst«, macht er und deutet auf die Bühne, wo in aller Schnelle ein provisorischer Boxring aufgebaut wird. Zwei Männer mit nackten Oberkörpern und übergroßen Boxhandschuhen an den Händen stehen sich dort gegenüber. Beide haben gewaltige Bierbäuche, die müde über die Shorts herabhängen und sich bestimmt gerade fragen, was zum Teufel sie in einem Boxring verloren haben.

Ein Nummerngirl im glitzernden Bikini trägt ein Schild mit einer großen Eins über die Bühne, ein Gong ertönt und gleichzeitig mit den Boxern erwacht die Videoleinwand zum Leben. Diesmal führt sie uns an einen weniger exotischen Ort, den ich sehr gut kenne.

»Hey, guck mal, das Ku'Kaff!«, quietscht Tanja begeistert. »Und da, guck mal, da ist Cornelius!«

»Ja, ich bin doch nicht blind!«, zische ich mürrisch. Mich beschleicht die böse Vorahnung, dass Crocks mich im Ku'Kaff heimlich gefilmt hat. Das meinte er wahrscheinlich, als er Tanja unser Mitwirken an seiner Performance ankündigte.

Jetzt sieht man, wie Crocks sich zu einem Mann an den Tisch setzt und ungefragt von dessem Kuchen abbeißt. Der Mann schaut zuerst sprachlos zu, dann fängt er an zu schimpfen. Der Bildschirm teilt sich und zeigt rechts daneben eine Szene aus einem Kung-Fu-Film, in der zwei Männer sich kunstvoll vermöbeln. Gleichzeitig schwingen die Boxer auf der Bühne ihre überdimensionalen Fäuste, das Nummerngirl kommt mit der Nummer Zwei gelaufen und ein Gong kündigt die nächste Szene an. Sie spielt wieder im Ku'Kaff, aber diesmal ist es eine Frau, der Crocks plötzlich ihren Kaffee austrinkt. Die Frau überlegt nicht lange und scheuert ihm eine, Rambo zieht einen Vorbeifahrenden vom Motorrad, der eine Boxer haut dem anderen seinen Riesenhandschuh auf den Kopf und das Nummerngirl präsentiert lächelnd die Nummer Drei.

»Hey, guck mal, das sind wir!«, ruft Tanja fröhlich.

»Würdest du bitte endlich mit deinem *Hey, guck mal!* aufhören, ja?«, schnauze ich sie an, während Crocks auf der Leinwand meinen Keks isst.

»Schmeckt's?«, frage ich in dem Video, und Crocks beschwert sich, dass der Keks etwas trocken sei, woraufhin ich ihm meinen Cappuccino anbiete. Parallel dazu sieht man, wie zwei Kinder gemeinsam an einem Eis lutschen und ein paar Kiffer einen Joint kreisen lassen. Die dicken Boxer liegen sich Bauch an Bauch in den Armen und das Nummerngirl kommt als Engel verkleidet mit einer großen Vier über die Bühne geflattert.

»Souverän reagiert, Fräulein Herzog!«, lobt mich Max Collenberg. »Diese Gelassenheit hätte ich Ihnen gar nicht zugetraut.«

»Es muss ja nicht jeder so plump durchs Leben trampeln wie Sie«, sage ich voller Herablassung. »Ich persönlich bevorzuge die subtilen Lösungen.«

»Oh, hallo, Max, wo kommst du denn auf einmal her?«, mischt sich Tanja ein, die offenbar eben erst auf meinen neuen Sitznachbarn aufmerksam geworden ist. »Tolle Show, die dein Bruder da abzieht.«

»Hallo, Tanja«, begrüßt Max meine Freundin. »Das musst du Crocks nachher selbst sagen. Da wird er sich ...«

»Hey, Pi, da bist du ja schon wieder!«, ruft Tanja dazwischen und zeigt aufgeregt auf die Videoleinwand. »Schade, ich bin nicht dabei. Aber deine Mutter.«

O nein!, denke ich verzweifelt und halte mir die Hand vor die Augen. Als ich durch meine Finger hindurchspähe, sehe ich, wie ich gerade mit Crocks erbittert um einen blöden Keks ringe.

»Spuck das sofort wieder aus!«, höre ich mich schreien, während das Publikum lacht.

»Wow!«, sagt Max Collenberg neben mir. »So was Subtiles hab ich ja noch nie gesehen! Außer vielleicht beim Schlammcatchen.«

Ich unterdrücke meinen ersten Impuls, ihm mit einem gezielten Tritt die Kniescheibe zu zertrümmern. »Ach, seien Sie still!«, sage ich. »Jeder hat mal einen schlechten Tag.«

Collenberg hebt abwehrend den Arm. »Nicht schlagen!«

Selten bin ich einer Bitte widerstrebender nachgekommen.

Die Performance von Crocks dauert ungefähr eine halbe Stunde. Auf der Videoleinwand zeigt er immer neue soziale Experimente, in denen er arglosen Zeitgenossen eine entspanntere Einstellung zum Eigentum vermitteln will. Dabei bedient er sich nicht nur im Ku'Kaff an fremden Tellern, sondern auch in verschiedenen Restaurants. In Parkhäusern fragt er Leute, die ihr Auto abstellen, ob er sich mal eine halbe Stunde den Wagen borgen dürfe, der stehe doch jetzt sowieso bloß herum. Er steigt in fremde Swimmingpools und streitet sich mit Busschaffnern, die doch ohnehin in seine Richtung fahren. Das Ganze hätte vielleicht den Charakter einer Verstehen-Sie-Spaß-Sendung, wenn nicht durch die parallel montierten Filmszenen die Wirkung konterkariert würde. Während die Sequenzen anfangs noch lustige Ausschnitte aus Action- und Comicfilmen sind, nehmen sie im Laufe der Zeit immer brutalere und realistischere Züge an. Man sieht Gewaltszenen aus den Nachrichten, reale Gräueltaten, die Menschen anderen Menschen aus Habgier und Hass antun.

Zum Schluss liegen die beiden Boxer entkräftet am Boden und Crocks kommt noch einmal auf die Bühne. Er hält eine lächerlich große Pistole in der Hand und erschießt damit die Boxer. »Ein bequemes Leben noch!«, schreit er ins Publikum, setzt sich die Pistole an die Schläfe und – *bumm*!

Sein gespielter Selbstmord wird auch auf dem Videoschirm abgebildet. Während Crocks auf die leblosen Körper der beiden Fettwänste fällt, hat sich die Leinwand, die eben noch von seinem Gesicht ausgefüllt wurde, blutrot gefärbt. Das Blut sickert zäh nach unten und lässt nur eine blutige Schriftzeile zurück:

Learn to share or learn to die.

Dann geht das Licht an, und eine Lautsprecherstimme verkündet, dass es T-Shirts und Buttons mit diesem Aufdruck am Ausgang zu kaufen gebe, ebenso das Video der Performance und Patenschaften für Kinder aus der Dritten Welt.

Mir schwirrt der Kopf. Ich weiß nicht, was ich von dieser Performance halten soll. Kunst oder Kitsch? Keine Ahnung.

»Also, ich fand's gut – irgendwie«, meint Tanja etwas ratlos. Aus dem Publikum sind vereinzelte Pfiffe zu hören, aber auch viel Applaus. Tanja, Crocks' Bruder und ich applaudieren natürlich ebenfalls.

»Crocks rocks!«, ruft Max Collenberg, während Crocks, die zwei Boxer und das Nummerngirl sich winkend von der Bühne verabschieden.

»Zugabe!«, schreit Tanja, wird aber von Max mit einem dezenten Kopfschütteln darauf hingewiesen, dass so etwas bei Kunstdarbietungen dieser Art nicht üblich ist.

Tanja und Max Collenberg überreden mich, auf die After-Show-Party zu gehen. Es gibt Livemusik, ein kaltes Buffet, viele hippe Leute, viel pseudointellektuelles Gewäsch und natürlich viel Alkohol. Presseleute sind auch da und interviewen Crocks, der zufrieden in die Fotolinsen lächelt.

»Wie kommt Ihr Bruder überhaupt dazu, mich heimlich zu filmen und das Material dann einfach zu verwenden?«, frage ich Max Collenberg, der mit einem Glas Prosecco neben mir steht.

»Sie können ihn ja verklagen, wenn Sie wollen«, meint Collenberg schulterzuckend. »Mein Bruder wird ständig verklagt. Verklagt zu werden ist geradezu sein Hobby.«

»Na, bei Ihren guten Beziehungen zur Justiz kann ihm da wohl nicht viel passieren, wie?«, sage ich in Anspielung auf meine Mutter.

»Ach, wissen Sie, Fräulein Herzog, vor dem Gesetz sind alle Menschen gleich.«

Ich schaue ihn verächtlich an. »Absurde Vorstellung. Ich will nicht so sein wie, na ja, wie Sie zum Beispiel.«

Collenberg schenkt mir ein charmantes Lächeln. »Also, ich wäre gerne mal das Fräulein Herzog«, gibt er zurück. »Das wäre bestimmt eine interessante Erfahrung.«

»Das sollten Sie sich lieber noch einmal überlegen«, erkläre ich. »Wenn Sie ich wären, würden Sie jetzt zum Beispiel nicht mit einer intelligenten, geistreichen Frau Konversation treiben, sondern müssten sich von einem hirnlosen Affen voll quatschen lassen.«

»Richtig, das habe ich nicht bedacht«, lacht Collenberg. »Ist es wirklich so schlimm, sich mit mir zu unterhalten?«

»Es gibt bestimmt Schlimmeres. Mir fällt nur gerade nichts ein.«

»Migräne«, schlägt Collenberg vor. »Oder Zahnschmerzen.«

»Nein, nein, es müsste schon mindestens ein Schädelbasisbruch sein.«

In dem Moment gesellt sich Tanja, die am Buffet einen alten Bekannten getroffen und mit ihm wahrscheinlich ein paar nicht jugendfreie Jugenderinnerungen ausgetauscht hat, wieder zu uns. Gleichzeitig zerrt eine junge Blondine Max Collenberg lachend von uns fort auf die Tanzfläche. Es sieht nicht so aus, als träfe sie auf viel Gegenwehr.

»Willst du noch lange bleiben?«, frage ich Tanja.

Die schaut mich entrüstet an. »Die Party hat ja noch gar nicht richtig angefangen. Ich habe noch nicht mal mit Crocks sprechen können.«

»Du kannst ja noch bleiben. Ich rufe mir ein Taxi.«

»Dann verpasst du was«, versucht Tanja mich umzustimmen. »Es wird nachher bestimmt noch superlustig.«

»Da möchte ich lieber nicht mehr in der Nähe sein«, murre ich und verabschiede mich von meiner Freundin. Ich drängle mich gerade durch eine Gruppe langhaariger Kunstfreaks, die den Weg zum Ausgang blockieren, als ich plötzlich Max Collenberg hinter mir herrufen höre: »Fräulein Herzog, warten Sie!«

Ich stelle mich taub und boxe mich weiter voran.

»Fräulein Herzog, huhu!, jetzt warten Sie doch!«

»Ich glaube, der meint Sie, Fräulein«, spricht mich einer der Langhaarigen an und grinst von einem Ohrring zum anderen.

»Nicht dass ich wüsste. – Dürfte ich mal vorbei?«

Aber da ist Max Collenberg auch schon bei mir. Etwas außer Atem sagt er: »Sie wollen sich doch nicht heimlich aus dem Staub machen?«

»Schädelbasisbruch«, sage ich. »Muss ins Bett.«

»Wie Sie wollen, Fräulein Herzog. Aber dann fahre ich Sie nach Hause. Nein, keine Widerrede.«

Er sieht nicht so aus, als ob ich ihn davon abbringen könnte. Und ich habe keine Lust, mich vor allen Leuten mit ihm herumzuzanken. »Okay, von mir aus. Aber jetzt gleich.«

»Ihr Wunsch ist mir Befehl, Fräulein Herzog.«

»Und hören Sie mit diesem Fräuleinscheiß auf! Von mir aus sagen Sie Pia.«

Er grinst. »Wenn es dir so viel bedeutet, mache ich das gerne, Pia.«

Ich hole tief Luft, um etwas zu erwidern, aber da läuft er schon voraus, und ich begebe mich in sein Fahrwasser, bis wir auf dem Parkplatz vor seinem Auto stehen.

»Zu mir oder zu dir?«, fragt er mich, nachdem wir losgefahren sind.

»Haha, sehr witzig!« Um zu demonstrieren, dass ich an Konversation nicht interessiert bin, schalte ich das Radio ein. Es ist auf einen Klassiksender eingestellt. Vielleicht saß vor kurzem meine Mutter noch hier und hat diesen Sender gewählt, überlege ich mir. Sofort erwacht mein Zorn auf Collenberg. Ich stelle das Radio wieder aus.

»Wenn Sie meiner Mutter wehtun, dann tue ich Ihnen auch weh«, drohe ich ihm. »Ich weiß, wo Sie wohnen, und ich werde bald wieder ein Auto haben. Sie sollten also lieber nicht mit den Gefühlen meiner Mutter spielen.«

»Ich spiele nicht.«

»Nein, Sie sind ja Profi und lassen sich bezahlen.«

»Wolltest du mich nicht duzen?«, fragt er ungerührt.

Ich schaue ihn nur böse an. »Da vorne müssen Sie links«, sage ich, aber da hat er schon den Blinker gesetzt. Offenbar weiß er ganz genau, wo ich wohne.

»Soll ich mit hochkommen?«, fragt er, als wir da sind.

»Allein bei dem Gedanken dreht sich mir schon der Magen um«, sage ich und steige aus.

»Heißt das nein?«

»Ja.«

»Also ja?«

»Nein!«

»Was denn jetzt? Weißt du was: Wenn du dich nicht entscheiden kannst, komme ich einfach mit«, sagt er und löst auch schon seinen Gurt.

»Vergessen Sie's!«, fauche ich ihn an. »Glauben Sie, nur weil Sie mich fahren durften, hätte sich an meiner Einstellung Ihnen gegenüber auch nur das Geringste geändert?«

»Wie ist denn deine Einstellung mir gegenüber, Pia?«, fragt er unschuldig.

»Das wissen Sie doch. Ich halte Sie für ein Schwein, Max, okay?«

»Magst du Schweine?«

»Ich esse Schweine.«

Collenberg seufzt und schnallt sich wieder an. »Also, ich mag dich jedenfalls, Pia. Auch wenn du mir meine Kekse klaust, dich mit meinem Bruder prügelst, mich einsperrst oder gemeine Sachen zu mir sagst. Ich mag dich trotzdem.«

»Und was ist mit meiner Mutter?«, frage ich.

»Die mag ich auch.«

»Und deshalb lassen Sie sich Ihre ... na ja ... *Leistungen* auch so gut von ihr bezahlen, wie? Aus lauter Sympathie.«

»Glaubst du etwa, ich wäre mein Geld nicht wert?«, fragt er mich mit einer geradezu unverfrorenen Unverfrorenheit.

»Da will ich lieber nicht drüber nachdenken«, sage ich und gehe.

Schon nach ein paar Schritten ruft Collenberg mir hinterher: »Nimm dir für Samstag nichts vor, Pia! Ich hole dich um achtzehn Uhr ab.«

Ich drehe mich noch mal um. »Wieso das denn?«

»Nur mal so. Damit wir uns besser kennen lernen«, meint er fröhlich. »Mach dich ein bisschen hübsch, zieh was Nettes an. An das erste Rendezvous mit jemandem denkt man schließlich ein Leben lang zurück.«

»Wir haben kein Rendezvous!«

»Ich werde jedenfalls am Samstag hier auf dich warten.«

»Tun Sie, was Sie nicht lassen können«, sage ich und laufe zur Haustür. Ich spüre seine Blicke in meinem Rücken und frage mich, wie der Kerl es immer wieder schafft, mich so verdammt wütend zu machen.

Noch drei Tage bis Samstag. Natürlich werde ich mit Collenberg nirgendwohin fahren. Von mir aus kann er die ganze Nacht vor dem Haus in seinem Auto sitzen. Jetzt, wo es mit mir und Stefan wieder gut läuft, bin ich nicht daran interessiert, einen anderen Mann näher kennen zu lernen, und am allerwenigsten Max Collenberg.

Nach meinem Erlebnis mit diesem verrückten Kommissar haben Stefan und ich uns ausgesprochen. Er ist zwar immer noch der Meinung, dass zwei Wohnungen das Beste für unsere Beziehung wären, will aber vor nächstem Jahr nichts weiter in diese Richtung unternehmen. Damit bin ich fürs Erste zufrieden. Nächstes Jahr, das ist ja erst nächstes Jahr. Bis dahin ist vielleicht längst ein riesiger Meteorit auf die Erde geknallt und hat alles Leben ausgelöscht. Dann hätte sich das mit der Wohnung sowieso erledigt.

Vorige Woche ist die Teuser aus ihrem Südseeurlaub zurückgekehrt und auch zwischen ihr und Stefan hat es eine Art Aussprache gegeben. Freunde fürs Leben sind sie jetzt, das heißt, sie werden sich nicht anschreien, wenn sie sich irgendwo begegnen, sondern versuchen, aneinander vorbeizuschleichen. Seine Sachen, einschließlich der Plattensammlung, hat Stefan auch schon geholt. Alles ist wieder da, wo es hingehört – bei mir.

Deshalb bin ich auch überrascht, als plötzlich die Teuser mit einem Karton vor meiner Tür steht, um mir Stefans restliche Sachen zu bringen. Ich bitte sie herein und hoffe gleichzeitig, dass sie ablehnt, weil ich heute noch nicht so richtig zum Aufräumen gekommen bin. Gestern auch nicht, und überhaupt ist die Putzerei in den letzten Tagen stark vernachlässigt worden. Wegen seiner blöden Fortbildungskurse hat Stefan kaum noch Zeit für den Haushalt.

Natürlich lässt die Teuser sich die Gelegenheit zu einer Wohnungsinspektion nicht entgehen. Auf dem Weg ins Wohnzimmer scannt sie jedes Staubkorn, jede Schliere, jeden Glasrand und jedes ausgebrannte Autowrack, an dem wir vorbeikommen.

»Schöne Puppen haben Sie da«, sagt sie und setzt sich zwischen Deborah und Nancy auf die Couch. Hoffentlich fingert sie nicht auch noch an denen herum. Ich will nachher keine Puppenkotze vom Sofa wischen müssen.

»Ich nehme es Ihnen übrigens nicht übel, dass Sie die Zeit meiner Abwesenheit zu nutzen gewusst haben«, erklärt die Teuser. »Ich an Ihrer Stelle hätte genauso gehandelt. Den richtigen Moment abwarten und dann zuschlagen. Love is a battlefield.« Sie lacht, als wäre das eine ungemein komische Erkenntnis. Ich frage mich, wie viel sie wohl noch für Stefan empfindet. Sie lässt nicht erkennen, wie verletzt sie ist. Ganz die taffe Karrierefrau, die die Situation analysiert und sich den neuen Gegebenheiten anpasst, total rational, total kontrolliert, total verlogen.

»Natürlich gilt das, was ich Ihnen neulich in meinem Büro gesagt habe, auch unter umgekehrten Vorzeichen«, verfolgt die Teuser ihren geheuchelten Schmusekurs weiter. »Unsere privaten Verwicklungen sollten sich nicht auf unsere berufliche Beziehung auswirken. Ich bin übrigens auch gekommen, um zu fragen, ob Sie sich inzwischen mit dem neuen Konzept Ihrer erotischen Kolumne anfreunden konnten.«

»Ich habe keine erotische Kolumne«, korrigiere ich sie. »Ich habe eine astrologische Kolumne. As-tro-lo-gisch! Erotik ist nur ein Aspekt davon, auf den ich natürlich auch eingehen werde – aber ich will mich nicht ausschließlich damit beschäftigen, okay? Und wenn das Ihnen oder Herrn Dr. Kortmann nicht passt, dann werde ich eben zu einem anderen Magazin wechseln. Der *Styletto* hat mir ein interessantes Angebot gemacht. Zum Glück habe ich noch nicht abgesagt. Wenn die XX sich zu einem Sexblättchen entwickeln möchte – bitte schön. Irgendein Flittchen wird sich schon finden, das sich für eine erotische Deutschlandreise hergibt. Herr Dr. Kortmann soll sich aber gut überlegen, ob er Chefredakteur oder Zuhälter sein will. Das können Sie ihm gerne von mir ausrichten.«

Die Teuser räuspert sich verlegen und steht auf. »Das war

deutlich«, sagt sie und verabschiedet sich mit einem unterkühlten Lächeln.

Ich weiß nicht, ob ich fröhlich oder niedergeschlagen sein soll. Dass ich Kortmann einen Zuhälter genannt habe, finde ich momentan ziemlich Klasse. Aber ich fände es noch viel toller, wenn es tatsächlich ein Angebot vom *Styletto* gäbe. Leider gibt es keins. Ich bin so in Fahrt geraten, dass ich kurzzeitig meinen eigenen Bluff geglaubt habe. Jetzt holt mich die Wirklichkeit wieder ein. Hallo, Wirklichkeit, lass dich mal anschauen! Du siehst scheiße aus.

Ich beschließe, mich mit einem Video bei Wein und Salzgebäck zu zerstreuen. *Pretty Woman* habe ich dieses Jahr noch gar nicht gesehen. Ich bin gerade an der Stelle, wo Julia Roberts und Richard Gere drauf und dran sind, es auf einem Klavier zu treiben, da steht plötzlich Stefan vor dem Bildschirm.

»He, was machst du denn hier?«, frage ich überrascht. »Haben sie endlich erkannt, was sie an dir haben, und dich rausgeschmissen?«

Stefan lacht und gibt mir einen Kuss. »Ganz im Gegenteil. Man hat mich quasi befördert. Ich soll unsere neue Dependance in Österreich betreuen.«

Ich schaue ihn verwirrt an. »Man hat dich befördert? Zum Quasi in einem Deppendorf in Österreich?«

»Dependance – nicht Deppendorf. Ich soll unser Büro in Wien leiten. Und bevor du dich aufregst, Pia, es ist nur für eine Woche als Vertretung, weil der dortige Chef und dessen Stellvertreter sich gegenseitig krankenhausreif geprügelt haben.«

»Und jetzt sollst du da hin? Hört sich an, als wäre das eher ein Job für Rambo.«

»Es ist eine einmalige Chance. Wenn ich mich da bewähre, Pia, ist es nur noch eine Frage der Zeit, bis man mir eine Topstelle anbietet.«

Obwohl ich das Ganze nicht so uneingeschränkt positiv

sehe, umarme ich meinen Helden und schenke ihm ein Mami-ist-stolz-auf-dich-Lächeln. »Das sind ja tolle Neuigkeiten! Ich bin stolz auf dich, Tiger. Das müssen wir heute Abend ganz groß feiern.«

Mein Tiger macht sich behutsam von mir los und schaltet in den Sorry-Modus. »Ja, das machen wir. Aber nicht heute Abend, da fliege ich nämlich schon. Ich habe auch nur ganz wenig Zeit, Liebes. Aber wenn ich zurück bin, holen wir alles nach, okay?«

»Ich glaube nicht, dass ich meine Freude so lange konservieren kann«, murre ich.

Während Stefan seinen Koffer packt, berichte ich ihm, dass die Teuser seinen restlichen Kram gebracht hat. Als einzige Reaktion darauf durchstöbert er den Karton mit den Sachen kurz und packt dann einen Deoroller und einen Nasenhaarschneider von dort in den Koffer. Wie gut, dass die Teuser heute vorbeigekommen ist. Stinkend und mit wucherndem Nasenhaar wäre Stefan in Wien bestimmt der Nächste gewesen, den sie verprügelt hätten.

Eine Stunde später fahren wir beide im Taxi zum Flughafen. Stefan war zwar der Ansicht, wir könnten uns auch zu Hause verabschieden, aber ich glaube, dass ein Kuss am Abfluggate Glück bringt. Ich würde es mir nie verzeihen, wenn ich aus Bequemlichkeit darauf verzichtet hätte und dann das Flugzeug abstürzt. Nachdem ich Stefan am Flughafen noch einmal lange umarmt und geküsst habe, bin ich aus dem Schneider. Jetzt kann der Flieger von mir aus abschmieren.

Im Taxi beschließe ich spontan, meinen Vater zu besuchen. Es ist ein paar Tage her, seit ich ihn zuletzt gesprochen habe. Die Gespräche mit ihm sind schwierig zurzeit. Entweder ist er niedergeschlagen und benutzt mich als Müllhalde für seinen Kummer oder er ist wütend und benutzt mich als Punchingball für seine Aggressionen.

Als ich aus dem Taxi steige, sehe ich, wie eine fremde Frau in Mamas Alter aus dem Haus kommt und in einem gelben

Audi davonfährt. Ich finde meinen Vater im Wohnzimmer. Er ist mit Leim und Pinsel bewaffnet und macht sich an dem Mona-Mano-Bild, in das er an Mamas Geburtstag hineingefallen ist, zu schaffen.

»Reparierst du das Bild?«, frage ich ihn nach der Begrüßung.

Er zuckt mit den Achseln. »Ich versuche es zumindest.«

»Vergiss es«, sage ich in Anbetracht der zerfetzten Leinwand. »Wer war eigentlich die Frau, die eben weggefahren ist?«

»Ach, niemand Besonderes.«

»So unbesonders wie damals Ariane?«, hake ich nach.

»Also, was du wieder denkst!« Er schüttelt tadelnd den Kopf. »Das war eine Immobilienmaklerin. Ich wollte wissen, was man für das Haus ungefähr bekommen würde. Das wird bei der Scheidung schließlich eine Rolle spielen.«

Oh, nein, er hat das schlimme S-Wort ausgesprochen! Damit wäre mein Tag endgültig im Eimer. »Papa, jetzt überstürze bitte nichts«, sage ich mit gepresster Stimme. »Mama wird schon wieder zur Vernunft kommen.«

»Dann ist es vielleicht zu spät.« Wie einen Pflock rammt mein Vater mir diesen Satz ins Herz. »Ich sitze hier in dem leeren Haus und denke dauernd: Jetzt küsst sie ihn, jetzt frühstücken sie zusammen, jetzt schlafen sie miteinander. – Ich kann so nicht weitermachen.«

Das kann ich gut nachfühlen. Dennoch sage ich: »Ihr seid schon so lange miteinander verheiratet, da wirst du ja wohl nicht einfach das Feld räumen, nur wegen eines billigen Westentaschencasanovas.«

»Von billig kann keine Rede sein, wenn ich daran denke, was Elvira diesem Kerl Monat für Monat zukommen lässt. Nein, meine Geduld ist am Ende. Gleich nächstes Jahr reiche ich die Scheidung ein.«

Ich streichle ihm tröstend über die Wange. »Mama liebt dich noch, das weiß ich. Sie hat es vielleicht nur gerade ein bisschen vergessen.«

»Seitdem sie bei dem Typen wohnt, ist sie mit Blindheit geschlagen«, schimpft mein Vater. »Jemand müsste ihr mal die Augen öffnen, damit sie sieht, was für eine Laus dieser Collenberg ist.«

Wenn ich meinem Vater erzählen würde, dass diese Laus ihre Fühler neuerdings sogar nach mir ausstreckt, wäre wohl die nächste Schlägerei fällig. Das lasse ich lieber. »Vielleicht wenn du noch mal mit Mama redest.«

Er winkt resigniert ab. »Ehe deine Mutter sich eingesteht, dass sie sich in ihrer neuen Liebe getäuscht hat, wird sie über so manches hinwegsehen. Sie hasst es, ein Urteil revidieren zu müssen. Vielleicht ist das auch der Grund, warum unsere Ehe so lange gehalten hat.« Seine Augen werden auf einmal undicht und lassen ein wenig Traurigkeit durch. »Na ja, alles hat einmal ein Ende.«

Plötzlich kommt mir eine total geniale Idee. Ich weiß jetzt, wer meiner Mutter die Augen über Collenberg öffnen wird. Und ich weiß auch schon, wie ich das anstellen werde. Nur meinem Vater darf ich davon nichts erzählen.

»Übrigens, ich habe das Fenster in deinem Zimmer repariert«, wechselt mein Vater das Thema.

»Es gibt also doch noch Wunder«, sage ich und küsse ihn auf die Wange. »Und untersteh dich, das Haus zu verkaufen, jetzt, wo ich endlich ein eigenes, funktionierendes Fenster habe.«

Als ich zwei Stunden später wieder zu Hause bin, lege ich mich ins Bett, weil ich selbst zum Fernsehen zu groggy bin. Mit Mühe gelingt es mir, wenigstens noch so lange wach zu bleiben, bis Stefan sich vom Wiener Flughafen meldet. Er ist gut gelandet, mein Abschiedskuss hat wieder mal gewirkt. Allerdings ist sein Koffer verloren gegangen. Gegen die Schlampigkeit von Fluggesellschaften kann ich natürlich nicht anküssen.

»Wichtige Sachen waren ja nicht drin«, tröste ich.

»Du hast gut reden. Soll ich mir etwa alles neu kaufen?«

»Deinen Nasenhaarschneider brauchst du nicht neu zu

kaufen. Die Nasenhaare kannst du dir zur Not auch mit dem Feuerzeug rausbrennen.«

Wenn ich müde und genervt bin, bin ich müde und genervt. Offenbar erkennt Stefan das jetzt auch, wir wünschen uns gegenseitig eine gute Nacht und eine halbe Sekunde später schlafe ich.

Wie so oft in letzter Zeit fahre ich auch diesmal im Traum mit dem Fahrrad durch einen Wald. Hinter mir höre ich ein Auto, das schnell näher kommt. Ich trete fester in die Pedale, aber da ist der Jeep auch schon direkt hinter mir. Claus Uhlmann grinst mich durch die Windschutzscheibe an. Dann sitze ich neben ihm und versuche, meinen klemmenden Gurt zu lösen. Nichts zu machen. Claus Uhlmann hält mir einen Spiegel vor das Gesicht, und ich sehe, wie blutige Tränen aus meinen Augen laufen. Ich habe plötzlich einen Elektroschocker in der Hand und drücke ihn Uhlmann in die Seite. Nur ist es gar nicht Uhlmann, sondern Max Collenberg, der jetzt besinnungslos auf das Lenkrad sinkt. Uhlmann steht draußen und winkt mir lachend zu, während der Jeep unaufhaltsam einem Abgrund entgegenrast.

Als ich schweißüberströmt aufwache, ist es bereits acht Uhr morgens. Noch zwei Tage bis Samstag.

Heute ist Samstag. Dass ich gestern noch beim Friseur war, hat nichts mit Collenberg zu tun. Ich wollte mir nur die Spitzen schneiden lassen. Zu den blonden Strähnchen hat mich erst die Friseuse überredet. Dann musste ich noch ein passendes Kleid zur neuen Frisur erstehen. Damit überrasche ich Stefan, wenn er nächste Woche aus Österreich kommt. Aber wenn ich es nun schon einmal habe, kann ich es auch gleich heute Abend ausprobieren. Die neuen Schuhe müssen schließlich auch eingelaufen werden.

Das wichtigste Accessoire, das ich mir für dieses Rendezvous besorgt habe, ist das Diktiergerät in meiner Handtasche. Falls Collenberg versuchen sollte, mich ins Bett zu kriegen, kann meine Mutter später selbst hören, auf was für einen miesen Typen sie hereingefallen ist.

Fünf Minuten vor achtzehn Uhr hupt es. Ich schaue aus dem Fenster und sehe Collenbergs Auto unter einer Straßenlaterne stehen. Wenn er glaubt, ich käme auf sein Hupen hin wie ein verliebter Teenager aus dem Haus gehüpft, muss er ein größerer Idiot sein, als ich dachte.

Ich schalte den Fernseher ein. Mal schauen, was heute Abend so läuft. Draußen hupt es schon wieder. Egal, ich werde mir jetzt zuerst die Nachrichten ansehen. Collenberg hupt und hupt, ich kann mich kaum auf das Weltgeschehen konzentrieren.

Da klingelt das Telefon, mitten in die Wettervorhersage. Es ist aber nicht Collenberg, sondern Frau Neuberger, die sich beschwert. »Frau Herzog, würden Sie bitte diese Huperei abstellen? Ich habe Migräne. Ich glaube, es gibt Schnee. Den ganzen Tag habe ich schon Kopfweh. Und jetzt das Gehupe! Mein Kopf platzt gleich.«

»Wie kommen Sie darauf, dass das Hupen mir gilt?«

Sie lacht. »Na, das ist nicht schwer zu erraten. Sonst wohnen hier ja alles sehr anständige Leute. Nur mit Ihnen gibt es immer Ärger.«

»Das stimmt doch gar nicht.«

»Dann haben Sie mit dem Hupen nichts zu tun?«

»Natürlich nicht. Glauben Sie etwa, ich bin für alle Verrückten in dieser Stadt verantwortlich?«

In dem Moment schreit Collenberg von draußen: »Pia, ich warte auf dich! Ich hupe so lange, bis du rauskommst. Die ganze Nacht, wenn es sein muss. Hörst du, Pia?«

Offenbar hat Frau Neuberger es auch gehört. »Ich weiß nicht, ob Sie mit allen Verrückten dieser Stadt zu tun haben, aber mit diesem einen ganz bestimmt. Wenn Ihr Freund nicht Ruhe gibt, hole ich die Polizei.«

»Er ist nicht mein Freund«, stelle ich klar. »Aber ich richte es aus.«

Fünf Minuten später steige ich zu Collenberg ins Auto. »Sie haben wohl völlig den Verstand verloren!«, schreie ich ihn an. »Was soll der Zirkus?«

»Gut siehst du aus«, sagt er ohne ein Fünkchen Schuldbewusstsein. »Die neue Frisur steht dir. Und das Kleid erst, huh, Pia, das ist ja der Wahnsinn! Wenn ich gewusst hätte, dass du dich so aufdonnerst, hätte ich auch etwas anderes angezogen als Jeans und Pullover.«

»Ich habe mich nicht aufgedonnert! Lenken Sie jetzt bloß nicht ab. Meine Nachbarin hätte um ein Haar die Polizei verständigt. Ich weiß gar nicht, warum ich sie davon abgehalten habe. Eine Nacht im Gefängnis würde Ihnen ganz recht geschehen.«

»Ja, Baby, ich mag es, wenn du streng zu mir bist.«

»Ach, halten Sie den Mund und fahren Sie endlich los! Wo wollen Sie eigentlich mit mir hin?«

»Das ist eine Überraschung.«

Fünfzehn Minuten später bin ich tatsächlich überrascht. »Das ist jetzt nicht Ihr Ernst«, sage ich, als er ins Drive-in von McDonald's abbiegt.

Er schaut mich verwundert an. »Wieso? Hast du keinen Hunger? Also, ich schon.« Er fährt an die Bestellsäule und drückt auf die Sprechtaste: »Zwei Big Mäc und zwei Cola.«

Er lässt mich nicht einmal selbst wählen. Da sitze ich mit neuer Frisur, neuem Kleid und neuen Schuhen wie eine Blöde in dieser Mistkarre und warte auf einen Big Mäc. Das gibt's ja wohl nicht! Wenn ich nicht seine Mistkerligkeit auf Band aufnehmen müsste, um meine Mutter vor ihm zu retten, wäre ich jetzt ausgestiegen und hätte Collenberg meinen Big Mäc in den Auspuff gestopft.

Wir fahren auf den Parkplatz und Collenberg holt ein Teelicht aus dem Handschuhfach, zündet es an und stellt es auf das Armaturenbrett. Candle-Light-Dinner. Fehlt bloß noch, dass plötzlich drei spanische Gitarrenspieler auf dem Rücksitz auftauchen und *Guantamanera* spielen.

Als hätte er meine Gedanken gelesen, deutet er aufs Radio und fragt mit vollem Mund: »Musik?«

»Nein, nur keinen Aufwand wegen mir.«

Also essen wir schweigend, eingesponnen im Kokon unserer Gedanken. Ab und zu schaut er mich an und lächelt. Ich hasse ihn. Wenn ich sein doofes Gesicht sehe, das aus seinem doofen Pullover herausguckt, würde ich am liebsten nachsehen, ob er einen Elektroschocker im Handschuhfach hat.

»Und was steht jetzt auf dem Programm?«, frage ich, nachdem wir unsere Big Mäcs erledigt haben. »Minigolf?«

»Lass dich überraschen«, sagt er und fährt los. Sein Lächeln gefällt mir überhaupt nicht.

»Sie glauben doch nicht, dass ich mit Ihnen da hineingehe!«, sage ich, als wir wenig später unser Ziel erreicht haben.

»Es wird dir gefallen«, meint er und macht Anstalten, auszusteigen.

»Nein, es wird mir nicht gefallen!«, schreie ich ihn an. »Das ist ein Pornokino! Da geh ich nicht rein!«

»Das ist ein Pornokino, da geh ich nicht rein«, äfft er mich nach, zwinkert mir zu und fordert mich mit einem leichten Nicken auf, ihm zu folgen, als er aussteigt. Ich verschränke meine Arme vor der Brust und verschmelze mit dem Sitz. Er öffnet von draußen meine Tür und streckt mir seine Hand entgegen. Wenn er mich anfasst, beiße ich.

»Pia, du stellst dich an wie ein kleines Mädchen«, sagt er kopfschüttelnd. »Ich verspreche dir: Alles, was in dem Film gezeigt wird, hast du schon gesehen.«

»Aber nicht in Großaufnahme!«, schnauze ich ihn an. Dann fallen mir Tanjas Penisbilder ein und ich muss mich gedanklich korrigieren. Außerdem fällt mir mein Diktiergerät wieder ein. Eigentlich wäre das jetzt eine gute Gelegenheit, es einzusetzen.

Mit einem geübten Griff öffne ich unauffällig meine Handtasche und schalte das Gerät auf Aufnahme. »Sie wollen also wirklich, dass ich mit Ihnen in ein Pornokino gehe?«, frage ich laut.

»Der Besitzer ist ein guter Freund von mir.«

Das glaube ich ihm aufs Wort. Es würde mich auch nicht wundern, wenn Collenberg in den meisten Filmen die Hauptrolle spielt.

»Na gut, ich komme mit, wenn Sie unbedingt wollen.« Ich steige aus und achte darauf, dass meine unverschlossene Handtasche immer in Collenbergs Nähe ist. Leider muss mein Körper es dann auch sein.

Am Eingang sagt Collenberg zu dem älteren Mann im Kassenhäuschen: »Hallo, Ralfi, du alter Hurensohn, gibst du uns zwei Karten für *Der schwarze Hengst*?«

Als ich das höre, verziehe ich angewidert das Gesicht. Hoffentlich ist das nachher auch alles auf Band. Hinter uns steht ein rotgesichtiger Fettwanst und sagt keuchend zu Ralfi: »Für mich auch *Der schwarze Hengst.*«

»Tut mir Leid, ausverkauft«, höre ich den Mann an der Kasse noch sagen, da werde ich von Max Collenberg auch schon weiter den Gang entlang und durch eine Tür in ein kleines Kino geschoben. Außer uns ist niemand hier.

»Hat dein Freund nicht behauptet, es wäre ausverkauft?«, frage ich, als wir mitten im leeren Kino Platz nehmen.

»Ja, Ralfi übertreibt manchmal ein bisschen.«

Da geht auch schon das Licht aus und der Film beginnt. Wenn ich daran denke, dass ich mich so aufgestylt habe, nur um bei McDonald's und in einem Pornokino zu landen, könnte ich kotzen. *Der schwarze Hengst.* Was für ein grandioser Abend!

Aber als nach zehn Minuten alle Schauspieler immer noch vollständig bekleidet sind, dämmert mir langsam, dass mit dem Film irgendetwas nicht stimmt. Im weiteren Verlauf wird es noch deutlicher. Er handelt davon, dass ein kleiner Junge nach einem Schiffsunglück zusammen mit einem schwarzen Araberhengst auf einer Insel strandet, wo er sich mit dem

Pferd anfreundet. Die beiden werden gerettet und der Junge gewinnt mit seinem Hengst später ein spektakuläres Rennen. Entweder ist das ein ganz normaler Abenteuerfilm oder der schlechteste Porno aller Zeiten.

Ungefähr in der Mitte des Films legt Collenberg mir einen Arm um die Schulter. Zähneknirschend denke ich an meine Mission und bleibe ruhig. Überraschenderweise hat er es bei dieser Umarmung belassen. Kein Kussversuch, keine Hand, die in meinen Ausschnitt rutscht oder meinen Schenkel entlangkriecht. Alles sehr manierlich, ganz entspannt und irgendwie angenehm. Wahrscheinlich hat der unerwartet schöne Film mich in eine sentimentale Stimmung versetzt, in der ich sogar Collenberg erträglich finde, jedenfalls solange er nichts sagt.

Mir fällt ein, dass ich diesen Film schon als Kind toll fand. Das war in der Phase gewesen, als ich noch keine Angst vor … ich meine, als ich noch keine Pferdeallergie hatte. *Der schwarze Hengst* war sogar eine Zeit lang einer meiner Lieblingsfilme, bevor er dann von *E. T.* abgelöst wurde.

Ich frage mich, woher Collenberg das weiß. Offenbar hat meine Mutter wieder Kindheitsgeschichten über mich zum Besten gegeben. Bestimmt hat sie ihm auch erzählt, wie ich meiner Puppe den Arm abgeschnitten habe und wie ich vom Baum gefallen bin und all die anderen schmutzigen kleinen Geheimnisse.

»Und? Wie hat dir der Film gefallen?«, fragt mich Collenberg auf dem Weg aus dem Kino.

»Ich finde, Pornos mit Pferden gehören verboten.«

Wir kommen am Kassenhäuschen vorbei, wo immer noch Collenbergs Freund sitzt. »Danke, Ralfi, ich schulde dir was!«, ruft Collenberg ihm zu.

»Das kannst du laut sagen!«, ruft der zurück. »Viel Spaß heute Nacht!«

»Danke, den werde ich haben.«

»Wenn Sie glauben, Sie können mich mit einem läppischen

Film, den ich als Kind mal gerne gesehen habe, emotional überrumpeln, täuschen Sie sich«, stelle ich draußen klar.

»Ich will dich nicht emotional entrümpeln«, witzelt er. »Das wäre mir viel zu anstrengend.«

»Na, dann ist ja gut.«

Während Collenberg das Auto startet, kann ich ein Gähnen nicht unterdrücken. Es ist zwar erst halb zehn, aber seitdem ich nachts immer öfter durch diesen verdammten Wald radle und Claus Uhlmann mit dem Auto hinter mir her ist, fühle ich mich zunehmend müde und zerschlagen. So viel zu dem Gerücht, Waldluft und Bewegung seien gesund.

»Bist du müde oder langweile ich dich?«, fragt Collenberg.

Ich lächle ihn zuckersüß an. »Müde bin ich nicht.«

»Gut, dann können wir ja noch etwas unternehmen.«

»Na, da bin ich aber mal gespannt«, sage ich und befürchte insgeheim das Schlimmste.

Nachdem wir unser nächstes Ziel erreicht haben, verkneife ich mir, ihn zu fragen, ob das sein Ernst sei. Kommentarlos gehe ich mit hinein. Während mein Begleiter das nötige Kleingeld besorgt, bleibe ich im Eingangsbereich der Spielhalle stehen und lasse die Atmosphäre auf mich wirken: das bunte Geflacker, das elektronische Gejaule, das Lachen der zumeist jugendlichen Spieler, die sich um die Automaten drängeln. Beinahe hätte ich mein Handy überhört. Es ist Tanja, die wissen will, wie der Abend mit Max so läuft.

»Du, der läuft super.«

»Hat er dich schon geküsst?«

»Nein, er lebt noch«, sage ich.

»Was habt ihr denn so gemacht?«

»Zuerst waren wir bei McDonald's, dann in einem Pornokino und jetzt sind wir in einer Spielhalle.«

»Im Ernst?« Tanja lacht. »Frauenherz, was willst du mehr!«, spottet sie, und ich lege auf, weil Collenberg gerade mit zehn Kilo Münzgeld zurückkommt. Die nächsten zwei Stunden verbringen wir dann auf der Autorennbahn, im

Weltraum, im Dschungel, in einem Spukschloss und auf Dinosaurierjagd. Und obwohl ich mich anfangs dagegen wehre, habe ich am Ende doch eine Menge Spaß.

»Das kannst du mir nicht erzählen, dass du das zum ersten Mal gespielt hast«, schimpft Collenberg später im Auto. »Du hast zu Hause eine Playstation, gib es zu.«

»Meine Playstation ist zurzeit in Wien«, sage ich.

»Du meinst deinen Exfreund Stefan?«

»Stefan ist mein Exexfreund«, stelle ich klar.

Collenberg lacht. »Exzessfreund? So wie Orgienkumpel?«

»Kreisen Ihre Gedanken eigentlich immer um Sex?«

»Nicht immer. Ab und zu habe ich auch Hunger.« Er zwinkert mir zu und fährt dann los. Ich traue mich gar nicht zu fragen, wohin es diesmal geht.

»Soll ich dich nach Hause bringen?«, fragt er, und es klingt wie: Soll ich dich ins Bett bringen? »Wenn dein Exex weg ist, stören wir doch niemanden, richtig?«

»Falsch. Ich habe sehr nervöse Topfpflanzen.«

Inzwischen fehlt mir irgendwie der Mut, länger den Köder zu spielen. War sowieso eine blöde Idee. Köder werden gefressen. Ich habe keine Lust, von Collenberg gefressen zu werden. Meine Mutter wohnt schon ein paar Monate bei ihm. Wenn sie da immer noch Beweise braucht, um zu kapieren, dass er ein Arschloch ist, kann ich ihr auch nicht helfen.

»Dann fahren wir eben zu mir«, sagt Collenberg. »Elvira ist heute Nacht bei meinem Bruder.«

Ich schaue ihn überrascht an. »Bei Crocks? Was macht sie denn da?«

Er zuckt die Achseln. »Das musst du sie schon selbst fragen.«

Er hört sich so an, als sei er nicht gerade erfreut darüber. Kann es sein, dass meine Mutter mit beiden Collenbergs etwas am Laufen hat? Vielleicht wollte Max Collenberg nur mit mir ausgehen, um es meiner Mutter heimzuzahlen. Ich bin so in meine Gedanken vertieft, dass ich erschrocken hochfahre, als Collenberg in seiner Garage parkt. Ich schaue ihn unsicher an. »Ich glaube, ich möche lieber nach Hause.«

»Ich habe etwas für dich, was ich dir zeigen möchte.«

Ich verdrehe die Augen. »Das habe ich schon gesehen – auf einer Weihnachtskarte, die Sie mal meiner Mutter geschickt haben. Wegen so einer Kleinigkeit steige ich nicht extra aus.«

Es dauert ein paar Sekunden, bis er begreift, was ich meine. Dann lacht er und sagt: »Ach so, das Aktfoto. Ja, mit dem hat es angefangen. So habe ich deine Mutter kennen gelernt. Also, eigentlich vor Gericht natürlich. Sie hat mich ja dazu verdonnert, als Aktmodell an der Kunstakademie meine Strafe abzuleisten. Und da habe ich ihr diese Weihnachtskarte geschickt, als Andenken gewissermaßen. Sie hat sich dann mit einem netten Brief bei mir bedankt. Und als wir uns zufällig mal wieder über den Weg gelaufen sind, habe ich sie auf einen Kaffee eingeladen. Wir haben uns lange unterhalten und dabei gemeinsame Interessen entdeckt.«

»Der Beginn einer wunderbaren Freundschaft«, spotte ich.

»Ganz genau.« Er steigt aus und schaut mich auffordernd an. »Also, komm schon, Pia. Ich will dir etwas zurückgeben, das dir gehört.«

»Meine hundert Euro!«, rufe ich erfreut.

»Nein, die nicht.«

»Meine Mutter?«

»Deine Mutter gehört dir nicht. Und mir auch nicht. Komm, lass dich überraschen.«

Obwohl ich von seinen Überraschungen allmählich genug habe, begleite ich ihn in seine Wohnung. Ich bin nicht neugierig, aber ich will auch nicht die ganze Nacht wach liegen und darüber grübeln, was er mir wohl geben wollte.

Seine Wohnung ist groß, luftig, mit viel Platz zum Atmen und um Krimskrams hineinzustellen. Parkett, runde Türbögen, hohe Fenster, Pastellfarben, schöne Möbel, viele Bilder an den Wänden und eine große Bücherwand.

»Nicht übel«, muss ich zugeben. »Hätte ich Ihnen gar nicht

zugetraut.« Dann fällt mir ein, dass er das alles mit dem Geld meiner Mutter und anderer liebesblinder Opfer finanziert hat. »Hat 'ne Stange gekostet, wie?«, rutscht es mir unwillkürlich heraus.

Ich lasse mich im Wohnzimmer in einen Ledersessel sinken und beobachte von dort, wie Collenberg mit zwei Kognakschwenkern bewaffnet auf mich zukommt.

»Trinken wir auf die Freundschaft«, sagt er.

Ich stoße mit ihm an. »Trinken wir lieber auf uns beide.«

Er schaut mich eindringlich an, belästigt mich mit dem strahlenden Blau seiner Augen. Gibt es da keine Grenzwerte, die ihn verpflichten würden, eine Sonnenbrille zu tragen? Irgendeine EU-Richtlinie, um Frauen wie mich vor Männern wie ihm zu schützen?

»Sie wollten mir doch etwas zeigen«, erinnere ich ihn schnell, als sein Gesicht plötzlich viel zu nah an meines heranschwebt.

»Ach ja, richtig.« Er tritt an die Bücherwand und kommt mit einem roten Bändchen zurück. Er setzt sich auf die Couch und blättert suchend darin herum. Will er mir jetzt ein Gedicht vorlesen?

»Du hast mir noch gar nicht gesagt, wie dir der Abend bis jetzt gefallen hat«, sagt er beiläufig.

»Ich bin eben höflich«, sage ich.

»Dann war es kein *super* Abend für dich?«

Als ich das höre, muss ich lachen. »Ja, *total super*«, gluckse ich, »Wenn Sie mich jetzt noch bitte schön schwängern würden, dann wäre der Abend perfekt.«

Er unterbricht meinen Heiterkeitsausbruch mit einer Handbewegung. »Dann hör mal zu!« Er räuspert sich und liest mit Kleinmädchenstimme vor: »*Liebes Wunschbuch, am Samstag will ich am allerliebsten zuerst zu McDonald's und dann ins Kino, am liebsten in den Film* Der schwarze Hengst, *weil – das ist ein toller Film mit einem Pferd und einem süßen Jungen, und dann in die Spielhalle mit so viel Geld, dass ich so lange spielen kann, wie ich will. Das fände ich wirklich super.*« Er grinst mich triumphierend an. »Rate mal, wer das geschrieben hat.«

Mein Wunschbuch! Herrje, der Kerl hat mein Wunschbuch geklaut!

Mit sieben habe ich das Buch geschenkt bekommen. Eigentlich war es als Tagebuch gedacht, aber ich habe darin meine geheimsten Wünsche und Träume notiert. Jedes Mal wenn ich etwas dringend wollte, habe ich es aufgeschrieben. Damals war ich vielleicht noch ein bisschen abergläubisch und naiv. Erst mit achtzehn habe ich damit aufgehört, wegen Erwachsensein und so. Außerdem war das Buch voll.

»Wie kommen Sie an das Buch?« Ich stürme auf ihn zu und reiße es ihm aus der Hand. »Geben Sie her! Das haben Sie aus meinem Zimmer geklaut. Sie schrecken ja wohl vor nichts zurück, wie?«

»Ich bin zufällig darüber gestolpert«, erklärt er schulterzuckend.

»Das Buch hatte ich unter meiner Matratze versteckt.«

»Ja, genau da bin ich auch darüber gestolpert.«

»Das ist privat, das sind meine privaten ... Sie sind wirklich das Letzte!«

»Ich wusste ja nicht, dass es dein geheimes Wunschbuch ist«, entschuldigt er sich. »Ich dachte, es wäre dein Tagebuch.«

»Ich hasse Sie!«

»Ich habe es kaum gelesen. Als es mit den Jungs angefangen hat, diese ganzen eingeklebten Fotos und so, das habe ich schon gar nicht mehr gesehen. Auch die genauen Anweisungen für deine Hochzeit mit Robbie Williams habe ich direkt überblättert. Die waren ja auch auf Englisch. Hast du geglaubt, die Wunschfee, die für Robbie Williams zuständig ist, versteht kein Deutsch? Das finde ich süß, wirklich.«

Mein Gesicht ist auf einmal so heiß, dass die Luft knistert. »Sie sind so ein blödes Arschloch!«

Wütend stürme ich aus der Wohnung. Aber vor lauter Aufregung erwische ich die falsche Tür, und statt im Treppenhaus stehe ich auf einmal in einem Raum, den mir Collenberg vorhin bei seiner Führung durch die Wohnung nicht gezeigt hat. Dort erwartet mich der nächste Schock.

»Nicht da rein!«, höre ich Collenberg noch rufen. »Komm da sofort raus!«

Ich reagiere nicht. Mit offenem Mund starre ich auf meinen Vater, der vor mir auf dem Boden liegt.

Während ich zur leibhaftigen Salzsäule erstarre, höre ich, wie Max Collenberg hinter mich tritt.

»Verdammt, ich hätte abschließen sollen!«, flucht er. Dann schaltet er das Licht ein, das den großen Raum taghell erleuchtet. »Na ja, jetzt ist es sowieso zu spät. Ich kann nichts dafür, Pia. Deine Mutter wollte es so.«

Ich deute auf den Boden. »Waren ... waren Sie das?«

Collenberg hebt abwehrend die Hände. »Nein, war ich nicht. Ob du es glaubst oder nicht, aber das war deine Mutter. O Gott, sie bringt mich um, wenn sie erfährt, dass ich es dir verraten habe.«

Ich schaue mir das Gesicht meines Vaters genauer an. Er sieht aus, als schlafe er, obwohl seine Augen offen sind.

»So was könnte meine Mutter niemals«, sage ich.

»Du darfst sie nicht unterschätzen. Deine Mutter hat Seiten, die du nicht kennst.«

»Nein, Sie nehmen mich auf den Arm. Ich weiß, wie meine Mutter malt. Sie hat mich mal als Kind porträtiert – ein ziemlich kitschiges Machwerk. Aber das hier, das ist wirklich gut. Ich kenne mich ja nicht aus mit Kunst. Aber ich habe meinen Vater gleich erkannt. Und nicht nur wegen der äußerlichen Ähnlichkeit. Das geht tiefer. Dieses Bild lebt. Das hat ein echter Künstler gemalt.«

»Deine Mutter *ist* eine echte Künstlerin«, behauptet Collenberg ernsthaft. »Sie hat jede Menge Talent und Willenskraft. Ihr fehlte nur die Technik und der Impuls, es noch einmal mit der Malerei zu versuchen. Beides hat sie von mir bekommen.«

Ich schüttele benommen den Kopf. »Ja, aber ... aber dann ... Meine Mutter soll wirklich das hier gemalt haben?«

»Es ist noch nicht ganz fertig.« Collenberg hebt das Bild vom Boden auf und stellt es auf eine Staffelei. Der ganze Raum ist als Atelier eingerichtet. Die große Fensterfront lässt tagsüber wahrscheinlich säckeweise Licht herein. Es gibt Staffeleien und Tische mit Farben, Pinseln, Farbpaletten und anderen Utensilien. Es riecht nach Lack und Terpentin. An den Wänden stehen oder hängen etliche Bilder in unterschiedlichen Größen. Die meisten davon zeigen verzerrte menschliche Gestalten in kalten Farben, die mit wilden Pinselstrichen auf die Leinwand geworfen wurden.

»Hast du gewusst, dass deine Mutter ein Jahr auf der Kunsthochschule war, bevor sie auf Druck ihrer Eltern zu Jura wechselte?«

Ich verneine. Davon hat meine Mutter nie etwas erzählt. »Aber wenn ihr die Malerei so wichtig war, warum hat sie dann nicht wenigstens hobbymäßig weitergemacht? Wieso hat sie ihr Talent so verkümmern lassen?«

»Sie dachte sich wohl: Ganz oder gar nicht. Aber ihr Talent ist nicht verkümmert«, belehrt mich Collenberg. »Zum Glück nicht. Ich arbeite seit Sommer letzten Jahres mit ihr und sie hat sich unglaublich entwickelt.«

»Heißt das, meine Mutter und Sie ... dass das mit Ihnen und meiner Mutter nur ein Arbeitsverhältnis ist?«

»Nein, es ist mehr als das, es ist eine Freundschaft. Aber wir schlafen nicht miteinander, wenn du das meinst. Bist du jetzt enttäuscht?«

Ich weiß nicht, was ich bin. Erleichtert, überrascht, wütend, beschämt, alles auf einmal. Wieso hat meine Mutter den Eindruck erweckt, sie hätte etwas mit Max Collenberg? Wieso hat sie dieses Missverständnis nicht einfach aufgeklärt? Gut, dass sie meinen Vater ein bisschen schwitzen lassen wollte, kann ich verstehen. Aber mich hätte sie doch wenigstens einweihen können. Ich hätte meinem Vater schon nichts verraten. Jedenfalls nicht sofort.

Plötzlich fällt mir etwas ein. »Und wie war das, als ich euch damals zusammen ertappt habe, Sie nur im Bademantel und meine Mutter unter der Dusche? Das war doch eindeutig.«

»Ja, aber nur in deiner Vorstellung«, sagt Collenberg lächelnd. »Wir hatten an dem Tag mit einer neuen Maltechnik experimentiert. Jackson Pollock, vielleicht hast du den Namen schon mal gehört. Ein berühmter amerikanischer Maler, der den abstrakten Expressionismus begründet hat. Man hat ihn auch *Jack, the dripper* genannt. Da kannst du dir ungefähr eine Vorstellung von seiner Technik machen. Man kriegt dabei fast genauso viel Farbe ab wie die eigentliche Leinwand. Deshalb haben wir hinterher natürlich geduscht – und zwar nacheinander.«

Ich bin immer noch ganz verwirrt. »Und was ist mit dem Geld, das meine Mutter Ihnen regelmäßig überweist?«

»Ach, das weißt du? Und das macht mich in deinen Augen gleich zum Callboy, wie? Zu einem, der sich seine Liebesdienste bezahlen lässt.« Er schüttelt lachend den Kopf. »Elvira hat darauf bestanden, mir meine Kosten zu ersetzen, wenigstens das Material und ein Anteil an der Miete. Ich wollte das nicht, aber du kennst ja deine Mutter.«

Ich zucke mit den Schultern. »Da bin ich mir nicht mehr so sicher. Ich wusste überhaupt nicht, dass Sie Maler sind. Ich dachte, nur Ihr Bruder sei Künstler.«

»Nein, ich habe Malerei studiert. Okay, früher, als ich noch Pin-ups gemalt habe, konnte man nicht gerade von großer Kunst sprechen. Aber seitdem meine Exfreundin, dieses verlogene, rachsüchtige Biest, mich vor Gericht als üblen Sexisten hingestellt hat, bin ich seriös geworden und ein ernsthafter Maler. Außer dem Porträt von deinem Vater sind alle Bilder hier von mir.«

»Ach? Und wo sind die Bilder meiner Mutter?«

Er zögert ein paar Sekunden, ehe er antwortet: »Eigentlich sollte es ja eine Überraschung werden. Aber jetzt, wo du ohnehin fast alles weißt, kann ich dir das auch noch verraten. In einer Woche hat deine Mutter ihre erste Ausstellung. Hier in der Galerie am Ende der Straße, wo du und dein Vater das Mona-Mano-Bild für Elvira gekauft habt. Die Galeristin kennst du übrigens. Du bist ihr mal vor meiner Wohnung begegnet. Die ältere Dame mit dem Jaguar. Doris. Ein ganz lieber Mensch. Das Haus hier gehört ihr. Sie, Crocks und Elvira bereiten gerade alles für die Vernissage vor.«

»Und da sind Sie nicht dabei?«

»Das können die anderen besser. Crocks hat ein Auge für Räume und weiß, wie man Blickpunkte setzt. Bei ihm und Doris mit ihrer ganzen Erfahrung ist deine Mutter in den besten Händen.«

Während er redet, schaue ich mir seine Bilder an. Sie sind düster, voll dunkler Energie. Die unförmigen Gestalten scheinen sich aus dem Bild hinauszwängen zu wollen, wie Zombies, die aus ihren Gräbern steigen.

Plötzlich spüre ich seine Hand auf meiner Schulter. »Gefallen sie dir?«

»Die sind niedlich«, sage ich.

»Du bist auch niedlich.« Zärtlich streicht er mir eine Haarsträhne aus dem Gesicht. Ich spüre seinen Atem auf meinem Hals und kann schon fast seine Lippen fühlen.

»Nicht«, sage ich leise. »Ich will das nicht.«

Er schaut mich enttäuscht an und rückt langsam von mir ab.

»Warte!«, rufe ich. »Wer wird denn gleich aufgeben?«

»Du meinst, ich soll es noch einmal probieren?«

»Ich weiß gerade nicht so richtig, was ich meine«, sage ich mit einem hilflosen Lächeln.

In dem Moment klingelt es in meiner Handtasche. Gott sei Dank, verdammt noch mal! Ohne Max Collenberg aus den

Augen zu lassen, krame ich mein Handy heraus. Ich höre etwas auf den Boden poltern und sehe, dass mir das Diktiergerät aus der Tasche gefallen ist. Bevor ich es aufheben kann, angelt sich Max das Ding. Fragend schaut er mich an. Ich mache eine bedauernde Handbewegung: *Keine Zeit für Erklärungen, muss telefonieren.*

Es ist Tanja. Sie hat sich Sorgen gemacht, weil ich zuletzt so abrupt aufgelegt habe. Sie will wissen, ob alles in Ordnung ist.

»Ich bin gerade bei ihm zu Hause und gucke mir Bilder an«, sage ich und zwinkere Collenberg zu. »Nein, Reinfall würde ich nicht sagen. Ja, er hat schon versucht, mich zu küssen ... nichts weiter bis jetzt ... das Diktiergerät? Äh, nein, das kann ich vergessen ... Warum? Weil er das Ding gerade in der Hand hält. Darum. Du, ich muss mich jetzt auf meinen Rausschmiss konzentrieren. Tschüs, Tanja.« Ich stecke mein Handy zurück in die Tasche. »Das war Tanja«, erkläre ich mit einem verlegenen Lächeln. »Schöne Grüße.«

Er zeigt kopfschüttelnd auf das Diktiergerät. »Deshalb bist du also mit mir ausgegangen. Du wolltest, dass ich dich verführe, damit du es heimlich aufnehmen kannst. Dir ging es nur um einen Beweis, mit dem du deine Mutter von meiner moralischen Verkommenheit überzeugen kannst.« Er lacht und kommt einen Schritt näher. »Ich glaube, was die Sache mit deinem Wunschbuch angeht, sind wir jetzt quitt. Wir können also ganz von vorne anfangen.«

»Bei Adam und Eva?«

»Ja, bei Adam und Eva«, sagt er und zieht mich zu sich heran. Sein Kuss schmeckt irgendwie nach Apfel, und ich fürchte, Adam und Eva werden auch diesmal der Sünde nicht widerstehen können.

Liebevoll zupfe ich an der dichten Brustbehaarung von Max. Ich liege erschöpft in seinen Armen und fühle mich, als hätte die Vertreibung aus dem Paradies nie stattgefunden.

»Das war schön«, sage ich. »Wenn es mit der Malerei nicht mehr klappt, kannst du wirklich als Callboy arbeiten.«

»Ich fand es auch schön«, meint Max lächelnd. »Und wenn es mal mit der Astrologie nicht mehr klappt ...«

Er spricht den Satz nicht zu Ende. Ist auch besser so.

»Weißt du, manchmal habe ich dich richtig gehasst«, verrate ich ihm.

Er küsst meine Schulter und sagt: »Ich dich nicht. Seit du mir meinen Keks aus der Hand gerissen hast, bin ich ein Fan von dir, Krümelmonster.«

»Erinnere mich bloß nicht daran. Du hast damals im Ku 'Kaff bestimmt geglaubt, dass ich total irre bin, oder?«

»Nein, ich habe geglaubt, dass du richtig süß bist«, widerspricht Max. »Total irre, aber süß. Ich bin dir damals sogar noch nachgelaufen. Aber bis ich für mich und dich gezahlt hatte, warst du schon nicht mehr zu finden, obwohl ich die ganze Umgebung abgesucht habe. Sogar deine Mutter, mit der ich eigentlich verabredet war, habe ich deswegen versetzt, und du weißt, dass sie so etwas überhaupt nicht mag. Aber weil ich dich so süß fand, war mir das egal.«

»Süß? Was meinst du mit süß? Meinst du süß wie ein Schimpanse im Matrosenanzug oder süß wie ein Marzipanschweinchen, oder wie?«

»Ich weiß nicht, süß eben. Aber mit *irre* meine ich ...« Er beugt sich zu mir, verzieht sein Gesicht zu einer blöden Grimasse und fängt an, mich mit schriller Stimme nachzuäffen: *»Nichts da, Freundchen, die Kekse gehören alle mir.«*

»Sei still!«

»Lecker Kekse, alles meine!«

»Du sollst still sein!«, schimpfe ich und halte ihm den Mund zu.

»Mmmmpf«, protestiert er und versucht seinen Kopf wegzudrehen. Aber wenn ich jemanden zum Schweigen bringen will, dann erledige ich das gründlich. Mafia ist nichts dagegen.

»Wenn du mir versprichst, mit dem Blödsinn aufzuhören, lasse ich los. Versprichst du es?«

»Mmmmpf«, verspricht Max hoch und heilig.

Doch kaum habe ich meine Hand von seinem Mund genommen, keucht er: »Kekse! Meins, alles meins! Meine Kekse! Mein ... *Schatz!*«

Er zischelt die letzten Worte so überzeugend, dass er sofort als Krankheitsvertretung für diese erbärmliche Kreatur aus *Der Herr der Ringe* anheuern könnte, dieser halb nackte, blaugraue Gnom, der mir im Film so Leid tat, obwohl er eigentlich ein fieser, mieser Lappen ist. Ich falle eben immer wieder auf die gleichen Typen rein. Wenn ich im *Herr der Ringe* mitspielen würde, wäre ich vermutlich die Geliebte von diesem Gollum. Oder Schlimmeres. Die Pediküre von Frodo womöglich.

»Ich bin nicht dein Schatz«, stelle ich klar.

»Mein Schatz!«, zischt es als Antwort.

»Bin ich nicht.«

»*Schatz!*«

Ich schüttele den Kopf. »Oh, nein, ich bin nicht dein ...«

Diesmal verschließt er *mir* den Mund. Und das äußerst wirkungsvoll, das muss ich schon zugeben. Max küsst mich so leidenschaftlich, dass mir das Herz in den Ohren pocht, als würde ein Höhlentroll gegen das Trommelfell wummern.

»Max, bist du noch wach?«, höre ich da plötzlich meine Mutter fragen. Dann war es also gar nicht mein Herz, sondern meine Mutter, die an die Schlafzimmertür von Max klopft. Offenbar hat sie doch nicht bei Crocks übernachten wollen.

Mein Gollum löst sich von mir und antwortet: »Ich lese noch. Seid ihr schon fertig?«

»Ziemlich«, höre ich die gedämpfte Stimme meiner Mutter durch die geschlossene Tür hindurch. »Ich bin todmüde. Du brauchst morgen nicht mit dem Frühstück auf mich warten.

Ich glaube, ich schlafe vierundzwanzig Stunden durch. Hast du Pia überreden können, mit dir essen zu gehen?«

Ich lege den Zeigefinger auf meine Lippen und schüttele den Kopf. Sie braucht nicht unbedingt zu wissen, dass ich gerade die Bettlektüre von Max bin.

»Äh, nein, sie hat mich abblitzen lassen.«

»Das war mir ohnehin klar«, sagt meine Mutter. »Pia ist nicht so leicht rumzukriegen. Meine Erziehung.«

Max streichelt meinen Busen und ruft: »Ja, Pia ist eine harte Nuss!«

Auch ich streichle ihn, und das Kompliment kann ich ihm doppelt zurückgeben.

Während Max meine Brustwarzen liebkost, höre ich meine Mutter sagen: »Ich habe dich ja vorgewarnt. Jetzt, wo sie wieder mit Stefan zusammen ist, hast du wenig Chancen. Tut mir Leid, Max. Wenn du mir eher etwas über deine Gefühle für Pia verraten hättest, hätte ich sie schon viel früher in alles eingeweiht, wie ich es ja ursprünglich auch vorhatte. Dann wärt ihr jetzt womöglich zusammen. Na ja, vielleicht ist es besser so. Pia ist nämlich nicht unkompliziert. Gute Nacht, Max«

»Gute Nacht, Elvira.«

»Gute Nacht, Mama.«

Das habe ich natürlich nur geflüstert. Warum soll ich meiner Mutter ihre Illusionen bezüglich ihrer Qualitäten als Erzieherin nehmen? Ich bin ja auch froh, wenn man mir meine Illusionen lässt.

Als ich die Badezimmertür höre und wenig später das Rauschen von Wasser, lege ich mich kichernd auf Max und knabbere an seinem Ohrläppchen. Der Gedanke, dass meine Mutter hinter der Tür steht, während ich mit Max gerade kleine, schmutzige Dinge mache, erregt mich irgendwie. Psychologisch gesehen bin ich bestimmt total krank. Aber sexuell gesehen geht es mir total gut.

»Was sind denn das für Gefühle, die du für mich hast?«, frage ich Max.

»Schwer zu sagen«, antwortet er und streicht mir zärtlich durchs Haar. »Wenn ich nach der Enttäuschung mit meiner letzten Freundin …«

»Die, die dich vor Gericht gebracht hat?«

»Ja, genau. Sandra hieß das Luder. Wenn du Schluss mit mir machst, wird dir das noch Leid tun, hat sie mich gewarnt. Erpressen und lügen, das konnte sie gut. Na ja, und noch ein, zwei andere Sachen. Jedenfalls habe ich mir damals geschworen, dass ich in Liebesdingen in Zukunft extrem vorsichtig bin. Aber sagen wir mal so: Du bist mir nicht ganz und gar zuwider, Pia.«

Beleidigt rücke ich von ihm ab. »Ich wünschte, ich könnte das auch behaupten.«

Er lacht. »Wenn du mich so schrecklich findest, dann frage ich mich, warum du eigentlich mit mir geschlafen hast. Deine Mutter brauchst du ja nun nicht mehr von mir loszueisen. Du bist meinem unwiderstehlichen Charme verfallen, gib's ruhig zu.«

Ich weiß nicht, was mich mehr ärgert: sein unverschämtes Grinsen oder die Tatsache, dass er Recht hat.

»Von wegen. Ich bin wegen deines Sternzeichens mit dir ins Bett gegangen. Um meine Wette zu gewinnen, fehlte mir noch ein Schütze. Ich hatte die Wahl, mit dir zu schlafen oder mir einen Frosch auf den Hintern tätowieren zu lassen. Ich habe lange überlegt, was das kleinere Übel ist. Und dann habe ich eine Münze geworfen.«

Max küsst meinen Bauchnabel. »Du hast eine Münze geworfen. Dann hatte ich also einfach nur Glück?«

»Ganz genau«, sage ich und tauche unter die Decke, um ihm zu zeigen, was für ein unverschämtes Glückskind er ist.

Als Stefan und ich in der Galerie ankommen, ist die Vernissage schon in vollem Gange. Schöne Menschen in schöner Kleidung tragen palavernd ihre Sektgläser durch die Gänge und begutachten dabei mit Kennermiene die Bilder. Die Presse ist auch schon da, Blitzlicht umflackert meine Mutter und Doris an ihrer Seite, die stolz einen Arm um sie gelegt hat. Max habe ich noch nicht gesehen, aber natürlich wird er auch irgendwo herumtigern.

Seit unserer Liebesnacht vor einer Woche hat er mir drei Mal auf den Anrufbeantworter gesprochen. Ich habe nicht zurückgerufen. Seitdem ich ihn nicht mehr hasse, würde ich ihm am liebsten ganz aus dem Weg gehen. Keine Ahnung warum. Manchmal bin ich mir selbst ein Rätsel.

Wir nehmen uns jeder ein Glas Sekt von einem Tablett, das eine junge Helferin spazieren trägt, und schauen uns die Bilder an der Wand uns gegenüber an: Landschaftsaquarelle, die wahrscheinlich in der Toskana entstanden sind, und zwei Bilder, deren Motive nicht statisch auf die Leinwand gebannt wurden, sondern dort regelrecht zu agieren scheinen. Da ist ein Mädchen, das sich vom Betrachter abwendet, ein Nebel aus verwischter Form und Farbe. Fasziniert bin ich auch von einem Gesicht, das von links nach rechts zu altern scheint, vom jungen Mann zum runzligen Greis. An der nächsten Wand hängen lauter Porträts: von Max, von meinem Vater, ein Selbstporträt meiner Mutter und leider auch eines von mir.

Als mir plötzlich jemand auf die Schulter tippt, zucke ich erschrocken zusammen. Hoffentlich ist es nicht Max. Ich habe die Befürchtung, dass ich auf seinen Anblick irgendwie seltsam reagieren könnte. Vielleicht verändert mein Körper ja die Farbe oder den Aggregatzustand.

Zum Glück ist es nur Tanja. Sie ist ganz auf Schwarz-Weiß getrimmt: weiße Bluse, schwarzer Blazer, Hose in Leopardenmuster, weißes Haar, schwarzes Barett. Sogar ihre Finger- und Fußnägel sind entsprechend lackiert: ein Nagel weiß, der nächste schwarz, der nächste wieder weiß und so weiter. Als sie den Mund aufmacht, befürchte ich schon das Schlimmste. Aber ihre Zähne hat sie Gott sei Dank nicht in eine Klaviertastatur verwandelt.

»Hallo, Pi, die Bilder deiner Mutter sind der reine Wahnsinn!«, schwärmt sie begeistert. »Findet Jago auch.«

Neben ihr taucht ein Mann mit Pferdeschwanz und Dreitagebart auf. Er trägt T-Shirt und Ledersakko. Auf dem Shirt steht ganz groß sein eigener Name: JAGO ASKANI. Könnte ja sein, dass Steven Spielberg dadurch auf ihn aufmerksam wird. Tanja hat mich vorgewarnt, dass sie mit Jago kommen würde, da sie Crocks ein wenig eifersüchtig machen wolle.

»Hallo, Pia«, sagt Jago lächelnd. In seinen Augen schimmert die Erinnerung an unsere gemeinsame Nacht. Er begrüßt mich mit Küsschen links und rechts, und ich muss dummerweise an all die anderen Stellen meines Körpers denken, die er schon geküsst hat, und spüre, wie ich erröte. Stefan schaut mich fragend an und ich mache die beiden miteinander bekannt.

»Sie tragen Ihren eigenen Namen auf dem T-Shirt spazieren?«, wundert sich Stefan.

»Als Schauspieler muss man jede Gelegenheit nutzen, sich bekannt zu machen, auch außerhalb des Theaters.«

»Verstehe. Deshalb sind Sie wohl auch in Swingerclubs aktiv, wie? »

»Ach, stimmt ja, Sie waren damals in diesem Restaurant«, sagt Jago nach kurzem Stutzen. »Sie kamen mir gleich so bekannt vor.«

»Ich habe Sie sofort wiedererkannt«, sagt Stefan verächtlich. »Haben Sie Tanja auch in Ihrem Club kennen gelernt?«

»Du glaubst doch nicht, dass ich in einen Swingerclub gehe!«, ruft Tanja empört.

»Jedenfalls eher als in ein Theater«, spottet Stefan.

Zum Glück hält Tanja kein Sektglas in der Hand. »Es gibt keinen Swingerclub«, mische ich mich ein. »Das war nur eine Lüge, mit der ich damals diese Ariane schockieren wollte. Jago hat mir dabei geholfen.«

Stefan zeigt erst auf mich, dann auf Jago. »Dann habt ihr beide also nicht miteinander …?«

Wir schauen uns stumm an. Das Bild, wie wir beide in seinem hydraulischen Hochbett in zwei Metern Höhe liegen und uns die Zeit bis zum Morgen vertreiben, schiebt sich vor meine Pupillen. Ist das wirklich erst ein halbes Jahr her? Unglaublich!

Bevor ich Stefan antworten kann, ruft die Galeristin, auf der Treppe zur zweiten Etage stehend, in die Menge: »Darf ich kurz um Ihre geschätzte Aufmerksamkeit bitten!« Als allmählich Ruhe einkehrt und alle Blicke auf ihr ruhen, fährt sie fort: »Ich habe heute die Ehre und das Vergnügen, Ihnen eine außergewöhnliche Künstlerin vorstellen zu dürfen. Beinahe wäre sie der Kunstwelt verloren gegangen. Statt zu malen, hat sie als Richterin Leute ins Gefängnis geschickt. Ein paar unter Ihnen werden Sie also schon kennen.«

Während die Leute lachen, winkt Doris meine Mutter zu sich. »Liebe Kunstfreunde, darf ich vorstellen: Elvira Herzog.« Die lieben Kunstfreunde applaudieren, und ich bin so stolz auf meine Mutter, dass ich platzen könnte. Hey, ich bin jetzt die Tochter einer berühmten Malerin! Ab heute bin ich eine V. I. P., eine *very impertinent person*. Vor lauter Stolz und Wichtigkeit kann ich mich nur schwer auf die Ansprache konzentrieren. Auch die Dankesworte, die meine Mutter danach an alle richtet, bekomme ich kaum mit. Ich bin so gerührt, dass mir Tränen in den Augen stehen.

Zum Schluss fordert Doris die Anwesenden auf, sich am besten noch heute Bilder von Elvira Herzog zu kaufen, weil sie sich die morgen vielleicht schon nicht mehr leisten können. Am liebsten würde ich zu meiner Mutter laufen und sie umarmen, aber ich muss warten, weil sie sofort von den Presseleuten umringt ist und Interviews gibt. Sogar einen Kameramann eines Regionalsenders sehe ich.

Ich frage mich, ob meine Mutter wohl tatsächlich als Künstlerin den Durchbruch schaffen wird. Und dann frage ich mich, ob mein Vater damit umgehen kann, wenn seine Frau auf einmal im Blickpunkt der Öffentlichkeit steht. Falls die beiden wieder zusammenkommen, könnte sie das erneut auseinander treiben. Das Leben ist wirklich schwierig.

Wie aufs Stichwort betreten plötzlich zwei Männer, die ein großes Bild tragen, die Galerie – mein Vater und der Geschäftsführer, der für Doris arbeitet und der mir und meinem Vater das Bild *Die Erhabenheit des Mannes* von Mona Mano verkauft hat, das er gerade hereintragen hilft.

Ich laufe zu ihnen und begrüße meinen Vater. »Hallo, Papa, das Bild hast du ja wieder schön hinbekommen.«

»Das hat mich auch etliche Stunden gekostet.« Mein Vater wirft einen flüchtigen Blick über die Leute, die sich in den Gängen der Galerie tummeln. »Hier ist ja einiges los. Was tust du eigentlich hier, Pia? Hat Herr Henning dich auch benachrichtigt?«

Der Kunsthändler Henning zwinkert mir unauffällig zu. »Ja, das habe ich.« Er wendet sich an mich. »Ihr Vater war so freundlich, das Bild für diese Ausstellung zur Verfügung zu stellen.«

»Wenn ich gewusst hätte, dass ich dann auch noch helfen muss, es hierher zu transportieren, hätte ich nicht so bereitwillig zugestimmt«, beschwert sich mein Vater.

Ich begreife. Das war also der Trick, mit dem mein Vater heute Abend hergelockt worden ist. Der Arme hat immer noch keine Ahnung, dass die ausstellende Künstlerin in Wahrheit Mama ist.

»Am besten, wir lassen das Bild erst einmal hier am Eingang stehen«, sagt Herr Henning. »Mona Mano soll selbst entscheiden, wo es hin soll. Sie wird sich bestimmt auch noch bei Ihnen persönlich bedanken wollen. Ich gehe sie jetzt holen. Einstweilen können Sie sich ja die Bilder ansehen. Aber bitte stürzen Sie in keines hinein, ja?«

»So ein blöder Affe!«, knurrt mein Vater, nachdem der Mann davonstolziert ist.

Mit einem raschen Blick checke ich, wo die anderen sich befinden. Stefan streitet sich mit Tanja, Jago gibt gerade einer

Blondine ein Autogramm auf eine Kunstzeitschrift und meine Mutter wird immer noch von den Medienleuten belagert. Crocks hat sich zu ihr gesellt. Dann wird Max bestimmt auch in ihrer Nähe sein. Bevor mein Vater sie entdeckt, führe ich ihn an die Wand mit den Porträts. Ich bin mal gespannt, ob ihm etwas auffällt.

Mit mäßigem Interesse schlendert er an der Wand entlang, lässt seinen Blick kurz auf seinem Porträt ruhen und läuft weiter.

»Und? Gefallen dir die Bilder?«, frage ich. Aus den Augenwinkeln sehe ich, dass meine Mutter auf uns zusteuert.

»Na ja, mein Geschmack ist es nicht«, sagt mein Vater. »Mir gefallen eher ... Moment mal!« Er stockt und geht einen Schritt zurück. Vor seinem Bild bleibt er verdutzt stehen. »Pia, schau dir das mal an! Der sieht mir doch ein bisschen ähnlich, findest du nicht?«

Er stellt sich so hin, dass er und sein Porträt in dieselbe Richtung blicken. Zwillingsbrüder.

»Meinst du?«, sage ich zweifelnd. »Kann ich nicht finden.«

»Jetzt guck doch mal genau!«, regt sich mein Vater auf. »Die Augen und die Nase und überhaupt. Der Mann auf dem Bild ist ein paar Jahre älter, okay, aber sonst ... Verblüffend, oder?«

Ich unterdrücke ein Grinsen. »Also, ich kann keine Ähnlichkeit feststellen.«

»Sag mal, bist du blind? Jetzt guck doch mal richtig hin!«

Ich zucke mit den Schultern. »Du spinnst, da ist null Ähnlichkeit.«

Mein Vater seufzt und schaut dann erst mich und anschließend das Bild kopfschüttelnd an, bevor er sich von seinem Leinwand-Double losreißt und zum nächsten Bild tritt, ein Porträt von mir. Eine Sekunde später klappt ihm die Kinnlade herunter und die Augen drohen aus ihren Höhlen zu kullern. »Herrje, Pia, guck mal hier! Das gibt's doch nicht! Das bist du auf dem Bild! Jetzt aber wirklich.«

Ich zeige ihm einen Vogel. »Sag mal, Papa, bist du betrunken? Das bin doch nie im Leben ich.«

Mein Vater reibt sich nachdenklich den Nacken. »Ich weiß ja auch, dass das Quatsch ist. Wieso soll Mona Mano mich oder dich gemalt haben? Aber das hier könntest echt du … O Mann, da hinten ist ein Bild von Elvira! Ach, du Scheiße, hier hängt ja unsere ganze, verflixte Familie!«

»Wenigstens als Bilder sind wir glücklich vereint«, sagt meine Mutter, die von hinten zwischen uns getreten ist und ihre Hände auf unsere Schultern legt. »Gefallen sie euch? Ich hatte beim Malen ja leider nur Fotos als Vorlage.«

Mein Vater schaut sie überrascht an. »Du? Die Bilder hast du gemalt?«

»Schau dir die Signatur an, wenn du mir nicht glaubst.«

»Aber … aber warum hast du mir nicht … Ich meine, seit wann malst du denn wieder? Und seit wann bist du so gut?«

Meine Mutter lächelt ihn an. »Tja, ich bin fleißig gewesen in letzter Zeit. Ich weiß, du hast angenommen, ich würde ganz anderen Aktivitäten nachgehen. Und das geschieht dir ganz recht. Jetzt weißt du, wie mir die ganze Zeit während deiner Affäre mit dieser Person zumute war. Und damit ist das Thema Ariane für mich endgültig abgeschlossen. Ich werde mich auf meine Malerei konzentrieren. Das bedeutet, dass ich wenig Zeit für dich haben werde, Joachim. Und ich erwarte, dass wir die Zeit, die wir dann noch für uns haben, nicht mit albernen Streitereien vergeuden. Außerdem brauche ich ein Atelier. Ich dachte mir, du könntest den Wintergarten entsprechend umbauen. Was hältst du davon?«

Mein Vater schaut ganz verwirrt drein. »Klingt gut«, meint er und fängt dann an, erleichtert zu lachen. »Ich bin ja so ein Dummkopf!«, gluckst er. »Da habe ich die ganze Zeit geglaubt … Und dann so was! Meine Frau ist Mona Mano.«

»Nein, bin ich nicht«, widerspricht meine Mutter. »Bei Mona Mano habe ich nur gewohnt und gelernt.«

»Ich denke, du wohnst bei Max«, sage ich.
»Max ist Mona Mano. Hat er dir das nicht gesagt?«
»Geredet haben wir eigentlich weniger, als wir zuletzt zusammen waren.«
In dem Moment kommen plötzlich zwei Polizisten hereingestürmt. »Achtung, niemand verlässt den Raum!«, brüllt einer von ihnen. »Das ist eine Razzia.«
Nach den Polizisten betritt ein weiterer Mann die Galerie. Er trägt keine Polizeiuniform, sondern einen schwarzen Ledermantel.
»Guten Abend allerseits!«, ruft Claus Uhlmann mit kalter Stimme.

Hinter Uhlmann drängen zwei weitere Beamte herein. Die vier Polizisten beginnen sofort damit, die Leute zu durchsuchen. Sie öffnen die Handtaschen der Frauen, lassen die Männer Hosen- und Sakkotaschen leeren. Ein Polizist kümmert sich um die Mäntel und Jacken, die in der Garderobe hängen.
»Wenn Sie alle kooperieren, wird es nicht lange dauern!«, ruft Uhlmann in die Menge. »Wir haben einen Hinweis erhalten, dass auf dieser Vernissage Kokain im Spiel ist.«
»Na, das ist ja was ganz Neues!«, ruft eine Frau von hinten spöttisch und lacht. Ein paar Sekunden später vergeht ihr das Lachen, als sie von einem Polizisten gefilzt wird.
Uhlmann kommt nun direkt auf mich zu. »Sieh an, wen wir da haben. Die Welt ist klein, nicht wahr, Frau Herzog?«
»So klein auch wieder nicht«, entgegne ich. »Ich bin nicht so blöd, wie du vielleicht denkst, Frank oder Claus oder wie auch immer du dich heute nennst. Du ziehst hier irgendein Spielchen ab, um dich an mir zu rächen.«
»Vorsicht, Frau Herzog!« Uhlmanns Augen werden zu Schießscharten, durch die er auf mich zielt. »Sie haben schon einmal Lügen über mich verbreitet. Und jetzt hätte ich gerne einen Blick in Ihre Handtasche geworfen.«
»Einen Moment«, mischt sich meine Mutter ein. »Mein

Name ist Elvira Herzog. Das ist meine Vernissage, die Sie hier stören. Ich bin Richterin am Landgericht und habe gute Freunde bei der Polizei. Bevor Sie weiter harmlosen Kunstfreunden den Abend vermiesen, hätte ich gerne Ihren Dienstausweis gesehen. Damit ich weiß, über wen ich mich zu beschweren habe.«

»Aber natürlich«, sagt Uhlmann ungerührt und reicht ihr seinen Dienstausweis. »Soll ich Ihnen die Adresse geben, an die Sie Ihre Beschwerde schicken können?«

Meine Mutter gibt ihm seinen Ausweis zurück. »Nicht nötig, das erledige ich telefonisch. Und zwar sofort.« Sie holt ihr Handy aus der Handtasche und geht ein paar Schritte nach hinten, damit Uhlmann nicht mithören kann.

Mittlerweile ist auch Stefan hinzugekommen. Schützend legt er seinen Arm um mich und fragt energisch: »Haben Sie überhaupt einen Durchsuchungsbefehl?«

Uhlmann verdreht die Augen und gibt meinem Freund ein Papier. »Will sonst noch jemand etwas sehen? Meinen Impfpass vielleicht? Nein?«

Stefan schaut sich den Wisch genau an. Dabei hat er bestimmt keine Ahnung, wie ein Durchsuchungsbeschluss auszusehen hat. Wenn nicht irgendwo ganz groß FÄLSCHUNG draufsteht, wird er ihn wohl für echt halten.

»Scheint in Ordnung zu sein«, sagt Stefan und gibt das Papier zurück. »Zeig ihm deine Handtasche, Pia.«

Da meine Mutter immer noch am Telefon hängt und es ihrem Gesichtsausdruck nach auch nicht den Anschein hat, als ob sie etwas erreichen würde, füge ich mich und gebe dem Kerl meine Tasche. Grinsend fängt er an, darin herumzukramen.

»Vorsicht, da könnte ein Elektroschocker drin sein!«, warne ich ihn.

Plötzlich stutzt er und holt einen kleinen Beutel mit weißem Pulver aus meiner Tasche. »Nanu, was haben wir denn da? Gesichtspuder?«

»Das gehört nicht mir!«, protestiere ich. »Das hast du mir untergeschoben!«

»Ach, wissen Sie, das höre ich ständig. Ich fürchte, ich muss Sie mit auf die Wache nehmen.«

Ich fühle mich, als hätte mir jemand einen Sack Kokain durch die Nase gezogen. Ich glaube, ich falle gleich um.

»Das ist bestimmt ein Irrtum. Vielleicht ist es die falsche Handtasche«, versucht Stefan den Mann umzustimmen. Er hat noch nicht kapiert, dass Uhlmann das Ganze nur inszeniert, um mir etwas anzuhängen. »Meine Freundin hat mit Drogen nichts zu tun. – Stimmt doch, Pia, oder?«

»Ach, dann sind Sie ihr Freund?« Uhlmann tritt an Stefan heran und greift in dessen Sakkotasche. »Darf ich?«

Als Stefan ein empörtes »Augenblick mal!« herausbringt, ist es schon zu spät. Uhlmann hält ihm einen weiteren Beutel mit weißem Pulver vors Gesicht.

»Dann hat mein Informant also Recht gehabt. Hier geht es nicht um Bilder, sondern um Drogen. Die Vernissage ist nur ein unverdächtiger Umschlagplatz. Bei jedem Drogenkauf bekommt man ein Bild dazu. So hat man auch gleich das Geld gewaschen. Gar nicht so dumm.«

Mein Freund starrt abwechselnd Uhlmann und mich mit leichenblasser Miene an. »Aber der Beutel gehört nicht mir. Keine Ahnung, wie der in mein Sakko kommt.«

»Der Beutel gehört ihm«, sage ich und zeige auf Uhlmann. »Er hat ihn dir mit irgendeinem miesen Taschenspielertrick in die Tasche gesteckt und dann direkt wieder herausgezogen.«

»Pia, jetzt hör doch endlich auf mit deinen Schauermärchen!«, schreit Stefan überraschenderweise mich an. »Merkst du nicht, dass du den Kommissar so nur gegen uns aufbringst?«

»Hauptkommissar«, korrigiert Uhlmann.

»Entschuldigung. Herr Hauptkommissar, Sie müssen mir glauben: Das sind nicht meine Drogen. Darf ich mal kurz mit meiner Freundin unter vier Augen reden?«

»Nein. Ich möchte nicht, dass irgendwelche Absprachen getroffen werden, bevor wir Sie beide auf der Wache befragt haben.«

Einer der Polizisten kommt und meldet: »Wir haben bisher nichts finden können, nur ein paar Amphetamine und Viagra. Ich habe auch telefonisch noch einmal den Mann mit dem Drogenspürhund herbeordert. Er ist unterwegs. Er hat behauptet, Sie hätten eine spätere Uhrzeit vereinbart.«

»Unzuverlässig und verlogen – und mit solchen Leuten muss man zusammenarbeiten!« Uhlmann schüttelt verärgert den Kopf. »Aber ich bin auch ohne Hund fündig geworden.« Er deutet auf Stefan und mich. »Die beiden hier nehmen wir gleich mit auf die Wache. Schmitt, Sie behalten sie im Auge und geben Acht, dass sie nicht miteinander reden.«

Stefan schaut mich eindringlich an. »Pia, wenn du durch einen deiner obskuren Freunde in etwas hineingeraten bist, etwa durch Tanja oder durch diesen Schauspieler, dann wäre jetzt die beste Gelegenheit, das aufzuklären.«

Hat er das eben wirklich gesagt? Nein, ich muss mich verhört haben.

»He, nicht miteinander tuscheln!«, ermahnt uns Schmitt.

»Schon gut«, sagt Stefan. »Ich wollte doch nur ... Pia, jetzt sag doch wenigstens, dass ich mit der ganzen Sache nichts zu tun habe, sondern dass du das Zeug in meiner Tasche deponiert hast. Ich bin dir deshalb auch nicht böse. Ich halte weiter zu dir, ist doch klar. Ich besorge dir einen Anwalt und alles. Aber klär endlich die Sache auf!«

Bevor ich einem der Polizisten die Waffe entreißen und meinen Freund damit erschießen kann, hat meine Mutter mit ihrer Telefoniererei aufgehört und herrscht Uhlmann an: »Sehen Sie nur, was für ein Durcheinander Sie angerichtet haben! Das wird Folgen haben, das verspreche ich Ihnen! Leider habe ich niemanden ans Telefon bekommen, der befugt wäre, diesen Unsinn hier zu stoppen. Aber ...«

Uhlmann zeigt ihr grinsend die zwei Beutel mit weißem Pulver, die er *gefunden* hat. »Das scheint mir alles andere als Unsinn zu sein«, sagt er. »Ich kann verstehen, dass Sie Ihre Tochter und deren Freund beschützen wollen, aber dafür ist es jetzt zu spät, fürchte ich. Ach, dürfte ich vielleicht auch noch kurz in Ihre Handtasche sehen?«

»Glaub ihm nichts, Mama!«, rufe ich. »Der Mann ist verrückt. Er will uns was anhängen.«

Meine Mutter schaut Uhlmann verächtlich an, dann leert sie ihre Handtasche einfach auf den Fußboden aus. Dumm ist sie nämlich nicht, meine Mama.

Inzwischen haben die Polizisten die Durchsuchung der anderen Galeriebesucher weitgehend abgeschlossen, sodass sich allmählich das Geschehen ganz auf mich, Stefan und meine Mutter konzentriert. Vereinzelte Blitzlichter flackern um uns auf. Die Fotografen freuen sich natürlich, dass aus einer langweiligen Vernissage jetzt eine richtig interessante Story wird.

Mit dem Fuß verteilt Uhlmann die Utensilien meiner Mutter über den Boden. Es ist nichts dabei, was aufregender wäre als ein Mundspray.

»Kann ich meine Sachen wieder einräumen oder möchten Sie den Lippenstift noch genauer untersuchen?«, fragt meine Mutter spöttisch.

»Gut, räumen Sie das Zeug weg, bevor noch jemand drüber stolpert.« Mit einem boshaften Funkeln in den Augen wendet er sich an mich und hält mir den Beutel mit dem weißen Pulver entgegen. »Na, Frau Herzog, immer noch keine Ahnung, was das ist?«

Bevor ich den Beutel nehmen kann, packt mich schnell jemand am Handgelenk und drückt meinen Arm nach unten. »Nicht anfassen!«, zischt Max mir zu. »Sonst sind deine Fingerabdrücke drauf.«

»Wer sind Sie denn?«, blafft Lackner ihn an.

»Ich bin der, der Ihnen in den Arsch tritt, wenn Sie diese Frau nicht in Ruhe lassen. Wie wäre es, wenn wir zur Abwechslung einmal Sie durchsuchen würden?«

»Was wollen Sie damit andeuten?«

»Ich will damit andeuten, dass es mich nicht wundern würde, wenn in dem Ärmel Ihrer Jacke noch mindestens ein weiterer Beutel mit Drogen stecken würde, den Sie zum Beispiel meiner geschätzten Kollegin und Freundin Elvira Herzog unterjubeln wollten. Sollen wir mal nachsehen?«

Uhlmann läuft knallrot an und brüllt: »Das ist eine unverschämte Unterstellung! Die nehmen Sie sofort zurück!«

»Gar nichts nehme ich zurück, bevor ich mich nicht vom Gegenteil überzeugen konnte. Würden Sie also bitte Ihre Jacke ausziehen.«

Doch Uhlmann denkt nicht daran, dieser Forderung nachzukommen. Er wirft Max einen vernichtenden Blick zu. »Schluss mit dem Unsinn! – Schmitt, wir bringen jetzt die Verdächtigen auf die Wache.«

Er fasst mich am Arm und will mich mit sich ziehen, aber da wird er seinerseits von Max gepackt. »Bevor Sie Ihre Jacke nicht abgelegt haben, gehen Sie nirgendwohin.«

»Das würde ich aber auch sagen«, mischt sich Jago Askani auf einmal ein.

Mir ist ganz schwindelig. Alle stehen sie um mich herum und reden durcheinander: Stefan, Max, Jago, Claus Uhlmann und mein Vater. Mir fällt auf, dass ich mit all den Männern schon geschlafen habe, von meinem Vater einmal abgesehen, und mit dem hatte ich Telefonsex. Vielleicht ist das jetzt die Strafe für das lasterhafte Leben, das ich dieses Jahr geführt habe. So wie bei den Leuten von Sodom und Gomorrha. Und da bin ich mit ein paar Jahren Gefängnis noch gut bedient. Das ist allemal besser, als mit Feuer und Schwefel von der Erde geputzt zu werden.

Uhlmann ist mittlerweile so wütend, dass ich nur auf den Moment warte, in dem er seine Pistole zückt. Während die Fotografen wie wild auf ihre Auslöser drücken und auch das Team des Regionalsenders die Kamera draufhält, reißt er sich von Max los und stößt ihn kräftig von sich. »Ich verhafte Sie wegen Tätlichkeit!«, brüllt er und löst seine Handschellen vom Gürtel.

»Das war keine Tätlichkeit!«, ruft Max. »Das hier ist eine Tätlichkeit!«

Und dann verpasst er dem überraschten Hauptkommissar einen Kinnhaken, der ihn von den Beinen hebt.

In den nächsten Minuten geht es drunter und drüber. Die Fotografen und der Kameramann drängen nach vorne und überschütten den am Boden liegenden Lackner mit Blitzlicht und hämischen Aufforderungen: *Bitte recht freundlich! Lächeln! Bitte noch einmal!*

Während zwei Polizisten Max festhalten, hilft Schmitt seinem Vorgesetzten auf die Beine. Plötzlich stutzt er und starrt ungläubig auf einen Beutel mit weißem Pulver, der aus Uhlmanns Jackenärmel gerutscht ist.

»Aber ... was ist ... was ist das denn?«, stammelt er.

Schnell erfasst Uhlmann die Situation. »Das hat dieser Kerl bei seinem Angriff auf mich verloren.«

»Nein, hat er nicht«, widerspricht Schmitt. »Ich habe gesehen, wie es Ihnen aus dem Jackenärmel gerutscht ist.«

»Da müssen Sie sich getäuscht haben.«

»Ich habe es auch gesehen. Und auf Film«, meldet sich der Kameramann.

»Jetzt verstehe ich auch, warum der Drogenspürhund nicht rechtzeitig hier war«, sagt Schmitt. »Den haben Sie extra fern gehalten, weil er sonst bei Ihnen selbst angeschlagen hätte.«

Uhlmann will zuerst etwas entgegnen, überlegt es sich dann aber anders und stürmt davon. Kurz vor dem Ausgang sprintet eine Frau von der Seite auf ihn zu – Tanja!

Die beiden prallen im Laufen zusammen und fallen gemeinsam geradewegs durch Mona Manos restauriertes Bild von der Erhabenheit des Mannes.

»Oh, nein, das träume ich doch nur!«, stöhnt mein Vater und starrt entsetzt auf die zerfetzte Leinwand.

Als ich angerannt komme, um Tanja, diesem verrückten Huhn, Hilfe zu leisten, hat Schmitt die beiden am Boden Rangelnden schon voneinander getrennt. Während ich Tanja auf die Beine helfe, wird Uhlmann entwaffnet und in Handschellen hinausgeführt.

»Sag mal, hast du sie noch alle!«, schreie ich Tanja an. »Der hatte eine Waffe. Der hätte dich abknallen können, verdammt!«

»Ach was«, winkt Tanja ab und produziert ein missglücktes Lächeln. »Der hätte mich sowieso nie getroffen. Ich bin zu schnell. Ich bin Superwoman.«

Dann geben ihre Superbeine nach und sie fällt mir schluchzend in die Arme.

»Ein Frosch hat keine Zähne«, sagt der tätowierte Muskelhaufen, nachdem er einen kurzen Blick auf meine Vorlage geworfen hat.

»Dieser schon«, widerspreche ich. »Deshalb grinst er auch so.«

Seit der Vernissage ist eine Woche vergangen. Eine Woche, in der so manches seinen Abschluss gefunden hat. Uhlmann hat zugegeben, dass die Drogen, die er angeblich bei Stefan und mir gefunden hat, von ihm selbst stammten. Er wird wohl die längste Zeit Kommissar gewesen sein. Ich glaube nicht, dass er ein weiteres Mal versuchen wird, mir etwas zu tun. Der hat jetzt ganz andere Probleme. Außerdem werde ich bald umziehen. Die Wohnung habe ich schon gekündigt. Stefan hat von seiner Firma den Chefposten in der Wiener Dependance angeboten bekommen. Wir haben beschlossen, dass er ihn annehmen soll.

Auch bei mir geht es beruflich aufwärts. Dr. Kortmann höchstpersönlich hat mir vorgeschlagen, dass ich nächstes Jahr neben meinen Horoskopen auch noch eine Kolumne schreiben und die Ratgeberin in Liebesangelegenheiten unserer Leser spielen soll. Ausgerechnet ich! Aber ich habe zugesagt, und Dr. Kortmann war froh, mich dem *Styletto* wieder abgeworben zu haben. God save the Dummköpfe! Es hat sich also einiges getan, und jetzt bin ich mit Tanja hier in diesem Tattoo-Studio, um etwas zu Ende zu bringen, was mich in den letzten Monaten ganz schön auf Trab gehalten hat.

»Und den hässlichen Frosch soll ich dir auf die Schulter tätowieren?«, fragt der Mann ungläubig.

»Nicht auf die Schulter. Tiefer.«

»Auf den Rücken?«

»Nicht auf den Rücken«, sage ich und verfluche meine blöde Angewohnheit, bei jeder Gelegenheit rot anzulaufen.

»Verstehe«, brummt der Tätowierer. »Und du hast keine Angst, dass er dir in den Arsch beißt mit seinen Zähnen?« Er lacht so laut über seinen eigenen Witz, dass er sich verschluckt und anfängt zu husten. Wenn ihm das auch während der Arbeit passiert, kann ich meinen Hintern vergessen.

»Wenn jemand Angst um seinen Arsch haben müsste, bin ich das«, wirft Tanja ein. »Weil ich nämlich das Tattoo kriege, nicht sie.«

»Fängst du schon wieder an?«, frage ich genervt. »Ich habe die Wette verloren und fertig.«

»Hast du nicht. Du hast schließlich jedes Sternzeichen gehabt, was ich dir, ehrlich gesagt, nie im Leben zugetraut hätte.«

Ich schüttele den Kopf. »Stimmt nicht ganz. Der Fisch hatte eine Erdbeerallergie und konnte nicht. Der Löwe hat nur seine Zunge benutzt, beim Skorpion kann ich mich nicht richtig erinnern und bei der Jungfrau bin ich mir auch nicht so sicher, weil es so schnell ging.«

»Ein Frosch mit Zähnen, ein Fisch mit Erdbeerallergie«, wiederholt der Tätowierer brummend. »Wollt Ihr mich auf den Arm nehmen? Was kommt als Nächstes? Ein Nilpferd in Strapsen?«

Wie wäre es mit einer Ente auf Rädern?, denke ich. Auf die Kommentare des Mannes, wenn er mein Tigerententattoo entdeckt, freue ich mich jetzt schon wie auf die bevorstehenden Weihnachtseinkäufe. Bis jetzt habe ich null Geschenke, null Ideen, null Energie und in ein paar Tagen null Zeit. Aber mit einem Frosch auf dem Hintern hüpfe ich bestimmt viel dynamischer durch die überfüllten Kaufhäuser.

Der Betreiber des Tattoo-Studios kratzt sich das Brusttoupet, das aus seinem Unterhemd hervorquillt. Eine auftätowierte Schlange ringelt sich um seinen Bizeps. »Also, Ladys, mir ist es egal, wer von euch sich das Heck verzieren lässt.« Er zeigt auf eine Liege, die im hinteren Teil seines Ladens verschämt hinter einem Paravent steht. »Wer zuerst liegt, dem verpasse ich einen Frosch mit Zähnen und allem Drum und Dran.«

Tanja will sich vordrängen, aber ich halte sie fest. »Wir hatten gesagt, dass ich jeden Typen spätestens bei Beginn des nächsten Sternzeichens in den Wind schießen muss. Also habe ich verloren. Ich habe nämlich vor, noch eine ganze Weile mit meinem Freund zusammenzubleiben. So lange, bis er alt und dick und hässlich geworden ist und bei keiner anderen Frau mehr landen kann. Dann gehört er mir für immer und ich kann mit ihm machen, was ich will.«

»Guter Plan«, sagt Tanja. »Ich habe ihn übrigens vorhin angerufen. Er wird jeden Moment hier sein, um dich zur Vernunft zu bringen.«

Ich zucke mit den Achseln und lege mich bäuchlings auf das schwarze Kunstleder der Pritsche. »Ich bin volljährig. Ich brauche von niemandem eine Erlaubnis.« Bevor ich meinen Mut verliere, den ich mir vorher mühsam angetrunken habe, ziehe ich meine Hose bis zu den Kniekehlen hinab. Darunter trage ich noch einen Stringtanga. Dennoch wäre es mir lieber, wenn die Frau, die mir vor ein paar Jahren die Tigerente tätowiert hatte, noch hier arbeiten würde. Egal. »Von mir aus kann's losgehen.«

Der Mann setzt sich neben mich auf einen Hocker und besieht sich das Zielobjekt. »Ja, leck mich in die Fresse geschissen!«, ruft er, als er die Tigerente sieht. »Ein verbeulter Tiger im Rollstuhl. Und da soll jetzt noch ein grinsender Frosch dazu?«

»Auf die andere Backe«, präzisiere ich.

»Na gut, mein Arsch isses ja nicht.«

Während er beginnt, das Motiv auf meine Haut zu pausen, unternimmt Tanja einen letzten Versuch, mich umzustimmen.

»Vergiss nicht, Pi, auch diese Biotattoos halten ein paar Jahre. Nachher tut es dir wieder Leid.«

»Es tut mir jetzt schon Leid«, sage ich. »Aber Spielschulden sind Ehrenschulden. Wenn man die nicht einlöst, bringt das Unglück.«

»Und das glaubst du wirklich?«

»Es bringt auch denen Unglück, die nicht daran glauben.«

»Oh, Pi, sei nicht so dumm!«, schimpft Tanja. »Du hast mit mir gewettet und ich erlasse dir den Einsatz.«

»Eigentlich habe ich nicht mit dir gewettet«, widerspreche ich. »Ich habe mit mir selbst gewettet. Ich wollte mir beweisen, dass ich auch anders kann. Dass ich in sexueller Hinsicht so sein kann wie du oder wie er hier.« Ich deute über meine Schulter in Richtung Tätowierer, der jetzt fertig mit der Übertragung ist.

»Also, ihr Weiber werdet immer verrückter«, brummt er. »Warum wollt ihr so sein wie Männer? So toll ist das auch wieder nicht.«

»Ja, ich weiß, weil ihr immer in den Krieg ziehen müsst, um uns zu verteidigen«, spottet Tanja. »Haben Sie schon viele Kriege mitgemacht?«

»Klar, was glaubst du denn, Mädchen! Ich bin schließlich verheiratet.«

Er greift nach seiner Tätowiernadel, als die Glocke der Ladentür bimmelt. »Noch nicht anfangen«, sagt Tanja. »Das ist bestimmt ihr Freund. Der kann sie vielleicht zur Vernunft bringen.«

Da bin ich aber mal gespannt, wie ausgerechnet der mich zur Vernunft bringen soll. Vernunft ist nämlich nicht gerade seine

Stärke. Dafür würde er aber immer zu mir stehen, auch wenn es tausend vernünftige Gründe gäbe, die dagegen sprächen.

Tanja ist nach vorne in den Laden gelaufen und kommt mit meinem Freund zurück. »Schau dir das an«, sagt sie und zeigt auf meinen Hintern. »Du musst sie stoppen, bevor es zu spät ist.«

»Es ist zu spät, Leute«, sage ich. »Ich habe mir das gut überlegt. Es ist nicht nur wegen der Wette. Es ist auch der richtige Abschluss für dieses Jahr, in dem ich mich selbst neu erfinden wollte. Das hat nicht geklappt, zugegeben. Aber immerhin habe ich mich neu *gefunden*. Ich kann zwar so tun, als wäre ich wie du, Tanja, aber ich kann niemals so sein. Ich kann alleine stehen, aber ich lehne mich trotzdem gerne an jemanden an. Ich habe immer gedacht, das wäre schwach, aber so ist es nicht. Ich bin stark. Ich bin sogar stark genug, zu akzeptieren, dass ich manchmal einfach nur schwach sein will. Und ich will keinen Sex just for fun. Ich will nicht einen One-Night-Stand nach dem anderen. Dafür hat das Leben zu viele Nächte.« Ich setze mich auf und schaue meinem Freund fest in die Augen. »Ich will etwas Langfristiges, etwas Verbindliches und etwas Vertrautes. Ich will in einem wunderschönen Hochzeitskleid heiraten, ich will ein Häuschen im Grünen, ich will einen kleinen Jungen und ein kleines Mädchen und vielleicht sogar einen verdammten Hund.«

»Wolltest du nicht etwas Außergewöhnliches in deinem Leben?«, wirft Tanja ein. »Wie war das noch mit Indien und dem Elefanten, auf dem du sitzen wolltest?«

»Was soll ich auf einem Elefanten, wo ich doch nicht einmal auf einem blöden Pferd sitzen kann?«, frage ich. »Ich will ein kleines, kitschiges Leben, aus dem ich dann ab und zu mal ausbrechen kann. Aber immer ausbrechen, immer hip sein, immer taff sein, immer erfolgreich und immer jung sein zu müssen, das ist nichts für mich. Für dich, Tanja, ist es richtig. Und du suchst so gerne, deshalb wünsche ich dir, dass du nie so ganz fündig wirst, auch wenn du zehnmal um die Welt reist. Ich suche überhaupt nicht gerne. Ich will immer wissen, wo ich hingehöre, will meinen festen Platz, einen Stern, der zu mir gehört, ein Zimmer, das auf mich wartet, und einen Mann, der am nächsten Morgen noch da ist und am nächsten und am nächsten und am nächsten.«

Die anderen schauen mich mit großen Augen an und sehen aus, als wüssten sie nicht so recht, ob sie applaudieren oder den Arzt rufen sollen. Normalerweise rede ich nicht so viel. Aber die halbe Flasche Wein, die ich vorhin getrunken habe, zeigt ihre Wirkung. Ich bin mutig und kann mich durchsetzen und kann reden, und wenn ich die ganze Flasche getrunken hätte, könnte ich vielleicht sogar fliegen.

»Und deshalb lässt du dir einen Frosch auf den Po tätowieren«, sagt Tanja zusammenfassend. »Klingt einleuchtend.«

»Wenn ich mal wieder vergessen sollte, was ich eben gesagt habe, und mir altmodisch, verklemmt und überholt vorkomme, dann wird mich der Frosch hoffentlich in den Hintern beißen und mir die einzige Frage stellen, die wirklich zählt: *Bist du glücklich?* Und wenn ich dann antworte, dass ich mir nicht ganz sicher bin, wird er sagen: *Das muss reichen und jetzt halt die Klappe und sei froh*. Und das mache ich dann.«

Mein Freund setzt sich zu mir auf die Liege und fährt mit einem Finger zärtlich die Konturen des Frosches nach. »Wenn du dir den unbedingt tätowieren lassen musst, mache ich das auch.«

Ich schaue ihn verblüfft an. »Bist du dir sicher, dass Mona Mano so etwas machen würde?«, frage ich ihn.

»Mona Mano wird es nicht mehr lange geben«, sagt Max, mein neuer Freund, in dessen Wohnung meine Puppen und ich demnächst ziehen werden. »Zuerst war ich ein Pin-up-Maler und Sexist, dann Mona Mano, die feministische Künstlerin, und jetzt wird es wieder Zeit für etwas Neues. Haus bauen, Kinder zeugen, Hund kaufen – solche Sachen. Hilfst du mir dabei?«

»Klar. Du baust das Haus, ich kaufe den Hund, und die

Kinder zeugen wir zusammen«, sage ich und streichle ihm über den Arm.

»Klingt fair«, meint er lachend.

»War das dein Ernst mit dem Tattoo?«

»Sicher. Dann werde ich jedes Mal, wenn ich einen Frosch sehe, an dich denken. An uns, meine ich. Dann gehören wir zusammen wie zwei Pobacken zu einem Hintern.«

Ich muss schlucken, als ich das höre. Das ist, glaube ich, das Schönste, was je ein Mann zu mir gesagt hat.

inhalt

Melissa Nathan

Mit Milch und Zucker

Roman

Deutsche Erstausgabe

ISBN 978-3-548-26290-1
www.ullstein-buchverlage.de

Katie hat große Karrierepläne. Ihr Job als Bedienung in einem Café ist rein übergangsweise – seit drei Jahren. Denn leider mangelt es Katie etwas an Zielstrebigkeit. Und ihr Date mit dem attraktiven Dan gerät zum kompletten Desaster. Schlimmer kann es kaum kommen, denkt Katie. Bis das Café verkauft wird und sie ihrem neuen Boss gegenübersteht …

»Temporeich, unterhaltsam und so leicht wie ein Soufflé.«
You

Elaine Winter

Küsse im Chaos

Roman

ISBN 978-3-548-26289-5
www.ullstein-buchverlage.de

Carlotta und Lilli sind Schwestern, wie sie unterschiedlicher nicht sein könnten: Die lebenslustige Carlotta steht mit beiden Beinen im Leben, die verträumte Lilli leidet dagegen ständig unter Liebeskummer. Das muss ein Ende haben. Carlotta beschließt, Lilli den passenden Mann zu suchen – ruhig, romantisch, zuverlässig. Doch als sie den Richtigen gefunden zu haben scheint, ist das Chaos der Gefühle plötzlich perfekt …

UB300

ullstein